Lucy Maud Montgomery
ANNE OF GREEN GABLES

**ANNE**

6
행복한 나날
루시 모드 몽고메리/김유경 옮김

동서문화사

원제 : Anne of Ingleside(1939)
그림 : 계창훈
디자인 : 동서랑 미술팀

# ANNE OF GREEN GABLES
## 6
### 행복한 나날/차례

그리운 애번리 … 11

옛 동산에 올라 … 21

집으로 … 33

젬 도령 … 41

쥰릴리 … 50

사라진 젬 … 57

로브리지 여행 … 67

미나리아재비꽃길 … 76

월터의 슬픔 … 90

엄마는 죽지 않았어 … 98

늦여름 … 106

잉글사이드 … 118

화이트 크리스마스 … 129

봄 … 136

생일 파티 … 145

베란다에서 … 152

올던과 스텔러 … 163

데이지 오솔길 … 172

강아지 지프 … 186

놋쇠돼지 … 194

진주 목걸이 … 204

4월의 눈 … 210

노인과 무덤 … 221

브루노 … 229

울새와 개 … 241

학교 … 250

무지개 골짜기 … 261

하느님을 속였어요 … 269

휘파람을 부세요 … 273

봄의 불꽃 … 289

페니네 아이들 … 308

비밀 … 318

바닷가에서 … 331

부인회 … 344

달밤 … 370

금과 은 케이크 … 385

로맨스 나라 … 399

쓸쓸해 보이는 집 … 409

델릴라 그린 … 421

배반자 … 431

안개비 … 440

결혼기념일 … 448

사랑의 가족 … 463

《ANNE》의 에피소드
섬의 네 계절, 그리고 잉글사이드 … 477

# 그리운 애번리

"오늘 밤 달빛은 어쩌면 저토록 하얄까."

앤 블라이스가 혼자 중얼거리며 다이애너 라이트네 뜰 산책길을 따라 현관 쪽으로 걸어가고 있는데, 소금기머금은 산들바람결에 작은 벚꽃잎이 하늘하늘 떨어져내렸다.

앤은 잠시 걸음을 멈추고 옛날부터 이제까지 사랑해 온 언덕과 숲을 조용히 둘러보았다. 그리운 애번리여! 요 몇 해 동안 앤은 글렌 세인트 메리에 살고 있었지만, 애번리에는 없는 무언가가 그곳에 있었다.

이르는 곳곳마다 앤 자신 안에 머물러 있는 영혼과 만났다. 헤매 다녔던 들판이 앤을 환영해 주었다. 즐거웠던 예전 생활 속 메아리가 조금도 희미해지지 않고 그녀 주위에 빙 둘러 있었다.

눈에 보이는 어디에나 아름다운 추억이 있었다. 늘 다니던 낯익은 뜰에는 지난날 장미가 여전히 피어 있었다.

앤은 애번리로 돌아오는 것이 언제나 기뻤다. 이번처럼 슬픈 일로 돌아온 때조차도 역시 그리웠다. 앤과 길버트는 길버트의 아버지 장례식을 치르기 위해 왔는데, 이참에 앤은 1주일 동안 머물러 있었다. 머릴러도 린드 부인도 앤을 곧바로 돌려보내려 하지 않았기 때문이다.

현관 위 방은 앤을 위해 늘 비워두었는데, 도착한 날 밤 앤이 들어가보았을 때 린드 부인의 정성어린 멋진 꽃다발이 놓여 있었다.

앤이 그 속에 얼굴을 묻자 잊혀지지 않는 지난날 향내가 그대로 풍겨오는 듯했다. 그곳에서는 옛날의 앤이 그녀를 기다리고 있었다. 그립고 반가운 기쁨이 가슴을 설레게 했다. 지붕밑 다락방은 긴팔을 벌리고 앤을 포옹하고 감싸주었다.

앤은 그리움이 사무쳐 가슴을 조이며 방안을 둘러보았다. 린드 부인이 만든 사과잎사귀무늬 침대덮개가 고스란히 덮여 있는 예전에 쓰던 침대, 역시 린드 부인이 짜준 폭넓은 레이스가 붙어 있는 얼룩 하나 없는 베개—바닥에 깐 머릴러가 직접 짠 깔개, 먼 옛날 이곳에 와서 처음 자던 날 밤, 울다가 잠든 어린 고아의 이마를 비추던 거울.

앤은 자기가 다섯 아이를 가진 행복한 어머니라는 것도, 하녀 수전이 잉글사이드(난롯가 집)에서 열심히 털양말을 짜고 있는 것도 잊고, 다시금 그린게이블즈의 앤으로 돌아가 있었다.

깨끗한 수건을 들고 린드 부인이 방으로 들어왔을 때, 앤은 아직도 꿈꾸듯 거울을 들여다보고 있었다.

"네가 또 돌아와줘서 정말 기쁘구나, 앤. 네가 가버린 지 9년이 되지만, 머릴러와 나는 아직도 너의 빈자리가 허전해 정말 견딜 수 없단다. 그래도 데이비가 결혼한 뒤로는 전만큼 쓸쓸하지는 않지만 말이다.

밀리는 정말 착한 아이야. 저 파이 집안사람치고는! 줄무늬 다람쥐처럼 무슨 일이든 알고 싶어하긴 하지만. 그러나 나는 전부터도 말했고 앞으로도 말하겠지만, 너를 대신할 사람은 어디에도 없어."

앤은 응석부리듯 말했다.

"아, 그렇지만 이 거울은 속일 수 없어요, 아주머니. '너는 전처럼 젊지 않다'고 똑똑히 말하고 있는걸요."

린드 부인은 위로했다.

"얼굴빛은 옛날 그대로야. 하기는 본디 좋은 안색이 아니었다만."

앤은 들뜬 목소리로 말했다.

"아무튼 턱이 두 개가 될 염려는 아직 없어요. 그리고 내가 있던 옛날 방이 나를 기억해 주고 있어서 기뻐요, 아주머니. 돌아왔을 때 방이 나를 잊고 있다면 무척 낙심할 테니까요. 그리고 또 '도깨비숲'에서 달이 뜨는 걸 볼 수 있는 것도 멋져요."

"마치 하늘에 떠 있는 큰 금화 같지 않니?"

순간 린드 부인은 터무니없는 시적인 비약을 한 기분이 들어 머릴러가 함께 자리에 있어 듣지 않은 걸 참 다행이라고 생각했다.

"저기 달을 등지고 우뚝 솟아 있는 우듬지 뾰죽한 전나무를 보세요. 그리고 은빛 하늘로 두 팔을 뻗고 있는 저지대의 자작나무를요. 지금은 크게 자라 있어요. 내가 여기로 처음 왔을 때에는 아주 어린 나무였었는데 말이에요. 그것을 생각하면 나도 좀 나이든 느낌이 들어요."

"나무도 어린아이와 같은 거야. 잠시 등을 돌리고 있는 동안에 무섭도록 자라나지. 프레드 라이트를 봐. 이제 13살인데도 키가 아버지만하지 않더냐.

저녁 식사로는 따뜻한 치킨파이가 있고, 너에게 주려고 내가 레몬 비스킷도 구웠어.

그 침대에서 자는 데는 아무 염려 없을 게다. 내가 오늘 바람에 시트를 말린 걸 모르고 머릴러가 또 한 번 내다널었는데 그런 줄 모르고 밀리가 세 번째로 바람을 쐬었으니까. 메리 머라이어 블라이스가 내일 이리로 오면 좋겠구나. 그 사람은 본디 장례식을 좋아했거든."

"메리 머리이어 고모님―아빠님의 사촌누이인데도 길버트는 언제나 그렇게 부르고 있어요―은 나를 늘 '애니'라고 불러요."

앤은 몸을 떨었다.

"내가 결혼하고 처음 만났을 때, 고모님은 '길버트가 너를 아내로 고른 게 이상하구나. 그 애라면 얼마든지 좋은 처녀를 맞을 수 있었을 텐데'라고 했어요. 아마 그래서 나는 그 고모님이 싫은 건지도 몰라요. 길버트도 좋아하지는 않아요. 다만 길버트는 친척이라는 생각이 강해서 입 밖에 내어 말하지는 않지만."

"길버트도 오래 머무를 거니?"

"아뇨, 내일 저녁에 돌아가야만 해요. 중태에 빠진 환자를 두고 왔으니까요."

"아, 그렇겠구나. 어머니도 지난해 돌아가셔서 이제 길버트를 애번리에 붙들어둘 사람도 별로 없을 테니까. 블라이스 씨는 부인이 세상을 떠난 뒤 갑자기 기력이 뚝 떨어져 살아갈 재미가 없어져버린 거야. 블라이스 집안은 본디 그러니까. 이 세상 사람에게 너무 정을 쏟기 때문이지.

애번리에 그 집안사람이 하나도 남아 있지 않다는 생각을 하면 정말 섭섭해. 전통 있는 훌륭한 집안이었으니까. 그런데 슬론 집안사람들이라면 얼마든지 있거든. 슬론은 지금도 여전히 슬론이야. 앤, 앞으로도 영원히 슬론이겠지. 아멘."

"슬론 집안사람들이 얼마든지 불어나더라도 상관없어요. 나는 저녁 식사 뒤 달빛을 받으며 과수원을 두루두루 돌아다닐 테니까요. 그 뒤에는 침대 속에 들지 않을 수 없겠죠. 달밤에 잠을 자다니 시간이 아깝다고 늘 생각하지만요.

하지만 아침 일찍 일어나 '도깨비숲'으로 스며드는 희미한 새벽빛을 보겠어요. 하늘은 산호빛이 되고 울새가 여기저기 으스대며 돌아다니겠죠. 아마 조그만 잿빛 참새가 창문턱에 앉을지도 모르고, 금빛과 보랏빛 팬지 꽃도 보일 거예요."

"그런데 쥰릴리(6월 백합) 꽃밭을 토끼가 모조리 짓밟아버렸단다."

린드 부인은 슬퍼하며 어기적어기적 아래층으로 내려갔다. 그녀는 더 이상 달 이야기를 하지 않고 끝내게 되어 속으로 휴유 하고 마음을 놓았다.

앤은 어릴 때부터 좀 색달랐고, 지금도 그리 달라진 것 같지 않았다.

다이애너가 앤을 맞으러 집에서 나와 산책길을 따라 걸어왔다. 달빛으로 보아도 다이애너 머리는 지금도 여전히 검고 볼은 장밋빛이며 눈이 초롱초롱 빛나고 있음을 알 수 있었다.

그러나 달빛도 다이애너가 옛날보다 좀 뚱뚱해진 것을 감출 수는 없었다. 다이애너는 본디부터 사람들이 흔히 말하는 '말라깽이'는 아니었다.

"걱정하지 마. 오래 있지 않을 테니까."

다이애너가 나무랐다.

"그렇게 하면 마치 내가 난처하게 여기기라도 하는 듯한 말투로구나. 오늘 밤 결혼식 피로연에 가는 것보다 너와 함께 지내는 편이 얼마나 좋은지 내 마음을 알고 있을 텐데. 아직 너를 반만큼도 실컷 보지 못했는데 모레면 벌써 돌아가야 하다니. 하지만 프레드의 동생 결혼식이니 안 갈 수도 없고."

"물론 가야지. 나는 다만 잠시 들르러 한달음에 달려왔을 뿐이야. 예전 지나다니던 길로 왔어, 다이애너. '드라이어드 샘' 옆을 지나 '도깨비숲'을 빠져 너희 집 그 나무그늘이 드리워진 뜰 옆을 거쳐 윌로미어를 지나온 거야. 걸음을 멈추고 우리가 늘 했듯이 물 속에 거꾸로 비친 버드나무도 보고 왔어. 엄청 많이 자랐더구나."

다이애너는 한숨을 쉬었다.

"모든 게 다 그래. 우리 아들 프레드를 보면! 우리는 모두 무척 변했어, 너만 빼놓고. 넌 조금도 달라지지 않았어, 앤. 이렇게 그렇게 날씬할 수 있지? 날 좀 봐!"

앤은 샐쭉 웃었다.

"그야 물론 조금쯤 부인다운 관록이 붙었지. 하지만 너는 아직 중년비만까지는 안 갔어, 다이애너. 내가 변하지 않았다지만……그래, H.B. 도닐 부인은 너와 같은 의견이야. 장례식 때 내게 조금도 변하지 않았다고 말했어.

하지만 하면 앤드루스 아주머니는 또 이렇게 말했어. '어머나, 앤, 어쩌면 이다지도 나이들어 보이니!'라고 말이야. 저마다 보는 사람들 눈이 다르다고 할까 또는 기분에 달린 거겠지.

나도 좀 나이먹은 기분이 드는 순간은 잡지의 삽화를 볼 때뿐이야. 주인공이나 여주인공이 내게는 아주 젊어 보이거든.

하지만 상관없어, 다이애너. 내일은 우리가 다시 한번 처녀시절로 되돌아가는걸. 그 이야기를 하러 온 거야. 오후부터 저녁에 걸쳐 틈을 내어 전에 잘 갔던 곳을 모두 둘러보자. 하나도 남김없이. 봄 들판을 넘어 양치류가 우거진 오래된 숲을 거닐어보는 거야.

우리가 무척 좋아했던 그리운 것들을 모두 보고 언덕을 바라보기도 하면 다시 젊어질 수 있어. 봄이라는 계절에는 무슨 일이든 못할 게 없으니까. 우리 모두 엄마가 된 기분이나 책임감을 느끼는 일은 그만두고, 린드 아주머니가 마음 속으로 나에 대해서 생각하는 것처럼 마음껏 철없는 짓을 해봐. 일년내내 체면이니 예의를 따지고만 있어서는 아무런 재미도 없지 않겠니, 다이애너?"

"어머나, 정말 너다운 말을 하는구나! 물론 나도 그렇게 하고 싶어 견딜 수 없어. 하지만……"

"하지만이니 뭐니 부정적인 말은 하지 않기로 해. 누가 프레드 저녁 식사를 준비해 줄까 이런 생각을 하고 있는 줄 다 알고 있어."

다이애너는 자랑스럽게 말했다.

"그런 건 아니야. 앤 코딜리어가 이제 11살이지만 나 못지않게 아빠를 위한 저녁 식사를 준비할 수 있으니까. 어쨌든 그 애가 식사를 준

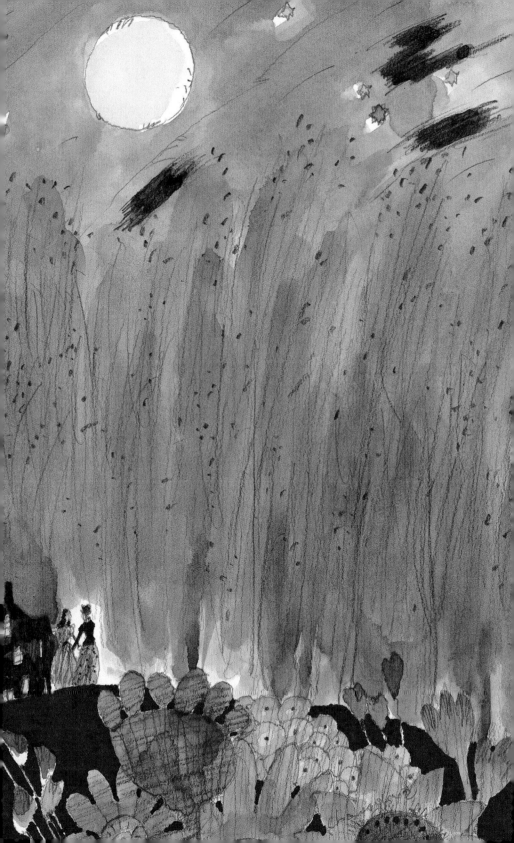

비하기로 했어. 그래서 나는 부인회에 갈 예정이었지. 하지만 그만두 겠어. 너와 함께 지낼 거야.

마치 꿈이 실현된 것 같아. 아무튼 저녁때면 곧잘 혼자 앉아서 어린아이로 돌아간 생각을 하곤 했었어. 도시락도 가지고 가자."

"헤스터 그레이의 정원 안쪽에서 먹자. 헤스터 그레이의 정원은 아직 그곳에 있겠지?"

"아마 그럴 거야."

다이애너는 어쩐지 불안해 보였다.

"결혼하고 나서 한 번도 간 일이 없어. 앤 코딜리어는 꽤 돌아다니는 편이지만, 그래도 집에서 너무 멀리 떨어진 곳으로 가서는 안 된다고 늘 타이르고 있단다.

그 애는 숲을 서성거리는 것을 아주 좋아해. 언젠가 뜰에서 혼자 중얼거리고 있는 걸 나무랐더니, 혼자 중얼거리는 게 아니라 꽃의 요정과 이야기하고 있는 거라지 뭐니.

네가 9살 생일에 보내준 그 작은 분홍색 장미꽃봉오리가 달린 인형 차세트 있잖아, 그걸 하나도 깨뜨리지 않고 아주 소중하게 간직하고 있어. 그건 세 명의 초록색 사람들이 차 마시러 올 때밖에 쓰지 않는대. 누구를 그렇게 생각하고 있는지는 캐물을 수가 없었어. 확실히 어떤 점에서 그 애는 나보다 너를 훨씬 많이 닮았어, 앤."

"아마 이름에는 셰익스피어가 인정하는 이상의 무언가가 있는지도 몰라. 앤 코딜리어의 상상을 나무라지 말아줘, 다이애너. 2, 3년쯤 동화 세계에서 지내지 않는 아이들을 보면 나는 늘 가엾게 여겨져."

다이애너는 불안한 듯 말했다.

"올리버 슬론이 지금 이곳 학교 선생인데, 그녀는 문학사로, 어머니 곁에 있고 싶어서 이 학교를 1년 동안 맡았어. 아이들이 현실에 맞닥뜨리지 않으면 안 된다고 말하고 있어."

"네가 슬론 집안의 협력자라는 말을 올해 들었어, 다이애너 라이트."

"그렇지 않아. 그렇지 않고말고! 나는 그 사람들을 조금도 좋아하지 않아. 그 뒤룩뒤룩한 집안사람들이 모두 다 그렇듯, 그녀도 뚱뚱한 몸에 흘끔흘끔 보는 파란 눈을 지니고 있어. 게다가 나는 앤 코딜리어의 공상을 마음에 두지 않아. 그 아이 공상도 옛날의 너처럼 충분히 아름답거든. 자연스레 어른이 되면서 '현실'과 마주하게 되리라고 생각해."

"그럼, 문제가 해결된 거네. 2시쯤 그린게이블즈로 와서 둘이 머릴러가 담근 붉은 포도주를 마시자. 목사님과 린드 아주머니가 언짢게 여기겠지만, 머릴러는 우리들이 마음속 깊이 악마 같은 기분이 되도록 하기 위해 때때로 술을 만들고 있어."

"그 포도주로 나를 취하게 했던 일을 기억하니?"

다이애너는 소리죽여 쿡쿡 웃었다. 앤 아닌 다른 사람이 그 말을 썼다면 마음에 걸렸겠지만, 앤은 '악마 같은'이라고 말해도 아무렇지 않았다. 앤이 진심으로 그럴 마음이 아니라는 것을 누구보다 잘 알고 있었기 때문이다. 그것은 앤의 말버릇에 지나지 않았다.

"내일은 이것저것 추억하며 지내자, 다이애너. 이제 더 이상 붙들어두지 않겠어. 프레드가 마차를 꺼내왔어. 네 옷, 정말 멋있구나."

"이번 결혼식을 위해 프레드가 새로 만들어준 거야. 헛간을 새로 지어서 그럴 여유가 없다고 생각했지만, 프레드가 다른 사람들은 모두 잘 차려입고 오는데 자기 아내를 초대받고도 입고 갈 곳이 없는 것처럼 만들 수는 없다고 말하지 뭐니. 자존심 센 남자가 할 만한 말이잖니?"

앤은 엄하게 나무랐다.

"어머나, 너는 글렌 마을에 사는 엘리엇 부인 같은 말을 하는구나. 조신하는 편이 좋아. 남자가 한 사람도 없는 세계에 살고 싶다고 생각하니?"

"무서운 일이겠지."

다이애너도 인정했다.

"응, 응. 여보, 곧 가. 이제 됐어! 그럼, 내일 만나, 앤."

앤은 돌아오는 길에 '드라이어드 샘' 옆에서 걸음을 멈췄다. 이 오래된 작은 시냇물이 앤은 아주 좋았다. 이 시냇물은 앤의 어린시절 웃음소리를 그대로 간직하고 있어 지금 귀기울이고 있는 앤에게 그것을 다시금 들려주는 듯했다.

자신의 옛날 꿈, 그것이 맑은 샘에 떠올라보였다. 우정에 대한 맹세, 은밀한 속삭임, 시냇물은 그것들을 모두 그대로 간직하고 있었으며 도란도란 소곤거렸다.

그러나 그 소곤거림에 귀기울이는 이는 오랫동안 내내 그 자리 그대로 지켜온 '도깨비숲'의 오래된 가문비나무밖에 아무도 없었다.

# 옛 동산에 올라

"날씨가 참 좋구나. 우리를 위해 개인 것 같아. 하지만 변덕스러워지지 않을까 몰라. 아마 내일은 비가 올 거야."

다이애너가 말했다.

"괜찮아. 비록 내일 햇빛이 사라진다 하더라도 오늘은 햇살의 아름다움을 마음껏 즐기자. 내일 헤어져야만 할지라도 오늘은 우리 우정을 만끽해야 해.

저 길다란 금빛 나는 초록색 언덕을, 안개 자욱한 푸르스름한 골짜기를 봐. 저곳은 우리들 것이야, 다이애너. 저 머나먼 언덕이 애브너 슬론 소유로 등기되어 있다 해도 괜찮아. 오늘은 저 모든 게 우리들 것이야. 서풍이 불고 있어. 서풍이 불면 나는 언제나 모험을 즐길 만한 기분이 돼. 우리는 실컷 마음대로 돌아다닐 수 있어."

그 말 그대로였다. 그리운 옛 장소를 하나 남김없이—'연인의 오솔길', '도깨비숲', '아이들와일드', '제비꽃 골짜기', '자작나무길', '수정처럼 빛나는 호수' 등을 두 사람은 다시 찾았다.

다만 조금 달라진 점은 있었다. 두 사람이 민 옛날 소꿉놀이집을 지었던 '아이들와일드'에는 작은 원을 그리고 있던 어린 자작나무들이 훌쩍 자라 있었다. 오랫동안 사람 발길이 닿지 않은 자작나무길은 양치류로 뒤덮이고, '수정의 호수'는 아예 흔적도 없이 사라져 이끼긴 웅덩이만이 남아 있을 뿐이었다.

그러나 '제비꽃 골짜기'는 제비꽃이 흐드러지게 피어 보랏빛으로 물들고, 길버트가 지난날 숲 깊숙이에서 찾아낸 사과나무가 지금은 크게 자라 작은 진분홍 꽃봉오리를 가득 맺고 있었다.

두 사람은 모자를 쓰지 않고 걸었다. 앤의 머리는 햇볕을 받아 여전히 윤나게 닦은 마호가니처럼 반짝였고, 다이애너 머리도 여전히 검고 윤기가 흘렀다.

그들은 즐겁게 마음이 통하는 따뜻하고 다정한 눈길을 서로 주고받았다.

때때로 두 사람은 말없이 걷기만 했다. 앤은 자기와 다이애너처럼 마음 맞는 두 사람은 서로의 생각을 느낌으로 알 수 있다고 늘 주장하고 있었다.

그들의 대화에는 자주 '너 기억하고 있니?'라는 말로 채워질 적도 있었다.

"네가 토리 가도에 있는 콥 자매네 집오리 오두막에 떨어졌던 날의 일을 기억하니?"

"우리들이 조지핀 할머니가 누운 침대 위로 뛰어올랐던 일을 기억하니?"

"그 이야기 클럽 일을 기억하니?"

"모건 부인이 찾아왔을 때 네가 코를 빨갛게 칠하고 있었던 것을 기억하고 있니?"

"우리가 창문에서 촛불로 서로 신호를 주고받았던 일을 기억하고 있니?"

"미스 라벤더 결혼식 때에는 정말 재미있었지. 그리고 샤를로타 4세의 파란 나비 리본이 우스꽝스러웠잖니?"

"그 개선회 일을 기억하니?"

마치 여러 해 전 두 사람의 웃음소리가 먼 옛날 저편에서 메아리쳐 들려오는 것 같은 기분이었다.

애번리 개선회는 없어진 모양이었다. 앤이 결혼한 뒤 곧 없어지고 말았던 것이다.

"개선회를 유지해 나갈 수가 없었어, 앤. 애번리에 있는 요즘 젊은 사람들은 우리들 시대와 달라."

"마치 '우리들 시대'가 끝나버린 것처럼 말하지 마, 다이애너. 우리들은 아직 15살이고 '서로를 부르는 영혼'이야. 공기는 빛으로 채워져 있는 게 아니야. 공기가 빛 그 자체인 거야. 내 몸에 날개가 나지 않은 게 이상할 정도야."

"들뜬 나도 그런 느낌이야."

다이애너는 그날 아침 몸무게가 155파운드로 늘어난 일도 잊고 있었다.

"나는 잠깐 동안만이라도 작은 새가 되어보고 싶다고 생각하는 일이 곧잘 있어. 훨훨 날아다니는 건 틀림없이 멋질 거야."

두 사람은 아름다움에 둘러싸여 있었다. 뜻하지 않은 색채가 숲의 어둠에 반짝이고, 마음이 끌리는 샛길에 빛나고 있었다. 봄날의 햇빛은 푸른 잎사귀 너머로 새어들고 있었다. 가는 곳마다 작은 새의 떠들썩한 지저귐이 들려왔다.

마치 황금을 녹인 풀에서 헤엄치는 듯한 기분이 드는 조그만 저지대가 몇 군데 있었다. 모퉁이를 돌 때마다 알 수 없는 상쾌한 봄의 향기가 얼굴을 매만져주었다. 코를 찌르는 양치류 내음, 전나무 향기, 갓 갈아엎은 밭의 성성한 냄새.

부푼 커튼처럼 벚꽃이 만발한 오솔길이 있고, 풀이 깊게 우거진 해묵은 초원에는 이 세상에 갓 태어난 어린 가문비나무가 풀잎 요정 같은 모습으로 그늘에 웅크리고 있었다.

시냇물도 좁다란 곳에서 물보라를 치며 소리를 내고 있었다. 전나무 밑 앵초, 담요를 펼쳐놓은 듯한 오그라든 어린 양치류, 야만스러운 손길에 하얀 피부의 껍질이 여러 군데 벗겨져 속살을 드러내고 있는 자작나무.

앤이 너무나 오랫동안 자작나무를 바라보고 있어서 다이애너는 이상하게 여겼다. 다이애너에게는 앤의 눈에 들어오는 것이 보이지 않았다. 맑은 유백색에서 기묘한 황금색으로 옮아가 점점 짙어져가다가 마침내 가장 깊은 층에서는 더이상 짙어질 수 없는 멋들어진 갈색이 되어 있는 것을 보자, 자작나무는 모두 겉모습은 처녀같이 쌀쌀맞아 보이지만 따뜻한 색조의 감정을 속에 품고 있다고 이야기하는 듯했다.

앤은 중얼거렸다.

"자작나무 속에서는 원시의 불이 숨겨져 있어."

버섯이 가득 나 있는 조그만 숲에 있는 깊은 골짜기를 가로질러 이윽고 헤스터 그레이의 정원으로 나왔다.

그곳은 그리 달라져 있지 않았다. 그리운 꽃과 풀들로 여전히 아름다웠다. 다이애너가 나르시스라고 부르는 쥰릴리도 전처럼 많이 피어 있었다.

벗나무 가로수는 전보다 고목이 되었지만 머리에 소복하게 눈 쌓인 것처럼 흰꽃을 피우고 있었다. 한복판에 있는 장미 산책길은 아직 그대로 남아 있고, 해묵은 돌담은 딸기꽃의 흰색과 제비꽃의 남빛과 어린 양치류의 초록색으로 칠해져 있었다.

두 사람은 한구석에 자리잡은 오래된 이끼낀 돌에 앉아 식사를 했다. 등 뒤에는 라일락 나무가 나지막이 가라앉은 해를 향해 보랏빛 깃발을 나부끼고 있었다. 둘 다 무척 배가 고파 자신들이 손수 만든 맛있는 요리를 다 먹어치웠다.

"밖에서 먹으니 정말 맛있어."

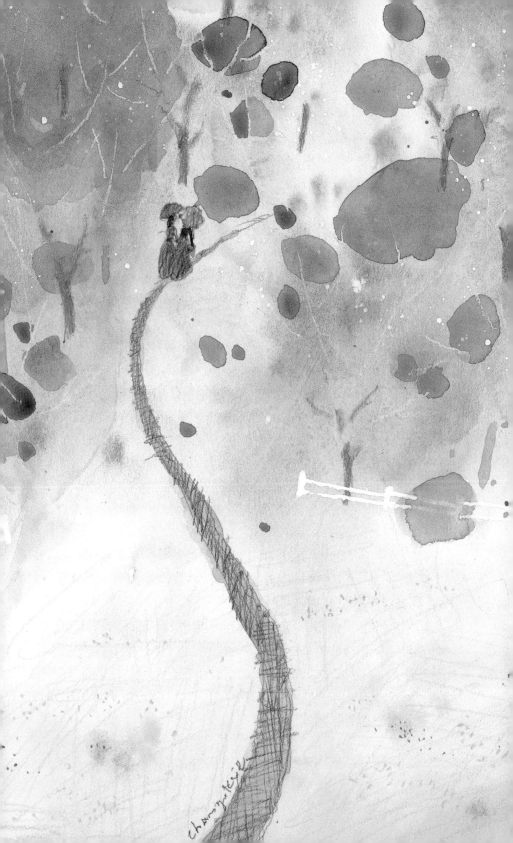

다이애너는 기분좋아 한결 가벼운 숨을 쉬었다.

"너가 만든 이 초콜릿케이크는 정말, 앤, 정말이지 말로는 나타낼 수 없어. 만드는 법을 꼭 가르쳐줘. 프레드가 감탄할 거야. 그는 어떤 음식을 먹어도 살이 찌지 않으니까.

나는 늘 케이크는 더 이상 먹지 않겠다고 말하곤 해. 왜냐하면 해마다 뚱뚱해지기만 하는걸. 세러 대고모처럼 되지 않을까 걱정되어 견딜 수가 없어. 그 대고모는 엄청 뚱뚱해서 한번 앉으면 반드시 붙잡아 일으켜줘야만 했었지. 하지만 이런 케익을 보거나, 어젯밤 결혼식 피로연 같은 경우는, 그래, 먹지 않으면 모두들 기분 나빠하거든."

"즐거웠니?"

"응, 조금은. 하지만 프레드의 사촌누이 헨리에터에게 붙잡히고 말았어. 헨리에터는 자기 수술에 대한 일이며 수술하는 동안 어떤 기분이었는지, 잘라내지 않고 조금만 더 내버려두었더라면 맹장이 터질 뻔했었다는 것들을 모조리 이야기하는 게 기뻐서 견딜 수 없는 모양이었어.

'열 다섯 바늘이나 꿰맸어. 오, 다이애너, 그 괴로움이란!'

헨리에터는 즐기고 있었는지도 모르지만, 나는 그렇지 못했어. 하기야 헨리에터는 괴로움을 겪었으니만큼 이야기하며 유쾌해 한다고 해서 나쁘다고 할 수는 없을 거야.

짐도 아주 우스웠지. 그렇게 해서 메리 앨리스의 마음에 들까……

음, 작은 조각으로 하나 더 먹어도 될까……그럴 바엔 더 먹어야겠어. 한 조각쯤은 그리 대단치 못한걸.

짐이 말이야, 이런 말을 했어. 결혼식 전날 밤 너무도 두려워서 기선 연락열차를 타지 않고는 견딜 수 없는 심정이었다지 뭐니. 솔직히 말하면 신랑이란 모두 그런 기분이 드는 거라지 뭐겠어. 설마 길버트와 프레드는 그런 기분이 아니었겠지, 앤?"

"그런 일은 없었을 거야."

"내가 물었더니 프레드도 그렇게 말했어. 무엇보다도 걱정되었던 일은, 내가 로즈 스펜서처럼 마지막 순간에 생각이 달라지지나 않을까 하는 것이었대.

하지만 남자들이란 어떤 생각을 하고 있는지 도무지 알 수 없어. 지금 그런 걸 걱정해 봐야 소용없겠지.

오늘 오후는 정말 재미있었어! 옛날의 온갖 행복을 다시 한번 맛본 기분이야. 네가 내일 떠나지 않아도 된다면 좋겠어, 앤."

"올여름 잉글사이드에 한 번 더 오지 않겠니, 다이애너? 한동안 내가 다른 사람들을 만날 수 없게 되기 전에 말이야."

"물론 그러고 싶어. 하지만 이번 여름에는 집을 떠날 수 없을 것 같아. 꼭 해야 할 일이 산더미처럼 많이 쌓여 있거든."

"드디어 리베커 듀가 오게 되어서 기뻐하고 있어. 그리고 메리 머라이어 고모님도 오지 않을까 싶어. 고모님이 길버트에게 그런 뜻을 넌지시 내비쳤대. 길버트도 나만큼이나 그 고모님이 오는 것을 바라지 않아. 하지만 길버트네 집안사람이니까 그 고모님을 언제나 기꺼이 맞아들여야만 한단다."

"아마 겨울에는 갈 수 있을 거야. 잉글사이드를 보고 싶어 견딜 수 없겠지. 너는 멋진 집을 가지고 있어, 앤. 그리고 무엇보다 훌륭한 가족도."

"잉글사이드는 정말 멋있어. 이제는 나도 아주 좋아. 도무지 마음에 들지 못하리라 여긴 적도 있었어. 그곳으로 옮겨간 얼마 동안은 아주 못마땅했어. 그 집에는 편한 점들이 너무 많았기 오히려 싫었지. 내 소중한 '꿈의 집'을 모욕하는 게 되니까.

'꿈의 집'을 떠날 때 나는 슬픈 목소리로 길버트에게 '우리들은 여기서 아주 행복했어. 다른 어느 곳에 가더라도 두 번 다시 이토록 행복해질 수는 없을 거야'라고 말했던 것을 기억하고 있어.

얼마동안은 마음껏 향수에 젖어 있었어. 그러는 동안에 조그만 애정의 뿌리가 잉글사이드에 꿈틀꿈틀 뻗어나는 것을 깨달았어. 나는 필사적으로 저항했어. 정말이야. 하지만 항복해 버리고 마침내 잉글사이드가 좋아진 것을 인정하지 않을 수 없었어. 그 뒤로 해마다 차츰 더 좋아지고 있단다.

집이 너무 낡지도 않고—너무 낡은 집은 슬퍼 보이는 것 같아—그렇다고 해서 너무 젊지도 않아. 너무 젊은 집은 품위가 없어 보이거든. 그 집은 꼭 알맞게 원숙해진 곳이야.

나는 방마다 모두 마음에 들어. 어느 방이나 다 무언가 결점이 있지만 또 좋은 점도 있어. 다른 어느 방에도 없는 특색이 될 만한 그 방만의 개성 같은 게 있어.

잔디밭에 있는 큰 나무들도 모두 좋아. 누가 심었는지 알 수 없지만 2층으로 갈 때마다 반드시 층계참에서 걸음을 멈추고, 그렇지, 층계참에 풍치 있는 우아한 창문이 나 있고 폭넓고 깊숙한 의자가 있단다. 거기에 앉아 잠시 창문 밖을 바라보며 '누구였든 저 나무를 심은 사람에게 신의 축복이 내리기를' 이렇게 말하곤 해. 실제로 집둘레에 나무가 아주 많지만, 우리는 한 그루도 잘라버릴 생각이 없어."

"프레드를 꼭 닮았군. 남쪽에 있는 큰 버드나무를 끔찍이 위한단다. 그 나무 때문에 응접실 창문으로 내다보는 전망이 가로막힌다고 내가 몇 번이나 말했지만, 다만 프레드는 '비록 전망을 가로막는다 하더라도 당신은 저렇듯 아름다운 것을 잘라버릴 생각이야?'라고 말할 뿐이야.

그래서 버드나무는 그대로 남아 있어. 또 너무나 훌륭해. 그래서 우리집에 '외버드나무 농장'이라는 이름이 붙어 있는 거야.

나는 잉글사이드라는 이름이 썩 마음에 들어. 느낌이 좋은 가정적인 이름이니까."

"길버트도 그렇게 말한단다. 우리는 이름을 짓느라 꽤 고심했어. 몇 개인가를 생각해 보았지만 그다지 어울리지 않지 뭐니. 하지만 잉글사이드라는 이름을 생각해냈을 때 우리는 바로 이거라고 느꼈어. 기분 좋게 넓은 집에서 살 수 있어 그나마 다행이었다고 생각해. 우리 가족들에게는 큰집이 필요하니까. 아이들도 그 집을 무척 좋아해."

"귀여운 아이들이야."

다이애너는 살그머니 초콜릿케이크를 또 한 조각 잘라냈다.

"우리 아이들도 제법 잘생겼다고 생각하지만 너의 아이들은 정말 훌륭해. 더욱이 그 쌍둥이 말이야! 나는 그 애들이 부러워 견딜 수 없어. 본디부터 쌍둥이를 갖고 싶었거든."

"아, 나는 쌍둥이로부터 벗어날 수가 없어. 그게 내 운명이야. 하지만 우리 쌍둥이는 조금도 닮지 않아서 실망하고 있어. 하기야 낸은 머리와 눈이 갈색이고 살갗도 아름답고 예쁘지만 말이야. 다이는 아빠가 아주 애지중지해. 초록색 눈에 빨강머리, 소용돌이치는 빨강머리를 하고 있기 때문이야.

수전은 셜리를 눈에 넣어도 아프지 않을 만큼 귀여워한단다. 그 애가 태어났을 때 내 몸의 상태가 좋지 않아 수전이 그 애를 오래 보살펴오긴 했지. 아마도 수전은 셜리를 자기 아이로 여기고 있는 게 틀림없다고 나는 실제로 믿을 정도야. 수전은 그 애를 '다갈색 도련님'이라고 부르며 눈뜨고는 볼 수 없을 만큼 떠받든단다."

다이애너는 부러운 눈길로 말했다.

"하지만 셜리는 아직 어려서 이불을 차던지지나 않았는지 문으로 들여다보고 네가 다시 덮어줄 수도 있잖니. 잭은 9살이 되었어. 그래서 지금은 내가 그렇게 해주기를 바라지 않아. 자기는 벌써 다 컸다면서 말이야. 하지만 나는 그렇게 하고 싶어 견딜 수 없어! 아, 아이들이란 그토록 빨리 자라지 않았으면 좋겠다는 생각이 가끔 들어."

"우리 아이들은 아직 아무도 거기까지 이르지는 않았어. 젬은 벌써 학교에 나니기 시작한 뒤부터 마을을 지나갈 때 내 손을 잡고 싶어 하지 않는 것을 눈치채고 있어."

앤은 한숨을 크게 쉬었다.

"하지만 젬도 월터도 셜리도 모두 아직은 내가 감싸주기를 바란단다. 월터는 때로 완전히 의식(儀式)을 치르듯 하고 있어."

"그럼, 아직 아이들이 뭐가 될 생각을 품고 있는지 염려하지 않아도 되겠구나. 지금 잭은 크면 군인이 된다면서 열중해 있어. 군인 말이야. 생각 좀 해봐."

"나라면 그런 일로 걱정하지 않겠어. 또 다른 생각에 빠지게 되면 그런 건 잊어버리고 마니까. 전쟁은 과거의 것인걸, 뭐. 젬은 짐 선장님처럼 뱃사람이 되려 하고, 월터는 시인이 될 생각이래. 월터는 다른 어느 아이와도 달라.

하지만 아이들은 다같이 나무를 좋아하고 '골짜기'라고 부르는 곳에서 놀기를 아주 좋아해. 잉글사이드 바로 아래에 있는 조그만 저지대야. 동화에 나오는 것 같은 오솔길이며 시냇물이 졸졸졸 흐르고 있지. 흔히 볼 수 있는 곳이야. 다른 이들에게는 다만 '저지대'에 지나지 않지만, 아이들에게는 동화 속 나라란다.

저마다 결점은 있지만 그리 나쁜 아이들은 아니야. 게다가 고맙게도 언제나 애정이 넘치니까. 아, 생각만 해도 기뻐. 내일 저녁 이맘때면 잉글사이드로 돌아가 쉬는 시간에는 아이들에게 이야기를 들려주고, 수전의 칼세올라리아*1와 양치류를 칭찬하며 그 노고를 위로하고 있겠지.

양치류에 대해서는 수전을 따를 수 없어. 아무도 수전처럼 길러내지 못해. 수전의 손길이 닿은 양치류는 진심으로 칭찬할 수 있어. 그러나 칼세올라리아에 대해서는, 다이애너, 내게는 전혀 꽃으로 보이지 않아!

하지만 그런 말을 해서 수전의 기분을 언짢게 한 일은 한 번도 없

---

*1 남아메리카산 꽃.

어. 언제나 어떻게든 피하고 말지. 하느님은 아직 나를 버리신 일이 없단다.

수전은 좋은 사람이야. 수전이 없었으면 나는 어떻게 해야 좋았을지 상상도 할 수 없어. 그런데도 언젠가 나는 수전에 대해 '생판 남'이라고 말했지 뭐니.

그래, 집으로 돌아간다고 생각하니 기쁘지만 그린게이블즈와 헤어지는 것도 슬퍼. 여기는 이토록 아름다운걸. 머릴러가 있고, 네가 있고. 우리들 우정은 옛날부터 늘 변함없어, 다이애너."

"그래. 그리고 우리는 이제까지 죽─나는 너처럼 잘 표현할 수 없어, 앤. 하지만 우리는 그 옛날의 '맹세와 약속'을 지켜왔지."

"언제나, 그리고 언제까지나."

앤이 다이애너의 손을 잡았다. 너무도 감미로워서 두 사람은 말없이 한참 동안 앉아 있었다. 풀이며 꽃이며 앞쪽의 푸르른 목장에 긴 저녁그림자가 조용히 떨어졌다. 해가 지고 잿빛을 띤 남홍색으로 짙게 물든 하늘은 생각에 잠긴 나무숲 뒤쪽에서 빛이 엷어지며, 지금은 찾아오는 사람 없는 헤스터 그레이의 정원을 봄의 황혼이 점령했다. 울새가 해질녘 공기 속에 피리소리 같은 지저귐을 흩뿌리고 있었다. 하얀 벚나무 위에 큰 별이 하나 모습을 드러냈다.

앤이 꿈꾸듯 말했다.

"첫별은 언제 보아도 기적이야."

"나는 영원토록 여기에 앉아 머무르고 싶어. 이곳을 떠나기가 싫어."

"나도. 하지만 마침내 우리들은 15살짜리 흉내를 내고 있는 데 지나지 않아. 서로 가족에 대한 일을 생각해야만 하는걸.

저 라일락은 참으로 좋은 냄새가 나는구나! 이런 생각을 해본 적 있니, 다이애너, 라일락 꽃향기에는 뭐랄까, 조심성 없는 왈가닥 소녀 같은 점이 있다는 것을'?

이런 생각을 말하면 길버트는 웃는단다. 길버트는 라일락을 아주 좋아해. 하지만 내게는 그 꽃이 늘 무언가 너무도 감미롭고 비밀스러운 것을 간직하고 있는 듯 여겨져."

"라일락을 집안에 두기에는 향기가 너무 짙은 것 같아."

다이애너는 남은 초콜릿케이크가 든 접시를 들어올려 먹고 싶어 가만히 바라보다가 고개를 젓고 굉장한 고상함과 인내와 참을성을 지닌 표정을 얼굴에 떠올리며 바구니 속에 넣어버렸다.

"다이애너, 지금 집으로 돌아가는 길에 옛날 우리들이 '연인의 오솔길'을 달려 마중하러 나온다면 재밌지 않겠니?"

다이애너는 몸을 조금 떨었다.

"처, 처, 천만에. 재미있다고 생각 안 해, 앤. 나는 이렇게 어두워진 줄 미처 깨닫지 못했어. 낮이라면 여러 가지 공상을 하는 것도 좋지만……"

말없이 서로 애정을 품고 조용히 돌아가는 두 사람의 긴 그림자가 드리워진 그리운 언덕 위로 저녁놀이 서서히 붉게 물들고, 두 사람 마음속에는 오래전부터 잊혀지지 않는 사랑이 타오르고 있었다.

# 집으로

앤은 다음날 아침 매슈의 무덤에 꽃을 바치는 것으로 1주일 동안 머문 즐거운 나날을 마무리하고, 오후가 되자 카모디에서 기차를 타고 집으로 향했다.

얼마 동안은 뒤에 남겨두고 온 옛날의 그리운 모든 것들로 머리에 가득차 있었으나, 이윽고 앤의 마음은 자신을 기다리는 그리운 이들이 있는 곳으로 날아갔다.

가는 길에 내내 앤은 마음속으로 노래를 불렀다. 드디어 즐거운 집으로 돌아가는 것이다. 그 문턱을 넘는 이는 누구나 그곳을 자기 집으로 느끼는 집, 일 년 내내 웃음소리며 은찻잔이며 스냅 사진이며 아이들로 가득찬 집으로 돌아가는 것이다.

곱슬머리와 무릎이 포동포동한 귀여운 어린아이들로 시끌벅적한 집, 앤을 기쁘게 맞아주는 방들, 참을성 있게 기다리는 의자며 앤을 바라는 옷장 속 옷들, 떠들썩한 연중행사가 차례차례 돌아오고, 늘 조그만 비밀을 소곤거리는 집.

"놀아줄 수 있는 집이 있다는 것은 참으로 행복한 일이야."

앤은 지갑에서 한 통의 편지를 꺼냈다. 앤의 어린 아들에게서 온 것으로, 전날 밤 그린게이블즈에서 모인 사람들에게 자랑스럽게 읽어주고 한바탕 크게 웃었었다. 그것은 앤이 자기 아이로부터 처음 받은 편지였다.

젬의 철자법은 틀리기도 하고 한구석에 커다란 잉크 얼룩이 묻어 있었지만, 학교에 다니기 시작한 지 1년 밖에 안 되는 7살 난 아이가 쓴 것치고는 훌륭한 편지였다.

다이는 밤새 엉엉 울었습니다. 토미 드류가 다이의 인형을 불태워버리겠다고 했기 때문입니다. 밤에는 수전이 재미있는 이야기를 해줍니다. 하지만 수전은 엄마가 아닌걸요. 어젯밤 나는 수전이 무씨 뿌리는 것을 도와주었습니다……

"아이들과 잠시 떨어져 있었지만 용케도 1주일 동안 즐겁게 지낼 수 있었어."

잉글사이드의 여주인은 스스로 감탄했다.

기차에서 내리자마자 글렌 세인트 메리 역에서 기다리고 있던 길버트의 팔 안으로 덥석 뛰어든 앤은 외쳤다.

"여행을 끝낸 뒤 마중나와 주는 사람이 있다는 건 참으로 기쁜 일이야!"

길버트가 마중나와 줄 것인지 앤은 알지 못했었다. 늘 누가 죽든지 태어나든지 하기 때문이다.

그러나 집으로 돌아오는데 길버트가 마중나와 주지 않았다면 아무래도 집에 돌아왔다는 기분이 나지 않았을 것이다. 더욱이 길버트가 입고 있는 새로 지은 잿빛 양복이 얼마나 잘 어울리는가!

'린드 아주머니가 여행을 하며 이런 옷을 입는 것은 미친 짓으로 여긴다고 했지만, 나는 이 갈색 슈트에 주름 많은 달걀색 블라우스를 입고 오기 잘했어. 그렇게 하지 않았더라면 길버트와 어울려 보이지

못할 거야.'

잉글사이드는 온통 섬섬히 밝힌 등불로 빛나고, 베란다에는 화려한 동양적 초롱이 매달려 있었다. 수선화로 둘러싸인 오솔길을 앤은 힘차게 달려가며 소리쳤다.

"잉글사이드여, 내가 돌아왔어!"

다같이 앤 주변으로 웃으며, 외치며, 장난치면서 모여 왔다. 그 뒤에서 수전 베이커가 빙그레 미소 짓고 있었다. 아이들은 2살 난 셜리에 이르기까지 저마다 특별히 앤에게 바치는 꽃다발을 들고 있었다.

"어머나, 정말 멋진 환영이구나! 잉글사이드가 온통 행복해 보이는 것 같아. 우리집 식구가 나를 만나는 것을 이토록 즐거워해 준다고 생각하니 정말 기뻐."

젬이 진정으로 말했다.

"집을 또 떠난다면 나는 맹장염에 걸릴 테니 그런 줄 알아요, 엄마."

월터가 물었다.

"맹장염은 어떻게 걸리는 거야?"

젬은 살며시 팔꿈치로 월터를 찌르며 속삭였다.

"쉿! 어딘가 아프다는 것밖에 몰라. 하지만 엄마를 위협해서 집을 떠나지 못하게 하고 싶은 거야."

앤은 맨 먼저 하고 싶은 일이 백 가지나 되었다. 아이들을 하나하나 끌어안기도 하고, 땅거미진 뜰로 달려나가 잉글사이드 저택 곳곳에 피어난 팬지 꽃을 꺾기도 하고—잉글사이드에는 어디를 가든지 팬지가 피어 있었다—깔개에 나뒹굴어 있는 낡은 인형을 집어올리기도 하고, 저마다 지니고 있는 흥미진진한 소문이며 소식을 묻기도 하고.

한 사람 한 사람이 이야기하고 싶은 게 산처럼 많았다.

선생님이 환자 집에 가고 없을 때, 낸이 바셀린 튜브 마개를 콧구멍에 쑤셔넣어 수전이 미칠 듯이 뇌고 날뛰던 일.

"정말 걱정했어요, 마님."

저드 팔머 부인의 소가 못을 쉰 일곱 개나 먹어버려 샬럿타운에서 수의사를 불러와야만 했던 일.

멍청한 페너 더글러스 부인이 교회에 모자를 쓰지 않고 왔던 일.

아빠가 잔디밭에서 수선화를 모조리 뽑아낸 일……

"마님, 안 계신 동안 선생님이 갓난아기를 여덟 번이나 받아냈답니다."

톰 플래그 씨가 콧수염을 염색한 일.

"더욱이 아내가 죽은 지 2년 밖에 안 되었는데 말이에요."

항구의 로즈 맥스월이 위 글렌의 짐 허드슨을 애먹인 끝에 차버려 짐이 그 동안의 비용을 모두 기록하여 로즈에게 청구했던 일.

애머서 워런의 부인 장례식에 사람들이 무척 많이 모여든 일.

카터 플래그네 고양이가 꼬리 언저리 살을 한입 깨물린 일.

셜리가 마구간에서 말 바로 밑에 서 있는 것을 찾아낸 일.

"마님, 나는 정말이지 숨이 멎는 줄 알았어요."

유감스럽게도 푸른 복숭아나무가 검은 혹이 생기는 병에 걸린 듯하다는 것.

다이가 하루 종일 '다함께'라는 곡에 맞추어 '오늘 돌아와, 오늘 돌아와, 오늘 돌아와, 엄마가 오늘 돌아와'라고 노래를 부르며 돌아다닌 일.

조 리스네 아기고양이가 눈을 뜬 채 태어나 사팔뜨기가 된 일.

젬이 바지를 입기 전에 파리잡는 끈끈이종이 위에 앉아버린 일.

슈림프가 헛간의 빗물을 받아두는 큰 통에 빠진 일.

"하마터면 빠져죽을 뻔했었지요, 마님. 하지만 다행히도 우리 선생님이 슈림프가 아슬아슬한 순간에 울부짖는 소리를 용케 들으시고 뒷다리를 잡아 끌어냈답니다."

'아슬아슬한 순간이란 어떤 거지요, 엄마?'

앤은 의자에 앉아 난롯불을 쬐며 만족스러운 듯 가르랑거리며 아름답게 등을 구부린 고양이를 쓰다듬었다.

"이제는 완전히 기운을 차린 모양이군."

잉글사이드에서는 우선 고양이가 올라앉아 있는지 확인하지 않고 의자에 앉는 것은 위험했다. 본디 고양이를 그리 좋아하지 않는 수전 도 자기 몸을 지키기 위해서는 좋아하는 법을 배우지 않을 수 없다 고 말했다.

슈림프는 1년 전 마을에서 남자아이들이 구박하던 말라빠진 가엾 은 아기고양이로, 낸이 안고 돌아왔을 때 길버트가 슈림프(작은 새우) 라고 이름 지었던 것이다. 이제는 이름과 전혀 비슷하지도 않지만, 그 이름이 그대로 붙어 있었다.

"그런데 수전! 고그와 매고그는 어떻게 되었어요? 깨뜨린 건 아니겠 지요?"

"아니에요, 마님."

수전은 부끄러움으로 얼굴이 빨간 벽돌빛이 되어 방을 뛰쳐나가더 니 곧 잉글사이드의 난롯가에 군림하는 그 두 마리의 도자기 개를 안고 돌아왔다.

"돌아오시기 전에 도로 가져다놓는 걸 내가 어째서 잊었을까요. 실 은 마님, 떠나신 이튿날 샬럿타운에 사는 찰스 데이 부인이 오셨었어 요. 아무튼 그분은 아주 착실하고 꼼꼼한 분이잖아요.

월터는 그분을 친절하게 맞아야겠다고 생각하고, 먼저 이 개를 가 리키며 '이것은 고드(하느님)고 저것은 마이 고드(나의 하느님)라고 하 지요' 이렇게 말했어요. 하지만 안타깝게도 아무것도 모르고 말한 거 예요.

나는 기겁했어요. 하기야 데이 부인이 어떤 얼굴을 하는지 보고 싶 어 견딜 수 없기도 했지만 말예요. 나는 열심히 설명했어요. 하느님 이름을 함부로 다루는 집으로 여기게 하고 싶지 않았기 때문이었죠. 하지만 마님이 돌아오실 때까지 다른 사람 눈에 띄지 않도록 사기그 릇을 넣는 벽장에 두려고 생각했던 거예요."

젬이 애처로운 목소리로 말했다.

"엄마, 아직 밥 안 먹어요? 나 배 한구석이 이상해요. 그리고 엄마, 오늘 저녁은 모두 좋아하는 요리를 만들었어요."

수전이 호기롭게 빙긋 웃었다.

"우리는 마님이 돌아오시면 거기에 알맞은 축하를 해야 한다고 생각했어요. 아니, 월터는 어디에 있을까요? 이번 주는 월터가 식사시간을 알리는 징을 칠 차례인데요."

저녁 식사는 축제 같았다. 그 뒤 아이들을 잠자리에 들게 하는 것은 즐거운 일이었다. 수전의 아주 특별한 경우라면서 앤이 셜리를 재우도록 허락해 주었다.

수전은 엄숙하게 말했다.

"오늘은 여느 날이 아니니까요, 마님."

"어머나, 수전, 여느 날이란 없어요. 어느 날이든 다른 날에는 없는 무언가가 있으니까요. 그렇게 생각한 일 없어요?"

"옳은 말씀이에요, 마님. 요전 금요일에도 그랬어요. 하루 종일 비가 와서 짜증스러운 날이었는데, 3년 동안이나 꽃이 피지 않았던 큰 분홍색 제라늄이 마침내 봉오리를 내밀었지 뭐예요. 그리고 칼세올라리아 꽃을 보셨나요, 마님?"

"봤느냐고요? 그토록 훌륭한 꽃은 태어나서 처음 보았어요, 수전. 어떻게 그렇게 키웠죠?"

'이로써 수전은 크게 만족했고, 나는 엉터리로 말한 게 아니라 정말 그런 칼세올라리아는 본 일이 없었으니까……참 다행이야!'

"계속 돌봐주고 신경을 썼죠, 마님. 그런데 좀 이야기해 두고 싶은 일이 있어요. 월터가 어떤 의문을 품고 있는 게 아닌가 여겨져요.

분명 글렌의 아이들 가운데 누군가가 월터에게 무슨 말을 한 게 틀림없어요. 요즘 아이들은 대체로 몰라도 되는 것을 너무 많이 알고 있으니까요.

일전에 월터가 깊은 생각에 잠긴 표정으로 내게 '수전, 어린아이란 정말이지 엄청 사치스러운 물건이야?'라고 묻지 않겠어요.

나는 어안이 벙벙했어요. 그러나 당황하지 않고 '어린아이를 사치품으로 여기는 사람도 있지만 잉글사이드에서는 필수품이라고 생각해'라고 말해 주었지요.

그리고 내가 글렌의 가게 물건은 모두 얄미울 만큼 값이 비싸다고 불평을 늘어놓아 나빴다고 여기고 있어요. 그 말을 듣고 그 애가 걱정스러워한 게 아닐까 싶어요. 그러니 월터가 무슨 말을 하거든 마님은 그런 줄 알고 계세요."

앤은 위엄 있게 말했다.

"훌륭하게 잘 처리해 주었어요, 수전. 그리고 아이들도 이제 우리가 어떤 것을 바라는지 차츰 알 때가 되지 않았나 하는 생각이 드는군요."

그러나 무엇보다도 기뻤던 것은, 앤이 자기 방 창가에 서서 바다로부터 소리없이 다가온 안개가 달빛을 받은 모래톱과 항구를 지나 잉글사이드에서 내려다보이는 글렌 세인트 메리 마을을 가슴에 품고 있는 좁고 길다란 골짜기로 들어오는 것을 바라보고 있는데 길버트가 앤에게로 왔을 때였다.

"힘든 하루를 끝내고 돌아오니 사랑스러운 당신이 기다려주고 있군! 행복해, 앤?"

"아주 행복해!"

앤은 몸을 구부려 쳄이 화장대에 올려놓아준 꽃병에 가득 꽂힌 사과꽃 향기를 들이마셨다. 앤은 사랑에 둘러싸이고 휩싸여 있는 것을 느꼈다.

"길버트, 1주일 동안 그린게이블즈의 앤으로 돌아가 있는 것도 기뻤지만, 집에 돌아와 잉글사이드의 앤으로 있는 게 백배나 더 기뻐."

# 젬 도령

"절대 안 돼."

블라이스 의사의 이러한 말투를 젬은 잘 알고 있었다.

아빠가 생각을 바꾼다든가, 또는 엄마가 아빠에게 생각을 바꾸도록 애써줄 가망이 없음을 젬은 알고 있었다. 이 점에 대해서는 아빠와 엄마가 같은 생각인 게 분명했다.

젬의 갈색 눈은 분노와 실망으로 험악하게 일그러져 잔인하다고밖에는 여겨지지 않는 부모를 가만히 노려보았다. 아무리 노려보아도 부모는 화가 치밀 만큼 태연해서 마치 조금도 나쁜 일은 없는 것처럼 저녁 식사를 하고 있었기에 한결 더 심하게 쩨려보았다.

물론 메리 머라이어 고모할머니는 젬의 눈초리를 알아차리고 있었다. 이 고모할머니의 슬픈 듯한 물빛 눈은 무엇 하나 놓치지 않는 것이다. 그러나 고모할머니는 젬의 씩씩거리는 모습을 보고 그저 재미있어 하는 것 같았다.

버티 셰익스피어 드류가 찾아와 오후에 줄곧 젬과 놀고 돌아갔다. 월터는 케니스 포드며 퍼시스 포드와 함께 예선의 '꿈의 집'으로 늘러 가고 없었다.

버티 셰익스피어가 꾀었다.

"내 사촌 조 드류의 팔에 빌 테일러 선장이 오늘 저녁 문신(文身)을 해줄 건데 글렌에 있는 모든 남자아이들이 그것을 보러 항구에 가기로 되어 있어. 너도 오지 않겠니? 재미있을 거야."

젬은 갑자기 가고 싶어 견딜 수 없게 되었다. 그러나 지금 결코 가서는 안 된다는 꾸중을 들었던 것이다.

아빠는 말했다.

"무엇보다도 아이들끼리 가기에는 항구가 너무 멀어. 다들 늦게까지 돌아오지 않을 테고, 네가 잠자는 시간은 8시로 정해져 있으니 말이다, 젬."

메리 머라이어 고모할머니가 말참견을 했다.

"내가 어렸을 무렵에는 밤 7시면 자게 되어 있었지."

엄마도 타일렀다.

"더 클 때까지 기다리도록 해, 젬. 그러면 밤에 멀리까지 가도 괜찮으니까."

젬은 발끈하여 외쳤다.

"엄마는 지난주에도 그렇게 말했잖아요. 지금은 벌써 다 컸단 말이에요. 엄마는 나를 갓난아기로 알고 있어요! 버티도 가잖아요. 나도 버티만큼 커요."

고모할머니가 걱정스러운 얼굴로 말했다.

"홍역이 번지고 있잖니. 옮을지도 몰라, 제임스."

젬은 제임스라고 불리는 것이 몹시 싫었다. 그런데 고모할머니는 늘 그렇게 부르고 있었다.

젬은 반항했다.

"홍역에 걸려 보고 싶어요."

그때 아빠의 무서운 눈을 보고 젬의 기세는 꺾이고 말았다. 아빠는 누구건 간에 메리 머라이어 고모할머니에게 '말대꾸'하는 것을 무조건 용서하지 않았다. 젬은 메리 머라이어 고모할머니가 몹시 싫었다. 다이애너 아주머니와 머릴러 아주머니는 아주 마음에 들고 좋았지만, 메리 머라이어 고모할머니는 도저히 견딜 수 없이 얄미웠다.

젬은 메리 머라이어 고모할머니에게 말하는 것으로는 아무도 눈치채지 못하게 하려고 엄마 쪽을 보며 외쳤다.

"좋아요, 나를 귀여워해 주고 싶지 않으면 귀여워해 주지 않아도 좋아요. 하지만 내가 호랑이를 잡으러 아프리카로 가버리면 어쩌죠?"

엄마는 상냥하게 웃으며 대답했다.

"아프리카에 호랑이는 없어, 젬."

"그럼, 사자를 잡죠!"

모두 나를 화나게 할 작정이군! 어떻게든지 나를 웃음거리로 삼을 작정이야! 내가 만만한 어린아이가 아니라는 걸 깨닫게 해주겠어!

"아프리카에 사자가 없다고는 못하겠지요. 아프리카에는 사자가 몇백만 마리나 있으니까요. 아프리카는 온통 사자로 드글드글 가득차 있어요!"

또다시 엄마와 아빠는 빙그레 웃을 뿐이었는데, 그것이 메리 머라이어 고모의 마음에 들지 않았다. 아이들에게 건방진 행동을 하도록 내버려두어서는 안 된다.

수전은 젬에 대한 애정과 동정, 그리고 선생 내외가 젬을 마을 개구쟁이들과 함께 항구의 소문이 나쁜 주정꾼인 늙은 빌 테일러 선장 집으로 가지 못하도록 하는 게 정말 옳다고 믿는 마음 사이의 틈바구니에 끼어 말했다.

"그건 어쨌든, 네가 좋아하는 생강든 빵에 생크림친 것을 가져왔어, 젬."

생강든 빵에 생크림을 친 것은 젬이 무척 좋아하는 디저트였다. 그러나 오늘 밤은 그것마저 젬의 화난 마음을 날랠 만한 매력을 갖시 못했다.

"먹고 싶지 않아요."

기분이 나쁜 나머지 매몰차게 거절하고, 젬은 일어나 식탁을 떠나 문가까지 걸어가더니 홱 돌아서며 마지막 도전을 했다.

"무슨 일이 있어도 9시까지는 안 잘 테니까요. 그리고 어른이 되면 전혀 잠자지 않을걸요. 밤마다 내내 일어나 있을 거예요. 그리고 온몸에 문신을 넣을 거예요. 실컷 나쁜 짓을 할 테니 두고봐요."

엄마가 말했다.

"잠자지 않을 거예요'라고 하는 게 훨씬 낫단다, 젬."

무슨 말을 해도 아빠와 엄마는 느끼지 못하는 것일까?

메리 머라이어 고모가 말했다.

"아무도 내 의견을 들으려고 하지 않겠지만, 애니, 내가 어릴 때는 아버지에게 그런 말을 하면 숨이 끊어질 만큼 호되게 매를 맞았단다. 요즘은 집마다 자작나무 회초리를 전혀 쓰지 않게 되었지만, 정말 딱하게 생각해."

의사 내외가 아무 말도 하지 않으려는 것을 보고 수전이 대들 듯이 말했다.

"젬 도련님이 나쁜 게 아니에요."

그리고 만일 메리 머라이어 블라이스가 그것을 핑계로 자기 주장을 우기려들면, 수전은 그대로 잠자코 물러나지 않을 기세를 보였다.

"문신하는 것을 보면 얼마나 재미있겠느냐고 버티 셰익스피어가 젬을 부추긴 거예요.

버티는 오후 내내 여기에 와 있으면서 몰래 부엌으로 들어와 가장 값비싼 알루미늄으로 만든 스튜 냄비를 꺼내 투구로 쓰고 있었어요. 군대놀이를 한다면서 말예요.

그 다음에는 널빤지로 보트를 만들어 골짜기의 시냇물에 띄워서 몸이 흠뻑 젖었지요. 그 뒤 꼬박 한 시간이나 뜰에서 팔딱팔딱 뛰고 소름끼칠 듯한 소리를 마구 지르며 개구리 흉내를 내고 있었다니까

요. 징그러운 개구리 말예요!

젬이 지쳐 기분이 나쁜 것도 무리가 아니에요. 젬이 그리 피로하지 않을 때는, 그처럼 행동이 얌전한 아이는 이 세상에 달리 없을 정도예요. 그것만은 분명해요."

메리 머라이어 고모는 화를 돋굴 만한 말은 전혀 하지 않았다. 고모는 식사 때 수전에게 말을 건넨 적이 단 한 번도 없었다. 그렇게 해서 수전이 '가족들과 자리를 같이하는 것'을 허락받는 일에 대해 달가워하지 않는 마음을 드러내 보였던 것이다.

고모가 오기 전 이 점에 대해 앤과 수전은 서로 철저하게 상의했었다. '분수'를 아는 수전은 잉글사이드에 손님이 와 있을 때면 가족들과 자리를 같이한 일이 없었고 그럴 생각도 없었다.

"하지만 메리 머라이어 고모는 손님이 아니에요. 우리 가족 가운데 한 분이에요. 그리고 수전도 가족이지요."

마침내 수전은 고집을 꺾었지만, 속으로 자기가 여느 하녀가 아니라는 것을 메리 머라이어 블라이스도 알겠지 하는 만족감을 느끼며 한껏 으스대었다.

수전은 지금까지 메리 머라이어 고모를 만난 적이 없었지만, 조카딸이 샬럿타운에 있는 메리 머라이어네 집에서 일한 일이 있어서 그녀에 대해 모두 듣고 있었다.

앤은 솔직하게 말했다.

"메리 머라이어 고모님이 찾아와 계시는 게 무척 반가운 듯한 태도는 보이지 않겠어요, 수전. 하지만 고모님으로부터 길버트에게 2, 3주일 와 있어도 좋으냐는 편지가 왔으니까 그런 일에 대해 선생님이 어떻게 하실 것인지는 수전도 알고 있겠죠?"

수전은 충실했다.

"마땅한 일이에요. 남자로서 자기 친척을 편들지 않고 어쩌겠어요? 하지만 2, 3주일이라니, 글쎄, 마님, 세상을 나쁜 면으로만 보려는 건 아니지만 내 언니인 머틸더의 동서가 2, 3주일 있겠다고 찾아와서는 20년이나 있었답니다."

앤은 미소 지었다.

"그런 걱정은 할 필요가 없다고 생각해요, 수전. 고모님은 샬럿타운에 무척 멋있는 자기 집을 가지고 있으니까요. 하지만 그 집이 너무 커서 쓸쓸해 하세요.

2년쯤 전 고모님의 어머님이 돌아가셨어요. 85살이셨대요. 고모님은 어머님을 살뜰히 받들었는데, 어머님이 안 계시므로 쓸쓸하게 지내는 거예요. 이곳에 머무르는 동안 정성을 다해 즐겁게 해드려요, 수전."

"물론 힘닿는 데까지 최선을 다하겠어요. 식탁에 널빤지 한 장을 더 이어달아야겠군요. 어쨌든간에 식탁을 줄이는 것보다는 늘이는 편이 좋은 일이죠."

"식탁에 꽃을 꽂아두어서는 안 돼요. 기침을 일으키게 하는 모양이니까요. 그리고 후추 때문에 재채기를 하면 안 되니까 식탁에 올려놓지 않는 게 좋아요. 또 자주 심한 두통으로 고생하시니까 시끄럽지 않게 주의해주세요."

"큰일이군요! 마님이나 선생님이 크게 이야기하는 것은 본 적이 없고, 내가 큰 소리로 울부짖고 싶을 때는 단풍나무 숲속으로 가면 그만이지만, 가엾게도 아이들이 메리 머라이어 블라이스 고모할머니 두통 때문에 하루 종일 조용히 지내야만 한다는 것은, 좀 지나치다고 생각되는군요. 이런 말씀을 드려서 죄송합니다, 마님."

"겨우 2, 3주일 동안만 참으면 되는걸요, 수전."

"뭐, 그렇다면 다행이지만 말예요, 마님. 아무튼 이 세상에서는 기름이 낀 살코기도 먹어야 하니까요."

그리고 수전은 체념했다.

이렇게 해서 메리 머라이어 고모가 와서 함께 지내게 되었는데, 오자마자 요즘 굴뚝청소를 했는지 물었다. 화재를 무척 무서워하는 모양이었다.

"이 집은 굴뚝 높이가 충분하지 못하다고 나는 전부터 말했어. 내 침대는 바람을 쐬었겠지, 애니. 축축한 시트는 질색이니까."

고모는 잉글사이드에 있는 손님 침실을 떡하니 차지하고는 수전이 쓰는 방을 뺀 모든 방을 자신의 것인 양 불쑥 드나들고 있었다. 그러다보니 고모를 반갑게 맞이한 이는 한 사람도 없었다.

젬은 고모할머니를 흘끗 보자 몰래 부엌으로 빠져나와 수전에게 속삭였다.

"저 고모할머니가 여기 계시는 동안 우리는 마음껏 웃어도 괜찮을지 모르겠어."

월터는 고모할머니를 보자마자 눈에서 눈물이 하염없이 쏟아졌으므로 면목없는 일이지만 급히 방 밖으로 쫓겨나갔다. 쌍둥이들은 쫓겨나기를 기다릴 것도 없이 저희들이 쪼르르 달려나가고 말았다.

수전의 주장에 따르면, 슈림프까지 뒤뜰로 나가 경련을 일으켰다고 한다.

셜리만이 자기 자리를 지키며, 포근한 수전의 무릎 위에 앉아 팔에 안겨 무서워하는 기색도 없이 말끄러미 고모할머니를 바라보았다.

메리 머라이어 고모는 잉글사이드 아이들은 어쩌면 저토록 행실이 좋지 못할까 생각했다. 그러나 무엇을 기대할 수 있겠는가. 엄마는 '신문 같은 데 글을 쓰는' 사람이고, 아빠로 말하면 자기 아이들이라 하여 그들을 완전무결하다고 믿고 있으며, 고용인으로는 수전 같은 분수를 모르는 사람이 와 있으니 못마땅하게 생각할 수밖에 없었다.

그러나 나 메리 머라이어 블라이스는 이 집에 있는 동안 가엾은 사촌오빠 존의 손자들을 위해 힘닿는 데까지 해주리라.

맨 처음 식사를 할 때부터 고모는 불만을 늘어놓았다.

"너의 식사 전 감사기도는 너무 짧아, 길버트. 여기 있는 동안 내가 너 대신 감사기도를 올려주련? 그편이 네 가족들에게 보다 좋은 본보기가 될 거야."

선뜻 길버트가 그렇게 해달라고 말해서 저녁식사 전 고모가 감사기도를 올렸으므로 수전은 깜짝 놀랐다.

'이것은 마치 식사 전 감사기도라기보다 예배를 보는 것 같잖아.'

수전은 요리접시 위로 머리를 숙이며 경멸하는 눈길로 바라보면서, 메리 머라이어 블라이스에 대한 조카딸의 비평에 마음속으로 공감했다.

"미스 블라이스는 언제나 좋지 않은 냄새를 풍기고 있는 느낌이에요. 단순히 불쾌한 냄새라는 게 아니고 그냥 고약한 냄새라구요."

수전은 생각했다.

'글래디스는 멋진 표현을 할 줄 알고 있구나.'

그러나 편견이 없는 수전은 미스 머라이어 블라이스가 55살 부인치고는 그리 보기 싫지 않았다.

스스로 '귀족적'이라고 믿고 있는 얼굴을 언제나 반지르르한 잿빛 곱슬머리가 둘러싸고 있어서 작고 뾰족한 혹처럼 빗은 수전의 잿빛 머리를 모욕하는 것 같았다. 보기 좋은 옷차림을 하고, 귀에는 길다란 검은 구슬귀걸이를 달랑달랑 달고, 여윈 목에는 유행하는 높은 뼈대가 든 그물깃을 두르고 있었다.

수전은 생각했다.

'적어도 저 분 옷차림만은 부끄러워하지 않아도 되겠어.'

그러나 수전이 그렇게 자신을 위로하고 있는 것을 안다면, 메리 머라이어 고모가 어떻게 여길지 그것은 상상에 맡기는 수밖에 없다.

# 쥰릴리

앤은 자기 방을 꾸미기 위해 꽃병 가득 꽂을 쥰릴리와, 길버트 서재 책상에 놓을 수전이 기른 작약을 하나하나 꺾고 있었다.

하얀 작약 심지에는 하느님께서 가만히 다가와 입맞춤을 한 듯 붉은 반점이 있었다. 특별히 더웠던 6월 한낮이 지나 공기는 되살아난 듯했고, 항구는 은인지 금인지 알 수 없는 빛깔이 되어 있었다.

앤은 지나다가 부엌 창문을 들여다보며 말했다.

"오늘 저녁해가 아주 멋있어요, 수전."

"접시를 다 씻을 때까지는 저녁해 같은 걸 바라볼 수 없어요, 마님."

"그때는 해가 지고 말 거예요, 수전. 저지대 위에 떠 있는 저 커다란 뭉게구름을 봐요. 발그레한 장밋빛으로 물들어 있어요. 날아가 그 위에 올라타고 싶지 않아요?"

수전은 행주를 손에 들고 골짜기를 넘어 그 구름 쪽으로 날아가는 자기 모습을 떠올려보았으나 수전의 마음에 들지 않았다. 그래도 지금은 마님을 너그럽게 이해해야만 한다.

"성질고약한 새로운 벌레가 장미나무에 들러붙어 있어요. 내일 소독약을 뿌려야겠어요. 오늘 밤 하고 싶지만…… 마침 뜰일을 하고 싶은 마음이 커지는 저녁이거든요. 오늘은 여러 가지 것들이 쑥쑥 자라날 것 같은 그런 밤이에요. 천국에도 아담한 뜰이 있으면 좋겠어요, 수전. 거기서 일하며 잘 자라날 수 있게 도울 수 있는 뜰 말예요."

그러자 수전이 반대했다.

"하지만 꿈틀거리는 벌레는 싫어요."

"그래요, 없는 편이 좋아요. 하지만 손댈 여지가 없이 완성된 뜰은 참으로 재미가 없어요, 수전. 자신이 가꾸지 않으면 정원은 의미가 없죠. 나는 풀을 뽑고, 갈아엎고, 심어주고, 다듬고, 잘라내며 내 손길이 닿게 하고 싶어요. 내가 좋아하는 꽃을 천국에서도 갖고 싶어요. 천국에서 피는 시들지 않는 꽃보다 나만의 팬지꽃이 더 좋아요, 수전."

더 참을 수 없게 되어 수전은 물었다.

"왜 하고 싶은 일을 하며 지내지 않죠?"

마님이 좀 이상해 보인다고 여겼던 것이다.

"선생님이 함께 드라이브를 하고 싶다고 말하는걸요. 선생님은 그 가엾은 존 팩스턴 노부인 집으로 가는 거예요. 다 죽어가 시름시름 앓고 있어요. 선생님으로서는 어떻게 해볼 도리가 없대요. 할 수 있는 데까지 다 했지만, 그러나 팩스턴 부인은 여전히 선생님이 찾아와주기를 바라고 있어요."

"아, 그렇고말고요, 마님. 이 근처에서는 선생님이 아니면 누구 한 사람 태어날 수도 죽을 수도 없다는 것을 다들 알고 있으니까요. 드라이브하기에는 썩 좋은 저녁이에요. 나도 산책 겸해서 마을로 식료품을 사러 갔다 올까 생각하고 있어요. 머라이어 고모님은 지병인 두통이 왔다면서 발을 옮길 때마다 한숨을 쉬며 2층으로 올라가셨으니, 적어도 오늘 저녁은 잠시 평화롭고 조용히 있을 수 있겠지요."

"시간 맞춰 잼을 재워줘요, 수전. 그 애는 내가 생각하는 섯 이상으로 지쳐 있으니까요. 그러면서도 스스로 잠자리에는 들지 않으려 해요. 그리고 월터는 오늘밤 돌아오지 않아요. 레슬리가 재워보내고 싶다고 했으니까요."

부탁하고 나서 앤은 향료를 엎지른 것 같은 저녁 속으로 나갔다.

젬은 현관 앞 층계에 있었다. 맨발을 무릎 위로 끌어올리고 앉아 모든 것이 밉다는 듯 노려보고 있었다. 특히 글렌 교회에 있는 뾰족 탑 뒤로 솟아오른 큰 달을 쏘아보고 있었다. 젬은 그런 큰 달을 좋아하지 않았다.

메리 머라이어 고모할머니가 젬 옆을 지나 집안으로 들어가며 말했다.

"저 달처럼 네 얼굴도 얼어붙지 않도록 조심해라."

젬은 한층 무서운 얼굴로 노려봤다.

'내 얼굴이 저렇게 얼어붙으면 어때. 차라리 얼어붙는 게 좋아.'

그리고 젬은 갑자기 낸에게 화를 냈다.

"저리로 가. 왜 줄곧 내 뒤만 졸졸 쫓아다니는 거야."

낸은 아빠와 엄마가 마차를 타고 나가버린 뒤 살그머니 젬에게로 다가왔던 것이다.

낸은 말했다.

"심술쟁이!"

그러나 종종걸음으로 달려가버리기 전에 낸은 젬에게 가지고 왔던 빨간 사자 캔디를 젬 옆 층계에 놓고 갔다.

젬은 그것을 무시했다. 지금까지보다 더 모욕당한 느낌이 들었다.

나는 제대로 대우받지 못하고 있다. 모두 나를 괴롭힌다. 바로 오늘 아침만 해도 낸이 말하지 않았던가.

"오빠는 우리들처럼 이 잉글사이드에서 태어나지 않았으니까."

오후에는 다이가 내 토끼 초콜릿을 냉큼 먹어버렸다. 내 토끼라는 걸 뻔히 알고 있으면서도. 월터도 나를 혼자 내버려두고 케니스며 퍼시스와 모래톱으로 우물을 파러 가고 말았다. 퍽 재미있는 일인데!

그리고 버티와 문신하는 것을 보러 가고 싶어 견딜 수 없었는데.

젬은 이토록 무언가 원했던 적은 태어나서 처음이라고 생각했다. 버티에게서 들은 빌 선장네 맨틀피스 위에 언제나 놓여 있다는 멋있는 만함식(滿艦飾)*¹을 한 배를 보고 싶었다. 이처럼 면목 서지 않는 일은 정말 없다.

수전이 호두를 잔뜩 얹고 메이플 슈거(단풍설탕)로 옷을 입힌 두툼한 케익을 한 조각 가져다주었다. 그러나 젬은 매몰차게 필요없다고 거절했다.

어째서 수전은 그 생크림 치고 생강을 넣은 빵을 조금 남겼다가 주지 않는 것일까? 다른 사람들이 다 먹어버렸는지도 모른다. 먹보들 같으니!

젬은 다시 깊은 슬픔이 고여 있는 못으로 잠겨들었다. 지금쯤 그 애들은 항구로 가는 중이겠지. 생각만 해도 견딜 수 없었다.

집안식구들에게 뭔가 앙갚음을 해주어야 한다. 다이가 좋아하는 톱밥이 든 인형을 거실 카펫 위에 갈기갈기 찢어놓아주면 어떨까? 그러면 수전이 마구 성내겠지—수전도 참, 호두 넣은 케이크를 주다니. 내가 설탕옷 속에 호두가 든 것을 싫어한다는 걸 알면서.

수전의 방에 있는 달력에 그려진 그 천사 그림에 수염을 그려넣어 주면 어떨까? 젬은 전부터 그 미소 짓고 있는 통통한 복숭아빛 천사가 싫었다. 시시 플래그와 꼭 닮았기 때문이었다. 시시는 젬이 자기 남자친구라며 학교에서 이리저리 떠벌리고 다녔다. 시시의 남자친구라니? 시시 플래그 따위! 그러나 수전은 그 천사를 멋지다고 여기고 있다.

낸의 인형 머리가죽을 벗겨주는 것은 어떨까? 고그나 매고그 코를 탁 쳐서 떼어버리면 어떨까! 양쪽 다 그렇게 해줄까? 그러면 아마 엄

---

*1 의식 때 배 전체에 신호기를 잇달아 걸고 마스트 꼭대기에 군함기를 달아 군함을 화려하게 꾸미는 일.

마도 내가 이제는 아기가 아니라는 것을 알게 되겠지.

뭐, 내년 봄까지 기다리는 것도 좋아. 4살 때부터 나는 여러 해 동안 엄마에게 산사꽃을 가져다드렸지만 내년 봄에는 그러지 않을 테니까. 그럼, 어림도 없지!

철이른 조그맣고 파란 사과를 잔뜩 따 먹고 배탈을 일으키면 어떨까? 그러면 모두 놀라겠지.

이제부턴 귀 뒤를 씻지 않는다면 어떨까? 이번 일요일 교회에서 사람들을 하나하나 노려봐주면 어떨까? 메리 머라이어 고모할머니 옆에 송충이를, 줄무늬가 있고 털이 북슬북슬한 커다란 송충이를 갖다 두면 어떻게 될까?

항구로 달아나 데이비드 리스 선장의 배에 숨어들었다가 아침이 되어 남아메리카로 훌쩍 떠나버리면 어떤 마음일까? 그렇게 하면 다들 내가 나빴다고 여길까?

그리고 만일 내가 돌아오지 않는다면? 브라질로 아메리카 표범을 잡으러 간다면? 그러면 다들 내가 나빴다고 손가락질할까?

아니, 그렇게 생각하지는 않을 것이다. 나 따윈 소중하게 여기지 않는걸.

바지주머니에 구멍이 뻥 뚫려 있다. 그래도 아무도 꿰매주지 않았다. 뭐, 나는 그런 데 마음쓰지 않아. 온 글렌 사람들에게 그것을 보이며 내가 얼마나 냉대받고 있는지를 알려줄 따름이야.

분노는 물결처럼 밀려와 젬을 압도했다.

재깍재깍……재깍재깍……재깍재깍……블라이스 할아버지가 돌아가신 뒤 잉글사이드로 가져온 홀 안에 있는 해묵은 구식 추시계가 시간을 새기고 있었다. 시계가 처음 생겨났을 때부터 있었던 것 같은 낡은 시계였다. 이 시계는 언제나 젬 마음에 쏙 들었는데 지금은 미웠다. 젬을 비웃고 있는 것처럼 생각되었다.

"하, 하, 이제는 슬슬 잘 시간이다. 다른 아이들은 항구로 가도 괜찮

지만 너는 자야 하는 거야. 하, 하……하, 하……하, 하!"

어째서 나는 밤마다 자야만 하는 걸까? 무엇 때문일까?

수전이 글렌으로 가려고 나오다가 반항심에 불타는 뾰로통한 어린 젬 모습을 다정하게 바라보며 달래듯 말했다.

"내가 돌아올 때까지 자지 않아도 괜찮아, 젬 도련님."

젬은 무서운 기세로 말했다.

"나는 오늘밤 결코 자지 않을 거야. 나는 멀리멀리 달아날 거야. 그렇게 해줄 거야, 수전 할멈……못으로 뛰어들고 말 테야, 수전 할멈."

비록 어린 젬에게서일지라도 수전은 할멈이라고 불리자 기분이 썩 좋지 않았다. 시무룩해져서 말없이 수전은 얼른 나가버렸다. 저 버릇없는 아이는 좀 혼내줄 필요가 있다.

수전의 뒤를 따라나온 슈림프는 친구가 그리운 기분이 들어 젬 앞에 조용히 앉았으나, 단단히 삐친 젬은 그 애정도 못마땅하여 째려보았을 뿐이었다.

"저리 꺼져! 그런 데 도사리고 앉아 메리 머라이어 고모할머니 같은 얼굴로 사람을 바라보다니! 이게 가지 않는군! 그럼, 이걸 줄 테다."

젬은 마침 슈림프 옆에 놓여 있는 양철로 만든 셜리의 조그만 외바퀴수레를 집어던졌다. 슈림프는 처량하게 울부짖는 소리를 지르며 해당화 울타리로 달아났다.

저것 봐! 우리집 고양이까지 나를 싫어하지 않은가! 이렇게 살아 있어 뭘 하지?

젬은 사자 캔디를 집어들었다. 꼬리와 뒷부분을 낸이 먹어버렸지만 그래도 아직 어엿한 사자였다. 이걸 먹는 게 좋겠다. 내가 먹는 마지막 사자가 될지도 모르니까.

사자를 다 먹고 손가락을 빨고 났을 때, 젬은 지금부터 어떻게 할 것인지 결심이 서 있었다. 남자가 무엇 하나 자기 뜻대로 할 수 없을 때, 이것만이 남자로서 할 수 있는 오직 떳떳한 한 가지 일이었다.

# 사라진 젬

"대체 온 집안에 왜 저렇게 불이 켜져 있는 것일까?"

11시에 길버트와 대문을 들어선 앤이 소리쳤다.

"손님이 온 게 틀림없어."

그러나 급히 집 안으로 들어온 앤은 한 사람의 손님도 볼 수 없었다. 그뿐인가, 아무도 보이지 않았다. 부엌도……거실도……식당도……수전의 방도……2층 홀에도 불이 켜져 있었다. 그러나 사람의 그림자는 얼씬거리지도 않았다.

"대체 무슨 일로—"

앤이 말하려 했을 때 전화벨이 울렸다.

길버트가 대답하고 잠시 듣고 있더니, 공포스러운 비명을 지르며 앤을 돌아보지도 않고 뛰어나갔다. 무언가 무서운 일이 벌어졌고, 설명할 틈도 없이 다급한 게 확실했다.

앤은 이런 일에 익숙해져 있었다. 삶과 죽음을 지켜보는 의사의 아내로서 그래야만 했던 것이다.

다 알고 있는 듯한 태도로 어깨를 움츠리며 앤은 보자와 코트를 벗었다. 은근히 수전에 대해 좀 화가 났다. 온 집안의 등불을 환히 켜놓고 문이란 문을 다 열어놓은 채 외출해서는 안 되는 건데.

"마, 마, 마님."

평소 수전의 목소리라고는 여겨지지 않는 목소리였다. 그러나 그것은 수전의 목소리였다.

앤은 눈을 크게 뜨고 수전을 바라보았다. 수전의 모습이 어찌된 것인가. 모자도 쓰지 않고, 잿빛 머리에는 마른 풀이 잔뜩 붙어 있고, 사라사 옷은 차마 볼 수 없을 만큼 더러워져 있었다. 그리고 그 얼굴은 또 어떤가!

"수전, 무슨 일이 있어요? 수전!"

"젬 도련님이 감쪽같이 없어졌어요."

앤은 멍하니 눈을 동그랗게 떴다.

"없어져요? 그게 무슨 뜻이죠? 감쪽같이 없어지다니요!"

수전은 손을 꽉 움켜쥐었다.

"그렇다니까요. 내가 글렌으로 떠날 때 분명 젬은 현관 층계에 있었어요. 어두워지기 전에 돌아왔는데, 젬이 거기에 없었어요.

처음에는 나도 걱정하지 않았지만, 아무 데도 보이지 않는 거예요. 온 집 안 방이란 방마다 하나 남김없이 다 찾아보았어요. 젬은 달아날 작정이라고 말했었는데."

"바보 같은 소리! 젬은 그런 짓 하지 않아요. 공연히 흥분하고 있군요. 젬은 어딘가 가까운 데 있을 게 틀림없어요. 깜박 잠들어버린 거예요. 어딘가 이 근처에 분명 있을 거예요."

"구석구석 모조리 찾아보았어요. 남김없이. 헛간도 샅샅이 살펴보았지요. 마님, 내 옷을 보세요. 젬 도련님이 마른 풀 위에서 자면 재미있을 거라고 늘 말하던 게 생각나서 거기에도 가보았던걸요.

그리고 저 구석에 있는 구멍에서 구유로 떨어져 달걀 위에 주저앉고 말았어요. 다리를 부러뜨리지 않은 게 천만다행이었어요. 젬 도련님이 없어진 일에 비하면 아무것도 아니지만 말예요."

앤은 여전히 침착성을 잃지 않으려 했다.

"아무래도 남자아이들과 함께 항구로 갔을 것 같지 않아요, 수전? 이제까지 그 아이는 어른 말을 거역한 일이 없었지만요. 그렇지만……"

"아니에요, 가지 않았어요, 마님, 젬은 하지 말라는 짓은 하지 않았어요. 구석구석 다 찾아본 끝에 드류네 집으로 달려가 보았더니 버티 셰익스피어가 막 돌아온 참이었는데, 젬은 함께 가지 않았다고 했어요.

전혀 짐작되지 않아요. 마님께서 그 애를 내게 맡기셨는데…… 팩스턴 씨네 집으로 전화를 걸었더니 마님과 선생님 두 분이 오셨었지만 그 뒤 어디로 가셨는지 모른다고 말하더군요."

"우리는 로브리지에 있는 파커 씨 댁에 갔었어요."

"나는 마님이 계실 만한 곳에 다 전화해 보았어요. 그리고 마을로 돌아왔죠. 남자들이 수색을 시작하고 있을 거예요."

"어머나, 수전, 굳이 그럴 필요가 있어요?"

"마님, 나는 샅샅이 다 찾아보았어요. 그 애가 있을 만한 곳은 정말이지 하나도 남김없이 말예요. 아, 오늘밤은 얼마나 애가 탔는지! 도련님은 못으로 뛰어들 작정이라고 했으니까요."

앤은 자신도 모르게 기묘한 떨림이 온몸을 스쳐 지나갔다. 물론 젬은 못으로 뛰어들거나 하지는 않겠지. 그런 일은 너무나 어리석다. 그러나 못에는 카터 플래그가 송어낚시에 쓰는 바닥이 평평한 낡은 배가 늘 매여져 있는데 젬이 홧김에 그 배를 타고서 노를 저으며 이리저리 돌아다니려 했을지도 모른다. 이따금 그렇게 하고 싶어했으니까. 붙들어매 둔 배를 풀려고 하다가 못에 풍덩 빠졌을지도 모른다. 갑자기 앤은 몹시 두려워졌다.

"더욱이 길버트는 어디로 간 건지 짐작도 할 수 없어."

앤은 미칠 것만 같았다.

머리에는 클립이 후광처럼 둘러싸이고 몸은 용을 수놓은 실내복으로 감싼 메리 머라이어 고모가 갑자기 층계 위에 나타나 말했다.

"대체 이 무슨 소동이냐? 이 집에서는 밤에도 조용히 잘 수 없니?"

수전이 다시 말했다.

"젬 도련님이 보이지 않아요."

너무도 걱정된 나머지 미스 블라이스 말투에 화낼 마음마저 들지 않았다.

"잘 돌보라는 마님의 부탁을 받았었는데……"

가만히 있을 수 없던 앤은 참다못해 직접 찾아나섰다. 젬은 어딘가에 있을 게 틀림없다!

젬 방에는 없었다. 침대는 흐트러져 있지 않았다. 쌍둥이 방에도 없다. 앤 방에도, 온 집안 어디에도 없었다. 지붕밑 다락방에서 지하실까지 돌아다닌 뒤 거실로 돌아온 앤은 갑자기 공포에 질린 얼굴이 되었다.

메리 머라이어 고모가 기분 나쁘게 목소리를 낮추며 말했다.

"뭐, 너를 놀라게 하고 싶지는 않다만, 애니, 빗물받이 큰 통 속을 들여다보았니? 지난해 시내에서 그 안에 빠져죽은 남자아이가 있었단다."

수전이 또다시 손을 꽉 움켜잡고 쥐어짰다.

"그곳은……그곳은 보았어요. 나는……나는……막대기를……집어넣어 보았어요."

메리 머라이어 고모의 끔찍한 물음에 딱 멈췄던 앤 심장이 다시 뛰기 시작했다. 수전은 겨우 마음을 가라앉히고 손을 쥐어짜는 것을 그만두었다. 마님의 마음을 어지럽게 해서는 안 된다는 것을 이제야 겨우 생각해냈기 때문이었다.

수전은 떨리는 목소리로 말했다.

"마음을 가라앉히고 우리 힘을 모아 다시 찾아봐요. 마님, 마님 말씀대로 젬은 이 근처 어딘가에 있을 게 확실하니까요. 사라질 까닭이 없어요."

메리 머라이어 고모가 물었다.

"석탄상자는 찾아봤니? 그리고 시계 안에는?"

석탄상자는 수전이 봤지만, 시계에 대해서는 아무도 생각조차 하지 못했다. 확실히 작은 남자아이가 숨을 만한 크기는 되었다.

그곳에서 젬이 네 시간이나 웅크리고 있다는 건 터무니없는 생각이라는 것을 알면서도 혹시나 하는 마음에 앤은 시계 쪽으로 달려갔다. 그러나 젬은 시계 속에 없었다.

메리 머라이어 고모가 두 손으로 관자놀이를 누르며 말했다.

"오늘 밤에는 이상하게도 잠잘 때 무슨 일이 일어날 것만 같은 생각이 들었어. 내가 밤에 언제나처럼 성경을 읽고 있었는데 '하루가 어떤 일을 가져다줄지 너는 모른다'라는 구절이 마치 책에서 떠오르듯 보이는 게 아니니. 이제 보니 그것은 계시였던 거야.

너는 최악의 경우를 각오하는 것이 좋을 게다, 애니. 그 애는 여기저기 헤매다니다가 늪에 빠졌을지도 몰라. 블러드하운드가 두세 마리 없는 게 안타깝구나."

앤은 가까스로 웃음지어 보였다.

"프린스 에드워드 섬에는 블러드하운드가 한 마리도 없을 거예요, 고모님. 독살되어버린 길버트의 늙은 세터 렉스가 있었다면 곧 젬을 찾아내줄 텐데요. 우리들은 모두 터무니없는 일로 큰 소동을 벌이고 있는 듯한 생각이 들어요."

"카모디에 있는 토미 스펜서는 40년 전 연기처럼 홀연히 사라져버려 결국 찾아내지 못했단다. 아니, 찾아냈던가? 아무튼 찾아냈을 때는 그의 해골뿐이었지.

이것은 웃을 일이 아니야, 애니. 어떻게 그토록 침착하게 있을 수 있는지 이해할 수 없구나."

그때 전화벨이 울렸다. 앤과 수전은 서로 얼굴을 마주보았다.

앤은 작은 목소리로 말했다.

"나는……나는 전화를 받을 수 없어요, 수전."

수전도 딱 잘라 말했다.

"나도 받을 수 없어요."

수전은 메리 머라이어 블라이스 앞에서 그런 약한 모습을 보인 자신을 한평생 미워하게 되겠지만, 그래도 하는 수 없었다. 두 시간에 걸친 숨 막히는 공포에 싸인 수색과 무시무시한 상상 덕분에 수전은 완전히 녹초가 되어 있었다.

보다 못한 메리 머라이어 고모가 얼른 전화 있는 곳으로 가서 수화기를 집어들었다. 수전은 괴로운 마음에 클립이 뿔 같은 그림자를 벽에 던지고 있는 게 마치 악마 같다고 생각했다.

메리 머라이어 고모가 침착하게 말했다.

"카터 플래그가 주변을 다 찾아보았지만 젬은 보이지 않는다고 알려왔어. 하지만 못 한복판에 바닥이 평평한 배가 나가 있는데 확인해 봤더니 아무도 타고 있는 것 같지 않아서 지금부터 못을 뒤질 참이라는구나."

수전은 가까스로 앤을 안아붙들었다.

"괜찮아……괜찮아……나 기절은 하지 않아요, 수전."

앤의 입술에는 핏기가 사라졌다.

"붙들어서 의자에 앉혀줘요. 고마워요. 어서 길버트를 찾아야만 해요."

메리 머라이어 고모는 위로할 생각으로 말했다.

"만일 제임스가 빠져죽기라도 했다면, 애니, 그 애는 이 보잘것없는 세상에서 많은 고생을 하지 않게 되었다는 것을 잊어서는 안 돼."

앤이 말했다.

"초롱불을 밝혀 다시 한번 집밖을 찾아보겠어요. 아, 수전이 찾아본 건 알고 있어요. 하지만 다시 한 번 찾을 수 있게 해줘요. 내가 데려오겠어요. 가만히 앉아서 기다리고 있을 수는 없어요.”

“그럼, 스웨터를 입어야 해요, 마님. 이슬이 많이 내리고 있어 축축하니까요. 얼른 빨간 스웨터를 가지고 오겠어요. 남자아이들 방 의자에 걸려 있으니 내가 가지고 올 때까지 여기서 기다리세요.”

수전은 급히 2층으로 올라갔다. 곧이어 비명이라고 할 수밖에 없는 날카로운 목소리가 온 집 안에 울려퍼졌다. 앤과 메리 머라이어 고모가 2층으로 쏜살같이 뛰어올라가자, 수전이 홀에서 과거에도 앞으로도 볼 수 없을 것 같은 히스테릭한 웃음을 웃다가 다시금 울며 서 있었다.

“마님……있어요. 젬 도련님이 있어요. 문 뒤 창가 의자에 잠들어 있어요. 나는 거기는 보지 않았었거든요. 문으로 가려져 있었어요. 그러니 침대에는 들어 있지 않았고……”

앤은 안심과 기쁨으로 정신이 가물가물해지는 심정으로 방으로 들어가 창가 의자 옆에 무릎을 꿇었다. 조금 지나면 앤도 수전도 자기들이 겪은 어리석음을 웃게 되겠지만, 다만 지금은 기쁨의 눈물이 하염없이 흐를 뿐이었다.

젬은 담요를 뒤집어쓰고 창가 의자에 깊이 잠들어 있었다. 햇볕에 그을린 조그만 손으로는 오래 가지고 놀아 낡아빠진 장난감 곰을 안고, 너그러운 슈림프가 젬의 다리를 베개 삼아 누워 있었다. 빨간 곱슬머리는 쿠션 위로 펼쳐지고, 즐거운 꿈을 꾸고 있는 듯 미소 짓는 모습이라 앤은 깨우고 싶지 않았다.

그러나 젬이 문득 별 같은 눈을 뜨고 앤을 가만히 바라보았다.

“젬, 왜 침대에 들지 않았니? 우리들은……우리들은 몹시 걱정했단다. 네가 보이지 않아서. 여기를 찾아볼 생각은 미처 못했던 거야.”

“난 엄마와 아빠가 돌아와 대문으로 늘어서는 것을 볼 생각으로 여기서 자고 있었어요. 혼자 잠자리에 드는 게 너무 외로웠거든요.”

어머니는 젬을 안아올려 침대로 옮겨갔다. 키스를 받는 것은 기분 좋은 일이었다. 상냥하게 토닥이면서 이불을 덮어주자 젬은 자기가 아주 소중하게 여겨지고 있다는 기분이 들었다.

뱀 문신은 보지 않아도 상관없어. 엄마는 어쩌면 이토록 다정할까. 이토록 좋은 엄마는 아무도 가지고 있지 않을 것이다.

글렌에서는 버티 셰익스피어의 엄마를 '구두쇠 아주머니'로 부르고 있다. 게다가 하찮은 일로 버티의 뺨을 때린 일을 누구나 알고 있다. 두 눈으로 똑똑히 보았는걸.

젬은 졸리는 목소리로 말했다.

"엄마, 내년 봄에도 산사꽃을 꺾어다 드릴게요. 해마다 해마다 봄에 말예요. 기대하고 있어요."

"물론 기대하고 말고, 젬."

메리 머라이어 고모가 말했다.

"자, 적잖이 조바심하던 것도 가라앉았으니 이제 마음놓고 잠자리로 돌아갈 수 있겠구나."

그러나 그녀의 말투에는 어딘가 심술궂은 안도감이 깃들어 있었다.

앤이 말했다.

"창가 의자를 생각해내지 못하다니 내가 멍청했어요. 웃음거리가 될 거예요. 남편은 두고두고 이 일로 우리를 놀리겠죠. 그건 확실해요. 수전, 플래그 씨에게 젬을 찾았다고 전화해 줘요."

수전은 기쁜 듯 말했다.

"선생님은 나를 마구 놀려대겠죠. 그런 건 상관없어요. 젬 도련님이 무사했으니까요. 아무렴 실컷 놀려대도 괜찮아요."

메리 머라이어 고모는 여윈 몸에 용이 수놓아져 있는 가운을 여미며 처량하게 한숨을 내쉬었다.

"차를 한 잔 마셨으면 좋겠는데."

수전은 쾌활하게 대답했다.

"곧 준비하겠어요. 차를 마시면 다들 기운이 날 거예요.

마님, 카터 플래그 씨는 젬이 무사하다는 말을 듣더니 '아이구, 고마워라'라고 말했어요. 앞으로는 아무리 비싼 값을 부르더라도 다시는 그 사람 욕을 하지 않겠어요.

그리고 내일 저녁 식사에 닭고기를 내놓아도 괜찮겠죠, 마님? 이를테면 간단하게 축하하는 뜻으로요. 그리고 젬 도련님에게는 아침 식사로 아주 좋아하는 머핀을 만들어주겠어요."

또 전화가 걸려왔다. 이번에는 길버트에게서 온 것으로, 화상을 크게 입은 갓난아기를 항구 곳에서 시내 병원으로 데려가야 하므로 아침까지 돌아오지 못한다고 했다.

앤은 잠자리에 들기 전, 방 창문에서 밖에 펼쳐져 있는 세계로 감사의 마음이 담긴 '잘 자라'는 눈길을 보냈다.

서늘한 바람이 바다에서 불어왔다. 골짜기의 나무들은 달빛에 들떠 있는 듯했다.

앤은 잠시 전의 두려웠던 마음과 메리 머라이어 고모의 터무니없는 생각과 잔인한 추억을 웃을 수 있게 되었다. 그 웃음 속에는 희미한 떨림이 어려 있었다.

젬은 무사했다. 길버트는 어딘가에서 어떤 어머니가 낳을 아기의 생명을 위해 싸우고 있다.

'주여, 길버트를 돕고 그 어머니를 도와주소서. 모든 곳에 있는 어머니들을 보호해주소서. 사랑과 배려 그리고 올바른 길로 이끌어주기를 바라는 천사처럼 착하고 순수한 마음과 생각을 지닌 아이들을 거느린 우리들에게는 많은 도움이 필요합니다.'

온화한 밤의 장막이 잉글사이드를 에워싸고 있었다. 어딘가 마음편한 구멍에라도 들어가고 싶다고 생각한 수전까지도, 잉글사이드 사람들은 든든한 지붕 아래에서 잠으로 고요히 빠져들어갔다.

# 로브리지 여행

"함께 있는 친구들이 많으니까…… 쓸쓸하지는 않아요. 마침 우리 집 아이들 넷과 몬트리올에서 온 사내 조카와 딸이 와 있어요. 혼자서는 떠올리지 못하는 일도 여럿이 있으면 생각해낼 수 있어요."

몸집이 크고 인물 좋고 쾌활한 파커 의사 부인은 천연스레 웃음지은 얼굴을 월터에게로 돌렸다. 월터는 좀 서먹서먹한 미소를 지어보였다.

싱글벙글거리고 쾌활한데도 월터는 파커 부인이 아무래도 마음에 들지 않았다. 어딘지 모르게 정도가 지나친 데가 있었다. 그러나 파커 의사는 좋은 사람이었다.

'그집 아이들 넷'과 몬트리올에서 와 있다는 사내 조카와 딸을 월터는 만난 일이 없었다.

파커 씨네가 사는 로브리지는 글렌에서 6마일 떨어져 있으며 월터는 한 번도 간 일이 없었다. 파커 내외와 블라이스 내외는 자주 오가며 지냈지만.

파커 의사와 아버지는 아주 진한 진구였시만, 어머니 쪽은 파꺼 부인이 없어도 전혀 아무렇지 않다는 생각을 월터는 가끔 했다. 6살인데도 월터에게는 앤이 인정하고 있듯이 다른 아이들이 갖지 못한 사물을 보는 힘이 있었다.

월터는 자기가 정말로 로브리지에 가고 싶은 건지 어떤지도 알 수 없었다. 곳에 따라서는 손님으로 가는 게 매우 즐겁다.

지금 애번리로 간다면, 아, 즐거울 텐데. 그리고 '꿈의 집'으로 케니스 포드와 함께 지내러 가는 것은 더욱 재미 있다. 그렇지만 그것은 손님으로 간다고는 할 수 없었다. 왜냐하면 '꿈의 집'은 잉글사이드 아이들에게는 언제나 제2의 집처럼 여겨지기 때문이다.

그러나 로브리지에 꼬박 2주일 동안이나 가 있으면서 낯선 사람들 속에서 지내는 것은 전혀 다른 문제였다.

그러나 그것은 벌써 결정되어 버린 듯하다. 월터로서는 느껴지기는 하지만 잘 이해할 수 없는 어떤 이유로, 아빠도 엄마도 이 결정에 만족하고 있었다.

아빠와 엄마는 아이들이 모두 귀찮아서 떼어버리고 싶은 건지도 모르겠다고 여기며 월터는 슬프고 불안한 마음에 젖어 있었다.

젬은 이미 이틀 전에 애번리로 보내졌고, 수전이 이상한 말을 했었다.

"그때가 되면 쌍둥이를 마셜 엘리엇 부인댁으로 보내죠."

어느 때를 말하는 것일까? 메리 머라이어 고모할머니는 몹시 음울한 얼굴로 말하고 있었다.

"무사히 끝나면 좋을 텐데."

고모할머니가 끝나기를 바라는 것이란 무얼까? 월터로서는 짐작도 되지 않았다. 그러나 잉글사이드에는 무언가 심상치 않은 분위기가 감돌고 있었다.

길버트가 말했다.

"내일 내가 데리고 가겠습니다."

파커 부인이 대답했다.

"아이들이 즐겁게 기다리고 있어요."

앤은 감사의 말을 했다.

"친절하게 대해주셔서 고마워요."

수전은 부엌에서 슈림프에게 어두운 얼굴로 이야기했다.

"결국은 이렇게 하는 게 최선이야."

파커 내외가 돌아가자 메리 머라이어 고모가 말했다.

"월터를 우리들에게서 떼어놓아주다니 파커 부인은 참으로 친절하구나, 애니. 그분은 월터가 아주 마음에 든다고 말하더라. 사람은 묘한 취미도 갖는 법이야. 자, 이제 2주일 동안은 나도 죽은 물고기를 밟지 않고 욕실에 들어갈 수 있게 되었구나."

"죽은 물고기라고요? 어머나, 그건 또 무슨 일이지요?"

"지금 말한 그대로야, 애니, 자주 그랬으니까. 죽은 물고기라니 정말! 너는 죽은 물고기를 맨발로 밟아본 일이 있니?"

"아뇨. 하지만 왜……"

수전이 불쾌한 목소리로 말했다.

"어젯밤 월터가 송어를 낚았다가 그것을 살려주려고 욕조 속에 집어넣었어요, 마님. 그 속에 가만히 있었으면 좋았을 텐데, 어찌된 일인지 그만 밖으로 튀어나와 죽어버린 거예요. 물론 맨발로 돌아다니게 되면……"

"나는 어느 누구와도 말다툼하지 않는 주의야."

메리 머라이어 고모는 벌떡 일어나 방을 나갔다.

수전이 말했다.

"저분 일로 과연 화 같은 걸 낼까, 하고 나는 생각하고 있어요, 마님."

"아, 수전, 나는 좀 마음에 걸려요. 하지만 물론 이 일이 모두 끝나면 그런 기분이 들지 않겠지만요. 더욱이 죽은 물고기를 밟는 일은 확실히 기분 나쁠 게 틀림없어요."

다이가 말했다.

"엄마, 죽은 물고기 쪽이 살아 있는 것보다 낫잖아요? 죽은 물고기는 꿈틀거리지 않으니까요."

사실대로 말하면 잉글사이드 여주인과 하녀는 둘 다 소리죽여 웃었다.

그 일은 그것으로 끝났다.

그러나 그날 밤 앤은 월터가 로브리지에서 정말로 즐겁게 지낼 수 있을지 불안한 마음을 길버트에게 내비쳤다.

앤은 생각에 잠겨 말했다.

"그 애는 몹시 예민하고 공상적이라서."

"정도가 좀 지나친 것 같아."

길버트는, 수전의 말을 빌면 그날 아기를 셋이나 받아서 지쳐 있었다.

"아무튼 그 애는 어두운 2층으로 올라가는 것도 무서워하는 듯해. 며칠 동안 파커 씨네 아이들과 느긋하게 지내는 것은 그 애에게 도움이 되겠지. 틀림없이 다른 아이처럼 씩씩하게 돌아올 거야."

앤은 더 이상 아무 말도 하지 않았다. 길버트의 말은 분명 옳다. 젬이 없어서 월터는 쓸쓸해 할 것이고, 셜리가 태어났던 때 일을 생각하면 집안살림과 메리 머라이어 고모를 참고 견디는 일 말고는 되도록 수전의 일손을 덜어주는 게 좋다. 메리 머라이어 고모의 2주일은 어느덧 4주일로 늘어나 있었다.

월터는 눈을 뜬 채 침대에 누워 공상을 멋있게 펼침으로써 내일은 다른 곳으로 떠나야만 한다는 생각에서 애써 벗어나려 하고 있었다.

월터는 아주 뛰어난 상상력을 지니고 있었다. 그것은 그에게 있어 벽에 걸린 그림 속 하얗고 커다란 군마(軍馬) 같은 것으로, 월터는 그 말을 달리게 해서 시간과 공간을 되돌아오게 할 수도, 앞으로 나아가게 할 수도 있었다.

밤이 다가온다. 남쪽 언덕 앤드루 테일러 씨네 숲에 살고 있는 키 크고 새까만 박쥐 날개가 달린 천사 같은 밤. 월터는 그녀를 환영할 때도 있었고 또 너무나 생생하게 그려내어 그녀가 무서워질 때도 있었다.

월터는 자기 안에 있는 조그만 세계를 동화처럼 의인화(擬人化)했다. 밤이 되면 이야기를 해주는 '바람', 뜰의 꽃을 시들게 하는 '서리', 은처럼 살그머니 내리는 '이슬', 저 보랏빛 언덕 꼭대기로 가기만 하면 반드시 잡힐 게 틀림없는 '달', 바다에서 고요히 떠오르는 안개, 끊임없이 변화하면서도 결코 변하지 않는 거대한 '바다', 시커멓고 신비로운 '조수'. 이것들은 모두 월터에게 현실적으로 존재하고 있었다.

잉글사이드도 골짜기도 단풍나무숲도 늪지대도 항구의 바닷가도 난쟁이며 나무의 요정이며 요사스러운 마귀로 가득차 있었다.

서재 맨틀피스에 놓여 있는 석고로 만든 검은 고양이는 요정 마법사로, 밤이 되면 살아나 놀랍도록 커져 온 집안을 서성거린다.

월터는 이불 속으로 기어들어가 몸을 오들오들 떨었다. 언제나 자기 공상에 무서워 떠는 것이다. 월터를 가리켜 너무 지나치게 신경질적이고 민감하다고 한 메리 머라이어 고모의 말은 아마 맞을지도 모른다. 그러나 수전은 이 말을 한 고모를 결코 용서하려 하지 않았다.

'투시력'이 있다고 소문난 위 글렌에 있는 키티 맥그리거 아주머니의 말이 아마도 맞을 것이다. 아주머니는 속눈썹이 길고 흐려보이는 월터의 잿빛 눈을 지그시 들여다보더니 '어린 몸에 깃들어 있는 노인의 얼'이라고 말했던 것이다. 그 노인의 얼은 꽤 많은 것을 알고 있지만, 월터의 어린 머리로는 늘 이해할 수가 없을 것이리라.

아침이 되어 월터는 식사가 끝나면 아버지가 로브리지로 데려간다는 말을 들었다.

월터는 한마디도 하지 않았다. 그러나 식사하는 동안 가슴이 메여오며 갑자기 눈물로 흐려진 것을 감추려고 얼른 눈을 내리깔았다. 하지만 뜻대로 안 되었다.

"우는 건 아니겠지, 월터?"

메리 머라이어 고모할머니는 6살 난 아이가 울면 영원히 명예롭지 못한 일이라고 나무라는 것만 같았다.

"나는 울보 아이를 경멸해. 그리고 너는 고기를 먹지 않고 있잖느냐."

"기름기 말고는 모두 먹어요."

월터는 남자답게 눈을 껌벅이며 눈물을 거두었으나 아직 고개를 들 용기는 없었다.

"난 기름진 게 싫어요."

"내가 어렸을 때는 싫으니 좋으니 하는 게 용납되지 않았단다. 파커 씨네 아주머니가 네 생각을 좀 바로잡아주겠지. 그녀는 윈터 집안 출신으로 여겨지는데, 아니면 클러크 집안이었던가? 그렇지 않아, 캠벌 집안이었지. 하지만 윈터 집안이나 캠벌 집안은 모두 똑같은 결점을 지니고 있어서 바보스러운 짓은 결코 용서치 않아."

"아, 고모님, 부디 월터가 로브리지로 가는 것을 두렵게 여기지 않도록 해주세요."

앤의 눈 깊숙이에 노여움이 희미하게 불타고 있었다.

메리 머라이어 고모는 아주 겸손한 목소리로 말했다.

"미안하구나, 애니. 물론 네 아이에게 무엇 하나 가르칠 권리가 내게 없다는 것을 잊어선 안 되었는데 말이다."

월터가 무척 좋아하는 퀸 푸딩 디저트를 가지러 가며 수전은 중얼거렸다.

"지긋지긋한 여자야."

앤은 죄의식이 들어 괴로웠다. 길버트가 나무라는 듯한 눈길을 앤에게 던졌는데, 그 눈에는 가엾은 노인에게 솜터 잠을성 있게 내해도 좋을 텐데 하는 뜻이 깃들어 있는 것 같았다.

길버트 자신도 기운이 좀 없었다. 누구나 알고 있듯 길버트는 여름 내내 너무 힘들게 일해 왔다. 그 때문에 스스로 인정하고 있는 이상으로 메리 머라이어 고모는 무거운 짐이 되어 있는 게 틀림없었다.

앤은 가을이 되어 모든 일이 뜻대로 잘 되어나가면, 무조건 한 달쯤 도요새를 사냥하러 길버트를 노바 스코샤로 보내려고 결심했다.

앤은 뉘우치는 마음에서 고모에게 물었다.

"차맛은 어떠세요?"

고모는 입을 오므렸다.

"너무 엷구나. 하지만 괜찮아. 가엾은 늙은이가 차를 자기 입에 맞게 마시든말든 누가 신경써 주겠니. 사람에 따라서는 나를 아주 좋은 이야기 상대로 여겨주는데 말이야."

메리 머라이어 고모 이야기가 어떻게 연결되고 있는지, 지금 앤은 헤아려 볼 여유가 없었다. 앤 얼굴이 창백해졌다.

"나는 2층으로 가서 누워야겠어."

앤은 힘없이 말하며 식탁에서 일어났다.

"길버트……로브리지에 너무 오래 있지 않는 게 좋을 것 같아. 그리고 미스 커슨에게 전화를 주도록 해."

앤은 월터에 대해서는 조금도 생각지 않는 것처럼 아무렇지도 않은 듯 서둘러 잘 다녀오라는 키스를 했다. 월터는 울지 않으려고 애썼다.

메리 머라이어 고모는 월터 이마에 키스를 하고—월터는 이마에 끈적끈적한 키스를 받는 게 무척이나 싫었다—말했다.

"로브리지에서는 식사 때마다 예절에 주의하도록 해라, 월터. 소리 내어 먹으면 안 돼. 그런 짓을 하면 무시무시한 악마가 커다랗고 시커먼 자루를 가지고 나쁜 아이들을 찾아 그 속에 집어넣고 만단다."

길버트가 그레이 톰을 마차에 매려고 밖으로 나가 있어서 이 말을 듣지 않은 게 참으로 다행이었다. 앤과 길버트는 전부터 아이들에게 그 같은 말을 해서 겁먹게 하거나, 또는 다른 어떤 사람에게도 그렇게 하지 못하도록 하는 것을 지켜왔기 때문이었다.

식탁을 치우던 수전은 그 말을 들었다. 메리 머라이어 고모는 자기가 하마터면 수프가 담긴 배 모양의 그릇과 그 속에 든 것을 머리에 뒤집어쓸 뻔한 일을 꿈에도 몰랐다.

# 미나리아재비꽃길

　어느 때라면 월터는 아빠와 드라이브하는 게 즐거웠다. 월터는 아름다운 것을 좋아했고, 글렌 세인트 메리에 있는 큰길은 너무나 아름다웠다. 로브리지로 가는 큰길은 춤추는 미나리아재비꽃길이었다. 여기저기에 푸릇푸릇한 양치류로 가두리된 숲이 손짓을 하고 있었다.

　그러나 오늘 아빠는 그리 이야기하고 싶지 않은 듯 월터가 이제까지 본 적 없는 차가운 태도로 거칠게 그레이 톰을 달리게 하고 있었다.

　로브리지에 닿자 아빠는 파커 부인을 옆으로 데려가 두세 마디 성급하게 이야기하더니, 월터에게 잘 있으라는 말도 하지 않고 달려가 버렸다.

　다시금 월터는 울지 않으려고 무진 애를 썼다. 아무도 나를 생각해 주지 않는 게 분명하다. 엄마도 아빠도 전에는 사랑해 주었었는데 이제 그렇지 않은 것이다.

　크고 어수선한 로브리지에 있는 파커 저택은 월터에게 정다워 보이지 않았다. 아마도 이때는 어느 집이나 모두 그렇게 보였으리라.

　파커 부인은 요란스러운 새된 목소리가 울리는 뒤뜰로 월터를 데려가, 그 소리를 질러대고 있는 아이들에게 인사를 시켰다.

그것이 끝나자 파커 부인은 아이들이 '저절로 친해지도록' 얼른 돌아가 바느질을 계속했다. 거의 십중팔구 좋은 효과를 올리는 조치였다. 그러나 월터가 그 나머지 하나에 속하는 아이임을 미처 깨닫지 못했다고 해서 파커 부인을 비난할 수는 없다.

파커 부인은 월터가 몹시 마음에 들었다. 우리집 아이들은 쾌활하다. 프레드와 오펄은 몬트리올 풍의 티를 내려는 태도가 없지 않지만, 누구에게든 친절하다.

모든 일이 잘되어가리라. 비록 아이를 하나 맡아주는 일일지라도 '가엾은 앤'을 도와주는 게 파커 부인으로서는 아주 기뻤다. 그녀는 '모든 일이 잘 되어가도록' 바라고 있었다.

앤의 벗들은 셜리가 태어났던 때의 일을 생각하며 앤 자신보다도 더 그녀에 대해 마음을 썼다.

커다란 나무그늘이 드리워진 짙은 사과나무숲으로 이어진 뒤뜰이 갑자기 조용해졌다. 월터는 얌전하고 수줍은 태도로 파커네 아이들과 몬트리올에서 온 그들의 사촌 존슨네 아이들을 바라보고 있었다.

10살 된 빌 파커는 어머니를 닮은 혈색 좋은 둥그런 얼굴을 한 개구쟁이로, 월터 눈에는 아주 커보였다.

앤디 파커는 9살로 로브리지 아이들로부터 '파커네 망나니'라고 불리며, 때로는 그럴 듯하게 '돼지'라는 별명이 붙어 있었다.

월터는 처음부터 앤디의 모습이 마음에 들지 않았다. 짧게 깎은 곤두선 듯한 금발, 장난꾸러기 같은 주근깨투성이 얼굴, 툭 튀어나온 파란 눈.

프레드 존슨은 빌과 같은 또래로 황갈색 곱슬머리에 검은 눈을 한 잘생긴 착한 아이였으나, 월터 마음에는 들지 않았다.

프레드의 여동생으로 9살인 오펄도 머리가 곱슬거리고 눈은 검었다. 심술궂어 보이는 검은 눈이었다. 오펄 또한 황갈색 머리를 한 8살

된 코러 파커의 팔을 끼고 둘 다 거만하게 월터를 흘끔흘끔 바라보고 있었다. 앨리스 파커가 없었으면 월터는 달아날 뻔했다.

앨리스는 7살이었다. 더없이 아름다운 금빛 곱슬머리가 잔물결처럼 머리 전체를 덮고 있었다. 앨리스 눈은 골짜기 제비꽃처럼 푸르고 다정했다. 그리고 앨리스 볼은 담홍색으로 보조개가 옴폭 패여 있었다. 작은 주름장식이 있는 노란 옷은 앨리스를 춤추는 미나리아재비와 똑같이 보이도록 했다.

앨리스는 오래된 친구처럼 월터에게 방긋 웃어보였다. 앨리스는 좋은 친구가 될 듯했다.

프레드가 먼저 말문을 열어 건방지게 물었다.

"누구야, 넌?"

월터는 그 거슬림을 곧바로 느끼며 몸이 움츠러들고 말았다. 하지만 그는 또렷이 말했다.

"내 이름은 월터야."

프레드는 놀란 듯한 시늉을 하며 다른 아이들 쪽을 보았다. 이 시골뜨기 녀석에게 호된 꼴을 보여줘야지!

프레드는 익살스럽게 입을 실룩거리며 빌에게 말했다.

"이름이 월터래."

이번에는 빌이 오펄에게 말했다.

"이름이 월터래."

오펄은 싱글벙글 웃는 앤디에게 말했다.

"이름이 월터래."

앤디는 코러에게 말했다.

"이름이 월터래."

코러는 쿡쿡 웃으며 앨리스에게 말했다.

"이름이 월터래."

앨리스는 아무 말도 하지 않았다. 다만 감탄 어린 눈으로 월터를 지켜보고 있을 뿐이었다. 앨리스 그 표정 덕분에 월터는 다른 아이들이 모두 입을 모아 비웃었을 때에도 꾹 참을 수가 있었다.

파커 부인은 주름을 잡으며 만족스럽게 생각했다.

'아이들은 뭐가 저렇게 재미있는 걸까?'

앤디가 뻔뻔스럽게도 짓궂게 노려보며 말했다.

"너는 요정이 정말로 있는 줄 여긴다지? 나는 엄마가 말하는 것을 들었어."

그러자 월터는 똑바로 앤디를 노려보았다. 누구보다 앨리스 앞에서 져서는 안 된다.

월터는 단호하게 말했다.

"요정은 있어."

앤디가 반대했다.

"없어."

월터는 우겼다.

"있어."

앤디가 프레드에게 비웃으며 말했다.

"요정이 있댄다."

프레드는 빌에게 말했다.

"요정이 있댄다."

……그리고 모두들 또다시 아까와 똑같이 되풀이했다.

월터로서는 고문을 당하는 것 같았다. 이제까지 이런 일을 당한 적이 없었으므로 참을 수가 없었다.

월터는 입술을 꽉 깨물고 눈물을 꾹 참았다. 앨리스 앞에서 결코 울어선 안 된다.

앤디가 말했다.

"꼬집어 멍들게 해줄까?"

월터를 여자 같은 사내아이로 우습게 보고 놀려주면 퍽 재미있을 거라고 생각했던 것이다.

앨리스가 명령했다.

"돼지야, 입 다물어!"

얌전하고 아름다운 앨리스는 상냥한 말씨였지만 매우 엄했다. 그 말투에는 앤디로서도 가볍게 코웃음칠 수 없는 무언가가 있었다.

앤디는 부끄러운 듯 변명했다.

"물론 진심으로 말한 건 아니야."

형세가 월터에게 조금 유리해져 아이들은 과수원에서 함께 꽤 사이좋게 술래잡기를 했다.

그러나 저녁 식사를 하러 떠들썩하게 몰려들어갈 때, 월터는 갑자기 집이 그리워 견딜 수 없었다. 너무 보고 싶은 마음에 한순간 월터는 남들이 보는 앞에서, 앨리스 앞에서조차 와락 울음이 터지지 않을까 걱정스러웠다.

그러나 앨리스가 앉을 때 장난스레 살짝 팔꿈치로 쿡 찔러주어서 월터는 기운이 났지만 아무것도 먹을 수가 없었다. 목이 메여 아무래도 먹히지 않았다.

파커 부인 방식에는 확실히 좋은 점이 있었다. 그 일로 월터를 난처하게 만들지 않고 아침이 되면 보다 식욕이 생기겠지 하며 마음편히 생각하고 있었다.

다른 아이들은 먹고 떠드느라 정신없이 열중해서 월터에게 거의 관심을 기울이지 않았다.

월터는 온 가족이 어째서 이토록 떠들어대는지 모르겠다고 이상하게 여겼다. 귀가 몹시 멀고 온갖 일에 신경을 쓰는 할머니가 돌아가신 지 얼마 안 되어, 그 습관이 여전히 남아 있는 것을 몰랐기 때문이다. 그 떠들썩함에 월터는 머리가 아팠다.

아, 지금쯤 집에서도 저녁 식사를 하고 있겠지. 엄마는 방글방글 웃으며 테이블 윗자리에 앉아 있을 것이고, 아빠는 쌍둥이를 어르고 있겠지. 수전은 셜리의 찻잔에 크림을 넣어주겠지.

낸은 몰래 슈림프에게 맛있는 것을 한입씩 주고 있을 거야. 메리 머라이어 고모할머니까지도 갑자기 가족의 한 사람으로서 부드럽고 상냥한 빛으로 보였다.

저녁 식사를 알리는 중국의 징을 누가 울렸을까? 이번주는 월터 차례였다. 그리고 젬도 없다.

실컷 울 수 있는 곳이라도 있었으면! 로브리지에는 마음 놓고 울 곳마저 한 군데도 없는 듯했다. 그러나 앨리스가 있다. 월터는 얼음으로 차게 한 물을 컵에 담아 단숨에 쭉 들이켰다. 그 덕분에 속이 편해졌다.

"우리집 고양이는 발작을 일으킨단다."

앤디가 별안간 말하며 테이블 밑에서 월터를 걷어찼다.

"우리 고양이도 발작을 일으켜."

슈림프가 두 번 발작을 일으킨 일이 있었다. 월터는 로브리지에 있는 고양이를 자기 집 고양이보다 높이 평가할 생각은 없었다.

앤디는 비웃었다.

"우리 고양이가 네 고양이보다 훨씬 무서운 발작을 일으켜."

월터가 말을 받았다.

"그럴 리 없어."

파커 부인이 타일렀다.

"자, 자, 고양이 일로 티격태격 다퉈서는 안 돼."

그녀는 협회에 보낼 '이해받지 못하는 아이들'에 대한 논문을 쓰고 있어서 그날 저녁은 조용히 해주었으면 좋겠다고 생각했다.

"밖에 나가 놀고 있거라. 이제 곧 잘 시간이 되니까."

잘 시간이라고! 월터는 갑자기 자기가 여기서 하룻밤 내내, 아니 며칠 밤이나, 아니 2주일 동안이나 되는 밤을 지내야 한다는 데 생각이 미쳤다.

무서운 일이다. 주먹을 불끈 쥐고 과수원으로 갔다. 빌과 앤디가 풀밭에서 걸어차고 할퀴고 아우성치며 맹렬하게 맞붙어 싸우고 있었다.

앤디가 악을 썼다.

"너는 나한테 벌레먹은 사과를 줬어, 빌 파커! 벌레먹은 사과를 주면 어떻게 되는지 가르쳐주지! 네 귀를 마구마구 물어뜯어줄 테다!"

이런 싸움은 파커네 집에서는 거의 날마다 있었다. 파커 부인은 싸움은 소년들에게 해롭지 않다고 여기며, 남자아이들은 싸움을 함으로써 몸에서 많은 사악한 기운을 쫓아내고 나중에는 자연스레 친하게 된다고 말하고 있었다.

그러나 지금까지 사람들이 맞붙어 싸우는 것을 본 적 없는 월터는 깜짝 놀라고 말았다.

오히려 프레드는 둘을 부추기고 있었고, 오펠과 코러는 히죽히죽 웃고 있었다.

그러나 앨리스 눈에는 눈물이 가득 고여 있었다. 월터로서는 그것을 견딜 수 없었다. 다시 싸움을 계속하기 전에 잠시 숨을 돌리려고 떨어진 두 아이 사이로 월터는 뛰어들었다.

"싸움을 그만둬. 앨리스가 무서워하고 있잖아."

빌과 앤디는 한순간 깜짝 놀라 물끄러미 월터를 바라보고 있더니, 이윽고 이 어린아이가 자기들 싸움을 말리는 게 우스워 두 아이는 느닷없이 배를 잡으며 웃음을 터뜨렸다. 빌이 월터의 등을 탁 쳤다.

"보기보다 용기가 있는걸. 안 그래, 너희들. 그대로 자라나면 너도 언젠가는 훌륭한 사람이 될 수 있겠어. 자, 상으로 사과를 주마. 벌레먹은 건 아니야."

앨리스가 부드러운 장밋빛 볼에서 눈물을 닦고 월터를 감탄하는 눈으로 바라보았으므로 프레드는 못마땅했다.

물론 앨리스는 아직 어린아이에 지나지 않지만, 아무리 어리다 해

도 몬트리올의 프레드 존슨이 옆에 있는데 다른 남자아이에게 감탄 어린 눈길을 보내서는 안 된다. 이것은 결말을 내야만 한다.

프레드는 아까 집에 들어갔을 때, 전화로 이야기하고 있던 젠 고모가 딕 고모부에게 무언가 말하는 것을 들었었다.

프레드는 월터에게 말했다.

"너의 엄마는 심한 병에 걸렸어."

화들짝 놀란 월터는 소리쳤다.

"그……그럴 리 없어."

"틀림없어. 젠 고모가 딕 고모부에게 그렇게 말하는 것을 똑똑히 들었는걸."

프레드는 고모가 '앤 블라이스는 몸이 아파요'라고 한 말을 들었던 것인데, 거기에 '심한'이라는 말을 집어넣은 게 기분이 좋았다.

"네가 집으로 돌아가기 전에 분명 죽고 말 거야."

월터는 고뇌에 찬 눈으로 주위를 둘러보았다. 앨리스는 다시 월터의 편이었다. 그리고 다른 아이들은 프레드의 깃발 아래로 모였다. 그들은 이 가무잡잡한 잘생긴 아이로부터 무언가 서로 용납될 수 없는 것을 느끼고, 놀려주고 싶은 기분에 쫓겼다.

월터는 말했다.

"병을 앓는다 해도 아빠가 고칠 거야."

아빠 손으로 고칠 것이다. 고쳐야만 해!

"그렇게는 안 될 것 같더라."

프레드는 슬픈 듯한 표정을 지으며 앤디에게 눈을 찡긋해 보였다.

월터는 믿음직한 아들의 마음으로 주장했다.

"아빠가 못 고치는 병은 하나도 없으니까."

빌이 말했다.

"아무튼 러스 카터가 작년 여름 단 하루 샬럿타운에 갔다가 돌아와보니까 엄마가 죽고 말았더래."

사실이든 아니든 앤디는 여기에 극적인 효과를 더하려고 이어 말했다.

"그래서 장례식을 치르고 말았지. 장례식을 못 봤다면서 러스는 마구 성냈어. 장례식은 유쾌한 건가봐."

오펄이 슬픈 듯이 말했다.

"그런데 나는 아직 한 번도 장례식을 본 적이 없어."

앤디가 위로했다.

"뭐, 이제부터 얼마든지 볼 거야. 하지만 아빠조차도 카터네 아주머니를 살리지 못했단 말이야. 더욱이 우리 아빠는 네 아빠보다 훨씬 훌륭한 의사인데도 말이지."

"그럴 리 없어."

"정말 그렇단 말이야. 게다가 겉모습도 훨씬 훌륭해."

"그럴 리 없어."

그러자 오펄이 말했다.

"집을 비우게 되면 반드시 무슨 일이 일어나는 법이지. 집에 돌아가 보니까 잉글사이드가 화재로 다 타버리고 말았다면 너는 어떤 기분이겠니?"

코러가 즐거워하며 말했다.

"만일 네 엄마가 죽어버리면 너희 집 아이들은 틀림없이 모두 뿔뿔이 헤어지게 되겠지. 아마 너는 이리로 와서 살게 될 거야."

앨리스가 상냥하게 부탁했다.

"그래, 그렇게 해줘."

"아, 월터 아빠는 아이들을 집에 데리고 있을 거야. 곧 결혼할 테지. 하지만 아빠도 죽어버릴걸. 블라이스 선생은 일을 너무 많이 해서 몸을 상하고 말았다고 아빠가 말했거든.

저봐, 저렇게 눈을 휘둥그렇게 뜨고 있군. 너는 여자아이 같은 눈을 하고 있어…… 여자아이 눈 말이야…… 여자아이 눈."

갑자기 놀리는 게 싫어진 오펼이 말렸다.

"자, 그만해둬. 이 아이를 바보취급하면 안 돼. 네가 그저 놀리고 있을 뿐이라는 것을 이 애는 알고 있어. 야구구경하러 공원으로 가자. 월터와 앨리스는 여기 있도록 해. 어딜 가나 아이들이 구름떼처럼 따라오면 견딜 수 없으니까."

아이들이 가버리는 것을 뒤에 서서 남아 보아도 월터는 슬프지 않았다. 앨리스도 그런 것 같았다.

둘은 사과나무 통나무에 걸터앉아 수줍어 하며 만족스러운 눈길로 마주 바라보았다.

앨리스가 말했다.

"공기놀이를 가르쳐줄게. 그리고 벨벳으로 만든 내 캥거루를 빌려주겠어."

잘 시간이 되자 월터는 홀 구석에 있는 작은 침실로 혼자 들어가게 되었다. 파커 부인은 자상하게도 촛불과 따스한 새털 이불을 하나 놓아두고 갔다.

해안지방에서는 여름 밤도 가끔 추운 일이 있는데, 올 7월 밤은 유난히도 쌀쌀했기 때문이다. 서리가 내리지 않나 싶을 정도였다.

그러나 월터는 앨리스가 준 벨벳 캥거루를 볼에 대고 있어도 여전히 잠이 오지 않았다.

아, 내 방에 있는 거라면 커다란 창문으로는 글렌 마을 쪽을 내다볼 수 있고, 지붕달린 조그만 창문은 소나무숲 쪽으로 나 있을 텐데. 그 뒤 엄마가 들어와 아름다운 목소리로 시를 읽어주겠지.

"나는 다 큰 남자아이다……울지 않는다……울어서야 되겠……는……가."

하지만 절로 눈물이 나왔다. 벨벳 캥거루가 무슨 쓸모 있담? 집을 나온 지 몇 해나 지난 기분이었다.

이윽고 다른 아이들도 공원에서 돌아와 하나둘 방으로 몰려들어와 침대에서 아삭아삭 사과를 먹기 시작했다.

앤디가 비웃었다.

"너 울고 있었구나, 아가야. 너는 귀여운 여자아이에 지나지 않아. 엄마 품에 안긴 아기야!"

"한입 먹어봐."

빌이 반쯤 벌레 먹은 사과를 내밀었다.

"기운을 내. 네 엄마는 건강해질 거야. 튼튼한 체력만 있으면. 아빠가 말했는데, 스티븐 플래그 씨네 아주머니는 튼튼한 체력이 없었으면 몇 해 전에 죽었을 거래. 너의 엄마도 튼튼한 체력을 가지고 있니?"

"물론 가지고 있지."

체력이 어떤 것인지 월터로서는 도무지 알 수 없었지만 스티븐 플래그네 아주머니가 가지고 있는 거라면 엄마도 가지고 있을 게 틀림없었다.

이어 앤디가 말했다.

"애브 소여 부인은 지난주에 죽었고, 샘 클러크 어머니는 그 전 주에 죽었어."

코러가 말했다.

"두 사람 다 밤에 죽었어. 엄마가 말했는데, 사람은 대개 밤에 죽는대. 난 너무 싫어. 잠옷차림으로 천국에 간다고 생각 좀 해봐!"

파커 부인이 소리쳤다.

"자, 너희들! 그만 침대에 들거라."

짓궂은 소년들은 수건으로 월터의 목을 조르는 시늉을 해보인 다음 나갔다. 마침내 그들은 이 아이가 좋았던 것이다. 월터는 나가려는 오펠의 손을 잡고 매달리듯 속삭였다.

"오펠, 우리 엄마가 병들었다는 건 거짓말이시. 그딯시?"

월터는 이런 걱정을 안고 혼자 남게 되는 것이 견딜 수 없었다.

오펄은 파커 부인의 말대로 '악의가 있는 아이'는 아니었다. 그러나 나쁜 소식을 이야기할 때 그 스릴을 뿌리칠 수 없었다.

"정말로 병이 났어. 젠 고모가 그렇게 말했는걸…… 네게 말하면 안 된다고 했어. 하지만 너도 알고 있어야만 한다고 생각해. 어쩌면 네 엄마는 암일지도 몰라."

"어떤 사람이든지 죽어야만 하는 거야, 오펄?"

이것은 월터에게 새롭고도 너무나 무서운 생각이었다. 월터는 이제까지 한 번도 죽음에 대해 고민해본 적이 없었다.

오펄은 명랑하게 말했다.

"물론이지, 바보로구나. 하지만 죽음이 끝은 아니야…… 모두 천국으로 가는 거야."

문 밖에서 엿듣던 앤디가 돼지처럼 콧소리로 속삭였다.

"다는 아니야."

월터가 물었다.

"천국은…… 천국은 샬럿타운보다 훨씬 멀어?"

오펄은 깔깔 웃어댔다.

"어머나, 넌 이상한 아이로구나! 천국은 몇 백만 마일이나 떨어져 있어. 하지만 어떻게 하면 좋은지 가르쳐줄게. 기도를 해. 기도는 분명 효험이 있어. 언젠가 내가 10센트 은화를 잃었을 때 기도를 했더니 25센트 은화를 금방 발견했거든. 그래서 알고 있는 거야."

파커 부인이 자기 방에서 소리쳤다.

"오펄, 내 말이 들리지 않니? 그리고 월터의 방에 있는 촛불을 꺼라. 불이 날까 염려되니까. 월터는 벌써 오래전에 잠들었을 거야."

오펄은 촛불을 훅 불어끄고 달아났다.

젠 고모는 마음이 태평스러운 사람이지만 한번 화를 내면! 앤디가 다시 문으로 머리를 들이밀고 잘 자라는 말을 던졌다.

앤디는 소리죽여 말했다.

"저 벽지에 있는 새들이 살아나 네 눈을 마구 쪼아댈 거야."

그런 다음 정말로 잠자리에 들어 더할 나위 없는 하루가 저물었다. 월터 블라이스는 나쁜 아이는 아니다. 내일은 월터를 놀려주며 또 재미있게 지내야겠다고 생각했다.

파커 부인은 묘하게 감상적이 되었다.

"귀여운 아이들."

전에 없던 고요함이 파커 저택을 둘러쌌다.

그리고 6마일 떨어진 잉글사이드에서는 갓난아기 버서 머릴러 블라이스가 주위에 빙 둘러선 즐거워보이는 사람들의 얼굴과, 87년 만에 이 대서양 연안지방에 닥쳐온 추운 7월 밤으로 맞아준 이 세상을 향하여 옅은 갈색 눈을 깜빡이고 있었다.

# 월터의 슬픔

어둠 속에 혼자 남겨진 뒤에도 월터는 잠이 오지 않았다. 지금까지 짧은 생애에서 혼자 잠든 일은 한 번도 없었다. 반드시 젬이나 낸이 기분 좋게 옆에 꼭 붙어 있어 따뜻하게 해주었다.

창백한 달빛이 비쳐들어 조그만 방을 희미하게 떠올려보여 주었는데, 그것은 어둠보다도 더욱 기분이 나빴다.

침대 끄트머리쪽 벽에 걸린 그림이 월터를 노려보고 있는 듯 여겨졌다. 그림이란 본디 달빛에 비쳐보일 때 전혀 다르게 보인다. 낮에는 생각지도 못했던 게 어른거려 보인다.

긴 레이스 커튼은 창문 양쪽에 한 사람씩 서서 울고 있는 여위고 키큰 여자처럼 보인다. 집에서는 삐걱거리는 소리, 한숨 소리, 소곤거리는 소리 등등 여러 가지 소리가 난다.

만일 벽지에 있는 작은 새들이 살아나 내 눈을 쪼아대려 하면 어떻게 하지?

별안간 월터는 두려움에 휩싸였다. 이윽고 커다란 공포가 사소한 두려움을 모두 쫓아버렸다.

엄마가 병에 걸렸다. 오펄이 사실이라고 말했으니까 믿을 수밖에 없다. 어쩌면 엄마는 끙끙거리며 앓고 있을지도 모른다! 아니, 엄마는 죽어버렸을지도 모른다! 집에 돌아가도 엄마는 없는 것이다. 엄마 없는 잉글사이드가 월터의 눈에 떠올랐다.

갑자기 월터는 그런 일을 견딜 수 없다는 것을 깨달았다. 집으로 돌아가야만 한다, 곧 엄마가 죽기 전에 만나야만 한다. 메리 머라이어 고모할머니가 말한 것은 이 일이었다. 할머니는 이미 엄마가 죽는다는 걸 알았던 것이다.

지금 이 시간에 누군가를 깨워서 집으로 데려다달라고 부탁해 봐야 헛일이다. 데려다주지 않을 것이다. 나를 비웃을 뿐이다. 집으로 돌아가는 길은 꽤 멀지만 밤을 새워서라도 걸어가리라.

월터는 조용히 침대를 빠져나와 옷을 갈아입었다. 한 손에는 구두를 들었다. 파커 부인이 월터의 모자를 어디에 두었는지 알 수 없었지만, 그런 것은 아무래도 좋았다. 소리를 내서는 안 된다. 다만 조용히 달아나 엄마가 있는 곳으로 가야만 한다.

월터는 앨리스에게 작별인사를 못하는 것이 안타까웠다. 하지만 앨리스라면 이해해줄 거야.

캄캄한 홀을 지나 층계를 살금살금 내려갔다. 한 발자국 한 발자국, 숨을 죽이고. 이 층계는 끝이 없는 것일까? 가구까지도 귀를 기울이고 있다, 오, 오!

아뿔싸! 월터는 구두를 한 짝 떨어뜨리고 말았다. 구두는 층계를 한 단 한 단 데굴데굴 떨어져 홀을 뛰어넘어 월터의 귀가 멍해질 만큼 커다란 소리를 내며 현관문에 부딪쳐 멈췄다.

절망한 월터는 층계 난간에 매달렸다. 잠자는 사람들 모두 그 소리를 들었을 게 틀림없다. 잠을 깨 뛰어나오면 나는 집에 돌아갈 수 없게 된다. 절망의 흐느낌이 치밀어올랐다.

몇 시간이나 지난 것 같았다. 아무도 잠을 깨지 않은 것을 월터는 가까스로 알 수 있었다.

조심스럽게 다시 층계를 내려갈 생각이 들었다. 마침내 다 내려와 구두를 집어들고 월터는 조심스럽게 현관문 손잡이를 돌렸다. 파커 저택에서는 언제나 문에 자물쇠를 채우는 일이 없었다. 아이들 말고는 도둑맞을 물건이 아무것도 없고, 아이들을 탐낼 사람은 아무도 없기 때문이라고 파커 부인은 말하곤 했다.

월터는 밖으로 나가 등 뒤에 있는 문을 조용히 닫았다. 구두를 신고 발소리를 죽이며 거리로 나갔다. 파커 저택은 마을 끝에 있었으므로 월터는 얼마 뒤 큰길로 나왔다.

한순간 공포에 휩싸였다. 붙잡혀 도로 끌려갈 불안은 사라졌으나, 어둠 속에서 혼자 남으니 무서움이 한꺼번에 되살아났다. 이제까지 월터는 밤에 혼자 밖으로 나간 일이 없었다.

주변의 세계가 무서웠다. 굉장히 큰 세계였다. 그 속에서 자신은 너무나 작았다.

동쪽에서 불어오는 차가운 바람까지도 월터를 밀어서 집으로 되돌려보내려는 듯 얼굴에 불어 닥쳤다.

엄마가 죽어가고 있다! 월터는 눈물을 꾹 참고 잉글사이드 쪽으로 얼굴을 돌렸다.

용감하게 공포와 싸우며 월터는 자꾸자꾸 나아갔다. 달 밝은 밤이었다. 달빛은 주위에 있는 것을 환히 보이게 한다.

무엇 하나 낯익은 것이 없었다. 언젠가 아빠와 함께 밖으로 나갔을 때, 나무들이 그림자를 떨어뜨리고 있는 달밤의 길만큼 아름다운 것은 없다고 생각한 일이 있었다.

그러나 지금 그림자는 아주 시커멓고 뾰족하게 떠올라 이쪽으로 덤벼들 듯했다. 들판도 서먹서먹했다. 나무들도 지금은 정겹지 않았다. 나무는 월터의 앞뒤에 몰려 감시하는 듯했다.

도랑에서 불 같은 두 눈이 월터 쪽을 노려보는가 싶더니 자기 눈을 의심할 만큼 커다란 검정 고양이가 길을 가로질러 달려갔다. 저것

은 고양이일까? 아니면?

추운 밤이었다. 엷은 셔츠 차림의 월터는 몸을 부들부들 떨었다. 그러나 모든 것—그림자며, 소곤대는 소리며, 자기가 빠져나가는 곳곳마다 삼림지대를 서성거릴지도 모르는 무어라 말할 수 없는 여러 가지 것들—이 무서운 마음만 들지 않는다면 월터는 추위 같은 건 참을 수 있었다.

아무것도 두려워하지 않는 기분은 어떤 것일까 월터는 생각했다. 월터는 소리내어 말했다.

"나, 나는 무섭지 않은 척해야지."

그러나 곧 끝을 알 수 없는 어둠 속으로 빨려든 자기 목소리에 부르르 몸을 떨었다.

그러나 월터는 계속 걸었다. 엄마가 죽어가고 있는데 앞으로 나아가지 않을 수 없다.

한번은 넘어져 돌에 무릎이 몹시 벗겨졌다. 그리고 뒤에서 마차가 오는 소리가 들려와서 그것이 지나갈 때까지 나무 뒤에 꼭꼭 숨어 있었다. 월터가 없어진 것을 알고 파커 의사가 뒤쫓아온 게 아닐까 겁이 났기 때문이다.

한번은 길가에 시커먼 털이 난 것이 앉아 있는 걸 보고 너무 무서워서 우뚝 서버렸다. 그 옆을 지나갈 수가 없었다. 아무래도 걸음을 뗄 수가 없었다. 그러나 월터는 용감하게 지나갔다.

그것은 커다란 검정 개였다. 과연 개일까? 그러나 월터는 앞으로 나아갔다. 뒤쫓아오면 안 된다고 여겨져 달리지는 않았다. 월터는 공포에 질린 얼굴로 가만히 뒤돌아보았다. 개는 일어나 반대방향으로 달려가고 있었다. 월터가 햇볕에 그을린 조그만 손을 얼굴에 대보니 땀으로 젖어 있었다.

앞쪽 하늘에서 별이 하나 불꽃을 흩뜨리며 떨어졌다. 별이 떨어졌을 때에는 누군가가 죽은 것이라고 나이 많은 키티 아주머니가 말했던 것을 월터는 생각해 냈다. 설마 엄마일까? 마침 한 발자국도 더 걸을 수 없는 기분이 들었지만 마음을 다잡고 월터는 다시 앞으로 나아갔다.

이제는 너무 추워서 무서운 생각은 거의 없어져버렸다. 언제까지나 집으로 돌아갈 수 없는 것일까? 로브리지를 나온 뒤 몇 시간이나 지났을 텐데.

세 시간이 흘러가고 있었다. 파커 저택을 몰래 나온 게 11시였는데 지금은 새벽 2시였다.

글렌 마을로 가는 비탈진 길에 들어선 것을 알았을 때, 월터는 마음이 놓인 나머지 흐느껴 울었다. 그러나 넘어질 듯 비틀거리며 마을을 지나가자 잠든 집들은 멀리 떨어진 곳에 있는 것처럼 보였다. 집들은 나를 까맣게 잊어버린 것이다.

별안간 울타리 너머에서 소가 음매 음매 큰 소리로 울어서 월터는 조 리스 씨가 성질이 거친 소를 기르고 있는 일을 떠올렸다.

월터는 너무 무서워서 정신없이 달리고 언덕을 뛰어올라 어느덧 잉글사이드 대문까지 와 있었다. 드디어 돌아온 것이다. 아, 돌아온 것이다!

그때 월터는 갑자기 우뚝 서고 말았다. 견딜 수 없는 쓸쓸함에 휩싸였기 때문이었다. 따뜻하고 정다운 등불이 켜져 있으리라 생각했었는데, 잉글사이드에는 불이 하나도 켜져 있지 않았다!

그런데 잘 바라보자 집 뒤쪽 침실에 하나 켜져 있었다. 그곳에서는 간호사가 갓난아기 요람을 침대 옆에 놓고 잠들어 있었다. 그러나 아무리 보아도 빈집처럼 캄캄했으므로 월터는 마음이 꺾이고 말았다. 캄캄한 잉글사이드를 월터는 본 적도 상상한 일도 없었다.

이것은 바로 엄마가 죽어버렸다는 뜻이다!

월터는 비틀거리며 자동차길을 걸어 산니말에 널려서 있는 불길한 집의 검은 그림자를 밟고 현관으로 갔다.

문에는 자물쇠가 단단히 걸려 있었다. 월터는 힘없이 두드렸다. 손잡이가 있는 데까지 손이 닿지 않았기 때문이다. 대답이 없었다. 월터 쪽에서도 기대하지 않았다. 가만히 귀기울여 보았다. 집안에서는 사람 목소리 하나 들리지 않았다. 엄마가 죽었기 때문에 모두 어딘가에 가버린 것이다.

이제 몸이 얼어붙고 힘이 다 빠져버려서 울 수도 없었다. 월터는 헛간을 빙 돌아 사다리를 밟고 마른풀더미 위로 올라갔다.

무서운 마음은 사라지고 없었다. 다만 어딘가 바람이 닿지 않는 곳으로 가서 아침까지 편히 누워 있고 싶었다. 아마 아침이 되면 엄마의 장례를 끝내고 누군가 돌아올 테니까.

블라이스 의사가 누군가에게서 얻어온 반들반들한 작은 들고양이가 클로버 마른풀의 향긋한 냄새를 풍기고 가르랑거리는 소리를 내며 월터에게로 다가왔다. 월터는 반가운 마음에 기뻐하며 고양이를 꼭 끌어안았다. 따뜻하고 살아 있는 것이었다.

그러나 바닥을 쪼르르 달려가는 작은 쥐 소리를 듣자 고양이는 가만히 있지 않았다.

거미줄투성이 창문으로 달이 월터를 지그시 바라보고 있었으나, 그 멀고 차갑고 헤아릴 길 없는 달은 아무 위로도 되지 못했다. 저 아래 글렌 마을의 외딴집에 켜져 있는 등불이 훨씬 친구처럼 생각되었다. 그 등불이 반짝이고 있는 한 월터는 견딜 수 있었다.

잠도 오지 않다. 무릎이 몹시 쑤시고 추웠다. 뱃속이 이상한 느낌이었다.

어쩌면 나도 죽을지 모른다. 그러면 좋을 텐데 하는 생각이 슬며시 들었다. 다른 사람들 또한 모두 죽었거나 어디로 가버렸으니까.

밤은 끝이 없는 것일까? 항구의 잭 플래그 선장이 만일 자신이 진심으로 화를 낸다면 해님도 떠오르지 못하게 하겠다고 말했다던 무서운 이야기를 월터는 떠올렸다. 만일 잭 선장이 진심으로 화내기 시작했다면 어떻게 하지?

　그러는 동안 글렌 마을에 있는 등불이 하나둘 꺼졌다. 월터는 더 이상 참을 수 없었다. 그러나 절망에 찬 조그만 외침소리가 입에서 새어나온 순간 월터는 날이 밝은 것을 깨달았다.

# 엄마는 죽지 않았어

월터는 사다리를 타고 내려와 밖으로 나갔다. 잉글사이드는 이제 날이 막 밝기 시작한 신비롭고 영원한 새벽빛을 온통 받으며 가로놓여 있었다. 골짜기에 있는 자작나무 위 하늘은 은빛 어린 담홍색으로 빛나고 있었다.

어쩌면 옆문으로 들어갈 수 있을지도 모른다. 수전이 가끔 아빠를 위해 열어 놓은 채로 두니까.

다행히 옆문에는 자물쇠가 걸려 있지 않았다. 기쁨의 눈물을 흘리며 월터는 가만히 안으로 들어갔다. 집안은 아직 어두웠다. 월터는 조용히 2층으로 올라가기 시작했다.

침대로, 내 침대로 가자. 그리고 아무도 돌아오지 않으면 나는 그대로 죽어 엄마를 찾아 하늘나라로 가면 되는 것이다.

그때 월터는 오펄의 말이 뇌리를 스쳤다. 하늘나라는 몇 백만 마일이나 멀리 떨어진 곳에 있는 것이다.

새로운 절망의 물결에 밀린 월터는 발밑을 조심하는 것을 잊고 층계 모퉁이에서 잠들어 있던 슈림프 꼬리를 꽉 밟아버렸다. 아픔을 견디지 못한 슈림프의 비명이 온 집안에 울려 퍼졌다.

잠에 막 빠져들었던 수전은 그 무서운 비명에 깜짝 놀라 깨어났다. 수전은 12시에 잠자리에 들었고, 오후부터 밤까지 힘든 일을 하여 온몸이 지칠 대로 지쳐 있었다.

게다가 긴장이 최고조에 이른 참에 메리 머라이어 고모가 '옆구리가 아프다'고 하여 탕파를 넣어주고 물고약을 문질러 발라주어야 했다. 마지막에는 '지병인 두통'이 일어났다고 하는 통에 눈에 습포(濕布)까지 갖다대주는 소동을 일으켰다.

3시에 수전은 누군가가 자기를 찾고 있는 듯한 묘한 기분이 들어 잠에서 깨어났다. 일어나서 밭끝으로 홀을 지나 마님 방으로 가보았다. 방은 아주 조용했고 앤의 부드럽고 규칙적인 숨소리가 들려왔다.

집을 한 바퀴 둘러보고 나서 수전은 조금 전 그 묘한 기분은 나쁜 꿈을 꾼 탓임에 틀림없다고 생각하며 어영부영 잠자리로 돌아갔다. 그러나 그 뒤 수전은 자신이 평상시 경멸하고 있던 '강신술(降神術)'에 빠진 애비 플래그가 말한 것처럼 '심령현상'을 체험한 것이라고 죽을 때까지 믿게 되었다.

수전은 확신했다.

"월터가 나를 부르고 있는 것을 들었어요."

수전은 일어나 오늘 밤 잉글사이드는 확실히 생령(生靈)에 들씌워져 있다고 생각하며 방을 나갔다. 입고 있는 것이라고는 잦은 세탁으로 앙상한 발목이 드러나보일 만큼 줄어든 플란넬 잠옷 하나뿐이었다.

그러나 층계참에서 잿빛 눈으로 올려다보며 새파랗게 질린 얼굴로 바들바들 떨고 있는 아이에게는 수전이 이 세상에 다시없을 만큼 아름다워 보였다.

"월터!"

누 걸음으로 얼른 나가 수선은 월터를 그녀의 듬직하고 다정한 팔에 끌어안았다.

월터가 물었다.

"수전, 엄마는 죽었어?"

순식간에 모든 것이 달라졌다. 월터는 몸을 따뜻이 하고, 먹을 것을 먹고, 위로를 받으며 침대로 들어갔다.

수전은 급히 불을 날라오고, 뜨거운 우유와 알맞게 구워진 토스트와 큰 접시에 월터가 아주 좋아하는 '원숭이 얼굴' 쿠키를 가져온 다음 발치에 탕파를 넣고 침대에 뉘었다.

수전은 벗겨진 작은 무릎에 입맞추고 기름을 발라주었다. 누군가가 자기 시중을 들어주고, 자기를 필요하다고 여기게 해 주며, 자기가 누군가에게 있어 소중한 사람임을 깨닫는 것은 무척 기분 좋은 일이었다.

"수전, 정말로 엄마는 죽지 않았어?"

"월터, 엄마는 쿨쿨 푹 주무시고 있어."

"그럼, 엄마는 전혀 병들지 않았던 거야? 오펄이 그렇게 말했었는데……"

"그래, 어제는 잠시 기분이 그리 좋지 않았지만 이제 다 나아서 괜찮아. 한숨 주무시고 날 때까지 기다리고 있어. 그러면 엄마를 만나게 해줄 테니까. 그리고 그 밖에도 보여줄 게 있어.

그 로브리지에 있는 어린 악마들을 붙잡아 때려주고 싶구나! 로브리지에서 집까지 걸어오다니 믿어지지 않아. 6마일이나! 이런 깜깜한 밤에!"

"나는 무척 무서웠어, 수전."

그러나 이미 끝난 일이다. 나는 무사하고 행복하다. 나는 집으로 돌아온 것이다.

월터는 어느새 스르르 잠이 들었다.

눈을 뜬 것은 정오가 다 되어서였다. 방 창문으로 햇빛이 찬란하게 비쳐들었다. 월터는 절뚝거리며 엄마를 만나러 갔다.

나는 무척 어리석었다. 로브리지에서 도망쳐 왔으니 엄마는 나쁘게 생각할지도 몰라.

그러나 엄마는 한 손을 월터에게로 뻗어 아무 말 없이 꽉 끌어안았을 뿐이었다. 수전에게 모든 이야기를 들은 앤은 파커 부인에게 한마디 해주어야겠다고 마음먹고 있었다.

"아, 엄마, 엄마는 죽지 않았네. 나를 여전히 귀엽다고 생각해?"

"월터, 나는 죽지 않아. 그리고 네가 너무도 귀여워서 가슴이 아플 정도란다. 밤에 로브리지에서 여기까지 그 먼 길을 걸어오다니, 어쩜!"

수전은 몸을 부르르 떨었다.

"더욱이 굶주린 배로 말예요."

"이 아이가 살아서 그런 이야기를 하고 있다는 게 신기할 정도예요. 기적의 시대는 분명 아직 지나가지 않았어요."

셜리를 어깨에 태우고 들어온 아빠가 웃으며 월터의 머리를 쓰다듬었다.

"용감한 녀석이야."

월터는 아빠의 손에 매달려 꼭 끌어안았다. 이 세상에 아빠 같은 사람은 없다. 그러나 실제로는 얼마나 무서웠었는지 아무도 알아선 안 된다.

"또 집을 떠나지 않아도 돼, 엄마?"

어머니는 약속했다.

"좋고말고. 네가 가고 싶다고 생각할 때까지는 말이야."

"나는 이제 결코……"

말을 꺼내다가 월터는 그만두었다. 결국 앨리스를 또 만나러 가는 것은 싫지 않으니까.

"월터, 여기 좀 봐."

수전이 요람을 들고 흰 앞치마와 모자를 쓴 혈색 좋은 젊은 부인을 데리고 들어와 말했다.

월터는 보았다. 갓난아기다! 머리 전체가 명주실 같은 곱슬머리로 뒤덮인 조그맣고 귀여운 손을 가진 포동포동한 갓난아기였다.

수전은 자랑스러운 듯 말했다.

"예쁘지? 이 속눈썹…… 갓난아기의 속눈썹이 이토록 긴 건 나도 처음 봐. 그리고 이 예쁘고 작은 귀는 또 어떠니! 나는 언제나 가장 먼저 귀를 보거든."

월터는 잠시 망설였다.

"예뻐, 수전…… 아, 저 귀여운 말려올라간 작은 발끝을 좀 봐! 하지만…… 너무 작잖아?"

수전은 웃었다.

"8파운드(약 3.6킬로그램)는 결코 작지 않아, 월터. 그리고 이 아이는 벌써 사람을 알아보기 시작한걸. 태어난 지 한 시간도 안 되어 벌써 머리를 쳐들고 선생님을 보았으니 말이야. 그런 일은 이제까지 본 적이 없어."

블라이스 의사는 만족스러운 얼굴로 말했다.

"이 아이는 빨강머리가 될 거야. 엄마를 닮아 훌륭한 붉은색을 띤 금발이 될걸."

아내는 기쁨에 넘쳐 말했다.

"그리고 아빠를 꼭 닮은 옅은 갈색 눈이 될 테지."

앨리스를 생각하며 월터가 꿈꾸듯 중얼거렸다.

"어째서 우리집에는 황금빛 머리칼을 가진 사람이 아무도 없을까."

수전이 날카롭게 가시돋친 소리로 물었다.

"황금빛 머리칼이라고? 드류 집안처럼?"

그러자 간호사가 목소리를 낮추어 말했다.

"잠들어 있을 때는 정말 귀여워요. 잘 때 눈에 저렇게 주름이 잡히는 아기는 못 보았어요."

"이 애는 기적 같은 아이야. 우리 아기는 모두 귀여웠지, 길버트. 하지만 이 아기가 가장 귀여워."

메리 머라이어 고모가 코웃음쳤다.

"어처구니 없군. 그야 뭐 이 세상에는 이 전에 두세 아기밖에 태어나지 않았으니까, 애니."

월터가 자랑스럽게 말했다.

"하지만 우리 아기는 이번에 처음으로 태어났으니까요, 메리 머라이어 고모할머니. 수전, 아기에게 입맞춰도 괜찮아?……한번이면 돼……괜찮지?"

"괜찮고말고."

수전은 물러가는 메리 머라이어 고모의 뒷모습을 흘겨보았다.

"그만 아래로 내려가 저녁식사에 먹을 체리파이를 만들어야겠어요. 미스 블라이스가 어제 오후에 하나 만들었는데 말예요, 마님, 정말 보여드리고 싶을 정도였답니다. 마치 고양이가 끌고 들어온 것 같았지 뭐예요. 버리기 아까워 먹어보았지만, 글쎄, 내가 팔팔하게 있는 한 그런 파이를 선생님 앞에 내놓을 수는 없어요."

앤이 말했다.

"과자를 만드는 데는 수전만한 솜씨가 없으니까요."

만족한 수전이 나가고 문을 닫자 월터가 말했다.

"엄마, 우리는 모두 좋은 가족들인 것 같아. 엄마는 그렇게 생각지 않아?"

앤은 갓난아기 옆자리에 누우며 행복을 느꼈다.

머지않아 곧 다시 전처럼 발걸음도 가볍게 아이들과 함께 돌아다니고, 사랑하고, 가르치고, 위로할 수 있게 된다.

아이들은 저마다 작은 기쁨과 슬픔, 싹트기 시작한 희망, 새로이 생겨난 공포, 그 아이들에게는 큰 문제로 여겨지는 하찮은 일, 그 아이들에게는 괴롭고 안타깝게 여겨지는 조그만 마음의 아픔 등을 끊임없이 어머니에게로 가져오리라.

자신은 다시 잉글사이드 생활의 실을 모두 손에 모아쥐고 그것을 짜서 아름다운 벽걸이로 만드는 것이다.

그리고 이틀 전 메리 머라이어 고모가 길버트에게 몹시 지쳐보인 다면서 그를 돌봐주는 사람은 아무도 없는 듯하다고 말하는 것을 우연히 들었는데, 이제 그런 말을 듣지 않아도 된다.

아래층에서는 메리 머라이어 고모가 힘없이 고개를 내젓고 있었다.

"갓 태어난 아기는 모두 다리가 구부러져 있다는 건 알지만, 수전, 저 아이 다리는 너무 구부러져 있어. 물론 이런 일은 가엾으니 애니에게 말해서는 안 되지만 말이야. 결코 애니에게 말하지 말아요, 수전."

이번만은 수전도 아무 말을 할 수가 없었다.

# 늦여름

8월 끝무렵이 되자 앤은 다시 여느 몸으로 되돌아와 즐거운 가을을 기다리고 있었다.

갓난아기 버서 머릴러는 나날이 예뻐져서 언니들과 오빠들의 뜨거운 사랑을 듬뿍 받았다.

젬은 기쁜 듯 조그만 갓난아기의 귀여운 손가락이 자기 손가락을 잡도록 내버려두며 말했다.

"나는 갓난아기란 하루 종일 응애응애 울기만 하는 줄 알았어. 버티 셰익스피어 드류가 그렇게 말했거든."

수전이 말했다.

"버티네 갓난아기라면 일년내내 울기만 할 거야, 젬. 드류네 집안사람이 되어야 한다고 생각만 해도 울음이 터져나올 테니까. 하지만 버서 머릴러는 잉글사이드의 아기거든, 젬."

젬이 슬퍼하며 말했다.

"나도 잉글사이드에서 태어났더라면 좋았을걸, 수전."

젬은 그 일을 언제나 분하게 여겼다. 때때로 다이가 그 일로 젬을 놀려댔기 때문이다.

언젠가 샬럿타운에서 찾아온 퀸즈아카데미 시절 친구가 얕보듯 앤에게 물은 적 있었다.

"이런 곳에서 사는 게 지루하지 않아?"

지루하다고! 앤은 그만 손님 앞에서 웃음을 터뜨릴 뻔했다. 잉글사이드가 지루하다고?

귀여운 갓난아기는 나날이 새로운 놀라움을 느끼게 해주고, 다이애너와 조그만 일리저버스와 리베커 듀의 방문이 계획되어 있으며, 길버트가 치료하고 있는 위 글렌의 샘 엘리슨 부인은 온 세계에서 세 사람밖에 걸린 일 없다는 병을 앓고 있고, 월터가 학교에 다니기 시작했으며, 낸은 엄마의 화장대에 있는 향수를 한 병 다 마셔 다들 죽을 거라고 여겼지만 아무렇지도 않았다.

뒷문에서는 이제까지 들은 적도 없는 낯선 검정 고양이가 열 마리나 되는 아기고양이를 낳았고, 셜리는 욕실에 들어가 문을 잠그고는 여는 방법을 잊었으며, 슈림프는 파리 잡는 끈끈이종이 위에 뒹굴어 버렸고, 한밤중에 촛불을 가지고 돌아다니던 메리 머라이어 고모는 자기 방 커튼에 불이 붙어 온 집안사람들을 깨웠다. 생활이 지루하다니!

메리 머라이어 고모는 아직 잉글사이드에 머무르고 있었으며 때때로 애처로운 목소리로 말했다.

"내게 싫증이 나거든 그렇다고 솔직히 말해 다오. 내 일은 스스로 처리하는 데 익숙해 있으니 말이다."

거기에 대한 대답은 하나밖에 없었고, 물론 언제나 길버트가 그 대답을 했다. 하기야 길버트도 처음처럼 진심으로 말하는 것은 아니었다.

길버트의 '친척을 편드는' 마음도 서서히 식어가고 있었다. 메리 머라이어 고모가 귀찮은 사람이 되어 있는 것을 알아차린 길버트는—'남자에게 있음직한 일이잖아요'라고 미스 코닐리어로부터 경멸당하겠지만—어떻게 해볼 도리가 없는 심정이었다.

어느 날 단단히 마음먹고 집이란 사람이 살지 않으면 망가진다는 말을 슬쩍 내비쳤더니, 메리 머라이어 고모도 이에 찬성하며 샬럿타운에 있는 자기 집을 팔려고 생각한다고 천연스럽게 이야기했다.

길버트는 부추겼다.

"그건 그리 나쁜 생각이 아니군요. 마침 시내에 팔려고 내놓은 아담한 집이 있습니다. 내 친구가 캘리포니아로 가게 되어서 말입니다. 그토록 칭찬하시던 세러 뉴먼 씨의 집과 똑같지요."

메리 머라이어 고모는 한숨을 쉬었다.

"하지만 혼자 살아야 한다면."

앤은 잘되면 좋겠다고 생각하며 말했다.

"그분은 혼자 사시기를 좋아해요."

메리 머라이어 고모가 말했다.

"혼자 살기를 좋아하는 사람에게는 뭔가 이상한 데가 있는 거야, 애니."

수전은 신음소리가 나오는 것을 가까스로 참았다.

9월이 되자 다이애너가 와서 1주일 동안 머물렀다.

그 다음에는 조그만 일리저버스가 찾아왔다. 이제는 조그만 일리저버스가 아니었다—키가 크고 날씬하며 아름다운 일리저버스였다.

그러나 지금도 여전히 머리는 금빛이었으며 서글픈 미소도 그대로였다. 아버지가 파리에 있는 사무소로 돌아가게 되어서 일리저버스도 집안살림을 위해 함께 가기로 되어 있었다.

일리저버스와 앤은 조용히 내려다보고 있는 가을 별들이 빛나는 밤 하늘 아래 소설에 등장했던 옛 항구 바닷가를 오랫동안 거닐며 돌아다니다가 오곤 했다.

두 사람은 다시금 지난날 바람에 살랑거리는 버드나무집에서의 생활을 맛보고, 일리저버스가 지금까지도 가지고 있는, 그리고 영원히 지니고 있을 요정나라 지도로 발을 내디뎠다.

일리저버스가 말했다.

"어디로 가든지 내 방 벽에 걸어두겠어요."

어느 날 바람이 잉글사이드 뜰을 불고 지나갔다. 처음 불어오는 가을바람이었다. 그날 밤 장밋빛 저녁놀이 빛바래 보였다. 여름은 별안간 늙고, 계절의 변화가 슬슬 시작되었다.

메리 머라이어 고모는 마치 가을이 자신을 모욕한 듯 투덜거렸다.

"가을이 너무 이르구나."

그러나 가을도 아름다웠다. 짙푸른 만에서 부는 바람이며 멋들어진 한가위 보름달을 즐길 수 있었다.

골짜기에는 서정미 넘치는 탱알이 피고, 사과가 주렁주렁 열린 과수원에서는 해맑은 아이들 웃음소리가 울려 퍼졌다.

위 글렌 높은 언덕에 자리한 목장의 저녁은 맑게 개고, 은빛 털쌘구름이 뜬 하늘을 검은 새가 날아갔다. 해가 짧아짐에 따라 조그만 잿빛 안개가 모래언덕을 조용히 넘어 항구로 올라왔다.

낙엽과 더불어 리베커 듀가 여러 해 전부터 했던 방문약속을 지키러 잉글사이드를 찾아왔다. 1주일 예정이 마지못해 2주일이 되었는데, 누구보다도 열심히 붙잡은 것은 수전이었다.

수전과 리베커 듀는 첫눈에 서로를 부르는 영혼임을 발견했던 것이다. 아마 두 사람 다 앤을 사랑하고 있었기 때문인지도 모르며, 메리 머라이어 고모를 싫어한 까닭인지도 모른다.

어느 날 저녁, 밖에서는 비가 부슬부슬 낙엽 위로 내리고 바람이 잉글사이드의 차양과 모퉁이를 이리저리 고함치며 돌아다닐 때, 부엌에서는 수전이 동정하는 마음으로 귀를 기울이는 리베커 듀에게 일상적인 울분을 모두 털어놓았다.

의사 내외는 아는 사람을 방문하러 가서 집에 없었고, 아이들은 모두 편안히 잠자리에 들어 있었으며, 메리 머라이어 고모는 다행히 두통 때문에 '쇠 밴드가 머리를 죄는 것' 같다고 신음하며 방으로 물러갔다.

리베커 듀는 아궁이문을 열고 기분 좋은 듯 다리를 쭉 들이밀었다.

"누구든 저녁 식사 때 고등어튀김을 그녀처럼 먹으면 두통이 나는 게 마땅해요. 나도 내 몫은 먹었지만 말예요. 아무튼 미스 베이커, 댁처럼 고등어튀김을 잘하는 사람은 본 적이 없어요. 하지만 나는 네 토막이나 먹지는 않았으니까요."

뜨개질감을 아래로 내려놓고 수전은 리베커의 조그만 검은 눈을 간청하듯 바라보며 진지하게 말했다.

"미스 듀, 여기 있는 동안 메리 머라이어 블라이스가 어떤 분인지 어느 정도 알았겠죠. 하지만 아직은 절반도, 아니, 4분의 1도 모를 거예요. 미스 듀라면 믿을 수 있다고 생각되는데, 절대로 남에게 이야기하지 않겠다는 것을 전제로 가슴속을 털어놓아도 괜찮을까요?"

"괜찮고말고요, 미스 베이커."

"그녀는 6월에 이리로 왔는데, 내 생각으로는 평생 여기에 있을 작정인 것 같아요. 이 집에 있는 사람들 모두 그녀를 싫어하고 있죠. 선생님까지도 지금은 그녀를 좋아하지 않아요. 아무리 숨기려 한다 해도 다 보이죠. 하지만 선생님은 집안사람을 편드는 마음이 강해서, 이 집에서 반가워하지 않는 것을 그녀에게 느끼게 해서는 안 된다고 하세요. 나는 마님께 얼마나 사정했는지 몰라요."

수전은 무릎꿇고 부탁했다고 말하고 싶은 심정이었다.

"단단히 결심하고 메리 머라이어에게 나가달라고 말해 주십사고요. 하지만 마님은 알다시피 너무 인정이 많아요. 우리는 어쩔 도리가 없는 거지요, 미스 듀. 도무지 어쩔 도리가 없는 거예요."

리베커 듀는 메리 머라이어 고모가 뭐라고 말한 일로 꽤 감정이 상해 있었다.

"내게 그녀의 처지를 맡겨준다면, 미스 베이커—신성한 접대의 예의를 짓밟아선 안 된다는 것은 나도 알고 있어요—하지만 미스 베이커, 나라면 확실히 흑백을 가려줄 거예요."

"나도 내 분수를 생각지 않는다면 그녀를 어떻게든 할 수 있어요, 미스 듀. 그렇지만 내가 이 집 안주인이 아니라는 것을 결코 잊지 않아요.

때때로 나는 스스로에게 물어본답니다. '수전 베이커여, 너는 학대받고도 잠자코 있을 거냐, 아니라면 뭐냐'라고요. 하지만 내 두 손은 묶여 있는 거나 마찬가지예요.

나로서는 마님을 못 본 체할 수도 없고, 메리 머라이어 블라이스와 싸워서 마님의 고통을 더해드릴 수도 없어요. 내 의무를 다하는 노력을 계속하겠어요. 왜냐하면요, 미스 듀."

수전은 여기서 말을 바꾸었다.

"나는 선생님이나 마님을 위해서 기꺼이 죽을 수 있어요. 그녀가 이리로 오기 전에는 행복한 집안이었어요, 미스 듀. 그러나 지금은 그녀 때문에 우리 생활이 차츰 비참해져요.

앞으로 어떻게 될지는 예언자가 아니니까 알 수 없어요, 미스 듀. 아니, 알 수 있어요. 우리 모두 미쳐버려 정신병원에 들어가고 말 거예요. 그것도 한 번뿐이 아니랍니다, 미스 듀. 몇십 번, 아니, 몇백 번이나 있는 일이니까요, 미스 듀.

모기도 한 마리라면 참을 수 있죠, 미스 듀. 하지만 몇 백만 마리나 된다면 생각 좀 해보세요!"

리베커 듀는 몇 백만 마리 모기를 떠올리고 참혹스러운 듯 머리를 저었다.

"그녀는 줄곧 마님에게 집안살림하는 방법이며 심지어 마님이 입는 옷에 대해서까지 이러니저러니하는 거예요. 나를 줄곧 감시하고 있고요. 그리고 '이토록 싸움을 좋아하는 아이들은 본 일이 없나'느니 하는 말을 하죠. 미스 듀도 우리집 아이들이 결코 싸움 같은 건 하지 않는다는 것을, 그래요, 좀처럼 하지 않는다는 것을 직접 보았을 거예요."

"내가 여태까지 본 아이들 가운데 가장 칭찬할 만한 아이들이에요, 미스 베이커."

"그녀는 공연한 참견을 하려들고 트집을 잡으며……"

"나도 그 현장을 보았어요, 미스 베이커."

"늘 무슨 일로 짜증내고 슬퍼 탄식하면서도, 그 주제에 화내며 나가버리지는 않아요. 다만 도사리고 앉아 냉대를 받고 있는 척해 보여서 마님은 가엾게도 반쯤 미칠 듯 되어버리는 거예요.

무슨 일이건 하나부터 열까지 마음에 들어하지 않는답니다. 창문이 하나라도 열려 있으면 바람이 새어든다고 투덜거리고, 창문을 모두 닫으면 때로는 조금 신선한 공기가 필요하다고 말하죠.

그리고 양파를 아주 싫어해요. 그 냄새가 견딜 수 없어 속이 나빠진다고 한다니까요. 그래서 마님은 양파를 써서는 안 된다고 하죠."

수전은 여기서 당당하게 가슴을 펴보였다.

"하지만 양파란 어느 집에서나 먹고 있잖아요, 미스 듀? 그런데 잉글사이드에서는 엉뚱하게도 양파를 먹으면 죄를 짓게 되는 거예요."

리베커 듀도 인정했다.

"나도 양파를 아주 좋아해요."

"그녀는 고양이도 몹시 싫어해요. 소름이 끼친다고 말하죠. 고양이가 눈에 보이고 안 보이는 건 문제가 아니고 집에 고양이가 있다는 것만으로도 싫다는 거예요.

그러니 가엾게도 슈림프는 집안에 그리 얼굴을 들이밀지 않아요. 나도 고양이를 좋아하지는 않지만, 미스 듀, 고양이도 제 꼬리를 흔들 권리는 있다고 생각해요.

그리고 '수전, 내가 달걀을 못 먹는다는 것을 결코 잊지 말아줘' 라느니 '수전, 내가 식은 토스트를 먹지 못한다는 것을 몇 번이나 말해야 알지' 라느니 '수전, 사람에 따라서는 졸아붙은 차를 마실 수 있을지 모르지만, 나는 그런 운 좋은 계급은 아니야' 라고 한다니까요. 졸아붙은 차라고 말예요, 미스 듀. 마치 내가 졸아붙은 차를 식탁에 내놓기라도 한 것 같잖아요."

"댁을 그렇게 생각하는 사람은 아무도 없어요, 미스 베이커."

"물어서는 안 될 일이 있어도 그녀는 묻고 말아요. 선생님이 여러 가지 일들을 그녀보다도 마님에게 먼저 이야기한다면서 질투하고, 언제나 선생님에게 환자에 대한 이야기를 캐물으려 들어요. 그것처럼 선생님이 화내는 일은 없답니다. 본디 의사란 입이 무거워야 하니까요.

게다가 또 불에 대해 어찌나 잔소리가 많은지!

'수전 베이커, 석유로 화재를 내지 않으면 좋겠는데. 또 기름 묻은 헝겊을 아무데나 내버려두어서는 안 돼, 수전. 한 시간도 채 못되어 저절로 불이 붙는다는 것은 누구나 알고 있는 일이니까. 자기 실수인 줄 알면서 이 집이 불타는 것을 우두커니 서서 바라보는 기분이 어떻겠어, 수전?'

이런 형편이랍니다.

그런데 미스 듀, 그 일로 도리어 나는 그녀를 비웃어주었어요. 그녀가 자기 방 커튼을 태운 것은 그날 밤이었죠. 지금도 그 울부짖던 목소리가 귀에서 떠나지 않아요. 게다가 딱하게도 선생님이 이틀 밤을 꼬박 새운 끝에 가까스로 잠들었을 때였답니다!

무엇보다도 화나는 것은 미스 듀, 그녀는 어디에 가든지 꼭 나가기 전에 부엌으로 와서 달걀을 세어보는 거예요. '왜 숟가락도 세어보지 않나요?'라고 말해주고 싶은 것을 참는 데는 수양이 필요하답니다.

물론 아이들도 그녀를 싫어해요.

마님은 그것을 나타내보이시 않으려고 아주 시쳐 있어요.

언젠가 선생님도 마님도 집에 안 계실 때 그녀가 낸의 뺨을 때렸어

요. 뺨을 말예요. 켄 포드라는 개구쟁이 흉내를 내어 낸이 그녀를 '메
퓨살레 부인'이라고 불렀다는 것만으로 말이죠."

흥분한 리베커 듀는 맹렬하게 말했다.

"나라면 그녀의 따귀를 때려주었을 거예요."

"나는 그녀에게 두 번 다시 이런 짓을 하면 당신 얼굴을 때리겠다
고 말해 주었어요. '이 집에서는 가끔 볼기를 때리는 일은 있어도 뺨
은 결코 때리지 않으니까 그런 짓은 두 번 다시 하지 말아요'라고 말
했답니다.

그녀는 1주일 동안이나 화가 나서 부루퉁해 있었지만 그 뒤부터는
아이들 누구에게도 좀처럼 손가락 하나 대지 않아요.

그러나 그녀는 아이들이 부모에게 벌받는 것을 무척 좋아해요. 언
젠가 저녁에도 젬을 보고 '내가 네 엄마라면' 하고 말했을 때 가엾게
도 그 애는 '고모할머니는 아무 엄마도 될 수 없어요' 라고 했답니다.
그렇게 말할 수밖에 없었던 거예요, 미스 듀. 아무래도 그렇게 말하
지 않을 수 없었다니까요.

선생님은 저녁을 굶기고 젬을 잠자리에 들게 했는데, 나중에 누가
몰래 조금 갖다주었다고 생각하나요?"

"아, 정말 누구였을까요?"

이야기에 열중하여 리베커 듀는 큰 소리로 웃었다.

"나중에 젬이 기도하는 소리를 들었다면 가슴이 터질 것 같았을
거예요―젬은 스스로 생각해내어 기도했지요. '오, 하느님, 메리 머라
이어 고모할머니에게 실례되는 말을 한 것을 용서해 주십시오. 그리
고 메리 머라이어 고모할머니에게 언제나 공손히 대할 수 있도록 부
디 도와주십시오.'

가엾게도 나는 눈물이 쏟아졌어요.

어린아이가 손윗사람에게 실례되는 말을 하거나 제멋대로 구는 데
는 찬성할 수 없지만, 미스 듀, 언젠가 버티 셰익스피어 드류가 종이

를 단단하게 돌돌 뭉쳐 그녀에게 던졌을 때—조금 빗나갔지만요, 미스 듀—나는 문가에서 버티 셰익스피어가 돌아가기를 기다리고 있다가 도넛을 한 봉지 주었어요. 물론 그 까닭은 말하지 않았어요. 그 애는 아주 기뻐했어요. 도넛은 나무에 열리는 게 아니라고 말했죠, 인색한 그 애 어머니는 도넛 같은 것을 결코 만들어주지 않거든요.

낸과 다이는—이건 미스 듀 말고는 아무에게도 이야기하지 않은 일이에요—선생님도 마님도 이런 일은 꿈에도 모른답니다—알게 되면 물론 못하게 하겠지요—머리가 깨진 사기인형에 메리 머라이어라는 이름을 붙이고 그녀에게 꾸중을 들을 때마다 밖으로 나가 빗물받이통으로 물을 먹인답니다. 그 인형에게 말예요. 그것을 몇 번이나 재미있어 했는지 몰라요.

그러나 요전날 저녁 그녀가 무슨 짓을 했는지, 도저히 믿어지지 않을 거예요, 미스 듀."

"그녀라면 무슨 짓이라도 할 수 있겠죠, 미스 베이커."

"그녀는 무언가 화나는 일이 있다면서 저녁 식사를 한 숟가락도 입에 대려 하지 않았어요. 그리고는 자기 전에 부엌으로 가서 내가 선생님을 위해 남겨둔 밤참을 모조리 먹어치운 거예요. 한 조각도 남기지 않고 말예요, 미스 듀.

나를 믿음이 없는 사람이라고 여긴다면 곤란하지만요, 미스 듀, 어째서 하느님은 그런 사람에게 싫증을 안 내시는지 모르겠어요."

리베커 듀는 또렷이 말했다.

"어쨌거나 유머 정신을 잃는 일이 있어서는 안 돼요, 미스 베이커."

"써레에 파헤쳐진 두꺼비(늘 학대받고 있는 사람을 가리킴)에게도 우스꽝스러운 면이 있다는 것은 나도 잘 알고 있어요, 미스 듀. 그러나 문제는, 그 두꺼비도 그것을 알겠느냐는 거예요.

이런 말을 들려 드려서 미안해요, 미스 듀. 하지만 덕분에 속이 후련해졌어요. 이런 말은 마님에게도 할 수 없고, 그렇다 해서 뱉어낼 구멍을 찾지 못하면 답답한 마음이 터질지도 모르겠다는 생각이 요즘 늘 들던 참이었거든요."

"그 마음 잘 알아요, 미스 베이커."

수전은 기세당당하게 일어나며 물었다.

"그럼, 미스 듀, 자기 전에 차를 한 잔 들겠어요? 그리고 찬 닭다리 고기는 어때요, 미스 듀?"

리베커 듀는 따뜻해진 다리를 아궁이에서 끌어들이며 말했다.

"우리 인생보다 높은 것을 잊어서는 결코 안 되지만, 맛있는 음식도 꽤 좋은 것이라는 걸 단 한 번도 나는 부인한 적이 없어요."

# 잉글사이드

길버트가 노바 스코샤에서 2주일 동안 도요새 사냥을 하고 돌아왔다—앤으로서도 길버트가 한 달을 지내고 오도록 설득할 수 없었다. 그리고 11월이 잉글사이드로 금세 밀어닥쳤다.

시커먼 언덕보다도 훨씬 어둑어둑한 짙은 가문비나무가 행군하듯 무성하고, 일찍 저무는 해질 무렵은 위엄마저 있었다.

그러나 대서양에서 바람이 슬픈 노래를 부르며 불어닥치는데도 잉글사이드는 난로의 따스한 불빛과 해맑은 웃음으로 꽃이 핀 것 같았다.

어느 날 밤, 월터가 물었다.

"왜 바람은 행복하지 않아요, 엄마?"

앤은 대답했다.

"그것은 바람이 이 세계가 시작된 뒤 모든 슬픔을 기억하고 있기 때문이란다."

메리 머라이어 고모가 코웃음치며 말했다.

"바람은 이토록 습기가 많아서 울부짖고 있는 거야. 그래서 내 등이 아파 견딜 수 없구나."

그러나 날에 따라 바람까지도 유쾌한 듯 은회색 단풍나무숲에 불어대는 일도 있고, 또 전혀 바람이 불지 않아 봄날처럼 햇볕이 따뜻하여 잎 떨어진 나무들이 잔디밭 가득 조용히 그림자를 드리우고 해질녘이 되어야 추위가 몸에 스미는 날도 있었다.

앤이 말했다.

"저 모퉁이 포플러 위 하얀 초저녁 샛별을 보렴. 저런 별을 볼 때마다 나는 살아 있는 게 기뻐서 견딜 수 없는 기분이 들어."

메리 머라이어 고모가 말했다.

"너는 이상한 말을 하는구나, 애니. 프린스 에드워드 섬 별은 조금도 신기할 게 없잖니."

'별이라니, 정말이지! 마치 이제까지 아무도 별을 본 사람이 없는 것 같군. 애니는 날마다 부엌에서 엄청난 허비를 하고 있는 것을 알까? 수전이 달걀을 마구 쓰는 그 분별없는 짓이며 남은 기름으로도 충분한데 라드(돼지지방으로 만든 기름)를 쓰는 것 등을 아는 걸까. 아니면 알면서도 마음쓰지 않는 걸까? 길버트도 참 가엾어! 끊임없이 일해야 하는 것도 무리가 아니야!'

11월은 잿빛과 갈색 옷을 입고 떠났다. 그러나 아침이 되기까지 눈이 그 마술의 하얀 천을 짜냈으므로 젬은 환성을 지르며 아침 식사를 하러 쪼르르 달려 내려왔다.

"아, 엄마, 이제 곧 크리스마스가 되면 산타클로스 할아버지가 우리 집으로 찾아오는 거죠?"

메리 머라이어 고모가 눈을 동그랗게 뜨며 물었다.

"설마 아직도 산타클로스가 정말로 있다고 여기는 건 아니겠지?"

앤이 깜짝 놀라 길버트를 흘끗 보자 길버트는 괜히 헛기침을 하며 점잖게 대답했다.

"우리는 아이들에게 되도록 오랫동안 조상이 물려준 동화나 꿈을 간직하도록 해주고 싶습니다, 고모님."

다행히 젬은 메리 머라이어 고모의 말에 관심을 기울이지 않았다. 겨울의 아름다움을 가져다준 새롭고 멋있는 세계로 나가보고 싶어 젬도 월터도 정신이 없었다.

앤은 아직 아무도 밟지 않은 눈의 아름다움이 발자국으로 엉망이 되는 것을 싫어했다. 그러나 그것은 어쩔 수 없는 일이었고, 해질녘에는 넘칠 듯한 아름다움이 있었다. 제비꽃 언덕 하얀 골짜기 위에 서녘 하늘이 불길처럼 붉게 타오르고 앤은 거실 난로에 단풍나무 장작을 태우며 앉아 있었다.

난로의 빨간 불빛은 언제 보아도 아름답다고 앤은 생각했다. 그 불은 장난을 좋아해서 꿈에도 그리지 못할 짓을 한다. 방 일부가 환하게 나타났다가 다시 사라진다. 그림이 떠올랐다가 또 꺼져버린다. 그림자가 숨었다가 껑충거리며 뛰기 시작한다.

밖의 스코틀랜드 소나무 아래에는 해가리개가 내려지지 않은 큰 창문 너머로 등을 꼿꼿이 하고 앉아 있는 메리 머라이어 고모의 모습 등—그녀는 결코 '맥없이' 기대앉거나 하지 않았다—모든 광경이 작은 요정처럼 비치고 있었다.

길버트는 의자에 '맥없이' 기대앉아 그날 폐렴으로 죽은 환자에 대한 생각을 잊으려 애쓰고 있었다. 어린 릴러는 요람 속에서 자기의 분홍빛 주먹을 먹으려 하고 있었다. 흰 손을 가슴 밑에 집어넣은 슈림프마저 난롯가 깔개 위에서 목을 가르랑거리고 있어 메리 머라이어 고모를 몹시 못마땅하게 했다.

메리 머라이어 고모는 비통한 목소리로 말하기 시작했다—아무도 고양이에 대한 이야기는 하지도 않는데……

"고양이라니 말인데, 밤만 되면 온 글렌의 모든 고양이가 이 집으로 찾아오는 모양이지? 어젯밤 그 암내 나는 고양이가 야옹야옹 울어대는 속에서 다들 용케도 잠을 자더구나. 정말이지 나는 무척 이상했단다. 물론 내 방은 뒤쪽이어서 운이 좋게도 무료음악회의 은혜를 전적으로 입는 것일 테지만."

아무도 그 말에 대답할 사이도 없이 수전이 들어와 말했다.

"카터 플래그네 가게에서 마셜 엘리엇 부인을 만났는데, 물건을 다 산 다음 찾아오겠다고 했어요."

수전은 엘리엇 부인이 걱정스럽게 다음과 같이 말한 것은 덧붙이지 않았다.

"마님에게 무슨 일이 있나요, 수전? 지난 일요일 교회에서 보니까 무척 지치고 수심이 가득 있는 것 같았어요. 그런 모습은 이제까지 본 적이 없는데요."

그때 수전은 안쓰러운 얼굴로 대답했다.

"마님에게 무슨 일이 있었는지는 내가 가르쳐주지요. 마님은 메리 머라이어 고모 병에 호되게 걸려 있어요. 그것을 선생님은 모르는 거예요. 마님이 밟은 땅까지 숭배할 정도이면서도요."

엘리엇 부인이 가엾게 여기며 말했다.

"남자들에게 흔히 있음직한 일이지요."

앤은 벌떡 일어나 불을 켰다.

"어머나, 잘됐어요. 미스 코닐리어를 오래 못 만났는걸요. 이제 여러 가지 소식을 듣게 되겠어요."

길버트는 간단하게 말했다.

"그렇겠구료."

메리 머라이어 고모가 딱 잘라 말했다.

"그녀는 골치아픈 수다쟁이야."

자신의 일생에서 아마도 처음으로 수전은 미스 코닐리어를 위해 용감하게 일침을 놓았다.

"그렇지 않아요, 고모님. 그녀에 대한 그런 나쁜 말을 수전 베이커는 잠자코 늘어넘길 수 없어요. 골치아픈 사람이라니, 어쩌면! 고모님, 똥 묻은 개가 겨 묻은 개를 나무란다는 말을 들은 적 있나요?"

"수전……수전."

앤이 애원했다.

"미안해요, 마님. 나는 분명 내 분수를 잊었군요. 하지만 경우에 따라서는 참을 수 없는 일도 있으니까요."

그리고 잉글사이드에서는 좀처럼 들을 수 없는 큰 소리로 문이 쾅 닫혔다. 수전은 몹시 화가 났던 것이다.

메리 머라이어 고모는 비판적으로 말했다.

"그렇구면, 애니? 하지만 고용인이 저렇듯 멋대로 하도록 네가 내버려두는 한 아무도 어쩔 수 없지."

피곤한 길버트는 일어나서 남자가 얼마쯤 안식을 기대할 수 있는 서재로 들어갔다. 그리고 미스 코닐리어를 좋아하지 않는 메리 머라이어 고모는 잠자리로 물러났다.

마침내 미스 코닐리어가 왔을 때 앤은 오직 혼자 남아 힘없이 아기 요람 위로 몸을 구부리고 있었다. 미스 코닐리어는 이전처럼 소문 보따리를 펼쳐놓는 대신 숄을 내려놓고 앤 옆에 다가와 앉으며 손을 잡았다.

"앤, 왜 그래요? 무슨 일이 있다는 것은 알겠어요. 언제나 기분이 좋은 메리 머라이어 고모에게 죽도록 혼나고 있는 게 아니에요?"

앤은 애써 웃으려고 했다.

"아, 미스 코닐리어, 이토록 신경 써주다니 스스로도 어리석은 일인 줄 잘 알고 있어요. 하지만 오늘 같은 날은 도저히 고모님에게 참을 수 없을 것 같아요. 그분은 우리 생활을 엉망으로 만들고 있어요."

"왜 가라고 하지 못하죠?"

"어머나, 그런 말은 할 수 없어요, 미스 코닐리어. 적어도 나는 할 수가 없고 길버트도 하려고 하지 않는걸요. 길버트는 자기 육친을 내쫓는 그런 몹쓸 짓을 했다가는 평생 자기 얼굴을 보지 못할 거라고 말해요."

코닐리어는 분개했다.

"어이가 없군요. 그분은 돈도 많고 훌륭한 자기 집도 가지고 있잖아요. 자기 집에 가서 마음 편히 사는 게 좋다고 은근히 돌려 말해서 내보내는 게 어때요?"

"정말 그러면 좋겠어요. 하지만 길버트는 모든 것을 알지는 못해요. 늘 집을 비우니까요. 그리고 실제로 모든 것이 조목조목 따져보면 그 자체는 대단치 않은 조그만 일일 뿐인걸요. 부끄러워질 정도예요."

"알아요, 앤. 그런 조그만 일들이 하나씩 하나씩 쌓여 실제로는 엄청 큰 일이 되는 거예요. 물론 남자가 알 게 뭐예요. 내가 아는 사람 가운데 그분을 잘 아는 이가 샬럿타운에 살아요. 메리 머라이어 블라이스는 이제까지 친구라고는 하나도 없고, 블라이스가 아니라 블라이트(疫病)라는 이름이어야 한다고 말하더군요. 앤에게 필요한 것은 이제 더 이상 참을 수 없다고 말해버리는 담력이에요."

앤은 쓸쓸히 말했다.

"꿈 속에서 달리려고 해도 다리를 질질 끌 수밖에 없는, 꼭 늪에 빠진 기분이에요. 이따금씩 있는 일이라면 또 몰라요. 하지만 날마다 그런걸요. 이제는 식사 때가 아주 싫어졌어요. 길버트는 고기를 자르는 일조차 못하겠대요."

미스 코닐리어는 경멸하듯 차갑게 말했다.

"길버트는 눈치챈 거예요."

"식사 때 이야기다운 이야기를 할 수 없어요. 누가 입을 열 때마다 고모님이 반드시 무슨 불쾌한 말을 하는걸요. 날마다 아이들이 버릇이 나쁘다고 꾸중하고 늘 사람들 앞에서 아이들 결점을 나무라죠.

지금까지는 집에서 즐거운 식사를 할 수 있었는데……그런데 지금은! 고모님은 실없이 웃는 것을 몹시 싫어해요. 우리는 그토록 웃기를 좋아하는데 말예요. 늘 누군가 반드시 우스운 일을 찾아내곤 했었지요.

고모님은 무슨 일이든 그냥 지나치지 않아요. 오늘도 '길버트, 화를 내서는 안 돼. 애니와 싸웠니?'하는 거예요. 우리는 그저 조용히 있었을 뿐인데요. 그래요, 길버트는 살릴 수 있다고 여겼던 환자가 죽으면 늘 좀 우울해지잖아요?

그리고는 우리에게 어리석은 짓은 하지 말라고 설교를 하고 다음 날까지 화를 계속 내면 안 된다고 똑같이 되풀이되는 말로 주의를 주었죠. 아, 우리는 나중에 웃었어요. 하지만 그때는 웃는 게 다 뭐예요!

고모님은 수전과도 잘 지내지 못해요. 그렇다고 우리는 수전이 얼굴을 돌리고 투덜거리는 걸 예의에 벗어난다고 못하게 할 수도 없어요.

수전은 메리 머라이어 고모님이 월터 같은 거짓말쟁이는 본 적이 없다는 말을 했을 때에는 가볍게 투덜거릴 정도가 아니었답니다. 고모님은 월터가 달 속에 사는 남자와 만난 일이며 물이 무슨 이야기를 했는지 주저리주저리 늘어놓으며 다이에게 말하는 걸 들은 거예요. 그래서 월터의 입을 비눗물로 씻어주어야 한다고 해서 수전과 크게 말다툼을 벌였어요.

게다가 아이들 머리를 기분 나쁜 생각으로 가득차게 만들어요. 말을 듣지 않는 아이가 자다가 그대로 죽었다는 이야기를 아주머니로부터 듣고 난 뒤부터 냄은 잠자는 걸 무서워해요.

다이에게는 늘 착한 아이로 있으면 비록 빨강머리라 해도 아빠와 엄마가 냄만큼 사랑해 줄 거라고 했대요. 그 이야기를 들었을 때는 길버트도 몹시 화가 나서 고모님에게 심한 말을 했어요.

나는 고모님이 기분이 언짢은 나머지 가졌으면 하는 생각을 떨칠 수가 없어요. 어떤 사람이든 화를 내고 우리집에서 나가는 건 싫은 일임에 틀림없겠지만요.

그런데 고모님은 그 커다란 푸른 눈에 눈물을 가득 담고 나쁜 뜻으로 한 말이 아니다, 쌍둥이란 결코 공평하게 사랑받을 수 없고, 너희들이 낸을 더 사랑하는 것을 가엾게도 다이가 느끼고 있는 듯 여겨졌기 때문이라고 말했어요! 그 일로 고모님은 하룻밤 내내 울어서 길버트는 자기가 아주 냉혹한 사람처럼 여겨져 잘못했다고 사과했어요."

"사과했다고요!"

"아, 이런 말을 하는 게 아니었어요, 미스 코닐리어. 자신의 '행운을 세어'보면, 비록 인생에서 좀 재미가 깎여나간다 하더라도 이런 일에 신경쓰다니 내 자신이 아주 형편없게 느껴져요. 그리고 고모님은 일년내내 기분이 나쁜 것은 아니니까요. 여느 때는 아주 좋은 분이에요."

미스 코닐리어는 빈정거리듯 말했다.

"호, 그렇군요."

"그래요. 그리고 친절해요. 내가 오후 차도구를 가지고 싶다는 말을 듣고 토론토에 주문해서 한 세트 사줬어요. 통신판매로요! 그런데 말예요, 미스 코닐리어, 아주 보기 흉해요."

앤은 웃기 시작했는데, 그것이 마침내 흐느낌이 되어버렸다. 그리고 다시 웃었다.

"자, 이제 따분한 고모님 이야기는 그만둬요. 아기처럼 옹알이하듯 모조리 말하고 나니까 이제 그리 괴롭지 않아요. 작은 릴러를 봐요, 미스 코닐리어. 잠들었을 때 속눈썹이 얼마나 귀여워요. 자, 다른 이야기나 좀 해요."

미스 코닐리어가 돌아갈 즈음 앤은 편안한 기분을 되찾았다. 그렇지만 앤은 잠시 생각에 잠겨 난로 앞에 가만히 앉아 있었다. 미스 코닐리어에게 모든 것을 다 털어놓은 건 아니었다. 길버트에게는 한마디도 하지 않았다. 하찮은 일들이 정말로 많았지만.

앤은 골똘히 생각했다.

'너무나 하찮은 일이라 불평할 수도 없어. 그런데도……인생에 구멍을 뚫고―나방이 옷에 구멍을 뚫듯이―파멸로 이끄는 것은 그런 작은 일에서 시작하는 거야.'

이 집 여주인처럼 행세하는 메리 머라이어 고모, 손님을 초대하고는 도착할 때까지 한마디도 하지 않는 메리 머라이어 고모.

'마치 내가 이 집 사람이 아닌 듯한 심정을 갖게 해.'

앤이 외출하고 없는 사이에 마음대로 가구를 옮겨놓기도 했다.

"괜찮겠지, 애니? 서재보다도 여기에 이 탁자가 필요할 거라고 여겨졌어."

무슨 일에나 아이처럼 싫증낼 줄 모르는 호기심. 집안일에 대한 노골적인 참견.

'언제나 노크도 하지 않고 내 방에 불쑥 들어오곤 한다. 아니면, 연기냄새를 맡아보고 다닌다. 내가 늘 납작하게 눌러 놓은 쿠션을 부풀려놓는다. 내가 수전과 너무 수다를 떤다며 듣기 싫은 말을 한다. 자꾸 못살게 아이들을 들볶는다. 사사건건 아이들에게 매달려 예절바르게 키워야만 하지만, 우리는 언제나 그렇게 할 수는 없는 일이다.'

어느 운 나쁜 날 셜리가 분명하게 말했다.

"심술궂은 메이워아 고모할머니."

길버트는 셜리를 벌주려 했지만, 화가 치민 수전이 위엄을 갖추고 일어나 그것을 말렸다.

앤은 혼잣말을 하며 길게 탄식했다.

"우리는 겁쟁이야. 이 집은 '이렇게 하면 메리 머라이어 고모님 마음에 들까?' 하는 문제를 중심으로 빙글빙글 돌기 시작했어. 그것을 인정하지 않으려 해도 사실인걸. 이제는 신음하며 서럽게 눈물을 닦아내는 것을 무엇보다도 참을 수 없어. 이대로는 못 견디겠어."

이때 앤은 미스 코닐리어의 말, 메리 머라이어 블라이스에게는 친구가 하나도 없다던 말이 떠올랐다.

그 얼마나 괴로운 일인가! 많은 친구들에게 둘러싸여 있는 자기에 비하면, 친구도 없이 앞날에 쓸쓸하고 불안스러운 내일이 기다리고 있을 뿐 보호를 바라고 오는 사람도, 상처를 고쳐달라고 오는 사람도, 희망이나 도움을 구하러 오는 사람도, 따뜻한 애정을 가지고 찾아오는 사람도 없는 그녀에게 앤은 별안간 동정심이 울컥 치솟아올라 가엾음을 느꼈다.

우리는 그녀에 대해 참을 수 있을 것이다. 이러한 골칫거리는 마침내 표면적인 일이며 생활 속 깊은 유대를 해칠 수는 없는 것이다.

"나는 그저 자신을 불쌍히 여기는 무서운 발작이 일어났었을 뿐이야."

앤은 릴러를 요람에서 안아올려 조그맣고 비단결 같은 뺨에 자기 뺨을 비벼대며 몸이 떨려오는 기쁨을 느꼈다.

"자, 깨끗이 나으니 다시금 진정으로 부끄러워지는구나."

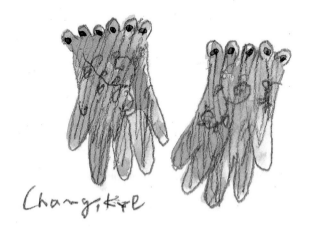

# 화이트 크리스마스

"엄마, 요즘은 옛날 같이 추운 겨울이 오지 않는 것 같지요?"
월터는 침울하게 말했다.

11월 눈은 이미 녹아버리고 12월 내내 글렌 세인트 메리는 꺼멓고 칙칙한 땅을 그대로 드러내고 그것을 가두리한 잿빛 만에는 얼음처럼 하얀 거품이 소용돌이치는 파도머리가 여기저기 보였다. 항구가 구릉지대의 금빛 팔 속에서 반짝이는 맑게 갠 날은 얼마 안 되었고 나머지는 고집스럽게 잔뜩 찌푸린 나날이 이어졌다.

잉글사이드 사람들은 열심히 크리스마스 눈을 기다리고 있었다. 준비는 착착 진행되어 마지막 주일이 끝날 무렵 잉글사이드는 수수께끼와 비밀스러운 속삭임과 맛있는 냄새로 가득찼다.

마침내 크리스마스 이브가 되자 모든 준비가 갖추어졌다. 월터와 젬이 골짜기에서 가져온 전나무를 거실 한구석에 세우고 문이며 창문에는 빨간 나비 리본을 크게 매 놓은 녹색 꽃줄을 걸었다. 난간에는 가문비나무 가지를 얽어 놓고 수전이 관리하고 있는 식료품실에는 맛있는 것들이 넘칠 만큼 쌓여갔다.

오후가 되어 다들 눈 없는 먼지투성이인 '초록색' 크리스마스라도 참을 수밖에 없다고 단념하려 했을 즈음 누군가가 창문 밖을 보았다. 그러자 크고 하얀 깃털 같은 것이 펑펑 내리는 게 보였다.

젬이 소리쳤다.

"눈이다, 눈이다! 눈! 올해도 역시 화이트 크리스마스예요, 엄마!"

잉글사이드 아이들은 즐겁게 잠자리에 들었다. 따뜻하고 기분좋은 잠자리에 파고들어 밖에서 눈보라가 쌩쌩 휘몰아치는 소리를 듣는 것은 멋졌다. 앤과 수전은 크리스마스 트리를 장식하기 시작했다.

메리 머라이어 고모가 한심하다는 듯 말했다.

"마치 둘 다 아이 같은 짓들을 하고 있구나."

고모는 트리에 촛불을 켜놓는 것을 탐탁하게 여기지 않았다.

"촛불 때문에 집에 불이라도 나면 큰일이 아니냐."

고모는 갖가지 빛깔의 유리구슬로 꾸미는 것도 탐탁하게 여기지 않았다.

"쌍둥이들이 저걸 먹으면 어쩐담."

그러나 고모의 말에 마음 쓰는 사람은 아무도 없었다. 그렇게 하지 않고는 그녀와 함께 살아갈 수가 없다는 것을 다들 알게 모르게 배웠기 때문이다.

뽐내며 서 있는 조그만 전나무 우듬지에 커다란 은빛 별을 매달자 앤은 손뼉을 치며 소리쳤다.

"이제 끝났어요! 아, 수전, 예쁘죠? 크리스마스에는 우리 모두 부끄러워말고 천진난만하게 뛰어오는 아이들로 되돌아갈 수 있어 기쁘잖아요? 눈이 와서 정말 잘됐어요. 하지만 날이 밝은 뒤에는 사나운 폭풍이 사라졌으면 좋겠는데요."

그러자 메리 머라이어 고모가 딱 잘라 말했다.

"내일은 하루 종일 폭풍이 불 게다. 내 등이 쑤시는 걸로 알 수 있어."

앤은 홀을 지나 현관의 큰 문을 열고 밖을 내다보았다. 세계는 새

하얗게 미친 듯 휘날리는 눈보라 속에 소리없이 잠겨 있었다. 창문은 바람에 불려온 눈이 쌓여 잿빛이 되어 있었다. 스코틀랜드 소나무는 마치 수의를 입은 거대한 도깨비 같았다.

앤이 마지못해 인정했다.

"그리 가망이 없어 보이는군요."

수전이 돌아보고 말했다.

"하느님께서 날씨를 어떻게든 해주실 거예요, 마님. 미스 블라이스가 날씨를 어떻게 하는 건 아니니까요."

"적어도 오늘 밤만은 환자가 불러내지 말았으면 좋겠는데요."

앤은 안으로 들어갔다. 수전은 어둠 속을 다시 한번 내다본 다음 문을 닫아걸어 폭풍이 휘몰아치는 바람을 내쫓았다.

"오늘 밤에는 아기를 낳지 말아요."

수전은 네 번째 아기를 곧 낳을 것 같은 조지 드류 부인이 있는 위 글렌 쪽으로 걱정스러운 얼굴을 지어보였다.

메리 머라이어 고모의 등이 여기저기 아픈데도 폭풍은 밤 사이에 가라앉고 아침이 되자 언덕 위 눈덮인 골짜기에는 붉은 포도주처럼 겨울 아침해가 차츰차츰 물들기 시작했다.

아이들은 모두 별처럼 눈을 반짝이고, 기대에 차서 아침 일찍 일어 났다.

"엄마, 산타 할아버지는 폭풍이 부는데도 오셨어요?"

메리 머라이어 고모가 대답했다.

"웬걸, 산타 할아버지는 병이 나서 못 왔단다."

고모는 농담이라도 한마디 던진 것 같아 기분이 좋았다.

아이들 눈빛이 눈물로 흐려지기 전에 재빨리 수전이 말했다.

"산타클로스는 어김없이 오셨어. 아침 식사가 끝나면 산타 할아버시가 우리들 브리에 어떤 일을 했는지 보여줄게."

식사가 끝나자 아버지 모습이 이상하게도 없어졌으나 아무도 거기에 마음 쓰지 않았다. 다들 트리에 열중해 있었기 때문이다. 멋진 트리였다. 금과 은빛으로 된 유리구슬이 반짝이고, 불켜진 촛불이 아직 어두운 방을 비추고 있었으며, 더할 나위 없이 아름다운 리본으로 묶인 온갖 빛깔의 종이꾸러미가 트리 둘레에 수북이 쌓아올려져 있었다.

이때 산타클로스가 나타났다. 호화스러운 산타클로스였다. 온 몸을 진홍과 흰빛 털옷으로 감싸고 길고 흰 수염을 길렀으며 두둑한 배가 곰처럼 컸다. 앤이 길버트를 위해 만든 빨간 벨벳 옷 속에 수전이 쿠션을 세 개나 집어넣었던 것이다. 처음에 설리는 무서워하며 비명을 질렀으나 그래도 방 밖으로 나가버리는 것은 싫어했다.

산타클로스는 얼굴에 탈을 썼지만 이상하게 귀에 익은 목소리로 우스갯말을 하며 한 사람 한 사람에게 선물을 나눠주었다. 그런데 마침 마지막에 가서 산타클로스 수염에 촛불이 옮겨 붙었다. 메리 머라이어 고모는 이 일에 만족스러움을 느꼈지만, 그래도 아직 부족함이 있는 듯 슬프게 한숨을 쉬었다.

"아, 크리스마스가 안타깝게도 우리 어렸을 적 같지 않구나."

메리 머라이어 고모는 '조그만' 일리저버스가 파리에서 앤에게 보낸 선물을 못마땅하게 바라보았다. 아름답고 작은 '은활을 든 아르테미스' 청으로 똑같이 만든 것이었다.

메리 머라이어 고모는 엄하게 따져 물었다.

"부끄러움도 모르는 난잡한 꼴을 한 그 여자는 뭐하는 말괄량이냐?"

"사냥의 여신 다이애너예요."

앤은 대답하며 길버트와 서로 눈으로 웃었다.

"아, 이교도구나! 과연 그렇다면 이야기가 다르겠군. 하지만 애니, 내가 너라면 그런 것을 아이들 눈에 띄는 곳에 놓아두지 않겠어. 이따금 세상에는 조심성이라는 게 남아 있지 않는 게 아닌가 하는 생

각이 드는구나. 나의 할머니는 겨울이든 여름이든 페티코트를 셋 이
상 입으셨으니까 말이야"

고모는 그 유쾌하고 엉뚱한 이야기로 말끝을 맺었다. 그것이 고모
이야기만의 특징인 것이다.

메리 머라이어 고모는 아이들에게 빨간 아닐린털실로 짠 장갑을,
그리고 앤에게는 스웨터를 떠주었으며, 길버트에게는 화려한 넥타이,
수전에게는 빨간 플란넬 페티코트를 선물했다. 수전조차도 빨간 플란
넬 페티코트는 시대에 뒤떨어졌다고 생각했지만, 어쩔 수 없이 메리
머라이어 고모에게 고맙다고 말했다.

수전은 생각했다.

'누군가 가난한 국내 전도자에게나 주면 좋을 텐데. 페티코트를 셋
씩이나 입었다고? 참, 기가 막혀서! 내가 생각하기에도 조심성 있는
여자라고 여기지만 그 은촛을 든 여자가 훨씬 더 보기 좋아. 옷은 거
의 입지 않았을지 모르지만 나도 그녀처럼 멋진 모습이라면 감춰두
고 싶지 않을 거야. 하지만 자, 이제 칠면조 배에 채울 것을 만들어야
지. 양파를 넣지 않으니 그리 대단한 건 못되겠지만……'

그날 잉글사이드는 기쁨으로 가득차 있었다. 사람들이 너무 행복
한 것을 보기 좋아하지 않는 메리 머라이어 고모가 있었는데도 예전
처럼 소박한 즐거움을 느꼈다.

"흰 살코기만 다오. 제임스, 쩝쩝거리지 말고 수프를 조용히 먹으렴.
아, 너는 네 아버지만큼 고기를 잘 자르지 못하는구나, 길버트. 아버
지는 한 사람 한 사람마다 가장 좋아하는 데를 잘라줄 수 있었으니
까. 쌍둥이들아, 나이든 사람도 때로는 참견하고 싶어지는 거란다. 나
는 아이들이란 옆에 있어도 끼어들어서는 안 된다는 주의를 받으며
컸으니까. 아니다, 길버트, 샐러드는 괜찮아. 날야채는 먹지 않아. 자,
애니, 푸딩을 조금만 주렴. 민스 파이는 도무지 소화가 안 되니까."

길버트가 말했다.

"수전의 사과 파이가 노래라면 민스 파이는 시라고 할 만해요. 나는 두 개 다 한 조각씩 줘요, 앤 아가씨."

"그런 나이를 먹고도 애니는 정말 '아가씨'라는 말을 듣고 싶어하니? 월터, 너는 네 버터빵을 다 먹어치우지 못했잖니. 그것을 주면 좋아할 가난한 아이들이 너무너무 많아. 제임스, 코를 풀어버리렴. 킁킁거리는 소리가 귀에 거슬리는구나."

그러나 기억에 오래 남을 만한 멋진 크리스마스였다. 메리 머라이어 고모조차도 식사가 끝난 뒤에는 기분이 좀 누그러져 아주 좋은 선물을 받았다고 상냥하게 말하며 참을성 있는 순교자 같은 태도로 슈림프가 방에 있는 것을 참고 있어서 사람들은 슈림프를 귀여워하는 게 좀 부끄러워지고 말았다.

앤은 그날 저녁 하얀 언덕과 붉은 하늘빛을 받으며 또렷하게 떠오른 나무들을 바라보면서 말했다.

"우리집 꼬마들은 즐겁게 지낸 것 같아요."

아이들은 잔디밭으로 나가 새들을 위해 열심히 옴쏙옴쏙한 빵부스러기를 눈 위에 뿌려주고 있었다.

바람은 조용히 한숨을 쉬듯 나뭇가지를 지나며 사락사락 내리는 눈을 잔디 위에서 휘몰아치듯 춤추게 하여 이튿날 날씨가 다시 사나워지리라 여기게 했지만, 잉글사이드는 모든 이들이 바랐던 대로 평온한 하루를 지내게 된 것이다.

메리 머라이어 고모도 앤에게 찬성했다.

"즐거웠던 모양이구나. 아무튼 마음껏 떠들어댄 것은 확실하니까. 먹기는 또, 하기야 어린시절은 두 번 다시 돌아오지 않으니까. 그리고 이 집에는 피마자 기름도 잔뜩 있을 테니 말이다."

# 봄

chang.KYe

수전의 말을 빌면 그해 겨울은 한마디로 얼룩덜룩한 겨울이었다. 모든 것들이 녹았다 얼었다 하여 잉글사이드는 재미있는 뾰족 고드름으로 장식되어 있었다. 아이들은 저마다 어치새 일곱 마리에게 먹이를 주었다. 일곱 마리 새들은 먹이를 얻어먹으려고 규칙적으로 과수원에 와서 다른 사람들에게는 머물다가 곧 날아갔지만 젬에게만은 잡혀주었다.

저녁마다 앤은 1월과 2월 꽃씨 카탈로그를 열심히 읽었다. 머지않아 3월 바람이 소용돌이치며 모래언덕을 불어 항구를 지나 언덕을 넘어갔다. 닭이 부활제 때 쓸 알을 낳고 있다고 수전이 말했다.

바람을 닮은 아이인 젬이 소리쳤다.

"엄마, 3월이란 가슴이 두근거리는 달이잖아요?"

젬은 녹슨 못에 손을 긁혀 며칠째 고생했다.

메리 머라이어 고모는 그때까지 자기가 들었던 무서운 패혈증 이야기를 해주었다. 그러나 위험한 고비를 넘기자, 언제나 무엇인가를 해 보고 싶어하는 호기심 어린 아들을 둔 부모라면 미리 헤아렸어야 하는 일이라고 앤은 생각했다.

그리고 보라, 드디어 4월이 되었다! 4월 봄비의 웃음—4월 봄비의 속삭임—보슬보슬 내리고 춤추듯 물방울을 톡톡 튀기는 4월의 봄비.

다시금 햇빛이 얼굴을 내밀었을 때 다이가 소리쳤다.

"아, 엄마, 지구가 얼굴을 깨끗이 씻었어요!"

안개낀 들 위에 희미하게 별이 반짝이고 늪지대에는 갯버들이 눈 트고 있었다. 나무의 작은 가지까지도 갑자기 투명하고 딱딱한 성질 을 잃고 부드럽고 말랑말랑한 듯 보였다.

울새가 처음으로 찾아왔을 때에는 크게 떠들썩했다. 골짜기는 다 시 기운차고 자유로운 기쁨으로 넘치는 곳이 되었다.

젬은 어머니에게 일찍 핀 산사꽃을 가져다주었다. 그것은 메리 머 라이어 고모를 화나게 했다. 산사꽃을 자기에게 바쳤어야 한다고 여 겼기 때문이다.

수전은 지붕밑 다락방 선반을 정리하기 시작했고 겨우내 자기 시 간을 거의 가져보지 못했던 앤은 봄의 즐거움을 벗삼아 글자 그대로 뜰에서 살다시피 하였다. 한편 슈림프는 오솔길을 온통 이리저리 뒹 굴고 다니는 것으로 봄의 기쁨을 나타냈다.

이것을 본 메리 머라이어 고모가 한숨을 쉬며 비난했다.

"애니는 자기 남편보다도 뜰을 더 아끼는군."

앤은 꿈꾸듯 대답했다.

"뜰은 언제나 나에게 아주 친절한걸요."

그리고 자기 말이 어떻게 받아들여질까 생각하고는 풋 웃음을 터 뜨렸다.

"너는 정말 터무니없는 말을 하는구나. 물론 나도 네가 한 말이 길 버트가 친절하지 않다는 뜻이 아니라는 것은 알고 있지만, 만일 네 가 그런 말 하는 것을 남이 들으면 어쩌니?"

앤은 늘떠서 말했다.

"메리 머라이어 고모님, 해마다 이 계절에 나는 내가 한 말에 아무

책임도 지지 않아요. 가까이 사는 사람들 모두 그걸 알고 있어요. 본디 나는 봄만 되면 기분이 좀 야릇해지는걸요. 하지만 멋지게 도는 거예요. 저 모래언덕 위 안개가 춤추는 마녀 같지 않아요? 저 수선화를 보셨나요? 이 잉글사이드에서는 저토록 멋진 수선화가 핀 적이 없어요."

"나는 수선화를 그리 좋아하지 않아. 너무 도도해 보이지 않니."

말을 마치자 메리 머라이어 고모는 숄을 어깨 위로 끌어올리며 등을 돌리고 추위에서 벗어나기 위해 집안으로 들어가버렸다.

수전이 험악한 얼굴로 물었다.

"마님, 마님이 저 그늘진 구석에 심겠다던 그 아이리스가 어떻게 되었는지 아세요? 오늘 오후 마님이 안 계실 때 고모님이 우리 뒤뜰에 있는 가장 양지바른 곳에 그걸 심었답니다."

"어머나, 수전! 하지만 고모님이 언짢아할 테니 옮겨심을 수도 없고!"

"나더러 그렇게 하라면, 마님—"

"아니에요, 수전. 얼마 동안 그대로 둬요. 아직도 기억하고 있겠지요, 단풍나무는 꽃이 피기 전에 가지를 치면 안 된다고 내가 살짝 비추기만 했는데도 고모님은 울어버렸잖아요."

"하지만 우리집 수선화를 비꼬는걸요, 마님. 그건 항구 주변에서 소문난 꽃인데."

"또 그럴 만한 가치도 있어요. 저것 봐요, 메리 머라이어 고모님 말에 마음 쓰인다고 미소 짓잖아요? 수전, 금련화가 역시 이 구석에 나기 시작하고 있어요. 이젠 틀렸나보다 단념하려는데 갑자기 싹트다니 재미있군요. 난 서남쪽 구석에 작은 장미원을 만들 생각이에요. 장미원이라는 이름만 들어도 발끝까지 흥분될 만큼 기뻐요.

이제까지 저토록 파란하늘을 본 적 있어요, 수전? 그리고 요즘은 귀를 잘 기울이면 이 언저리에 있는 모든 시냇물이 소곤거리는 걸

들을 수 있어요. 오늘밤에는 들에 핀 제비꽃을 베고 살포시 잤으면 해요."

잠자코 듣던 수전이 참다못해 대답했다.

"습기가 심해요."

'마님은 봄만 되면 언제나 이러신단 말이야. 그러다가 낫기는 하지만.'

앤이 비위 맞추듯 말했다.

"저, 수전, 다음 주에 생일축하파티를 열고 싶은데요."

"그거 좋은 일이군요."

분명히 가족 가운데에는 5월 마지막 주 생일인 사람이 없지만, 주인이 생일파티를 하고 싶다는데 무슨 잔소리를 할 것인가?

앤은 최악의 순간을 얼른 지나쳐버리려는 듯 재빨리 말했다.

"메리 머라이어 고모님이에요. 고모님 생일이 다음 주예요. 길버트가 말해줬는데, 이제 55살이 되신대요. 그래서 나는 생각했는데—"

"마님, 마님은 정말로 파티를 열 셈인가요, 그런—"

"백을 세어봐요, 수전—백을 세어 봐요(마음을 가라앉히라는 뜻), 수전. 진심으로 축하해드리면 고모님도 기뻐할 테니까요. 마침내 늙고 의지할 곳 없는 고모님이 이 세상에 무슨 즐거움이 있겠어요?"

"그건 자신이 고약한 탓이잖아요."

"그럴지도 몰라요. 하지만 수전, 나는 고모님을 위해 정말로 그렇게 해드리고 싶어요."

수전은 여전히 기분이 언짢아 하며 말했다.

"마님, 마님은 친절하게도 내가 필요하다고 생각할 때는 언제든지 1주일 휴가를 주겠다고 전에 말했었지요. 아마 다음 주에 그 휴가를 받는 게 좋을 듯싶어요. 조카 글래디스에게 마님을 도와드리러 오라고 부탁해 보겠어요. 그렇게 하면 내가 있든 없든 관계없이 미스 메리 머라이어 블라이스는 생일을 열 번이라도 지낼 수 있을 거예요."

앤은 유감스럽게 말했다.

"수전이 그렇게 생각한다면 물론 나는 그만두겠어요."

"마님, 그분은 마님을 붙잡고 영원히 여기 있을 생각이에요. 마님을 괴롭히고, 선생님까지 못살게 굴고, 아이들 생활을 비참하게 만들고. 차마 내 이야기는 하지 않겠어요. 내가 뭐 대단한 사람인가요? 그분은 야단치고, 귀찮게 잔소리하고, 비위를 거스르기도 하고, 우는 소리도 해왔는데, 그런데도 마님은 그분을 위해 생일축하를 해주고 싶어 하는군요! 좋아요, 내가 할 수 있는 일은 마님이 그렇게 하고 싶다면 생일파티를 할 수밖에 달리 도리가 없다는 거예요!"

"수전은 정말이지 좋은 사람이에요!"

이어서 세세한 계획이 짜여졌다. 수전은 승낙한 이상 잉글사이드의 명예를 걸고라도 파티는 메리 머라이어 블라이스조차 흠잡을 수 없을 정도로 해야 한다고 마음을 먹었다.

"오찬회로 할 생각이에요, 수전. 그러면 모두 일찍 돌아가고 나는 선생님과 로브리지에서 열리는 음악회에 갈 수 있어요. 이 일은 비밀로 해두었다가 고모님을 깜짝 놀라게 해드리는 게 좋겠어요. 마지막까지 고모님에게 결코 말하지 말아요. 글렌에 있는 고모님 친구분들을 모두 초대할 거예요."

"그분이 좋아하는 친구라면 어떤 사람일까요, 마님?"

"그야 사귈 만한 사람들이죠. 그리고 고모님 사촌인 로브리지에 있는 미스 애딜러 캐리와 시내에서도 몇 분 모시기로 해요. 쉰 다섯 개의 촛불을 꽂은 크고 둥그런 생일 케이크를 만들면 되겠어요."

"물론 그것은 내가 만들어야겠죠."

"프린스 에드워드 섬에서 으뜸가는 새콤달콤한 과일케이크를 만들 수 있는 사람은 당신뿐이라는 것을 알잖아요."

"마님에게 걸리면 나도 양초처럼 사르르 녹아버리니까요."

그로부터 1주일은 수수께끼에 싸여 있었다. 잉글사이드에는 쉬쉬

하는 분위기가 가득찼다. 한 사람도 빠짐없이 이 비밀을 메리 머라이어 고모에게 말하지 않기로 맹세해야 했다.

그러나 앤도 수전도 소문을 계산에 넣지 않고 있었다. 파티가 있기 전날 밤 고모가 글렌에 있는 친척집에서 돌아왔을 때 앤과 수전이 지친 모습으로 불도 켜지 않고 선룸(일광욕실)에 앉아 있는 모습이 눈에 띄었다.

"캄캄하지 않니, 애니? 그런 어두컴컴한 곳에 앉아 있고 싶어하다니 놀랍구나. 나라면 금세 기분이 우울해지겠는데."

"어둡지 않아요. 아직 해질녘인걸요. 빛과 어둠의 사랑스러운 결혼이 이뤄져 그 자손들은 말할 수 없이 아름다워 그저 바라볼 수밖에 없어요."

앤은 다른 사람에게라기보다 자신에게 말하고 있는 것 같았다.

"무슨 말을 하는 건지 너 자신은 알고 있는 거겠지, 애니. 그런데, 내일 파티를 한다는 것 같던데?"

앤은 갑자기 몸에 전기가 찌르르 통한 듯 꼿꼿이 긴장했다. 이미 돌처럼 굳어져 앉아 있던 수전은 더 이상 굳을 것도 없었다.

"저―저―고모님―"

고모는 노염과 슬픔이 섞인 표정으로 말했다.

"애니는 언제나 내가 밖에서 듣고 오게 만들어."

"나는―저, 깜짝 놀라게 해드리려고, 고모님―"

"날씨를 믿을 수 없는 이런 때에 무슨 파티를 열고 싶어하는지 나는 도무지 모르겠구나, 애니."

앤은 겨우 마음을 놓았다. 고모는 파티가 있다는 것만 알며, 그것이 자기와 관계있음을 모른다는 것을 알았기 때문이다.

"저―저―봄꽃이 지기 전에 해야겠다고 여겼어요, 고모님."

"나는 석류석빛 태피터를 입어야지. 이 소문을 마을에서 듣고 오지 않았다면 내일 나는 무명옷차림으로 훌륭한 친지 여러분들 앞에 초라하게 나타날 뻔했어."

"어머나, 그럴 리 있겠어요, 고모님? 물론 옷을 입는 데 충분하도록 그 전에 이야기할 생각이었어요."

"그런 게 아니라 만일 내 주의가 애니에게 도움이 된다면—도움이 안되는 게 아닐까 때때로 생각하지 않을 수 없지만—앞으로 애니는 무슨 일이든 그렇게까지 비밀로 하지 않는 게 좋겠다고 말해주고 싶어. 아, 그리고 장로교회 창문으로 돌을 집어던진 게 젬이라는 소문이 마을에 자자한 걸 알고 있니?"

앤은 나직히 말했다.

"젬이 아니에요. 자기가 아니라고 그 애가 내게 말했어요."

"애니, 젬이 거짓말한 것은 아니겠지?"

앤은 여전히 차분한 목소리로 대답했다.

"틀림없어요, 메리 머라이어 고모님. 젬은 이제까지 한 번도 내게 거짓말한 적이 없어요."

"글쎄, 어떤 소문이 돌고 있는지 애니에게 들려줘야겠다고 생각했을 뿐이야."

메리 머라이어 고모는 보란 듯 슈림프를 비켜가며 언제나처럼 우아한 태도로 나갔다. 슈림프는 누구든 배를 간질러달라며 바닥에 벌렁 드러누워 있었다.

수전과 앤은 깊이 안도의 숨을 내쉬었다.

"나는 이만 쉬어야겠어요, 수전. 내일은 날씨가 좋았으면 해요. 그런데 항구 위 저 검은 구름이 심상치 않군요."

수전이 보증했다.

"걱정마세요, 마님, 달력에 날씨가 맑을 거라고 씌어 있는걸요."

수전이 가진 달력에는 일년 동안에 있을 일기예보가 빼곡하게 적혀 있는데, 곧잘 맞는 일도 있어서 어쨌든 나름 신용을 유지하고 있었다.

"선생님을 위해 옆문에는 자물쇠를 잠그지 말아요, 수전. 시내에서 늦게 돌아올지도 모르니까요. 장미를 사러 갔어요. 황금빛 장미 쉰다섯 송이를요. 좋아하는 꽃은 노란 장미뿐이라고 아주머니가 말하는 걸 우연히 들은 일이 있거든요."

30분 뒤 수전은 밤마다 읽는 성경에서 '미워하고 싫어하지 않도록 네 이웃집으로부터 너의 발을 빼라'는 구절에 부딪쳤다. 수전은 그 자리에 조그만 쑥가지를 끼워 표시해 두었다.

수전은 생각했다.

'그 시절조차 이랬으니까.'

# 생일 파티

그날 앤과 수전은 일찍 일어났다. 아주머니가 일어나서 나오기 전에 마지막 준비를 마치고 싶었기 때문이었다.

앤은 언제나 요정과 그 옛날 신들의 것인 해뜨기 전 저 신비로운 30분을 맞이하기 위해 일찍 일어나기를 좋아했다. 앤은 교회 뾰족탑 뒤 금빛 연분홍 아침하늘이며 모래언덕 위에 펼쳐지는 엷고 반투명한 해돋이 광채, 마을집들 위 지붕에서 힘차게 소용돌이치며 하늘높이 오르기 시작하는 연기를 바라보기를 좋아했다.

수전은 오렌지 설탕절임을 입힌 케이크에 코코넛을 장식하면서 만족스러워하며 말했다.

"날씨가 아주 좋군요, 마님. 아침식사가 끝나면 나는 최신 유행인 버터볼을 만들어볼까 해요. 카터 플래그에게는 30분마다 전화해서 절대로 아이스크림을 잊지 않도록 이르겠어요. 그리고 나서 베란다 층계를 닦을 시간은 충분히 있을 거예요."

"그런 일까지 해야 할지 모르겠어. 수전?"

"마님, 마님은 마셜 엘리엇 부인을 불렀죠? 그분에게는 우리집 베란다 층계에 있는 얼룩밖에 보이지 않을 테니까요. 하지만 마님은 장식을 맡아주겠죠? 나는 꽃을 꽂는 재간은 타고나지 못했거든요."

젬이 좋아하며 말했다.

"케이크가 네 개나? 멋진데!"

수전이 점잖게 말했다.

"이왕 하는 김에 버젓한 파티를 해야 해."

이윽고 손님들이 하나둘 와서 석류석빛 태피터를 입은 메리 머라이어 고모와 엷은 갈색 보일을 입은 앤의 대접을 받았다. 여름 같은 더위여서 앤은 하얀 모슬린 옷을 입을까 했지만 그만두기로 했다.

메리 머라이어 고모는 또 한마디 했다.

"아주 보기 좋구나, 애니. 내가 늘 말하듯 흰색은 젊은 사람밖에 입을 수 없는 빛깔이니까."

모든 것이 예정대로 진행되었다. 앤이 소중히 여기는 접시가 놓여지고, 흰빛과 보랏빛 아이리스가 이국적인 아름다움을 곁들여 테이블은 훌륭했다. 수전의 버터볼은 센세이션을 일으켰다. 글렌에서는 이런 것을 이제까지 본 적이 없었기 때문이다.

수전의 크림수프는 더없이 고급스러웠고 닭고기 샐러드는 잉글사이드에서 가장 좋은 닭으로 만들어져 있었다. 몇 번이나 시달림을 받은 카터 플래그는 정해진 시간에 정확히 아이스크림을 가져왔다. 마지막으로 수전은 불켜진 쉰 다섯 개 촛불이 꽂힌 생일케이크를 큰 접시에 담아 세례 요한의 목처럼 높이 받쳐들고 방으로 들어와 메리 머라이어 고모 앞에 놓았다.

앤은 겉으로는 침착하고 상냥스러운 여주인다워 보였지만 조금 전부터 왠지모를 불안함을 느끼고 있었다. 보기에는 모든 일이 순조롭게 진행되어 나갔지만, 무언가가 아주 잘못되어 가고 있다는 느낌이 점점 강해져 왔다.

손님이 왔을 때 앤은 너무 바빠서 마셜 엘리엇 부인이 메리 머라이어 고모에게 생일을 축하한다고 말했을 적에 고모의 얼굴에 나타난 변화를 미처 알아차리지 못했다. 그러나 다들 자리에 앉았을 때 앤은 고모의 태도가 기뻐 보이기는커녕 심상치 않다는 것을 알았다.

사실 고모는 얼굴이 핼쑥해져 있었다. 설마 화난 것은 아니겠지! 그러나 식사가 진행됨에 따라 고모는 말을 걸면 무뚝뚝한 대답을 할 뿐 자기 쪽에서는 한마디도 먼저 하지 않았다. 수프는 두 숟가락, 샐러드는 세 입밖에 먹지 않았고, 아이스크림에 이르러서는 마치 거기에 없는 듯한 얼굴을 했다.

수전이 팔랑거리는 촛불을 꽂은 생일케이크를 고모 앞에 놓자 고모는 치미는 흐느낌을 참으려 했으나 잘 되지 않아 목이라도 메인 듯 윽 하는 신음소리를 냈다.

화들짝 놀란 앤이 소리쳤다.

"고모님, 기분이 언짢으셔요?"

고모는 얼음 같은 눈으로 앤을 노려보았다.

"기분은 더할 나위 없이 좋아, 애니. 정말로 나 같은 늙은이로서는 신기하리만큼 기운이 나는군."

이 좋지 않은 순간에 쌍둥이가 쉰 다섯 개의 노란 장미로 가득한 꽃바구니를 마주잡고 들어와 느닷없이 얼어붙을 듯한 침묵 속에서 혀가 잘 안 도는 말로 생일을 축하합니다 하고 눈치를 살피며 메리 머라이어 고모에게 장미꽃을 바쳤다. 테이블에서 한꺼번에 감탄하는 목소리가 일었지만 고모는 거기에 휩싸이지 않았다.

앤은 겁먹어 더듬거리며 말했다.

"저 쌍둥이가 대신 촛불을 불어끄겠어요, 고모님. 그 뒤에 축하 케이크를 자르시겠어요?"

"아직 그렇게까지는 나이먹지 않았으니 애니, 촛불은 나도 끌 수 있어."

고모는 성성블여 천천히 촛불을 끄기 시작했다. 다음 징싱스데 천천히 케이크를 잘랐다.

"자, 이제 실례해도 괜찮겠지, 애니. 나 같은 노파는 이처럼 신경을 쓴 뒤에는 휴식이 필요하니까."

고모의 태피터 옷자락이 사르락사르락 소리를 냈다. 고모가 지나가는 찰나에 장미바구니가 털썩 떨어졌다. 층계에서 고모가 신은 하이힐 소리가 또각또각 크게 울렸다. 이윽고 먼 곳에서 고모의 방문이 쾅 닫히는 소리가 들려왔다.

넋나간 손님들은 애써 식욕을 불러일으켜 서먹서먹한 침묵 속에 축하 케이크를 먹었다. 그 침묵을 깨뜨리는 것은 에이머스 마틴 부인이 필사적으로 지껄여대는, 대여섯 환자에게 디프테리아 균을 주사했다는 노바 스코샤의 의사 이야기뿐이었다.

그것을 별로 달갑지 않게 여긴 다른 사람들은 '명랑한 분위기'를 만들려고 애쓰는 마틴 부인의 갸륵한 노력에도 불구하고 실례가 안 되는 정도에서 일찌감치 돌아가버렸다.

앤은 미친 듯이 메리 머라이어 고모의 방으로 달려갔다.

"고모님, 도대체 왜 그러세요?"

"세상에나 굳이 내 나이를 광고할 필요가 있는 걸까, 애니? 더욱이 애딜러 캐리를 여기에 부르다니, 그 사람에게 내 나이를 알리다니, 그 사람은 벌써 몇 해 전부터 알고 싶어 안달이었어!"

"고모님, 우리 생각은—저……"

"애니의 기분은 몰라. 그 뒤에 어떤 꿍꿍이가 있다는 것만은 잘 알지만 말이야. 그래, 나는 애니의 가슴 속을 다 읽을 수 있어. 하지만 그런 것을 알아내거나 하지 않겠어. 애니가 스스로 가슴에 손을 얹고 생각하면 잘 알 수 있는 일이니까."

"메리 머라이어 고모님, 나는 고모님이 즐거운 생일을 보내주기 바랐을 뿐이에요. 정말 죄송했어요."

고모는 손수건을 눈에 대고 씩씩하게 억지 미소를 지어 보였다.

"물론 용서해 주지, 애니. 하지만 이렇게 일부러 내 기분을 언짢게

한 이상 나는 이제 더 이상 여기에 있을 수가 없어."

"고모님, 진심을 믿어주지 않는군요."

고모는 길고 여윈 마디굵은 손을 휘저었다.

"이 이야기는 그만두지, 애니. 나는 편안히 혼자 있고 싶어. '마음이 아플 때 누가 그것을 견디어낼 수 있으랴?'"*1

그날 밤 앤은 길버트와 음악회에 갔지만 즐거웠다고 할 수 없었다. 길버트는 이 일에 대해 미스 코닐리어의 말을 빌리면 '남자들에게 있음직한' 해석을 했다.

"지금 생각났는데, 고모님은 전부터 자기 나이에 대해 좀 신경질적이었어. 아버지가 곧잘 놀려주었었지. 당신에게 주의해 줬어야 했는데 그만 깜박 잊고 있었어. 가신다면 붙잡지는 마."

그리고 '가면 시원하겠군!' 하고 덧붙이고 싶은 것을 육친이므로 겨우 참았다.

수전은 믿지 않았다.

"그분은 결코 가지 않아요. 그런 기쁜 일이 있을 리 없어요, 마님."

그러나 이때만큼은 수전의 예상이 빗나갔다. 메리 머라이어 고모는 그 다음날 떠나면서 식구들을 용서한다는 말을 남겼다.

"애니를 나무라면 안 돼, 길버트."

고모는 너그러운 태도를 보여주었다.

"애니가 일부러 한 모욕을 모두 용서해 줄 테다. 애니가 무슨 일을 내게 비밀로 해도 나는 한 번도 마음에 두지 않았어. 하기야 나처럼 감수성이 예민한 사람에게는 그래도 여러 가지 일이 있었지만, 나는 늘 가엾은 애니가 좋았단다."

그녀는 마치 자기의 약점을 고백하는 투로 말을 이었다.

"하지만 수전 베이커 일이라면 문제는 달라. 마지막으로 말해두고

---

*1 구약성서 〈잠언〉 제18장 14절.

싶은 것은, 길버트, 수전을 버릇없이 기어오르게 해서는 안 된다는 거야."

처음 얼마 동안은 아무도 자기들 행운을 믿을 수가 없었다. 그러다가 집안식구들은 메리 머라이어 고모가 정말로 가버렸다는 것, 누구의 마음도 언짢게 하지 않고 다시 웃을 수 있다는 것, 창문을 모조리 열어놓아도 아무도 샛바람이 들어온다고 잔소리하지 않는다는 것, 위암이 되기 쉽다느니 하는 말을 누구에게도 듣지 않고 좋아하는 음식을 마음껏 먹을 수 있다는 것 등을 알게 되었다.

돌아가는 손님을 이토록 들뜬 마음으로 배웅한 일이 없었기에 앤은 조금 양심에 가책을 받았다.

"다시 내 마음대로 모든 것을 할 수 있다는 것은 좋은 일이야."

슈림프는 꼼꼼히 몸단장을 했다. 뜰에서는 처음으로 모란이 활짝 피었다.

월터가 말했다.

"세상이 온통 시로 가득해요, 엄마."

수전이 행복에 겨워 예언했다.

"날씨 좋은 6월이 될 거예요. 달력에 그렇게 씌어 있으니까요. 신부가 두셋, 장례식이 적어도 둘쯤은 있을 것 같아요. 다시 한번 편안히 숨을 쉴 수 있다니 이상한 기분이 드네요. 마님이 그 파티를 열려는 것을 내가 온힘을 다해 방해하려 했었던 걸 생각하면 신의 계시라는 것을 새삼 깨닫게 돼요. 그리고 마님, 오늘 고기튀김에 양파를 곁들이면 선생님이 좋아하시지 않을까요?"

# 베란다에서

"아무래도 전화에 대해 설명하러 와야겠다고 생각했어요. 그건 모두 잘못된 것이었어요. 사촌동생 세러는 결국 죽은 게 아니었어요."

미스 코닐리어는 말을 잠시 끊었다.

앤은 미소를 억누르며 베란다에 있는 의자를 미스 코닐리어에게 권했고, 수전은 조카딸 글래디스에게 주려고 뜨고 있는 아일랜드풍 십자뜨기 레이스 칼라에서 얼굴을 들고 아주 정중하게 인사했다.

"안녕하세요, 엘리엇 부인!"

"오늘 아침 병원에서 세러가 어젯밤 세상떠났다고 알려왔죠. 나는 세러는 블라이스 의사의 환자였으니까 앤에게 말해야겠다고 생각했지요. 그런데 그건 다른 세러 체이스였어요. 사촌동생 세러는 살아 있고 앞으로도 살아 있을 것 같아요, 고맙게도. 여기는 참으로 서늘하고 기분이 좋군요, 앤. 나는 늘 말하곤 해요, 산들바람은 잉글사이드가 그만이라고요."

"수전과 이 은하수가 펼쳐진 밤하늘의 아름다움을 즐기던 참이에요."

앤은 낸을 위해 만들고 있던 주름잡힌 핑크빛 모슬린 옷을 옆에 내려놓고 두 손으로 무릎을 감싸안았다. 얼마 동안 게으름부릴 구실이 생긴 게 그리 나쁘지 않았다. 앤도 수전도 요즘은 그리 한가로운 시간이 없었던 것이다.

달이 막 떠오르려는 순간이었다. 그 순간은 달이 떠오르고 난 뒤보다 훨씬 더 멋졌다. 오솔길을 따라 참나리가 '불타듯' 피어 있고, 인동덩굴 향기가 꿈꾸는 듯한 바람의 날개를 타고 떠돌아왔다.

"뜰 담 옆에 물결처럼 일렁이고 있는 저 양귀비를 봐요, 미스 코닐리어. 올해는 수전도 나도 우리집 양귀비가 큰 자랑거리예요. 아무 손질도 해주지 않았는데 말예요. 지난봄 월터가 그만 실수로 씨를 싼 꾸러미를 저기서 엎질러 저런 결과가 되었어요. 해마다 뭔가 저렇듯 기쁘고 놀라운 일들이 일어나네요."

"나도 양귀비를 좋아해요. 오래 가지는 않지만요."

"안타깝게도 하루밖에 살지 못하죠. 하지만 어쩌면 저토록 당당하고 호화롭게 살까요. 저런 것이 차라리 영원하게 오래 버티는 딱딱하고 보기싫은 백일홍보다 좋잖아요? 그런데 잉글사이드에는 백일홍이 하나도 없어요. 우리와 사이좋지 않은 꽃이 있다면 오직 그것뿐이에요. 수전은 백일홍에게는 말도 걸어주지 않아요."

미스 코닐리어가 물었다.

"누군가가 골짜기에서 아무도 모르게 살해되고 있는 게 아닐까요?"

실제로 들려오는 목소리는 누군가가 화형당하는 것을 암시하고 있었다. 그러나 앤도 수전도 그런 일에는 익숙해져 있으므로 그리 마음 쓰지 않았다.

"퍼시스와 케니스가 하루 종일 와 있다가 마지막으로 골짜기에서 파티를 열었어요. 체이스 부인 일은 길버트가 오늘 아침 시내로 갔으니 사실을 알게 될 거예요. 그분 상태가 좋아졌다는 건 누구를 위해서나 기쁜 일이에요. 나른 의사선생님들은 모두 길버트의 진단에 찬성하지 않아서 길버트는 좀 걱정하고 있었어요."

미스 코닐리어는 위엄 있게 부채질을 하며 생각했다. 앤은 어떻게 이토록 늘 근사한 얼굴을 하고 있을까.

"세러는 병원에 갈 때 죽은 것을 잘 확인하지 않고 가볍게 묻어선 안 된다고 우리에게 말했었어요. 우리는 그녀의 남편이 살아 있는데 묻은 게 아닐까 늘 걱정하고 있었거든요. 그야말로 살아 있는 것처럼 보였으니까요. 하지만 이래서는 안 되겠다고 할 때까지 아무도 그걸 생각하지 못했었죠.

그는 이전에 무어사이드네 농장을 사서 올봄 로브리지에서 이사 온 리처드 체이스의 형제였어요. 리처드 체이스라는 사람은 좀 괴짜예요. 시골로 온 것은 편안한 마음을 가지고 싶었기 때문이다, 로브리지에서는 혼자 사는 미망인들로부터 달아나는 일로 밤낮 헛되이 보내야 하기 때문이라지 뭐예요."

미스 코닐리어는 '미망인들' 뒤에 '그리고 노처녀들'이라고 덧붙이려 했으나, 수전의 감정을 상하게 하지 않으려고 말하지 않았다.

앤이 말했다.

"그의 딸 스텔러를 만났어요. 성가대 연습에 와 있더군요. 우리는 서로 퍽 좋아해요."

"물론 스텔러는 좋은 아가씨예요. 얼굴을 붉힐 줄 아는 요즘 보기 드문 아가씨죠. 나는 전부터 그 아가씨를 귀여워했어요. 그 아가씨의 어머니와 나는 둘도 없는 친구였으니까요. 가엾은 리짓!"

"어머나, 젊은 나이로 세상을 떠났나요?"

"네, 스텔러가 아직 8살 때였어요. 스텔러는 리처드 혼자 키운 셈이죠. 그는 신앙심이 없어요! 여자는 동물학적으로만 중요하다고 말하지요……어떤 뜻으로든 말예요. 그는 늘 그런 쓸데없는 소리를 잘했어요."

"스텔러를 키우는 데는 그리 잘못한 것 같지 않잖아요?"

앤은 스텔러 체이스를 매력적인 아가씨로 여기고 있었다.

"그럼요, 스텔러는 멋대로 굴지 않아요. 그리고 리처드도 확실히 머리가 좋아요. 하지만 젊은 남자에 대해서는 심술을 부려요. 불쌍하게도 스텔러가 이제까지 남자친구를 하나도 갖지 못하도록 했으니까요. 스텔러에게 다가오려는 젊은이들은 모두 비웃음받아 제정신을 잃을 만큼 겁을 먹고 말았어요.

정말이지 리처드처럼 비열한 사람은 처음 봐요. 스텔러로서는 어쩔 수 없었어요. 스텔러의 어머니도 어쩔 수 없었죠. 둘 다 다루는 방법을 몰랐던 거예요. 리처드는 반대로 나오는 사람인데, 둘 다 그걸 모르는가봐요."

"스텔러는 아버지를 위하는 것 같았어요."

"그래요. 아버지를 마음속으로부터 깊이 사랑하거든요. 리처드도 모든 일을 생각하는 대로 맡겨둘 때에는 퍽 상냥하죠. 하지만 스텔러의 결혼에 대해서는 좀 더 분별이 있어야만 해요. 영원토록 같이 살 수 있는 것도 아니니까요.

하기야 리처드 이야기를 들으면 그런가보다고 여겨지기도 해요. 그리 나이를 먹은 것도 아니에요, 물론……아주 젊을 때 결혼했죠. 하지만 그 집안에는 뇌일혈 전력이 있어요. 그러니 그가 죽은 뒤 스텔러는 어떻게 하죠? 그저 시들어버릴 뿐이겠죠."

"나이든 사람이 젊은 사람의 일생을 그런 식으로 망쳐버리다니, 나쁘군요."

수전은 아일랜드풍 십자뜨기를 하는 복잡한 장미무늬에서 얼굴을 들어 짧게 잘라 말하고는 다시 일하기 시작했다.

"만일 스텔러가 누군가를 정말로 좋아하게 되면 아버지의 반대도 아마 그리 문제가 안 될지 모르죠."

"그건 잘못 생각한 거예요, 앤. 스텔러는 아버지 마음에 안 드는 사람과는 결코 결혼하지 않아요. 그리고 또 한 사람 일생을 망치게 될지 모르는 이가 있어요. 마셜의 조카 올던 처칠이에요. 메리는 되도록 언제까지나 올던이 결혼하지 못하도록 할 결심이에요.

메리는 리처드보다 한층 더 성질이 비뚤어졌죠. 만일 풍향계에 비유한다면 한마디로 남풍일 때 북쪽을 가리키는 성질이에요. 재산은 올던이 결혼할 때까지는 메리 것이지만 올던이 결혼하면 그에게로 넘어가게 되지요. 올던이 누구든 아가씨와 교제를 시작할 때마다 메리는 어떻게든 못하게 방해하고 말아요."

수전이 아무렇지도 않게 태연히 말했다.

"정말이지 메리만이 그렇게 하는 걸까요, 엘리엇 부인? 사람들 가운데에는 올던을 몹시 변덕스럽다고 여기는 이도 있어요. 올던이 바람둥이라는 소문도 들리니까요."

"올던은 잘 생겼으니까 아가씨들이 쫓아다니는 거예요. 아가씨들을 좀 열중하게 만들었다가 본보기를 보이기 위해 차버렸다고 해서 나는 올던을 나무랄 마음은 없어요.

하지만 올던이 진심으로 좋아하게 된 좋은 아가씨가 한둘 있었는데 그때마다 메리가 방해해 버렸어요. 메리가 내게 직접 그렇게 말했는걸요. 성서와 의논했는데—그녀는 늘 '성서에 문의'를 하니까요—장(章)을 펼 때마다 올던은 결혼해서는 안된다는 구절이 나왔대요.

메리도, 메리의 행동도 나는 더 이상 못 참겠어요. 어째서 그녀는 포 윈즈에 있는 다른 사람들과 마찬가지로 교회에 나가 어엿한 사람이 되지 않는지 모르겠어요. 하지만 그렇게는 안 돼요. 그녀는 '성서에 문의'하는 신흥종교를 만들어내야만 해요.

지난해 가을 그 4백 달러나 하는 굉장한 말이 병들었을 때도, 메리는 로브리지의 수의사를 모시러 가는 대신 성서를 읽으며 '하느님은 주시고 하느님은 빼앗으시도다. 하느님 이름에 축복있으라'는 장에 부딪쳤다더군요. 그래서 도무지 수의사를 부르러 가려 하지 않아 마침내 말은 죽어버렸어요.

성경구절을 그런 식으로 쓰다니, 앤, 하느님께 실례예요. 메리에게 솔직히 말해주었지만 그 대답으로 불쾌한 표정을 지었을 뿐이었어요. 게다가 그녀는 전화를 놓으려 하지 않아요. 누군가가 그 말을 꺼내면 '내가 벽에 달아놓은 통에 대고 이야기 따위를 할 것 같아요?'라는 거예요."

미스 코닐리어는 조금 숨이 차서 말을 끊었다. 메리의 지나친 행동에는 늘 화가 치밀었다.

앤이 말했다.

"올던은 전혀 어머니를 닮지 않았더군요."

"올던은 아버지를 닮았어요. 그처럼 훌륭한 사람은 없었죠, 남자치고는. 어떻게 메리와 결혼했는지 엘리엇 집안사람들은 매우 이상해했답니다. 물론 메리를 그럴듯 좋은 곳으로 시집보낸 엘리엇 집안에서는 굉장히 기뻐했지만 말예요. 메리는 본디부터 좀 정신이 이상하고 바보였으니까요.

물론 돈은 많았어요. 메리의 고모가 모든 것을 메리에게 남겨주었으니까요. 하지만 그 때문이 아니었어요. 조지 처칠은 진심으로 메리를 사랑했어요. 용케도 올던이 어머니의 변덕스러운 성질을 잘 참아낸다고 여겨요. 하지만 그는 좋은 아들이에요."

앤은 장난스럽게 샐쭉 웃었다.

"지금 막 어떤 생각이 떠올랐는지 알아요, 미스 코닐리어? 올던과 스텔러가 서로 사랑하게 된다면 멋지지 않겠어요?"

"그런 일은 일어날 것 같지도 않고, 일어난다 해도 어쩔 수 없을 거예요. 메리가 크게 소란피울 것이고, 리처드는 자기 역시 농사꾼이면서도 여느 농사꾼은 쫓아내버릴 테니까요.

더욱이 스텔러는 올던이 좋아할 만한 아가씨가 아니에요. 올던은 발랄하고 잘 웃는 아가씨를 좋아해요. 그리고 스텔러도 올던과 같은 타입을 좋아하지 않아요. 로브리지에 새로 온 목사가 스텔러에게 마음이 있다더군요."

앤이 물었다.

"그 목사님은 빈혈에다가 근시잖아요?"

수전이 말했다.

"그리고 눈이 툭 튀어나와, 감상적인 표정을 지으려고 하면 굉장할 거예요."

"그런데 그 사람은 장로교회파니까요."

미스 코닐리어는 그것으로 얼마간 벌충되었다는 듯한 말투였다.

"자, 그만 가봐야겠어요. 밖에서 오래 이슬을 맞으면 신경통이 도지는 것을 알았으니까요."

"대문까지 바래다드리겠어요."

미스 코닐리어는 흡족하여 말했다.

"그 옷을 입으면 언제나 여왕처럼 보여요, 앤."

앤은 오언과 레슬리를 대문 앞에서 만나 두 사람과 함께 베란다로 돌아왔다. 수전은 지금 막 돌아온 선생님을 위해 레몬주스를 준비하러 가고 아이들은 즐거운 얼굴로 골짜기에서 왁자지껄 떠들며 돌아왔다.

길버트가 말했다.

"마차로 돌아올 때 들으니까 너희들 몹시 떠들더구나. 온 동네에 다 들렸을 게다."

퍼시스 포드는 숱많은 노르스름한 곱슬머리를 뒤로 흔들어 넘기며 길버트에게 낼름 혀를 내밀어보였다. '길버트 아저씨'는 퍼시스를 아주 마음에 들어했다.

케니스가 설명했다.

"우리는 크게 소리치는 회교 수도사 흉내를 냈을 뿐이에요. 그러니까 우렁우렁 울리는 목소리로 해야만 했지요."

레슬리가 엄하게 말했다.

"네 블라우스 좀 봐."

"나는 다이가 만든 흙만두에 넘어졌는걸."

케니스 목소리에는 만족스러움이 담겨 있었다. 글렌으로 갈 때 어머니가 입혀주는 이 풀먹인, 얼룩 하나 없이 깨끗한 블라우스가 케니스는 너무도 싫었다.

젬이 졸랐다.

"저, 엄마, 다락방에 있는 그 타조 깃털을 내 바지 뒤에 꿰매도 돼요? 우리는 내일 서커스를 해요. 나는 타조가 될 거예요. 그리고 코끼리도 살 거예요."

길버트가 정색한 얼굴로 물었다.

"코끼리 먹이값으로 1년에 2백 달러나 든다는 걸 아니?"

젬이 당황하지 않고 대답했다.

"공상의 코끼리는 1센트도 들지 않아요."

앤은 웃었다.

"고맙게도 상상에는 아낄 필요가 없어요."

월터는 아무 말 없이 좀 지친 모습으로 층계에 어머니와 나란히 앉아 어머니 어깨에 가만히 검은 머리를 기대고 있었다.

레슬리 포드는 월터를 보고 천사의 얼굴이라고 생각했다. 다른 별에서 온 사람 같은 동떨어진 표정이었다. 이 땅은 그가 살 곳이 아니다.

황금 같은 하루의 이 시각을 누구나 다 즐겼다. 항구 너머로부터 희미한 교회 종소리가 은은하게 들려왔다.

달은 물에 무늬를 그리고 모래언덕은 은빛으로 빛나고 있었다. 공중에는 박하 냄새가 감돌고 어딘지 눈에 띄지 않는 곳에서 풍기는 장미꽃이 못 견디게 달콤한 향기를 풍기고 있었다.

아이가 여섯이나 되는데도 여전히 젊디젊은 눈으로 꿈꾸듯 잔디밭을 바라보던 앤은 은은한 달빛을 받은 어린 롬바르디 포플러만큼 늘씬하고 요정 같아 보이는 것은 세상이 달리 없다고 생각했다.

이윽고 스텔러 체이스와 올던 처칠에 대해 생각하기 시작했는데, 마침내 길버트가 뭘 멍하니 앉아있느냐고 물었다.

앤은 대답했다.

"나는 결혼 중매를 시작해 볼까 열심히 생각하던 참이야."

길버트는 일부러 다른 사람들에게 절망적인 얼굴을 해보였다.

"언제든 또 이 사람의 넓은 오지랖이 시작되는 게 아닐까 하고 늘 걱정했었죠. 나는 온갖 방법을 다했지만 이 사람의 타고난 중매쟁이 본성을 고칠 수는 없어요. 절대적인 열정을 가지고 있으니까요. 이 사람이 맺어준 혼담의 수는 믿어지지 않을 정도라니까요. 내가 만일 자신의 양심에 그런 책임을 지운다면 밤에 한잠도 못 잘 겁니다."

그러자 앤은 항의했다.

"하지만 다들 행복하잖아. 실제로 나는 그 길의 명인인걸. 내가 직접 맺어준 혼담이나 또는 나 때문이라고 여겨지는 혼담을 모두 생각해 봐. 시어도러 딕스와 루도빅 스피드, 스티븐 클러크와 프리시 가드너, 재닛 스위트와 존 더글러스, 카터 교수와 이즈머 테일러, 노러와 짐, 도비와 자비스……."

"아, 알았어. 오언, 내 아내는 결코 실망하는 일이 없답니다. 엉겅퀴에도 언젠가 무화과가 열릴지 모른다고 믿고 있으니까요. 아마 결혼 중매는 죽을 때까지라도 이을 겁니다."

오언은 자기 아내를 보고 빙그레 웃었다.

"부인은 또 하나의 중요한 혼담과 관계있다고 여겨지는데요."

앤이 그 자리에서 고개를 가로저으며 부정했다.

"내가 아니에요. 그건 길버트 탓이에요. 조지 무어가 수술받지 못하도록 나는 온힘을 다해 길버트를 설득한걸요. 밤에 잠을 못 자기도 하고, 그것이 성공했다는 꿈을 꾸고 식은땀을 흘리며 갑자기 잠에서 깨어나는 일도 있었시요."

길버트는 자랑스럽게 말했다.

"뭐, 남의 인연을 맺어주는 것은 행복한 여자만이 한다고 하니까 나도 덕을 보는 셈입니다. 이번에는 어떤 새 희생자를 생각하고 있는데, 앤?"

앤은 생긋 웃어보였을 뿐이었다. 인연을 맺어주는 데는 교묘함과 신중함이 필요하므로 남편에게조차도 말할 수 없는 일이 있는 것이다.

# 올던과 스텔러

앤은 그날 밤도, 그 뒤 몇 날 밤도 올던과 스텔러에 대해 생각하며 잠 못 이루는 몇 시간을 지냈다.

스텔러가 결혼을, 가정을, 아기를 동경하고 있을 게 틀림없다는 생각이 들었다. 언젠가 저녁 스텔러는 릴러를 목욕시켜 주고 싶어하며 부탁한 일이 있었다.

"통통한 작은 몸을 목욕시키는 건 정말 즐거워요……"

그리고 그녀는 부끄러워하며 말을 이었다.

"작고 귀여운 벨벳 같은 손을 내밀어주면 정말 사랑스러워요, 블라이스 부인. 갓난아기란 너무도 멋지다고 생각지 않아요?"

그러한 남모르는 희망이 싹트는 것을 성질 까다로운 아버지가 방해한다면 당치도 않은 일이다.

이것은 이상적인 결혼이 될 것이다. 그러나 관계되는 사람이 모두 좀 까다로운 성격이라니 어떻게 진행시켜야 좋을까? 왜냐하면 앤은 고집스러움과 까다로움이 부모 쪽에만 있는 게 아니라 올던이나 스텔러에게도 그런 성향이 있지 않을까 여겼기 때문이다. 따라서 이제까지의 경우와는 전혀 다른 기술이 필요하다. 마침 그때 앤은 도비의 아버지를 떠올렸다.

앤은 고개를 번쩍 들고 힘차게 일에 착수했다. 앤은 그 순간부터 올던과 스텔러는 결혼한 거나 마찬가지라고 생각했다.

단 1초도 꾸물거리고 있을 수 없다. 올던은 항구 곳에 살고 있었다. 그는 항구 건너편 영국 교회에 나가므로 스텔러를 아직 만나본 일도 없었다. 아마 스텔러를 본 일조차 없을 것이다. 요 몇 달 동안 올던은 어떤 아가씨 뒤도 따라다니지 않았지만 언제 다시 쫓아다닐지 알 수 없다. 위 글렌에는 재닛 스위프트 부인 집에 아름다운 조카딸이 와서 머무르고 있으며, 올던은 늘 새로운 아가씨에게 눈독을 들인다.

무엇보다도 먼저 올던과 스텔러를 만나게 해야 한다. 어떻게 하면 될까. 겉으로는 전혀 아무렇지도 않은 듯 자연스럽게 해야만 한다.

앤은 밤새도록 머리를 쥐어짰지만 파티를 열어 두 사람을 부르는 수밖에는 좋은 생각이 떠오르지 않았다. 이 생각은 그리 마음내키지 않았다. 파티를 열기에는 날씨가 너무 더웠다. 게다가 포 윈즈에 있는 젊은 사람들은 몹시 떠들썩한 것을 좋아한다. 수전이 잉글사이드의 지붕밑방에서부터 지하실까지 대청소를 하지 않고는 파티를 열도록 하지 않을 것도 잘 알고 있었다. 그런 수전이 올여름은 더위로 쩔쩔 매고 있다. 그러나 좋은 목적을 위해서는 어느 정도 희생도 필요하다.

대학을 나온 젠 프링글이 전부터 약속을 지키기 위해 잉글사이드에 오겠다는 편지를 보내왔으므로 그야말로 파티를 열기에는 더없이 좋은 구실이었다. 행운이 앤의 편에 선 듯 여겨졌다. 젠이 오고, 초대장을 보내고, 수전은 잉글사이드를 온통 청소하고, 한창 찌는 듯한 더위에 앤과 수전 단둘이 파티 음식을 모조리 만들었다.

파티 전날 밤 앤은 몹시 지쳐버렸다. 더위가 심했기 때문이다. 젬은 병이 나서 자리에 누워 있었는데, 앤은 혹시 맹장이 아닐까 남모르게 걱정스러웠다. 하지만 길버트는 파란 사과를 먹은 탓이라고 가볍게 물리쳐버렸다. 더군다나 젠 프링글이 수전을 도우려다가 스토브에서

끓는 물이 든 냄비를 떨어뜨려 슈림프가 데어 죽을 뻔했다.

몹시 지친 앤은 온몸의 뼈가 쑤시고 머리가 욱신거리고 다리도 아프고 눈이 따끔따끔했다. 젠은 앤에게 좀 쉬라면서 아이들을 우르르 몰고 등대를 보러 갔다.

그러나 앤은 자리에 눕는 대신 베란다로 나와 소나기가 시원하게 내린 오후의 자욱한 안개 속에 앉아 집안으로 들어가지 않았다. 그리고 어머니의 기관지염약을 가지러 온 올던 처칠과 이야기를 나누었다. 앤은 하늘이 준 좋은 기회라고 여겼다. 올던과 이야기를 하고 싶었던 참이었기 때문이다. 올던은 이따금 이런 일로 찾아와서 어느새 앤과 마음이 잘 맞는 친구가 되어 주었다.

올던은 모자 쓰지 않은 머리를 기둥에 기대고 베란다 층계에 앉아 있었다. 앤이 늘 생각한 대로 올던은 아주 잘생긴 남자였다. 키가 크고 어깨가 떡 벌어졌으며, 대리석처럼 흰 얼굴은 조금도 햇볕에 그을리지 않았고, 푸른 눈은 생기가 감돌고, 잉크처럼 검고 곧은 머리칼을 갖고 있었다.

목소리는 웃음을 머금어 온갖 여자들이 좋아할 인상을 가졌고 겸손한 태도를 지니고 있었다.

퀸즈아카데미를 3년 다니고 레드먼드로 갈 생각이었지만 어머니가 성경말씀을 이유로 못 가게 하여 올던은 나름대로 농장에 자리잡고 만족했다. 자기는 농사꾼을 좋아하는데, 자유로이 집 밖에서 할 수 있는 독립된 일이기 때문이라고 앤에게 이야기한 적이 있었다.

올던은 어머니로부터 물려받은 돈버는 재주와 아버지로부터 물려받은 사람을 끄는 매력을 갖추고 있었다. 확실히 올던은 결혼상대로 여자들이 다툴 만했다.

앤이 상냥하게 물었다.

"올던, 부탁이 있는데 늘어주겠어요!"

올던은 미소 지으며 진심으로 말했다.

"들어드리고말고요, 부인. 말씀하십시오. 부인을 위해서라면 어떤 일이라도 하도록 정해져 있잖습니까?"

올던은 실제로 앤을 퍽 좋아했고 앤을 위해서라면 정말 어지간한 일은 다 할 생각이었다.

앤은 걱정스럽게 말했다.

"좀 지루해지지 않을까 여겨지지만, 실은—내일 저녁 우리집 파티에서 스텔러 체이스가 즐겁게 지낼 수 있도록 수고해 주었으면 해요. 스텔러는 즐기려들지 않을 것 같거든요. 아직 그녀는 주변에 그리 아는 젊은이가 없으니까요. 스텔러보다는 거의 젊은 사람들뿐일 거예요. 적어도 남자들은 말예요.

스텔러에게 춤을 신청하고 그녀가 혼자 남게 되거나 다른 사람들로부터 따돌림받지 않도록 마음을 써 줘요. 그녀는 낯선 사람에게 무척 부끄러움을 타거든요. 나는 스텔러가 즐겁게 지내기를 바라고 있어요."

올던은 그 자리에서 바로 승낙했다.

"네, 힘껏 해보겠습니다."

앤은 주의 깊게 웃으며 충고했다.

"하지만 그녀를 좋아하게 되어서는 안 돼요."

"물론입니다, 부인. 하지만 어째서 안됩니까?"

앤은 비밀이야기라도 하듯 속삭이며 말했다.

"저, 로브리지에 있는 팩스턴 씨가 스텔러에게 열중하고 있는가 봐요."

"그 자만심 강한 멋쟁이 녀석!"

올던은 뜻밖에 흥분을 폭발시켰다.

앤은 차분하게 타이르는 듯한 표정을 지었다.

"하지만 올던, 그 사람은 퍽 인상 좋은 젊은이라잖아요. 그런 사람만이 스텔러의 아버지를 이길 수 있어요."

"그럴까요?"

올던은 다시 무관심한 태도를 되찾았다.

"그렇고말고요. 더욱이 그 팩스턴 씨조차도 과연 어떻게 나올까 궁금해요. 체이스 씨는 스텔러에게 걸맞는 사람은 이 세상에 아무도 없다고 여기나봐요. 여느 농사꾼으로서는 넘겨다볼 수도 없지 않을까 생각해요. 그러니 쉽게 차지할 수 없는 아가씨를 좋아하게 만들어 당신을 곤란한 처지에 빠뜨리고 싶지 않아요. 다만 나는 친구로서 주의를 줄 뿐이에요. 틀림없이 어머님도 나와 같은 생각일 거라고 여겨요."

"아, 네, 고맙습니다……고맙습니다. 대체 어떤 아가씨입니까? 미인인가요?"

"글쎄요, 미인은 아니에요. 하지만 좀 얼굴빛이 좋지 않고 소극적이에요. 그리 튼튼하지도 못하고. 그래도 나는 스텔러를 아주 좋아해요. 다행히 팩스턴 씨에게는 돈이 있는 것 같더군요. 나로서는 아주 이상적인 한 쌍인 듯해서 아무도 방해하지 말았으면 여기는 거예요."

그러자 올던이 따지고 들었다.

"그럼, 어째서 부인이 그토록 소중히 여기는 스텔러를 즐겁게 지내도록 해주라고 팩스턴 씨에게 부탁하지 않죠?"

"목사님은 댄스파티에 오지 않잖아요, 올던? 자, 투덜거리면 안 돼요. 스텔러가 즐겁게 지내도록 부탁해요."

"네, 알겠습니다. 스텔러가 아주 유쾌하게 지내도록 해주겠습니다. 블라이스 부인, 편히 쉬십시오."

올던은 서둘러 돌아가버렸다. 혼자 남게 된 앤은 배를 잡고 웃었다.

"내가 조금이라도 사람의 본성을 제대로 안다면 저 사람은 자기가 탐난다고 생각하면 누가 뭐라든간에 재빨리 스텔러를 차지할 수 있다는 것을 세상에 보여줄 거야. 내가 넌신 목사라는 넉이에 곧 팀비 들었잖아. 어쨌든 나는 이 지끈지끈 두통이 나는 머리를 감싸안고 괴로운 하룻밤을 지내야겠지."

앤은 수전이 '목의 근육 경련'이라고 말하는 증상도 한꺼번에 겹쳐 괴로운 밤을 보냈다. 아침이 돼도 잿빛 플란넬 같은 기분이었다. 그러나 저녁에는 명랑하고 점잖은 여주인역을 해내고 있었다.

파티는 성공적이었다. 누구나 즐겁게 지낸 듯했고, 스텔러도 확실히 즐겼다. 그녀를 돌보는 올던의 태도는 예의범절로 보아 너무 열심이라고 앤이 생각했을 정도였다.

저녁 식사가 끝난 뒤 올던이 스텔러를 베란다에 있는 어두컴컴한 구석으로 데려가 한 시간이나 붙잡아둔 것은 처음 만난 사람으로선 좀 지나친 데가 있었다.

그러나 이튿날 아침 여러 가지로 돌이켜 생각해 보았을 때 전체적으로 앤은 만족했다.

식당에 깔아둔 카펫은 아이스크림을 두 접시 엎지르고 케이크 한 조각을 짓밟아 거의 엉망이 되었고, 길버트 할머니의 브리스틀 유리 촛대는 산산조각이 났다. 누군가가 손님용 침실에서 뒤엎은 물병에 가득했던 물이 밑으로 스며들어 서재 천장을 차마 볼 수 없도록 얼룩지게 만들었다. 소파의 술은 절반이나 뜯어지고 수전이 자랑하는 큰 보스턴 양치류에 누군가 덩치 큰 사람이 앉았던 게 분명했다.

그러나 원장(元帳)의 대변(貸邊)에 분명히 기입된 사실은 서명이 잘못되지만 않았다면 올던이 스텔러에게 마음을 온통 빼앗겼다는 것이었다. 계산은 따져보면 오히려 이쪽이 이익이라고 앤은 생각했다.

그 뒤 2, 3주일 안에 퍼진 마을의 소문은 이 확신을 더욱 깊게 했다. 올던이 걸려든 것은 더욱 더 분명해졌다. 그러나 스텔러는 어떨까? 스텔러가 어떤 사람이든 손을 내밀면 그 손 안에 쉽사리 끌려들 아가씨라고는 여겨지지 않았다. 스텔러도 아버지의 까다로운 성질을 얼마쯤 이어받고 있었으며, 그것이 스텔러에게 사랑스러운 독립심이 되어 작용하고 있었다.

또다시 마음을 졸이는 중매역에 행운이 끼어들어 주었다. 어느 날 저녁 스텔러가 잉글사이드의 참제비고깔을 보러 왔고 그 뒤 두 사람은 베란다에 앉아 두런두런 이야기를 주고받았다.

스텔러 체이스는 얼굴이 파리한 가냘픈 아가씨로 좀 내성적이지만 아주 다정했다. 엷은 금빛 머리칼은 부드러운 구름 같았으며 눈은 갈색이었다. 아름답게 보이는 것은 속눈썹 탓이라고 앤은 생각했다. 실제로 스텔러는 그렇게 아름답지는 못했던 것이다. 그 속눈썹은 믿어지지 않을 만큼 길어서 올렸다내렸다하면 남자들 가슴을 설레게 하였다. 태도에는 어느 정도 기품이 있어서 24살이라는 나이보다 좀 많아 보였으며, 나이를 먹어감에 따라 틀림없이 매부리코가 될 듯했다.

앤은 스텔러에게 손가락 하나를 흔들며 말했다.

"스텔러에 대한 소문이 들리더군요. 그건 찬성할 만한 소문이 아니에요. 이런 말 하면 미안하지만, 올던 처칠은 알맞은 사람일까요?"

스텔러는 깜짝 놀란 얼굴을 돌렸다.

"어머나, 나는 부인이 올던을 마음에 들어하는 줄 알았어요."

"좋아하기는 해요. 하지만 그 사람은 변덕스러워서 마음이 자주 달라진다는 평판이잖아요? 올던을 오래 붙들어둘 수 있는 아가씨는 아무도 없다고 들었어요. 많은 사람이 시도했다가 실패했는걸요. 만일 그 사람 마음이 달라져 스텔러도 그렇듯 내버려지는 것을 나는 보고 싶지 않아요."

스텔러가 조심스럽게 말했다.

"올던을 오해하고 계신 것 같아요, 부인."

"그렇다면 다행이지만 말예요, 스텔러. 스텔러 같은 타입이 아니라 아일린 스위프트처럼 말괄량이에 쾌활한 성격이라면ㅡ"

스텔러는 막연하게 말했다.

"아, 그렇군요. 나는 이만 돌아가야 해요. 아버지가 쓸쓸해할 테니까요."

스텔러가 돌아가버리자 앤은 또 웃었다.

"스텔러는 자기가 올던을 잡을 수 있다는 걸 말 많은 친구들에게 보여줄 거야. 아일린 스위프트 따위가 올던에게 손을 뻗치도록 할까 보냐고 마음속으로 맹세하며 돌아갔을걸. 그 머리를 꼿꼿이 쳐든 태도며 갑자기 빰을 붉힌 것을 보면 틀림없이 알 수 있어. 젊은 사람들은 이쯤이면 됐어. 오히려 어른들 일이 훨씬 더 힘들지 않을까?"

# 데이지 오솔길

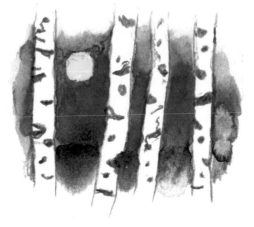

앤의 행복은 물결처럼 유유히 이어졌다. 앤은 전도부인후원회로부터 조지 처칠 부인 집을 방문해서 1년에 한 번 내는 기부금을 받아 왔으면 좋겠다는 부탁을 받았던 것이다.

처칠 부인은 좀처럼 교회에 가지 않았고 후원회 회원도 아니었지만 '전도는 좋은 일로 여긴다'며 누군가가 부탁하러 가면 늘 많은 돈을 기부했다. 다만 부탁하러 가는 것을 아무도 좋아하지 않아서 회원들은 차례로 그 일을 맡아야만 했다. 올해는 앤 차례였다.

어느 날 저녁무렵, 앤은 데이지가 흐드러지게 핀 오솔길을 걸어갔다. 상쾌하고 산뜻한 그 길은 아름다운 언덕 꼭대기로 나와 글렌 마을에서 1마일이나 떨어진 처칠네 농장으로 뻗은 큰길에 이어져 있었다.

들쭉날쭉한 잿빛 나무울타리가 서 있고 가파른 작은 언덕길이 나 있기도 한 그 길은 좀 단조로운 큰길이었다. 하지만 집집마다 전등이 반짝이고 시냇물이 흐르고 바다로 비탈져 있는 마른 풀밭의 풀내음이 감돌고 뜰이 있었다.

앤은 지나가며 뜰 하나하나에 걸음을 멈추고 바라보았다. 뜰에 대한 앤의 흥미는 식는 일이 없었다. 제목에 '뜰'이라는 글자가 들어 있기만 하면 그 책을 사지 않고는 못 견딘다고 길버트가 늘 말하곤 했다.

한가로워 보이는 보트가 항구에 떠 있고 아득히 먼 저편에는 배가 머물러 있었다. 앤은 바다로 나가는 배를 지켜볼 때마다 늘 가슴이 두근거렸다. 언젠가 프랭클린 드류 선장이 부두에서 자신의 배에 올라타며 '정말이지 육지에 두고 떠나는 사람들이 가엾어서 못 견디겠다'고 말했을 때 앤은 그 심정을 잘 알 수 있었다.

커다란 처칠 집안 저택은 평평한 이중 물매 지붕둘레에 쇠 레이스 세공을 둘렀으며, 항구와 모래언덕을 내려다보고 있었다.

처칠 부인은 도도하다고는 할 수 없었지만 정중히 앤에게 인사하고 조금은 음침하나 호화로운 응접실로 안내했다. 짙은 갈색 벽지를 바른 벽에는 세상을 떠난 처칠 집안과 엘리엇 집안사람들의 크레용 그림이 수없이 걸려 있었다. 처칠 부인은 녹색 벨벳 소파에 앉아 길고 여윈 손을 마주잡고 뚫어지게 바라보았다.

메리 처칠은 키가 크고 여위어 엄해 보였다. 앞으로 나온 턱, 올던과 똑같이 움푹한 파란 눈, 꾹 다문 입이 컸다. 쓸데없는 말을 하지 않았고 소문이야기는 끝까지 하지 않았다.

따라서 앤은 자기가 바라는 곳으로 자연스럽게 이야기를 끌고 가기가 무척 힘든 것을 깨달았으나 그래도 항구 건너편 영국교회에 새로 온 목사 이야기를 끼워넣어 가까스로 성공할 수 있었다. 처칠 부인은 이 목사를 좋아하지 않았다.

처칠 부인은 차갑게 말했다.

"그분은 신앙심이 깊은 사람이 아니에요."

"하지만 그분의 설교는 아주 뛰어나다고 들었어요."

"나도 한번 들은 적 있는데, 다시 듣고 싶은 생각이 없어요. 내 영혼은 양식을 요구했는데 엉뚱한 설교를 해주더군요. 그분은 천국이 두뇌로 얻을 수 있다고 믿고 있지만, 그런 것으로는 얻을 수 없어요."

"목사님이라면 지금 로브리지에 퍽 머리 좋은 분이 있어요. 이분은 나의 젊은 친구 스텔러 체이스에게 관심을 가지고 있는 듯싶어요. 아주 잘 만났다는 소문이 돌고 있죠."

"결혼한다는 말인가요?"

앤은 그 매서운 눈초리에 호되게 한 대 맞은 듯했지만 자기와 관계 없는 일에 간섭하는 이상 이런 것도 참고 견뎌야만 한다고 다시 생각했다.

"아주 잘 어울리는 결혼이라고 여겨요, 처칠 부인. 스텔러는 특히 목사의 아내로 알맞으니까요. 나는 올던에게 이것을 깨뜨려서는 안 된다고 말했어요."

처칠 부인은 눈꺼풀도 꼼짝하지 않고 되물었다.

"왜죠?"

"글쎄요—실은—올던에게는 가망이 없지 않을까 여겨요. 체이스 씨는 어떤 사람도 스텔러에게는 걸맞지 않는다고 생각하니까요. 올던의 친구들은 모두 올던이 헌 장갑처럼 버려지는 걸 보고 싶지 않은 거죠. 그런 꼴을 당하기엔 올던은 너무 좋은 청년인걸요."

처칠 부인은 얇은 입술을 굳게 다물다가 이내 말문을 열었다.

"내 아들을 버린 아가씨는 한 사람도 없어요. 언제나 그와 반대죠. 머리를 곱슬거리게 빗거나, 소리죽여 웃거나, 몸을 비비꼬거나, 비위를 맞추려들어도 아들은 아가씨들의 정체를 곧 꿰뚫어보고 말아요. 내 아들은 어떤 여자라도 잘 골라내어 결혼할 수 있어요, 블라이스 부인. 어떤 여자와도 말예요."

"어머나!"

앤은 말은 그렇게 했지만, 그 말투는 이러했다.

'물론 실례가 되니까 부인 말에 반대하지는 않겠지만, 부인은 내 생각을 바꾸지는 못해요.'

처칠 부인은 그것을 느낄 수 있었다. 파리한 주름투성이 얼굴이 조금 붉어지더니 후원회 기부금을 가져오기 위해 방을 나섰다.

처칠 부인에게 이끌려 문 앞으로 간 앤은 입이 마르도록 칭찬했다.

"여기서 바라보는 경치는 아주 훌륭하군요."

처칠 부인은 찬성하지 않는 눈길로 만을 바라보았다.

"겨울에 살을 찌르는 듯한 동풍을 받으면 전망은 그리 좋게 여기지 않을 거예요, 블라이스 부인. 오늘 밤은 좀 서늘하군요. 그런 얇은 옷으로는 감기들지도 모르겠어요. 그 옷이 아름답지 않다는 말은 결코 아니지만요. 댁은 아직 젊으니까 나풀거리는 거나 현란한 것에 마음이 끌리는 거예요. 나는 이제 그런 하찮은 것에는 흥미를 느끼지 않게 되었죠."

어둑어둑한 녹색 어스름 속에서 집으로 걸으며 앤은 이 만남에 만족을 느꼈다.

앤은 숲을 갈아엎은 조그만 밭에서 의회를 열고 있는 한 무리의 찌르레기에게 말을 걸었다.

"물론 처칠 부인은 기대할 수 없어. 하지만 조금은 그녀를 안달나게 만든 것 같아. 올던이 퇴짜맞았느니 하고 남들이 생각하는 걸 바라지 않는 눈치잖아. 자, 이제 나는 체이스 씨 말고는 관계자 모두에게 온힘을 쏟았지만, 체이스 씨와는 서로 알지 못하는데 어떻게 하면 좋을지 모르겠네.

체이스 씨는 올던과 스텔러가 서로 사랑한다는 걸 알고 있을까. 알고 있을 듯싶지 않아. 물론 스텔러는 결단을 내려 올던을 집으로 데려갈 용기 같은 건 없을 테지. 그럼, 체이스 씨를 어떻게 한담?"

실제로는 기분이 나빠질 정도였다. 모든 일들이 앤을 얼마나 도와주는지.

어느 날 저녁 무렵, 미스 코닐리어가 와서 앤에게 함께 체이스 씨네로 가주기를 부탁했다.

"교회에 새로 넣을 부엌용 스토브를 살 기부금을 리처드 체이스에게 부탁하려는데, 정신적으로 강한 의지가 필요하답니다. 함께 가줘요, 앤. 나 혼자 그 사람과 맞서서 이야기하기는 싫어요."

다리가 길고 코도 긴 체이스 씨는 명상에 잠긴 학 같은 모습으로 정면 층계에 우아하게 서 있었다. 벗겨진 머리 꼭대기에 반짝이는 은빛 머리를 몇 가닥으로 깨끗이 빗었으며, 두 사람 쪽을 바라보는 작은 잿빛 눈이 우스운 듯 깜박거리고 있었다.

체이스 씨는 저 미스 코닐리어와 함께 오는 사람이 의사선생 부인이라면 소문대로 아름답다고 생각하고 있었다.

'또 육촌누님인 코닐리어는 좀 지나치게 억세고 지능이라면 메뚜기만큼밖에 지니고 있지 못하다. 그러나 늘 살살 쓰다듬어 달래주면 조금도 나쁜 고양이 할멈은 아니지.'

체이스 씨는 점잖게 두 사람을 서재로 맞아들였다. 미스 코닐리어는 희미한 신음소리와 함께 의자에 앉았다.

"오늘 저녁은 무척 덥구나. 소나기가 한차례 퍼부을지도 모르겠어. 어머나, 리처드, 그 고양이는 전보다 한층 더 뚱뚱해졌잖아?"

체이스 씨에게는 터무니없이 큰 누런 고양이 친구가 있었다. 이 고양이가 지금 그의 무릎 위로 훌쩍 올라가 앉았다. 체이스 씨는 다정하게 쓰다듬어주었다.

"토머스 더 라이머는 이 세상에서 가장 고양이다운 고양이입니다. 그렇잖니, 토머스? 너의 코닐리어 아주머니를 봐라, 라이머. 친절과 애정만을 깃들기 위해 만들어진 눈으로 아주머니가 얼마나 심술 사납게 너를 바라보는지 보려무나."

엘리엇 부인이 날카롭게 항의했다.

"나를 그런 짐승의 아주머니라고 하지 마라. 아무리 농담이라도 너무 지나치구나."

리처드 체이스는 가엾은 목소리로 말했다.

"네디 처칠 아주머니보다는 시인 토머스 더 라이머 아주머니쪽이 낫지 않겠어요? 네디는 지나치게 많이 먹는데다 술꾼이잖아요. 누님은 네디의 죄에 대한 일람표를 만들었다면서요? 오히려 위스키와 암코양이에 대한 나무랄 데 없는 이력을 가지고 있는 토머스와 같은 훌륭한 고양이 아주머니 쪽이 낫지 않겠어요?"

"가엾은 네드는 그래도 사람이야. 나는 고양이를 결코 좋아하지 않아. 그것만이 올던 처칠의 결점이지. 올던도 이상하리만큼 고양이를 좋아하니까. 어째서 그런지 모르겠어. 그 아이의 아버지와 어머니도 고양이를 아주 싫어하는데 말이야."

"참으로 분별 있는 젊은이일 거예요!"

"분별 있다고? 그래, 확실히 이해력이 좋고말고. 고양이와 진화론에 열중하는 일만 빼놓으면. 그것도 어머니를 닮지 않았어."

체이스 씨는 성실하게 말했다.

"실은 엘리엇 부인, 나도 남모르게 진화론에 기울고 있습니다."

"전에도 그렇게 말했었잖아. 뭐든지 좋아하는 것을 믿으면 될 테지, 딕 체이스. 남자에게는 있음직한 일인걸. 고맙게도 아무도 내게 원숭이 자손이라고 믿도록 할 수는 없었으니까."

"확실히 누님은 그렇게 보이지 않아요, 아, 아름다운 부인이여. 여유 있고 뛰어나게 점잖은 장밋빛 인상에는 조금도 원숭이를 닮은 데가 없어요. 하지만 몇 백만 년 전 조상은 꼬리로 이 나뭇가지에서 저 나뭇가지로 옮겨다녔으니까요. 과학이 그걸 증명하고 있어요, 코닐리어. 그걸 믿든 안 믿든."

"그럼, 믿지 않기로 해. 나는 그 일로, 또는 다른 일로도 말다툼할 생각은 없으니까. 내게는 내 자신이 따르는 신앙이 있고, 그 가운데에는 원숭이 조상 따위는 들어 있지 않아. 그러고 보니 리처드, 스텔러가 올여름 그리 건강해 보이지 않아 걱정하고 있어."

"스텔러는 늘 더위를 몹시 탑니다. 그러다 서늘해지면 저절로 기운이 나지요."

"그렇다면 괜찮겠지만. 리짓은 해마다 여름이 끝나면 건강해졌지만 마지막 여름은 그렇지 못했으니까, 리처드. 그걸 잊으면 안 돼. 스텔러의 체질은 어머니를 닮았어. 결혼 같은 건 할 것 같지 않아서 참 좋아."

"어째서 그 아이가 결혼할 것 같지 않다는 거죠? 나는 호기심에서 묻는 거지만 말이에요, 코닐리어. 정말 호기심에서. 여자의 사고(思考) 과정이 내게는 퍽 흥미롭습니다. 그 기분 좋은 일시적인 방법으로 스텔러가 결혼할 것 같지도 않다는 결론을 끌어낸 것은 어떤 전제, 또는 어떤 논거에 의한 거죠?"

"글쎄, 리처드, 분명히 말하면 스텔러는 남자에게 인기 있는 아가씨가 아니야. 마음씨 곱고 좋은 아가씨지만 남자들에게 인기가 없어."

"숭배하는 사람은 있었죠. 나는 새총과 불독을 사들이고 건사하는 데 큰 돈을 썼을 정도였으니까요."

"그 사람들은 네 지갑을 숭배했으리라 여겨. 까닭없이 쉽게 단념해 버렸잖아? 한번 그 짓궂은 말의 일제공격을 받으면 모두 달아났어. 만일 진심으로 스텔러를 바랐다면 그 쓸데없는 불독과 마찬가지로 그런 일에 낙담하지는 않았을 거야.

아니야, 리처드, 스텔러가 바람직한 배우자를 구할 만한 아가씨가 아니라는 걸 인정하는 게 좋아. 봐, 리짓도 그랬었잖아? 네가 나타날 때까지 그녀에게는 청혼한 사람이 한 사람도 없었으니까."

"하지만 내게는 그렇듯 기다릴 만한 가치가 있지 않았겠어요? 확실히 리짓은 젊었고 현명한 여자였어요. 나는 내 딸을 이 주변에서 흔히 보는 아무 젊은이에게나 줘버릴 생각은 없어요. 누님이 우습게 여기더라도 내 별은 왕의 궁전에서 반짝이기에 알맞으니까."

"안타깝게도 캐나다에는 왕이 없어. 나는 스텔러가 아름다운 아가씨가 아니라고 말하는 건 아니야. 다만 남자들이 그것을 모르는 것 같다고 말할 뿐이고, 그 아이의 체질을 생각하면 그편이 좋지 않을까 여겨질 따름이야. 너로서도 다행한 일이지. 그 아이가 없으면 살아나 갈 수 없을 테니까. 마치 갓난아기처럼 어떻게도 할 수 없지.

자, 교회에 스토브 렌지를 기부하겠다고 신청해 줘. 그러면 가겠어. 지금 저 책을 집어들고 싶어 죽을 지경인 것을 알고 있으니까."

"과연 상냥하고 총명한 부인이세요! 누님이 남편에게 얼마나 소중한 보물이겠어요! 그래요. 나는 죽을 것 같아요. 그러나 누님 말고는 아무도 그걸 알아볼 만한 통찰력이 없고 그걸 활동시켜 내 목숨을 구해줄 만큼 친절한 사람도 없어요. 그래, 내게서 얼마를 빼앗으려는 거죠?"

"5달러쯤은 낼 수 있겠지?"

"나는 결코 여자들과 말다툼하지 않죠. 5달러로 하겠어요. 저런, 벌써 돌아가시려구요? 이 부인은 단 1초도 함부로 허비하지 않지. 이 보기드문 부인께서는 일단 목적을 이루었다 하면 그제서야 남을 방해하지 않으려는 사람이지. 그런 종류의 고양이는 요즘 태어나지 않아요. 안녕히 잘 가세요."

이 방문 동안 내내 앤은 한마디도 하지 않았다. 그럴 필요가 어디 있겠는가? 자기 대신 엘리엇 부인이 이토록 솜씨 있게 이렇듯 무의식 중에 자기 할일을 다 해주고 있는데?

그러나 리처드 체이스는 가볍게 머리숙여 두 사람을 배웅하려다가 갑자기 친밀하게 앞으로 몸을 구부리며 말했다.

"참으로 아름다운 발목을 갖고 계시군요, 블라이스 부인. 이래봬도 젊은 시절, 그 길에 얼마쯤 일가견이 있었지요."

오솔길을 걸으며 미스 코닐리어가 벌컥 화를 냈다.

"너무하잖아요? 저 사람은 늘 여자에게 저렇듯 무례한 말을 한다니까요. 저런 사람 말에 마음써서는 안 돼요, 앤."

앤은 신경 쓰지 않았다. 오히려 리처드 체이스에게 호감을 느꼈다.

'자기들의 조상이 원숭이라는 사실에도 불구하고 저분은 스텔러가 남자들에게 인기 없다는 생각이 못마땅한가 봐. 저분은 '모든 사람들에게 보여'주고 싶은 모양이야.

자, 나는 할 수 있는 데까지는 다했어. 올던과 스텔러에게 서로 흥미와 관심을 갖도록 만들고, 미스 코닐리어와 둘이 처칠 부인과 체이스 씨를 이 혼담에 반대하기보다는 오히려 마음내키도록 만들었어. 이제 가만히 앉아서 일의 진행상황을 지켜보기만 하면 돼.'

한 달 뒤 스텔러 체이스가 잉글사이드를 찾아와 또다시 앤과 나란히 베란다 층계에 앉았다. 그렇게 앉아 있으면서 자기도 언젠가는 블라이스 부인과 같은 표정을 갖고 싶다—저 원숙한 표정—충실하고 축복에 찬 생활을 해온 부인의 표정을 갖고 싶다고 바랐다.

9월 첫무렵 서늘한 잿빛 하루에 이어 자욱하게 잔뜩 흐려보이는 저녁무렵이 찾아왔다. 그 사이 바다의 다정한 파도 소리가 섞여들었다.

이 소리를 들으면 월터는 이렇게 말할 것이다.

"오늘 밤 바다는 많이 슬픈가봐."

스텔러는 멍하니 말이 없었다. 조금 뒤 보랏빛 밤으로 짜여진 별의 마술을 올려다보며 스텔러가 갑자기 말했다.

"블라이스 부인, 털어놓고 싶은 말이 있어요."

"어머나, 뭐죠, 스텔러?"

스텔러는 생각지도 못했던 일을 말했다.

"나는 올던 처칠과 약혼했어요. 우리는 지난해 크리스마스 때부터 약혼했어요. 아버지와 올던 어머니에게는 곧 말씀드렸지만, 우리는 다른 사람에게는 비밀로 해두었지요. 그런 비밀을 지니고 있다는 건 참으로 즐거운 일인걸요. 우리는 그 즐거움을 사람들과 나누고 싶지 않았어요. 하지만 계속 이렇게 지낼 수는 없는 걸요. 그래서 다음날 결혼하게 되었어요."

앤은 마치 돌이 되어버린 것 같았다.

스텔러는 여전히 별을 바라보고 있었으므로 블라이스 부인의 얼굴에 나타난 표정을 알아차리지 못했다.

스텔러는 편하게 말을 이어 갔다.

"올던과 나는 지난해 11월 로브리지의 파티에서 만났어요. 우리는—우리는 첫눈에 서로 좋아졌죠. 올던은 늘 나를 꿈꾸고 있었고 언제나 나를 구하고 있었대요. 내가 문으로 들어오는 것을 보았을 때 '이 여자야말로 내 아내다' 하고 마음속으로 말했대요. 나도—그렇게 느꼈어요. 오! 우리는 정말 행복해요, 블라이스 부인."

그래도 여전히 앤은 몇 번이나 애써 봤지만 아무 말도 할 수가 없었다.

"내 행복에 드리워진 오직 하나의 구름은 이 일에 대한 부인의 마음이에요. 찬성해 줄 수 없겠어요? 내가 글렌 세인트 메리에 온 뒤로 부인은 정말 좋은 친구가 되어주었어요. 마치 언니처럼 여겨졌어요. 그래서 내 결혼이 마음에 들지 않나보다고 생각하면 못 견디게 슬퍼요."

스텔러 목소리는 금방이라도 울음을 터뜨릴 것 같았다.

앤은 그제야 겨우 입을 열 힘을 되찾았다.

"나의 소중한 스텔러, 스텔러의 행복을 나는 누구보다도 바라고 있어요. 실은 나 또한 올던을 좋아해요. 훌륭한 사람인걸요. 다만 바람기가 좀 있다는 평판이지만."

"하지만 그렇지 않아요. 그는 그저 합당한 사람을 찾고 있었을 뿐이에요. 모르겠어요, 블라이스 부인? 그리고 그런 사람을 찾지 못했던 거예요."

"아버지는 이 일을 어떻게 생각하세요?"

"예, 아버지는 몹시 기뻐해요. 처음부터 아버지는 올던이 마음에 들어 둘이 늘 몇 시간이나 진화론에 대해 토론한답니다. 아버지는 본디 합당한 사람이 나타나면 나를 결혼시킬 생각이었대요. 아버지를 두고 가는 것은 슬픈 일이지만 사촌인 딜리어 체이스가 와서 아버지를 위해 집안일을 보살펴줄 거예요, 아버지는 딜리어를 퍽 좋아해요."

"그럼, 올던 어머니는?"

"올던 어머니도 기뻐해요. 지난해 크리스마스에 올던이 우리가 약혼한 이야기를 하자 어머니가 성경을 펼친 곳 맨 첫장이 '남자는 아버지와 어머니 곁을 떠나 자신의 아내와 결합할지어다'라는 것이었대요. 어머니는 이로써 자신이 어떻게 해야 할 것인지 뚜렷이 알았다며 곧 승낙해 줬어요. 어머니는 로브리지에 있는 작은 집에서 살기로 되어 있어요."

"스텔러가 그 녹색 벨벳 소파와 함께 살지 않아도 되어 다행이군요."

"소파라고요? 네, 그래요. 가구가 엄청 구식이죠? 하지만 어머니가 모두 가져가는걸요. 올던이 가구를 모두 바꾸기로 했어요. 그래서 모두 기뻐하고 있어요, 블라이스 부인. 부인도 우리를 축복해 주세요."

앤은 몸을 얼른 앞으로 내밀어 비단결 같은 부드러운 스텔러 뺨에 키스했다.

"스텔러를 위해 나는 정말로 기뻐요. 두 사람 앞날을 하느님께서 축복해 주시기를."

스텔러가 돌아가자 앤은 잠시 남의 눈을 피하기 위해 자기 방으로 뛰어올라갔다. 가득 떠 있는 동녘 구름 뒤에서 한편으로 짓궂게 기운 초승달이 나타나 건너편 목장에서 앤을 향해 얄밉게 장난스러운 눈짓을 하고 있는 것처럼 보였다.

앤은 지나간 몇 주일 동안을 돌이켜보았다. 식당의 카펫을 못쓰게 만들고, 조상 때부터 전해내려온 소중한 가보를 두 개나 깼으며, 서재의 천장을 망가뜨렸다. 처칠 부인을 앞잡이로 쓰려 했지만, 처칠 부인 쪽에서는 틀림없이 그동안 내내 마음속으로 비웃었을 것이다.

앤은 달에게 물었다.

"이번 일로 누가 가장 큰 바보였을까? 길버트 의견이 어떤지 말 안 해도 나는 잘 알고 있어. 그만큼 큰 수고를 하면서 이미 약혼한 두 사람의 혼담을 마무리지으려고 하다니! 이제 중매 따위는 지긋지긋해! 정말이지 지긋지긋해. 누군가가 또 결혼한다 하더라도 진행시키는 데 손가락 하나 까딱하지 않겠어.

하지만 한 가지만은 위안받을 일이 있어. 오늘 젠 프링글로부터 파티에서 만난 루이스 스테드먼과 결혼하게 되었다는 편지가 왔는걸. 브리스틀 유리촛대의 희생도 전혀 헛된 일은 아니었어. 애야, 너희들! 그런데서 그처럼 불쾌한 소리를 내야만 하니?"

어두운 나무숲에서 기분 나쁘게 꾸민 듯한 젬의 목소리가 들렸다.

"우리는 부엉이인걸요. 부엉 부엉 해야만 해요."

젬은 스스로 생각하기에도 썩 훌륭하게 부엉부엉 울고 있다고 생각했다. 젬은 숲 안에 있는 어떤 작은 동물 소리라도 흉내낼 수 있었다. 월터는 그만큼 잘할 줄 몰라 곧 부엉이 놀이를 그만두고, 환멸을 느낀 어린 사내아이로 돌아가, 위로를 받으러 어머니에게로 살그머니 찾아왔다.

"엄마, 나는 귀뚜라미가 노래를 한다고 생각했었는데요, 오늘 카터 플래그 씨가 그렇지 않다면서 그 소리는 뒷다리를 마구 비벼서 내는 거래요. 그런가요, 엄마?"

"그런 모양이더구나. 자세히는 모르지만 말이야. 하지만 그것이 귀뚜라미 노래란다."

"나는 싫어요. 이제 두 번 다시 귀뚜라미 노래는 듣고 싶지 않을 거예요."

"어머나, 그렇지 않아. 다시 듣고 싶어질 거야. 이제 곧 뒷다리에 대한 일을 고스란히 잊고 가을 수확이 끝난 밭이며 언덕에서 들려오는 그 요정의 합창 같은 귀뚜라미 노래만을 생각하게 될 거야. 벌써 잘 시간이니, 월터?"

"엄마, 잠들기 전에 등이 오싹오싹해질 듯한 이야기를 해주겠어요? 그리고 그 뒤에 내가 잠들 때까지 곁에 있어 주겠어요?"

"그러지, 아무렴 좋고말고. 그런데 엄마란 무엇 때문에 있다고 생각하니, 월터?"

Chang.Kye

# 강아지 지프

어느 가을날 길버트가 말했다.

"개를 길러도 좋을 때가 됐구나."

잉글사이드에서는 늙은 개 렉스가 독살된 뒤로 개를 기르지 않았다. 그러나 길버트는 남자아이는 개를 가지고 있어야만 한다고 여겼다. 그래서 개 한 마리를 기르기로 마음을 먹었다.

그런데 올가을에는 너무 바빠서 그 일을 한참 뒤로 미뤘었다.

마침내 11월 어느 날, 학교 친구네에서 오후를 보낸 젬이 개 한 마리를 안고 돌아왔다. 검은 귀가 양쪽으로 쭉 내밀어진 조그만 노란 개였다.

"조 리스가 줬어요, 엄마. 이름은 지프예요. 꼬리가 귀엽지요? 길러도 될까요, 엄마?"

앤은 수상한 듯 물었다.

"이 개는 어떤 종류지, 젬?"

"아주 흔히 볼 수 있는 종류 같아요. 꼭 한 가지씩뿐인 개보다 더 좋은 것 같아요. 그래서 더 재미있게 여겨지잖아요, 엄마? 그러니 부탁이에요, 엄마."

"그래, 아빠가 길러도 좋다고 하시면……"

길버트가 '좋다'고 흔쾌히 허락하여 젬은 지프를 기르게 되었다. 잉글사이드 사람들은 모두 기꺼이 지프를 가족으로 맞아들였는데, 슈림프만은 달리 자신의 의견을 단도직입적으로 나타냈다.

수전까지도 지프를 마음에 들어했다. 주인이 학교에 가서 없는 비오는 날, 수전이 지붕밑방에서 물레를 돌리고 있으면, 지프는 수전 곁에서 있지도 않은 쥐를 어두운 구석구석까지 쫓아다녔다. 지나치게 열중하여 그만 작은 물레바퀴 바로 옆까지 가버리게 되면 무서운 듯이 깨깽 울었다.

이 물레는 한 번도 사용된 적 없이 모건 집안(잉글사이드의 전주인) 사람들이 이사할 때 두고 간 것이다. 어두운 구석에 등이 굽고 작은 노파처럼 놓여 있었다. 이것을 왜 지프가 무서워하는지 아무도 이해할 수 없었다.

커다란 물레 쪽은 조금도 무서워하지 않고 수전이 둘둘 돌리는 동안 물레에 딱 붙어앉아 있다가 수전이 길다란 털실을 빙글빙글 돌리며 지붕밑방 끝에서 끝으로 걸으면 자기도 수전 곁을 왔다갔다하면서 뛰어다녔다.

수전은 개가 진정한 벗이 될 수 있다는 것을 인정하게 되었고, 고기를 먹고 싶을 때면 벌렁 누워 앞발을 버둥거리며 흔들어보이다니 어쩌면 이토록 영리할까 하고 감탄했다. 어느 날 버티 셰익스피어가 경멸하듯 이것도 개냐고 말했을 때 수전은 젬 못지않게 분개하여 나직하지만 엄한 목소리로 말했다.

"우리는 개라고 해. 아마 버티라면 하마라고 하겠지만."

그리고 버티는 그날 수전이 두 사내아이와 그 친구를 위해 늘 만드는 '애플 크런치 파이'라는 너무너무 맛있는 과자를 먹지 못하고 돌아가야만 했다.

"그 강아지는 밀물에 떠내려왔니?"

맥 리스가 물었다. 수전은 없었지만 젬이 나름 자신의 개를 변호해 주었다. 또 냇 플래그가 지프의 다리는 몸에 비해 너무 길다고 말했을 때 젬은 개 다리는 땅에 닿을 만큼 충분히 길어야 되는 거라고 당당히 대꾸해 주었다. 냇은 그리 영리하지 못하므로 그 말에 금방 지고 말았다.

그해 11월 햇빛은 너무 인색했다. 추운 바람이 잎 떨어진 은빛 나뭇가지만 앙상한 단풍나무숲을 불어갔고 골짜기는 거의 언제나 구름이 피어오르듯 안개가 자욱했다. 우아하고 신기한 짙은 안개 같은 것이 아니라, 길버트가 말하듯 '축축하고 어둡고 이슬비 같은 물방울이 떨어져 엷은 안개'가 끼는 음침한 날씨였다.

잉글사이드 아이들은 노는 시간을 대부분 다락방에서 지내야만 했는데, 날마다 저녁때가 되면 사과나무에 날아드는 두 마리 꿩과 뒤뜰에서 다가오는 호화로운 언치새 다섯 마리와 즐거운 친구가 되었다. 새들은 겁도 없이 꾸꾹꾹거리며 아이들이 마련해 놓는 먹이를 먹었다. 다만 이 새들은 욕심쟁이고 이기적이어서 다른 새들을 가까이 오지 못하게 했다.

겨울은 12월과 더불어 찾아와 3주일에 걸쳐 끊임없이 눈이 내려쌓였다. 잉글사이드 건너편 들판은 천지가 은빛 목장이 되었고, 울타리며 문기둥은 높다란 흰 모자를 썼다.

창문은 모두 환상적인 무늬로 흰빛을 발하고 잉글사이드 불빛은 어두컴컴한 눈 오는 해질녘 속에 밝게 빛나 정처없이 떠돌아다니는 모든 사람들을 내 집으로 맞아들이게 했다.

수전은 그해 만큼 아기가 많이 태어난 겨울이 없다고 생각했다. 밤마다 '선생님 밤참'을 그릇선반 속에 따로 넣어두며 선생님의 몸이 봄까지 지탱할 수 있으면 기적이라고 여기면서 근심으로 인해 마음이 어두워졌다.

"드류 집안에서는 아홉 번째 아기예요! 이건 마치 이미 세상에 나와 있는 드류 집안사람만으로는 모자란 것 같지 뭐예요!"

"우리가 릴러를 그렇게 생각했던 것과 마찬가지로 드류 부인도 훌륭한 아기라고 여길 거예요 수전."

"마님은 우스갯소리로 여겨버리고 말겠지만요."

그러나 밖에서는 폭풍이 미친 듯 휘몰아치고 그러거나 말거나 두 둥실 떠 있는 흰 구름이 얼어붙은 별을 가로지르고 지나갈 때 서재며 넓은 부엌에서는 아이들이 골짜기에 만들 여름 놀이집 계획을 세우고 있었다. 바람이 요란하게 불거나 나직이 불거나 잉글사이드에는 늘 웃음소리와 붉게 타오르는 난롯불의 따뜻함과 폭풍을 피할 수 있는 피난처와 편히 쉴 수 있는 신의 창조물들을 위한 침대가 있었다.

올해 크리스마스에는 메리 머라이어 고모에게 겁먹는 일도 없이 즐겁게 지나갔다.

낮의 아이들은 하얀 눈밭 위에 나 있는 토끼 발자국을 뒤쫓아가기도 하고, 얼어붙은 넓은 들판에서 그림자놀이를 하기도 하고, 썰매를 타고 반짝이는 언덕을 미끄러져 내려가기도 하였다. 그러다가 장밋빛으로 물든 겨울 저녁해를 받으면 연못에서 새로 산 스케이트를 시험해 보기도 했다.

그리고 늘 귀가 까만 노란 개가 함께 달리거나 또는 집으로 돌아오면 정신없이 환영하는 소리로 컹컹 짖어대며 맞아들이기도 했다. 지프는 젬의 침대발치에서 잠자고, 젬이 철자공부를 할 때는 발 언저리에 누워 있었으며, 식사 때에는 바로 곁에 앉아 가끔씩 조그만 앞발로 쿡쿡 쳐서 먹을 것을 재촉하는 것이었다.

"엄마, 지프가 오기 전에 나는 어떻게 지낼 수 있었는지 모르겠어요. 지프는 말을 할 수 있어요, 엄마. 정말이에요. 눈으로 말해요."

그러는 가운데 생각지도 못한 비극이 일어났다! 어느 날 지프는 좀 기운이 없어보였다. 수전이 지프가 아주 좋아하는 갈비뼈를 특별히 놓아주며 마음을 끌려고 했지만 먹으려 하지 않았다. 다음날 로브리지에서 수의사를 불러왔는데, 수의사는 머리를 가로저었다. 어떻게 말해야 좋을지 모르겠다는 표정이었다—개는 숲에서 무언가 독이 든 것을 먹었는지도 모른다, 나을지도 모르지만 낫지 않을지도 모른다고 말했다.

조그만 개는 아주 힘없이 누운 채 젬 말고는 아무에게도 관심을 보내지 않았다. 거의 마지막까지도 지프는 젬이 어루만지면 있는 힘을 다해 흔들려고 했다.

"엄마, 지프를 위해 기도하면 안 될까요?"

"물론 우리가 사랑하는 것이라면 무엇을 위해서든 기도해도 된단다. 하지만 지프는 병이 몹시 심한 것 같구나."

"엄마, 설마 지프가 죽는 건 아니겠죠?"

지프는 다음날 아침 죽었다. 젬의 세계에 죽음이 들어온 것은 이번이 처음이었다. 자기가 소중히 여기는 것의 죽음을 지켜본 경험은 누구나 잊을 수 없는 법이다, 비록 조그만 개에 지나지 않더라도 말이다. 눈물로 젖은 잉글사이드에서는 누구 한 사람, 수전조차도, 그런 표현을 쓰지 않았다. 수전은 새빨개진 코를 닦으며 중얼거렸다.

"나는 이제까지 개와 사이좋게 지낸 일이 없었는데 앞으로도 아마 두 번 다시 없을 거예요. 너무도 가슴이 아파요."

수전은 개에게 애정을 쏟아 가슴이 찢어지는 듯한 마음을 갖는 어리석음을 노래한 키플링의 시를 읽은 일은 없지만, 만일 읽었다면 시를 경멸함에도 불구하고 한 번쯤은 시인도 제법 아는 게 있다는 생각을 했을 것이다.

마음이 아픈 젬에게는 밤이 더더욱 괴로웠다. 엄마와 아빠는 외출해야 했고 월터는 울다가 그냥 자버려 젬은 혼자 남겨졌다. 이야기 상대인 개조차 없다. 늘 굳게 믿으며 젬을 쳐다보던 그리운 갈색 눈은 죽어서 빛 없이 흐려져버렸다.

젬은 기도했다.

"하느님, 부디 오늘 죽은 나의 조그만 개를 지켜주세요. 까만 귀를 하고 있으니까 금방 알 수 있어요. 나를 그리워하지 않도록 해주세요……"

젬은 이불에 얼굴을 묻고 울음소리를 죽였다. 전등을 끄면 어두운 밤이 창문 저편에서 젬을 들여다보겠지만 지프는 없다. 차디찬 겨울 아침이 와도 지프는 없는 것이다. 다음날도 또 다음날도, 몇 년이 지나도 지프는 없는 것이다. 도저히 참을 수가 없었다.

이때 누군가 팔이 부드럽게 젬을 가만히 품어서 따뜻하게 껴안았다. 아, 비록 지프가 없어도 세상에는 아직 사랑해 주는 이가 있다.

"엄마, 언제까지나 이럴까요?"

"늘 그렇지는 않단다."

앤은 젬이 곧 그 일에 대해 잊어버리리고 머지않아 지프는 그리운 추억에 지나지 않게 되고 만다는 말은 하지 않았다.

"시간이 흘러가다 보면 그렇게 아프지는 않단다, 젬. 언젠가는 나아져. 너의 덴 손이 다 나은 것처럼 말이야. 물론 처음에는 몹시 아프지만."

"아빠는 또 다른 개를 기르게 해준대요. 기르지 않아도 되지요? 나는 지프 말고 다른 개는 가지고 싶지 않아요, 엄마……언제까지나."

"알겠다, 젬."

엄마는 뭐든지 알아주신다. 나 같이 좋은 엄마를 가지고 있는 사람은 아무도 없다.

젬은 엄마를 위해 무엇인가 하고 싶은 생각이 들었으며 어떻게 하면 좋은지도 곧 알았다. 플래그네 가게에 있는 그 진주 목걸이를 사 드리자. 엄마가 언젠가 진주 목걸이를 무척 갖고 싶다고 한 말을 들은 적이 있었다.

그때 아빠가 말했었다.

"우리 배가 항구에 들어오면(돈이 생긴다면,《마더구즈》에서) 사줄게,

앤 아가씨."

그 방법을 생각해야만 한다. 젬은 용돈을 받고 있었다. 그러나 그것은 모두 필요한 물건들을 위해 쓸 돈이고, 진주 목걸이는 그 예상 항목에 들어 있지 않았다.

게다가 젬은 자기 힘으로 그 돈을 마련하고 싶었다. 그렇게 하면 그것은 진짜로 젬이 드린 선물이 될 테니까. 어머니 생일은 3월이었다. 앞으로 겨우 6주일밖에 남지 않았다. 그런데 목걸이는 50센트나 하는 것이다!

# 놋쇠돼지

글렌에서 돈을 번다는 건 쉬운 일이 아니었지만 젬은 결연히 착수했다. 헌 실패로 팽이를 만들어 한 개에 2센트씩 받고 학교를 다니는 남자아이들에게 팔았다. 소중히 간직해 두었던 젖니 세 개를 3센트에 팔았다. 그리고 매주 토요일 오후에 받는 자기 몫의 애플 크런치 파이를 버티 셰익스피어 드류에게 팔았다.

밤마다 젬은 번 돈을 낸에게서 크리스마스 선물로 받은 조그만 놋쇠돼지에 넣었다. 반짝반짝거리는 아주 멋진 돼지로, 등에 동전을 집어넣는 구멍이 나 있었다. 동전 쉰 개를 넣고 꼬리를 비틀면 저절로 척 열려 돈을 이쪽에 돌려주도록 되어 있었다.

마침내 마지막 8센트를 만들기 위해 젬은 새알 수집한 것을 맥 리스에게 팔았다. 그것은 글렌 마을에서는 가장 훌륭한 새알이었으므로 내놓기가 좀 괴로웠다. 그러나 생일은 점점 다가오고 있었고 돈이 더 필요했다. 맥이 돈을 치르자 젬은 얼른 그 8센트를 돼지에 넣고 만족스럽게 바라보았다.

맥이 권했다.

"꼬리를 비틀어 정말 돼지가 열리는지 어떤지 시험해봐."

돼지가 열리는 것을 맥은 믿을 수 없었기 때문이다. 그러나 젬은 단호히 거절했다. 목걸이를 사러 갈 때까지는 열 생각이 없었다.

다음날 오후 잉글사이드에서 전도부인후원회가 열렸는데, 사람들은 언제까지나 그날 일을 잊을 수 없었다. 노먼 테일러 부인이 기도를 한창 하고 있는데—테일러 부인은 자기의 기도를 무척 자랑스러워하고 있다는 평판이었다—조그만 남자아이가 미친 듯이 거실로 달려 들어 왔던 것이다.

"내 놋쇠돼지가 없어졌어요, 엄마……내 놋쇠돼지가 없어져버렸어요!"

앤은 얼른 젬을 방에서 데리고 나왔지만 테일러 부인은 자기의 기도가 엉망이 되었다고 언제까지나 속상해 했다. 특히 순회목사의 아내에게 감명을 주어야겠다고 생각했었으므로, 젬을 용서할 마음이 들어 그 아버지를 다시 의사로 맞은 것은 몇 해가 지난 뒤였다.

부인들이 돌아간 뒤 잉글사이드의 위에서부터 아래까지 구석구석 살폈지만 놋쇠돼지는 찾아낼 수 없었다. 젬은 그런 행동을 했다고 야단맞은 데다 돼지가 없어져 정신이 다 나가버린 듯해서 언제 어디서 돼지를 마지막으로 보았는지 떠올릴 수도 없었다. 맥 리스에게 전화하니까 맥은 돼지를 마지막으로 보았을 때 젬 책상 위에 놓여 있었다고 대답했다.

"수전, 설마 맥 리스가—"

"아니에요, 마님. 그럴 리는 없다고 생각해요. 리스 집안사람들에게는 결점도 있죠. 돈에 대해 아주 인색하지만 그래도 정직하게 손에 넣은 것이 아니면 안 갖는 사람들이에요. 그 돼지는 대체 어디 있을까요?"

다이가 말했다.

"어쩌면 쥐가 먹은 게 아닐까?"

젬은 그 생각을 우습게 여겼지만 걱정스러웠다. 물론 쥐가 동전이 쉰 개나 든 놋쇠돼지를 먹다니 그런 일은 있을 수 없다. 하지만 어쩌면?

엄마는 꼭 찾으리라 보장했다.

"아니, 아니, 네 돼지는 나타날 거야."

다음날 젬이 학교에 갈 때까지도 돼지는 아직 나타나지 않았다. 젬의 돼지가 없어졌다는 뉴스는 젬보다 먼저 학교에 소문이 퍼져 있었다. 친구들로부터 여러 말을 들었지만 조금도 위로가 되지 못했다.

그런데 쉬는 시간에 시시 플래그가 비위를 맞추듯 젬에게로 다가왔다. 시시는 젬을 좋아했지만 젬은 그녀가 짙은 노란 곱슬머리와 커다란 갈색 눈을 하고 있었음에도 불구하고—또는 아마 그 때문인지도 모르지만—시시를 좋아하지 않았다.

8살이라는 나이에도 이성에 대한 괴로움을 느낄 수 있다.

"누가 네 돼지를 가져갔는지 말해줄까?"

"누군데?"

"박수치기놀이 때 네가 나를 지명해 주면 가르쳐주지."

그것은 싫은 일이었지만 젬은 꼭 참았다. 돼지를 찾기 위해서라면 어떤 일이든 해야 한다. 젬은 승리감에 넘친 시시 곁에 패배감으로 얼굴이 빨개져 앉아 있었으며 종이 울리자 그 보수를 청구했다.

"너의 돼지가 어디 있는지 안다고 프레드 엘리엇이 말했다고 봅 러셀이 이야기한 것을 윌리 드류가 들었다고 앨리스 팔머가 말했어. 프레드에게 가서 물어봐."

젬은 시시를 노려보며 소리쳤다.

"거짓말쟁이⋯⋯거짓말쟁이⋯⋯"

시시는 건방지게 웃고 있었다. 시시는 태연했다. 아무튼 한 번만이라도 젬 블라이스가 자기와 함께 앉아야 했으니까.

젬이 프레드 엘리엇에게 가자, 프레드는 처음에 그런 돼지 같은 건 모르며 알고 싶지도 않다고 딱 잘라 말하여 젬은 어찌할 바 몰랐다.

프레드는 젬보다 세 살 위인데 약한 자를 못살게 굴기로 유명했다. 별안간 젬에게 좋은 생각이 떠올랐다. 젬은 때묻은 집게손가락을 얼굴이 붉고 몸집이 큰 프레드에게 내밀며 똑똑히 말했다.

"너는 트랜서브스텐시에이셔널리스트(transubstantiationalist. 실체변화론자. 성찬식에서 성체인 빵과 포도주가 그리스도의 살과 피로 바뀐다고 믿음. 여기에서는 일부러 어려운 말을 쓴 것임)야."

"요게, 내 욕을 하면 가만두지 않겠어, 블라이스 꼬마야."

"이건 욕보다 더한 거야. 아주 재수가 나쁜 구절이야. 내가 다시 이말을 하며 너를 손가락으로—이렇게—가리키면 너에게 1주일 동안 재수없는 일이 일어난단 말이야. 어쩌면 발끝이 문드러질지도 몰라. 내가 열을 셀 테니 열이 되기 전에 털어놓지 않으면 너에게 재수없는 일이 일어나게 할 테다."

프레드는 그런 것을 믿지 않았지만 그날 밤 스케이트 경기가 있었으므로 넋 놓고 운에 맡겨둘 수 없었다. 그리고 발끝은 발끝이다. 여섯에서 프레드는 손을 들었다.

"됐어—됐다니까. 두 번 다시 그런 짓 하지 마. 네 돼지가 어디 있는지 맥이 알고 있어. 알고 있다고 말했어."

맥은 학교에 없었다. 앤은 젬의 이야기를 듣고 맥 어머니에게 전화를 걸었다. 뒤이어 리스 부인이 찾아와 얼굴을 붉히며 사과했다.

"맥은 그 돼지를 훔친 게 아니에요, 블라이스 부인. 그 애는 그냥 돼지가 열리는지 어떤지 보고 싶어서 젬이 방에서 나가자 꼬리를 비틀어보았대요. 돼지는 두 개로 쪼개졌는데 그 애는 그대로 둘 수 없어서, 돼지와 돈을 벽장 안에 있던 젬이 나갈 때 잘 싣는 구두 속에 넣어버렸다는군요. 그 애는 그것에 손대서는 안 되었는데—그 애 아버지에게 매를 맞고 모두 털어놓았어요—하지만 도둑질한 것은 아니에요, 블라이스 부인."

드디어 산산조각난 돼지가 발견되었다. 돈을 세어보며 수전이 물었다.

"프레드 엘리엇에게 뭐라고 말했지, 젬?"

젬은 자랑스럽게 말했다.

"트랜서브스텐시에이셔널리스트. 월터가 지난주 사전에서 찾아냈어. 월터는 어렵고 긴 말을 좋아하잖아, 수전? 그래서 우리 둘이 그 말을 외웠어. 자기 전에 침대 속에서 서로 스물한 번씩 말해서 싹 다 외웠지."

목걸이를 사서 이 계획을 처음부터 알고 있던 수전은 옷장 가운데 서랍 위에서 세 번째 칸에 그것을 넣어버리자 젬은 엄마의 생일이 영영 오지 않을 것만 같아 애타게 기다려졌다.

젬은 아무것도 모르는 엄마를 기쁜 듯이 몰래 지켜보았다. 수전의 옷장서랍에 무엇이 숨겨져 있는지 엄마는 전혀 알지 못했다. 생일에 어떤 선물을 받을지 엄마는 모르는 것이다.

……쌍둥이를 재울 때 엄마는 노래 불렀다.

배가 달린다, 바다를 달린다
아! 내게로
아름다운 것을 가득 싣고

하지만 그 배가 엄마에게 무엇을 가져다줄지 조금도 모르고 있다.

3월 초에 길버트는 감기에 걸려 폐렴 직전이었다. 며칠 동안 잉글사이드에는 불안한 날들이 이어졌다.

앤은 여느 때와 다름없이 자질구레한 일들을 해결하고, 위안도 주고, 귀엽고 조그만 몸이 따뜻해져 있는지 어떤지 보기 위해 달빛에 비춰진 아이들 침대 위로 몸을 구부리기도 했다. 그러나 아이들은 어머니 웃음소리를 들을 수가 없었다.

핏기 없는 입술로 월터가 속삭였다.

"아빠가 죽으면 세상은 어떻게 되죠?"

"아빠는 죽지 않아, 월터. 이제 위험한 고비를 넘겼단다."

앤은 만일—만일 길버트에게 무슨 일이 있을 때 자기들의 조그만 세계인 포 윈즈와 글렌 마을과 항구 곳은 어떻게 될 것인가 생각했다. 사람들은 모두 길버트에게 의지하고 있었다. 특히 위 글렌 사람들은 길버트는 죽은 사람도 되살아나게 할 수 있지만, 오직 전능하신 신의 뜻하는 바를 가로막는 셈이므로 사양하고 있는 거라고 믿고 있었다. 한번은 새뮤얼 휴잇이 죽어서 꼼짝도 않는 것을 블라이스 선생이 되살아나게 했다고 아치볼드 맥그레거 노인이 수전에게 엄숙하게 말해주기까지 했다.

어쨌든 살아 있는 사람들은 자기들 침대 옆에 있는 길버트의 여위고 햇볕에 그을린 얼굴과 다갈색 눈을 보고 뭐, 대단한 것은 아니군 하는 기운찬 목소리를 들으면—그 말이 맞다고 믿고, 그러노라면 그 말대로 되는 것이었다.

같은 이름을 가진 사람이 수없이 생겨 포 윈즈 온 구석에 걸쳐 뿌려놓은 것처럼 어린 길버트가 많았고 조그만 길버틴이라는 여자아이까지도 있었다.

그래서 그런지 길버트는 다시 기운을 되찾아 앤은 또 웃게 되고—마침내 생일 전날 밤이 되었다.

수전이 말했다.

"젬, 잠자리에 빨리 들면 그만큼 더 빨리 내일이 성큼 다가온단다."

젬은 그렇게 하려고 했지만 잘되지 않았다. 월터는 곧 자버렸지만 젬은 꿈지럭꿈지럭 몸을 움직였다. 자버리기가 무서웠다. 만일 꼭 알맞은 때에 눈을 뜨지 못해서 다른 사람들 모두 엄마에게 먼저 선물을 드려버리면 나는 어떻게 한담?

젬은 맨 먼저 자기가 그렇게 하고 싶었다. 왜 나는 수전에게 가장 먼저 깨워달라고 부탁하지 않았을까? 아까 수전은 어느 다른 집으로 갔었는데 돌아오면 부탁하자. 수전이 돌아오는 소리가 들리기만 하면 좋을 텐데. 그래, 아래로 내려가서 거실 소파에 누워 있자. 그렇게 하면 수전을 놓치는 일이 없을 테니까.

젬은 살그머니 아래로 내려가 긴의자 위에 몸을 구부리고 누웠다. 글렌이 환히 내다보였다. 달은 흰눈이 덮인 모래언덕 사이의 골짜기를 마법으로 채웠다. 밤에는 아주 신비로워 보이는 큰 나무들이 잉글사이드 둘레로 팔을 내밀고 있었다. 집안에서 여러 가지 소리가 들렸다. 누군가가 침대에서 돌아눕는 소리, 아니, 눈이 지붕에서 미끄러져 떨어지는 소리일 것이다.

조금 쓸쓸했다. 어째서 수전은 돌아오지 않는담? 만일 지금 내 곁에 지프만 있었다면, 귀여운 지프. 나는 지프를 잊어버렸던가? 아니, 잊은 것은 아니다. 하지만 이제는 지프의 일을 생각해도 그리 괴롭지 않았다. 그때는 확실히 다른 일을 여러 가지로 생각했다.

잘자거라, 귀여운 지프여. 아마도 머지않아 역시 너 같은 개를 한 마리 길러야겠다. 지금 당장 한 마리 있으면 좋겠는데, 그렇지 않으면 슈림프라도 좋으련만. 그러나 슈림프는 없었다. 제멋대로 돌아다니는 고양이 녀석! 자기 생각밖에 하지 않는다니까!

낮에는 낯익고 다정한 글렌이지만, 달빛을 받아 희고 낯설게 펼쳐져 끝없이 구불구불 이어진 긴 큰길을 걸어오는 수전의 모습은 보이지 않았다.

좋아, 심심풀이로 여러 가지 공상을 해보자. 언젠가 나는 북쪽 나라로 가서 에스키모와 함께 살아야지. 그리고 나는 먼 바다로 나가 짐 선장님처럼 크리스마스에 상어를 요리하겠어. 그 뒤 고릴라를 찾으러 콩고로 탐험하러 가는 거야. 아니면 잠수부가 되어 바다 밑 눈부신 수정 홀을 걷는 것이다.

다음에 애번리에 가면 고양이에게 우유를 먹이는 방법을 데이비 아저씨에게 가르쳐달래야지. 데이비 아저씨는 정말 잘하니까. 아마

나는 해적이 될지도 몰라. 하지만 수전은 목사가 되라고 한다. 목사는 좋은 일을 많이 할 수 있지만 해적이 더 재미있지 않을까?

저 나무병정이 맨틀피스에서 뛰어내려와 총을 빵 쏜다면 어쩌지? 만일 의자가 방안을 서성거린다면! 저 호랑이카펫이 되살아난다면? 월터와 둘이 아주 어렸을 때 집안 여기저기에 '수다쟁이 곰'이 여러 마리 있다는 놀이를 하고 돌아다녔는데 그 '수다쟁이 곰'이 정말로 있다면!

젬은 갑자기 머리끝이 쭈뼛쭈뼛 설 만큼 무서워졌다. 젬은 낮 동안은 공상과 현실이 다르다는 것을 잊는 일이 없었지만, 끝없는 밤은 이야기가 달랐다.

재깍재깍 시계가 시각을 새기고 있다―재깍재깍―그리고 재깍거릴 때마다 층계에 수다쟁이 곰이 한 마리 앉아 있었다. 층계는 수다쟁이 곰으로 새카맣게 메워졌다. 저 곰들은 날이 밝을 때까지 저기에 앉아 있을 것이다. 꽤액꽤액 떠들면서.

'만일 하느님이 해님이 떠오르게 하는 것을 잊어버린다면 어쩌나!'

이 생각이 너무나 무서워서 젬은 담요에 얼굴을 묻고 그 생각을 멀리멀리 쫓아내려 했다. 그런 모습으로 깊이 잠들어 있는 젬을 불타는 오렌지 같은 겨울의 해뜰녘에 집으로 돌아온 수전이 발견했다.

"젬······"

젬은 웅크렸던 몸을 쫙 펴고 일어나 하품을 했다. 은세공사인 '서리'가 그날 밤 몹시 바빴던지 숲은 온통 동화 속 나라가 되어 있었다. 먼 언덕에는 붉은 빛이 닿아 있었다. 글렌 건너편 하얀 목장은 아름다운 장밋빛으로 물들어 있었다. 드디어 엄마의 생일 아침이다.

"나는 수전을 기다리고 있었어. 깨워달라고 부탁하려고. 그런데 수전은 돌아오지 않았어."

수전은 명랑하게 대답했다.

"나는 존 워런 씨에게 가 있었어. 그 집 아주머니가 돌아가셔서 함께 밤샘하러 와 달라는 부탁을 받았거든. 내가 나가기 바쁘게 도련님도 폐렴에 걸리려 한 줄은 몰랐어. 얼른 침대로 들어가. 엄마가 일어나면 깨워줄 테니까.”

잼은 2층으로 가기 전에 알고 싶었다.

“수전, 상어를 어떻게 찌르지?”

수전이 대답했다.

“나는 상어를 찌르거나 하지 않아.”

밝아오는 아침에 잼이 엄마 방으로 들어갔을 때 엄마는 일어나 거울 앞에서 윤기흐르는 긴 머리를 빗고 있었다. 목걸이를 보았을 때 엄마의 휘둥그레진 두 눈!

“잼! 나에게?”

잼은 아무렇지 않은 척하며 말했다.

“이제 엄마는 아빠의 배가 항구에 들어오는 것을 기다리지 않아도 돼요.”

엄마 손에 녹색으로 빛나고 있는 것은 무엇일까? 반지다―아빠의 선물이다. 무슨 상관이람, 반지 같은 건 흔한 물건인걸―시시 플래그조차 가지고 있지 않은가. 그러나 진주 목걸이는……

엄마는 분명 말했다.

“목걸이는 정말로 멋진 생일선물이구나.”

# 진주 목걸이

3월 끝무렵 어느 날 밤, 길버트와 앤이 샬럿타운에 있는 친지들과 저녁식사를 하러 나갈 때, 앤은 목과 팔 둘레에 은을 박은, 새로 맞춘 엷은 녹색 옷을 입고 길버트가 준 에메랄드반지를 손가락에 끼고 젬이 선물한 진주 목걸이를 목에 걸었다.

아빠는 자랑스럽게 말했다.

"아빠의 부인이 아름답지, 젬?"

젬은 엄마가 매우 아름답고 그 옷도 아주 예쁘다고 생각했다. 하얀 목에 걸친 진주가 얼마나 아름다운가! 젬은 잘 차려입은 엄마를 보는 것이 전부터 좋았지만, 멋진 옷을 벗어버렸을 때가 더 좋았다. 멋진 옷은 엄마를 다른 사람처럼 바꿔 버린다. 그런 옷을 입은 엄마는 진짜 엄마가 아니었다.

저녁 식사가 끝난 뒤 젬은 수전의 심부름으로 마을에 갔다. 플래그네 가게에서—이따금 있는 일이지만 시시가 들어와 지나칠 만큼 다정한 행동이라도 하게 되면 난처한데 하며—기다리는 동안 뜻밖의 일을 당하고 말았다—모든 것을 산산이 부서뜨리는 환멸의 일격은 전혀 예상하지 못한 도저히 피할 수 없는 일로 여겨졌으므로 수줍음이 많은 아이에게는 참으로 무서웠다.

두 소녀가 유리진열장 앞에 서 있었다. 진열장에는 가게주인 플래그 씨가 목걸이며 사슬팔찌며 머리장식을 늘어놓아 두었다.

애비 러셀이 말했다.

"저 진주 목걸이 예쁘지 않니?"

리어너 리스가 맞장구쳤다.

"진짜같이 보이는구나."

그리고 나서 둘은 못통에 앉아 있는 조그만 남자아이에게 자기들이 어떤 짓을 했는지 조금도 모르는 채 가버렸다. 젬은 그대로 가만히 앉아 있었다. 움직일 수 없었던 것이다.

플래그 씨가 물었다.

"왜 그러니, 젬? 기운이 없구나."

젬은 비통한 눈으로 플래그 씨를 물끄러미 보았다. 입이 이상하게 굳어 견딜 수 없었다.

"저, 아저씨―저―그 목걸이는―그건 진짜 진주지요?"

플래그 씨는 껄껄 웃었다.

"아니다, 젬. 진짜 진주라면 50센트로 못 사지 않을까. 진짜 진주 목걸이라면 몇백 달러 할 게다. 그건 그냥 모조진주야. 하지만 값으로 보면 아주 상등품이란다. 파산한 집에서 나온 것을 손에 넣은 물건이어서 싸게 팔고 있지. 보통은―1달러나 줘야 해. 이제 하나밖에 남지 않았어―날개돋친 듯 팔려버렸지."

젬은 못통에서 내려와 수전의 심부름을 온 것도 잊고 힘없이 가게를 나왔다. 젬은 얼어붙은 길을 무작정 하염없이 걸었다. 머리 위에는 어두운 겨울하늘이 위엄 있게 펼쳐져 있고 물웅덩이에는 엷은 살얼음이 얼어 있었다. 항구는 맨땅을 드러낸 기슭 사이에 검고 불쾌한 얼굴로 가로놓여 있었다.

젬이 미처 집으로 돌아가기도 전에 갑자기 눈이 흩날리기 시작하여 해안을 하얗게 만들기 시작했다. 젬은 눈이 자꾸자꾸 내려 자기도 다른 사람도 모두—몇 길이나 되는 깊이로 묻혀버리면 좋겠다고 바랐다. 세상에 정의란 아무 데도 없으니까.

젬의 답답한 가슴은 터질 것만 같았다. 그리고 사람들이 경멸하고 비웃을 것이라고 생각했다. 젬은 무척 부끄러웠다. 나는 진짜 진주 목걸이인 줄 알고 엄마에게 드렸다. 그런데 가짜였던 것이다. 엄마가 알면 뭐라고 할까? 어떤 마음이 들겠는가?

물론 엄마에게 말해야만 된다. 엄마에게 솔직하게 말할 필요가 없다는 생각을 젬은 한순간도 하지 않았다. 엄마를 잠시라도 '속여서'는 안 된다. 엄마는 자신의 진주 목걸이가 진짜가 아니라는 것을 알아야만 한다. 가엾은 엄마! 그 목걸이를 몹시 자랑스러워하고 있었는데— 젬에게 키스하고 목걸이를 주어서 고맙다고 말했을 때 정말 아름답게 눈이 빛나지 않았던가?

젬이 옆문으로 몰래 들어가 곧장 침대로 들어갔을 때 월터는 이미 깊이 잠들어 있었다. 그러나 젬은 잘 수가 없었다. 아직 눈을 뜨고 있는 동안에 엄마가 돌아와 월터와 젬이 따뜻이 자는지 어떤지 보러 살그머니 방으로 들어왔다.

"젬, 아직 자지 않고 있구나. 어디 아픈 건 아니겠지?"

"네, 하지만 나는 여기가 아주 이상한 기분이에요, 엄마."

젬은 위 있는 데에 손을 얹었다. 거기가 심장이라고 믿고 있었던 것이다.

"왜 그러지, 젬?"

"나는—나는—엄마에게 고백해야 할 말이 있어요. 엄마는 몹시 낙심할 거예요. 하지만 나는 엄마를 속일 생각은 아니었어요. 엄마, 정말로 그럴 생각은 아니었어요."

"그렇고말고, 젬. 뭔데? 걱정하지 않아도 돼."

"아, 엄마, 그 진주는 진짜 진주가 아니래요. 나는 진짜인 줄로만 알

았어요. 정말로 그렇게 생각했어요―정말로―"

젬의 눈에 눈물이 그렁그렁 고이다 넘쳐 주루룩 볼을 타고 흘러내려가 다음 말을 이을 수가 없었다.

비록 미소짓고 싶었다 할지라도 지쳐버린 앤은 그럴 수가 없었다. 그날 셜리는 머리를 부딪쳤고, 낸은 복사뼈를 삐었고, 다이는 감기로 목소리가 나오지 않았다. 앤은 키스해 주고 위로해 주고 붕대를 감아주기도 했다.

그러나 이것은 다르다. 이것은 어머니의 온갖 지혜가 필요했다.

"젬, 네가 그것을 진짜 진주로 여기고 있는 줄은 몰랐구나. 나는 그게 진짜가 아닌 걸 이미 알고 있었어. 적어도 어떤 뜻으로 본다면 진짜라고 생각해. 다른 의미로 말하면 그것만큼 진심이 담긴 물건을 나는 받아본 일이 없단다. 왜냐하면 그 속에는 사랑과 수고와 자기희생이 담겨 있으니까. 그래서 엄마한테는 그것이 잠수부들이 여왕님께서 쓰시도록 바다에서 찾아내는 온갖 보석보다 더 귀중한 거란다.

젬, 어젯밤 나는 어느 백만장자가 50만 달러나 하는 목걸이를 자기 신부에게 선물했다는 기사를 읽었지만, 나는 그 목걸이하고도 내 진주 목걸이를 바꿀 생각은 없어. 이젠 네 선물이 엄마에게 얼마나 가치가 있는지 알았겠지? 귀엽고 귀여운 젬. 자, 기분이 나아졌니?"

젬은 너무나 행복해서 도리어 부끄러워졌다. 이토록 기뻐하는 것은 아기 같은 짓이 아닐까 걱정스러웠다.

젬은 조심스레 말했다.

"아, 다시 이 세상이 견딜 만해졌어요."

그의 빛나는 눈에서 괴로운 표정이 사라졌다.

'이제 모든 일이 잘됐다. 엄마는 나를 안아준다. 엄마는 그 목걸이를 진짜로 좋아하는 거야. 다른 일은 아무래도 좋다. 언젠가 나는 엄마에게 50만 달러가 아닌, 1백만 달러나 하는 것을 드릴 테다.'

한편 젬은 지쳐 있었다. 침대는 아주 따뜻하고 기분 좋았다. 엄마의 손에서는 장미 냄새가 난다. 리어너 리스도 이제 미워할 생각이 없다.

젬은 졸리는 목소리로 말했다.

"엄마, 그 옷을 입으니까 아주 예뻐요. 예쁘고 깨끗하고, 에프스 코코아 같아요."

앤은 젬을 끌어안고 방그레 웃으며 그날 의학잡지에서 읽은 V.Z. 토머코스키 박사라고 서명되어 있던 어리석은 기사를 생각해 냈다.

'어머니 컴플렉스를 심어주면 안 되므로 어린 아들에게 키스해서는 안 된다.'

이것을 읽었을 때 앤은 웃었고 화도 조금 났다. 이제 앤은 그 필자에게 가련한 마음밖에 느끼지 않았다. 정말 가엾은 사람이다! 왜냐하면 물론 V.Z. 토머코스키는 남자니까. 여자라면 아무도 그런 어리석고 냉정한 말을 쓰지 않을 것이다.

# 4월의 눈

그해 4월은 아름답게 발끝으로 살금살금 다가와 햇빛과 산들바람이 부는 2, 3일이 이어졌다. 그런 다음 북동쪽 눈보라가 몰아쳐 또다시 세상에 하얀 담요 한 장을 떨어뜨렸다.

앤이 한숨을 쉬며 말했다.

"4월 눈은 참 싫어. 키스받을 줄 알고 기다리는 얼굴을 철썩 얻어맞는 것 같아."

잉글사이드에는 고드름이 가장자리를 두르고 2주일 동안이나 낮은 으스스 춥고 밤은 더 기승을 부렸다. 그 뒤 눈은 가까스로 사라져가고 골짜기에 처음으로 울새의 모습이 보였다는 소식이 퍼졌다. 비로소 잉글사이드는 활기를 띠고 봄의 기적이 정말로 다시금 일어나려 한다는 것을 믿을 마음이 들었다.

낸은 상쾌하고 축축한 공기를 기분좋은 듯 킁킁 맡으며 소리쳤다.

"아, 엄마, 오늘은 봄 내음이 나요. 엄마, 봄은 마음이 두근거리는 계절이에요."

봄은 그날 조금씩 조금씩 걸음마를 시작하려 하고 있었다. 이제 막 걸음을 익힌 귀여운 아기처럼 아장아장 말이다. 겨울의 나무들이며 들판은 어느새 초록색 싹이 트기 시작하여 젬은 또다시 맨 처음에 핀 산사꽃을 가져왔다.

그러나 잉글사이드 안락의자에 숨을 헐떡이면서 앉아 있는 엄청나게 뚱뚱한 부인은 한숨을 쉬며 봄도 내 젊은 시절처럼 멋지지 못하다고 슬프게 말했다.

앤이 미소 지었다.

"미철 부인, 달라진 것은 봄이 아니라 우리들이라고 여기지 않아요?"

"그럴지도 모르죠. 내가 달라진 것은 잘 알아요. 지금의 나를 좀 봐요. 내가 전에 이 근처에서 가장 아름다운 아가씨였다고는 생각하지 않겠죠?"

앤은 확실히 그렇게 상상할 수 없다고 여겼다. 쫄쫄이천 모자와 길고 헐렁한 '미망인 베일' 밑으로 내다보이는 끈적끈적하고 엷은 잿빛 머리칼에는 흰빛이 섞여 있었다. 무표정한 파란 눈은 빛바래고 공허했다. 동정심을 담아 말하지 않는다면 그녀는 이중턱이라고 할 수 있으리라.

그러나 지금 앤서니 미철 부인은 자신에 대해 아주 만족하고 있었다. 포 윈즈에서 이보다 더 훌륭한 상복을 가지고 있는 사람은 아무도 없었기 때문이다. 그녀의 풍성한 검은 옷은 무릎까지 쫄쫄이천이었다. 그 무렵 사람들은 철저하게 상복을 입었다.

앤은 무언가 애써 말할 필요를 덜었다. 미철 부인이 그럴 기회를 주지 않았기 때문이다.

"우리집 연수(軟水)장치가 지금 말라버렸어요. 새는 데가 있었죠. 그래서 오늘 아침 레이먼드 러셀에게 와서 좀 고쳐 달래려고 마을에 왔어요. 그리고 여기까지 왔으니 잠깐 잉글사이드에 들러 블라이스 선생님 부인에게 앤서니 추도문을 부탁드려야겠다고 생각했어요."

앤은 막막했다.

"추도문이라고요?"

"네. 그 왜 죽은 사람에 대해 쓰는 것 말예요. 앤서니에게는 정말로 좋은 것을 써 주고 싶어요. 아주 뛰어난 것을. 댁은 글을 쓰잖아요?"

"이따금 조그만 이야기를 쓰기는 해요. 하지만 아이들 때문에 그리 쓸 겨를이 없어요. 전에는 멋진 꿈을 그려본 적도 있었지만 지금은 내 이름이 인명록에 실리는 일은 없으리라 여겨져요, 미철 부인. 그리고 추도문은 한 번도 쓴 일이 없는걸요."

"뭐, 쓰는 건 어려울 리 없어요. 우리 앞집 찰리 베이츠 노인이 아래 글렌의 추도문을 대부분 쓰고 있어요. 하지만 그분 글은 좀 시적이지 못해요. 앤서니 추도문은 낭만적으로 했으면 해요. 아, 네, 그는 전부터 시를 아주 좋아했어요.

지난 주 글렌협회에 댁의 붕대 감는 법에 대한 이야기를 들으러 가서 생각했어요. 누구든 저렇듯 막힘없이 줄줄 이야기할 수 있는 사람은 틀림없이 시적인 추도문을 쓸 수 있겠다고요.

물론 써 주겠죠, 블라이스 부인? 앤서니가 몹시 기뻐할 거예요. 그는 늘 댁을 존경했어요. 댁이 방에 들어오면 다른 여자는 모두 '흔해빠지고 평범'하게 보인다고 언젠가 말했답니다. 그는 이따금 아주 시적인 말을 했는데, 좋은 의미로 말한 것이었지요.

나는 요즈음 무척 많은 추도문을 읽었어요. 큼직한 스크랩북에 가득 모았지만, 그 어느 것도 앤서니 마음에 들지 않을 듯해요. 그도 읽으면 같이 웃었을 거예요.

그리고 이제는 다 만들어져 있어도 좋을 무렵이에요. 죽은 지 두 달이나 되었으니까요. 오래 앓았지만 괴로워하지도 않고 평안한 얼굴로 죽었어요. 봄이 오려는 때에 죽으면 정말 귀찮죠, 블라이스 부인. 하지만 나는 잘 해냈답니다.

다른 사람에게 앤서니 추도문을 쓰게 한다면 찰리 노인이 엄청 화내겠지만 나는 상관없어요. 찰리 노인은 청산유수로 말을 잘 만들어내지만 앤서니와는 그리 잘 맞지 않았거든요. 마침내 앤서니의 추도문을 그분에게 써 달라고 할 생각은 없어요. 나는 앤서니의 아내로서 35년을 살아왔어요. 35년이에요, 블라이스 부인."

그건 마치 앤이 34년이라고 여기지나 않을까 걱정스러워하는 듯한 말투였다.

"비록 다리가 하나 떨어져나간다 할지라도 앤서니가 기뻐할 만한 추도문을 썼으면 해요. 딸 세러핀이 내게 그렇게 말하더군요. 딸은 로브리지로 시집갔죠. 세러핀이란 좋은 이름이지요? 내가 묘비에서 따왔어요.

앤서니는 마음에 안 든다고 자기 어머니 이름을 따서 쥬디스로 하고 싶어했어요. 하지만 내가 그건 너무 딱딱하고 점잖은 이름이라고 했더니 앤서니는 아주 기분 좋게 응했지요. 그는 말로 떠드는 건 잘 못했어요. 하긴 딸아이를 늘 세러프라고 부르긴 했지만요. 어디까지 이야기했지요?"

"따님이……"

"그래요, 그랬죠, 세러핀이 '어머니, 다른 것은 몰라도 아버지에게 정말로 멋진 추도문을 만들어드려요' 하고 내게 말하지 뭐겠어요. 딸아이와 그 애 아버지는 마음이 퍽 잘 맞았어요. 앤서니가 이따금 딸아이를 놀려대기는 했지만 말예요. 나도 자주 놀림을 받았었지요. 자, 써 주겠어요, 블라이스 부인?"

"나는 정말 댁의 남편에 대해 그리 잘 알지 못해요, 미철 부인."

"남편 일이라면 내가 모조리 말해 주겠어요. 그의 눈빛을 알고 싶다는 말만 하지 않는다면 말예요. 글쎄, 블라이스 부인, 장례식이 끝난 뒤 세러핀과 여러 가지로 이야기하고 있을 때 나는 남편의 눈빛을 도무지 모르겠더군요. 35년이나 함께 살아왔는데도요. 아무튼 다정하고 꿈꾸는 듯한 눈이었지요. 내게 청혼할 때에는 늘 그 눈으로 호소하듯 바라보았어요.

그는 나를 정말이지 너무도 간절히 바랐어요, 블라이스 부인. 몇 해나 내게 열중했었죠. 그 무렵 나는 너무도 으스대며 까다롭게 고르고 또 골랐어요.

이제까지 내 인생은 참으로 재미있었어요. 쓸 자료가 모자란다면 부디 말씀해 주세요, 블라이스 부인. 아, 그런 시절은 지나갔어요. 내게는 헤아릴 수 없을 만큼 배우자감이 있었어요.

하지만 그 사람들은 왔다갔다하기만 했어요. 앤서니는 줄곧 따라다녔지요. 그는 잘생겼었어요. 인상 좋은 여윈 사람이었죠. 나는 뚱뚱한 사람은 참을 수 없으니까요. 그리고 그는 나보다 한 수, 아니, 두 수나 위였어요. 그것만은 확실했어요.

어머니는 말했어요.

'네가 미첼 집안사람과 결혼하면 플러머 집안으로서는 격이 높아지는 셈이지.'

나는 플러머 집안사람이었어요, 블라이스 부인. 존 A. 플러머의 딸이에요. 앤서니는 내게 멋지고 낭만적인 듣기 좋은 이야기를 하곤 했어요. 한번은 내게 영묘한 달빛과도 같은 매력이 있다고 말한 적이 있었죠. 그 말에 특별한 뜻이 담겨 있다는 것은 알았지만 '영묘한'이란 무슨 말인지 지금까지도 모르겠어요. 언제나 사전에서 알아보려 했지만 좀처럼 그렇게 안 되더군요.

아무튼 끝내 나는 그의 신부가 되겠다고 명예를 걸고 약속했어요. 결국—저, 그를 남편으로 삼겠다고 말했지요.

아, 내가 신부차림을 한 모습을 보여주고 싶어요, 블라이스 부인. 그림 같다고 모두들 말했었죠. 송어처럼 호리호리하고 금발은 아름다운 빛깔로 윤기가 흘렀으니까요.

아, 세월이란 우리를 몹시 달라지게 하고 마는군요. 댁은 아직 거기까지 와 있지 않아요, 블라이스 부인. 아직 매우 아름다운걸요. 게다가 높은 교육을 받은 분이고요. 뭐, 다 위대해질 수는 없지요. 요리를 하는 사람도 있어야만 하니까요. 댁이 입은 그 옷은 정말 훌륭해요. 검정 옷은 결코 입지 않는군요. 그게 좋아요. 곧 입어야만 할 날이 오게 되니까요. 꼭 입어야 할 때까지 미뤄두는 거예요. 그런데 어디까지 이야기했죠?"

"저—미철 씨 일을 무언가 말하려고 했어요."

"아, 그렇죠. 그래서 우리는 결혼식을 올렸어요. 그날 밤 큰 혜성이 나타났죠. 둘이 마차를 타고 돌아올 때 본 것을 아직도 기억하고 있어요. 그 혜성을 볼 수 없었다니 참 안타까워요, 블라이스 부인. 한마디로 아름답다고 할 수밖에 없었어요. 이걸 추도문 속에 넣을 수는 없겠죠?"

"그건—좀 어렵겠는데요—"

미철 부인은 한숨을 쉬고 혜성에 대해서는 단념했다.

"그럼, 힘껏 잘 써 줘요. 그의 생애는 그리 변화가 있었던 건 아니에요. 언젠가 술이 몹시 취했던 적이 있었는데, 어떤 기분인지 꼭 한번 시험해 보고 싶었기 때문이라고 했어요. 본디 뭐든지 알고 싶어하는 성질이었죠. 하지만 물론 그것은 추도문 속에 쓸 수 없지요.

그 밖에는 달리 이렇다할 일이 없었어요. 조금도 불평하려는 건 아니지만 솔직히 말하면 그는 꿋꿋하고 쾌활한 성품이 못되고 좀 태평스러웠어요. 한 시간이나 물끄러미 접시꽃을 바라보며 앉아 있곤 했으니까요.

꽃을 참으로 좋아했어요. 특히 미나리아재비를 베어버리기 싫어했죠. 페어웰 서머와 미역취가 버티고 있는 한 밀 수확량이 적어지든말든 상관없었으니까요.

게다가 나무는 어떻고요. 그의 저 과수원은 어떻고요. 나는 늘 우스갯소리로 말하곤 했었죠. '당신은 나보다도 나무가 훨씬 더 소중하겠죠'라고요.

그리고 그의 밭, 아, 그는 많지도 않은 땅을 소중히 여겼어요. 사람처럼 생각했던 것 같았어요.

'밖에 가서 내 밭과 이야기 좀 하고 오리다.'

이 말을 몇 번이나 들었는지 몰라요. 우리도 이제 나이들고 남자아이도 없어서 그곳을 팔고 로브리지로 돌아가고 싶다고 했지만 그는 말했지요.

'내 농장을 아무에게나 팔 수는 없소. 내 넋을 어찌 팔 수 있겠소.'

남자란 이상하잖아요? 죽기 조금 전 그는 저녁 식사로 암탉찜을 먹고 싶다며 말했어요.

'당신이 언제나 만드는 식으로 요리해 줘요.'

그는 언제나 내가 손수 한 요리를 아주 좋아했지요. 다만 한 가지 그가 참을 수 없어한 것은 호두가 든 양상치 샐러드였어요. 호두가 깨씸하리만큼 느닷없이 튀어나온다나요.

하지만 남는 암탉이 있어야지요. 어느 것이나 모두 알을 잘 낳는 것뿐이니 말예요. 수탉은 한 마리밖에 남지 않아서 물론 잡을 수 없었어요. 나는 수탉이 거드름부리며 돌아다니는 것을 보기 좋아해요. 훌륭한 수탉만큼 보기좋은 건 없잖겠어요, 블라이스 부인? 그런데 어디까지 이야기했지요?"

"남편이 암탉을 요리해 달라고 말한 대목이었어요."

"아, 그랬어요. 그래서 그 요리를 해주지 않았던 것을 내내 뉘우치고 있어요. 밤에 눈을 번쩍 뜨면 그걸 생각해요. 하지만 죽을 거라고는 생각지 못했어요, 블라이스 부인. 그는 그리 괴로워하지 않았고 늘 훨씬 좋아졌다고만 말했으니까요. 그리고 마지막까지 모든 일에 흥미와 관심을 가지고 있었어요. 죽는다는 걸 알았다면 나는 알이야 낳든 못 낳든 암탉을 요리해주었을 텐데요, 블라이스 부인."

미철 부인은 빛바랜 검은 레이스 장갑을 벗고 넉넉히 2인치나 검은 색으로 가장자리를 두른 손수건으로 눈물을 닦으며 흐느껴 울었다.

"몹시 기뻐했을 텐데요. 가엾게도 마지막까지 자신의 이가 있었으

Channy. R*

니까요. 아무튼······"

그녀는 손수건을 차곡차곡 접고 장갑을 끼며 말을 이었다.

"65살이었으니 나이로 말하면 그리 부족할 것도 없죠. 나는 관뚜껑 명찰을 또 한 장 손에 넣은 셈이고요. 메리 마서 플러머와 함께 관뚜껑 명찰을 모으기 시작했는데, 곧 메리가 앞질러버렸어요. 아이 셋은 말할 것도 없고 메리의 친척이 숱하게 세상을 떠났으니까요.

이 가까이에서는 메리가 누구보다도 관뚜껑 명찰을 많이 가지고 있어요. 나는 그리 형편이 좋지 않았지만 마침내 맨틀피스를 가득히 채울 만큼 모았어요.

내 사촌 토머스 베이츠가 지난주 묻혀서 토머스의 아내에게 관뚜껑 명찰을 달라고 했더니, 토머스와 함께 묻어버렸고 관뚜껑 명찰을 모으는 건 야만스러운 풍습의 영향이라고 말하더군요. 그녀는 햄프슨 집안사람이니까요. 햄프슨 집안은 본디 좀 괴짜예요. 그런데 어디까지 이야기했었지요?"

이번에는 앤도 미철 부인이 어디까지 이야기했는지 알 수 없었다. 관뚜껑 명찰에 대해 어안이 벙벙해졌기 때문이다.

"글쎄, 아무튼 가엾게도 앤서니는 죽었어요. '나는 기꺼이 조용히 가겠소'라는 말만 남기고, 마지막까지 웃음을 띠고 있었어요. 나와 세러핀에게가 아니라 천장을 향해서요.

나는 그가 세상을 떠나기 전에 그렇게 행복해해서 다행이었다고 기뻐하고 있어요. 이따금 아주 행복한 것은 아니지 않을까 생각하는 일도 있었으니까요, 블라이스 부인, 그는 무척 신경질적이고 감수성이 예민했어요. 하지만 관 속에 누운 모습은 정말로 점잖고 장엄해 보였죠.

성대한 장례식을 치렀어요. 날씨도 좋았고요. 산더미처럼 쌓인 꽃에 파묻혀 땅에 묻었죠. 나는 마지막에 기절해 버렸는데, 그 일만 빼놓으면 모든 것이 다 잘되었어요.

위 글렌의 묘지에 묻었어요. 그의 집안사람은 모두 로브리지에 묻혀 있지만 말예요. 하지만 그는 오래전 자기 묘지를 골라두었답니다. 자기 농장 가까이 바다 소리와 나무를 스쳐가는 바람 소리가 들리는 장소에 묻어달라고 말했었죠. 그 묘지는 삼면이 나무로 둘러싸여 있어요.

나도 기뻤어요. 어쩌면 이토록 쾌적하고 아담한 묘지일까 하고 전부터 생각했었어요. 그의 무덤에 제라늄을 심을 수 있으니까요.

좋은 사람이었어요. 지금은 틀림없이 천국에 가 있을 테니 걱정하지 않아도 돼요. 죽은 이가 있는 곳을 모를 때에는 추도문을 쓰기도 좀 성가시리라고 나는 늘 생각해요. 그럼, 맡겨도 되겠지요, 블라이스 부인?"

앤은 승낙했다. 승낙할 때까지 미철 부인은 거기에 버티고 앉아 이야기를 계속하리라 여겨졌기 때문이었다. 미철 부인은 안도의 숨을 내쉬며 천천히 의자에서 몸을 일으켰다.

"이제 가야겠어요. 오늘 칠면조가 알을 깔 예정이거든요. 당신하고 기분 좋게 이야기 나누어 퍽 다행이었어요. 조금 더 있다가 갔으면 좋겠지만 말예요. 혼자 남은 미망인이란 쓸쓸하지요. 남자는 대단치 않은 존재일지도 모르지만 없으니 쓸쓸한 것 같아요."

앤은 정중하게 오솔길까지 나가 배웅했다. 아이들은 잔디밭에서 몰래 울새에게로 다가가려 하고 있었고, 가는 곳마다 수선화가 머리를 내밀고 있었다.

"이 집은 훌륭해요. 정말 멋있고 훌륭해요, 블라이스 부인. 나는 본디 큰 집을 좋아해요. 하지만 우리 부부 둘과 세러핀뿐이고……그리고 그만한 돈이 어디서 들어오겠어요? 아무튼 앤서니가 말을 듣지 않았어요. 그는 오래된 집에 끈질기게 집착했으니까요.

좋은 값으로 사겠다는 사람이 있으면 그곳을 팔고 로브리지나 보브레이 내러즈에서 살 생각이에요. 그 어느 쪽이나 미망인이 살기에는 알맞은 장소니까요. 앤서니 보험이 쓸모가 있어요. 아무리 똑같이 슬퍼한다 하더라도 주머니가 텅 비어 있기보다는 두둑한 편이 견디기 쉽지요.

댁도 미망인이 되어 보면 알 수 있어요. 물론 아직 먼 훗날 일이기를 바라지만요. 선생님은 어떠세요? 정말이지 올겨울은 앓는 사람이 많아서 꽤 수익이 좋았을 거예요.

아, 좋은 아이들이로군요! 따님이 셋이라니! 지금은 좋지만 글쎄 두고 보세요, 머지않아 남자에게 열중할 나이가 될 테니까요. 그렇다고 세러핀 때문에 애먹었던 것은 아니에요. 그 아이는 얌전했죠. 아버지처럼요. 그리고 아버지와 똑같이 고집스러웠죠. 존 위터커와 사랑에 빠졌을 때 내가 아무리 뭐라고 해도 그 남자와 결혼하겠다고 버티는 것이었어요.

마가목인가요? 어째서 현관 옆에 심지 않지요? 요정을 쫓아내는데 말예요.”

“하지만 요정을 쫓아내야겠다고 생각하는 사람이 있을까요, 미철 부인?”

“저런, 앤서니와 똑같은 말을 하는군요. 그냥 농담으로 말했을 뿐이에요. 물론 나는 요정 같은 건 믿지 않지만요. 그러나 어쩌다가 있으면 귀찮게 나쁜 짓을 한대요. 그럼, 이만 실례하겠어요, 블라이스 부인. 다음주에 추도문을 가지러 들르겠어요.”

220 행복한 나날

# 노인과 무덤

"마님, 큰일났군요."

수전은 부엌에서 은그릇을 닦으며 두 사람 이야기를 대충 듣고 있었던 것이다.

"그럴까요? 하지만 수전, 나는 정말로 그 '추도문'을 쓰고 싶어요. 나는 앤서니 미첼을 좋아했었는걸요. 만난 일은 그리 없지만요. 그리고 만일 자기의 '추도문'이 '데일리 엔터프라이즈'에 실려 있는 것을 안다면 앤서니는 무덤 속에서 깜짝 놀랄 거예요. 앤서니는 유감스럽게도 유머 정신을 가지고 있었거든요."

"젊은 시절 앤서니 미첼은 정말 좋은 사람이었어요, 마님. 얼마쯤 몽상가라는 소문이 있었지만요. 베시 플러머에게 걸맞을 만한 실력가는 못되었지만 상당한 생활을 할 수 있었고 빚도 갚았어요.

물론 당치도 않은 아가씨와 결혼한 셈이지만요. 하지만 베시 플러머는 지금은 희극에 나오는 성 발렌타인 같지만 그 무렵은 그림처럼 아름다웠지요. 우리들 가운데에서는 말예요, 마님. 그런 추억조차 없는 사람도 있으니까요."

수전은 한숨을 쉬었다.

월터가 말했다.

"엄마, 뒤 포치 둘레에 빙 둘러 금붕어꽃(金魚草)이 가득 피었어요. 그리고 울새 한 쌍이 부엌 창문턱에 둥지를 만들기 시작했어요. 괜찮죠, 엄마? 창문을 열어 깜짝 놀라게 하거나 하지 않겠죠?"

앤은 한두 번 앤서니 미철을 만난 적이 있었다. 물론 앤서니네 작은 잿빛 집은 큰버드나무가 커다란 우산처럼 가지를 뻗고 있는 가문비나무숲과 바다 사이 아래 글렌 마을에 있고 그곳 사람들은 대부분 모브레이 내러즈의 의사에게 다녔다.

그러나 길버트가 이따금 앤서니에게 마른 풀을 산 일이 있어서 그가 언젠가 마른 풀을 한짐 싣고 왔을 때 앤은 뜰을 구석구석까지 안내했었다. 그때 둘은 똑같은 말을 한다는 것을 알았다.

앤은 앤서니가 좋았다. 여위고 주름이 새겨진 친밀감있어 보이는 얼굴, 씩씩하고 날카로운 엷은 갈색 눈은 결코 기세가 꺾이거나 속는 일이 없었다. 베시 플러머의 천박하고 하찮은 아름다움에 현혹되어 결혼하기에 이르렀을 때만은 달랐을지도 모른다. 그러나 앤서니는 결코 불행해 보이지도 불만스러워 보이지도 않았다.

밭을 갈고 뜰을 가꾸고 추수를 하며 햇볕이 잘 비치는 오래된 목장을 만족스러워하고 있었다. 검은 머리칼에는 살짝 은빛 서리가 내렸고, 좀처럼 보여주지 않지만 보기 좋은 미소는 원숙하고 차분한 마음을 나타내고 있었다.

그의 오래된 밭은 그에게 빵과 기쁨을 주었으며 정복하는 기쁨과 슬플 때의 위안을 주었다. 앤서니가 그 밭 옆에 묻혀서 앤은 만족스럽게 여겼다. 앤서니는 '기꺼이 갔는'지 모르지만 '기쁘게 살아' 있기도 했다.

모브레이 내러즈의 의사 말에 따르면, 앤서니에게 회복될 가망이 없다고 했을 때 앤서니는 빙긋 웃으며 대답했다고 한다.

"그렇습니까. 나이를 먹으니 이따금 이 세상이 조금쯤 지루해질 때가 있더군요. 죽는다는 건 얼마쯤 변화 있는 일이기도 할 겁니다. 나는 죽음이란 어떤 것인지 정말로 알고 싶습니다, 선생님."

앤서니 부인의 도무지 요령 없는 하찮은 이야기 가운데에서 두서너 가지 참다운 앤서니 모습을 엿볼 수 있었다.

2, 3일 뒤 저녁무렵 앤은 자기 방 창가에서 '노인의 무덤'을 쓰고 나서 만족스러움을 느끼며 다시 읽어보았다.

부드럽고 무성한 소나무 가지를 불어가는 바람
바다의 속삭임을 싣고
동쪽 초원에서 불어오는 바람이 살랑거리고
빗방울이 다정하게 자장가를 노래하는 곳.

널따랗게 사방을 에워싼 초록빛 목장
그 사람이 거둬들이며 걷던 추수밭
서쪽에 비탈진 클로버 들판
아득한 옛날에 그 사람이 심은 과일나무가 꽃 피는 곳.

희미한 별빛은 언제나 몸 가까이 있고
눈부시게 빛나는 햇빛은
잠자리에 쏟아져 내리며
이슬맺힌 풀이 다정하게 잠든 위로 살며시 다가오는 곳.

흐뭇하게 지나간 긴 세월
이것들은 그 사람이 사랑하던 것일진대
이 언덕을 묘소로 함은 하늘의 뜻에 맞는 일
바다의 속삭임이 영원히 만가(挽歌)를 연주하리.

"앤서니 미철도 마음에 들어할 거야."

앤은 창문을 활짝 열고 봄 속으로 몸을 쑥 내밀었다. 아이들이 놀고 있는 뜰에는 벌써 양상치의 새싹이 꼬불꼬불 작은 줄을 짓고 있었다. 저녁해는 단풍나무숲 뒤에 부드럽게 담홍색으로 가라앉으려하고 골짜기에서 희미하게 아이들의 고운 웃음소리가 울려왔다.

"봄이 너무 아름다워 잠들고 싶지 않아. 한순간도 놓치기 싫어."

다음주 어느 날 오후, 앤서니 미철 부인이 '추도문'을 가지러 왔다. 앤은 마음속으로 남몰래 자랑스러움을 느끼며 읽어주었다. 그러나 그녀 얼굴에는 뚜렷한 만족스러운 표정이 떠오르지 않았다.

"아, 정말 기운차군요. 잘 썼어요. 하지만—하지만—하지만—앤서니가 천국에 있다는 말은 한마디도 하지 않았잖아요. 천국에 있다는 걸 몰랐나요?"

"다들 똑똑히 알고 있어서 군이 말할 필요가 없었던 거예요, 미철 부인."

"그렇지만 사람에 따라서는 의심할지도 모르거든요. 그는—그는 교회에 그리 자주 가지 않았었으니까요—정식으로 교회성도이기는 했지만 말예요.

그리고 여기에는 그의 나이가 씌어 있지 않고, 꽃에 대해서도 아무 말이 없군요. 왜냐하면 관 위에는 꽃다발이 헤아릴 수 없을 정도였거든요. 꽃은 시적이라고 여겨지는데요!"

"미안해요……"

"아니에요, 당신을 나무라는 건 아니에요. 조금도 나무라는 게 아니에요. 열심히 해주었고 훌륭하게 되었잖아요? 얼마지요?"

"저—저—1센트도 필요하지 않아요, 미철 부인, 그런 것은 생각지도 않았어요."

"그래요? 틀림없이 그렇게 말하지 않을까 해서 민들레술을 한 병 가져왔어요. 뱃속에 가스가 차서 속이 더부룩할 때 위 상태를 좋

게 하죠. 약초 차도 한 병 가져올까 했지만 선생님이 좋아하지 않으실 것 같아서요. 하지만 좋아한다면 선생님 모르게 살짝 갖다드리겠어요."

앤은 딱 잘라 말했다.

"아니에요, 천만에요, 괜찮아요."

앤은 '기운차다'는 말에서 아직 기분을 회복하지 못하고 있었다.

"언제라도 드리겠어요. 올봄에는 이제 약이 필요치 않으니까요. 겨울에 내 육촌동생 맬러커이 플러머가 세상을 떠났을 때, 그 아내에게 남은 약 가운데 세 병을 달라고 했답니다. 그 집에서는 다스로 사니까요. 그녀는 약을 버리려 했지만 나는 본디 물건을 소홀히 하지 않는 성격이지요.

내 몫으로 한 병밖에는 갖지 않고 우리 집 고용인에게 남은 두 병을 주었어요. 효과가 없을지라도 해롭지 않을 거라고 일렀죠.

추도문 대금을 받지 않겠다니 실은 마음이 놓였어요. 지금은 현금이 모자라거든요. 장례식이란 돈이 많이 드니까요. 하기야 D.B. 마틴은 이 근처에서 가장 싸게 해주는 장의사지만요.

내 상복값도 아직 못 줬어요. 다 줘버릴 때까지는 정말로 상복을 입었구나 하는 마음이 들지 않을 거예요. 다행히 모자는 새로 만들지 않아도 되었어요. 이건 10년 전 어머니 장례식 때 만든 거예요.

내게 검은색이 어울린다는 건 운이 좋은 일이지 뭐예요. 맬러커이 플러머의 미망인 모습을 봤다면, 그 파리하고 누르스름한 얼굴을 말예요!

그럼, 이만 가봐야겠어요. 참으로 고마웠어요, 블라이스 부인. 비록—하지만 열심히 해준 건 틀림없고, 좋은 시예요."

앤이 권했다.

"우리와 함께 저녁 식사를 들고 가세요. 수전과 나뿐이에요. 남편은 외출하고 아이들은 골짜기에서 첫 번째 피크닉 저녁을 먹기로 되어 있으니까요."

앤서니 부인은 얼른 의자에 주저앉았다.

"괜찮아요. 조금만 더 앉았다 가겠어요. 아무튼 나이가 들면 몸을 쉬는 데도 시간이 걸리죠. 그런데 네덜란드 방풍나물튀김 냄새가 나지 않았던가요?"

앤서니 부인은 그 혈색 좋은 얼굴에 황홀하도록 행복한 미소를 떠올렸다.

다음주 '데일리 엔터프라이즈'가 나왔을 때 앤은 지난주 앤서니 부인에게 대접했던 네덜란드 방풍나물튀김이 아까운 마음마저 들었다. 죽은 사람 소식란에 '노인의 무덤'이 실려 있었다―앤이 써준 4절이 아닌 5절의 시가, 마지막 절은 다음과 같았다.

훌륭한 남편, 반려(伴侶)이며 원조자이기도 하다
이토록 좋은 사람을 신은 일찍이 만드시지 못하셨다.
다정하고 성실한 훌륭한 남편
백만 명 가운데 하나뿐인 당신
사랑스러운 앤서니여!

다음 협회모임 때 미철 부인은 앤에게 둘러댔다.

"따로 한 절을 덧붙였지만 마음 쓰지 말아요. 나는 그저 좀 더 앤서니를 칭찬하고 싶었을 뿐이었으니까요. 그 글은 조카 조니 플러머가 써줬어요. 그냥 앉더니 눈깜짝할 사이에 써내고 말지 뭐겠어요. 그 아이도 댁과 마찬가지여서요. 영리해 보이지는 않지만 시를 지을 줄 알아요. 그 아이의 외가 쪽에서 이어받았지요. 그 아이 어머니는 윅포드 집안이거든요. 플러머 집안은 시에 조금도 재주가 없답니다."

앤은 싸늘하게 말했다.

"미철 씨의 '추도문'을 처음부터 그분에게 써 달래야겠다는 생각을 못한 게 참으로 안타깝군요."

"그렇고말고요. 하지만 나는 그 아이가 시를 쓰는 줄 전혀 몰랐고, 꼭 시로 앤서니를 송별하고 싶었어요. 그런데 그 애 어머니가 그 아이가 쓴 시를 보여주더군요. 메이플 시럽 통에 빠져 죽은 다람쥐에 대해 쓴 거였어요. 정말 감격했답니다. 하지만 블라이스 부인의 시도 정말 잘되었어요. 두 사람 시가 합쳐져 좀처럼 보기 드문 시가 되었다고 여겨요. 그렇게 생각지 않나요?"

앤이 말했다.

"그렇게 생각해요."

# 브루노

chang.kye

안타깝게도 잉글사이드 아이들은 귀여워하던 동물에 대한 불운이
이어졌다.

어느 날, 아버지가 샬럿타운에서 가져온 털이 북슬북슬하고 마구
뒹굴며 돌아다니던 작고 까만 강아지는 다음 주에 밖으로 나간 채
사라져버리고 말았다.

두 번 다시 그 모습을 본 사람도 소리를 들은 사람도 없었다. 항구
곳에 사는 선원이 배가 떠나는 날 밤 작고 까만 강아지를 데리고 배
를 탔다는 소문도 있었지만, 강아지가 처해진 운명은 깊은 암흑 속에
서 풀리지 않는 수수께끼로 잉글사이드의 연대기(年代記)에 남았다.

이 일은 젬보다 월터가 더 괴롭게 느꼈다. 지프가 죽은 상처에서 벗
어날 수 없는 젬은 두 번 다시 개를 너무 사랑하는 바보짓을 하지 않
을 생각으로 있었기 때문이다.

그 다음은 타이거 톰—훔치는 버릇이 있어 집으로 들어오지 못하
고 헛간에서 지내고 있었지만, 엄청난 사랑을 받던 호랑이 빛깔로 된
도둑고양이는 어느 날 헛간 바닥에 딱딱하게 굳어져 죽어 있는 것이
발견되어 골짜기에서 성대한 장례식이 치러졌다.

마지막으로 젬이 조 러셀에게 25센트를 주고 산 토끼 번이 병들어 죽었다. 아마 그 죽음은 젬이 먹인 특허 약품 때문에 빨라졌을지도 모르고 또는 그렇지 않았을지도 모른다. 그것을 권한 것은 조였으므로 조는 알고 있을 터였다. 그러나 젬은 마치 자기가 벤을 죽인 것 같이 생각되어 닭똥 같은 눈물을 뚝뚝 흘렸다.

젬은 번이 타이거 톰 옆에 묻혔을 때 어두운 얼굴로 말했다.

"잉글사이드에 저주가 내려진 걸까."

월터가 번을 위해 비문을 쓰고 월터와 젬과 쌍둥이들은 1주일 동안 팔에 검은 리본을 달고 다녔기에, 그것을 본 수전은 하느님을 모독하는 일이라고 싫어했다. 수전은 번의 죽음을 그리 마음 아파하지 않았다. 언젠가 번이 밖으로 뛰쳐나가 수전의 뜰을 엉망으로 만들어 놓은 일이 있었기 때문이다.

그것보다 더 탐탁지 않게 여긴 것은 월터가 지하실에 가져온 두 마리의 두꺼비였다. 저녁 무렵 수전은 그 가운데 한 마리를 밖으로 쫓아냈지만, 나머지 한 마리는 찾아낼 수가 없어서 월터는 걱정스러워 견딜 수 없었다.

"아마 그건 남편과 아내였을 거야. 서로 떨어져 지금은 몹시 외롭고 쓸쓸해서 너무너무 슬플 테지. 수전이 쫓아낸 것은 작은 쪽이었으니까 부인 두꺼비였겠지. 아마 저 넓은 뒤뜰에서 무서워 죽을 지경일 거야. 아무도 지켜줄 이도 없이—혼자된 미망인처럼."

월터는 미망인 두꺼비의 슬픔을 생각만 해도 견딜 수가 없어서 남편 두꺼비를 찾으러 살그머니 지하실로 내려갔는데, 수전이 차곡차곡 쌓아둔 쓰다버린 양철제품을 뒤엎었기에 죽은 사람도 눈을 뜰 만한 요란스러운 소리를 냈다. 그러나 잠을 깬 것은 수전뿐으로, 촛불을 가지고 소리가 나는 쪽으로 밀어닥쳤다. 너울너울 흔들리는 불꽃은 수전의 야윈 얼굴에 더없이 기분 나쁜 그림자를 던지고 있었다.

"월터 블라이스, 대체 무얼 하는 거지?"

월터는 필사적으로 말했다.

"수전, 나는 그 두꺼비를 꼭 찾아야 해. 만일 수전에게 남편이 있는데 그 남편이 없어졌다면 어떤 마음이 들지 생각해봐."

수전은 당황했다.

"대체 그게 무슨 말이지?"

이때 수전이 등장한 이상 이제 완전히 졌다고 단념한 듯한 남편두꺼비가 수전의 야채절임 항아리 뒤에서 튀어나왔다.

월터는 달려들어 창문 밖으로 내보내주었다. 남편두꺼비는 사랑하는 아내두꺼비와 다시 만나 그 뒤 오래오래 행복하게 살았으리라.

수전은 엄하게 야단쳤다.

"이런 생물을 지하실에 들여오면 안 되잖아. 도대체 식구들은 뭘 먹고 살라는 거지?"

월터는 쑥덜쑥덜 불평했다.

"물론 나는 벌레를 잡아다줄 생각이었어. 나는 연구해 보고 싶었는걸."

"정말 어떻게도 할 수가 없군."

수전은 한숨을 내쉬며 분개한 어린 블라이스 뒤를 따라 층계를 올라갔는데—이것은 두꺼비를 두고 한 말은 아니었다.

차라리 울새는 그보다 운이 좋았다. 6월, 비바람이 거센 폭풍이 몰아친 밤이 밝았을 때, 아직 갓 깐 병아리만한 새끼가 출입구 층계에서 발견되었다. 등은 잿빛이고 가슴이 얼룩얼룩했으며 눈은 반짝거렸다.

처음부터 잉글사이드에 있는 모든 사람들을 완전히 믿어서인지 슈림프조차 무서워하지 않았다. 장난꾸러기 슈림프는 울새가 뻔뻔스럽게 자기 접시에 날아올라 멋대로 먹어도 못살게 굴지 않았다.

처음에 식구들은 지렁이를 먹였는데, 곧 로빈 수컷 울새의 식욕이 왕성해서 셜리는 벌레를 파내는 일로 거의 모든 시간을 보냈다. 셜리는 지렁이를 깡통에 넣어 온 집안 아무데나 두었으므로 수전은 징그러워 소름이 끼쳤지만, 그러나 콕 로빈을 위해서라면 수전은 그 이상의 일도 참았을 것이다.

콕 로빈은 겁도 없이 수전의 마디가 굵어진 손가락에 살포시 앉아 말끄러미 쳐다보며 지저귄다. 수전은 그런 콕 로빈이 아주 마음에 들었다. 그 가슴이 아름다운 청동빛어린 붉은색으로 변하기 시작한 것을 리베커 듀에게 보내는 편지에 쓸 만한 가치가 있다고 여겼다.

나의 아는 힘이 약해졌다고 섣불리 판단하지 않도록 부탁해요, 미스 듀. 작은 새를 이렇듯 사랑하는 건 아주 바보스러운 일이라고 생각하겠지만, 사람 마음은 약한 데가 있으니까요.

이 새는 카나리아처럼 새장에 갇혀 있지 않아요. 이제까지 나로선 참을 수 없는 일이지만요, 미스 듀. 집이든 뜰이든 멋대로 날아다니고, 릴러의 방 창문으로 내다보고, 커다란 사과나무 위에 있는 월터의 관찰대 옆 나뭇가지에 앉아서 곤히 잡니다.

언젠가 아이들이 골짜기로 데려갔는데 호로록 날아가버렸어요. 그러나 저녁 무렵쯤 다시 돌아와서 아이들은 너무나 좋아했고, 솔직히 말해서 나도 기뻤답니다.

골짜기는 이미 단순한 '골짜기'가 아니었다. 이렇듯 즐거운 곳에는 그 낭만적인 장소에 더 어울리는 이름을 붙여야 한다고 월터는 생각하기 시작한 것이다.

어느 비오는 날 오후, 아이들은 다락방에서 놀아야만 했다. 그러나 저녁 일찍 해가 나타나 글렌 마을을 햇빛이 넘치는 홍수로 만들었다.

릴러가 소리쳤다.

"아, 예쁜 무지개 봐!"

릴러는 늘 귀여운 혀 짧은 소리를 냈다.

이토록 멋진 무지개를 아이들은 처음 보았다. 한쪽 끝은 장로파 교회의 뾰족탑에 걸리고 다른 한쪽은 골짜기 위쪽으로 이어지는 연못의 갈대가 우거진 구석에 걸쳐 있었다. 월터는 곧바로 '무지개 골짜기'라는 이름을 붙였다.

무지개 골짜기는 아이들에게 하나의 세계가 되었다. 산들바람이 끊임없이 남실남실 노닐고 새소리는 새벽에서 해질녘까지 울려 퍼졌다. 주변 가득히 희미하게 빛나는 자작나무 가운데 한 그루—'흰 옷 입은 숙녀'—에서 밤마다 조그만 나무의 요정이 빼꼼히 나와 자작나무들에게 이야기하고 있다는 식으로 월터는 상상하고 있었다.

너무 가까이 서 있어 가지가 서로서로 얽혀 있는 단풍나무와 가문비나무에 월터가 '연인의 나무'라는 이름을 짓고 거기에 낡은 썰매 방울을 달았기에 바람이 불 때마다 요정 같은 은은한 소리를 냈다.

아이들이 시냇물에 걸쳐놓은 돌다리는 불을 뿜는 용이 떡하니 지키고 있었다. 그 위에 서로 나뭇가지가 얼크러진 나무들은 필요할 때에는 얼굴이 시커먼 회교도가 되고 둑에 많이 깔린 초록색 이끼는 사마르칸트에서 온 더없이 호화로운 카펫이 되었다.

로빈 훗과 명랑하고 쾌활한 부하들이 가는 데마다 여기저기 몸을 숨기고, 샘에는 물의 요정이 셋 살고 있었다. 글렌 마을 변두리 버클리네 빈집은 풀이 무성한 둑이 있고 네덜란드 미나리가 수북이 자란 뜰이 있어서 문제없이 포위된 성(城)으로 변했다. 십자군(十字軍)의 검(劍)은 이미 아득한 옛날에 녹슬었지만 잉글사이드 식칼은 요정나라에서 만들어낸 칼이며, 수전은 커다란 냄비뚜껑이 보이지 않을 때에는 언제나 그것이 무지개 골짜기로 용감한 모험을 떠나는 깃털장식을 단 눈부신 기사의 방패로 쓰이고 있다는 것을 알고 있었다.

때때로 아이들은 젬을 기쁘게 해주기 위해 해적놀이를 했다. 10살이 되자 젬은 재미있는 놀이 속에 여느 사내아이들처럼 여기서기 동네를 휘저으며 노는 것을 좋아하게 되었다. 특히 젬은 이 놀이에서 가장 멋진 장면이라고 생각하는데도, 월터는 눈을 가리고 뱃전에서 바닷속으로 내민 널빤지를 걸을 때 늘 갑자기 멈춰서서 앞으로 나아가지 않았다. 월터에게는 진짜로 해적이 될 만한 강인한 데가 있을까 젬은 이따금 의심할 때도 있었지만 월터의 체면을 세우기 위해 그런 생각을 꾹 눌러버렸다. 그리고 늘 월터를 '겁쟁이 블라이스'라고 부르는 학교의 남자아이들과 격전을 벌여 아주 간단히 승리를 거두었다. 남자아이들은 그것이 젬과의 주먹다짐을 뜻하는 일임을 알자 그렇게 부르지 않게 되었다. 주먹에 있어서 젬은 상대방을 몹시 당황하게 하는 재간이 있었던 것이다.

이제 젬은 이따금 저녁 무렵 항구까지 생선을 사러 가도 좋다는 허락을 받고 있었다. 젬은 이 심부름이 가장 좋았다. 항구 바로 곁에 있는 잡초로 뒤덮인 들판 옆 맬러커이 러셀 선장 오두막에 앉아 맬러커이 선장을 비롯하여 한때는 두려움을 모르는 젊은 선장이었던 동료들의 이야기를 들을 수 있기 때문이었다.

이야기가 진행됨에 따라 다들 이야깃거리를 가지고 있었다. 올리버 리스 노인은—젊은 시절 틀림없이 해적이었을 거라고 사람들은 생각하고 있었다—식인종 임금님에게 붙잡힌 일이 있었고—샘 엘리엇은 샌프란시스코에서 일어난 지진을 당하고 왔으며—'용감한 윌리엄' 맥두걸은 상어와 무서운 결투를 했고—앤디 베이커는 맹렬한 회오리바람에 휩쓸렸었다. 게다가 앤디는 자기만큼 똑바로 침을 뱉을 수 있는 사람은 포 윈즈에 없다고 주장했다.

젬은 그 가운데서도 매부리코에 턱이 뾰족한 맬러커이 선장을 제일 좋아했다. 맬러커이 선장은 겨우 17살에 쌍돛단배 선장이 되어 재목을 싣고 부에노스아이레스로 항해를 했다.

양쪽 뺨에 닻모양을 문신했고, 태엽을 감는 오랜 회중시계를 가지고 있었다. 유쾌할 때 맬러커이 선장은 젬에게 선뜻 태엽을 감게 해주었다. 그리고 기분이 아주 좋을 때는 젬을 대구낚시나 썰물 때 조개

캐기를 할 수 있는 갯벌에 데려갔다. 더없이 좋을 때는 스스로 깎아 만든 가장 아끼는 배 모형을 보여주는 것이었다.

젬으로서는 배 하나 하나가 모험 이야기처럼 여겨졌다. 그 가운데에는 힘줄이 들어간 네모난 돛을 달고 뱃머리에 불을 뿜는 무서운 용을 단 북유럽의 해적선—컬럼버스가 탔던 16세기 스페인과 포르투갈의 경쾌한 범선—메이플라워 호—유령선이라고 불리는 멋진 배—아름다운 쌍돛대 범선이며 스쿠너, 세 돛대 범선, 쾌주선(快走船), 재목선 등 수도 없이 있었다.

젬은 간절한 눈길로 부탁했다.

"그렇게 배를 잘 깎으려면 어떻게 해야 하는지 가르쳐주세요, 선장님."

맬러커이 선장은 고개를 가로저으며 깊은 생각에 잠기듯 세인트로렌스 만에 침을 뱉었다.

"이것은 가르쳐서 되는 일이 아니란다, 젬. 3,40년을 바다에서 살게 되면 배에 대한 지식을 저절로 갖게 될지도 모르지. 바로 이해와 애정이야, 젬. 배란 여자와 같은 거란다……

배는 마음으로 소중히 대해주지 않으면 절대로 비밀을 털어놓지 않지. 비록 뱃머리에서 배꼬리에 이르기까지 배 안팎을 모조리 안 것 같아도 배라는 건 이쪽을 좀처럼 받아들여주지 않아. 손을 늦추면 새처럼 훨훨 머나먼 곳으로 날아가버리지.

내가 탔던 배 가운데 옛날부터 아무리 해보아도 도저히 모형으로 만들 수 없는 것이 하나 있어. 고집스럽고 단단한 배였지! 그 배와 꼭 닮은 여자도 있었단다. 그러나 이제는 슬슬 입에 테를 둘러야겠다. 자, 배는 준비가 다 됐어. 언제든지 데려가주마."

그리하여 젬은 그 '여자'에 대해서는 더 이상 듣지 못했으며 또 듣고 싶은 마음도 없었다. 엄마와 수전은 다르지만 여자에게 관심이 없었기 때문이다. 엄마와 수전은 '여자'가 아니었다. 오직 엄마고 수전일 뿐이었다.

지프가 죽었을 때 젬은 다른 개는 결코 가지고 싶지 않다고 생각했다. 그러나 시간은 놀라우리만큼 상처를 씻어주어 젬은 다시 개를 갖고 싶어졌다. 그 강아지는 사실 개가 아니었다. 하나의 사건에 지나지 않았던 것이다.

젬은 짐 선장의 골동품 수집물을 넣어둔 지붕밑방 자기 동굴 속 사방으로 둘러진 벽에 개들을 행진시키고 있었다. 잡지에서 잘라낸 개들이다. 위엄 있는 맹견, 멋지게 뺨이 축 처진 불도그, 누군가가 개의 머리와 뒤꿈치를 잡아 고무줄처럼 잡아당긴 것 같은 다크스훈트, 꼬리 끝에 한 줌의 동그란 털을 남기고 빡빡 깎은 푸들―폭스테리어―러시아 산 늑대사냥개는 무언가를 먹은 일이 있을까 하고 생각했다―건방진 포메라니언, 얼룩무늬 달마시안 종, 호소하는 듯한 눈의 스패니얼. 모두가 훌륭한 종족의 개였지만 젬의 눈에는 뭔가 빠진 것이 있는 듯 보였다. 그때는 그것이 무엇인지는 알 수 없었다.

그러던 가운데 '데일리 엔터프라이즈'에 '개를 팝니다. 문의는 항구 곶 로디 크로퍼드에게'라는 광고가 실렸다. 그것밖에 씌어 있지 않았다. 그 광고가 왜 마음에 파고들었는지, 또 그 간결함 속에서 왜 슬픔을 느꼈는지 젬으로서는 설명할 수 없었으리라. 로디 크로퍼드가 누구인지는 크레이그 러셀에게 들었다.

"로디의 아버지가 한 달 전에 세상을 떠나서 로디는 시내에 있는 고모에게 가서 살아야만 한대. 어머니는 벌써 몇 해 전에 죽었거든. 제이크 밀리슨 씨가 그 농장을 샀지. 하지만 집은 부숴버린대. 아마 그 애는 개를 못 기르게 될 거야. 대단한 개는 아니지만 로디가 늘 귀여워했어."

젬은 말했다.

"얼마쯤 달라고 할까. 나는 1달러밖에 없거든."

"로디가 가장 바라는 건 그 개에게 좋은 집일 거야. 그리고 너의 아빠가 그 돈은 대줄 테지?"

"그래. 하지만 나는 내 돈으로 개를 사고 싶어. 그렇게 하면 더 내 개라는 생각이 들 테니까."

크레이그는 어깨를 으쓱했다. 잉글사이드 사람들은 좀 이상하군. 개 같은 것에 누가 돈을 내든 어떻단 말인가? 그날 저녁 길버트가 젬을 데리고 빈약하고 황폐한 낡은 크로퍼드 농장으로 마차를 타고 가보니 로디 크로퍼드와 개가 있었다. 로디는 젬과 비슷한 나이의 소년이었다. 적갈색 머리는 빳빳하며 주근깨가 많고 얼굴빛이 어두운 남자아이였다.

그 작은 개는 부드러운 갈색 털로 된 귀와 꼬리를 가졌고 이제까지 본 적 없을 만큼 아름답고 상냥한 밤색 눈을 하고 있었다. 이마에 있는 흰 줄이 눈과 눈 사이에서 둘로 갈라져 조그마한 코를 에워싸고 있는 이 귀여운 개를 보는 순간 젬은 무슨 일이 있어도 자기 것으로 만들어야겠다고 느꼈다.

젬은 다급하게 물었다.

"개를 팔고 싶은 거지?"

로디는 우울하게 대답했다.

"팔고 싶지 않아. 하지만 제이크가 팔아야만 한대. 그러지 않으면 물속에 처넣겠다고 했어. 비니 고모는 개 같은 건 기르지 않을 거라는 거야."

"값은 얼마니?"

젬은 자기가 감당할 수 없을 만큼 비싼 값이 아닐까 걱정했다.

로디는 눈물을 꾹 참으며 개를 쑥 내밀어주었다. 그리고 쉰 목소리로 말했다.

"자, 어서 데려가. 팔 수 없어. 그럴 수는 없어. 돈을 받고 브루노를 결코 팔 수는 없어. 좋은 곳에 살게 해주고 잘 길러주기만 한다면."

젬은 열심히 말했다.

"그래, 잘 길러주고말고. 하지만 이 1달러는 받아줘야 해. 그렇지 않으면 내 개가 되었다는 마음이 들지 않으니까. 받아주지 않으면 이 개를 갖지 못하겠어."

젬은 싫다는 로디의 손에 억지로 1달러를 쥐어주고 브루노를 안아 올려 가슴에 꼭 품었다. 조그만 개는 자기 주인 쪽을 자꾸 뒤돌아보았다. 그 눈은 젬에게 보이지 않았지만 로디의 눈에는 보였다.

"그토록 이 개를 갖고 싶으면—"

로디는 내뱉듯이 말했다.

"나는 이제 기를 수가 없는걸. 브루노를 갖고 싶어하는 사람이 다섯이나 왔지만, 그 가운데 아무에게도 이 브루노를 주지 않았어. 제이크는 몹시 화냈지만 상관없어. 그들은 내 보기에 알맞은 사람들이 아니었어. 하지만 너는—내가 기르지 못할 바에는 네가 길러줬으면 좋겠어. 빨리 내가 볼 수 없는 곳으로 얼른 가 줘."

젬은 그 말대로 했다. 조그만 개는 젬의 팔 속에서 바들바들 떨고 있었지만 반항하지는 않았다. 잉글사이드로 돌아오는 동안 내내 젬은 사랑스러운 눈길로 바라보며 개를 안고 있었다.

"아빠, 아담은 어떻게 개가 개라는 것을 알았을까요?"

아버지는 빙긋 웃었다.

"어떻게라니, 개는 아무리 봐도 개니까. 그렇지 않니?"

그날 밤 젬은 너무 흥분해서 오랫동안 잠들 수가 없었다. 브루노처럼 마음에 쏙 드는 개는 이제까지 본 적이 없었다. 로디가 헤어지기 싫어한 것도 무리가 아니다. 하지만 브루노는 곧 로디를 잊고 나를 좋아하게 될 것이다. 우린 다정한 짝이 되겠지. 푸줏간에서 뼈를 갖다주도록 엄마에게 부탁해 두는 것을 잊어서는 안 된다.

젬은 간절히 기도했다

"온 세상의 사람도 물건도 모두 좋아. 하느님, 온 세상의 개와 고양이를 한 마리도 남김없이 지켜주세요. 특히 브루노를 지켜주시기를."

마침내 젬은 고이 잠들었다. 침대발치에서 앞발을 쭉 펴고 그 위에 턱을 올려놓은 조그만 개는 잠들었을지도 모르고 어쩌면 잠들지 못했을지도 모른다.

# 울새와 개

콕 로빈은 지렁이에만 의지하는 것을 그만두고 쌀, 옥수수, 상추, 한련(旱蓮)씨 같이 다양한 것을 골고루 먹었다. 아주 몸집이 커져서 잉글사이드 '큰 울새'는 그 주변에서도 유명해졌다. 어느새 가슴은 아름다운 붉은빛으로 바뀌었다.

그날도 어김없이 콕 로빈은 수전의 어깨에 앉아 수전이 뜨개질하는 것을 지켜보았다. 앤이 집을 비웠다가 돌아오면 콕 로빈은 호로록 날아가 마중하고 앞장서서 집안으로 총총 뛰어들어왔다. 아침마다 옴쏙옴쏙한 빵부스러기를 달라고 월터의 창문턱으로 다가왔다.

날마다 콕 로빈은 뒤뜰에 있는 해당화 산울타리 구석에서 그릇에서 몸을 씻었었는데, 그릇에 물이 담겨 있지 않으면 엄청 큰 소리로 떠들어댔다.

길버트는 펜이며 성냥이 늘 온 서재 안에 함부로 흩어져 있다고 불평했지만 아무도 동정해 주지 않았고, 그러한 그조차 어느 날 콕 로빈이 겁도 없이 손에 앉아 꽃씨를 쪼았을 때는 두 손 들고 말았다.

모두들 콕 로빈에게 매료되어 버렸지만 젬만은 그렇지 않았다. 젬은 브루노를 무척 사랑했는데, 차츰 명확하게 괴로운 가르침을 배워

가고 있었다—개의 몸은 살 수 있지만 그 사랑은 살 수 없다는 가르침이었다.

처음에 젬은 그런 일은 생각지도 않았다. 물론 처음 얼마 동안은 브루노도 조금은 옛집을 그리워하며 쓸쓸해 하겠지만 곧 좋아지리라 여겼다.

그러나 젬은 그렇지 않다는 것을 알았다.

브루노는 더할 나위 없이 얌전한 개였다. 시키는 대로 해서 수전조차 이렇듯 얌전한 개는 없을 거라고 할 정도였다. 그러나 브루노에게는 활기가 없었다. 젬이 밖으로 데리고 나가면 처음에 브루노는 금방 눈을 반짝이며 꼬리를 흔들고 힘차게 출발했다. 그러나 곧 눈에서 반짝거림이 사라지고 머리를 축 늘어뜨린 채 젬 곁을 얌전히 터덜터덜 걸어갈 뿐이었다.

다들 무척 친절하게 해주었고, 가장 국물이 많고 고기가 듬뿍듬뿍 붙은 뼈를 언제나 브루노가 먹고 싶어할 때 주었으며 밤마다 젬의 침대 밑에서 자도 아무도 나무라지 않았다.

그러나 브루노는 서먹서먹하고 가까이하기 어려웠으며 며칠이 지나도 이방인인 채로 있었다. 때로 밤중에 젬이 깨어 조그만 개를 쓰다듬어주려고 손을 뻗쳐보지만 한 번도 혀로 핥거나 꼬리로 탁 때리는 대답은 하지 않았다. 브루노는 쓰다듬는 것은 허락해 주었지만 그것에 답하려고는 하지 않았다.

젬은 이를 악물었다. 제임스 매슈 블라이스는 큰 결심을 했던 것이다. 개에게 질 수 있겠는가. 용돈을 애써 모은 돈으로 정당하게 산 자기 개가 아닌가. 브루노는 로디를 그리워하는 것을 그만둬야만 한다. 넋을 잃은 비통한 눈망울을 보이지 말아야 한다. 주인인 나를 좋아해야만 한다.

젬은 좌절하지 않고 브루노를 위해 일어서야만 했다. 학교의 다른 남자아이들이 이 개를 젬이 얼마나 사랑하는지 알고는 늘 '못살게'

굴려고 하기 때문이었다.

페리 리스가 비웃었다.

"이 개한테는 벼룩이 많더라. 큰 벼룩 말이야."

화가 난 젬이 몹시 때렸으므로 페리는 그 말을 취소하고, 브루노에게는 벼룩이 단 한 마리도 없다고 울먹이며 말했다.

봅 러셀이 당당히 말했다.

"내 개는 1주일에 한 번은 꼭 말썽을 일으켜. 네 누더기 개는 겁쟁이라 한 번도 말썽을 일으키지 못했어. 내가 그런 개를 기른다면 고기 가는 기계에 넣어 갈아버리겠어."

마이크 드류가 말했다.

"언젠가 우리 집에도 저런 개가 있었는데 물에 빠뜨려 죽게 했어."

샘 위런이 자랑스러워했다.

"내 개는 굉장한 개야. 닭을 물어죽이고 빨래한 날은 옷을 모조리 물어뜯어버리니 말이야. 네 개한테는 그런 용기가 없지?"

젬은 차마 샘에게는 말하지 않았지만 그 이야기가 맞다는 것을 마음속으로 인정하게 되었다. 한편으로는 그렇지 않았으면 좋겠다고까지 생각했다.

그리고 워티 플래그가 다음과 같이 큰 소리를 질렀을 때에는 가슴이 찢어질 듯했다.

"네 개는 좋은 개야. 일요일에는 짖지 않으니 말이야."

브루노는 어떤 날에도 결코 짖지 않았기 때문이다.

그러나 그런 점이 여러 가지 있음에도 불구하고 브루노는 귀엽고 사랑스러운 개였다.

"브루노, 왜 나를 좋아해 주지 않는 거야?"

젬은 울음이 터질 것만 같았다.

"너를 위해서라면 어떤 일이라도 할 텐데. 너와 함께 얼마나 즐거운 일을 할 수 있을지 모르는데 말이야."

그러나 젬은 누구에게도 자기의 패배를 인정하려 들지 않았다.

어느 날 저녁 무렵, 항구에 조개구이를 먹으러 가 있던 젬은 폭풍이 다가올 것을 알고 서둘러 집으로 돌아왔다. 부서지는 파도가 울부짖고 있었다. 그 둘레는 기분 나쁜 쓸쓸한 모습을 하고 있었다. 젬이 잉글사이드로 달려들어 왔을 때 시퍼런 번갯불이 길게 번쩍였다.

불길해진 젬은 소리쳤다.

"브루노는 어디 있지?"

브루노를 데려가지 않은 것은 그때가 처음이었다. 항구까지 먼 길은 조그만 개에게 힘들 거라고 여겼기 때문이다. 그리 마음 내켜하지 않는 개와 그렇듯 먼 길을 걷는 건 젬 자신에게도 좀 괴로우리라는 것을 젬도 인정할 수밖에 없었다.

브루노가 어디 있는지 아무도 모른다는 것을 알았다. 젬이 저녁 식사를 하고 밖으로 나간 뒤 브루노를 본 사람은 아무도 없었다. 젬은 구석구석 들여다보았지만 끝내 찾아낼 수가 없었다.

비는 줄기차게 퍼붓고 세상은 번쩍이는 번개로 모습을 잠깐 보였다가 이내 감추었다. 이런 캄캄한 밤에 브루노는 왜 밖으로 나간 것일까. 설마 집을 잃은 것일까? 브루노는 우르르쿵쾅 천둥이 치며 비바람이 부는 것을 무서워했었다. 브루노가 진심으로 젬 옆으로 왔던 것은 하늘이 둘로 쪼개지는 동안 곁으로 기어왔을 때뿐이었다.

젬이 너무 걱정하므로 폭우가 그치자 길버트는 말했다.

"아무튼 곶으로 로이 웨스트콧을 진찰하러 가야만 하니까 젬, 너도 함께 가자. 돌아오면서 크로퍼드네 집에 들러보자꾸나. 틀림없이 브루노는 거기 가 있을 게다."

젬이 말했다.

"6마일이나 되는데요? 그럴 리 없을 거예요!"

그러나 그 말이 맞았다. 두 사람이 인기척없는 불도 켜져 있지 않은 크로퍼드네 집으로 가 보았을 때 젖은 층계에서 발발 떨고 있는

흙투성이 작은 개가 지치고 공허한 눈으로 두 사람을 올려다보고 있었다.

젬이 브루노를 안아올려 무릎까지 파묻히는 얽힌 풀을 헤치며 마차까지 오는 동안 브루노는 조금도 싫은 눈치를 보이지 않았다.

젬은 힘들지만 행복했다. 구름이 달려가버린 뒤 달이 어쩌면 저토록 환하게 빛난단 말인가! 마차를 몰아가자 비에 젖은 숲은 어쩌면 이다지도 향기로운가! 어찌 이렇듯 경치가 훌륭한가!

"이제부터는 브루노도 잉글사이드에 만족할 거예요, 아빠."

"아마 그렇겠지."

아빠는 어깨를 으쓱거리며 그렇게밖에 말하지 않았다.

찬물을 끼얹기는 싫었지만, 마지막 희망을 잃은 조그만 개의 가슴이 마침내 찢어진 게 아닌가 하는 생각이 들었다.

이제까지도 브루노는 그리 많이 먹지 않았지만, 그날 밤 뒤로 차츰 먹는 것이 줄어갔다. 끝내는 아무것도 먹지 않는 날이 왔다. 수의사가 왔지만 아무 데도 아픈 곳은 발견되지 않았다.

수의사는 길버트를 옆으로 데려가 말했다.

"나는 슬픔 때문에 죽은 개를 한 마리 알고 있는데, 이 개도 그렇지 않을까 여겨지는군요."

수의사가 주고 간 '강장제'를 브루노는 얌전히 먹고, 드러누워 앞발에 머리를 얹어 놓고 멍하니 허공에 눈길을 보내고 있었다. 젬은 주머니에 손을 집어넣은 채 오랫동안 브루노를 바라보다가 이윽고 아빠와 이야기하러 서재로 갔다.

다음날 길버트는 시내로 가서 물어본 끝에 로디 크로퍼드를 잉글사이드로 데려왔다. 로디가 베란다 층계를 올라가자 거실에서 그 발소리를 알아들은 브루노가 머리를 들고 귀를 쫑긋 세웠다. 다음 순간 말라빠진 조그만 몸이 카펫 위를 달려 얼굴빛이 어두운 갈색 눈의 소년 쪽으로 쏜살같이 달려갔다.

그날 밤, 수전은 겁에 질린 듯한 목소리로 말했다.

"마님, 그 개는 울고 있었어요. 흐느끼며 울고 있었다니까요. 실제로 눈물이 코를 따라 흘러내리던걸요. 믿을 수 없다고 해도 무리가 아니에요. 나 역시 내 눈으로 보지 않았다면 믿지 않았을 테니까요."

로디는 브루노를 가슴에 끌어안고 반은 도전하듯 반은 애원하듯 젬을 보았다.

"너는 이 개를 사기는 했어. 하지만 브루노는 내 거야. 제이크는 거짓말을 했어. 비니 고모는 개가 조금도 싫지 않대. 하지만 나는 개를 되돌려달라고 해서는 안 된다고 생각했어. 자, 이건 네게서 받았던 1달러야. 1센트도 쓰지 않았어. 쓸 수가 없었어."

한순간 젬은 망설였다. 그리고 브루노의 눈을 보았다.

'나는 왜 이토록 어리석을까!'

젬은 자신에게 정나미가 떨어지는 것 같았다. 어쩔 수 없이 젬은 1달러를 도로 받았다.

로디는 갑자기 싱긋 웃었다. 미소는 그 퉁명스러운 얼굴을 완전히 바꿔놓았다. 그러나 로디는 그냥 무뚝뚝하게 고맙다고 말했을 뿐이었다.

로디는 그날 밤 젬과 함께 자고, 먹고 싶은 대로 실컷 먹은 브루노는 두 사람 사이에 길게 누웠다. 자기 전에 로디는 무릎을 꿇고 기도를 했는데, 브루노는 그 옆에 뒷발로 앉아 침대에 앞발을 걸쳤다. 만일 개가 기도를 하는 일이 있다면 이때의 브루노는 기도를 했을 것이다. 다시금 이 세상의 기쁨을 되찾은 데 대한 감사기도를 말이다.

로디가 먹을 것을 가져오자 브루노는 정신없이 먹었으나 그동안에도 로디로부터 눈길을 떼지 않았다.

브루노는 젬과 로디가 글렌으로 갈 때 두 사람 뒤를 장난치며 폴짝폴짝 뛰어서 쫓아왔다.

수전이 딱 잘라 말했다.

"그렇게 의기양양한 개는 본 적이 없어요."

그러나 다음날 저녁 로디와 브루노가 돌아간 뒤 젬은 옆으로 난 입구 층계에 오랫동안 앉아 있었다. 젬은 월터와 무지개 골짜기의 해적 보물을 찾으러 가기를 거절했다. 젬은 이제 대담한 마음도 들지 않았고 해적 같은 기분도 들지 않았다. 슈림프를 보려고도 하지 않았다.

슈림프는 박하 속에 등을 동그랗게 구부리고 달려들려는 사나운 퓨마처럼 꼬리를 꼿꼿이 치켜세우고 있었다. 개는 가슴이 찢어질 것 같은 마음으로 있는데 대체 어째서 고양이는 자기 멋대로 잉글사이드에서 행복하게 지낼 수 있단 말인가?

릴러가 파란 벨벳 코끼리를 갖다주었을 때에도 젬은 그녀에게 벌컥 화를 냈다. 벨벳 코끼리라니, 나의 소중한 브루노가 없는데! 낸이 와서 하느님에 대해 어떻게 생각하는지 말해야 될 것이라고 나직한 목소리로 주의를 주었을 때는 좀 뉘우치는 기색이 보였다.

젬은 단호하게 말했다.

"이 일로 설마 내가 하느님을 원망하고 있다고는 여기지 않겠지. 너는 균형감각이라곤 없어, 낸 블라이스."

낸은 젬의 말뜻을 알 수 없었지만 어깨를 축 늘어뜨리고 물러났다. 젬은 얼마 남지 않은 저녁해의 반짝거림을 노려보고 있었다.

글렌 마을 여기저기에서 개가 컹컹 짖어대고 있었다. 큰 길을 한참 간 곳에 있는 젠킨즈네에서 자기 집 개를 불러들이고 있었다.

모두 번갈아가며 부르고 있다. 누구나 모두—젠킨즈 집안사람들조차 개를 기를 수 있는 것이다. 다들 가지고 있는데 나만은 그렇지 못하다. 개가 없는 사막처럼 메마른 인생이 젬 앞에 펼쳐져 있었다.

낸이 와서 젬 쪽을 보지 않도록 조심하며 젬보다 낮은 층계에 조용히 앉았다. 젬은 엄마의 동정어린 마음이 몸에 스며들었다.

젬은 목멘소리로 말했다.

"엄마, 내가 그토록 귀여워했는데, 왜 브루노는 나를 좋아해 주지 않았을까요? 나는—나는 개가 좋아해 주지 않는 그런 아이라고 생각하세요?"

"아니다, 젬. 지프가 너를 얼마나 좋아했는지 생각해 보렴. 브루노는 다만 애정이 너무 많았던 거란다. 그것을 브루노는 로디에게 모조리 줘버린 거야. 그런 개가 있단다. 오직 한 사람밖에 좋아할 수 없는 개가 말이야."

"아무튼 브루노와 로디는 기뻐하고 있으니까요."

젬은 씁쓸한 만족을 느끼며 몸을 굽혀 엄마의 부드럽고 물결치는 머리에 키스했다.

"이제 개는 두 번 다시 기르지 않겠어요."

이런 마음은 곧 없어질 거라고 앤은 생각했다. 지프가 죽었을 때도 젬은 같은 생각이었으니까. 그러나 그렇지 않았다. 젬의 마음에 상처가 깊이 파고들어 있었다. 여러 개가 잉글사이드에 오기도 하고 가기도 했다. 한 집안의 개로는 좋은 개였다. 젬은 이 개들을 다른 아이들과 마찬가지로 귀여워하고 함께 놀기도 했다.

그러나 '젬의 개'라는 것은 없었다. 하지만 끝내 강아지 '먼디'가 젬의 마음을 차지해 브루노의 애정을 뛰어넘는 사랑을 젬에게 쏟았다. 그 헌신적인 사랑은 글렌 마을의 역사에 오래오래 남을 정도가 된다.

그러나 그것은 아직 몇 년이나 뒤의 일이고, 그날 밤 매우 외로운 소년 젬은 힘없이 잠자리에 들었다.

젬은 가슴 아프게 생각했다.

"내가 여자아이라면 마음껏 울 수 있을 텐데."

# 학교

드디어 낸과 다이가 학교에 다니기 시작했다. 8월 마지막 주부터였다.

다이가 첫날 아침 정색한 얼굴로 물었다.

"우리는 밤까지 뭐든지 다 알 수 있게 되나요, 엄마?"

9월 첫무렵인 지금, 앤과 수전은 이제 익숙해져 두 아이가 아침마다 나가는 것을 보는 일이 즐거웠다. 두 아이는 실로 조그맣고 태평했으며 천진난만해서 학교에 가는 일을 모험으로 여기고 있었다.

가방에는 늘 선생님에게 드릴 사과가 한 개 들어 있었고, 주름장식이 있는 핑크와 파랑 깅엄 옷을 입고 다녔다. 쌍둥이지만 조금도 닮지 않아서 절대로 같은 옷을 입힐 수가 없었다. 다이는 빨강머리라서 핑크빛을 입힐 수 없었지만 다행히 낸에게는 어울렸다.

잉글사이드 쌍둥이 가운데 낸 쪽이 훨씬 예뻤다. 눈과 머리는 엷은 다갈색이고 살결도 아름다워 7살인데 스스로도 잘 알고 있었다. 그녀는 일종의 인기 있는 스타처럼 행동하고 있었다. 낸은 빳빳이 고개를 자랑스럽게 쳐들고 조그맣고 좀 눈에 띄는 턱을 살짝 내밀었다. 그 때문에 낸은 이미 '건방지다'는 말을 듣고 있었다.

앨릭 데이비스 부인은 말했다.

"그 애는 엄마의 버릇이나 자세를 그대로 흉내낼 거예요. 벌써 지금부터 엄마의 잘난 척하는 폼이며 매력을 몸에 익히고 있는걸요."

쌍둥이는 겉모습 이상으로 너무나 달랐다. 다이의 생김새는 엄마와 비슷했지만 성격이나 특성은 아빠를 빼닮은 아이였다. 아빠의 실제적인 경향, 꾸미지 않는 상식, 유머를 이해하는 정신 등을 지니고 있었다.

낸은 엄마의 상상력을 남김없이 이어받아, 이미 자기만의 방법으로 인생을 흥미있는 것으로 만들고 있었다. 이를테면 올여름 하느님과 거래를 함으로써 더할 나위 없는 재미를 맛보고 있었다. 간단히 말하면 '하느님이 이러이러한 일을 해주면 나도 이러이러한 일을 하겠다'는 식의 거래였다.

잉글사이드 아이들은 모두 마더 구스의 노래 '이제는 나의 몸을 자리에 눕히어—'로 하루를 시작하여 이윽고 '하늘에 계신 우리 아버지시여—'로 마무리하면서 다음에는 어떤 말이라도 좋으니까 저마다 좋아하는 말을 선택하여 작은 바람을 신에게 기도드리도록 하고 있었다.

어째서 낸이 좋은 행동을 하거나 참을성 있게 하겠다고 약속하면 하느님이 소원을 이뤄주시는 것으로 생각하게 되었는지는 알 수 없었다.

어쩌면 어느 젊고 아름다운 주일학교 선생님에게 어느 정도 책임이 있었는지도 몰랐다. 선생님이 착한 아이가 아니면 하느님은 아무것도 해주지 않는다고 몇 번이나 말해주었기 때문이다. 이 생각을 뒤집어 이쪽이 이러이러한 사람이 되고 이러이러한 일을 하게 되면 당연히 하느님이 이러이러한 소원을 들어주신다는 결론에 이르는 것은 어렵지 않았다.

낸이 봄에 하느님과 한 첫 '거래'는 몇 가지 실패를 보상하고도 남을 만큼 멋지게 성공했으므로, 낸은 여름 내내 거래를 계속했다. 이 일은 아무도 몰랐으며 다이조차 알지 못했다.

낸은 자기의 비밀을 소중히 간직하여 밤뿐만 아니라 틈틈이 기회가 날 때마다 온갖 장소에서 기도하기 시작했다.

다이는 그것을 탐탁지 않게 여기고 낸을 비난했다.

"하느님을 여러 가지 것과 뒤범벅해서는 안 돼. 너는 하느님을 너무 마구 쓰고 있어."

이 말을 언뜻 들은 앤이 다이를 나무랐다.

"하느님은 여러 곳에 계셔. 하느님은 늘 우리 곁에 계시면서 힘과 용기를 주시는 좋은 친구야. 그러니까 낸이 언제, 어느 때라도 의지하며 기도하는 것은 아주 옳은 일이야."

하지만 만일 앤이 이런 딸의 신앙에 대한 참된 모습을 알았다면 오싹해졌을 것이다.

5월 어느 날 밤 낸은 기도했다.

"하느님, 다음주 에이미 테일러네 파티 전에 내 이를 나오게 해주신다면 수전이 피마자 기름을 줄 때마다 조금도 군소리하지 않고 다 먹겠어요."

그 다음날 낸의 귀여운 입에 보기 싫은 구멍을 만들고 있던 틈새에 이가 나타나 파티 날까지 다 자랐다. 이처럼 어김없는 하느님의 재주가 또 있겠는가?

낸은 약속한 자기 몫도 충실히 지켰으므로 그 뒤 수전은 피마자 기름을 줄 때마다 놀라기도 하고 기뻐하기도 했다. 낸은 얼굴을 찌푸리지 않고 불평도 하지 않고 먹었는데, 때로는 기한을 잡아……석 달쯤으로 했더라면 좋았을 거라고 생각했다.

하느님은 반드시 소망을 들어주신다고는 할 수 없었다. 그러나 단추끈에 끼우는 특별한 단추를 주시기를—단추 모으는 일이 홍역처럼 글렌의 어린 여자아이들 사이에 유행하고 있었다—그렇게 해주

시면 수전이 내게 이빠진 접시를 가져다줘도 화내지 않겠다고 기도했더니, 그 다음날 단추가 갑자기 나타났다. 수전이 다락방에 있던 헌옷에 달려 있는 걸 발견했던 것이다.

아름다운 빨간 단추로, 조그만 다이아몬드—낸이 다이아몬드로 믿고 있었던 것이 박혀 있었다. 낸은 다른 아이들이 그 아름다운 단추를 부러워하며 바라보는 것을 알고 있었다.

그날 밤 다이가 이빠진 접시는 싫다고 말했을 때 낸은 자랑스럽게 말했다.

"수전, 그걸 나에게 줘. 앞으로는 늘 그걸로 먹을 거야."

수전은 천사처럼 아름다운 마음이라고 생각하여 높이 평가해주었다. 수전이 칭찬하는 말을 듣고 낸은 자기만 옳은 것 같은 생각이 들었는데, 다른 사람 눈에도 그렇게 보였다.

그 전날 밤 누구나 다 비가 온다고 예언했는데, 낸은 주일학교 소풍날을 갠 날로 만들 수 있었다. 아침마다 누가 뭐라고 하지 않아도 이를 닦겠다고 약속했기 때문이다. 손톱을 늘 깨끗이 하고 있겠다는 조건으로 없어졌던 반지도 돌아왔다.

오랫동안 낸이 탐내던 날아가는 천사의 그림을 월터가 주었을 때에는, 그 뒤 식사할 때 불평하지 않고 살코기와 더불어 비계도 먹었다.

그러나 옷장서랍을 잘 정돈할 테니 오래되어 누덕누덕 기운 장난감 곰을 다시 한번 새것으로 되게 해달라고 하느님께 부탁했을 때에는 잘 되지 않았다. 낸은 아침마다 기적을 애타게 기다리며 하느님이 빨리 해주셨으면 좋겠다고 생각했지만, 곰은 다시 새것이 되지 않았다. 마침내 낸은 곰의 나이는 그대로라도 좋다고 단념해 버렸다. 결국은 나이를 어지간히 먹은 곰이었고, 그 옷장서랍을 깨끗이 정돈한다는 건 아마도 귀찮은 일일 테니까.

아버지가 낸에게 줄 새 장난감 곰을 갖고 돌아왔을 때, 낸은 그것이 마음에 들지 않아서 조그만 양심이 갖가지 불안에 싸였음에도 불구하고 옷장서랍에 특별히 애쓸 필요는 없다고 생각하기에 이르렀다.

낸의 신앙이 다시 돌아온 것은 도자기고양이의 없어졌던 눈이 제자리로 돌아오게 해달라고 기도했을 때인데, 다음날 아침 거짓말처럼 눈이 제자리에 돌아와 있었다. 좀 일그러져서 고양이가 사팔뜨기처럼 보이기는 했지만.

그것은 수전이 청소하다가 찾아내서 아교로 붙여놓은 것인데, 그 일을 모르는 낸은 손을 땅에 짚고 기어서 헛간둘레를 열네 번 도는 약속을 기꺼이 실행했다.

헛간 둘레를 엎드리고 기어서 열네 번 돌면 하느님에게나 또는 다른 누구에게 어떤 좋은 일이 있는지 낸은 생각해 보려고도 하지 않았다.

다만 낸은 그렇게 하는 것이 너무 싫었다—남자아이들은 언제나 무지개 골짜기에서 낸과 다이에게 뭐든 동물이 되라고 말했던 것이다. 아마도 지은 죄를 갚기 위한 어려운 행동이, 주는 것이나 삼가는 것을 마음대로 할 수 있는 신비로운 존재인 하느님을 기쁘게 할지도 모른다는 막연한 생각이 한창 자라는 낸의 머리에 불쑥 떠오른 것이리라.

아무튼 그 여름 낸이 여러 가지 기묘한 고행을 생각해내는 바람에 수전은 '대체 어째서 아이들이란 그런 일을 하게 되는 것일까' 하고 몇 번이나 고개를 갸웃거렸다.

"글쎄, 마님, 어째서 낸은 날마다 두 번씩 바닥을 걷지 않고 거실을 지나가야만 하는 것일까요?"

"바닥을 걷지 않는다고요? 어떻게 그렇게 할 수 있죠, 수전?"

"가구에서 가구로 이리저리 뛰는 거예요. 난로 철책도 그 속에 들지만요. 이제 거기서 발을 헛디뎌 지꾸로 식탄통 속에 떨어졌어요. 마님, 낸에게 구충약을 줄 필요가 있다고 생각지 않나요?"

그해는 길버트가 폐렴에 걸릴 듯했는데 도리어 앤이 걸린 해라고 잉글사이드 연대기에서는 말하고 있다.

어느 날 밤, 이미 고약한 감기에 걸려 있던 앤은 길버트와 함께 샬럿타운에서 열리는 파티에 나갔다. 새로 맞춘 퍽 잘 어울리는 옷을 입고 젬의 진주 목걸이를 걸고 있었다.

샬럿타운으로 떠나기 전에 엄마를 보려고 쪼르르 방으로 들어온 아이들 눈에는 그 옷을 입은 엄마의 모습이 너무나 아름다워 보였다. 아이들은 이렇듯 자랑할 만한 엄마를 갖는다는 건 정말 멋진 일이라고 생각했다.

그때 낸이 한숨을 쉬었다.

"슷슷 소리가 나는 예쁜 페티코트야. 나도 크면 그런 태퍼터 페티코트를 입을 수 있어, 엄마?"

아빠가 말했다.

"그 무렵이면 아가씨들은 페티코트 같은 걸 입지 않게 되지 않을까? 아, 내 말을 취소하겠소, 앤. 그 장식용 금속판은 탐탁지 않지만 옷은 멋있어. 자, 나를 반하게 만들려 하지 마. 나는 오늘 밤에 말할 찬사를 모조리 다 써버렸으니까.

오늘 의학잡지에서 읽은 것을 생각해봐. '인생이란 교묘하게 균형잡힌 유기화학에 지나지 않는다'고 씌어 있었잖아? 이것으로 당신도 겸손해지겠지.

장식용 금속판이라니, 정말! 게다가 태퍼터 페티코트이니. 우리는 '원자(原子)의 우연한 연쇄'에 지나지 않아. 저 위대한 폰 뱀부르그 박사의 말에 따르면 말이야."

"그런 불쾌한 폰 뱀부르그 따위를 인용하지 마. 악성인 만성 소화불량증에라도 걸렸었을 거야. 그는 원자의 연쇄일지 모르지만 나는 그렇지 않아."

그로부터 2, 3일 뒤 앤은 아주 심한 병에 걸리게 된 나머지 길버트가 몹시 걱정스러워하는 '원자의 연쇄'가 되어 있었다. 수전은 불안스럽게 지친 모습으로 돌아다녔고, 간호사는 염려스러운 얼굴로 오갔으며, 잉글사이드는 형용하기 어려운 어두운 그림자에 뒤덮였다. 엄마가 중태라는 것을 아이들에게는 알리지 않았으므로, 젬조차도 알지 못했다.

그러나 아이들은 모두 겁을 먹고 조용하게 슬픈 모습을 하고 있었다. 처음으로 단풍나무숲에서 웃음소리가 나지 않았고, 무지개 골짜기에서는 놀이가 없었다.

그러나 무엇보다도 괴로운 것은 엄마를 만날 수 없는 일이었다. 집에 돌아와도 생글생글 웃으며 맞아주는 엄마가 없고—밤에 잘 자라는 키스를 해주러 살그머니 들어오는 엄마도 없고, 위로해 주거나 동정해 주거나 알아주는 엄마도 없고, 함께 우스갯말을 하며 웃어주는 엄마도 없었다—엄마처럼 다정하게 웃는 사람은 아무도 없었다.

엄마가 집에 없을 때보다 더 나빴다. 집에 없을 때는 돌아오리라는 것을 막연하게 알고 있었으나, 지금은—아무것도 가르쳐주지 않고 다만 피할 뿐이었다.

에이미 테일러에게 무슨 말을 들은 낸이 새파랗게 질린 얼굴로 학교에서 돌아왔다.

"수전, 엄마는—엄마는—죽는 게 아니지, 수전?"

"그렇고말고."

수전의 말투는 무척 날카로웠다. 낸의 컵에 우유를 따르는 손이 오들오들 떨리고 있었다.

"누가 그런 말을 했어?"

"에이미야. 오, 수전, 에이미는 엄마가 상냥스러워 보이는 시체가 될 거 같다고 했어!"

"무슨 말을 하든 미음쓰지 말아, 낸. 데일리 집안사람들은 모두 쓸데없는 수다쟁이들이니까. 엄마의 병이 심한 것은 사실이지만 반드시 이겨낼 거야. 낸, 아빠가 늘 곁에 계시는 걸 모르니?"

"하느님은 엄마를 결코 죽게 하시지 않을 거야. 그렇지, 수전?"

월터가 핏기없는 입술로 수전의 눈을 바라보며 진지하게 물었으므로, 수전은 위로를 하기 위한 거짓말도 하기가 몹시 어려웠다. 모두 사실이 아니므로 수전은 몹시 두려웠던 것이다.

수전도 아이들처럼 겁을 먹고 있었다. 그날 오후 간호사는 고개를 가로저었고, 길버트는 저녁 식사를 하러 내려오지 않겠다고 말했다.

"전능하신 하느님께서는 자신이 하는 일을 아신다."

수전은 저녁 설거지를 하며 중얼거렸으나—그러면서 접시를 세 개나 깨뜨렸다—그 정직하고 소박한 생애에서 처음으로 의심을 품었다.

낸은 슬픈 듯이 왔다 갔다 서성거렸다. 아빠는 서재 테이블에 앉아 두 손으로 머리를 감싸안고 있었다.

간호사가 들어왔다. 오늘 밤이 고비라고 가만가만 말하는 것을 낸이 들었다.

낸이 다이에게 물었다.

"고비란 뭐지?"

다이가 신중하게 대답했다.

"내 생각에 그건 나비가 허물을 벗고 나오는 것이라고 생각해. 젬 오빠에게 물어보자."

젬은 알고 있었다. 두 아이에게 말하고 난 뒤 2층으로 올라가 자기 방에 틀어박히고 말았다. 월터의 모습도 보이지 않았다. 월터는 무지개 골짜기에 있는 '흰 옷 입은 숙녀' 아래 엎드려 있었던 것이다. 수전은 셜리와 릴러를 침대로 데려갔다.

낸은 혼자 밖으로 나와 층계에 앉아 있었다. 등 뒤의 집안에는 전에 없던 고요가 깃들어 있었다. 앞쪽 글렌 마을에는 저녁해가 가득 차 있었으나, 길다란 붉은 큰길에는 먼지가 뽀얗고 항구의 들판에 고개숙인 풀들은 오랜 가뭄으로 하얗게 말라 있었다. 몇 주일이나 비가 오지 않아 뜰에 핀 꽃들은—엄마가 좋아하던 꽃들은 시들어 있었다.

낸은 깊이 생각에 잠겨 있었다. 이제야말로 하느님과 거래를 해야 할 때다. 만일 엄마를 건강하게 해주신다면 무엇을 하겠다고 약속하는 게 좋을까? 뭔가 대단한 것이 아니면 안 된다—하느님의 응답에 어울릴 만한 것이어야 한다.

낸은 언젠가 학교에서 딕 드류가 스탠리 리스에게 했던 말을 생각해 냈다.

"할 수 있거든 밤에 묘지를 지나가보렴."

그 말을 들었을 때 낸은 듣는 것만으로도 몸을 벌벌 떨었다. 밤중에 누가 묘지를 지나갈 수 있단 말인가. 누가 그런 일을 생각조차 할 수 있겠는가? 낸은 잉글사이드에 있는 어느 누구도 생각할 수 없을 만큼 묘지를 무서워하고 있었다. 언젠가 에이미 테일러가 묘지에는 죽은 사람이 가득하다고 말한 일이 있었다. 에이미는 음침하고 신비스럽게 수수께끼 같은 말을 했다.

"하지만 늘 죽은 채로 있다고는 말할 수 없어."

낸은 한낮에도 혼자서는 묘지 옆을 지나다닐 수 없을 정도였다.

저 멀리에 황금빛으로 흐린 언덕에 커다란 나무들이 하늘에 닿아 있었다. 낸은 '저 언덕까지 갈 수 있다면 자기도 하늘을 만질 수 있는데' 하고 몇 번이나 생각했다. 하느님은 언덕 바로 건너편에 살고 계신 것이다. 그곳에서라면 좀 더 하느님에게 잘 들릴지도 모른다. 하지만 저 언덕에 이를 수는 없다. 이 잉글사이드에서 할 수 있는 데까지 하는 수밖에 없다.

낸은 햇볕에 그을린 조그만 손을 마주잡고 눈물로 더럽혀진 얼굴을 하늘로 돌리고 속삭였다.

"하느님, 만일 엄마를 건강하게 해주신다면 정말 무섭지만 나는 밤에 묘지를 지나오겠어요. 아, 하느님, 제발 부탁이에요. 그리고 만일 이 소원을 들어주신다면 나는 앞으로 오랫동안 귀찮게 하지 않겠어요."

# 무지개 골짜기

 그날 밤 유령이 가장 잘 나올 듯한 시각에 잉글사이드를 찾아온 것은 죽음이 아니라 희망찬 삶이었다.

 마침내 잠들어버린 아이들은 깊은 잠 속에서도 그 '그림자'가 나타났을 때와 마찬가지로 소리없이 재빨리 물러간 것을 뚜렷이 느끼게 되었다. 눈을 떴을 때에는 기다리던 비가 오는 어두운 날이었음에도 아이들 눈에는 밝은 햇빛이 깃들어 있었다. 열 살이나 젊어진 수전으로부터 좋은 소식을 들을 것까지도 없었다. 엄마는 거뜬히 고비를 넘기고 계속 살게 된 것이다.

 토요일이라 학교에는 가지 않았다. 밖으로 나갈 수도 없었다. 빗속으로 나가고 싶어서 견딜 수 없었지만, 이 억수같이 쏟아지는 비는 너무 심했다. 그 때문에 아이들은 집안에서 아주 조용히 있어야만 했다. 그러나 아이들은 더없이 행복했다.

 거의 1주일이나 잠을 못 잔 아빠는 손님용 침실 침대에 몸을 내던지고 오랫동안 깊은 잠에 빠져들었다. 그러나 그 전에 애번리의 그린게이블즈로 상거리전화를 설었다. 그 십에서는 두 노부인이 선화벨이 울리기를 이제나저제나 초조하게 기다리고 있었던 것이다.

요즘 디저트에 그리 신경쓰지 않았던 수전이 점심에는 오랜만에 훌륭한 오렌지셔플을 만들고 저녁 식사에는 잼말이 푸딩을 만들어주겠다고 약속했으며 버터 스코치 쿠키를 노릇노릇 두 차례 구워냈다.

콕 로빈은 온 집안을 재잘대며 다녔다. 의자까지도 춤을 추고 싶은 듯 보였다. 메마른 대지가 비를 환영했으므로 뜰에 핀 꽃도 다시 살랑살랑 흔들며 고개를 들었다. 그리고 낸은 한껏 행복 속에서 하느님과의 거래 결과에 맞닥뜨리려 하고 있었다.

낸은 약속을 취소하려는 생각은 꿈에도 하지 않았지만, 좀 더 용기가 생기기를 바라며 뒤로 차츰차츰 미루고 있었다.

에이미 테일러가 좋아하며 쓰는 말을 빌면, 낸은 그 일을 생각만 해도 '피가 얼어붙는' 것 같았다. 수전은 이 아이가 좀 이상하다고 여겨 피마자 기름을 주었지만 역시 효과가 없었다.

낸은 그 거래 이후 수전이 전보다 더 자주 피마자 기름을 준다고 생각하지 않을 수 없었지만 얌전히 마셨다. 그러나 밤이 되어 묘지를 지나오는 일에 비하면 피마자 기름 따위는 아무것도 아니다. 자기가 어떻게 그런 일을 할 수 있을지 낸은 도저히 알 수가 없었다. 그러나 해야만 하는 것이다.

엄마는 아직 많이 쇠약해서 누구나 잠깐 들여다볼 뿐 말을 나누는 것은 허락되지 않았다. 잠깐 들여다봤을 때, 엄마는 몹시 창백하고 여위어 있었다. 이것은 자기가 약속을 지키지 않았기 때문일까?

수전이 차분히 말했다.

"엄마에게 시간을 드려야만 해."

사람에게 시간을 줄 수 있는 것일까 낸은 이상하게 생각했다. 그러나 엄마가 왜 좀 더 빨리 건강해지지 않는지 알고 있었다. 낸은 조그만 진주 같이 하얀 이를 악물었다. 내일은 다시 돌아온 토요일이다. 내일 밤 약속을 꼭 지키자.

다음날 또다시 오전 내내 비가 왔으므로 낸은 우선 마음놓지 않을 수 없었다. 밤에도 비가 오면 누구나—하느님조차도 자기가 묘지를 배회할 거라고는 생각지 못할 것이다.

점심 무렵 비는 그쳤지만 항구로부터 부연 안개가 글렌 마을을 뒤덮고, 그 기분 나쁜 마법으로 잉글사이드를 에워쌌다. 그래서 낸은 내심 희망을 가졌다. 안개가 끼어서 갈 수 없잖아. 그런데 저녁 식사 시간이 되자 갑자기 바람이 거세게 불기 시작하여 꿈 같은 안개낀 경치는 사라지고 말았다.

수전이 말했다.

"오늘 밤은 달이 뜨지 않아."

낸은 필사적으로 소리쳤다.

"오, 수전, 수전은 달을 만들 수가 없을까?"

묘지를 지나와야만 하므로 밝은 달이 있어야 한다.

"어머나, 낸—아무도 달을 만들 수는 없어. 내 말뜻은 구름이 많아서 달이 보이지 않으리라는 거야. 달이 있든없든 낸과 무슨 상관이 있지?"

그것은 낸으로서는 말할 수 없는 일이었으므로, 수전은 전보다도 더 걱정스러워했다. 틀림없이 이 아이는 뭔가를 고민하고 있는 것이다. 지난 1주일 동안 묘한 행동을 하고 있었고 식사도 여느 때의 절반도 먹지 않고 침울해 있었다. 엄마 일을 걱정하고 있는 것일까. 그럴 필요는 없을 것이다. 마님은 하루하루 좋아져가고 있으니까.

그 말이 맞다. 그러나 낸은 자기가 약속을 지키지 않으면 엄마의 회복이 멈춰지리라 여기고 있었다.

해질녘에는 구름이 사라지고 둥근 보름달이 떴다. 그런데 어쩌면 그토록 이상한 달일까. 어쩌면 그토록 크고 피처럼 붉은 달일까. 이런 달을 낸은 지금까지 본 적이 없었다. 점점 무서워졌다. 차라리 어둠이 나을 정도였다.

8시에 쌍둥이는 잠자리에 들었지만, 낸은 다이가 잠들어버릴 때까지 기다려야만 했다. 다이는 잠드는 데 시간이 걸렸다. 너무 슬프게 환멸을 느끼고 있었으므로 곧 잠들 수 없었던 것이다. 단짝인 엘시 팔머가 다른 여자아이와 학교에서 돌아갔으므로 다이는 사실 자신의 인생도 끝났다고 믿었다.

겨우 9시가 되어서야 낸은 침대에서 살그머니 빠져나와도 괜찮다고 생각하고 조용히 옷을 입었으나, 손가락이 몹시 떨려 단추를 채울 수도 없을 정도였다.

그리고 나서 살금살금 아래로 내려와 옆으로 난 문을 지나 밖에 나왔는데, 한편 수전은 부엌에서 빵을 만들며 가엾은 선생님 말고는 자기가 책임지고 있는 사람들 모두 잠자리에 편히 들어가 있다고 여기며 안심하고 있었다. 길버트는 항구 어귀에 있는 어린아이가 압정을 삼켜버려 급히 불려갔던 것이다.

낸은 밖으로 나오자 무지개 골짜기로 종종걸음으로 내려갔다. 이 지름길로 해서 언덕의 목장으로 올라가야만 한다. 잉글사이드의 쌍둥이가 큰길을 서성거리며 마을을 지나가는 것을 보면 이상하게 생각하고 억지로 집으로 끌고 갈 것을 알기 때문이었다. 9월 말의 밤 어쩌면 이토록 추울까! 그러리라고는 생각지 못하고 낸은 자켓을 입고 오지 않았다.

밤의 무지개 골짜기는 낮에 자주 찾아오는 낯익은 장소가 아니었다. 달은 알맞은 크기로 줄어들고 이제 빨갛지는 않았지만 음산한 검은 그림자를 던지고 있었다. 낸은 언제나 그림자를 무서워했다. 저 컴컴한 구석에서 가랑잎 밑에 보이는 것은 다리일까?

낸은 머리를 쳐들고 턱을 쑥 내밀며 용감하게 목소리를 내어 말했다.

"나는 조금도 무섭지 않아. 그냥 위가 좀 이상할 뿐이야. 나는 용감한 여장부인걸."

여장부라는 유쾌한 생각으로 언덕 중간쯤까지 올라갈 수 있었다.

그때 괴상한 그림자가 세상을 뒤덮었다. 구름이 달을 가로지르고 있었던 것이다. 문득 낸은 그 '새'가 생각났다. 언젠가 에이미 테일러가 밤에 느닷없이 덤벼들어 사람을 납치해 가는 '커다란 검은 새' 이야기를 해준 일이 있었다. 내 위를 가로지른 것은 그 '새' 그림자일까? 그러나 엄마는 '커다란 검은 새'는 없다고 했다.

'엄마가 내게 거짓말했을 리 없어—엄마는 거짓말 같은 건 하지 않으니까.'

이렇게 생각하며 줄곧 걸어가는 동안 나무울타리가 있는 곳으로 나왔다. 그 맞은편이 큰길이고, 큰길을 건너면 바로 묘지였다. 낸은 걸음을 멈춰서서 숨을 내쉬었다.

다시 다른 구름이 달을 가렸다.

"아, 세상은 너무나 커!"

낸은 덜덜 떨면서 나무울타리를 겨우 잡았다. 잉글사이드에 돌아가 있는 거라면 좋을 텐데! 하지만—

"하느님이 나를 보고 계셔."

7살짜리 어린아이는……나무울타리로 기어올라갔다.

낸은 저편으로 굴러떨어져 무릎이 벗겨지고 옷이 찢어졌다. 일어났을 때 꺾어진 뾰족한 가지가 낸의 신을 뚫고 발을 찔러버렸다. 그러나 낸은 주저앉지 않고 절룩거리며 큰길을 가로질러 묘지문에 이르렀다.

오래된 묘지는 동쪽 끄트머리 전나무 그늘에 가로놓여 있다. 한쪽 옆에는 감리교회가 있고 다른 한편에는 장로교회 목사관이 지금은 목사가 없으므로 불빛도 없고 묵묵하게 서 있을 뿐이다.

갑자기 달이 나타나 묘지는 불길한 그림자로 드리워졌다. 갑자기 움직이기도 하고 너울너울 춤추기도 하는 그림자였다. 그 속으로 들어가면 곧 짐승처럼 덤벼들 듯한 그림자였다. 누군가가 버린 신문지가 빗자루를 탄 늙은 마녀처럼 큰길을 붕 떠서 날아왔다. 낸은 그게 무엇인지 알고 있었지만 그것이야말로 그날 밤 가장 으스스해 보였다. 버석버석 소리내며 밤바람이 전나무를 사납게 흔들며 불어왔다. 문 옆에 서 있던 버드나무의 긴 잎새 하나가 느닷없이 아기도깨비 손처럼 낸의 뺨을 스쳤다. 한순간 낸의 심장은 멎어버리는 줄 알았다. 그래도 꿋꿋이 문고리에 손을 댔다.

'만일 묘지에서 길다란 손이 뻗어나와 나를 잡아끌고 어디론가 들어가버리면 어쩌나!'

낸은 빙글 돌아 방향을 바꾸었다. 약속이고 뭐고 낸은 도저히 밤에 묘지를 지나갈 수는 없다는 것을 이제야말로 깨달았다. 갑자기 바로 옆에서 으스스한 소리가 들렸기 때문이다. 그것은 큰길에 풀어놓은 벤 베이커 부인의 늙은 암소가 가문비나무숲 뒤에서 나타난 것에 지나지 않았다.

그러나 낸은 그것이 무엇인지 확인될 때까지 가만히 기다릴 수 없었다. 견딜 수 없는 공포에 쫓겨 언덕을 한달음에 뛰어내리고 마을을 지나 잉글사이드 가는 길로 올라갔다. 문 밖에서 릴러가 말하던 '진흙탕못'에 정신없이 뛰어들었다. 그러다보니 어느덧 창문에 부드러운 불빛이 반짝이는 자기 집에 와 있었다. 조금 뒤 낸은 흙투성이 모습으로 젖은 발에서 피를 흘리며 수전의 부엌으로 쓰러질 듯 뛰어들어왔다.

수전은 얼떨떨해졌다.

"어머나, 어쩌면!"

낸은 헐떡이며 말했다.

"수전, 묘지를 지나올 수 없었어. 도저히 나는 할 수 없었어."

처음에 수전은 아무 말도 묻지 않았다. 싸늘한 몸과 그 뒤 어안이 벙벙한 얼굴로 되돌아온 낸을 번쩍 안아 올려 젖은 분홍빛 발에서 양말을 벗겼다. 그 뒤 옷을 벗겨 잠옷으로 갈아입히고는 침대로 데려갔다. 그리고 나서 따뜻한 음식을 가지러 아래로 내려갔다. 아이가 무슨 짓을 했든 빈속으로 재울 수는 없다.

낸은 밤참을 먹고 뜨거운 우유를 마셨다. 따뜻한 불빛이 비치는 방

으로 돌아와 자기의 기분 좋은 잠자리에 드는 것은 얼마나 행복한 일인가! 그러나 낸은 수전에게 한마디도 하려 하지 않았다.

"나와 하느님만의 비밀인걸, 수전."

수전은 마님이 다시 자리에서 일어나면 얼마나 좋을지 모르겠다고 생각하며 잠자리에 들어 막막한 심정으로 한숨을 쉬었다.

"아이들은 이제 내가 감당할 수 없게 되었어."

이제 엄마는 틀림없이 죽을 것이다. 이 무서운 생각을 하며 낸은 눈을 떴다. 자기 쪽에서 약속을 지키지 않았으니까 하느님도 들어줄 리 없었다.

다음 1주일 하루하루를 견딘 낸은 실로 무서웠다. 아무것도 즐길 수 없었다. 다락방에서 수전이 물레를 돌리는 것을 보아도 그러했다. 그것은 늘 즐겁게 생각했던 일이었다.

다시는 웃을 수 없을 것이다. 무엇이 어떻게 되든 상관없다.

낸은 켄 포드가 귀를 잡아뜯어버린 자기의 오래된 장난감 곰보다 더 아끼던 톱밥채운 개를—낸은 전부터 오래된 것들을 사랑했다— 늘 가지고 싶어한 셜리에게 주고, 맬러커이 선장이 멀리 서인도제도에서 낸에게 갖다준 조가비로 만든 소중한 집을 릴러에게 주고 이로써 하느님이 만족해 주시면 좋겠다고 생각했다. 그러나 하느님은 만족하지 않을 것이라는 마음이 들었다.

그리고 에이미 테일러가 갖고 싶어해서 준 잿빛 아기고양이가 집으로 돌아와 그대로 머물러 있으려 하는 것을 보고 낸은 하느님이 만족하지 않은 것을 알았다. 묘지를 지나오는 것 말고는 무슨 일을 해도 하느님 마음에 들지 않는 것이다. 그러나 가엾은 낸은 그 일을 자기가 도저히 할 수 없음을 알고 있었다. 나는 겁쟁이고 비겁한 사람이다. 젬이 언젠가 말했는데, 비겁한 사람만이 약속을 피하려 하는 것이다.

# 하느님을 속였어요

앤은 침대에서 일어나 앉도록 허락받게 되었다. 중병을 앓고 나서 겨우 기운을 되찾았다.

이제 곧 다시 집안일을 보살피고―책을 읽고―편히 드러눕고―좋아하는 것을 뭐든지 먹고―난롯가에 앉고―뜰을 손질하고―친지들을 만나고―흥미진진한 소문이야기에 귀기울이고―목걸이에 박은 보석처럼 반짝이는 나날을 기쁨으로 맞아―다시금 인생이라는 다채로운 야외극의 한 역할을 맡게 되는 것이다.

앤은 모처럼 맛있게 점심을 먹었다. 수전이 만든 양다리고기는 알맞게 잘 요리되어 있었다. 또다시 배고픔을 느낀다는 것마저 기쁜 일이었다. 앤은 방을 둘러보며 사랑스러운 물건들을 하나하나 바라보았다.

이 방에 새 커튼을 쳐야겠구나. 연두빛과 노란빛의 중간색이 좋겠어. 저 수건을 넣어두는 새 선반은 아무래도 욕실에 두어야 한다.

그리고 나서 앤은 창문 밖을 보았다. 주변에는 마법이 떠돌고 있었다. 단풍나무 가지 너머로 언뜻 항구의 푸른빛이 보였다. 잔디 위에 늘어진 버드나무는 부드럽게 쏟아지는 황금색 햇살 같았다. 넓고 큰 하늘의 정원이 그리는 둥근 곡선 밑에는 풍요로운 땅이, 믿어지지 않을 만한 색채며 평화로운 빛이며 길게 뻗어나가는 그림자가 있는 땅이 가을을 독차지하고 있었다.

콕 로빈은 전나무 우듬지에서 열심히 몸을 젖히고 있었다. 아이들은 과수원에서 사과를 따며 까르르 웃고 있었다. 웃음이 잉글사이드에 되돌아온 것이다. '인생은 교묘하게도 균형 잡힌 유기화학 이상의 것'이라고 앤은 즐거운 마음으로 생각했다.

그때 낸이 방으로 살그머니 들어왔다. 너무 울어서 눈이며 코가 새빨개져 있었다.

"엄마, 아무래도 이야기해야겠어요. 이제 더 이상은 기다리지 못하겠어요. 엄마, 나는 하느님을 속였어요."

앤은 다시 아이가 매달리며 부드러운 손으로 만져오는 기분 좋은 감각을 맛보았다―조그만 고민으로 괴로워하며 말미암아 도움과 위안을 구하는 아이.

낸이 흐느끼며 말하는 그 이야기에 처음부터 끝까지 귀기울이며 앤은 진지한 얼굴로 있으려고 애썼다. 그 일로 나중에 길버트와 함께 한바탕 웃는 일이 있다 하더라도 앤은 필요할 때에는 늘 진지한 얼굴을 해보였다.

앤은 그 걱정이 낸에게 있어서는 현실이며 무서운 일임을 알았다. 또 이 조그만 딸아이의 신앙에 주의가 필요하다는 것도 알았다.

"낸, 이 일에 대해서는 하나에서 열까지 크게 잘못을 저지르고 있구나. 하느님은 거래 같은 걸 하시지 않아. 베풀어주실 뿐이란다. 사랑 말고는 보답 같은 걸 우리에게 요구하시거나 하지 않고 그저 주시기만 한단다.

네가 아빠나 엄마에게 무언가 부탁할 때 아빠도 엄마도 너와 거래를 하지 않잖니?―하느님은 아빠나 엄마보다 훨씬 더 친절하시단다. 그리고 어떤 것을 베풀면 좋을지 우리보다도 훨씬 잘 알고 계시지."

"그렇다면 하느님은—하느님은 내가 약속을 지키지 않더라도 엄마를 죽게 하지 않겠네요, 엄마?"

"그렇고말고, 낸."

"엄마, 하느님에 대해 잘못 생각하고 있었다 하더라도 약속한 이상 그것을 지켜야만 하는 거잖아요? 나는 그러겠다고 했는걸요. 자기가 한 약속은 반드시 지켜야 한다고 아빠가 말씀하셨어요. 만일 약속을 깨버리면 영원히 부끄러운 일이잖아요."

"내가 다 나으면 언제든 밤에 너와 함께 가줄게. 그리고 문 밖에서 기다리고 있으마. 그러면 너는 묘지를 지나오는 게 조금도 무섭지 않을 거야. 그렇게 하면 가엾은 너의 양심도 마음이 놓일 테니까. 그리고 이제는 더 이상 하느님과 어리석은 거래는 하지 않겠지?"

"네."

낸은 약속했지만, 하느님과의 거래에 곤란한 것이 많이 있긴 해도 유쾌하고 즐거운 일을 단념한다는 데 아쉬운 기분이 들었다. 그러나 눈에는 빛이 되돌아오고 목소리에도 얼마쯤 전의 활발함이 되살아났다.

"얼굴을 깨끗이 씻고 와서 엄마에게 키스할게요. 그리고 금붕어꽃을 찾아내는 대로 모두 꺾어다줄게요. 엄마가 없어서 슬펐어요, 엄마."

저녁 식사를 가져온 수전에게 낸은 말했다.

"오, 수전, 어쩌면 이토록 좋은 세상일까요! 어쩌면 이토록 아름답고 재미있고 멋진 세상일까요! 그렇지 않아요, 수전?"

"그래요, 꽤 좋은 세상이라고 생각해요."

그러면서 수전은 부엌에 놓아둔 아름다운 파이의 행렬을 마음에 떠올리고 있었다.

# 휘파람을 부세요

그해 10월은 잉글사이드에서 아주 즐거운 달이었다. 뛰고 노래부르고 휘파람을 불지 않고는 견딜 수 없는 나날이 이어졌다.

앤은 이제 앓고 난 사람 취급을 받지 않아도 된다며 자리에서 툭툭 털고 일어나 뜰 계획을 세우고 다시 쾌활하게 웃으며―엄마는 어쩌면 저토록 예쁘고 즐겁게 웃을 수 있을까 젬은 늘 생각했다―많은 질문에 친절하게 대답했다.

"엄마, 여기서부터 저 저녁해까지 얼마나 멀어요?"

"엄마, 어째서 쏟아진 달빛을 그러모을 수 없어요?"

"엄마, 만성절(萬聖節)에는 정말 죽은 사람의 영혼이 되살아나나요?"

"엄마, 원인이란 무엇이 원인이 되어서 생겨요?"

"엄마, 호랑이보다 방울뱀에게 물려서 죽는 게 낫다고 여기지 않아요? 왜냐하면 호랑이는 사람을 마구 먹어버리잖아요."

"엄마, 커비(cubby)라는 게 뭐예요?"

"엄마, 미망인이란 그 꿈이 정말로 이루어진 사람을 말하는 거예요? 윌리 테일러가 그렇게 말했는데요."

"엄마, 비가 심하게 올 때 작은 새는 어떻게 할까요?"

"엄마, 우리는 정말 너무 낭만적인 가족일까요?"

이 마지막 질문은 젬이 한 것이었다. 젬은 학교에서 앨릭 데이비스 부인이 그렇게 말하는 걸 우연히 들었던 것이다. 젬은 앨릭 데이비스 부인을 좋아하지 않았다. 젬이 아빠나 엄마와 함께 있을 때 만나면 반드시 긴 검지손가락으로 젬을 쿡쿡 찌르며 물었다.

"제미는 학교에서 착한 아이였니?"

제미라니! 우리 가족은 어쩌면 조금은 낭만적일지도 모르지—헛간으로 이어진 널빤지길을 빨강 페인트로 더덕더덕 칠한 것을 수전이 보았을 때 확실히 그렇게 생각했을 것이다.

젬이 설명했다.

"전쟁놀이를 했으므로 그렇게 해야만 했어, 수전. 피를 흘린 거야."

밤에는 하늘 나직이 걸린 붉은 달을 가로지르며 기러기가 줄지어 날아가는 일이 있는데, 젬은 그것을 보며 자기도 함께 알지 못하는 머나먼 곳으로 멀리 날아가 원숭이며 표범이며 앵무새 같은 걸 가지고 돌아오거나, 또는 남아메리카 동북 연안지방을 탐험하고 싶은 야릇한 가슴의 통증을 느꼈다. '남아메리카 동북 연안지방'이라는 글귀는 늘 견딜 수 없이 젬의 마음을 들뜨게 했다—'바다의 비밀'이라는 것도 그 가운데 하나였다. 해골을 휘감는 비단구렁이를 붙잡기도 하고 상처 입은 코뿔소와 격투를 벌이는 것은 젬에게는 단 하루면 처리될 일거리였다.

또 '용(龍)'이라는 말 자체가 엄청난 스릴을 느끼게 했다. 젬의 침대 발치 벽에 그가 무척 좋아하는 그림을 압정으로 꽂아놓았는데, 그것은 갑옷으로 무장한 기사가 멋지게 살찐 백마에 올라탄 그림으로, 말은 앞다리를 번쩍 들고 일어섰고 탄 사람은 불 뿜는 용을 창으로 찌르고 있었다. 용은 몸을 비틀고 둥글게 원을 만들기도 하며 끝이 갈라진 아름다운 꼬리를 뒤로 치켜올리고 있었다. 그 배경에 핑크색 옷을 입은 숙녀가 평화롭고 침착한 태도로 두 손을 마주잡은 채 무릎을 꿇고 있었다.

이 여자가 메이벨 리스와 꼭 닮은 것은 의심할 여지가 없었다. 9살된 메이벨의 사랑을 얻으려고 글렌 초등학교에서는 벌써 경쟁하는 창싸움이 격렬하게 행해졌다.

수전까지도 그 두 사람이 닮았음을 깨닫고 얼굴이 뻘개져 있는 젬을 놀렸다. 그러나 실제로 불 뿜는 용은 조금 실망스러웠다. 거대한 말 아래에서 몹시 작고 하찮아보였기 때문이다. 이것을 창으로 죽인다 해도 특별히 용감하게 여겨지지 않았다. 아무도 모르게 그리는 꿈에서 젬이 메이벨을 구출한 새빨간 불을 뿜는 용이 훨씬 용다웠다.

지난 월요일, 젬은 정말로 세러 팔머 아주머니네 수거위로부터 메이벨을 구했었다. 어쩌면—'어쩌면'이라는 말은 아주 묘미가 있다!—메이벨은 자기가 그 꽥꽥거리는 녀석의 뱀 같은 목을 쥐고 나무울타리 너머로 내던졌을 때의 기품 있는 태도를 알아차렸을지도 모른다. 그러나 어쨌든 거위는 불 뿜는 용만큼 낭만적이지 못했다.

10월은 바람이 시원스레 잘 불었다. 작은 바람은 골짜기를 살랑살랑 건넜고 큰 바람은 작은 단풍나무 가지를 거칠게 때렸다. 바람은 바닷가 모래톱에서 울부짖었지만 바위가 있는 곳에 오자 웅크리고 앉았다—웅크리고 앉았다가 달려들었다.

졸린 듯한 붉은 늦가을 달이 빛나는 밤은 서늘하여 따뜻한 잠자리를 생각만 해도 기분이 좋았다. 월귤나무숲은 주황빛으로 물들고 시든 양치류는 짙은 적갈색이었다. 헛간 뒤꼍 옻나무잎이 빨갛게 타오르고, 위 글렌의 메마른 추수밭 여기저기에 푸른 목장이 흩어져 있는 것이 보였다.

잔디밭 가문비나무가 있는 구석은 금빛과 적갈색 국화가 피어 있었다. 다람쥐는 가는 데마다 기쁜 듯이 수다를 떨었고, 수없이 낳은 언덕에서 귀뚜라미가 요정들의 춤을 위해 바이올린을 켜고 있었다.

사과를 따고 당근도 뽑았다. 이따금 남자아이들은 맬러커이 선장과 함께 커다란 조개를 캐러 갔는데, 그것은 저 신비로운 바닷물이 허락할 때뿐이었다. 바닷물은 육지를 부드럽게 어루만지고는 곧 자기들의 깊은 바다로 미끄러지듯 되돌아가고 마는 것이다.

온 글렌 마을에 낙엽태우는 냄새가 감돌고, 헛간에는 크고 누런 호박이 산더미처럼 쌓였으며, 수전은 처음으로 월귤로 파이를 만들었다.

잉글사이드에는 새벽부터 해질녘까지 웃음소리가 울려퍼졌다. 위의 큰 아이들이 학교에 가 있을 때에도 이제는 셜리와 릴러가 웃음의 전통을 이어받을 만큼 쑥쑥 자랐다. 이 가을에는 길버트조차도 여느 해보다 잘 웃었다.

젬은 생각했다.

"나는 웃을 줄 아는 아빠가 좋더라."

모브레이 내러즈의 브론슨 의사는 결코 웃지 않았다. 그 뻐꾸기를 연상케 하는 영리해 뵈는 표정으로 장사를 번창시켰다는 소문이었다. 그러나 실제로는 아빠가 더 번창하고 있었으며, 아빠의 농담을 듣고 웃을 수 없는 사람은 병이 꽤 깊은 상태인 것이다.

따뜻한 날이면 앤은 늘 뜰을 가꾸느라 바빴다. 해질녘 가까운 햇빛이 진홍빛 단풍나무에 비치는 빛깔에 취하듯 도취되어 순간적인 아름다움에 깃든 알 수 없는 슬픔을 즐겼다.

어느 금회색으로 안개낀 날 오후, 앤과 젬은 튤립 알뿌리를 모두 심었다. 그것은 6월이 되면 장밋빛, 주황빛, 보랏빛, 황금빛으로 부활하는 것이다.

"겨울에 맞닥뜨려야 하는 것을 알고 있을 때 봄 준비를 한다는 건 즐겁지 않니, 젬?"

"그리고 뜰을 아름답게 가꾸는 건 즐거운 일이에요. 수전이 모든 걸 아름답게 하는 건 하느님뿐이라고 하지만 우리는 그것을 조금 도울 수 있대요. 그래요, 엄마?"

"언제든지 할 수 있지―언제든지, 젬. 하느님은 그 즐거운 특전을 우리에게 나눠주신단다."

그래도 완전함이라는 것은 없다. 잉글사이드 사람들은 콕 로빈 때문에 마음을 쓰고 있었다. 울새들이 날아가버릴 때 콕 로빈도 가고 싶어할 거라는 말을 들었기 때문이다.

맬러커이 선장이 충고해 주었다.

"다른 것들이 가버리고 눈이 올 때까지 가둬두렴. 그러면 그런 것은 잊어버리고 봄까지 얌전히 있을 게다."

그래서 콕 로빈은 죄수처럼 되어버렸다. 몹시 침착성이 없어져 공연히 집안을 들쑤시며 날아다니기도 하고 창문턱에 앉아 때가 되어 가야만 한다는 걸 알아차리고 자기 친구들이 따라가려고 준비하는 것을 부러운 듯 보고 있었다. 식욕도 없어져 지렁이며, 아주 뛰어나게 맛있는 수전의 호도도 그의 마음을 끌지 못했다.

아이들은 콕 로빈이 만나게 될지도 모를 온갖 위험들을 지적했다―추위, 굶주림, 의지할 데 없는 일, 폭풍우, 캄캄한 밤, 고양이. 그러나 부르는 소리를 들었는지 느꼈는지, 콕 로빈은 그것에 따르고 싶다는 소원뿐이었다. 마지막에는 수전도 꺾였다. 며칠 동안 수전은 무서운 얼굴을 하고 있더니 마침내 말했다.

"가게 해줘요. 붙잡아두는 건 자연 법칙에 거스르는 일이니."

콕 로빈은 10월 마지막 날 풀려났다. 한달을 갇혔던 셈이었다. 아이들은 울면서 콕 로빈에게 이별의 키스를 했다. 콕 로빈은 기뻐하며 자유로이 날아가더니 다음날 아침 빵부스러기를 얻으러 수전의 방문턱에 돌아왔다가 이제부터 긴 비행여행을 하기 위해 날개를 좌악 펼쳤다.

"봄이 되면 우리에게로 되놀아올지도 모르샪니."

앤은 흐느끼는 릴러를 달랬지만 소용없었다.

릴러는 엉엉 울며 말했다.

"봄은 너무너무 멀잖아!"

앤은 미소 지으며 한숨을 쉬었다. 어린 릴러에게는 길게 여겨지는 네 계절이 앤에게는 너무 빨리 지나가게 되었다.

또 한 여름이 지났다. 롬바르디 포플러의 뛰어남은 초월한 빛에 비춰져.

이제, 곧—이윽고 너무나도 빨리 곧—잉글사이드 아이들은 아이가 아닌 게 되리라. 그러나 아이들은 아직 앤의 것이다—아이들이 밤에 집으로 돌아왔을 때 기뻐하며 맞아들이는 앤—놀라움과 기쁨으로 생활을 채우는 다정한 앤—사랑하고 기운을 북돋아주고—조금—야단치는 앤.

왜냐하면 때로는 심한 장난을 하는 일이 있기 때문인데, 그러나 무지개 골짜기에서 버티 셰익스피어 드류가 화형에 처해지는 빨강 인디언 역할을 하고 있을 때 조금 그을렸다는 말을 듣고 앨릭 데이비스 부인이 '잉글사이드의 악마들'이라고 한 이름에는 어울리지 않았다. 젬과 월터가 그를 풀어주는 데 생각했던 것보다 오래 걸렸기 때문이었다. 두 아이도 가벼운 화상을 입었지만 두 아이에 대해서는 아무도 가엾게 여기지 않았다.

그해 11월은 동풍과 안개로 음침한 달이었다. 가끔 모래톱 너머 잿빛 바다를 가로지르고 감돌아오르기도 하는 차디찬 안개 말고는 아무것도 없는 날도 있었다. 몸을 오들오들 떨고 있는 포플러는 마지막 잎새를 떨구고 말았다. 뜰은 말라버리고 빛깔이며 개성이 모조리 사라졌지만 아스파라거스 묘상(苗床)만은 지금도 여전히 아름다운 금빛 밀림 같았다. 월터는 단풍나무에 있는 공부용 판자를 놔두고 집 안에서 공부해야만 했다. 비가 오고⋯⋯오고⋯⋯또 왔다.

다이는 실망하여 탄식했다.

"세상이 다시 한번 마르는 일이 있을까?"

그러다가 봄날씨 같은 햇살이 마법처럼 내리쬐는 1주일이 계속되고, 추위가 몸에 스미는 저녁이면 어머니가 난로에 불을 지피고 수전은 저녁 식사에 구운 감자를 곁들였다.

그런 때는 커다란 난로가 한 집안의 중심이 되어 저녁 식사 뒤 그 둘레에 모일 때가 하루 가운데 가장 즐거운 시간이었다. 앤은 따뜻한 겨울옷을 만들고 고안하기도 했다.

"낸이 몹시 입고 싶어하니까 빨간 옷을 만들어줘야겠어."

그리고 이따금 어린 새뮤얼을 위해 해마다 작은 겉옷을 짜주었던 해너를 생각했다. 어느 시대에나 어머니란 마찬가지다. 사랑과 봉사의 위대한 자매다. 사람의 기억에 남는 이나 남지 않는 이나 모두 같다.

수전은 잠자코 아이들의 글짓기를 듣고 있었는데, 드디어 아이들은 저희들 좋을 대로 즐기기 시작했다. 공상과 아름다운 꿈속 세계에 살고 있는 월터는 무지개 골짜기에 사는 얼룩다람쥐가 헛간 뒤에 사는 얼룩다람쥐에게 보내는 여러 통의 편지를 썼다. 월터가 그것을 읽어주었을 때, 수전은 비웃는 척했지만 아무도 모르게 그것을 베껴 리베커 듀에게 보냈다.


미스 듀, 이것은 읽을 만한 것으로 여겨지는데, 미스 듀는 이런 건 시시해서 읽을 가치가 없다고 생각할지도 모르겠군요. 그럴 경우에는 아이들에게 눈이 먼 노파는 하는 수 없다고 여기고 용서해 줘요. 월터는 학교에서 아주 머리가 좋다는 말을 듣고 있지만, 적어도 이 글짓기는 시가 아니예요.

한마디 더 덧붙인다면, 젬은 지난주 수학시험에서 99점 받았는데 어째서 나머지 1점이 깎였는지 아무도 모른답니다.

미스 듀, 이런 말을 섣불리 해서는 안 되겠지만, 나는 그 애가 큰 인물이 되기 위해 태어난 것 같아요. 우리가 살아 있는 동안에는 못 볼지 모르지만, 그 애는 캐나다의 국무총리가 될지도 몰라요.

슈림프는 따뜻하게 불을 쬐고, 낸의 아기고양이 푸시윌로는 검정과 은빛 의상을 입은 아름다운 귀부인을 떠올리게 했으며 누구의 다리에나 겁 없이 함부로 기어올랐다.

수전은 입버릇처럼 말했다.

"고양이가 두 마리나 있는데도 부엌은 온통 쥐의 통로잖아."

아이들은 자기들의 작은 모험을 서로 이야기했다. 추운 가을 밤 너머로 슬프게 탄식하는 듯한 바다 소리가 들려왔다.

이따금 미스 코닐리어가 남편이 카터 플래그네 가게에서 의견을 주고받는 동안 잠시 들르는 일이 있었다. 그러면 아이들은 귀를 기울였다. 왜냐하면 미스 코닐리어는 언제나 가장 새로운 소문을 알고 있어서 여러 사람들에 대해 더없이 재미있는 말을 들려주기 때문이었다. 그 다음 일요일 아이들은 시치미떼고 교회에 앉아 있는 저 사람들의 이러이러한 일을 훤히 알고 있다고 생각하며 그 사람들을 바라보는 것이 무척 재미있었다.

"아, 여기는 참으로 좋군요, 앤. 정말 추운 밤이에요. 게다가 눈이 내리기 시작했어요. 선생님은 왕진가셨나요?"

앤은 대답했다.

"네. 나가는 게 딱했지만—항구 곳에서 브루커 쇼 부인이 전화로 꼭 좀 와 달라고 해서요."

한편 수전은 슈림프가 물어온 커다란 생선가시를 미스 코닐리어가 알아차리지 못했으면 좋겠다고 생각하며 난로 옆 깔개에서 몰래 재빨리 치웠다.

수전이 신랄하게 말했다.

"그녀는 나와 마찬가지로 병이 든 게 아니에요. 하지만 듣건대 그녀는 레이스 잠옷을 새로 만든 듯하니까 틀림없이 그것을 입은 모습을 단골 의사선생님에게 보이고 싶은 거겠죠. 응큼하게 레이스 잠옷 날 예요!"

미스 코닐리어가 말했다.

"그것은 딸 리어너가 보스턴에서 그녀에게 가져다준 거예요. 리어너는 금요일 밤 트렁크를 네 개나 가지고 돌아왔지 뭐예요. 9년 전 미국으로 떠날 때 일을 지금도 기억하는데, 속에서 물건이 삐죽이 나온 다 망가진 여행가방을 질질 끌고 갔었죠. 필 터너에게 버림받고 퍽 우울했던 때였어요. 리어너가 감추려 해도 모두 알고 있었지요.

이번에 '어머니 병구완'하러 돌아왔다고 하더군요. 충고해 두겠는데요, 리어너는 분명 선생님에게 장난칠 거예요, 앤. 하지만 선생님이 남자라 하더라도 걱정없다고 여겨요. 게다가 당신은 모브레이 내러즈의 브론슨 선생 부인 같지 않으니까요. 그 부인은 남편의 여환자들에게 굉장히 질투를 한다더군요."

수전이 말했다.

"그리고 간호사에게도요."

"정말이지, 그 가운데에는 그런 일을 하기엔 너무 예쁜 간호사도 있으니까요. 제니 아서만 해도 그렇잖아요. 한 환자 간호가 끝나면 다음 간호까지 쉬면서 젊은 두 남자 가운데 누가 더 괜찮은가 저울질을 하니까요."

수전이 딱 잘라 말했다.

"예쁘다지만 그녀는 이미 순진한 아가씨가 아니예요. 그러니까 어느 쪽이든 결정하고 결혼해서 가정을 갖는 게 바람직해요. 그녀 아주머니인 유도러를 봐요. 사랑놀이에 지치고 싫증날 때까지 결혼할 생각이 없다고 말했지만, 그 결과를 보세요. 지금도 아직 남자만 보면 장난치려 하지 뭐겠어요, 틀림없이 45살이나 되었을 텐데도요. 그런 것은 습관이에요.

유도러의 사촌인 패니가 결혼했을 때, 마님, 유도러가 뭐라고 했는지 들어봤나요? 너는 내가 남긴 찌꺼기를 얻은 거라고 했다더군요. 둘이서 한바탕 크게 싸운 뒤로 말도 하지 않는대요."

앤은 멍하니 중얼거리듯 말했다.

"사는 것도 죽는 것도 세 치 혀 끝이로군요."

"그렇답니다, 앤. 그러고 보니 스탠리 씨는 좀더 설교에 분별이 있었으면 해요. 월리스 영이 화가 나서 교회를 떠나려 하고 있어요. 지난 일요일 설교는 월리스에 대해 한 것이라고 다들 말하고 있으니까요."

"목사가 어느 특정한 사람의 가슴에 강하게 느껴지도록 설교하면 그 사람에게 말해주기 위해서 한 것이라고 오해하기 마련이에요. 기성품 모자는 어떤 사람의 머리에나 꼭 맞게 마련이지만, 그렇다고 그 모자가 그 사람을 위해 만들어졌다고 할 수는 없죠."

수전이 찬성했다.

"당연한 일이에요. 그리고 나는 월리스 영을 좋아하지 않아요. 3년 전 자기 소에다 어떤 회사의 광고를 페인트로 그리게 했으니까요. 그것은 검약이 너무 지나치다고 여겨요."

"월리스의 형 데이비드가 가까스로 결혼하게 되었어요. 아내를 맞는 일과 하녀를 두는 일 어느 쪽이 싸게 먹히는지 오랫동안 마음을 정하지 못했던 거예요. 그 사람 어머니가 세상을 떠난 뒤 언젠가 내게 말했었죠.

'여자가 없어도 집안일을 처리해 나갈 수는 있겠지만, 그래도 너무 힘들어서요, 미스 코닐리어.'

이건 슬쩍 눈치를 떠보는 것이로구나, 하고 직감적으로 느꼈죠. 하지만 나로부터 흡족해 할 만한 말은 아무 것도 얻지 못했어요. 그래서 드디어 제시 킹과 결혼하게 되었답니다."

"제시 킹이라고요? 하지만 그 사람은 메리 노스에게 청혼했다고 알고 있었는데요."

"데이비드는 양배추 같은 걸 먹는 여자와는 결혼하지 않는다고 했어요. 하지만 메리 노스에게 결혼신청을 했더니 힘껏 따귀를 올려붙였다는 소문이 두루두루 퍼져 있어요. 또 제시 킹도 좀더 풍채 좋은 남자가 좋겠지만 그 사람으로 참아야겠다고 했다나봐요. 하긴 폭풍이 몰아칠 때는 어떤 항구도 그저 항구일 뿐이니까요."

그러자 수전이 비난했다.

"마셜 엘리엇 부인, 이 언저리 사람들의 소문은 절반도 사실이 아니예요. 내 생각으로는 제시 킹은 데이비드 영에게 고마움을 느낄 부인이 될 거예요……물론 겉으로 보기에 확실히 데이비드는 못생겼지만요."

앤이 물었다.

"올던과 스텔러에게 여자아이가 태어난 걸 아나요?"

"그렇다더군요. 스텔러가 어머니 리짓보다 좀 더 분별 있게 사랑해 주었으면 좋겠군요. 글쎄, 앤, 사촌인 드류의 아기가 스텔러보다 먼저 걸음마를 했다고 리짓은 분해하며 울었답니다!"

앤은 미소 지었다.

"우리들 어머니는 어리석은 종족이에요. 지금도 기억하는데, 젬과 같은 때 태어난 봅 테일러가 젬은 아직 이가 하나도 안 났는데 세 개나 났을 때 정말 흉포한 심정이 되더군요."

미스 코닐리어가 말했다.

"봅 테일러는 편도선을 수술해야 한대요."

월터와 다이가 언짢은 얼굴로 물었다.

"어째서 우리는 아무도 수술하지 않아요, 엄마?"

이 두 아이는 곧잘 동시에 같은 말을 하곤 했다. 그런 다음 두 아이는 서로 손가락을 걸고 소망을 이야기했다.

다이는 언제나 열심히 설명했다.

"우리는 무슨 일이든 똑같이 생각하고 똑같이 느끼는 거야."

미스 코닐리어가 지난 일들을 돌아보며 말했다.

"엘시 테일러의 결혼식을 잊을 수 있을까요? 엘시와 가장 친한 메이지 밀리슨이 결혼행진곡을 치기로 되었었지요. 그런데 메이지는 결혼행진곡 대신 장송행진곡을 쳤어요.

물론 메이지는 너무 긴장해서 실수했다고 나중에 말했지만, 사람들도 나름대로 자기 의견을 가지고 있으니까요. 메이지 자신이 맥 무어사이드를 바라고 있었어요. 맥은 풍채가 좋고 말솜씨가 뛰어난 사람이죠……여자에게 늘 듣기좋은 말만 했었어요. 그는 엘시의 일생을 비참하게 만들었죠.

아, 둘 다 이미 아득한 옛날 조용한 나라로 가버렸고 메이지는 할리 러셀과 결혼하여 몇 해가 지났잖아요. 그리고 메이지가 거절할 줄 알고 해리가 결혼신청을 했는데 메이지가 승낙했다느니 하는 어처구니없는 말은 이제는 누구나 잊고 있답니다. 할리 자신도 잊고 있으니까요. 남자에게 있음직한 일이지요. 이 세상에서 으뜸가는 좋은 아내를 맞았다고 여기며 자기 머리가 좋다는 것을 으스대고 있어요."

"거절하기를 바라면서 어째서 신청했을까요? 나는 아주 이상하게 여겨지는군요."

그리고 수전은 곧 겸손하게 덧붙였다.

"하지만 물론 그런 일을 나 같은 사람이 알 리 없지요."

"아버지에게 지시를 받았기 때문이에요. 할리는 싫었지만 그렇게 하는 편이 안전하다고 여긴 거죠. 봐요, 선생님이 돌아왔군요."

길버트가 들어오자 눈이 함께 나풀나풀 날아들어왔다. 길버트는 외투를 던져놓고 기쁜 듯 난롯가에 앉았다.

"생각했던 것보다 늦어졌어."

앤은 장난스럽게 미스 코닐리어에게 웃어 보이며 말했다.

"아마 새로 만든 레이스 잠옷이 너무 매력적이었기 때문이겠지."

"무슨 이야기지? 여성들의 농담에는 나같은 남성의 형편없는 이해력으로는 미치지 못하는 것이 있으니 말이야. 나는 월터 쿠퍼를 진찰하러 위 글렌에 갔다왔어."

미스 코닐리어가 말했다.

"그 사람 참 생각보단 잘 견디고 있어서 이상하게 여겨진답니다."

길버트는 빙그레 웃었다.

"그 사람에게는 두 손 들었습니다. 벌써 옛날에 죽었을 터였으니까요. 1년 전에 앞으로 두 달이라고 말했는데 이렇듯 오래 살아 내 평판을 엉망으로 만들었습니다."

"선생님도 나만큼 쿠퍼 집안사람들을 잘 알았다면 그런 말을 먼저 하지 않았을 텐데요. 그 사람의 할아버지라는 분이 무덤을 파놓고 관을 준비한 뒤 다시 살아났다는 걸 아세요? 장의사는 그 관을 도로 가져가려 하지 않았지요.

하지만 월터 쿠퍼는 자기 장례식 예행연습을 하며 퍽 즐기고 있으리라고 생각해요. 남자들에게 있음직한 일이잖아요? 마셜의 방울소리가 들리는군요. 자, 이 소금에 절인 배를 담은 병은 앤에게 주는 거예요."

코닐리어는 언제나처럼 갖가지 소문을 사람들에게 모조리 들려준 뒤 난로 앞에서 일어났다.

다들 현관까지 미스 코닐리어를 배웅했다. 월터는 짙은 잿빛 눈으로 폭풍이 부는 밤을 내다보았다.

월터는 슬프게 말했다.

"오늘 밤은 콕 로빈이 어디 있을까. 우리를 그리워하고 있을까?"

아마 콕 로빈은 엘리엇 부인이 늘 고요한 나라라고 말하는 이상한 곳으로 가버렸는지도 모른다.

앤이 재촉하며 말했다.

"콕 로빈은 햇빛이 찬란히 비추는 따뜻한 나라에 있단다. 봄이 되면 반드시 돌아올 거야. 다섯 달만 지나면 돼. 애들아, 너희들은 모두 이미 잠자리에 들어가 있어야 할 텐데."

부엌에서 다이가 말했다.

"수전, 아기를 가지고 싶지 않아? 나는 새 아기를 어디서 데려오는

지 알고 있어."

"그래? 어딘데?"

"에이미네 집에 새 아기가 생겼어. 에이미가 말했는데, 천사들이 가져왔대. 천사들이 좀 더 사정을 알아 주었으면 좋았을 텐데 이렇게 말하고 있었어. 그 아기가 없어도 지금 아이들이 여덟이나 되잖아. 어제 수전이 '릴러가 너무 커진 걸 보면 쓸쓸해져……이제 아기가 없으니까' 하고 말하는 걸 분명 나는 들었어. 틀림없이 테일러 아주머니는 수전에게 하나 줄 거야."

"아이들이 생각하는 일이란 참 당할 수가 없구나! 대가족은 테일러 집안의 혈통이야. 앤드루 테일러 씨 아버지는 자기 아이가 몇이나 되는지 곧바로 말하지 못하고 반드시 한숨부터 쉬고 나서 세어 봐야만 했을 정도였어. 하지만 지금으로서는 난 남의 아기를 데려올 마음이 없어."

"수전, 수전은 노처녀라면서? 에이미 테일러가 그랬어. 그래, 수전?"

수전은 서슴없이 말했다.

"전능하신 하느님이 나를 그렇게 정해주셨지."

"노처녀로 있는 것이 좋아, 수전?"

"좋다고는 말할 수 없지만, 그래도."

그리고 수전은 자기가 알고 있는 많은 부인들을 떠올리며 덧붙였다.

"하지만 그 보상도 있다는 것을 알게 됐어. 자, 아버지에게 사과파이를 갖다드려. 내가 차를 들고 갈 테니까. 가엾게도 선생님은 배가 너무 고파서 쓰러질 것만 같을 거야."

월터는 졸린 듯 하품을 늘어지게 하더니 2층으로 올라가면서 물었다.

"엄마, 우리집은 세상에서 가상 좋은 십이삲아요? 그리고—만일 유령이 두셋 있으면 더 좋으리라고 생각하지 않아요?"

"유령?"

"네, 제리 팔머네 집에는 유령이 가득 있거든요. 제리도 하나 봤대요. 흰 옷 입은 여자인데 얼굴이 해골이더래요. 수전에게 말했더니 제리가 거짓말하고 있거나 그렇지 않으면 속이 안 좋은 거라고 했어요."

"수전 말이 맞아. 잉글사이드에는 행복한 사람들만 살았어. 그러니 유령이 나올 리 없잖겠니? 자, 기도를 드리고 어서 자거라."

"엄마, 나는 엊저녁 나쁜 일을 한 것 같아요. '오늘의 양식을 주옵시고' 대신 '내일의 양식을 주옵시고' 했거든요. 그편이 이치에 맞는다고 생각했으니까요. 하느님께서 기분이 나쁘셨으리라고 여겨요, 엄마?"

# 봄의 불꽃

잉글사이드와 무지개 골짜기가 초록색과 아지랑이의 봄 불꽃으로 타오를 무렵 콕 로빈이 신부를 데리고 정답게 지저귀며 돌아왔다.

두 마리는 월터의 사과나무에 둥지를 틀고 콕 로빈은 전과 같이 행동했지만, 신부는 내성적인지 아니면 대담하지 못하기 때문인지 결코 아무도 다가오지 못하게 했다.

수전은 콕 로빈이 돌아온 것을 기적이라고 생각하고 그날 밤 리베커 듀에게 편지로 알렸다.

잉글사이드의 조그만 생활 드라마의 스포트라이트는 이따금 지금은 이 사람을 비추는가 하면 그 다음에는 저 인물로 바뀌어 갔다. 겨우내 아무에게도 별일 없이 지냈지만, 6월 들어서자 다이의 모험 차례가 되었다.

새로운 여자아이가 글렌 초등학교로 전학 왔다. 선생님이 이름을 묻자 '나는 일리저버스 여왕이에요'라든가 '트로이의 헬렌이에요' 하는 것과도 같은 도도한 투로 대답했다.

"제니 페니예요."

그 말을 듣는 순간 제니를 모른다는 건 이쪽이 아주 하찮은 사람임을 증명하는 것과 다름없으며, 제니 페니와 친해질 수 없다는 건 이쪽이 전혀 존재하고 있지 않음을 뜻하는 듯한 기분이 들었다. 하기야 그처럼 또렷하게 말로 표현할 수는 없었지만 적어도 다이 블라이스는 그렇게 느꼈다.

다이는 8살이고 제니 페니는 9살이었다. 그러나 제니는 처음부터 10살이나 11살의 '큰 여자아이들'과 어깨를 나란히 했다. '큰 여자아이들'은 제니에게 타박줄 수도 무시할 수도 없음을 알았다.

제니는 아름답지는 않았지만 누구나 한 번 본 뒤 다시 볼 만큼 눈에 띄는 용모였다. 동그란 크림빛 얼굴을 부드럽고 윤기 없는 검은 머리가 감싸고, 짙고 푸른 눈은 터무니없이 컸으며 촘촘히 난 까만 속눈썹은 길었다. 제니가 그 속눈썹을 천천히 들어올리며 경멸하는 눈길로 이쪽을 보면 자신이 고맙게도 짓밟히지 않은 벌레처럼 하찮게 여겨지는 것이었다.

제니에게 타박받는 것이 다른 아이들에게 기분 좋은 말을 듣는 것보다 나을 정도였다. 그리고 제니 페니에게 잠깐이나마 마음을 주고받는 친구로 선택된다는 것은 더할 나위 없는 영광이었다. 제니 페니가 알고 있는 비밀이야기는 엄청난 것이었기 때문이다.

확실히 페니 집안사람들은 평범한 가문은 아니었다. 제니의 리너 숙모는 백만장자인 아저씨로부터 받은 훌륭한 금과 석류석목걸이를 가지고 있는 것 같았다. 제니의 사촌 가운데에는 1천 달러나 하는 다이아몬드 반지를 가진 사람도 있었으며, 또 웅변술로 1천 7백 명이나 되는 경쟁자를 물리치고 상을 받은 이도 있었다. 선교사로 인도에서 레퍼드(표범) 속으로 들어가 일하는 고모도 있었다.

한마디로 말하면 글렌 초등학교 여자아이들은 적어도 얼마 동안은 제니 페니를 믿고 받아들여, 감탄과 선망이 섞인 존경심을 가지고 저녁식탁에서까지 제니 페니의 이야기를 늘어놓았으므로 마침내 어른들도 관심을 기울이지 않을 수 없게 되었다.

어느 날 밤 제니가 살고 있는 '저택'에 대해 다이가 이야기한 뒤 앤이 물었다.

"다이가 친하게 지내는 그 여자아이는 누구죠, 수전?"

그 '저택'의 지붕 둘레에는 흰 페인트를 칠한 나무로 만든 레이스 장식이 달려 있고 내다지창문 다섯에 저택 뒤편에는 훌륭한 자작나무숲이 있고 응접실에는 빨간 대리석 맨틀피스가 있다는 것이었다.

"페니라는 성은 포 윈즈에서 들어본 적이 없는데, 그 사람들에 대해 뭔가 알아요?"

"그들은 베이스 라인에 있는 이전의 콘웨이 농장에 새로 옮겨온 집안이에요, 마님. 페니 씨라는 사람은 목수인 듯한데, 목수일만으로는 생활을 해나갈 수가 없어―하느님은 없다는 것을 증명하기에 바쁜 듯하더군요―농사를 지어보려고 마음을 먹었대요.

내가 알기로는 좀 색다른 집안이에요. 아이들은 자기가 하고 싶은 대로 하고 있고요. 페니 씨는 자신의 어린시절에 너무나도 명령만 받아와서 아이들을 그렇게 키우지 않는다고 하더군. 그래서 이 제니라는 아이가 글렌 초등학교에 오게 된 거예요. 그 집은 모브레이 내러즈 초등학교가 더 가까워서 다른 아이들은 거기 다니지만 제니는 글렌 초등학교에 다니겠다고 한 거죠. 콘웨이 농장은 절반이 이쪽 구역에 들어 있어서 페니 씨는 양쪽 초등학교에 세금을 내니까 생각만 있다면 아이들을 두 쪽 어느 학교에나 보낼 수 있는 셈이죠.

이 제니라는 아이는 페니 씨의 친딸이 아니고 조카딸로 여겨져요. 그 아이 부모는 모두 세상을 떠났대요. 소문으로는 모브레이 내러즈의 침례교회 지하실에 양을 넣은 것은 조지 앤드루 페니래요. 나쁜 사람들이라는 건 아니지만 단정치가 못해요, 마님. 집안은 엉망이고―내가 조언을 해도 괜찮다면, 그런 원숭이 같은 사람들과 다이를 어울리게 하지 않는 게 좋겠어요."

"나는 다이가 학교에서 제니와 노는 것을 막을 수는 없어요, 수전.

실제로 그 아이를 반대할 이유를 아직 아무것도 모르니까요. 하기야 자기 친척이나 모험에 대해 확실히 엄청난 거짓말을 한다고 여겨지기는 하지만요. 다이도 이제 곧 '열'이 식어 우리도 차츰 제니 페니의 이야기를 듣지 않게 되겠죠."

그러나 생각과 달리 제니에 대한 이야기를 계속 들어야만 했다. 제니가 다이를 글렌 초등학교 여자아이들 가운데 가장 좋다고 말하자 다이는 여왕이 자기 같은 사람에게 몸을 굽힌 듯 여겨져 완전한 심복이 되고 말았다.

둘은 쉬는 시간에 반드시 함께 있었으며 서로 주말의 일에 대해 편지를 써서 주고받았다. 껌이며 단추를 주고 받기도 하고 청소를 서로 돕기도 한 끝에 제니는 다이에게 물었다.

"학교에서 함께 우리 집으로 가서 하룻밤 머무르지 않겠니?"

엄마가 딱 잘라 '안 된다'고 했으므로 다이는 몹시 울었다. 다이는 흐느껴 울며 말했다.

"퍼시스 포드네 집에는 가서 자게 해주었잖아요."

앤은 좀 애매하게 대답했다.

"그건 달라."

앤은 다이를 거만한 아이로 키우고 싶지는 않았지만, 페니 집안에 대해 들은 바로 판단하면, 이 집안사람들은 잉글사이드 아이들의 친구로서 좋지 않다고 여겨졌던 것이다. 앤은 제니가 다이를 사로잡고 있는 매력을 요즘 퍽 걱정하고 있었다.

다이는 소리를 질렀다.

"뭐가 달라요. 제니는 퍼시스와 마찬가지로 숙녀인걸요. 가게에서 산 껌 같은 건 결코 씹지 않아요. 예의범절에 대해 모두 깨우친 사촌언니가 있어서 제니는 그 사람에게 모조리 배웠대요. 너희들은 예절을 모른다고 제니가 말했어요. 그리고 제니는 엄청난 모험을 하고 왔어요."

수전이 물었다.

"누가 그런 말을 했지?"

"제니가 그랬어요. 제니네 집안사람들은 부자는 아니지만 아주 돈 많고 훌륭한 친척이 있대요. 판사 아저씨가 있고, 엄마 쪽으로 세계에서 가장 큰 배의 선장인 사촌오빠도 있대요. 그 배를 진수(進水)할 때 제니가 그 사촌오빠 대신 배이름을 지어주었대요. 우리에게는 판사 아저씨도 레퍼드에게 전도하는 그런 고모도 없잖아요."

"레퍼드가 아니야. 레퍼(나병환자)란다, 다이."

"제니가 레퍼드라고 말했는걸요. 제니는 잘 알고 있을 거예요. 왜냐하면 자기 고모니까요. 그리고 제니네 집에는 내가 보고 싶은 게 잔뜩 있어요─제니 방에는 앵무새 벽지를 발랐대요─응접실에는 박제 뻐꾸기가 가득하대요─홀에는 무늬 있는 깔개가 놓이고 창문의 해가리개는 온통 장미로 차 있대요. 안에서 놀 수 있는 진짜 집도 있어요─삼촌이 지어주었대요. 할머니도 함께 사는데 세계에서 가장 나이 많은 분이래요. 노아의 홍수 전부터 살아 있었다고 제니가 말했어요. 노아의 홍수보다 더 전부터 살아온 사람을 볼 수 있다니 두 번 다시 없는 기회예요."

수전이 말했다.

"할머니라는 사람은 1백 살이 가깝지만 노아의 홍수보다 더 전부터 살고 있었다느니 하는 말을 했다면 제니가 터무니없는 거짓말을 한 거야. 그런 곳에 갔다가는 어떤 일이 일어날지 몰라."

"그 집 사람들은 훨씬 전에 모든 것을 치러버렸어요. 볼거리도 홍역도 백일해도 성홍열도 모두 1년 동안에 해버렸대요."

수전이 중얼거리듯 말했다.

"성홍열은 아직 아닐 거야. 아무튼 흠뻑 빠져버렸으니 어쩔 도리가 없구나."

다이는 흐느껴 울었다.

"제니는 편도선을 잘라야만 해요. 하지만 그건 옳지 않잖아요. 제니에게는 편도선을 자를 때 죽은 사촌언니가 있어요. 피가 펑펑 쏟아져 의식을 되찾지 못하고 그만 죽어버렸대요. 그러니까 그런 유전이 있다면 제니도 반드시 그렇게 될지 몰라요. 그 애는 몸이 약한걸요. 지난주에 세 번이나 기절했어요.

그래도 제니는 각오가 대단해요. 그런 까닭도 있어서 이토록 열심히 나와 함께 지내고 싶어하는 거예요. 제니가 죽어버린 뒤 추억이 되도록 말예요. 부탁이니 엄마, 보내주면 엄마가 사준다고 약속한 장식리본 달린 새 모자를 안 사줘도 돼요."

그러나 어머니가 돌처럼 꿈쩍도 하지 않아서 다이는 울면서 잠자리에 들었다. 낸도 동정해 주지 않았다. 낸은 제니 페니를 '좋아하지 않았기' 때문이다.

앤은 마음이 쓰였다.

"저 애는 왜 저토록 안달하는 것일까. 이제까지 그런 행동을 한 적이 없는데. 수전의 말대로 그 페니 집안 여자아이에게 흠뻑 빠졌나봐요."

"다이를 그처럼 지체 낮은 집에 보내지 않는 것은 잘한 일이에요, 마님."

"어머나, 수전. 다이에게 누구건 자기보다 '지체 낮다'는 생각을 갖도록 하고 싶지는 않아요. 하지만 어딘가에서 선을 그어야만 되겠어요. 이렇듯 제니 일로 정신을 뺏기는 것은 좋지 않아요. 무슨 일이나 과장하는 버릇만 없다면 해롭지 않으리라 여겨지지만—그러나 남자아이들은 정말로 대단한 것 같아요. 모브레이 내러즈의 학교선생님은 어떻게 해야 좋을지 몰라하더군요."

어머니가 허락해 주지 않는다고 다이가 말하자 제니는 건방진 투로 말했다.

"가족들이 그처럼 너를 못살게 구니? 나라면 아무한테도 그렇게 못하도록 하겠어. 내게는 너무 지나치리만큼 강한 용기가 있는걸. 왜냐하면 나는 생각만 있으면 언제든 하룻밤 내내 밖에서도 잔단다. 넌 그런 일을 하려고 생각해본 적도 없지?"

다이는 이 '곧잘 밖에서 잔다'는 이상한 여자아이를 슬픈 듯이 바라보았다. 어쩌면 이토록 멋질까?

"가지 못하더라도 나를 나쁘게 생각지 마, 제니. 내가 가고 싶어하는 마음은 잘 알겠지?"

"물론 나쁘게 생각지는 않아. 하기야 참지 못하는 아이도 있겠지만 말이야. 하지만 너로서는 어떻게도 할 수 없는걸, 뭐. 재미있을 텐데. 달밤에 뒤꼍 시냇물로 낚시하러 갈 계획을 세웠었어. 우리는 곧잘 그렇게 하거든. 나는 이렇게 큰 송어를 낚은 일이 있어. 그리고 우리 집에는 아주 귀여운 아기돼지와 갓 태어난 귀여운 망아지와 강아지가 있어. 좋아, 새디 테일러에게 물어봐야지. 새디 아빠나 엄마라면 하고 싶어하는 일을 하게 해줄 거야."

다이는 충성스럽게 항의했다.

"우리 아빠와 엄마도 내게 아주 잘 대해줘. 그리고 우리 아빠는 프린스 에드워드 섬에서 가장 뛰어난 의사선생님이야. 다들 그렇게 말하고 있어."

제니가 오만하게 말했다.

"너에겐 아빠와 엄마가 있고 내게는 없다고 뽐내는구나. 하지만 우리 아빠에게는 날개가 있고 늘 금관을 쓰고 계셔. 그렇다고 해서 내가 뽐낸 일은 없잖아?

그래, 다이, 너와 싸우고 싶지는 않지만 나는 자기 가족들을 자랑하는 사람이 아주 싫어. 예절에 어긋나는 일이야. 나는 숙녀가 되려고 마음먹고 있어. 네가 늘 이야기하는 그 퍼시스 포드가 올여름 포윈즈에 오면 나는 그런 아이와는 어울리지 않을 거야. 그 애 어머니는 좀 이상하다고 리너 숙모가 말했어. 죽은 사람과 결혼했는데 그 사람이 되살아났대."

"어머나, 그렇지 않아, 제니. 나는 알고 있는데—엄마가 말해 주었어—레슬리 아주머니는—"

"그런 사람 이야기는 듣고 싶지 않아. 무슨 일인지는 몰라도 그런 이야기는 안 하는 게 좋아, 다이. 저봐, 종이 울리고 있어."

다이는 마음이 상해서 눈을 크게 뜨고 울먹이는 목소리로 물었다.

"정말 새디에게 말할 거니?"

"글쎄? 지금은 아니야. 좀더 기다리겠어. 그래, 네게 다시 기회를 줘도 좋아. 하지만 이번이 마지막이야."

2, 3일 뒤 쉬는 시간에 제니가 다이에게 왔다.

"쳄이 이야기하는 걸 들었는데, 너의 아빠와 엄마는 어제 나가셔서 내일에야 돌아오신다며?"

"응, 애번리의 머릴러 아주머니 댁에 가셨어."

"그렇다면 이거야말로 너에게 좋은 기회야."

"기회?"

"우리 집에 와서 자는 기회."

"어머나, 제니—하지만 그렇게 할 수 없어."

"아니, 할 수 있어. 바보 같은 말 하지 마. 알 리 없잖아? "

"하지만 수전이 보내주지 않아."

"수전에게 물을 것 없잖아. 학교에서 바로 나와 함께 우리 집으로 가면 되는걸. 네가 어디 갔는지는 낸이 말하면 돼. 그러면 수전도 걱정하지 않아. 그리고 네 아빠와 엄마가 돌아와도 수전은 이르지 않을 거야. 자기가 야단맞을 게 무서울 테니까."

다이는 어떻게 할까 잠시 망설였다. 제니와 함께 가면 안 된다는 것을 알고 있었지만 달콤한 유혹을 이길 수는 없을 것 같았다. 제니는 그 커다란 눈으로 다이에게 집중공격을 퍼부으며 극적으로 말했다.

"이것이 너의 마지막 기회야. 너무 훌륭해서 우리 집 같은 데는 올 수 없다는 아이와 나는 줄곧 친하게 지낼 수 없으니까. 네가 오지 않는다면 우리는 영원히 헤어지기로 해."

그로써 일은 결정되었다. 아직도 제니의 매력에 사로잡혀 노예가 되어버린 다이는 영원히 헤어진다는 것은 생각만 해도 견딜 수 없는 일이었다. 그날 오후 낸은 혼자 집으로 돌아와 다이가 제니의 집에서 잔다 했다며 수전에게 말했다.

수전은 여느 때처럼 몸을 움직일 수 있었다면 바로 페니네 집으로 가서 다이를 데려왔을 것이다. 그러나 수전은 그날 아침 발목을 삐어 절룩거리며 아이들 식사준비쯤은 할 수 있었지만 도저히 베이스 라인 거리를 1마일이나 걸을 수는 없을 것 같았다.

페니네 집에는 전화가 없었고 젬도 월터도 가기 싫다고 딱 잘라 거절했다. 등대에서 조개구이를 하는데 오라고 해서 가기로 되어 있으며, 페니네 집 사람들은 아무도 다이를 잡아먹을 리 없다는 것이었다. 수전은 하는 수 없다고 단념할 수밖에 없었다.

다이와 제니는 4분의 1마일쯤 더 걷게 되지만 들판을 가로질러 집에 가기로 했다. 다이는 양심의 가책을 받으면서도 시간 가는 줄 모르고 놀아 즐거웠다. 둘이 걷고 있는 주변은 너무나 아름다웠다. 짙은 초록색 숲 끄트머리에 있는 작은 요정이 나오는 양치류가 우거진 조그만 물굽이, 무릎까지 묻히는 미나리아재비 속을 헤치며 걸어갔다. 바람이 살랑살랑 불어가는 골짜기, 어린 단풍나무 아래 구불구불한 오솔길, 딸기가 가득 열려 있는 양지바른 목초지.

세계 곳곳에 깃든 아름다움에 마침 눈뜨기 시작한 다이는 황홀해져서 제니가 저렇듯 떠들어대지 않으면 좋을 텐데 생각할 정도였다. 학교에서는 그것도 좋았지만, 여기에서는 제니가 독을 마셨을 때의 끔찍한 이야기 같은 건 듣고 싶지 않았다—물론 일부러 그런 것은 아니다—약을 잘못 마신 것이었다. 제니는 죽음의 괴로움을 훌륭하게 그려보였지만 어째서 죽지 않았는가 하는 이유에 대해서는 얼마

쯤 애매했다. '정신을 잃고' 말았지만 의사가 죽기 직전에 살려주었다
고 했다.

"하지만 그 뒤로 나는 전 같은 몸이 아니야, 다이 블라이스. 너는
뭘 멍하니 보고 있니? 하나도 듣고 있지 않구나?"

다이는 미안해 하며 말했다.

"어머나, 듣고 있었어. 너처럼 멋진 일을 겪은 사람은 없을 거야, 제
니. 하지만 경치를 좀 봐."

"경치? 경치가 뭐?"

"저―저―네가 보고 있는 것. 저기……"

다이는 목장이며 숲이며 그 사이에 조각구름이 걸린 작은 산, 산
과 산 사이의 골짜기에 사파이어처럼 내다보이는 푸른 바다 등의 파
노라마에 손을 흔들어 보였다.

그러나 제니는 비웃었다.

"오래된 나무며 소가 많이 있을 뿐이잖아. 나는 백 번은 봤어. 너는
이따금 아주 이상하구나. 기분 나쁘게 생각할지도 모르겠지만 가끔
네가 여기 없는 게 아닌가 여겨질 때가 있어. 정말이야. 하지만 하는
수 없지, 뭐. 네 엄마도 늘 그런 말을 한다는 소문인걸. 자, 여기가 우
리 집이야."

다이는 페니네 집을 찬찬히 바라보았다. 그리고 태어나서 처음으로
환멸의 비애를 맛보았다. 이것이 제니가 말하던 '저택'이란 말인가?
확실히 커다랗고 내다지창문도 다섯 개 있었지만 참혹하게도 페인트
를 칠할 필요가 있었고 '나무로 만든' 레이스장식은 대부분 떨어져
있었다. 베란다는 가운데가 몹시 내려앉았다. 현관 위의 전에는 아름
다웠을 부채꼴 창문도 망가져 있었다.

해가리개는 구부러졌고 창문에는 유리 대신에 몇 장의 갈색 포장
지를 대놓았으며 집 뒤꼍 '아름다운 자작나무숲'은 두세 그루의 말라
비틀어진 고목을 말한 것이었다. 헛간은 삐거덕거리며 형편없이 황폐

해진 상태였고, 뒤뜰에는 낡고 녹슨 기계가 가득히 놓여 있었다. 뜰은 잡초로 무성한 밀림 그 자체였다.

이렇듯 초라한 집을 다이는 이제까지 본 일이 없었으며, 비로소 제니의 이야기가 모조리 다 사실이 아닐지도 모른다는 생각이 들었다. 제니가 말한 것처럼 겨우 9살에 그토록 죽을 뻔한 일을 많이 겪을 수 있었을까?

집안도 그리 다를 바 없었다. 제니가 안내한 응접실은 퀴퀴한 곰팡내가 나고 먼지투성이였다. 천장은 빛바래고 여기저기 온통 금이 가 있었다. 유명한 대리석 맨틀피스는 칠을 한 것일 뿐이고—그것은 다이가 보아도 알 수 있었다—싸구려 동양 스카프를 늘어뜨려 군데군데 '입수염 컵*1'으로 눌러 놓았다. 낡아빠진 레이스 커튼은 보기 싫은 빛깔로 구멍투성이였다. 파란 종이 해가리개는 여기저기 찢어지고 터졌으며 큰 바구니에 장미를 가득 담은 그림이 그려져 있었다.

응접실에 박제 뻐꾸기가 가득하다고 했는데, 구석에 조그만 유리 상자가 놓이고 그 속에 이 부스스한 새가 세 마리 들어 있으며 한 마리는 눈이 아예 없어져버렸다.

아름답고 위엄있는 잉글사이드에 익숙해진 다이로서는 이곳이 악몽에 나오는 방처럼 보였다. 그런데 이상하게도 제니는 자기 이야기와 실제와의 차이를 조금도 느끼고 있지 못하는 듯했다. 다이는 '제니로부터 이것저것 들은 이야기는 꿈이었을까' 하고 생각했다.

밖은 그리 심하지 않았다. 가문비나무숲 한구석 페니 씨가 지은 조그만 장난감집은 집과 똑같이 만든 모형으로 아주 재미있었으며, 아기돼지도 갓 태어난 망아지도 귀여웠다. 잡종인 강아지들은 털이 북슬북슬하고 애교가 넘쳐 비어 드 비어 종 명견이기라도 한 것 같았다. 그 속에 갈색 귀가 길게 축 늘어지고 이마에 흰 점이 있고 조

---

*1 수염이 젖지 않도록 컵 안쪽에 수염을 떠받치는 것이 달려 있는 컵.

그맇고 부드러운 혀를 내민, 유난히 손이 하얀 귀여운 강아지가 있었다. 이 강아지는 모두 다른 사람에게 주기로 약속되어 있다고 하여 다이는 몹시 실망했다.

"약속이 다 되어 있지 않다 해도 네게 줄 수 있을지 어떨지. 잉글사이드에서는 전혀 개를 기를 수 없다는 말을 들었어. 너희들에게는 뭔가 이상한 점이 있나봐. 삼촌이 말했는데, 개는 사람이 모르는 일을 알 수 있대."

다이는 소리쳤다.

"우리의 나쁜 점을 개가 알 리 없어."

"그렇다면 좋겠지만, 너의 아빠가 엄마에게 심하게 하니?"

"아니, 물론 그렇지 않아."

"하지만 너의 아빠가 엄마를 때린다는 말을 들었어―엄마가 크게 비명을 지를 때까지 때린다던데. 하지만 나는 그런 일을 믿지 않아. 사람들이란 곧잘 끔찍한 거짓말을 하잖아? 아무튼 나는 전부터 네가 좋아, 다이. 그러니 언제든 네 편을 들어줄 거야."

이에 대해서는 아주 고맙게 여겨야만 한다고 다이는 생각했지만 왠지 그런 마음이 들지 않았다.

다이는 몹시 어색한 느낌이 들기 시작해서 제니가 다이의 눈에 던져준 매력이 갑자기 흔적도 없이 사라져버렸다. 제니가 물레방아 웅덩이에 빠져 하마터면 죽을 뻔했을 때의 이야기를 해도 전처럼 흥분이 느껴지지 않았다. 다이는 믿지 않았다. 그런 것은 제니의 상상에 지나지 않는다. 틀림없이 백만장자인 아저씨도, 1천 달러나 하는 다이아몬드 반지도, 레퍼드 속에서의 전도도 상상에 지나지 않을 게 틀림없다. 다이는 바늘에 찔린 풍선처럼 맥이 빠져버렸다.

그러나 할머니가 아직 있다. 분명히 할머니는 진짜다. 다이와 제니가 집으로 돌아오자 가슴이 크고 뺨이 붉은, 그리 깨끗지 못한 사라사 옷을 입은 부인이 할머니가 손님을 만나고 싶어한다고 전했다.

제니가 설명했다.

"할머니는 일어나지 못해. 집에서는 늘 손님이 오면 모두 할머니에게로 데려간단다. 그렇게 하지 않으면 화를 아주 많이 내."

리너 아주머니가 주의를 주었다.

"할머니에게 등이 아프신 것은 좀 어떠냐고 반드시 물어봐야 한다. 사람들이 할머니의 등에 대해 기억하고 있지 않으면 할머니는 기분 나빠하시니까."

제니가 말했다.

"그리고 존 아저씨 일도. 존 아저씨는 안녕하세요, 하고 묻는 것도 잊으면 안 돼."

다이가 물었다.

"존 아저씨가 누구인데?"

리너 아주머니가 이야기해 주었다.

"할머니 아들로 50년쯤 전에 세상을 떠났지. 몇 해나 앓다가 돌아가셔서 할머니는 사람들이 아드님은 어떠냐고 묻는 일이 버릇처럼 되어 그렇게 묻지 않으면 몹시 쓸쓸해 하신단다."

할머니의 방 앞에서 다이는 갑자기 뒷걸음질쳤다. 이 믿을 수 없을 만큼 나이 많은 노파가 갑자기 견딜 수 없을 만큼 무서워진 것이다.

제니가 말했다.

"왜 그러니? 아무도 너를 잡아먹지 않아."

"할머니는—할머니는 정말로 노아의 홍수 전부터 살아 있었니, 제니?"

"물론 그렇지 않아. 누가 그런 말을 했지? 하지만 이번 생일까지 살아 계시면 1백 살은 돼. 자, 어서 와."

겁먹은 다이는 마지못해 따라들어갔다. 심하게 어질러진 침실의 커다란 침대에 할머니는 누워 있었다. 믿을 수 없을 만큼 수름이 수글주글 잡힌 얼굴은 나이먹은 원숭이와 똑같았다. 할머니는 가장자리가 빨갛게 움푹한 눈으로 다이를 찬찬히 보고 무뚝뚝하게 말했다.

"그렇게 흘끗흘끗 보지 마라. 너는 누구지?"

좀 얌전해진 제니가 대답했다.

"다이애너 블라이스예요, 할머니."

"흠······퍽 야단스러운 이름이로구나. 네게는 건방진 자매가 있다지?"

대뜸 다이가 화가 나서 소리쳤다.

"낸은 건방지지 않아요."

설마 제니가 낸의 흉을 보았던 것일까?

"좀 건방지구나, 너는. 나는 손윗사람에게 그런 말버릇을 쓰도록 배우지 않았다. 건방지고말고. 제니한테 들었다만 머리를 꼿꼿이 하고 걷는 사람은 건방질 게 틀림없어. 뻔뻔스럽게도······내게 말대꾸하면 못써!"

할머니가 성이 난 듯싶어 다이는 당황하며 등은 어떠냐고 물었다.

"누가 내게 등이 있다고 하더냐? 버릇없는 것 같으니라고······내 등은 네가 알 일이 아니야. 이리 와. 침대 곁으로 오너라."

다이는 1천 마일은 떨어져 있기를 바라며 다가갔다. 이 무서운 할머니는 내게 뭘 하려는 것일까?

할머니는 재빨리 침대 끝으로 몸을 옮겨서 발톱 같은 손을 다이의 머리로 가져갔다.

"홍당무 같은 빛깔이지만 매끄럽구나. 예쁜 옷이군. 걷어올리고 페티코트를 보여주렴."

다이는 수전이 뜬 레이스로 가장자리를 두른 흰 페티코트를 입고 오기 잘했다고 여기며 시키는 대로 했다. 그러나 페티코트를 보여주어야 하다니, 대체 어떻게 된 집안일까?

할머니가 말했다.

"나는 언제나 페티코트로 여자아이들을 판단하지. 너는 합격이다.

이번에는 드로어스야."

다이는 거절할 용기가 없어 페티코트를 들어올렸다.

"흠……그것에도 레이스가 달려 있구나! 이것은 사치스러워. 너는 존의 일을 물어주지 않는구나."

다이는 가까스로 말했다.

"안녕하신가요?"

"'안녕하신가요'라니 뻔뻔스럽구나. 죽지 않았다고 누가 말할 수 있겠니. 그건 그렇고, 묻고 싶은 게 있다. 네 엄마가 순금골무를 가지고 있다는 게 정말이냐?"

"네, 지난번 엄마생일에 아빠가 주셨어요."

"그렇구나. 나는 믿지 않을 뻔했지. 제니가 그렇게 말했지만, 제니 말은 하나도 믿을 수 없으니까. 순금골무라고? 그런 것은 들어본 적도 없어. 자, 저리 가서 저녁 식사나 해라. 식사는 제시간에 해야 해. 제니, 팬티를 올려라. 한쪽이 옷 밑으로 빠져나왔구나. 반듯하게 좀 하렴."

제니는 분개했다.

"내 팬티는―드로어스는 내려오지 않았어요."

"페니네 집안은 팬티고 블라이스 집안은 드로어스다. 그것이 지금도 앞으로도 너희들의 다른 점이지. 내게 말대꾸하지 마라."

페니네 사람이 모두 넓은 부엌에 있는 저녁 식사 테이블 둘레에 모였다. 다이는 리너 아주머니 말고는 이제까지 아무도 보지 못했지만, 언뜻 테이블 둘레로 눈길을 보냈을 때 엄마와 수전이 어째서 자기를 이리로 보내고 싶어하지 않았는지 알았다.

테이블 보는 너덜너덜하고 온통 수프 자국이 얼룩덜룩 묻어 있었다. 식기는 여기저기서 모은 것들이었다. 파리는 어디에나 떼 지어 있었다. 페니 집안사람들로 말하면―다이는 이제까지 이런 사람들과 함께 테이블에 앉은 일이 없었으므로 '무사히 잉글사이드에 가 있을 수 있다면' 하고 생각했다. 그러나 지금은 이 고난을 헤쳐나가야만 했다.

벤 아저씨는 테이블 윗자리에 앉았다. 불타는 듯한 붉은 턱수염을 길렀고 벗어진 머리 둘레를 흰 머리칼이 에워싸고 있었다. 벤 아저씨의 동생 파커는 독신으로, 여위고 수염도 깎지 않은 모습으로 침뱉기 알맞은 장작통이 있는 곳에 자리잡고 앉아 쉴새없이 침을 뱉었다.

남자아이인 12살 된 커트와 13살 된 조지 앤드루는 파란 물고기 같은 눈으로 뻔뻔스러울 만큼 다이를 흘끗흘끗 보았다. 너덜너덜한 셔츠 구멍으로 맨살이 보였다. 커트는 깨진 병에 벤 손을 피가 밴 누더기로 싸매고 있었다.

11살인 애너벨과 10살인 거트는 동그란 갈색 눈의 귀여운 소녀들이었다. 2살 된 터피는 곱슬머리가 애교 있었고 뺨은 장밋빛이었으며, 리너 아주머니가 무릎에 안고 있는 장난스러워보이는 눈이 까만 아기는 깨끗하기만 하면 틀림없이 귀여울 것 같았다.

제니가 야단쳤다.

"커트, 손님이 온다는 걸 알면서 왜 손톱을 깨끗이 하지 않았니? 애너벨, 입 속에 음식을 가득 물고 말해서는 못써."

그리고 제니는 다이에게 덧붙여 설명했다.

"이 집안에서 예절을 가르치려는 사람은 나뿐이란다."

벤 아저씨가 쩌렁쩌렁 울리는 목소리로 야단쳤다.

"입 다물어!"

제니가 큰 소리로 말했다.

"못해요. 나를 입 다물게 하지는 못할 거예요."

그러자 리너 아주머니가 침착하게 나무랐다.

"아저씨에게 말대꾸하는 게 아니야. 자, 너희들, 숙녀처럼 얌전히 굴어야지. 커트, 미스 블라이스에게 감자를 돌려수럼."

커트가 킥킥 웃었다.

"으, 흐, 미스 블라이스라고?"

그러나 다이는 적어도 한 가지만은 몸이 짜릿해지는 기쁨을 맛보았다. 태어나서 처음으로 미스 블라이스라고 불렸기 때문이다.

놀랍게도 식사는 맛있고 푸짐했다. 다이는 배가 고팠으므로 이 빠진 찻잔으로 마시는 것은 싫었지만—음식이 정갈하다고 믿을 수만 있다면—그리고 다들 그렇듯 싸우지만 않는다면—맛있게 먹었을지도 모른다.

이 집 사람들은 저마다 쉴 새 없이 싸우고 있었다—조지 앤드루와 커트—거트와 애너벨—거트와 제니—그리고 벤 아저씨와 리너 아주머니조차 그랬다. 둘은 무섭게 싸웠고 서로 신랄한 비난을 던졌다. 리너 아주머니는 자기가 결혼했을지도 모르는 훌륭한 남자 이름을 모조리 벤 아저씨에게 내던졌고, 벤 아저씨는 벤 아저씨대로 누구라도 좋으니 자기 말고 다른 사람과 결혼해 주었으면 좋았을 거라고 말했다.

다이는 생각했다.

'우리 아빠와 엄마가 저렇듯 싸운다면 견딜 수 없을 거야. 아, 집에 돌아가고 싶어.'

"손가락을 빨면 안 돼, 터피."

이 말을 다이는 그만 입 밖에 내고 말았다. 릴러가 손가락 빠는 것을 그만두게 하려고 저마다 무척 애먹었기 때문이다.

커트가 금방 무섭게 화냈다.

"가만 내버려둬. 하고 싶으면 손가락을 빨아도 괜찮아. 우리는 너희 잉글사이드 꼬마들처럼 이런저런 잔소리는 듣지 않아. 자기를 무슨 마나님쯤으로 여기는가보군?"

리너 아주머니가 나무랐다.

"커트, 커트! 미스 블라이스는 너를 예절 모르는 아이라고 여기겠구나."

리너 아주머니는 아주 침착하게 생글생글 웃으며 벤 아저씨의 찻 잔에 설탕 두 숟갈을 넣어주었다.

"마음 쓰지 마라. 자, 파이를 한 조각 더 먹어라."

다이는 하나도 먹고 싶지 않았다. 오직 집에 돌아가고 싶을 뿐이었 다. 그러나 어떻게 하면 집으로 갈 수 있는지 짐작도 되지 않았다.

벤 아저씨는 요란스러운 소리를 내며 마지막 차를 다 마시자 큰 소 리로 말했다.

"자, 다 끝났어. 아침 일찍 일어나 하루 종일 일하고 세끼 식사를 하고 자다니. 이 무슨 생활이람!"

리너 아주머니가 미소 지으며 말했다.

"아빠가 즐겨하는 농담이란다."

"농담이라고―오늘 플래그네 가게에서 감리교파 목사를 만났지. 내가 하느님 따위는 없다고 했더니 반박하려 들더군―'당신은 일요 일에 이야기해. 이번에는 내 차례요. 하느님이 있다는 것을 증명해 보 시오' 하고 내가 말해줬더니 '이야기하는 것은 당신이잖소' 하는 거야. 모두 바보처럼 웃어대더군. 목사를 똑똑하다고 생각한 거지."

하느님이 없다니! 다이가 살아온 세계에서 밑바닥으로 떨어져나가 는 듯했다. 다이는 그만 울고 싶었다.

# 페니네 아이들

저녁 식사가 끝난 뒤에는 더욱 나빴다. 식사 전에는 적어도 제니와 둘이서만 있을 수 있었다. 지금은 폭도들에게 둘러싸여 있었다.

조지 앤드루가 다이의 손을 움켜잡고 달아날 사이도 없이 흙탕물 웅덩이를 뛰어넘게 했다. 다이가 이런 취급을 받은 것은 태어나서 처음이었다. 젬도 월터도 켄 포드와 함께 다이를 놀렸지만 이런 남자아이들은 만난 적이 없었다.

커트는 씹던 껌을 입에서 꺼내 다이에게 주겠다고 했지만 다이가 거절하자 몹시 화를 냈다.

커트는 크게 소리쳤다.

"살아 있는 쥐를 덤벼들게 할 테다. 잘난 척하는 고양이 계집애! 거만해! 겁쟁이 형제가 있으면서!"

다이가 말했다.

"월터는 겁쟁이가 아니야."

너무 무서운 나머지 가슴이 메슥거렸지만, 월터가 욕먹는 것을 잠자코 듣고 있을 수 없었다.

"겁쟁이고말고. 시 같은 걸 쓰고 있잖아. 우리 집에 시 같은 걸 쓰는 형제가 있다면 어떻게 하는지 알아? 물에 빠뜨려 죽일 거야. 고양이새끼처럼 말이야."

제니가 말했다.

"고양이새끼라면 헛간에 들고양이새끼가 잔뜩 있어. 가서 몰아내자."

그러나 다이는 이런 남자아이들과 고양이를 잡으러 갈 생각이 없어서 말했다.

"아기고양이라면 우리 집에도 많이 있어. 열한 마리나 있는걸."

다이는 자랑스럽게 말했다.

제니가 소리쳤다.

"그런 말은 믿지 못해! 그럴 리 없어! 고양이새끼를 열한 마리나 가지고 있는 집이 세상에 어디 있어. 고양이새끼가 열한 마리나 태어날 리 없어."

"한 고양이가 다섯 마리 낳고 또 다른 고양이가 여섯 마리 낳았어. 아무튼 나는 헛간에 안 가겠어. 지난 겨울 테일러네 헛간 2층에서 떨어졌어. 만일 왕겨더미 위에 떨어지지 않았더라면 죽을 뻔했었는걸."

"어머나, 나도 언젠가 커트가 붙잡아주지 않았으면 그런 데서 떨어졌을지도 몰라."

제니는 기분이 나빠졌다.

'나 말고는 헛간 2층에서 떨어질 권리가 아무에게도 없는데. 다이가 그런 모험을 하다니! 정말 건방진 아이야!'

다이가 주의를 주었다.

"떨어질 뻔했었다고 말해야 해."

그리고 그 순간부터 다이와 제니의 사이는 끝나버렸다. 아무튼 그날 밤 여기서 지내야만 했다. 모두 밤늦게까지 잠자리에 들지 않았다. 페니네에서는 아무노 일찍 자는 사람이 없었기 때문이나. 10시 30분에 제니가 안내한 넓은 방에는 침대 두 개가 나란히 놓여 있었다. 애너벨과 거트가 자기들 침대에 들어가 있었다.

다이는 다른 하나 남은 침대를 보았다. 베개가 아주 더러웠다. 이불도 몹시 더러웠다. 벽지는—그 유명한 '앵무새'벽지는—물스민 자국이 있었고 앵무새들도 그리 앵무새다워 보이지 않았다. 침대 옆 탁자 위에 주전자와 더러운 물이 반쯤 담긴 찌그러진 양철 세수대야가 놓여 있었다. 다이는 거기에 얼굴을 씻을 마음은 조금도 없었다. 처음으로 다이는 얼굴을 씻지 않고 자야만 했다. 리너 아주머니가 준비해준 잠옷만은 그래도 깨끗했다.

다이가 기도를 드리고 일어서자 제니가 비웃었다.

"너는 참 구식이구나. 기도하고 있는 걸 보니 아주 신앙심 깊은 바보같아 우스꽝스러워. 요즘도 기도 같은 걸 하는 사람이 있는 줄 몰랐어. 도대체 기도 같은 게 무슨 소용 있니? 무엇 때문에 하는 거지?"

다이는 수전의 말을 빌어왔다.

"내 영혼을 구원받아야만 하니까."

제니가 비웃었다.

"나는 영혼 같은 걸 가지고 있지 않아."

"아마 그럴지도 모르지. 하지만 나는 가지고 있어."

다이는 자세를 바로잡았다.

제니는 다이를 유혹하듯 지그시 바라보았다. 그러나 제니 눈의 주술(呪術)은 깨뜨려졌다. 두 번 다시 다이는 그 매력에 굽히지 않았다.

제니는 아주 실망하여 슬프게 말했다.

"네가 그런 아이인 줄 몰랐어, 다이애너 블라이스."

다이가 대답할 사이도 없이 조지 앤드루와 커트가 방으로 뛰어들어왔다. 조지 앤드루는 탈을 쓰고 있었다. 큼직한 코가 달린 섬뜩한 탈이었다. 놀란 다이는 비명을 꽥 질렀다.

조지 앤드루가 명령했다.

"대문 밑 돼지처럼 꿀꿀거리지 마. 너는 우리에게 잘 자라고 키스해야 해."

커트가 위협했다.

"그러지 않으면 저 벽장 속에 가둬버릴 테야. 쥐가 가득 있어."

조지 앤드루가 다이에게로 왔으므로 다이는 다시 새된 소리를 지르며 뒤로 물러났다. 다이는 탈이 무서워 몸이 움츠러들었다.

탈 뒤에 있는 건 조지 앤드루임을 잘 알고 있었으며 조지는 무섭지 않았다. 그러나 그 무서운 탈이 자기 가까이에 오면 죽고 말 거라고 생각했다. 죽고 말 것임을 분명히 알고 있었다.

이제 그 무서운 탈이 얼굴에 와서 닿을 듯이 가까이 보였을 때 다이는 의자에 걸려 뒤로 나자빠지며 애너벨의 날카로운 침대 모서리에 머리를 부딪쳤다. 순간 현기증이 나서 다이는 스르르 눈을 감은 채 누워 있었다.

"죽어버렸어. 죽어버렸어."

커트가 코를 훌쩍이며 울기 시작했다.

애너벨이 말했다.

"다이를 죽여버렸다면 엄청 얻어맞을 거야, 조지 앤드루!"

커트가 말했다.

"죽은 척하고 있는 건지도 몰라. 지렁이를 올려놔봐. 내가 이 깡통 속에 가지고 있으니까. 죽은 척하고 있는 거라면 살아날 거야."

다이는 이 말을 들었지만 무서워서 눈을 뜰 수 없었다.

'내가 죽었다고 여기면 이 애들은 나를 놔두고 저쪽으로 가버릴지도 몰라. 하지만 지렁이를 올려놓는다면—'

커트가 말했다.

"핀으로 찔러봐. 피가 나오면 죽은 게 아니니까."

'나는 핀은 참을 수 있지만, 지렁이는 싫어.'

제니가 작은 소리로 말했다.

"죽지 않았어, 죽을 리가 없어. 너희들이 겁을 주어 발작을 일으켰을 뿐이야. 하지만 만일 정신을 차리면 온 집안에 들리도록 새된 소리를 지를 거야. 그러면 벤 아저씨가 들어와 우리를 마구 때리겠지. 집에 오라고 하지 말걸. 이 겁쟁이!"

조지 앤드루가 제안했다.

"정신을 차리기 전에 우리가 집까지 메고 가면 어떨까?"

'아, 그렇게만 해준다면!'

제니가 반대했다.

"우린 못해…… 멀잖아."

"지름길로 가면 4분의 1마일밖에 안 되는걸. 우리가 저마다 팔이나 다리를 잡으면 돼. 너와 커트와 나와 애너벨이 말이야."

페니네 아이들이 아니라면 이런 일을 생각해 내지 못했을 것이다. 생각해 냈다 하더라도 실행하지 못했을 것이다. 그러나 페니네 아이들은 머리에 떠오른 일은 뭐든지 해왔고, 아빠에게 '얻어맞는' 일은 될 수만 있으면 피해야 했다. 아빠는 어느 점까지는 잔소리를 하지 않았지만 그것을 넘으면―끝장이다!

조지 앤드루가 말했다.

"옮겨가는 동안 눈을 뜨면 우리는 그대로 달아나자."

다이가 정신을 차릴 걱정은 조금도 없었다. 자기 몸이 네 아이에 의해 들어올려졌을 때 다이는 너무도 고마워서 몸이 떨렸다.

아이들은 발소리를 죽여 아래로 살금살금 내려가 집 밖으로 나갔다. 뒤뜰을 지나 길다란 클로버 들판을 넘어―숲을 지나―언덕을 내려갔다. 두 번쯤 다이를 내려놓고 쉬어야만 했다. 이제는 다이가 죽은 줄로만 알고 네 아이는 아무에게도 들키지 않고 다이네 집까지 가야겠다는 것만을 한결같이 바라고 있었다.

태어나서 이제까지 한 번도 기도한 적 없지만 제니는 지금 속으로 기도하고 있었다―마을 사람들이 아무도 나오지 않게 해달라고. 만

일 다이 블라이스를 집으로 데려갈 수만 있다면 다이가 잠잘 때가 되어 몹시 집에 가고 싶어 떼썼다고 그들 모두 맹세할 수 있을 터였다. 그 뒤에 어떤 일이 일어나든 자기들이 알 바 아닌 것이다.

네 아이가 이런 계획을 짜고 있을 때 다이는 한번 용감하게 눈을 떠보았다. 그들 둘레의 잠들어 있는 세계는 다이에게 아주 낯설어 보였다. 울창한 전나무는 서먹서먹했다. 별은 다이를 보고 웃고 있었다.

'나는 저렇듯 큰 하늘은 좋지 않아. 하지만 조금만 더 참으면 집에 돌아갈 수 있어. 만일 내가 죽지 않았다는 것을 이 아이들이 알면 나를 여기에 버려둔 채 가버릴 테고, 어둠 속에 혼자서는 집으로 돌아가지 못해.'

페니네 아이들은 다이를 잉글사이드의 베란다에 내던지자 미친 듯이 달아났다. 다이는 금방 되살아나려고 하지 않았지만, 마침내 용감하게 눈을 떠보았다. 그렇다, 집에 돌아온 것이다. 너무나 기뻐 현실로 여겨지지 않을 정도였다.

다이는 생각했다.

'나는 아주 나쁜 아이였지만, 다시는 나쁜 짓을 하지 않겠어.'

다이는 일어났다. 그러자 슈림프가 발소리를 죽여 층계를 올라와 목을 가르랑거리며 다이에게 몸을 비비댔다. 다이는 부드러운 슈림프를 꼭 끌어안았다. 어쩌면 슈림프는 이토록 기분 좋고 따뜻하며 상냥할까!

다이는 집안으로 들어갈 수 있으리라고 여겨지지 않았다. 아버지가 집을 비웠을 때에는 수전이 온 집안 문을 모두 잠그는 것을 알고 있었으며, 이런 시각에 수전을 깨울 생각은 없었다. 그러나 괜찮다. 6월 밤은 춥기는 하지만 해먹에 들어가 슈림프와 함께 웅크리고 자자. 저 잠겨져버린 문 안에는 수전과 오빠들 그리고 낸이 있고—무사히 집으로 돌아왔으니까.

어두워진 세상은 정말 이상하다. 나 말고는 모두 잠들어 있을까?

층계 옆 풀숲에 있는 큰 흰 장미는 밤에 보니까 작은 사람의 얼굴처럼 보였다. 알싸한 박하 향기는 다정한 친구 같았다. 과수원에서 반딧불이 '반짝' 빛났다. 마침내 나는 '하룻밤 내내 밖에서 잤다'고 자랑할 수 있는걸.

그러나 그렇게 되지는 않았다. 검은 그림자 둘이 문으로 들어와 마찻길을 걸어왔다. 길버트는 부엌 창문을 억지로 열어보려고 뒤꼍으로 돌아갔고, 앤은 층계를 올라와 고양이를 안고 앉아 있는 가엾고 조그만 모습을 보자 소스라치게 놀라 우뚝 서버렸다.

"엄마―아, 엄마!"

다이는 포근한 어머니의 품에 안겼다.

"다이! 이게 어찌된 일이지?"

"아, 엄마, 나는 나쁜 짓을 하고 말았어요. 하지만 잘못했다고 여기고 있어요. 엄마 말이 맞았어요. 그리고 엄마와 아빠는 내일이라야 돌아올 줄 알았어요."

"로브리지에서 아빠에게 전화가 걸려왔더구나. 내일 파커 아주머니가 수술해야 하는데 아빠가 함께 있어 주어야겠다고 파커 선생님이 말했단다. 그래서 우리는 저녁차를 타고 와 역에서부터 걸어왔지. 자, 모두 이야기해보렴."

모든 일을 울면서 이야기하는 동안 길버트가 안으로 들어가 현관문을 열었다. 길버트는 소리없이 살그머니 들어갔다고 여겼지만, 수전은 잉글사이드에서 일어나는 안전에 관계되는 경우에는 박쥐의 울음소리까지도 알아들을 수 있을 만한 귀를 가지고 있었으므로, 잠옷위에 가운을 걸치고 절룩거리며 아래로 내려왔다.

놀라서 부르짖고 설명하느라 수전은 바빴지만, 앤이 그것을 가로막았다.

"아무도 수전을 나무라지 않아요. 다이는 아주 나쁜 짓을 했지만 자기도 그것을 알았고 벌도 충분히 받았다고 생각해요. 시끄럽게 굴어서 미안해요. 어서 잠자리로 돌아가요. 선생님이 수전의 발을 봐줄 거예요."

"나는 자고 있지 않았어요, 마님. 그 소중한 아이가 어떤 곳에 있는지 모르는데, 잠이 올 거라고 여기나요? 그리고 다리가 어떻게 됐든 두 분에게 차를 한 잔씩 드리겠어요."

다이는 흰 베개에 누워 물었다.

"엄마, 아빠가 엄마를 혼내주는 일이 있어요?"

"혼내준다고? 나를? 어머나, 다이!"

"페니네 사람들이 그렇게 말했어요, 아빠가 엄마를 때린다고."

"다이, 페니네 사람들이 어떤 사람들인지 이제 너도 알았을 테니 그 사람들이 한 말로 네 작은 머리를 아프게 하지 않는 게 좋겠어. 어떤 곳에서나 반드시 조금은 악의 있는 소문이 전해지는 법이니까. 바로 그런 사람들이 지어내는 거야. 하찮은 일로 결코 걱정해서는 안 돼."

"내일 아침에 나를 혼낼 거예요, 엄마?"

"아니, 너는 혼이 단단히 나서 잘 알았으리라고 여겨. 자, 어서 자거라, 다이."

'엄마는 어쩌면 이토록 무엇이나 잘 알까.'

이런 생각을 마지막으로 다이는 금세 잠들어버렸다.

그러나 발뒤꿈치에 능숙하게 붕대를 감아주어 침대에 몸을 편히 눕힌 수전은 괘씸한 마음에 혼잣말을 중얼거리고 있었다.

"아침이 되면 모든 방법을 다해서 찾아내야지. 그래서 그 훌륭한 제니 페니 양을 보면 잊지 못할 만큼 혼내줘야겠어."

제니 페니는 굳게 마음먹은 처벌을 받지 않았다. 그 뒤 글렌 초등학교에 나오지 않게 되었기 때문이다. 그대신 다른 페니들과 함께 모브레이 내러즈 초등학교에 다니게 되었다. 그곳으로부터 그 거짓말들이 또 들려왔는데, 그 가운데에는 다이 블라이스에 대한 이야기도 있었다.

다이는 글렌 세인트 메리의 '큰 집'에 살고 있는데 늘 제니네 집에 와서 자곤 하다가 어느 날 밤 기절해 버려 제니 페니 혼자 누구의 도움도 받지 않고 등에 업어 한밤중에 집까지 데려다주었다. 잉글사이드 사람들은 너무너무 고마워서 무릎을 꿇고 제니의 손에 키스했으며 의사선생님이 직접 그 유명한 얼룩소가 모는 지붕에 술장식 달린 마차를 몰아 제니를 집까지 데려다주었다. 그리고 다음과 같이 맹세했다는 것이었다.

"제니 양, 내 귀여운 아이에게 친절히 대해주었으니 뭐든지 네가 원하는 일이 있으면 말해 보려무나. 내 심장 속 가장 좋은 붉은 피로도 네게 보답할 길이 없구나. 너에게 보답하기 위해서라면 나는 적도 아래의 아프리카에라도 가겠다."

# 비밀

"나는 네가 모르는 일을 알고 있어. 네가 결코 모르는 일을 말이야. 네가 모르는 일이라니까."

도비 존슨은 부두 끄트머리에서 앞으로 나아갔다 뒤로 물러섰다 하며 떠들어댔다.

이번에는 낸이 주목받을 차례였다. 낸이 몇 해 뒤 잉글사이드에서 일어날 추억담을 하나 더 늘릴 차례였다. 하기야 낸은 죽는 날까지 그날 일을 생각하면 얼굴이 다시금 붉어지리라.

도비가 앞으로 나아갔다 뒤로 물러섰다 하는 것을 보고 낸은 몸서리쳤다. 그러면서도 왠지 모르게 마음이 끌렸다. 아마 저러다가 도비는 틀림없이 떨어질 것이다. 떨어지면 어떻게 될까? 그러나 도비는 결코 떨어지지 않았다. 언제나 도비는 운이 좋은 것이다.

도비가 하는 짓이며 또는 하는 이야기—그것은 아마도 아주 다른 두 가지 일임에 틀림없지만, 우스갯말 하나도 사실이 아니면 말하지 않는 잉글사이드에서 자라온 낸은 너무나 순진하고 남을 믿기 쉬운 성격이라 그것을 금세 알지 못했다.

도비는 낸을 몹시 이끌리게 했다. 이제까지 샬럿타운에서 살았던

11살의 도비는 아직 8살인 낸보다 훨씬 많은 것을 알고 있었다. 도비의 말을 빌면 샬럿타운 사람들만이 무엇이든 알고 있었다. 글렌 세인트 메리 같은 보잘것없는 곳에 틀어박혀 살면서 무엇을 안단 말인가?

도비는 휴가의 일부를 글렌 마을에 있는 엘러 아주머니네 집에서 지내고 있었는데, 나이가 서로 다른데도 도비와 낸은 아주 친한 친구가 되었다. 아마 낸이 도비를 잘 따랐기 때문일 것이다. 낸에게는 도비가 거의 어른처럼 여겨져, 사람이 최고의 것을 볼 때—또는 최고의 것을 보고 있다고 생각할 때 바치지 않을 수 없는 숭배하는 마음을 품고 있었다. 도비는 이 얌전한 숭배자인 조그만 친구가 마음에 쏙 들었다.

도비는 엘러 아주머니에게 말했다.

"낸 블라이스는 해를 입히지 않아요. 좀 마음이 약하기는 하지만요."

조심성 많은 잉글사이드 사람들에게도 도비의 나쁜 점이 조금도 눈에 띄지 않아—앤이 생각했듯 비록 도비 어머니가 애번리의 파이네 사촌이긴 했지만—낸이 도비와 사이좋게 지내는 데 반대하지 않았다.

물론 수전은 엷은 황금빛 속눈썹과 구즈베리 같은 초록색눈에 처음부터 의심을 품고 있었다. 그러나 어쩌면 좋단 말인가? 도비는 '얌전하고' 옷차림이 반듯했으며 여자다웠고 수다스럽지도 않았다. 수전은 자기의 의심을 증명할 수 없어 잠자코 있었다. 개학하면 도비는 집에 돌아갈 것이므로, 세심하게 탐색하는 일은 확실히 필요 없을 듯했다.

낸과 도비는 틈날 때마다 부두에서 함께 보냈다. 부두에는 대개 배가 한누 적 닻을 내리고 머물러 있었으며, 그해 8월 낸은 무지개 골짜기에 모습을 거의 나타내지 않았다.

잉글사이드 다른 아이들은 도비를 그리 좋아하지 않았다. 오히려 싫어했다. 도비가 월터에게 흉한 농담을 해서 다이가 몹시 화나 '항의'를 했기 때문이다. 도비는 흉한 농담을 좋아하는 듯했다. 글렌 마을의 여자아이들이 아무도 낸으로부터 도비를 자기들에게로 끌어들이려 하지 않는 건 아마 그 때문이었는지도 모른다.

낸은 애원했다.

"아, 부탁이니 가르쳐줘."

그러나 도비는 심술궂게 눈짓만 할 뿐 그런 일을 이야기하기에 너는 아직 너무 어리다고 말했다. 이처럼 화나는 일은 없었다.

"부탁이니 말해줘, 도비."

"안 돼. 단단히 비밀을 지키라면서 케이트 아주머니가 말해주었고, 아주머니는 이미 죽어버렸는걸. 그러니 그것을 아는 사람은 온 세계에서 오직 나 혼자뿐이야. 그 일을 들었을 때 결코 아무에게도 말하지 않겠다고 약속했어. 너는 누구에게인가 말할 거야. 이야기하지 않고는 못 견딜 테지."

낸이 고개를 가로저으며 소리쳤다.

"그렇지 않아. 이야기하지 않고 있을 수 있어."

"잉글사이드 사람들은 서로 무슨 말이든 다 한다고 모두들 말하더라. 수전이 너한테서 곧 그 말을 듣고 말 거야."

"그렇지 않아. 나는 수전에게 말하지 않은 일을 많이 알고 있어. 비밀인걸. 네 비밀을 들려주면 내 것도 이야기해 줄게."

"어머나, 나는 너 같은 어린아이 비밀 따위에는 흥미 없어."

이런 모욕이 또 있을까! 낸은 자기의 조그만 비밀을 아름답게 여기고 있었다. 테일러 씨의 마른풀 넣어두는 헛간 뒤 멀리 가문비나무 숲에서 발견한 단 한 그루 꽃이 활짝 피어 있는 야생 사과나무, 늪의 수련잎에 누워 있는 조그만 흰 요정의 달달한 꿈을 꾼 일, 공상으로 그리는 은사슬로 매 놓은 백조에게 끌려 항구로 다가오는 보트, 전의 매컬리스터 집안 저택에 살고 있는 아름다운 부인에 대해서 낸이 그리기 시작한 로맨스 등.

이것은 모두 낸에게는 아주 멋진 마술로 여겨져, 다시 생각해 보면 결국 도비에게 말하지 않기를 잘했다고 느껴졌다.

그러나 도비가 나에 대한 일로 내가 모르는 걸 알고 있다고 한 것은 무엇일까? 이 의문은 모기처럼 낸을 따라다녔다.

다음날 도비는 다시 자기의 비밀이야기를 끄집어냈다.

"나는 다시 생각해 봤어, 낸. 네 일이니까. 너는 알고 있어야만 할지도 몰라. 물론 케이트 아주머니의 말뜻은 관계된 사람 말고는 아무에게도 이야기해서는 안 된다는 거였어. 알겠니? 만일 너의 그 도자기 암사슴을 준다면 너에 대해 아는 것을 모조리 가르쳐줄게."

"어머나, 그건 줄 수 없어, 도비. 지난번 생일에 수전에게서 받은 건데. 그런 짓을 하면 수전이 몹시 기분 나빠할 거야."

"그렇다면 좋아. 자기에 대한 어떤 중요한 일을 아는 것보다 고작 사슴 쪽이 좋다면 하는 수 없지, 뭐. 나는 괜찮아. 사실, 나는 말하기 싫으니까. 언제나 다른 아이들이 모르는 일을 혼자 알고 있다는 건 기분 좋은 일이니까. 나 자신이 훌륭해 보이거든. 다음 일요일에 교회에서 나는 너를 보며 '내가 너에 대해 알고 있는 것을 만일 네가 알게 된다면, 낸 블라이스' 하고 생각할 거야. 참으로 재미있구나."

낸이 물었다.

"나에 대해 알고 있는 일이란 멋지니?"

"오, 물론 낭만적이란다. 이야기책에서 읽은 것 같은 일이지. 그래도 괜찮아. 너는 흥미가 없고, 나만 알고 있으면 되니까."

이쯤 되자 낸은 호기심으로 미칠 것만 같았다. 도비의 수수께끼 같은 이야기 내용을 알아내지 못하면 살아 있을 보람도 없다. 갑자기 낸에게 좋은 생각이 떠올랐다.

"도비, 그 사슴은 줄 수가 없어. 하지만 만일 네가 나에 대해 알고 있는 일을 가르쳐준다면 내 빨간 양산을 줄게."

도비는 구즈베리 같은 눈을 반짝였다. 그 양산이 부러워 견딜 수 없었던 것이다.

도비는 다짐했다.

"지난주 너의 엄마가 시내에서 사온 그 빨간 새 양산 말이니?"

낸은 고개를 끄덕였다. 숨결이 빨라졌다. 정말로—정말로 도비는 가르쳐주는 것일까?

도비는 의심스러운 듯 다그쳤다.

"너의 엄마가 허락할까?"

낸은 다시 고개를 끄덕였으나 좀 자신이 없었다. 그것은 똑똑히 알 수 없었다. 그 나약한 태도를 도비는 느꼈다.

"내가 가르쳐주기 전에 너는 그 양산을 여기로 가져와야 해. 양산을 안 주면 비밀은 알려줄 수 없어."

낸은 얼른 약속했다.

"내일 가져올게."

도비가 자기에 대해 알고 있다는 일을 무슨 수를 써서라도 알아야만 한다.

도비는 의심스럽게 말했다.

"그럼, 생각해 보겠어. 희망은 가지지 마. 어쩌면 네게 말하지 않을지도 모르니까. 너는 너무 어려. 몇 번이나 말했지만 말이야."

낸은 간절하게 부탁했다.

"나는 어제보다 나이를 더 먹었어. 응, 도비, 제발 심술부리지 마."

도비는 거만하게 말했다.

"내가 아는 일을 어떻게 하든 그건 내 마음이야. 너는 앤에게 말할 거야—네 엄마 말이야."

"물론 나도 우리 엄마 이름쯤은 알고 있어."

낸은 좀 위엄을 보였다. 비밀이 있든 없든 모든 일에는 일정한 정도라는 게 있다.

"나는 잉글사이드에 있는 어느 누구에게도 말하지 않겠다고 했잖아."

"맹세하겠니?"

"맹세하겠어!"

"앵무새처럼 똑같이 말하지 마. 물론 나는 그냥 굳은 약속이라는 뜻으로 말했을 뿐이야."

"나는 굳게 약속할게."

"그보다 더 강하게."

낸은 그보다 더 강하게 하려면 어떻게 해야 하는지 몰랐다. 그런 일을 하면 낸의 얼굴은 조각상처럼 굳어져버릴 것이다.

도비가 가락을 붙여 말했다.

"손을 마주잡고 하늘을 보라. 성호를 긋고 죽음을 걸고 맹세해라."

낸은 의식을 끝냈다.

"내일 꼭 양산을 가져와야 돼. 그러면 다시 생각해 보겠어. 너의 엄마는 결혼하기 전에 뭘 하고 있었니, 낸?"

낸이 얼른 대답했다.

"학교 선생님이었어. 훌륭하게 가르치셨지."

"그래? 나는 이상하게 생각하고 있었을 뿐이야. 너의 아빠가 너의 엄마와 결혼한 것은 잘못된 일이라고 우리 엄마가 말했어. 너의 엄마 가족에 대해서는 아무도 모른다면서? 게다가 아빠가 결혼했을지도 모를 아가씨들이 있었다고 우리 엄마가 말했어. 자, 이제 가야지. 오르브와르!"

낸은 그것이 '내일까지 안녕'이라는 뜻임을 알고 있었다. 프랑스 말을 할 줄 아는 친구가 있다는 것을 낸은 아주 자랑스럽게 여겼다.

도비가 집으로 돌아간 뒤 오랫동안 낸은 부두에 물끄러미 앉아 있었다. 낸은 부두에 앉아 고깃배가 항구로 들어오고 나가는 것을 지켜보기 좋아했다. 이따금 배가 항구에서 아득히 먼 아름다운 나라로 떠나는 일이 있었다—'아득히 먼 저편으로'. 낸은 이 말을 음미하며 되풀이했다. 거기에는 마술의 향기가 담겨 있었다.

젬처럼 낸도 배를 타고 갈 수 있었으면 좋겠다는 생각을 가끔 했다. 푸른 항구를 나가 그림자에 싸인 모래톱을 지나 밤에 빙빙 도는 포 윈즈 등대불이 신비로운 나라로 가는 전초(前哨) 지점이 되는 등대의 곶을 지나서 푸르게 안개끼는 여름 만을 나아가 황금빛 아침바다에 떠 있는 마술의 섬으로 마구 달려간다. 오랜 세월 동안 거친 파도에 시달려 가운데가 폭 꺼진 부두에 웅크려 앉아 낸은 상상의 날개를 펴고 온 세계를 날아다니는 것이었다.

그러나 이날 오후는 도비가 지니고 있는 비밀에 마음이 쏠려 있었다. 정말로 도비는 가르쳐줄까? 어떤 일일까? 무엇일까? 그리고 아빠가 결혼했을지도 모를 아가씨들에 대해서도 여러 가지로 떠올려 보고 싶었다. 그 가운데 한 사람이 혹시 자기 엄마가 되었을지도 모른다. 그러나 그것은 무서운 일이었다. 엄마 아닌 다른 어느 누구도 나의 엄마가 되어서는 안 된다. 그런 일은 결코 생각할 수도 없다.

그날 밤 엄마에게 잘 자라는 키스를 받았을 때 낸은 모든 사실을 엄마에게 털어놓았다.

"도비 존슨이 내게 비밀을 가르쳐주겠대요. 하지만 엄마, 엄마에게도 가르쳐줄 수 없어요. 왜냐하면 말하지 않겠다고 약속했는걸요. 괜찮죠, 엄마?"

앤은 아주 재미있어 했다.

"괜찮고말고."

다음날 부두에 갈 때 낸은 양산을 가지고 있었다. '이것은 내 양산이다' 하고 낸은 스스로에게 말해 들려주었다.

'내가 받은 것인걸. 어떻게 하든 내 마음이지.'

이런 어리석은 변명으로 마음을 달래며 낸은 아무도 보지 않을 때

몰래 빠져나왔다.

소중하고도 화려한 조그만 양산을 남에게 줘버리게 될 것을 생각하니 가슴이 아팠지만, 이 무렵에는 도비가 알고 있다는 것을 듣고 싶은 간절한 바람으로 견딜 수 없게 되어 있었다.

낸은 가쁜 숨을 몰아쉬며 말했다.

"자, 양산을 가져왔어, 도비. 그러니 비밀을 가르쳐줘."

도비는 당황하고 말았다. 사태를 여기까지 끌고 올 생각은 없었다. 설마 낸의 엄마가 빨간 양산을 남에게 줘도 좋다고 허락하리라고는 여기지 않았기 때문이었다. 도비는 입을 오므렸다.

"역시 그런 빨강은 내 살갗에 어울리지 않을 것 같아. 너무 야단스러워. 말하지 않기로 하겠어."

낸에게는 기개가 있었다. 도비의 뛰어난 매력으로도 그것을 맹목적인 굴종으로까지는 아직 만들 수가 없었다. 부당한 취급을 당했다고 생각하자 즉시 근성이 고개를 들었다.

"약속은 약속이야, 도비 존슨. 너는 양산을 주면 비밀을 가르쳐주겠다고 했잖아? 자, 양산은 여기 있어. 그러니 너는 자신의 약속을 지켜야 해."

도비는 정나미 떨어진 듯 말했다.

"그래, 좋아."

세상 모든 것들이 퍽 조용해졌다. 돌풍은 멎고 파도는 부둣가 말뚝 언저리에서 철썩거리기를 그만두었다. 낸은 황홀한 쾌감에 몸을 떨었다. 드디어 도비가 알고 있는 일을 듣게 되는 것이다.

"너는 항구의 지미 토머스네를 알고 있지? 여섯 손가락 지미 토머스 말이야."

낸은 고개를 끄덕였다. 물론 토머스 집안을 알고 있었다. 적어도 그 집안에 대해서는 알고 있었다. 여섯 손가락 지미는 이따금 잉글사이드에 생선을 팔러 왔다. 여섯 손가락 지미로부터는 싱싱한 생선을 살 수 없다고 수전은 말했다. 낸은 지미의 모습이 마음에 들지 않았다. 머리가 벗겨지고 흰 곱슬머리가 양옆에 부스스하며 빨간 매부리코였다. 그러나 토머스 집안이 이 일과 무슨 관계가 있다는 것일까?

도비가 말을 이었다.

"그리고 캐시 토머스도 알지?"

낸은 언젠가 여섯 손가락 지미가 캐시를 생선 실은 자동차에 태워 함께 데리고 다니는 것을 본 일이 있었다. 캐시는 낸과 같은 나이또래로, 덥수룩한 붉은 곱슬머리에 뻔뻔스러워 보이는 눈은 잿빛 도는 초록색이었다. 그때 캐시는 낸에게 혀를 낼름 내밀어 보였었다.

도비는 깊이 숨을 들이마셨다.

"그런데 말이야. 이것이 너에 대한 사실이야. 네가 캐시 토머스고 캐시가 낸 블라이스라는 것."

낸은 뚫어지게 도비를 지켜보았다. 낸으로서는 도비의 말뜻을 도무지 알 수 없었다. 전혀 앞뒤가 맞지 않았다.

"그게―저―무슨 말이니?"

"뻔한 일이잖아."

도비는 낸을 가엾이 여기는 듯 입꼬리를 올리며 미소를 지었다. 꼭 이야기해야 할 입장이 된 이상 그만한 가치가 있는 것으로 하자.

"너와 캐시는 같은 날 밤에 태어났어. 토머스 집안이 글렌 마을에 살고 있을 때였지. 간호사가 캐시를 토머스 씨네로 데려가 네 요람에 눕히고 너를 네 엄마한테로 데려온 거야. 다이까지 데려갈 용기는 없었지. 그렇지 않으면 데려갔을 텐데.

간호사는 너의 엄마를 미워하고 있어서 그렇게 복수한 거야. 그러므로 사실은 네가 캐시 토머스니까 항구에서 살고 있어야 하지. 그리고 가엾게도 캐시는 저렇듯 의붓어머니에게 얻어맞으며 자라는 대신 잉글사이드에서 살아야 할 아이야. 나는 캐시를 얼마나 가엾게 여기는지 몰라."

낸은 이 터무니없는 이야기를 하나도 남김없이 사실로 믿었다. 이제까지 한 번도 거짓말을 들어본 일이 없는 낸은 도비의 이야기에 대한 진실성을 조금도 의심하지 않았다. 어떤 사람도, 더욱이 사랑하는 도비가 이런 이야기를 만들어내리라고는 생각지 못했다. 낸은 고통과 환멸의 비애가 담긴 눈으로 도비를 지켜보았다.

낸은 마른 입술로 헐떡이며 물었다.

"어떻게—어떻게 그 일을 너의 케이트 아주머니가 알게 됐지?"

도비는 엄숙하게 말했다.

"간호사가 죽어갈 때 숨김없이 이야기했어. 양심의 가책을 받았던 거라고 생각해. 케이트 아주머니는 나 말고는 아무에게도 이야기하지 않았어. 나는 글렌에 와서 캐시를, 그러니까 낸을 보았을 때 잘 살펴보았어. 캐시는 너의 엄마와 똑같은 빨강머리고 눈빛도 같아.

하지만 너의 눈과 머리는 갈색이야. 그래서 너는 다이와 닮지 않은 거야—쌍둥이란 반드시 똑같지. 그리고 캐시는 너의 아빠 귀를 꼭 닮았단다—모양 좋게 머리에 딱 붙어 있거든. 이제 와서는 이미 어쩔 수 없을 거라고 생각해. 하지만 나는 늘 공평치 못하다고 여겨져. 너는 편안하게 살면서 인형처럼 좋은 대우를 받는데 가엾은 캐시는, 아니 낸은 누더기옷을 입고 먹을 것조차 제대로 못 먹는 일이 흔히 있으니까. 그리고 여섯 손가락 지미 아저씨는 취해서 돌아오면 캐시를 마구 때린단다!

어머나 너는 왜 그렇게 나를 보는 거지?"

낸의 고통은 참을 수 없을 만큼 컸다. 모든 일이 너무도 분명했다. 낸과 다이가 조금도 닮지 않은 것을 사람들은 전부터 이상하게 여기고 있었다. 그런 까닭이었던가.

"이런 일을 내게 이야기하다니 너는 아주 나빠, 도비 존슨!"

도비는 살찐 어깨를 으쓱해 보였다.

"네 마음에 드는 일이라고는 말하지 않았잖아. 네가 억지로 이야기하게 했으면서. 어디 가는 거니?"

도비는 당황했다. 왜냐하면 낸의 얼굴이 새파랗게 질리고 현기증을 느끼며 비틀비틀 일어섰기 때문이다.

낸은 비참한 모습으로 대답했다.

"집에. 엄마에게 이야기하러."

화들짝 놀란 도비가 소리쳤다.

"안 돼. 그러면 절대 안 돼. 이야기하지 않겠다고 맹세한 걸 잊었니?"

낸은 멍하니 도비를 보았다. 이야기하지 않겠다고 약속한 것은 사실이다. 그리고 엄마는 약속을 지키지 않으면 안 된다고 늘 말해 왔다.

"나도 집에 갈 거야."

낸의 표정에 못마땅해진 도비는 양산을 움켜잡고 뛰기 시작했다. 오래된 부두를 통통하게 드러낸 맨살의 종아리가 뛰어갔다. 그 뒤에는 가슴이 찢어질 것만 같은 아이가 조그만 자기 우주의 폐허 속에 처량하게 앉아 있었다.

도비는 신경쓰지 않았다. 그러나 낸은 마음 약한 정도가 아니다. 낸 같은 아이를 놀려줘도 사실은 그리 재미가 없었다. 물론 낸은 집에 돌아가면 곧 엄마에게 말할 게 틀림없으니까 속은 줄 알겠지.

도비는 생각했다.

'일요일에 집으로 가는 게 좋겠어.'

낸은 눈앞이 캄캄해지고 짓밟히고 절망하여 몇 시간이나 지난 듯 여겨질 때까지 부두에 쪼그리고 앉아 있었다.

'나는 엄마의 아이가 아니다! 여섯 손가락 지미의 아이인 것이다.'

낸은 손가락이 여섯 개라는 사실만으로도 오싹하여 전부터 남모르게 여섯 손가락 지미를 무서워하고 있었다.

'내게는 엄마나 아빠에게 사랑받으며 잉글사이드에 살 권리가 없는

것이다.'

"아!"

낸은 자기도 모르게 비참한 신음소리를 냈다. 이 일을 안다면 엄마도 아빠도 이제 자기를 사랑해 주지 않을 것이다. 엄마와 아빠의 사랑이 모조리 캐시 토머스에게로 가버릴 것이다.

낸은 머리를 감싸쥐고 말했다.

"아, 어지러워!"

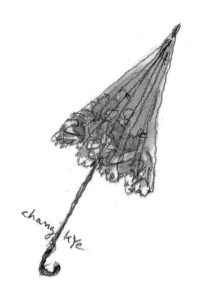

# 바닷가에서

저녁 식사 때 수전이 나직이 물었다.

"왜 아무것도 먹지 않지, 낸?"

어머니는 걱정스러워했다.

"볕에 너무 오래 있었던 게 아닐까? 머리가 아프니?"

낸은 주저하며 말했다.

"그, 그래요."

그러나 아픈 것은 머리가 아니었다

'엄마에게 거짓말한 것이 될까? 그렇다면 앞으로 얼마만큼이나 많은 거짓말을 해야만 하는 것일까?'

왜냐하면 이 무서운 사실을 가슴 속에 숨겨두는 한두 번 다시 음식을 먹을 수 없으리라는 것을 낸은 알고 있었기 때문이었다.

그렇다 해도 엄마에게 말할 수는 없는 일이었다. 약속했기 때문만이 아니다. 언젠가 수전이 나쁜 약속이라면 지키기보다 어기는 것이 좋다고 말한 적 있지 않은가. 그러나 이것은 오래도록 엄마를 아프게 할 것이기 때문이다. 어쨌든 낸은 이 일이 엄마를 지독하게 괴롭힐 것이 틀림없다는 것을 알았다. 결코 엄마를 슬프게 해서는 안 된다. 아빠 역시 그렇다.

그렇긴 하지만 캐시 토머스가 있다. 낸은 캐시를 낸 블라이스라고 부를 수 없었다. 캐시 토머스를 낸 블라이스라고 생각하기만 해도 낸은 말로 표현할 수 없을 만큼 두려움을 느꼈다. 그렇게 생각하는 것만으로도 자신의 존재가 말살된 듯이 느껴졌다. 낸 블라이스가 아니라면 나는 그 누구도 아닌 것이다. 결코 캐시 토머스는 될 수 없다.

그러나 캐시 토머스는 낸에게 끈질기게 달라붙었다. 낸은 1주일 동안 캐시에 대한 생각으로 시달렸다. 이 비참한 1주일 동안 먹지도 놀지도 않고, 수전의 말을 빌면 '멍하니 우울해 있는' 이 아이 때문에 앤과 수전은 몹시 걱정했다.

"설마 도비 존슨이 집에 돌아갔기 때문이니?"

낸은 말했다.

"아니에요. 아무것도 아니에요. 그냥 피곤할 뿐이에요."

길버트는 낸을 이리저리 살펴보고 나서 약을 처방했다.

그것을 낸은 얌전히 먹었다. 그 약은 피마자 기름처럼 맛이 고약하지는 않았지만, 그러나 맛을 느낄 수 없는 지금은 아무래도 좋았다. 캐시 토머스와 그리고 혼란스런 낸의 머리에서 떠올라와 낸을 점령해 버린 무서운 근심 말고는 아무래도 좋았다.

'캐시 토머스에게 자기 권리를 찾도록 해야 하는 게 아닐까?'

내가, 낸 블라이스가—낸은 필사적으로 낸이라는 것에 매달렸다—캐시 토머스가 갖지 못한, 그러나 당연히 캐시의 것이어야 할 모든 것을 가지고 있다는 게 과연 옳은 일일까? 아니, 옳지 않다. 옳지 않다고 낸은 믿고 절망했다.

낸 가슴 속 깊은 곳에는 어딘지 매우 강한 정의감과 공정함을 숭배하는 정신이 깃들어 있었다. 그 때문에 캐시에게 말하는 것이야말로 옳다는 생각이 낸의 마음을 무겁게 압박했다.

'결국은 아무도 그리 대수롭지 않게 여길지 몰라. 엄마와 아빠는 물론 처음에는 좀 놀라겠지만 캐시가 자기들의 아이임을 알면 곧 애정을 모두 쏟고, 반대로 나 낸은 엄마나 아빠에게 하찮은 사람이 될 것이다. 엄마는 캐시에게 키스하고, 여름날 저녁에는 노래를—내가 가장 좋아하는 노래를 불러주겠지.'

배가 달린다, 바다를 달린다
아! 나에게로
아름다운 것을 가득 싣고

낸과 다이는 자기들 배가 들어오는 날의 일을 몇 번이나 이야기하곤 했었다. 그러나 이제 아름다운 것은, 아무튼 낸이 가졌던 몫은 캐시 토머스의 것이 되어야 한다. 다음주 학교 음악회에서 낸이 하기로 되어 있는 요정여왕 역을 캐시 토머스가 하며 눈부신 낸의 황금빛 띠를 두를 것이다. 그것을 얼마나 고대하고 있었는지!

수전은 캐시를 위해 새콤달콤한 과일을 넣고 부풀린 맛있는 과자를 만들어줄 테고 고양이 푸시 윌로는 캐시에게 좋다며 가르랑거릴 것이다. 캐시는 단풍나무숲에 있는 푹신푹신한 이끼를 깔아놓은 낸의 장난감집에서 낸의 인형과 놀고 낸의 침대에서 잘 것이다. 다이는 좋아할까?

'다이는 캐시를 자매로서 좋아할까?'

낸에게 이제 더 이상 견딜 수 없을 듯한 날이 왔다. 옳은 일을 해야만 한다. 항구 어귀로 가서 토머스 집안사람들에게 사실을 말하자. 토머스 집안사람들이 엄마나 아빠에게 말하면 된다. 자기는 아무래도 말할 수 없다고 낸은 생각했다.

결심을 하자 낸은 좀 기분이 나아졌다. 그러나 몹시 슬펐다. 낸은 저녁 식사를 조금이라도 먹으려 했다. 이것이 잉글사이드에서 먹는 마지막 식사가 될 테니까.

낸은 필사적으로 생각했다.

'나는 언제까지나 엄마를 '엄마'라고 부르겠어. 여섯 손가락 지미를 '아빠'라고 부르는 것은 싫어. 아주 공손하게 '토머스 씨'라고 하자. 그렇게 하면 아마 여섯 손가락 지미도 싫어하지 않을 테지.'

그러나 무언가 낸의 가슴에 꽉 차올랐다. 얼굴을 들었을 때 수전의 눈에 '피마자 기름'이라고 씌어 있었다. 수전은 이제 낸은 잘 시간이 되었을 때 피마자 기름을 먹지 않아도 된다는 것을 꿈에도 모른다. 이제는 캐시가 먹어야만 할 것이다. 낸은 적어도 이것만은 캐시가 부럽지 않았다.

저녁 식사가 끝나자 낸은 곧 집을 떠났다. 어두워지기 전에 가야만 했다. 그렇지 않으면 용기가 꺾여버리고 말 것 같았기 때문이다. 수전이나 엄마가 무슨 일이냐고 따져 물으면 안 된다는 생각에 옷을 갈아입을 용기마저 없어서 낸은 바둑판무늬 깅엄 평상복으로 나갔다. 그리고 자기의 예쁜 옷은 모두 사실은 캐시의 것이다.

그러나 낸은 수전이 만들어준 새 앞치마를 입고 나갔다. 빨간 터키 실로 가장자리를 부채꼴로 꾸민 멋진 앞치마였다. 낸은 이 앞치마를 아주 좋아했다. 캐시도 이것까지는 아까워하지 않을 것이다.

낸은 마을을 지나 부두로 가는 길을 따라 항구길로 나왔다. 조그맣지만 용감하고 꿋꿋한 모습이었다. 낸은 자기가 여장부라는 생각은 하지 않았다. 반대로 옳고 공정한 일을 하는 것이 얼마나 어려우며, 캐시를 미워하지 않는 일 또한 어렵고, 여섯 손가락 지미를 무서워하지 않는 일은 더더욱 어렵고, 돌아서서 잉글사이드로 돌아가버리고 싶은 마음을 억누르는 것도 어려워 낸 스스로 많이 부끄러워졌다.

날씨가 사나워질 듯한 저녁이었다. 바다에는 무거운 검은 구름이 우글거리는 커다란 검은 박쥐처럼 드리워져 있었다. 변덕스러운 번개가 항구며 그 건너편 숲지대 언덕 위에서 번쩍이고 있었다.

항구 어귀에 한무더기로 늘어선 어부들의 집은 구름 밑으로 새어 나오는 붉은 저녁 햇빛을 받고 있었다. 여기저기 물웅덩이는 거대한 루비처럼 빛났다. 흰 돛단배 하나가 희미하게 안개낀 모래언덕을 지나 신비로운 목소리에 이끌려 바다로 둥실 떠간다. 갈매기는 날카로운 소리를 지르고 있었다.

낸은 어부의 집 냄새를 좋아하지 않았다. 모래톱에서 놀기도 하고 싸우기도 하고 고함치기도 하는 더러운 아이들 모습도 내키지 않았다. 낸이 걸음을 멈추고 여섯 손가락 지미네 집을 묻자 아이들이 수상히 여기며 낸을 흘끗흘끗 살펴보았다.

한 남자아이가 가리키며 말했다.

"저기 저 집이야. 무슨 일로 가지?"

"고마워."

낸은 가려고 했다.

그러자 여자아이가 소리쳤다.

"그런 예절밖에 모르니? 너무 건방져서 남이 공손히 물어도 대답도 안 해."

남자아이가 낸 앞에 막아섰다.

"토머스네 집 뒤에 있는 저 집이 보이지? 나는 그 속에 바다뱀을 넣어두었어. 네가 여섯 손가락 지미에게 어떤 볼일이 있는지 말하지 않으면 저 속에 처넣어버릴 테야."

몸집이 큰 한 여자아이가 비웃으며 말했다.

"애, 애, 거만한 아이야. 너는 글렌에서 왔니? 글렌 사람들은 참 거만해. 아주 잘난 척한다더군. 빌에게 어서 대답해."

또 다른 남자아이가 말했다.

"대답하지 않으면, 어떻게 되는지 알겠지? 나는 고양이새끼를 물에 처넣으려던 참인데, 너도 같이 풍덩 집어넣겠어."

무섭게 생긴 한 여자아이가 히죽히죽 웃으며 말했다.

"10센트 있으면 이를 팔게. 내가 어제 한 개 뺐거든."

낸은 좀 용기를 내어 말했다.

"나는 10센트도 없는데다 네 이는 내게 아무 소용도 없어. 나한테 상관하지 말아줘."

무섭게 생긴 여자아이가 소리쳤다.

"건방진 말 하지 마."

겁이 난 낸은 달리기 시작했다. 바다뱀을 기르는 남자아이가 발을 걸어 낸은 바닷물이 철썩거리며 밀려오는 모래땅에 나뒹굴었다.

다른 아이들이 배를 움켜쥐고 요란스럽게 웃었다.

무섭게 생긴 여자아이가 말했다.

"자, 이제는 머리를 꼿꼿이 들고 거만떨 수 없겠지. 빨간 부채꼴장식 같은 걸 달고 잘난 척하며 말이야!"

그때 누군가가 소리쳤다.

"블루 잭의 배가 들어온다!"

갑자기 다들 달려갔다.

검은 구름이 점점 낮아지고 루비 같은 물웅덩이는 모두 잿빛이 되었다.

낸은 주뼛주뼛 일어났다. 옷에는 모래가 묻고 양말도 더러워졌다. 그러나 심술궂은 아이들로부터 풀려난 것이다. 저 애들이 이제부터 내 친구가 되는 것일까?

울면 안 된다. 결코 울면 안 된다!

낸은 여섯 손가락 지미네 집 문 앞에 놓인 덜거덕거리는 나무층계를 성큼성큼 올라갔다. 항구 어귀의 집들은 모두 그랬는데, 여섯 손가락 지미네 집도 뜻하지 않은 높은 파도가 밀어닥치지 않도록 나무받침대 위에 지어지고, 그 아래 빈터에는 깨진 접시며 빈 깡통이며 낡은 새우잡이망이며 온갖 잡동사니가 어지러이 처박혀 있었다.

문은 열려 있었다. 낸은 태어나서 이제까지 본 적 없는 구저분한 부엌을 들여다보았다. 칠도 하지 않은 바닥은 더럽고 천장은 얼룩진 데다 꺼멓게 그을렸고 설거지통에는 산더미처럼 쌓인 접시가 가득했다. 먹다 남은 음식이 삐걱거리는 낡은 나무 테이블에 놓이고 거기에 섬뜩할 만큼 크고 검은 파리가 떼지어 있었다.

잿빛 머리를 단정치 못하게 헝클어뜨린 여자가 흔들의자에 앉아 포동포동한 아기를 어르고 있었다. 아기는 때가 끼고 눈물과 먼지로 뒤범벅이 되어 있었다.

낸은 생각했다.

'내 동생이구나.'

다행히 캐시와 여섯 손가락 지미는 없는 것 같았다. 지미가 없어서 낸은 고마웠다.

여자가 무뚝뚝하게 물었다.

"넌 누구니? 무슨 일이지?"

여자는 낸에게 들어오라고 하지 않았지만, 낸은 들어갔다. 밖은 비가 오기 시작했고 천둥소리로 집이 흔들리는 듯했다.

낸은 용기가 없어지기 전에 무엇 때문에 왔는지 말해야만 한다고 생각했다. 그렇지 않으면 이 못마땅한 집과 이 못생긴 아기와 못말리는 파리에게로 등을 홱 돌리고 달아나버리게 될 게 틀림없었다.

"캐시를 만나고 싶어요. 중요한 이야기가 있어요."

"아니, 이런 시간에! 네 모습으로 보아 중요한 이야기인 게 틀림없겠지. 그런데 캐시는 집에 없단다. 아빠 마차를 타고 위 글렌에 갔으니까. 그리고 이렇게 비바람이 몰아쳐서 언제 돌아올지 모르겠구나. 좀 앉으렴."

낸은 부서진 의자에 앉았다. 항구 어귀 사람들이 가난하다는 말을 들었지만 이 정도일 줄은 몰랐다. 글렌 마을에 있는 톰 피치 부인은 가난하지만, 그녀의 집은 잉글사이드 못지않게 깨끗이 살 성논되어 있었다.

물론 여섯 손가락 지미가 번 돈을 모조리 삼켜버리는 것을 모르는 사람은 없었다. 이곳이 이제부터 내 집이 되는 것이다!

'아무튼 깨끗해지도록 애써봐야지.'

낸은 비참한 마음으로 생각했다. 심장이 납덩이 같았다. 낸을 여기까지 끌고 온 숭고한 자기 희생의 불꽃은 훅 꺼져버렸다.

"무슨 일로 캐시를 만나러 왔지?"

토머스 부인은 호기심이 일어난 듯 물으며 아기의 꾀죄죄한 얼굴을 그보다 더 더러운 앞치마로 닦았다.

"그 주일학교 음악회 일이라면 분명히 말해두지만 그 애는 못 간다. 입을 만한 옷이 없으니까. 내가 어떻게 사줄 수 있겠니."

낸은 쓸쓸하게 대답했다.

"아뇨, 음악회 일이 아니에요."

토머스 부인에게 모조리 말해 버리는 게 좋을지도 모른다. 언젠가는 알아야 할 일이니까.

"캐시를 만나러 온 것은―이야기하고 싶은 것은―그 애가 나고 내가 그 애라는 거예요!"

토머스 부인이 이 말을 그리 알아듣기 쉽지 않다고 여긴 것도 무리가 아니다.

"너는 틀림없이 머리가 돈 게로구나. 대체 무슨 말이지?"

낸은 얼굴을 들었다. 최악의 사태는 지났다.

"말하자면 캐시와 나는 같은 날 밤에 태어났어요. 그런데 간호사가 엄마에게 앙심을 품고 우리를 바꿔치기해 버렸어요. 그러니까, 그러니까 사실은 캐시가 잉글사이드에 와서 살면서 내가 누렸던 혜택을 받아야 해요."

그 마지막 문장은 주일학교 선생님이 쓰는 것을 들은 것인데 그 덕에 앞뒤가 안 맞는 이야기가 나름대로 위엄 있게 끝이 맺어졌다고 낸은 생각했다.

토머스 부인은 지그시 낸을 바라보았다.

"내가 정신이 돈 거니, 아니면 네가 돌았니? 네 말은 도무지 영문을 모르겠구나. 대체 누가 그런 쓸데없는 말을 했지?"

"도비 존슨이에요."

토머스 부인은 헝클어진 머리를 뒤로 젖히고 유쾌하게 웃었다. 토머스 부인은 지저분하고 야무진 데가 없는지는 모르지만 웃음소리는 매력이 있었다.

"그랬구나. 나는 어느 해 여름 그 애 아주머니의 빨래를 해주었는데, 그 애는 참 싫은 아이였지. 정말이지 새빨간 거짓말로 남 속이는 것을 똑똑한 일로 여기고 있으니 말이다! 알겠니? 이름이 뭔지 모르겠다만, 도비의 어이없는 이야기를 모두 믿지 않는 게 좋아. 그렇지 않으면 머리가 뱅뱅 돌 테니까."

낸은 숨이 턱 막혔다.

"사실이 아니란 말인가요?"

"아니고말고. 그런 말을 곧이듣다니, 정말이지 너도 어지간히 잘 속아넘어가는구나. 캐시는 아마 너보다 한 살 위일 게다. 어쨌든 너는 대체 누구지?"

"낸 블라이스예요."

'아, 다행이다! 나는 여전히 낸 블라이스인 것이다!'

"낸, 블라이스라고? 잉글사이드 쌍둥이 반쪽이구나! 그렇지, 나는 너희들이 태어난 날 밤 일을 기억하고 있어. 마침 볼일이 있어서 잉글사이드에 갔었지. 그때는 아직 여섯 손가락과 결혼하지 않았을 때였어…… 그렇게 된 게 더욱 유감이다만…… 가엾은 캐시 어머니가 건강하게 살아 있었고, 캐시는 걸음마를 시작할 무렵이었어.

너는 할머니를 쏙 빼닮았구나. 그 할머니도 그날 밤 그곳에 계셨는데, 쌍둥이 손녀가 태어났다고 아주 좋아했었지. 그런데 너는 그런 미친 말을 믿는 바보라니, 참."

"나는 사람을 쉽게 믿는 버릇이 있어요."

낸은 좀 구긴 체면을 세우기 위해 꾸며보였지만 너무나 큰 행복에 젖어있어서 토머스 부인을 심하게 공격할 마음은 없었다.

토머스 부인은 핀잔을 주었다.

"이런 험난한 세상에서는 그런 버릇을 고치는 게 좋을게다. 그리고 남을 속이고 놀려먹는 그런 아이와는 함께 놀지 않도록 해야 해. 앉으렴. 소나기가 멎을 때까지는 집에 돌아갈 수 없겠구나. 억수같이 쏟아지는데다 검은 고양이를 다발로 묶은 것보다 더 어두우니까. 이런, 가버렸군. 그 애는 가버렸어."

낸은 이미 억수같이 쏟아지는 빗속으로 사라지고 없었다. 토머스 부인의 확실한 보증으로 솟아난 강한 기쁨이 없었다면 낸은 이 폭풍 속에 도저히 집까지 이르지 못했을 것이다. 바람이 낸을 후려치고 비가 성난 폭포처럼 쏟아졌으며 무서운 천둥소리는 세계를 찢어 놓을 것만 같았다. 오직 얼음처럼 푸르게 빛나는 번개만이 낸에게 갈 길을 가리켜주었다.

몇 번이나 낸은 발이 미끄러져 뒹굴었다. 그러나 마침내 낸은 비틀거리고 빗물을 뚝뚝 떨어뜨리며 흙투성이가 되어 잉글사이드 현관에 이르렀다.

엄마가 달려와 낸을 끌어안았다

"낸! 모두 얼마나 놀랐는지 몰라! 아니, 어디 갔었니?"

화가 난 수전은 긴장하고 있었던 탓으로 날카롭게 말했다.

"젬과 월터가 저 빗속으로 낸을 찾으러 나갔는데, 감기들지 않으면 좋겠군요."

헐레벌떡 뛰어온 낸은 숨이 끊어질 것만 같아서 엄마의 팔에 안기는 것을 느꼈을 때 거칠게 숨을 몰아쉴 뿐이었다.

"아, 엄마, 나는 나예요. 진짜 나예요. 나는 캐시 토머스가 아니고, 앞으로도 결코 내가 아닌 다른 사람은 되지 않아요."

수전이 안쓰러운 얼굴로 말했다.

"가엾게도 낸은 헛소리를 하고 있어요. 뭘 잘못 먹은 게 틀림없어요."

앤은 낸을 따뜻한 물로 목욕시키고 잠자리에 들게 한 뒤 모든 이야기를 들었다.

"아, 엄마, 나는 정말로 엄마 아이예요?"

"물론이지, 낸. 그렇지 않을 리 없잖니?"

"도비가 내게 거짓말할 줄은 정말 몰랐어요. 설마 도비가. 엄마, 사람을 믿을 수 있어요? 제니 페니도 다이에게 지독한 거짓말을 했었지요……"

"그 애들은 너희가 알고 있는 많은 여자아이들 가운데 단 두 명이야. 다른 아이들은 아무도 사실이 아닌 거짓말을 한 일이 없잖니. 세상에는 아이도 어른도 그런 사람이 있단다. 네가 좀 더 자라면 '진실과 거짓'을 구별할 수 있게 돼."

"엄마, 월터와 젬과 다이에게는 내가 얼마나 바보였던지 알리고 싶지 않아요."

"그런 걱정은 할 것 없어. 다이는 아빠와 함께 로브리지에 갔고, 오빠들에게는 네가 항구로 가는 큰길을 너무 멀리까지 가서 폭풍우를 만났다고 하면 되니까. 도비의 말을 믿은 것은 어리석었지만, 가엾은 캐시 토머스에게 가족을 되찾아주어야겠다고 생각하고 찾아간 것은 아주 훌륭하고 용감한 일이야. 엄마는 너를 자랑스럽게 여긴단다."

폭풍은 지나갔다. 달이 시원하고 행복한 세계를 내려다보고 있었다.

'아, 내가 나여서 정말 기뻐.'

이런 생각을 마지막으로 낸은 잠에 스르르 빠져들었다.

한참 뒤에 길버트와 앤은 실로 사랑스럽게 서로 손을 잡고 잠들어 있는 조그만 얼굴을 보러 들어왔다. 다이는 앵두 같은 조그만 입 가장자리를 오므리고서 낸은 미소를 떠올린 채 잠들어 있었다.

이야기를 듣고 길버트는 크게 화를 냈다. 도비 존슨이 30마일은 넉넉히 되는 먼 곳에 가 있었던 것은 참으로 다행스러운 일이었다. 그러나 앤은 자신을 꾸짖는 마음이 컸다.

"무슨 일로 이 아이가 괴로워하고 있는지 내가 알아냈어야만 했는데도, 이번주에는 다른 일로 너무 마음을 뺏겨 몰랐었기 때문이야. 이 아이가 겪은 슬픔에 비하면 정말 하찮은 일이었는데. 가엾게도 이 아이가 얼마나 괴로워했겠어."

후회에 사로잡힌 앤은 몸을 구부려 두 아이를 사랑스럽게 보았다.

'둘 다 내 아이들이다. 완전한 내 것이다. 아직은 돌봐주고 사랑하며 지켜줘야 하는 아이들이다. 아직 둘 다 모든 애정과 조그만 가슴의 슬픔을 가지고 내게로 온다. 앞으로 몇 해는 내 품에 안겨 있을 것이다. 그리고 그 뒤에는?'

앤은 몸을 떨었다. 어머니가 되는 것은 아주 감미로운 일이다. 그러나 몹시 무서운 일이다.

앤이 속삭였다.

"이 아이들에게 어떤 인생이 기다리고 있을까?"

그러자 길버트가 의기양양하게 말했다.

"적어도 둘 다 저마다 자기 엄마처럼 훌륭한 남편 갖기를 바라고 그렇게 될 거라 믿기로 해."

# 부인회

길버트 의사가 말했다.

"그럼, 부인회가 퀼트 이불 만드는 모임을 잉글사이드에서 갖기로 했단 말이오? 수전의 자랑인 요리를 모조리 내놓아야겠구료. 그런 다음 소문을 쓸어모으기 위해 빗자루를 여러 개 준비해야 할 거예요."

수전은 중대한 사건에 대한 남성의 모자라는 이해력을 너그러운 마음으로 받아들이고 희미하게 미소 지었지만, 그러나 사실은 웃고 싶은 기분이 될 수 없었다. 적어도 부인회 만찬에 대한 모든 일이 결정되기까지는.

수전은 일하고 돌아다니며 중얼거렸다.

"핫 치킨 파이와 매시드 퍼테이토와 크림을 끼었은 완두콩을 메인 코스로 하죠. 그리고 마님, 그 새 테이블보를 쓰는 데 이처럼 좋은 기회는 없을 거예요. 그런 물건은 글렌에서는 본 적이 없을 테니까요. 틀림없이 엄청난 평판이 날 거예요. 그것을 보았을 때 애너벨 클로 얼굴이 지금부터 기다려져요. 그리고 파랑과 은빛 꽃바구니를 쓰면 어떨까요?"

"좋아요. 팬지와 단풍나무숲 양치류를 가득히 꽂기로 해요. 그리고 수전의 그 훌륭한 세 송이 핑크빛 제라늄을 어딘가에 장식하고 싶은데. 거실에서 바느질할 거라면 거실에, 또는 따뜻하니까 베란다에 나가 일하게 되면 베란다 난간에 말예요. 꽃이 아직 많이 남아 있어 다행이에요. 올여름만큼 뜰이 아름다웠던 일은 없었어요, 수전. 하지만 해마다 가을이 되면 나는 늘 이렇게 말하죠?"

정해야 할 일이 아직도 수북이 쌓여 있었다. 누구를 누구 옆에 앉게 하면 좋겠는가? 사이먼 밀리슨 부인에게 윌리엄 매크리리 부인 옆에 앉으라고 권해서는 안 된다. 초등학교 시절로 거슬러올라가는 뭔가 석연치 않은 옛날의 불화로 둘은 결코 서로 말하지 않기 때문이었다. 그리고 누구를 초대할 것인가 하는 문제가 있었다. 부인회 회원 말고도 두세 명의 손님을 부르는 것은 여주인의 특전이었다.

"베스트 부인과 캠벌 부인을 부를까 해요."

앤이 말하자 수전은 염려스러운 표정을 지었다.

"그 사람들은 새로 이사온 사람들이에요, 마님."

그 말투는 마치 그 사람들은 낯선 악어라고 말하는 것 같았다.

"선생님과 나도 한때는 그랬어요, 수전."

"하지만 선생님의 대숙부님이 그 전에 여기서 몇 해나 사셨죠. 이 베스트 집안과 캠벌 집안사람들 일은 아무도 모르잖아요. 하지만 여기는 마님댁이니까요. 마님이 누구를 부르고 싶어하든 내가 반대할 까닭이 없죠.

지금도 기억나는데, 몇 해 전 카터 플래그 부인네에서 퀼트 이불 만드는 모임이 있었을 때 플래그 부인은 낯선 여자를 불렀었답니다. 그녀는 교직옷을 입고 왔어요, 마님. 부인회모임이니 좋은 차림은 할 것 없다고 가벼이 여긴 듯한 태도였어요!

캠벌 부인은 적어도 그럴 염려는 없겠죠. 그녀는 의상에 취미가 있으니까요. 하지만 나라면 수국 같은 파란 옷을 입고 교회에 갈 마음은 들지 않을 거예요."

앤도 동감이었지만 웃을 수 없었다.

"그 옷은 캠벌 부인의 은빛 머리에 잘 어울린다고 여겼어요, 수전. 그러고 보니 캠벌 부인이 향료 넣은 구즈베리 과자 재료의 분량을 적어주었으면 고맙겠다고 하더군요, 수전. 추수감사절 저녁 식사 때 아주 맛있었다고요."

"좋아요, 마님. 향료넣은 구즈베리 과자는 아무나 다 만들 수 있는 게 아니니까요."

그 이상 수국 같은 파란 옷은 비난받지 않게 되었다. 앞으로 캠벌 부인이 이를테면 피지 섬 주민의 의상을 입고 나타날지라도 수전은 반드시 어떤 이유를 찾아내어 그것을 칭찬할 것이다.

달은 차츰 하순으로 가고 있지만 아직 열정적인 여름 기운이 감돌고 있는 가을이어서, 모임날은 스산한 10월이라기보다 6월 같았다. 부인회 회원은 여러 가지 소문과 잉글사이드 저녁 식사를 기대하고 선생님 부인이 얼마 전 시내에 갔다왔으니까 뭔가 새롭고 훌륭한 물건이라도 볼 수 있을까 바라며 모여들었다.

수전은 부엌일이 짓눌릴 만큼 많았지만 조금도 쩔쩔매지 않고 의젓한 걸음걸이로 부인들을 응접실로 안내했다. 어느 누구도 1백 번실로 짠 폭 5인치 십자뜨기 레이스 장식을 단 앞치마를 가지고 있는 사람은 없으리라고 생각하니 기분이 꽤 좋았다.

1주일 전 샬럿타운에서 열리는 박람회에서 수전은 이 레이스로 1등상을 받았다. 거기서 리베커 듀를 만나 하루를 즐겁게 지내고, 그날 밤 수전은 프린스 에드워드 섬에서 가장 행복한 여자로 돌아왔던 것이다.

수전은 시치미를 뗀 얼굴을 했지만 그 누구든 자유라 생각했으며 때로는 가벼운 악의를 띠는 일도 있었다.

'드디어 실리어 리스가 왔군. 한결같이 뭔가 비웃어줄 일이 없을까 찾으면서 말이야. 좋아, 우리 집 저녁 식사에서는 아무것도 찾아내지 못할 테니까. 마이러 머리가 빨간 벨벳을 입었네. 퀼트 이불 만드는 모임에는 좀 너무 화려해. 하지만 잘 어울리는 것만은 틀림없어. 적어도 교직이 아니니까.

애거서 드류가 왔어. 언제나 그렇듯 안경을 끈으로 맸잖아. 세러 테일러……이번이 저 여자에게는 마지막 퀼트 이불 만들기가 될지도 모르지. 심장이 매우 안 좋다고 선생님이 말씀하니까. 하지만 어쩌면 저토록 기운이 좋담! 도널드 리스 부인이로군. 고맙게도 메리 애너를 데려오지 않았어. 하지만 틀림없이 넌더리날 만큼 그 애 이야기를 듣게 되겠지.

위 글렌의 제인 버가 왔어. 저 사람은 회원이 아니야. 그래, 저녁 식사 뒤 반드시 스푼을 세어봐야지. 저 집안사람들은 모두 손버릇이 나쁘니까. 캔디스 크로퍼드……저 사람은 부인회에 그리 나오지 않지만 이불만드는 모임은 저 고운 손과 다이아몬드 반지를 자랑하기에 알맞은 곳이지.

에머 폴록이군. 오늘도 여느 때처럼 옷자락 밑으로 페티코트를 늘어뜨리고 있어. 아름답지만 저 집안사람들은 아주 경박스러워. 틸리 매컬리스터는 팔머 씨네에서 이불만들기를 할 때처럼 테이블보에 젤리를 엎지르지 않았으면 좋겠어. 마서 크로더스가 왔군. 부인은 오랜만에 버젓한 식사를 할 수 있겠군. 부인의 남편이 함께 오지 못해 유감이야. 호두인지 뭔지를 먹고 오래 살아야 하는 듯하니까.

백스터 장로부인이야. 백스터 장로는 드디어 해럴드 리스를 위협하여 마이너에게서 쫓아버린 듯하더군. 해럴드는 본디 등뼈 대신 가슴뼈밖에 가지고 있지 않으니까. 약한 마음으로는 미인을 차지할 수 없다고 성경에도 씌어 있잖아. 자, 퀼트 이불 두 장을 만들 만한 인원수는 다 모였고, 몇 사람 남으니까 바늘에 실을 꿰줄 수 있겠어.'

이불은 넓은 베란다에서 만들게 되어 사람들은 모두 손가락과 혀를 바쁘게 놀렸다. 앤은 수전과 부엌에서 저녁 식사 준비에 몰두했고, 그날 아침 목구멍에 가벼운 통증을 느껴 학교에 가지 않은 월터는 베란다 층계에 웅크리고 앉아 있었는데, 그곳은 커튼 같은 담쟁이 덩굴에 가려져 바느질하는 사람들로부터 보이지 않았다.

월터는 언제나 어른들 이야기를 듣기 좋아했다. 어른들 이야기에는 깜짝 놀랄 만큼 이상한 일들이 많았다. 나중에 여러 가지로 생각해 보면 연극의 재료로 쓸만한 일들이며 포 윈즈 사람들 저마다 빛깔과 그림자, 희극과 비극, 농담과 슬픔을 반영하고 있었다.

그 자리에 있는 모든 부인 가운데 월터는 마이러 머리 부인이 가장 좋았다. 머리 부인은 상대가 끌려들어갈 듯이 매력적으로 웃으며 눈 가장자리에 명랑한 작은 주름을 짓고 있었다. 머리 부인은 아주 간단한 이야기도 극적이고 활기있게 들리도록 했다. 어디를 가나 인생을 즐겁게 했다. 버찌처럼 빨간 벨벳옷을 입고 검은 머리는 부드럽게 물결쳤으며 귀에 단 붉은 물방울 보석은 매우 아름다웠다.

월터가 가장 싫어하는 사람은 뾰족한 바늘처럼 여윈 톰 처브 부인이었다. 언젠가 처브 부인이 월터를 보고 '연약한 아이'라고 말하는 것을 들었기 때문인지도 몰랐다.

월터는 앨런 밀그레이브 부인은 반들반들한 잿빛 암탉과 똑같고 그랜트 클로 부인은 나무통에 다리가 난 듯싶다고 생각했다. 납빛 머리의 젊은 데이비드 랜섬 부인은 아주 아름다웠다. 데이비드가 결혼했을 때 '농사꾼치고는 너무 아름답다'고 수전이 말했었다.

젊디젊은 새 신부 모튼 맥두걸 부인은 나른한 흰 양귀비꽃처럼 보였다. 글렌 마을의 양재사 이디스 베일리는 안개 같은 은빛 곱슬머리에 눈이 까맣고 익살스러웠으며 '노처녀'로 보이지 않았다.

월터는 거기에 있는 부인 가운데 가장 나이 많은 미드 부인이 제일 좋았다. 부인은 다정하고 너그러운 눈매로 자신이 말하는 것보다 남의 이야기에 더 많이 귀기울였다. 월터는 실리어 리스를 좋아하지 않았다. 모인 사람들을 비웃는 것처럼 교활하고 놀리는 듯한 얼굴을 하고 있기 때문이었다.

바느질하는 사람들은 아직 본격적으로 수다를 늘어놓기 시작하지는 않았다. 서로 날씨에 대한 가벼운 이야기를 나누며 부채꼴로 누벼야 할지 마름모꼴로 해야 할지 정하려 하고 있었다. 그래서 월터는 무르익은 날의 아름다움을 생각하고 있었다.

넓은 잔디밭에는 거대한 나무가 서 있었다. 그것은 마치 위대하고 친절한 신이 세계를 황금 팔로 안고 있는 듯 보였다. 물들기 시작한 나뭇잎이 천천히 날아떨어졌으나 기사와도 같은 접시꽃은 지금도 여전히 화려하게 벽돌담을 등지고 피어 있었고, 포플러는 헛간으로 이어진 오솔길을 따라 고리버들의 마술을 자아내고 있었다.

월터가 둘레의 아름다운 경치에 마음을 빼앗기고 있다가 문득 정신차렸을 때 이미 바느질하는 사람들 이야기는 한창 열을 띠어 사이먼 밀리슨 부인이 이렇게 선언하고 있었다.

"그 집안사람들은 사람을 깜짝 놀라게 할 만한 장례식을 하는 것으로 유명했죠. 피터 커크 장례식에 갔던 사람으로 그때 어떤 일이 일어났었는지 잊은 이가 과연 있을까요?"

월터는 귀를 바짝 귀울였다. 이건 재미있을 것 같았다. 그러나 실망스럽게도 사이먼 부인은 어떤 일이 일어났는지 그 다음을 이야기하지 않았다. 모두 장례식에 갔거나 또는 그 이야기를 들은 듯했다.

'하지만 어째서 다들 저렇듯 난처한 얼굴을 하고 있을까?'

"클래러 윌슨이 피터에 대해 한 말은 확실히 사실임에 틀림없지만, 가엾게도 피터는 무덤에 들어가 있으니까 잠자코 내버려두기로 해요."

톰 처브 부인은 자기만 올바른 사람인 듯 정색한 얼굴이었다─마치 누군가가 피터의 시체를 파헤치자고 말하기라도 한 것 같이.

도널드 리스 부인이 말했다.

"메리 애너는 언제나 참으로 똑똑한 말을 한답니다. 지난번 우리가 마거릿 홀리스터 장례식에 가려고 했더니 뭐라고 말했는지 알아요? '엄마, 장례식에는 아이스크림이 나와요?'라는 거예요."

두세 명 부인들은 우스운 듯 몰래 눈으로 미소를 주고받았다. 대부분 사람들은 모르는 척하고 있었다. 리스 부인은 끊임없이 이야기 속에 메리 애너를 억지로 끌어내므로 무시하는 수밖에 없었다. 조금이라도 맞장구쳐주면 굉장했다.

'메리 애너가 뭐라고 했을 것 같아요?'라는 말은 글렌 마을의 사라질 줄 모르는 유행어였다.

실리어 리스가 말했다.

"장례식이라면 내 소녀시절 모브레이 내러즈에서 기묘한 것이 있었죠. 서부에 가 있던 스탠튼 레인이 죽었다는 통지가 왔었어요. 스탠튼의 친척들이 시체를 보내라고 전보쳤으므로 싸늘한 시체가 왔죠. 하지만 장의사 월리스 매컬리스터가 관을 열지 않는 편이 좋다고 주의를 주었어요. 그런데 바야흐로 장례식이 시작되려는 때 스탠튼 레인이 건강하고 위세를 떨치며 들어왔지요. 그 시체가 사실은 누구인지 끝내 모르고 말았어요."

그러자 애거서 드류가 물었다.

"그 시체를 어떻게 했나요?"

"뭐, 매장했죠. 월리스가 그대로 내버려둘 수 없다고 했거든요. 하지만 그건 장례식이라고 할 수 없었어요. 누구나 다 스탠튼이 돌아와서 기뻐했으니까요. 도슨 씨가 마지막 찬송가를 '위안을 얻으라, 그리스도를 믿는 자여'로부터 '때에 거룩한 빛은 갑자기 나타나다'로 바꿨지만, 사람들은 그대로 두면 좋을 걸 그랬다고 거의 생각했죠."

"전에도 메리 애너가 뭐라고 했는지 알아요? '엄마, 목사님은 뭐든지 다 아시나요?'라는 거예요."

제인 버가 말했다.

"도슨 씨는 언제나 막상 중요한 때 당황하고 말지요. 그 무렵 위 글

렌은 도슨 씨 교구의 일부였어요. 지금도 기억나는데, 어느 일요일 모임을 해산하고 나서야 헌금을 아직 걷지 않았던 걸 깨달았어요. 그래서 도슨 씨는 헌금그릇을 움켜쥐고 온 뜰을 뛰어다녔어요. 그 때까지 한 번도 헌금을 하지 않았던 사람까지도 끝내 헌금했을 거예요. 목사님의 말씀을 거절하는 것은 좋지 않으니까요. 하지만 그것은 그리 위엄 있다고는 할 수 없었죠."

미스 코닐리어가 말했다.

"도슨 씨 일로 난처한 것은 장례식에서 무자비하리만큼 길게 기도하는 일이에요. 마침내는 죽은 사람들이 부러워질 정도니까요. 레티그랜트 장례식에서는 너무 정도가 지나쳤어요. 레티의 어머니가 막쓰러질 듯 몸을 가누지 못하는 것을 보고 나는 도슨 씨를 쿡쿡 찌르며 이제 그만하면 기도는 충분하다고 주의를 주었죠."

"그분은 내 가엾은 자비스를 묻어 주었어요."

조지 카 부인이 말하며 갑자기 눈물을 흘렸다. 죽은 지 20년이나 지났는데도 남편 이야기를 할 때면 카 부인은 언제나 울었다.

크리스틴 마시가 말했다.

"그분 동생도 목사였어요. 내 처녀시절 그분은 글렌 마을에 계셨죠. 어느 날 저녁 공회당에서 음악회가 있었을 때였어요. 그분도 연설자 가운데 한 분이어서 단 위에 앉아 있었어요. 형님 못지않게 내성적이어서 의자를 살금살금 움직여 조금씩 뒤로 물러나다가 느닷없이 의자와 함께 벌렁 나자빠져 우리가 단 아래에 정돈해 둔 꽃이며 식물로 둑처럼 된 가장자리에 떨어져 보이는 것은 단 위로 불쑥나온 두 발뿐이지 않겠어요. 그 뒤로 내게는 그분의 설교가 어쩐지 형편없이 여겨지더군요. 그 사람 발은 정말 컸어요."

에머 폴록이 말했다.

"레인 집안 장례식에는 실망했을지 모르지만, 그래도 장례식이 전혀 없는 것보다는 나았어요. 크롬월 집안 소동을 기억하시겠죠?"

모두 다 그때 일이 생각나 웃었다.

캠벌 부인이 부탁했다.

"그 이야기를 좀 해줘요. 네, 폴록 부인. 나는 이곳에 온 지 얼마 안 되었으니까요. 어느 집의 족보 이야기도 전혀 몰라요."

에머로서는 어느 '족보'를 뜻하는지 몰랐지만, 이야기하기를 좋아했다.

"애브너 크롬월은 로브리지에 가까운 그 지방의 큰 농장 가운데 하나에서 살았어요. 그 무렵 의원이었죠. 보수당 거물로, 섬의 위대한 사람과 모두 사귀고 있었어요. 애브너는 줄리 플래그와 결혼했는데, 줄리의 어머니는 리스 집안사람이었고 할머니는 클로 집안 출신이어서 두 사람은 포 윈즈의 거의 모든 집안과 인연이 있었다 해도 좋을 정도였어요.

어느 날 '데일리 엔터프라이즈'에 공고가 났어요. 애브너 크롬월 씨가 로브리지에서 갑작스럽게 죽어 장례식이 내일 오후 2시에 거행된다고 말예요. 그런데 어찌된 일인지 애브너 크롬월 집안사람들은 이 공고를 못 보았어요. 그리고 물론 그 무렵은 시골에 전화도 없었죠.

이튿날 아침 애브너는 자유당 모임에 참석하러 킹스포트에 갔어요. 2시가 되자 다들 빨리 가서 좋은 자리를 잡으려고 장례식에 웅성웅성 모이기 시작했어요. 애브너가 유명한 사람이어서 엄청 많은 사람이 오리라 여긴 거죠.

확실히 사람들이 발디딜 틈이 많이 모였어요. 큰길에는 마차가 3마일이나 줄지어 서고 사람들은 3시 무렵까지 계속 모여들었지요. 애브너 부인은 남편이 죽지 않았음을 알리려고 미칠 것처럼 되었어요. 그 가운데에는 애브너 부인의 말을 믿지 않는 사람도 있었지요.

'다들 내가 시체를 치워버린 줄 여기는 듯해요'라고 그녀는 울면서 네게 말했어요. 사람들은 그녀의 말을 거우 납득하사 마지 애브너가 죽었어야 한다는 듯한 태도를 보였죠. 그리고 줄리가 몹시 자랑하던 잔디밭 화단이 온통 짓밟혀버렸어요.

멀리 사는 친척들도 많이 왔어요, 저녁 식사에 초대받아 묵고 가려고 말예요. 그런데 그녀는 음식을 그리 장만하지 않았지 뭐예요. 줄리는 확실히 준비성이 없었어요.

이틀 뒤 애브너가 집으로 돌아와보니 그녀가 신경쇠약으로 몸져누워 있었어요. 다 나을 때까지 몇 달이나 걸렸어요. 그녀는 6주일 동안이나 음식이라고는 아무것도, 그래요, 거의 아무것도 먹지 못했어요.

비록 진짜 장례식이 있었다 하더라도 이토록 당황하지는 않을 거라고 그녀가 말했다는데, 설마 정말로 한 말은 아닐 거라고 여겨요."

윌리엄 매크리리 부인이 말했다.

"그건 알 수 없어요. 사람은 때론 그처럼 무서운 말을 하는 법이죠. 정신이 뒤집혔을 때에는 진실이 저도 모르게 입에서 툭 나와버리니까요. 실제로 줄리의 언니 클러리스는 남편을 묻은 뒤 첫 일요일에 여느 때와 다름없이 성가대에서 노래를 불렀잖아요?"

애거서 드류가 말했다.

"남편 장례식도 클러리스를 울게 할 수는 없었어요. 클러리스에게는 착실한 점이 하나도 없었어요. 늘 춤추고 노래했죠."

마이러 머리가 눈을 빛내며 말했다.

"나도 곧잘 춤추고 노래했는걸요. 아무에게도 들리지 않는 바닷가에서요."

애거서가 말했다.

"그래요. 하지만 부인은 그 뒤 분별력이 생겼잖아요."

마이러 머리가 천천히 말했다.

"천만에요, 더 바보가 되었어요. 지금은 너무너무 바보가 돼서 바닷가에서 춤도 못 추겠어요."

에머는 얼른 이야기를 마무리 지으려고 곧바로 말을 이었다.

"처음에는 다들 신문공고를 농담으로 여겼어요. 그 2, 3일 전 애브너가 선거에서 낙선했으니까요. 그런데 그것은 애머서 크롬월이었음을 알게 되었어요. 애머서 크롬월은 로브리지 다른 쪽 미개지에 사는 사람으로, 친척이 아니에요. 이 사람은 정말 죽었어요. 하지만 사람들은 이때 실망한 일로—실망했다면 말이지만요— 꽤 오래 지나서야 애브너를 용서할 마음이 되었어요."

톰 처브 부인이 변호하듯 말했다.

"그렇죠, 씨 뿌리는 때인데다 먼 길을 마차로 달려왔는데 모처럼 한 수고가 헛일이었음을 알게 되면 확실히 화가 좀 났을 거예요."

도널드 리스 부인이 흥분해서 말하기 시작했다.

"그리고 일반적으로 사람들은 장례식을 좋아하니까요. 우리는 모두 어린아이 같다고 여겨요. 메리 애너를 그 애 아저씨 고든의 장례식에 데려갔더니 그 아이는 몹시 기뻐하더군요. '엄마, 재미있으니까 아저씨를 파내 다시 한번 묻어보면 어때요?' 하지 뭐겠어요."

이 말을 듣고 사람들은 까르르 웃었다. 백스터 장로부인 말고는 모두 웃었다. 장로부인은 길고 여윈 얼굴로 모르는 척하며 무자비하게 바느질하고 있었다.

'요즘은 신성한 생각이 하나도 없어. 누구를 막론하고 크고 작은 어떤 일로든 웃는다니까. 그러나 장로부인인 나는 장례식에 대한 일로 천박하게 웃는 것은 따르지 않을 테야.'

앨런 밀그레이브 부인이 말했다.

"애브너라니 말인데, 애브너 동생이 자기 아내를 위해 쓴 추도문을 기억해요? 첫 구절이 '신은 신만이 아시는 까닭으로 사촌형 윌리엄의 못생긴 아내를 살려두고 나의 아름다운 신부를 앗아가시도다'였죠. 이 때문에 큰 소동이 일어났던 것을 아직도 잊을 수가 없어요!"

베스트 부인이 혀를 차며 물었다.

"쯧쯧, 어째서 그런 게 신문에 실렸을까요?"

"그 무렵 그 자신이 엔터프라이즈 편집장이었거든요. 아내를—버서 모리스를 퍽 숭배했었어요—그리고 자기를 버서와 결혼시키고 싶어하지 않았다며 윌리엄 크롬월 부인을 미워했었죠. 윌리엄 부인은 버서를 너무 경박하다고 여겼었어요."

일리저버스 커크가 말했다.

"하지만 아름다운 부인이었어요."

밀그레이브 부인도 찬성했다.

"그처럼 아름다운 사람은 본 적이 없어요. 잘생긴 것은 모리스 집안의 혈통이에요. 하지만 마음이 잘 변하지요. 산들바람처럼 이래저래 변덕스러워요. 어떻게 버서가 존과 결혼하기까지 마음이 변하지 않을 수 있었는지 아무도 몰라요. 어머니가 버서를 붙들어놓았다는 이야기가 있었죠. 버서는 프레드 리스를 좋아했는데, 이 프레드가 또 악명 높은 변덕쟁이였지요. '손에 쥔 한 마리는 풀숲 속 두 마리 가치가 있다'고 모리스 부인은 버서에게 말해 주었대요."

마이러 머리가 말했다.

"나도 그 속담을 늘 들어왔지만, 그 말대로인지 어떤지는 모르겠어요. 어쩌면 풀숲 속의 새는 노래할 수 있고 손 안의 새는 노래를 못하는 게 아닐까요."

아무도 뭐라고 해야 할지 몰랐는데 톰 처브 부인이 가까스로 말했다.

"댁은 늘 좀 별나군요, 마이러."

"지난번 메리 애너가 뭐라고 말했는지 알아요? '엄마, 만일 아무도 내게 신부가 되어달라고 부탁하지 않으면 어쩌지요?' 라지 뭐예요."

실리어 리스가 이디스 베일리를 팔꿈치로 쿡쿡 찌르며 말했다.

"그 대답은 우리 노처녀 가운데 하나가 할 수 있잖겠어요."

이디스는 아직도 꽤 아름다워 경쟁대열에서 떨어져나온 게 아니므로 실리어는 그녀를 싫어하고 있었다.

그랜트 클로 부인이 말했다.

"거트루드 크롬월은 아주 못생겼었어요. 마치 판판한 돌 같은 모습이었는걸요. 하지만 주부로서는 훌륭했죠. 커튼을 한 달에 한 번씩 모조리 다 빨았지요. 버서는 1년에 한번 빠는 것이 고작이었어요. 그리고 버서네 해가리개는 늘 비뚤어져 있었죠. 존 크롬월네 집 곁을 마차로 지날 때마다 진저리쳐진다고 거트루드가 말했어요.

그런데도 존 크롬월은 버서를 몹시 숭배했고 윌리엄은 거트루드를 가까스로 참고 있다고 말할 뿐이었어요. 남자란 참으로 묘해요. 윌리엄은 자기 결혼식날 아침 그만 늦잠을 자서 허둥지둥 준비하는 바람에 헌 구두에 양말을 짝짝이로 신고 교회에 갔다더군요."

조지 카 부인이 소리죽여 웃으며 말했다.

"그 정도라면 올리버 랜섬보다 나아요. 올리버는 예복만드는 걸 잊었었으니까요. 여느 때 입는 외출복은 결코 입을 수 없었지요. 천을 대고 기웠거든요. 그래서 형님의 단벌양복을 빌렸더니 몸에 맞는 곳이 한두 군데밖에 없더래요."

사이먼 부인이 말했다.

"하지만 적어도 윌리엄과 거트루드는 결혼했으니 됐어요. 안타깝게도 거트루드의 여동생 캐럴라인은 결혼하지 못했으니까요. 캐럴라인과 로니 드류는 자기들 결혼식 때 어떤 목사가 그들 주례를 맡을지 말다툼하다가 결국 식을 올리지 못했죠. 로니는 몹시 화내며 냉정해지기도 전에 에드너 스톤과 결혼해 버렸어요. 캐럴라인은 그 결혼식에 왔었어요. 꼿꼿이 머리를 쳐들고 있었지만 핼쑥한 얼굴은 죽은 거나 같았죠."

세러 테일러가 말했다.

"하지만 캐럴라인은 말을 삼가했어요. 하지만 필리퍼 애비는 그렇지 않았어요. 짐 모브레이에게 퇴짜 맞았을 때 모브레이 결혼식에 나가 식이 올려지는 동안 내내 큰 소리로 더없이 심한 독설을 퍼부었어요. 물론 이 사람들은 모두 영국국교회 신도지만 말예요."

마치 영국국교회 신도라는 것이 엉뚱한 행동을 하게 된 까닭인 듯이 세러 테일러는 말을 맺었다.

실리어 리스가 물었다.

"그 뒤 있었던 피로연에 필리퍼가 약혼 때 짐에게서 받은 보석을 모두 지니고 갔다는 말이 사실이에요?"

"아니에요, 그런 일은 하지 않았어요! 어째서 그런 터무니없는 이야기가 퍼지는 것일까요? 그 가운데에는 소문을 되풀이하는 것밖에 할 일이 없는 사람도 있으니까요. 짐 모브레이는 필리퍼를 버리지 말았더라면 좋았을 거라고 한평생 후회했을 거예요. 짐은 아내에게 짓눌려 얌전히 굴었지만요. 하기야 아내가 없을 때는 늘 흥에 겨워 정도가 지나친 짓을 했었죠."

크리스틴 크로퍼드가 말했다.

"내가 짐 모브레이를 본 것은 로브리지의 기념예배에 모인 사람들에게 풍뎅이가 한꺼번에 몰려왔던 그날 밤이었어요. 그리고 풍뎅이가 하다 만 일을 짐 모브레이가 다 해주었답니다. 무더운 밤이어서 창문을 모조리 열어두었죠. 풍뎅이가 몇백 마리나 한꺼번에 몰려들어와 마구 날아다녔어요. 다음날 아침 성가대 단 위에서 죽은 풍뎅이를 여든 일곱 마리나 주워 모았을 정도였어요. 풍뎅이가 너무 얼굴 가까이까지 날아와 히스테리를 일으킨 여자아이도 있었어요.

내 자리 옆 통로 건너편에 새로 온 목사부인이 앉아 있었어요. 피터 로링 부인이었죠. 그녀는 버드나무 솜털 장식을 단 큰 레이스 모자를 쓰고 있었어요."

별안간 백스터 장로부인이 끼어들었다.

"그녀는 본디 목사부인치고는 너무 화려한 의상을 좋아했고 지나치게 사치스러웠죠."

"'목사부인의 모자에서 저 풍뎅이를 두들겨 떨어뜨릴 테니 두고 봐'

짐 모브레이가 나직이 말하는 목소리가 들렸어요. 짐은 목사부인 바로 뒤에 앉아 있었으니까요.

짐은 몸을 앞으로 내밀어 풍뎅이를 힘껏 후려쳤는데 모자 옆을 때려 모자가 통로를 휙 날아 성찬식(聖餐式) 난간까지 갔지 뭐예요. 짐은 하마터면 히스테리 발작을 일으킬 뻔했어요.

목사는 자기 아내 모자가 허공을 날아오는 것을 보고 어디까지 설교했는지 몰라 끝내 단념했어요. 찬양대는 손으로 풍뎅이를 날려보내며 마지막 찬송가로 끝냈죠.

짐은 내려가 모자를 집어 로링 부인에게 돌려주었어요. 짐은 비난 들으리라 생각했죠. 로링 부인은 화를 잘 낸다는 소문이었으니까요.

그런데 부인은 그 아름다운 금발에 다시 모자를 쓰고 짐에게 웃어 보이며 '당신이 그렇게 해주지 않았더라면 피터는 앞으로 20분은 더 설교를 했을 테니 우리는 모두 정신이 완전히 돌아버렸을 거예요' 하고 말했죠.

물론 화내지 않은 건 좋은 일이지만 자기 남편에 대해 그렇게 말해서는 못쓴다고 저마다 생각했었어요."

마서 크로더스가 말했다.

"하지만 그녀가 어떻게 태어났는지 생각해야만 해요."

"뭐라고요? 어떻게 태어났는데요?"

"그녀는 서부 출신으로 베시 탤보트라고 해요. 그녀의 아버지 집에 어느 날 밤 불이 나서 큰 소란을 피우는 사이에 베시가 태어났대요. 뜰에서 말예요, 별 아래에서."

마이러 머리가 말했다.

"어쩌면, 정말 로맨틱하군요!"

"로맨틱하다고요? 어머나, 나는 망측한 일이라고 여겨요."

마이러 머리가 꿈꾸듯 말했다.

"하지만 별 아래에서 태어나다니, 생각해 봐요. 오, 아마도 그녀는 틀림없이 별의 아이였을 거예요. 눈부시게 아름답고 용감하고 성실하며 눈에는 별을 담아 반짝반짝 빛나고."

마서가 말했다.

"그래요, 별 때문인지 어떤지는 모르지만요. 로브리지에서 그녀는 퍽 괴롭게 지냈어요. 로브리지에 사는 목사부인이란 새침하니 점잔빼고 있어야 한다고 생각하고 있으니까요.

글쎄, 어느 날 그녀가 자기의 아기 요람 둘레를 춤추며 빙빙 도는 것을 한 장로가 보고 그녀에게 '당신 아들이 하느님이 택하신 아이인지 어떤지 알게 되기까지 아들을 기뻐하지 말라'고 했다니까요."

"아기라니 말인데, 얼마 전 메리 애너가 뭐라고 했을 것 같아요? '엄마, 여왕님도 아기를 낳아요?' 라지 뭐예요."

앨런 부인이 말했다.

"그런 말을 한 것은 틀림없이 앨릭잰더 윌슨일 거예요. 태어날 때부터 까다롭다는 것은 그 사람을 두고 하는 말이에요. 가족들이 식사할 때 한마디도 말하는 것을 허락하지 않는 듯하니까요. 웃는 게 다 뭐예요. 그 사람 집에서는 웃음소리 같은 건 들린 적이 없어요."

마이러가 말했다.

"웃음없는 집이라니, 생각 좀 해봐요! 정말 신성모독이에요."

그때 앨런 부인이 끼어들었다.

"앨릭잰더에게는 기분 나쁜 일이 이어지는 때가 반드시 있어서, 사흘이나 아내에게 말하지 않는 일이 있답니다. 아내는 이제 살았다싶을 거예요."

그랜트 클로 부인이 엄한 목소리로 말했다.

"앨릭잰더 윌슨은 적어도 누구보다 착하고 정직한 실업가였어요. 죽을 때 앨릭잰더는 아내에게 4만 달러나 남겨주었죠."

이 앨릭잰더라는 사람은 그랜트 클로 부인의 먼 친척으로, 윌슨네 사람들은 자기네 집안사람들을 펀드는 마음이 아주 강했다.

실리어 리스가 말했다.

"그걸 남겨주고 가야 하다니 참으로 가엾었겠군요."

클로 부인이 말했다.

"앨릭잰더의 동생 제프리는 한 푼도 남기지 않았어요. 제프리는 집안에서 확실히 불량자였어요. 정말이지 그 사람은 아랑곳하지 않고 실컷 웃었답니다. 번 것을 몽땅 물 쓰듯 써버리고, 누구와도 사이가 좋았고, 그러다보니 빈털터리가 되어 죽었죠. 그토록 마구 흩뜨려놓거나 웃었을 뿐 이 세상에서 무엇을 얻을 수 있었을까요?"

마이러가 말했다.

"아마 얻은 것은 그리 없을지 모르지만, 그래도 제프리가 이 세상에 쏟아넣은 것을 생각해 봐요. 제프리는 늘 사람들에게 주고 있었어요. 격려, 동정, 우정, 돈까지도 말예요. 적어도 친구에 대해서는 제프리가 부자였어요. 앨릭잰더는 평생 친구가 한 사람도 없었잖아요."

앨런 부인이 대답했다.

"그런데 제프리 친구들은 제프리를 묻어주지 않았어요. 앨릭잰더가 묻어줘야만 했었어요. 그리고 훌륭한 묘석도 세워 주었어요. 백 달러나 들었답니다."

실리어 드류가 물었다.

"하지만 제프리가 앨릭잰더에게 수술하면 목숨이 살아날지도 모르니까 백 달러만 빌려달라고 부탁했을 때 거절했었잖아요?"

카 부인이 달랬다.

"자, 자, 우리는 너무 몰인정해요. 결국 우리는 물망초나 데이지 같은 동화속 세계에 살고 있는 게 아니고, 누구에게나 결점은 있는 법이니까요."

밀리슨 부인이 이야기를 좀 더 유쾌한 방향으로 돌릴 시기라고 여겨 웃으며 말했다.

"렘 앤더슨이 오늘 도러시 클러크와 결혼식을 올려요. 제인 엘리엇이 결혼해 주지 않으면 자기 머리를 총으로 꿰뚫겠다고 맹세한 뒤 채 1년도 안 되었는데 말예요."

처브 부인이 말했다.

"젊은 남자란 그처럼 묘한 짓을 하죠. 그 사람들은 이 일을 아예 비밀로 해왔어요. 두 사람이 약혼한 일은 3주 전까지 아무에게도 새어나가지 않았으니까요. 지난주 렘의 어머니와 이야기했을 때에도 이렇듯 빨리 결혼식을 올린다는 걸 비추지도 않았어요. 그런 스핑크스 같은 여자는 그리 탐탁지 않아요."

애거서 드류가 말했다.

"나는 도러시 클러크가 렘에게 용케도 승낙했다고 여기며 놀라고 있어요. 지난봄 도러시와 프랭크 클로가 맺어지는 줄 알았으니까요."

"도러시가 프랭크와 맺어진다면 나무랄 데 없는 결혼이지만, 아침에 눈을 뜰 때마다 시트 위에 프랭크의 코가 불쑥 나와 있는 것을 보게 되리라는 생각만 해도 견딜 수 없다고 그녀가 말하는 것을 들었어요."

백스터 장로부인은 처녀처럼 몸을 떨며 함께 웃으려 하지 않았다.

실리어는 이불 둘레에 있는 사람들에게 눈짓해 보이며 말했다.

"이디스 같은 어린 아가씨 앞에서 그런 말 하는 게 아니에요."

에머 폴록이 물었다.

"에이더 클라크는 아직 약혼하지 않았나요?"

밀리슨 부인이 대답했다.

"네, 좀 달라요. 희망사항일 뿐이에요. 하지만 에이더는 그 사람을 차지할 거예요. 그 집 아가씨들은 모두 남편을 선택하는 솜씨가 있으니까요. 에이더 언니는 항구 건너편에서 가장 큰 농장으로 시집갔는걸요."

밀그레이브 부인이 말했다.

"폴링은 아름답기는 하지만 어리석은 생각만 해요. 이따금 언제까지나 철이 나지 않는 게 아닐까 불쌍히 여겨질 때가 있어요."

"뭘요, 철이 날 거예요. 그러는 가운데 아기가 태어나면 아이로부터 지혜를 배우겠죠. 부인도 나도 모두 그렇잖아요?"

미드 부인이 물었다.

"렘과 도러시는 어디서 살죠?"

"아, 렘은 위 글렌에 농장을 사두었어요. 그 왜 불쌍한 로저 캐리 부인이 남편을 살해한 그 전의 캐리 집안 저택 말예요."

"남편을 살해했다고요?"

"글쎄, 뭐, 남편 쪽에서도 그런 일을 당할 만한 짓을 했지만요. 그러나 캐리 부인이 좀 지나쳤다고 다들 말했어요. 로저의 찻잔—이 아니라 수프였던가요?—에 제초제가 들어 있었어요. 이 일은 저마다 알고 있지만 쉬쉬거리며 그냥 내버려두었답니다. 그 실패를 좀 줘요, 실리어."

캠벌 부인이 눈을 동그랗게 뜨고 물었다.

"하지만 밀리슨 부인, 캐리 부인은 한 번도 재판받거나 벌받지 않았나요?"

"그럼요, 누구나 이웃사람을 그런 곤란한 처지로 몰아넣고 싶지는 않으니까요. 캐리 씨네는 위 글렌에 좋은 친척을 가지고 있는데다 그녀도 미칠 것 같은 심정이 되어 한 일이거든요. 물론 아무도 습관적으로 사람을 죽여도 된다고 생각하지는 않아요. 하지만 살해될 만한 일을 한 사나이가 있다면 로저 캐리야말로 바로 그런 남자였지요.

캐리 부인은 미국으로 가서 재혼했어요. 벌써 세상을 떠난 지 몇 해나 지났죠. 두 번째 남편은 그녀보다 오래 살았어요. 모든 일이 다 내 어린시절에 일어난 일이에요. 로저 캐리의 유령이 돌아다닌다는 소문이 퍼졌죠."

백스터 부인이 말했다.

"설마 이 문명시대에 유령 같은 걸 믿는 사람은 없을 거예요."

틸리 매컬리스터가 되물었다.

"어째서 유령을 믿으면 안 되죠? 유령이란 재밌잖아요? 나는 언제나 유령이 꼬리처럼 붙어다니는 남자를 알고 있어요. 그 유령은 늘 그 사람을 비웃는대요. 비꼬듯이 말예요. 곧잘 그 사람을 성나게 하곤 했죠. 가위 좀 주겠어요, 맥두걸 부인?"

작은 신부는 두 번이나 재촉을 받고서야 얼굴이 새빨개져 가위를 건네주었다. 맥두걸 부인이라고 불리는 데 아직 익숙지 못했기 때문이었다.

크리스틴 크로퍼드가 말했다.

"저 항구 건너편 예전의 트루액스 집안 저택에 몇 해 동안이나 유령이 나왔답니다. 온 집안에서 똑똑 두드리거나 쿵쾅거리는 소리가 난다는 거예요. 이상한 일이에요."

백스터 부인이 말했다.

"트루액스 집안 가족들은 모두 배앓이 병을 가지고 있었으니까요."

매컬리스터 부인이 언짢은 표정을 지으며 말했다.

"물론 유령이란 안 믿으면 없는 게 되기도 해요. 하지만 내 여동생이 노바 스코샤의 어떤 집에서 일했었는데, 가끔 그 집에서 킬킬거리는 웃음소리가 나서 애먹었대요."

마이러가 말했다.

"정말 명랑한 유령이군요. 그런 유령이라면 괜찮겠어요."

의심 많은 백스터 부인이 반대했다.

"그건 틀림없이 올빼미일 거예요."

애거서 드류가 슬픈 듯하면서도 의기양양 뽐내며 말했다.

"제 어머니는 임종 때 침대 둘레에 천사들이 있는 것을 보셨대요."

백스터 부인이 말했다.

"천사는 유령이 아니에요."

처브 부인이 물었다.

"어머니라는 말이 나와 생각나는데, 파커 아저씨는 좀 어때요, 틸리?"

"이따금 몹시 나빠져요. 어떻게 될지도 짐작가지 않아요. 덕분에 모든 일이 다 늦어져버리지요…… 우리 겨울옷 말인데, 요전에 여동생과 의논할 때 나는 말했어요. '아무튼 검은 옷으로 하자. 그러면 어떤 일이 일어나도 괜찮으니까' 라고요."

"전에 메리 애너가 뭐라고 했는지 알아요? '엄마, 나는 하느님께 내 머리를 곱슬거리게 해달라고 부탁하는 걸 그만두려고 해요. 1주일 동안 밤마다 부탁했는데도 아무것도 해주지 않는걸'라는 거예요."

브루스 덩컨 부인이 씁쓰레한 목소리로 말했다.

"나도 어떤 일을 하느님께 20년 동안이나 부탁하고 있답니다."

덩컨 부인은 이제까지 아무 말도 하지 않고 이불에서 그 검은 눈을 들지도 않았었다. 덩컨 부인은 퀼트 이불을 잘 만들기로 유명했다. 아마도 남들에 대한 소문이야기로 정신을 흩뜨리지 않고 한 땀 한 땀 정성스레 바느질하기 때문일 것이다.

잠시 동안 그 자리가 조용해졌다. 다들 덩컨 부인의 소망이 무엇인지 짐작하긴 했지만, 그것은 퀼트 이불 만드는 모임에서 이야기할 만한 내용이 못되었다. 그 뒤로 덩컨 부인은 다시는 입을 열지 않았다.

마서 크로더스가 알맞게 사이를 둔 뒤 물었다.

"빌리 카터가 메이 플래그와 파혼하고 항구 건너편 맥두걸 집안사람과 교제하고 있다는 게 정말인가요?"

"그래요. 하기야 어째서 그렇게 되었는지 아무도 모르지만요."

캔디스 크로퍼드가 말했다.

"안타까운 일이에요. 대수롭지 않은 일로 혼담이 깨질 때가 이따금 있으니까요. 딕 프랫과 릴리언 매컬리스터도 봐요. 피크닉 갔다가 딕이 릴리언에게 결혼신청을 하려 했을 때 코피가 나왔나군요. 재빨리 시냇물로 달려갔었을 때 거기서 본 적도 없는 아가씨를 만났는데 그 아가씨가 손수건을 빌려주었대요. 딕은 그 자리에서 반해 2주일 뒤 두 사람은 결혼해 버렸죠."

유령이니 배신이니 하는 이야기보다 좀더 유쾌한 화제를 내놓을 시기라고 생각한 사이먼 부인이 말했다.

"지난 토요일 저녁, 항구 곶에 있는 밀트 쿠퍼네 가게에서 빅 짐 매컬리스터에게 어떤 일이 일어났는지 들었나요? 밀트는 여름 내내 스토브를 내놓는 버릇이 있었어요. 그런데 토요일 저녁에 추워서 불을 피웠지요. 그래서 가엾게도 빅 짐이 거기에 앉았다가 데었답니다, 자기의─"

사이먼 부인은 어디를 데었는지 말하지 않고 자신의 몸 일부를 말없이 쓰다듬었다.

월터가 담쟁이덩굴 칸막이에서 머리를 쏙 내밀고 진지하게 말했다.

"엉덩이에요."

월터는 사이먼 부인이 그 말을 생각해 내지 못할 거라 여겼기 때문이었다.

바느질 하던 여자들은 깜짝 놀라 입을 다물었다. 이제까지 줄곧 월터 블라이스가 그곳에 있었던 것일까?

이제까지 한 이야기 가운데 아이가 들어서는 안 되는 이야기가 있었는지 다들 생각해 보려고 애썼다. 블라이스 선생 부인은 아이들에게 들려주는 이야기에 대해 퍽 잔소리가 많다는 소문이었다. 모두 혀가 아직 마비되어 풀리지 않는데 앤이 부엌에서 나와 저녁 식사가 준비되었다고 했다.

일리저버스 커크가 말했다.

"10분만 기다리세요, 블라이스 부인. 그러면 퀼트 이불이 두 장 다 끝나니까요."

퀼트 이불이 다 만들어져 그것을 들어내다가 털어서 펼쳐 놓은 다음, 다 함께 감상했다.

마이러 머리가 말했다.

"어떤 사람이 이걸 덮고 잘까요."

앤이 말했다.

"아마도 이 이불 속에서 처음으로 어머니가 된 여자가 첫아기를 안게 되겠죠."

미스 코닐리어가 뜻밖의 말을 했다.

"또는 대초원에서 밤에 어린아이들이 이 속에 옹기종기 모여 잠잘지도 몰라요."

미드 부인이 말했다.

"또는 류머티즘이 있는 노인이 이걸 덮고 훨씬 편하다고 기뻐할지도 모르지요."

백스터 부인이 슬픈 목소리로 말했다.

"이 속에서 아무도 죽지 않기를 바라겠어요."

모인 사람들이 식당으로 몰려들어갈 때 도널드 부인이 말했다.

"여기로 오기 전 메리 애너가 뭐라고 말했는지 알아? '엄마, 잊지 말아요. 자기 접시 음식은 몽땅 다 먹어야만 해요' 라지 뭐겠어요."

그래서 다들 자리에 앉아 하느님의 영광을 찬양한 뒤 즐겁게 먹고 마셨다. 악의 있는 사람은 없었으며 오후 내내 열심히 일했다.

저녁 식사가 끝나자 저마다 돌아갔다. 제인 버는 사이먼 밀리슨 부인과 마을까지 함께 걸어갔다.

수전이 스푼 수를 세고 있는 줄도 모르고 제인은 아쉬워하며 말했다.

"여러 가지 도구를 기억해 두었다가 어머니에게 말해줘야겠어요. 어머니는 몸져누운 뒤 밖에 나가지 못하지만, 시시콜콜한 일들을 궁금해 하세요. 그 식탁을 보고 얼마나 기뻐했는지 모르는걸요."

사이먼 부인은 한숨을 내쉬며 동의했다.

"잡지에 나와 있는 그림 같더군요. 요리라면 나도 누구 못지않지만 식탁을 품위 있고 훌륭하게 꾸미는 일은 전혀 못해요. 그 월터 녀석은, 나라면 볼기를 실컷 때려줬을 거예요. 사람을 그토록 놀라게 하다니, 어쩌면!"

길버트가 말했다.

"잉글사이드가 입방아에 오른 사람들로 구름떼처럼 온통 뒤덮여 있었겠지."

앤이 대답했다.

"나는 이불을 만들지 않아서 소문이야기를 하나도 듣지 못했어."

그러자 뒤에 남아 수전이 이불 묶는 일을 돕고 있던 미스 코닐리어가 말했다.

"그래요, 앤. 앤이 이불만드는 곳에 왔을 때는 모두 분별 없는 말을 하지 않으니까요. 앤이 소문이야기 같은 건 탐탁지 않게 여긴다고 생각하고 있어요."

"그야 종류에 따라 다르죠."

"그래요, 오늘은 정말 아무도 그리 심한 이야기를 하지 않았어요. 이야기에 나온 이들은 대부분 죽었거나 또는 차라리 죽은 것이 나은 사람들이었으니까요."

미스 코닐리어는 애브너 크롬월 장례식 때 이야기를 떠올리고 생긋 웃으며 말을 이었다.

"다만 밀리슨 부인만이 매지 캐리와 그 남편에 대해 그 좋지 않은 옛날의 살인이야기를 우연히 꺼내게 되었지만 말예요. 나는 모조리 다 기억하고 있어요. 매지가 했다는 증거는 하나도 없어요. 다만 고양이가 그 수프를 조금 먹은 뒤 죽은 것 말고는 말예요. 고양이는 1주일 전부터 병이 났었어요. 나더러 말하라면 로저 캐리는 맹장염으로 죽었어요. 물론 그 무렵엔 아무도 자기들이 맹장을 가지고 있는 줄도 몰랐었죠."

수전이 말했다.

"정말이지 그런 일을 알게 되어 안타까워요. 스푼은 모두 다 있어요, 마님. 테이블보도 아무렇지 않아요."

미스 코닐리어가 말했다.

"자, 이제 돌아가야겠어요. 다음주 마셜이 돼지를 잡으면 남는 갈비를 보내주겠어요."

월터는 초롱초롱한 눈망울에 꿈을 가득 담고 또다시 층계에 앉아 있었다. 저녁 어스름이 자욱이 끼어 있었다. 월터는 '저녁 어스름은 어디서 오는 것일까' 생각했다. 박쥐 같은 날개를 가진 위대한 정령(精靈)이 보랏빛 물병으로 이 세상 위에 뿌리는 것일까? 달이 뜨기 시작하고 바람으로 비틀린 오랜 가문비나무 세 그루가 달을 등지고 언덕을 절룩거리며 올라오는 세 사람의 여윈 곱사등이 늙은 마귀처럼 보였다. 그림자 속에 웅크려 앉아 있는 털이 북슬북슬한 귀 달린 것은 작은 목신(牧神)일까?

만일 지금 벽돌담 문을 열면 낯익은 뜰로 나가는 대신 이상한 요정나라로 들어서게 되지나 않을까? 거기서는 왕녀들이 마술의 잠에서 깨어나고 전부터 월터가 바라고 있듯 메아리를 찾아내어 그 뒤를 따라갈 수 있을지도 모른다. 말을 해서는 안 된다. 그렇게 하면 무언가가 사라져버릴 테니까.

엄마가 나와서 말했다.

"월터, 이제는 여기에 앉아 있으면 못써. 추워졌으니까. 네 목 생각을 해야지."

이 엄한 말로 주문이 깨졌다. 마술의 등불은 꺼졌다. 잔디밭은 역시 아름다웠지만 이미 요정나라가 아니었다.

월터는 일어났다.

"엄마, 피터 커크 장례식에서 어떤 일이 일어났었는지 말해 주세요."

앤은 잠시 생각했다. 그리고 몸을 파르르 떨었다.

"지금은 안 돼, 월터. 아마―언젠가는―"

# 달밤

앤은 방에서 혼자—길버트는 환자가 있어 나갔으므로—창가에 앉아 밤의 평화로움과 달빛에 비춰진 방안에 깃든 묘한 아름다움에 마음이 끌려 잠시 즐기고 있었다.

앤은 생각했다.

'글쎄 뭐랄까, 달빛을 받은 방에는 언제나 뭔가 이상한 데가 있어. 방이 너무 달라져 버려. 붙임성도 별로 없고—인간미도 그리 없어. 동떨어지고 서먹서먹하게 자기 생각에 열중해 있어. 마치 나를 침입자처럼 보이게 하잖아.'

정신없이 바빴던 하루를 보내고 앤은 좀 지쳐 있었지만 지금은 모든 것이 정말 아름답고 조용했다. 아이들은 쌔근쌔근 잠들었고 잉글사이드는 정연한 상태로 돌아왔다. 집안에서는 아무 소리도 들리지 않았으며 수전이 부엌에서 빵반죽을 하며 탕탕 치는 소리가 희미하게 율동적으로 들려올 뿐이었다.

그러나 열어놓은 창문으로 하늘 아래 속삭이는 소리가 들려왔다. 앤은 그 하나하나를 알고 있었으며 사랑하고 있었다. 항구에서 낮은 웃음소리가 조용한 공기를 타고 울려왔다. 누군가가 글렌 마을에서 부르는 노래가 먼 옛날에 들은 노래의 여운처럼 감돌았다. 바다 위에는 은색 달빛 길이 뻗어 있었으나 잉글사이드는 그림자에 싸여 있었다. 나무들은 '그늘에 잠긴 옛날 속담'을 속삭였으며 무지개 골짜기에서는 올빼미가 울고 있었다.

'올여름은 참으로 즐거웠어.'

앤은 생각했다……그리고 언젠가 위 글렌의 하일랜드 키티 아주머니가 한 말이 생각나서 가슴이 저미는 듯한 아픔을 느꼈다.

"지난 여름은 두 번 다시 오지 않아요."

정말로 똑같다는 것은 있을 수 없다. 또 여름이 돌아오겠지. 그러나 아이들은 좀 더 자라서 릴러도 학교에 다니게 된다.

'그리고 내게는 어린아이가 없어지는 것이다' 이렇게 생각하자 앤은 서글퍼졌다.

젬은 벌써 12살이며 '입학시험' 이야기가 시작되고 있었다. 젬, 전의 '꿈의 집'에서 어린 갓난아기였던 때가 바로 어제 일처럼 여겨지는데. 월터는 키가 무럭무럭 자랐다. 그날 아침 앤은 학교의 어떤 '남자아이' 일로 낸이 다이를 놀려대는 말을 들었고, 다이는 실제로 뺨을 붉히며 빨강머리를 흔들었다.

그렇다, 그것이 인생이다. 기쁨과 고통―희망과 불안―변화. 끊임없이 달라지는 것이다! 달라지지 않을 수 없다. 낡은 것을 내버리고 새로운 것을 가슴에 품으며 그것을 사랑하게 되고 또 그것을 차례차례 버리게 되는 것이다.

봄은 아무리 아름다워도 여름에게 굴복해야 하고 여름은 가을이 오면 보이지 않게 된다.

태어남……결혼……죽음……

앤은 갑자기 월터가 피터 커크 장례식에서 어떤 일이 있었는지 말해 달라고 조르던 일이 생각났다. 그 일은 몇 해 동안 생각한 적이 없었지만 잊은 것도 아니었다. 거기에 갔던 어느 누구도 잊을 수 없을 것이며 앞으로도 영원히 기억할거라 앤은 생각했다. 어스름한 달빛 속에 앉아 앤은 그때 일을 머릿속에 떠올려 보았다.

11월 일이었다. 잉글사이드에서 지낸 첫해 11월이었다. 1주일 동안 봄 같은 날씨가 이어졌다. 커크 집안은 모브레이 내러즈에서 살았는데, 글렌 교회에 나가고 길버트에게 단골로 다녔으므로 장례식에 길버트와 앤 둘이서 참석했다.

온화하고 바람 한 점 없는 흑진주 같은 잿빛어린 날이었음을 앤은 기억하고 있었다. 둘레는 쓸쓸한 갈색과 보랏빛도는 11월 경치로, 고지대며 언덕의 구름 사이로 햇빛이 내비치는 곳은 여기저기 햇빛으로 기워놓은 것 같았다. '커크 집안의 오솔길'은 바닷가 바로 옆이어서 뒤쪽 음침한 전나무를 지나 바닷바람이 불어왔다. 크고 유복해 보이는 집이었는데, 앤은 늘 그 L자형 집이 가늘고 길다란 심술궂은 얼굴과 꼭 닮았다고 여겼었다.

앤은 걸음을 멈추고 꽃도 없는 살풍경한 잔디밭에 선 한 무리의 여자들에게 말을 걸었다. 이 부지런한 사람들에게 장례식은 반드시 불쾌한 사건은 아니었다.

브라이언 블레이크 부인이 가엾은 목소리로 말했다.

"손수건을 가져오는 걸 깜박 잊어버렸어요. 눈물이 나오면 어쩌죠?"

울음을 잘 터뜨리는 여자를 싫어하는 시누이 커밀러 블레이크가 무뚝뚝하게 말했다.

"어째서 울 필요가 있죠? 피터 커크는 언니 친척도 아니고 그 사람을 좋아하지 않았잖아요?"

브라이언 블레이크 부인의 얼굴이 굳어졌다.

"장례식에서 우는 것은 '예의'라고 여겨요. 이웃집 사람이 영원한 하늘나라로 불려갔을 때 우는 것은 한마디로 인정이에요."

커티스 로드 부인이 쌀쌀맞게 말했다.

"피터를 좋아했던 사람은 다르지만, 피터의 장례식에서 우는 사람은 그리 많지 않을 거예요. 그게 사실인걸요. 구태여 허울좋은 말을 하지 않아도 좋잖아요. 다른 사람은 어떻든 나는 그 사람이 믿음이 깊은 듯한 얼굴을 한 사기꾼임을 알아요. 작은 문으로 들어오는 사람이 누구죠? 설마—설마 클래러 월슨은 아니겠죠?"

브라이언 부인이 믿기지 않는다는 표정으로 소곤거렸다.

"그 사람이 맞아요."

커밀러 블레이크가 앤에게 가르쳐주었다.

"피터의 첫아내가 죽었을 때 클래러는 피터에게 당신 장례식에는 참석하지만 그때까지는 두 번 다시 이 집에 오지 않겠다고 했으니까 약속대로 한 셈이죠. 저 사람은 피터의 첫 아내 언니예요."

앤은 호기심이 일어 클래러 월슨을 바라보았다. 클래러는 사람들 모습도 눈에 들어오지 않는 듯 부옇게 빛바랜 황옥(黃玉) 같은 눈으로 앞을 똑바로 보며 옆을 스쳐갔다. 그녀는 비극적인 얼굴을 한 무척 여윈 여자로, 나이가 꽤 많은 부인이라면 지금도 쓰고 다니는 요란한 보닛 아래로 검은 머리칼이 보였다. 깃털과 '유리알'로 된 그 모자에는 코까지 내려오는 보잘것없는 베일이 달려 있었다.

클래러는 아무도 보지 않고 말도 걸지 않으며 길고 검은 태피터 스커트 소리를 요란하게 내면서 잔디밭을 지나 베란다 층계를 성큼성큼 올라갔다.

커밀러가 비꼬았다.

"현관에 제드 클린턴이 장례식용 얼굴을 하고 서 있더군요. 우리가 안으로 들어가도 좋을 무렵이라고 여기나봐요. 자기가 주관하는 장례식에서는 모든 일이 예정대로 진행된다는 게 저 사람 자랑이죠. 위니 클로가 설교하기 전에 쓰러졌다고 언제까지나 용서하지 않으니까요. 설교한 뒤였다면 그렇지 않았을 거예요. 어쨌든 이 장례식에서는 아무도 쓰러질 듯싶지 않군요. 올리비어는 쓰러질 것 같은 사람이 아니고요."

리스 부인이 물었다.

"제드 클린턴은—로브리지의 장의사잖아요? 어째서 글렌 사람에게 부탁하지 않았을까요?"

"누구에게? 카터 플래그 말인가요? 그야 물론 피터와 카터 플래그는 평생토록 서로 노려보던 앙숙이었으니까요. 카터가 에이미 윌슨을 좋아했잖아요."

"에이미를 바랐던 사람은 많았어요. 아주 아름다운 아가씨였는걸요. 구릿빛 도는 빨강머리에 잉크 같은 검은 눈이었어요. 하기야 그 무렵 사람들은 둘 가운데 클래러가 더 예쁘다고 여기고 있었지만요. 클래러가 한 번도 결혼하지 않은 건 이상하잖아요?

이제야 겨우 목사가 왔어요. 로브리지의 오언 목사도 함께 왔군요. 물론 저 사람은 올리비어의 사촌오빠니까요. 기도할 때 지나칠 만큼 '오!'를 넣는 것만 빼면 괜찮아요. 안으로 들어가는 게 좋겠어요. 그렇지 않으면 제드가 화낼 테니까요."

앤은 의자 있는 데로 가는 도중 멈춰서 피터 커크를 바라보았다. 앤은 피터를 좋아하지 않았다. 처음 만났을 때 '잔인한 얼굴'이라고 생각했었다. 훌륭하게 잘생긴 얼굴이기는 했다. 그러나 눈밑이 처지기 시작한 눈은 여전히 강철처럼 차가웠고 얇고 야무진 입은 수전노처럼 무정한 느낌을 주었다. 성직에 있으면서 열정적인 신앙이 있는 듯 꾸며 보이는 기도를 드리는데도 불구하고 동료들에게 매우 이기적이고 건방지게 군다는 평판이었다.

"늘 잘난 척하고 있지."

누군가가 말하는 것을 앤은 들은 적이 있었다. 그러나 전체적으로 보아 피터는 존경받고 있었다.

살아 있을 때와 마찬가지로 죽은 뒤에도 피터는 오만했다. 움직이지 않는 가슴 위에 포개 놓은 지나치게 긴 손가락을 보았을 때 앤은 왠지 몸을 떨지 않을 수 없었다. 그 속에 여자의 마음이 붙잡혀 있는 듯싶기도 하여 앤은 자기 맞은편에 앉은 상복을 입은 올리비어 커크 쪽을 흘끗 보았다.

올리비어는 키가 크고 눈처럼 흰 살결에 커다랗고 파란 눈을 한 아름다운 여자였다. '보기흉한 여자는 딱 질색이야'라고 피터 커크는 말했었다. 그녀의 얼굴은 침착하고 무표정했다. 눈물 흔적은 보이지 않았다. 그러나 올리비어는 랜덤 집안 출신이며 랜덤 집안사람들은 감정을 겉으로 드러내지 않았다.

그래도 올리비어는 예절 바르게 앉아 있었고 이 세상에서 가장 비탄에 잠긴 미망인에게 지지 않을 만큼 엄숙한 상복을 입고 있었다. 둑처럼 관을 에워싼 꽃내음이 공중에 가득차 있었다. 꽃이라는 존재조차도 몰랐던 피터에게 보내진 꽃이다. 피터의 결사 지부(支部), 교회, 보수(保守)연합, 학교평의원회, 치즈 위원회에서 꽃바구니를 하나씩 보내왔다.

피터의 하나뿐인 오랫동안 만나지 못했던 아들로부터는 아무것도 오지 않았지만 커크 집안사람들이 흰 장미를 한데 모아 만든 큰 닻을 보내왔다. 거기에는 빨간 장미로 '마침내 항구로'라고 적혀 있었다.

그리고 올리비어의 것도 있었다. 앉은부채꽃으로 만든 베개였다. 그것을 본 커밀러 블레이크의 얼굴이 우스워 웃음을 참느라 온몸이 떨렸다. 앤은 피터가 두 번째로 결혼한 뒤 얼마 안 되어 커크 저택에 갔을 때, 신부가 가져온 화분에 심은 앉은부채꽃을 피터가 창문으로 내던졌다고 커밀러가 말했던 것이 생각났다. 잡초 같은 것으로 내 집을 난잡하게 만들도록 하지는 않겠다고 피터가 말했었다고 한다.

올리비어는 그것을 겉으로는 차갑게 받아들여 커크 저택에서 앉은부채꽃을 볼 수 없게 되었다. 설마 올리비어가—그러나 커크 부인의 차분한 얼굴을 보고 앤은 그런 의심스러운 마음을 떨쳐버렸다. 마침내 어떤 꽃이 좋다면서 권하는 것은 꽃장수이므로.

성가대는 '죽음은 좁은 바다와 같이 우리들로부터 하늘나라를 가로막는다'라고 노래했다. 커밀러와 눈이 마주친 앤은 둘 다 피터 커크가 그 하늘나라에 알맞은지 어떤지를 생각하고 있다는 것을 알았다.

앤에게는 커밀러가 다음과 같이 말하는 것이 들리는 듯한 기분이었다

"글쎄, 하프를 든 피터 커크 뒤에서 후광이 비치고 있는 것을 생각해 봐요."

오언 목사는 성경 한 장을 읽고 "오!"를 연발하며 기도를 드리고 슬픔에 잠긴 마음이 위로되도록 열심히 애원했다. 글렌의 목사도 연설을 했는데, 아무리 죽은 사람에 대한 일을 좋게 말해야 한다 해도 너무 지나치다고 대부분 사람은 마음속으로 남모르게 생각했다. 피터 커크가 애정이 넘치는 아버지이고 다정한 남편이고 친절한 이웃이며 열성적인 크리스천이었다는 말을 듣고 사람들은 낱말을 반대로 바꿔 놓은 듯 여겨졌다.

커밀러는 손수건으로 얼굴을 가렸으나 눈물을 닦기 위해서가 아니었다. 스티븐 맥도널드는 한두 번 헛기침을 했다. 브라이언 부인은 누군가로부터 손수건을 빌린 듯 얼굴에 대고 울고 있었으나, 올리비어의 내려간 파란 눈에는 의연하여 눈물이 없었다.

제드 클린턴은 안도의 숨을 내쉬었다. 모든 일이 순조롭게 진행되어 갔다. 하나 더 찬송가를 부르고, '유해'를 마지막으로 대면하는 관례적인 줄을 짓고, 그것으로써 그의 길었던 생애에 또 하나 성공한 장례식이 더해질 것이었다.

넓은 방 한구석에 가벼운 웅성거림이 일며 클래러 윌슨이 미로(迷路)와 같은 의자 사이를 지나 관 옆 테이블로 걸어나왔다. 거기까지 오자 클래러는 빙글 돌아서서 사람들 쪽으로 향했다. 보기 흉한 모자가 한쪽으로 좀 밀려 감아올린 묶음에서 빠져나온 검은 머리칼이 무겁게 어깨에 드리워져 있었다. 그러나 그녀의 모습을 우스꽝스럽게 여기는 사람은 없었다. 가무잡잡한 길다란 얼굴이 홍조를 띠고 괴로

워 보이는 비극적인 눈은 불타고 있었다. 클래러 윌슨은 무엇엔가 홀린 여자 같았다. 시달릴 대로 시달린 불치의 병 같은 격렬한 원한이 온몸에 다글다글했다.

"당신들은 새빨간 거짓말에 귀기울였어요. 당신네들이 여기에 '경의를 나타내러' 왔는지 아니면 호기심을 만족시키려고 왔는지는 잘 모르겠지만요.

지금 내가 피터 커크에 대해 솔직히 말해 드리겠어요. 나는 위선자가 아니니까요. 피터가 살아 있을 때도 두려워하지 않았고 죽은 지금도 두려워하지 않아요. 어제까지 피터에게 맞대 놓고 그 사람의 본디 모습을 말할 용기 있는 이는 없었지만, 이제부터 말해 주겠어요. 이 남자의 장례식 자리에서, 좋은 남편이며 친절한 이웃이라는 말을 들은 이 장례식 자리에서 말해 주겠어요.

좋은 남편이라고요? 이 남자는 내 여동생 에이미와 결혼했어요. 내 아름다운 여동생 에이미와 말예요. 에이미가 얼마나 다정하고 아름다웠는지 당신들은 알 거예요. 이 남자는 에이미에게 비참한 일생을 보내도록 했어요. 학대하고 욕보이고, 이 남자는 그런 짓 하기를 좋아했죠.

네, 그래요, 교회에는 어김없이 잘 갔어요. 그리고 오랫동안 엎드려 기도도 했어요. 게다가 빚도 다 갚았어요. 하지만 이 남자는 폭군이었고 약한 사람을 학대했어요. 자기 집에서 기르는 개까지도 이 남자의 발소리를 들으면 달아날 정도였으니까요.

나는 에이미에게 이 남자와 결혼하면 후회할 거라고 말했어요. 나는 에이미를 도와 결혼식에 입을 의상을 만들었죠. 차라리 에이미의 수의를 만드는 편이 나았을 거예요. 가엾게도 그때 에이미는 이 남자에게 푹 빠져 있었어요. 하지만 이 남자의 아내가 된 지 1주일도 안 되어 정체를 알았지요.

자기 어머니가 마치 노예와 같았으므로 자기 아내도 그래야 할 줄 여기고 덤벼든 거예요. '내 집에서는 말대답해서는 안 된다'는 거였어요. 에이미에게는 말대답할 만한 기력도 없었어요. 가슴이 터져버린 거예요.

아, 나는 가여운 에이미가 얼마나 괴로웠는지 알아요. 이 남자는 무슨 일에나 에이미에게 반대했어요. 에이미는 꽃밭조차도 만들지 못했어요. 아기고양이를 기르는 일조차 할 수 없었답니다. 내가 한 마리 주었더니 이 남자는 물에 처넣어 죽여버렸습니다.

에이미는 단 1센트라도 쓴 돈을 설명해야만 했어요. 에이미가 버젓한 옷차림을 한 것을 본 적 있나요? 비라도 올 듯한 날 에이미가 가장 좋은 모자를 쓰면 잔소리를 했죠. 에이미 모자는 그 어느 것도 비를 맞아 망가지거나 한 일이 없었어요. 그토록 예쁜 옷을 좋아했는데 말예요!

이 남자는 늘 에이미의 집안사람을 비웃었어요. 이 남자는 일생 동안 단 한 번도 소리내어 웃은 일이 없었어요. 이 남자가 진심으로 웃는 걸 들은 분 있나요? 빙긋이 웃기는 했어요. 네, 그래요, 참을 수 없이 화나는 일을 하면서도 조용히 잔인한 미소를 떠올리곤 했죠. 첫아기가 죽어서 태어났을 때에도 이 남자는 에이미에게 죽은 녀석밖에 못 낳는다면 차라리 당신도 죽는 편이 나을 거라고 미소 지으며 말했으니까요.

그로부터 10년 뒤 에이미는 정말 죽었어요. 이 남자로부터 달아날 수 있어 다행이었다고 여겼죠. 그때 나는 이 남자에게 당신의 장례식이 있을 때까지 다시는 이 집 문턱을 넘지 않겠다고 말해 주었어요. 당신들 가운데에는 내가 그렇게 말하는 것을 들은 사람도 있어요. 나는 약속대로 지금 이 남자의 정체를 말하러 온 거예요. 이것이 본디 모습이에요. 당신도 알고 있고—"

클래리 윌슨은 격렬한 태도로 스티븐 맥도닐드를 손가락으로 가리켰다.

"당신도 알고 있으며—"

긴 손가락이 커밀러 블레이크를 가리켰다.

"당신도 알죠."

올리비어 카터는 얼굴 근육 하나 움직이지 않았다.

"당신도 물론 알아요."

가엾은 목사는 그 손에 꽉 잡힌 듯 여겨졌다.

"나는 피터 커크의 결혼식에서는 울었지만 장례식에서는 웃어주겠다고 이 남자에게 말했었어요. 그러니까 이제부터 실컷 비웃어주겠어요."

클래러 윌슨은 요란하게 옷자락스치는 소리를 내며 관 위로 몸을 구부렸다. 오랜 세월 참아온 분노가 마침내 폭발했다. 클래러는 드디어 원한을 푼 것이다. 죽은 사람의 차갑고 조용한 얼굴을 내려다보는 클래러의 온몸은 승리감과 만족감으로 전율했다.

사람들은 모두 통쾌한 웃음이 터져나올 것이라고 기다리고 있었다. 그러나 웃음은 들려오지 않았다. 클래러 윌슨의 성난 얼굴이 갑자기 변하더니 일그러져서 어린아이처럼 찌푸려졌다. 클래러 윌슨은 울고 있는 것이었다.

클래러는 거친 뺨에 눈물을 줄줄 흘리며 돌아서서 방을 나가려 했다. 그러나 올리비어 커크가 클래러 앞에 일어나더니 팔을 잡았다. 한순간 두 여자는 서로 얼굴을 마주보고 있었다. 방안은 완전한 침묵에 싸였다.

올리비어 커크가 말했다.

"고마워요, 클래러 윌슨."

그 얼굴은 여느 때와 마찬가지로 헤아릴 길 없었다. 조용하고 매끄러운 목소리에는 앤을 부르르 떨게 하는 것이 있었다.

앤은 갑자기 눈앞에 지옥 밑바닥으로 떨어지는 뻥 뚫린 구멍이 보이는 듯했다. 클래러 윌슨은 살아 있을 때에도 죽은 뒤에도 피터 커크를 증오했을지 모르지만, 그 증오도 올리비어 커크의 그것에 비하면 하찮은 것임을 앤은 느꼈다.

클래러는 울면서 자기에게 맡겨진 장례식을 망쳐버려 몹시 화나 있는 제드 곁을 지나 밖으로 나갔다. 목사는 마지막 찬송가 '주 예수 너에게 있으니 편히 쉬라'를 알릴 예정이었지만 다시 고쳐 생각하고 몸을 바들바들 떨며 마지막 기도를 드리는 것만으로 끝냈다.

제드는 친지며 집안 친척들에게 자, '유해와 마지막 대면을 해주십시오' 하는 말을 하지 않았다. 오직 한 가지 알맞은 조치는 곧 관뚜껑을 닫아버리고 되도록 빨리 피터 커크를 묻어 사람들 눈으로부터 없애버려야 한다고 생각했다.

베란다 층계를 내려오며 앤은 긴 한숨을 쉬었다. 두 여자의 증오가 고문하는 듯했던 저 꽃향기에 목이 메는 숨막힐 듯한 방에 있다가 차갑고 신선한 공기를 마시니 기분이 매우 좋았다.

오후는 더욱 더 춥고 가을비마저 뿌리고 있었다. 잔디밭 여기저기에 조그맣게 무리지어 모여선 사람들은 나직한 목소리로 이 사건을 수군거리고 있었다. 서리맞아 시든 목장을 가로질러 집으로 돌아가는 클래러 윌슨의 모습이 아직도 보였다.

넬슨 크레이그가 멍하니 말했다.

"정말 엄청나잖소."

백스터 장로가 말했다.

"충격적이었어! 충격적!"

헨리 리스가 끼어들었다.

"어째서 우리 가운데 누군가가 그만두게 하지 못했을까요?"

커밀러가 대꾸했다.

"어째서라니요, 당신들은 모두 그녀가 뭐라고 말하는지 듣고 싶었기 때문이에요."

샌디 맥두걸이 말했다.

"그건—온당치 못한 일이었소."

그는 마음에 드는 구절이 떠올랐으므로 그 말을 혀 끝으로 굴렸다.

"온당치 못하죠. 어찌됐든 장례식이란 그럴 듯해야 해요. 적합해야 해요."

어거스터스 팔머가 말했다.

"정말이지 우스운 세상이군요."

제임스 포터 노인이 지난날을 돌이켜보며 말했다.

"나는 피터와 에이미가 친해졌던 무렵의 일을 기억하고 있소. 그해 겨울 나는 내 아내에게 청혼했었으니까요. 그 무렵 클래러는 퍽 아름다운 젊은 아가씨였소. 게다가 클래러가 만든 버찌파이는 맛이 기막혔다오, 정말이지!"

보이스 워런이 말했다.

"클래러는 본디부터 말을 신랄하게 하는 아가씨였소. 클래러가 들어왔을 때 아무래도 무언가 소란이 일어날지도 모른다고 여기기는 했지만 설마 저렇게 하리라고는 꿈에도 생각지 못했소. 그리고 올리비어는 또 어떻소! 도무지 생각이나 할 수 있는 일이오? 여자란 참 알 수 없다니까요."

커밀러가 말했다.

"한평생 우리 이야깃거리가 되겠죠. 결국 이런 일이라도 없다면 역사란 하찮은 것일 테니까요."

풀죽은 제드는 도와줄 사람을 모아 관을 들어냈다. 천천히 움직이는 마차행렬을 뒤에 거느리고 장례마차가 오솔길을 지나갈 때 헛간에서 비탄에 잠긴 듯 울부짖는 개의 소리가 들렸다. 결국 오직 하나 피터 커크를 슬퍼해 줄 동물이 있었던 셈인지도 몰랐다.

앤이 길버트를 기다리는 곳으로 스티븐 맥도널드가 왔다. 스티븐은 위 글렌 사람으로, 키가 크고 고대 로마황제 같은 머리를 가지고 있었다. 앤은 전부터 스티븐을 좋아했다.

"눈이 올 것 같군요. 언제나 11월은 향수병 같은 계절로 여겨집니다. 그렇게 느끼는 일이 없습니까, 블라이스 부인?"

"물론 있어요. 지나가버린 봄날을 슬픈 마음으로 뒤돌아보고 있답니다."

"봄—봄! 블라이스 부인, 어느덧 나도 나이를 먹었습니다. 계절의 변화가 전과 다르게 느껴진답니다. 겨울은 예전의 겨울과 같지가 않습니다……여름도 도무지 알 수 없고요……그리고 봄도……지금은 이미 봄 같은 건 없어져버렸습니다. 적어도 우리가 알던 사람이 우리와 더불어 봄을 즐기러 돌아오지 않는다면 그렇게 느끼게 되는 법이죠. 클래러 윌슨도 가엾군요. 어떻게 생각했습니까?"

"글쎄요, 가슴이 터질 것 같았어요. 그 증오감이란 정말……"

"그래요. 옛날 클래러 자신이 피터를 좋아했었죠. 엄청 좋아했었습니다. 그 무렵 클래러는 모브레이 내러즈에서 가장 아름다웠죠. 조그맣게 곱슬거리는 검은 머리칼이 우윳빛 얼굴 둘레를 빙 둘러싸고 있었습니다. 그러나 에이미는 잘 웃고 명랑하게 춤추며 즐기는 성격이어서 피터는 클래러를 버리고 에이미와 친해졌답니다. 우리들은 이상한 사람이에요, 블라이스 부인."

커크 저택 뒤에 있는 바람에 비틀린 전나무가 불길한 바람소리를 내고, 한 줄로 늘어선 롬바르디 포플러가 잿빛 하늘을 찌를 듯이 솟아 있는 먼 언덕 위로 갑작스레 나타난 뭉게구름이 하얗게 보였다. 거센 눈바람이 모브레이 내러즈에 닥치기 전에 돌아가려고 누구나 서두르고 있었다.

마차를 몰아 집으로 돌아오며 앤은 클래러 윌슨에게 고맙다고 하던 올리비어 커크의 눈이 떠올라 생각했다.

'다른 여자가 그토록 비참한데 내가 이렇듯 행복할 권리가 있을까?'

앤은 창가에서 일어났다. 그로부터 벌써 12년 지났다. 클래러 윌슨은 죽었고 올리비어 커크는 연안지방으로 가서 재혼했다. 그녀는 피터보다 훨씬 나이가 적었던 것이다.

앤은 생각했다.

'세월은 우리가 생각하는 것보다 친절해. 몇 해 동안이나 원한을 품고 있다는 것은 끔찍스러운 일이야—마치 보물처럼 가슴에 꼭 끌어안고서. 하지만 피터 커크의 장례식에서 있었던 일이 결코 월터가 알아서는 안 된다고 여겨. 아이들에게 들려줄 얘기가 못돼.'

# 금과 은 케이크

Chang.kre

릴러는 잉글사이드 베란다 층계에 다리를 포개고 잠자코 앉아 있었다. 햇볕에 그을린 무릎이 참으로 포동포동하고 귀여웠다. 그러나 릴러는 아주 우울했다. 사랑받고 있는 조그만 여자아이가 무슨 일로 우울하냐고 말하는 이가 있다면 그 사람은 자기의 어린시절을 잊었음에 틀림없다. 어른에게는 실로 하찮은 일일지라도 아이들에게는 어둡고도 끔찍한 비극인 것이다.

릴러는 절망의 바다에 잠겨 있었다. 수전이 그날 밤 고아원 기부금 모금회를 위해 '금과 은 케이크'를 구울 테니 오후에 교회로 가져가라고 릴러에게 말했기 때문이었다.

릴러가 케이크를 들고 마을을 지나 글렌 세인트 메리 장로교회에 갈 바에는 차라리 죽는 편이 낫다고 생각하는지 그 까닭을 물어서는 안된다. 아이들이란 때로 묘한 것을 골똘히 생각하기 마련이며, 릴러도 어찌된 일인지 케이크를 어디로 들고 가는 모습을 남에게 보이는 것을 부끄러운 일로 여기고 있었다.

아마도 그것은 릴러가 아직 5살 때 틸리 페이그 힐미니가 케이크를 들고 큰길을 걸어가는데 마을의 조그만 남자아이들이 할머니 뒤를 따라가며 놀리고 소리치는 것을 보았기 때문인지도 모른다. 틸리 할머니는 항구에 살고 있는 아주 더럽고 누더기를 걸친 노파였다.

남자아이들은 손가락질을 하며 놀려댔었다.

"틸리 페이크 할머니는 케이크를 몰래 훔쳐 먹어서 배가 몹시 아파졌대요."

릴러로서는 틸리 페이크 할머니와 똑같이 취급당한다는 것은 참을 수 없는 일이었다. 케이크를 들고 다니면 '숙녀가 될 수 없다'는 두려운 생각이 그녀의 머리에서 떠나지 않았다. 이런 까닭으로 릴러는 슬픔에 잠겨 층계에 오도카니 앉아 있었으며, 앞니가 하나 빠진 귀여운 작은 입가에 언제나 떠도는 미소도 떠올라 있지 않았다.

수선화가 무엇을 생각하는지 아는 것 같은 모습을 하기도 하고, 금빛 장미와 단둘만의 비밀을 서로 나누어 갖는 대신, 릴러는 맥없이 풀 죽은 사람 같은 모습을 하고 있었다. 웃으면 거의 감기는 엷은 갈색 눈조차도 여느 때의 매력 대신 슬픈 고통으로 넘치고 있었다.

언젠가 키티 매컬리스터 아주머니가 말한 일이 있었다.

"네 눈을 만진 것은 요정이었단다."

릴러의 아빠는 릴러는 타고난 마법사라서 태어난 지 30분 만에 파커 선생님에게 생긋 웃어보였다고 했다. 릴러는 몹시 혀 짧은 소리를 했으므로 지금도 혀보다는 눈으로 더 잘 이야기했다. 그러나 그것도 틀림없이 나아질 것이었다. 누구보다 무럭무럭 자라났기 때문이다.

지난해 아빠는 장미덤불에서 릴러의 키를 쟀다. 올해는 협죽도였다. 이제 접시꽃으로 재게 되면 학교에 갈 것이다.

릴러는 수전에게 이 무서운 통고를 받을 때까지는 아주 즐거웠고 자기에게 나름 만족하고 있었다. 정말 수전은 부끄러움을 모른다고 릴러는 몹시 화를 내며 하늘에 대고 이야기했다. 확실히 릴러는 '부끄러움을 모른다'고 말했지만, 엄마처럼 아름답고 부드러운 푸르디 푸른 하늘은 알아들은 듯했다.

그날 아침 엄마와 아빠는 샬럿타운에 가고 다른 아이들은 학교에 가서 잉글사이드에는 릴러와 수전밖에 없었다. 여느 때 같았으면 릴러는 이런 분위기가 즐거웠을 것이다.

릴러는 한 번도 쓸쓸한 적이 없었다. 이 층계나 또는 무지개 골짜기에 놓인 촘촘히 이끼긴 초록색 바위에 앉아 예쁜 아기고양이 한두 마리와 다정한 친구를 삼고 눈에 들어오는 모든 것에 대해 상상의 날개를 펴고 있었을 테니까. 즐겁게 춤추는 조그만 나비들처럼 보이는 잔디밭 한구석, 뜰에 피어 있는 양귀비꽃, 하늘에 꼭 하나 떠 있을 뿐인 커다란 뭉게구름.

금련화 위를 붕붕거리며 날아다니는 커다란 호박벌, 늘어진 릴러의 적갈색 곱슬머리를 노란 손가락으로 만지는 인동덩굴, 후후 불고 있는 바람, 어디로 가는 것일까. 다시 돌아온 콕 로빈은 베란다 난간을 돌아다니며 이상하게 여기고 있었다.

'왜 릴러는 나와 함께 놀지 않을까.'

릴러는 고아들을 위해 여는 모금회 때문에 수많은 사람들이 모인 마을을 지나 교회로 케이크를 들고 가야만 한다는 무서운 사실 말고는 아무것도 생각할 수 없었다.

릴러는 고아원이 로브리지에 있으며, 그곳에는 아빠나 엄마가 없는 아이들이 살고 있다는 것을 어렴풋이 알고 있었다. 그 아이들이 아주 불쌍하다는 생각은 했지만, 그러나 고아 가운데에서도 가장 가엾은 고아를 위하는 일일지라도 조그만 릴러는 사람들이 보는 가운데 '케이크를 들고' 가는 것은 싫었다.

아마 비가 오면 안 가도 될 것이다. 비는 올 것 같지도 않았지만 릴러는 손을 마주잡고—깍지 낀 손가락 하나하나 마디가 쏙쏙 들어가 있었다—진심으로 빌었다.

"하느님, 부디 비가 주룩주룩 많이 오게 해주세요. 그렇지 않으면—"

릴러는 또 한 가지 구원받을 가능성이 생각났다.

"수전의 케이크를 못쓰게 태워주세요. 딱딱하게 타게 해주세요."

그러나 슬프게도 점심때가 되자 속을 넣고 설탕옷을 입힌 아주 잘 만들어진 케이크가 자랑스럽게 부엌 테이블 위에 놓였다. 그것은 릴러가 무척 좋아하는 케이크였다. '금과 은 케이크'는 듣기만 해도 호화로운 느낌이 든다. 그러나 릴러는 두 번 다시 이 케이크를 한 입도 먹을 마음이 들지 않을 것 같았다.

하지만…… 항구 건너편 낮은 언덕 위에서 희미하게 우르릉거리고 있는 것은 천둥이 아닌가? 어쩌면 하느님이 릴러의 기도를 들어주었는지도 모르고, 떠날 시간이 되기 전에 지진이 일어날지도 모른다. 최악의 경우에는 배가 아파오지 않을까? 안 된다, 릴러는 몸을 오들오들 떨었다. 그것은 피마자 기름을 뜻한다. 차라리 지진 쪽이 낫다!

등받이에 털실로 수놓은 자기의 소중한 의자에 건방진 오리가 앉아 있었다. 릴러의 근심어린 침묵을 아무도 심지어 또래 아이들조차 알아차리지 못했다. 모두 너무해! 엄마가 집에 있었다면, 엄마라면 금방 알아차렸을 텐데.

아빠 사진이 '엔터프라이즈'에 실렸던 그 무서웠던 날에도 엄마는 릴러가 얼마나 걱정했었는지를 헤아려 주었다. 잠자리 속에서 릴러가 몹시 우는데 엄마가 들어와 릴러가 신문에 사진이 실리는 건 살인자뿐이라고 여긴다는 것을 알아냈다. 그 자리에서 엄마는 생각을 바로잡아 주었다. 엄마는 딸이 틸리 페이크 할머니처럼 케이크를 들고 글렌 마을을 지나가는 모습을 보고 싶어할까?

수전이 장미꽃봉오리가 동그랗게 그려진 릴러의 아름다운 파란 접시를 내주었지만 릴러는 점심을 제대로 먹을 수가 없었다. 그 접시는 지난번 릴러 생일에 레이철 린드 아주머니가 보내준 것으로 여느 때는 일요일에만 쓰도록 허락해 주었었다.

'파란 접시에 장미꽃봉오리가 뭐람! 그런 부끄러운 일을 해야 하는

데 말이야!'

그렇기는 하지만 수전이 디저트로 만들어 준 과일이 든 부푼 과자는 맛있었다.

릴러는 부탁했다.

"낸과 다이가 학교 끝난 뒤 케이크를 가져가면 안 돼?"

수전은 농담으로 여기고 말했다.

"다이는 학교에서 제시 리스와 함께 그 애 집에 갈 테고, 낸은 다리에 가시가 걸렸어(목에 가시가 걸리다, 라는 말의 변형으로 갈 수 없다는 핑계말). 그리고 그렇게 하면 너무 늦어버려. 일을 맡아보는 분들은 3시까지 케이크를 모두 잘라 테이블에 차려 놓은 다음 집으로 돌아가 저마다 저녁을 먹게 되니까. 대체 왜 가기 싫어하지, 토실토실한 아가씨? 우편물 가지러 가는 일은 늘 좋아하잖아."

확실히 릴러는 통통하지만 그렇게 불리기 싫었다. 릴러는 화가 나서 뾰로통한 얼굴로 말했다.

"나는 내 기분이 나빠지는 건 싫은걸."

수전은 웃었다. 릴러는 가족들을 웃게 하는 말을 곧잘 했다. 릴러는 왜 다들 웃는지 알 수 없었다. 늘 정색하여 말하곤 하는데, 엄마만은 웃지 않았다. 릴러가 아빠를 살인자로 여기고 있는 것을 알았을 때도 웃지 않았다.

수전이 차분히 설명했다.

"친목회는 친절한 아빠나 엄마가 없는 가엾은 남자아이와 여자아이들을 위해 돈을 모으는 거야."

'─이건 꼭 내가 아무것도 모르는 갓난아기 같잖아!'

"나도 고아나 다름없어. 엄마 아빠가 꼭 하나씩밖에 없는걸."

수전은 또 웃었다. 아무도 알아주지 않는 것이다.

"그 케이크는 엄마가 일하는 분들과 약속한 거야. 내가 사서갈 시간은 없고, 꼭 가져가야만 하니까. 그러니 이 파란 깅엄 옷을 입고 얼른 갔다 와."

릴러는 필사적이었다.

"내 인형이 병났어. 침대에 눕혀 놓고 함께 있어줘야 해. 아마 암모니아 병일 거야."

"그 인형은 네가 올 때까지 염려없어. 30분이면 돌아올 테으니까."

이것이 수전의 비정한 대답이었다. 가망이 없었다. 하느님조차 나 몰라라 도와주시지 않았다. 비가 올 것 같지 않았다. 릴러는 말대꾸하려 해도 울음이 터질 것 같아 2층으로 올라가 새 주름장식이 달린 오건디 옷으로 갈아입고 데이지 꽃을 단 모자를 썼다. 아마 옷을 단정하게 입으면 사람들은 자기를 틸리 페이크 할머니처럼 생각지 않을지도 모른다.

릴러는 아주 당당하게 수전에게 말했다.

"내 얼굴은 깨끗하다고 생각하는데, 미안하지만 귀 뒤쪽을 좀 봐줘."

릴러는 가장 좋은 나들이옷을 입고 모자를 써서 야단맞지 않을까 걱정했지만, 수전은 다만 릴러의 귀를 살짝 살펴보고 케이크 담은 바구니를 건네주며 주의를 주었을 뿐이었다.

"얌전히 해야 해. 그리고 부탁이니 만나는 고양이마다 말을 걸지 말아줘."

릴러는 고그와 매고그에게 얼굴을 찌푸려 보이며 부지런히 떠났다. 그 모습을 수전은 사랑스러운 듯 지켜보았다.

"어느새 우리 아가가 혼자 교회에 케이크를 가져갈 만큼 컸군."

수전은 자랑스러움과 슬픔이 뒤섞인 마음으로 되돌아가 하던 일을 계속했다. 그녀는 자신의 목숨을 내던져도 아깝지 않을 만큼 사랑하는 조그만 아이에게 자기가 어떤 괴로움을 주었는지 꿈에도 알아차리지 못했다.

릴러는 언젠가 교회에서 잠들어버려 자리에서 굴러떨어진 뒤로 이번처럼 부끄럽게 여겨진 일은 없었다. 여느 때 릴러는 마을에 가기를 아주 좋아했다. 여러 가지 재미있는 것들을 볼 수 있기 때문이다.

그러나 오늘은 아름다운 홑이불이 빨랫줄에 널린 카터 플래그 부인의 매혹적인 정원조차 릴러는 거들떠보지 않았고, 어거스터스 팔머 씨가 안뜰에 새로 갖다놓은 무쇠를 녹여 만든 사슴에도 흥미가 느껴지지 않았다. 이제까지 그 옆을 지날 때마다 릴러는 잉글사이드 잔디에도 저런 것이 있으면 좋을 텐데 생각하곤 했었는데. 그러나 지금은 무쇠사슴이 뭐란 말인가?

뜨거운 햇빛이 강물처럼 길에 가득차 '다들' 밖으로 나와 있었다. 여자아이들이 귓가에 뭐라고 소곤거리며 길을 지나갔다. 내 이야기를 하는 것일까? 릴러는 두 아이가 한 말을 떠올려 보았다.

마차를 몰고 가던 남자가 뚫어지게 릴러를 바라보았다. 남자는 저 애가 잉글사이드 아이인가? 어쩌면 저렇듯 예쁘게 생겼을까 하고 감탄했다. 그러나 릴러는 남자의 눈이 바구니를 꿰뚫어 케이크를 보았다고 생각했다.

또 애니 드류가 아버지와 함께 마차를 타고 옆을 지나갔을 때, 틀림없이 자기를 보고 비웃은 것이라고 믿었다. 애니 드류는 10살로, 릴러가 보기에는 꽤 큰 여자아이였다.

그러는 가운데 러셀네 집 모퉁이에 많은 남자아이들과 여자아이들이 모여 있었다. '그 옆을 지나야만 한다'. 그들의 눈이 모조리 릴러에게로 쏠리고, 그리고 서로 얼굴을 마주보며 눈짓하고 있다고 생각하니 견딜 수 없었다.

릴러가 너무도 필사적인 마음으로 얼굴을 꼿꼿이 들고 지나갔으므로 아이들은 모두 잘난 척한다고 여겨 이 건방진 아이 코를 납작하게 해주어야겠다고 생각했다. 저 고양이 같은 얼굴의 아이에게 뭔가 가르쳐주자! 잉글사이드 여자아이들은 모두 잘난 척한다! 그런 큰 집에 살고 있다는 것만으로!

밀리 플래그는 릴러 뒤에서 그 걸음걸이를 흉내내며 발을 질질 끌어 먼지를 마구 일으켰다.

'꾀보'인 드류가 마구 소리쳤다.

"바구니는 어디로 갈까?"

빌 팔머가 비웃었다.

"코에 뭔가 묻어 있어, 잼집 누나."

세러 워런이 말했다.

"고양이에게 혀를 물어뜯겼니?"

비니 벤틀리도 비웃었다.

"꼬마야!"

커다란 샘 플래그가 당근을 먹다 말고 말했다.

"옆으로 얌전히 걸어가지 않으면 풍뎅이를 먹일 테야."

메이미 테일러가 소리내어 깔깔깔 웃었다.

"봐, 새빨개졌어."

찰리 워런이 놀렸다.

"장로교회에 케이크를 가져가는 거지? 수전 베이커의 케이크는 모두 덜 구워졌을 거야."

자존심 때문에 릴러는 울지 않았지만, 참는 데에도 한계가 있다. 어쨌든 잉글사이드 케이크를—

릴러는 도전하듯 말했다.

"다음에 너희들 가운데 누구든 병에 걸려도 약을 주면 안 된다고 아빠에게 말할 테야."

이때 릴러는 몹시 실망하여 눈을 크게 떴다. 항구길 모퉁이를 돌아오는 게 설마 케니스 포드는 아니겠지! 그럴 리 없다! 역시 그렇다!

그렇다면 큰일이다. 켄과 월터는 단짝이고, 릴러 눈에는 켄을 이 세상에서 가장 잘 생기고 훌륭한 남자아이로 마음속에 여기고 있었다. 하지만 켄은 좀처럼 릴러에게 관심을 보이지 않았다. 하기야 한번 릴러에게 초콜릿 오리를 준 적은 있었다. 그리고 어느 잊을 수 없는 날, 켄은 무지개 골짜기 언저리 이끼낀 바위에 릴러와 나란히 앉아 '숲속의 세 마리 곰' 이야기를 들려준 일이 있었다.

그러나 릴러는 멀리서 숭배하는 것만으로 만족했다. 그런데 지금 케이크를 들고 있는 모습을 이 멋진 사람에게 들킨 것이다!

"여, 토실토실한 아가씨! 너무나 덥구나. 오늘 밤 그 케이크를 한 조각 먹고 싶은데."

그렇다면 켄은 이것이 케이크임을 알고 있다! 다들 알고 있는 것이다!

마을을 지나친 뒤 겨우 마음을 놓았을 때 최악의 일이 일어났다. 옆길 쪽으로 주일학교 선생님이 걸어오고 있었다. 미스 에이미 파커였다. 아직은 꽤 거리가 있었지만 릴러는 그 옷으로 알 수 있었다. 옷 가득히 조그만 흰 꽃송이가 흩어져 있는 주름장식이 달린 연두빛 오건디였다. '벚꽃 옷'이라고 릴러는 남모르게 부르고 있었다.

지난 일요일 에이미 선생님이 주일학교에 그 옷을 입고 왔었을 때 릴러는 이렇듯 예쁜 옷은 본 적이 없다고 생각했다. 에이미 선생님은 늘 어여쁜 옷만 입고 있었다. 레이스며 주름장식이 달린 것도 있었고, 때로는 비단이 사각사각 소리를 낸 적도 있었다.

릴러는 에이미 선생님을 숭배하고 있었다. 아주 아름답고 우아하며 피부가 무척 하얗고 우수에 젖어 있는 갈색 눈은 쓸쓸한 미소를 머금고 있었다. 슬픈 표정을 짓는 것은 결혼하려던 남자가 죽어버렸기 때문이라고 언젠가 어떤 조그만 여자아이가 나직이 가르쳐줬었다. 릴러는 에이미 선생님의 반이 되어 다행으로 생각했었다. 미스 플로리 플래그의 반은 싫었다. 미스 플로리 플래그는 못생겼고 릴러는 못생긴 선생님은 참을 수가 없었다.

주일학교 아닌 데에서 에이미 선생님을 만나 신선생님이 생긋 웃으며 말을 걸어줄 때가 릴러의 생애에서 가장 좋은 순간 가운데 하나였다.

길에서 에이미 선생님이 고개를 끄덕여주기만 해도 릴러는 가슴이 마구 뛰었고, 반 전체가 에이미 선생님의 비눗방울 파티에 초대받아 양딸기 주스로 빨갛게 물들인 비눗방울을 만들었을 때 릴러는 너무 너무 행복한 나머지 이대로 죽을 것만 같았다.

그러나 케이크를 들고 있는 모습을 에이미 선생님에게 보이는 것은 견딜 수 없는 일이었고 릴러는 참을 마음도 없었다. 더욱이 다음 주일학교 음악회에서 에이미 선생님은 연극을 할 생각이었고, 릴러는 요정 역을 맡겨주면 좋겠다고 은근히 바라고 있었다. 요정은 주황색 옷을 입고 녹색 뾰족모자를 쓴다. 그러나 에이미 선생님에게 케이크를 들고 있는 모습을 보이게 되면 그런 바람도 사라져버린다.

절대 에이미 선생님이 보면 안 된다! 릴러는 시냇물에 걸린 조그만 다리 위에 잠자코 서 있었다. 그곳은 깊어서 커다란 물굽이처럼 되어 있었다. 그 순간 릴러는 바구니에서 케이크를 꺼내 어두운 수면에 갯버들이 서로 가지를 뻗고 있는 시냇물 속으로 집어던졌다.

케이크는 나뭇가지 사이로 부딪치며 날아 풍덩 떨어져 물방울을 튀기며 가라앉았다. 릴러는 이루 말할 수 없는 마음의 편안함과 자유와 해방감을 느끼며 에이미 선생님 쪽을 향했을 때 선생님이 커다란 갈색 종이꾸러미를 안고 있는 게 보였다.

에이미 선생님은 조그만 오렌지빛 깃털이 달린 작은 녹색 모자 아래로 생긋 웃으며 릴러를 내려다보았다.

릴러는 감탄했다.

"어머나, 선생님, 예뻐요. 참으로 예뻐요."

에이미 선생님은 다시 방긋 웃었다. 비록 그녀의 가슴은 찢어졌을지라도—미스 에이미는 자기의 가슴이 찢어졌다고 여기고 있었다—이런 진심에서 우러나오는 칭찬의 말을 듣는 건 불쾌하지 않았다.

"새 모자 말이니, 릴러? 예쁜 깃털이지?"

그리고 그녀는 릴러의 바구니를 흘끗 보았다.

"너도 친목회에 케이크를 가져갔구나. 가는 길이 아니라 돌아오는 참이라 너와 어긋나서 정말 섭섭해. 나도 지금 가져가는 길이야. 이렇듯 크고 녹아버릴 것만 같은 달콤한 초콜릿 케이크란다."

놀란 릴러는 아무 말도 나오지 않아 비참하게 눈을 크게 뜰 뿐이었다. 에이미 선생님이 케이크를 들고 간다. 그리고 선생님은—아, 나는 무슨 짓을 했단 말인가? 수전이 정성스레 훌륭히 만든 금과 은 케이크를 시냇물에 던져버렸다. 에이미는 선생님과 함께 둘이서 케이크를 들고 교회까지 걸어갈 기회를 놓치고 만 것이다!

에이미 선생님이 가버린 뒤 릴러는 무서운 비밀을 저 혼자 간직하고 집으로 되돌아갔다. 저녁 식사 때까지 무지개 골짜기에 숨어 있었다. 저녁 식사 때에도 릴러가 평소보다 아주 얌전한 것을 누구 한 사람 알아차리지 못했다. 수전이 케이크를 누구에게 주었느냐고 물을까봐 릴러는 걱정스러웠지만, 그렇듯 난처한 일은 생기지 않았다.

식사가 다 끝나자 다른 아이들은 모두 무지개 골짜기로 놀러갔지만, 릴러는 잉글사이드의 뒤편 하늘에 바람이 불고 해가 져서 둘레가 온통 황금빛으로 물들어 아랫마을에 빛이 가득찰 무렵까지 오직 혼자 층계에 쭈그리고 앉아 있었다. 여느 때 릴러는 온 글렌 마을이 저녁놀에 빛나는 것을 보기 좋아했지만 오늘 저녁은 아무 재미도 없었다. 이처럼 비참한 기분이 든 것은 이제까지 처음이었다. 앞으로 살아갈 수 있을 것 같지도 않을 정도였다.

둘레가 보랏빛으로 저물어감에 따라 릴러는 점점 더 비참하게 느껴졌다. 아주 맛있는 단풍당 롤케이크 굽는 냄새가 풍겨 왔다. 수전이 선선한 저녁이 되기를 기다렸다가 가족들에게 주려고 굽고 있는 것이다. 그러나 그 단풍당 롤케이크도 다른 모든 것과 마찬가지로 시시했다.

비참한 마음을 안은 채 릴러는 층계를 올라가 이세까시 아주 사랑스럽게 여겨온 침대에 깔아둔 새 핑크빛 꽃무늬 이불 속으로 들어갔다. 그러나 잠이 쉽게 오지 않았다. 물 속에 가라앉힌 케이크의 유령에게 시달렸다. 엄마는 케이크를 보내겠다고 위원들에게 약속했다. 보내주지 않았으니 그 사람들은 엄마를 어떻게 생각할까? 더욱이 그것이 가져온 케이크 가운데 가장 예뻤을 텐데!

오늘 저녁 바람소리는 어째서 이토록 쓸쓸하게 들릴까. 릴러를 나무라고 있는 것이다.

"바보—바보—바보."

이렇게 자꾸만 말하고 있었다.

"왜 자지 않는 거지, 릴러?"

수전이 단풍당 롤케이크를 들고 들어왔다.

"오, 수전, 나는—나는 지쳐버렸어."

수전은 당황했다. 그러고 보니 이 아이는 저녁 식사 때에도 지친 모습이었다.

수전은 생각했다.

'선생님은 집에 안 계시고, 더욱이 의사 가족은 일찍 죽고 구둣가게 아내는 맨발로 걷는다지 않는가.'

그리고 겨우 목소리를 내어 말했다.

"열이 있는지 재어 보자, 릴러."

"그게 아냐, 그게 아니라니까, 수전. 사실은—나, 나쁜 짓을 해버렸어, 수전……악마가 그런 거야—그렇지 않아, 그렇지 않아, 악마가 아니야, 수전. 내가 스스로 저질렀어. 나는—나는 케이크를 물에 던져버렸어."

수전은 입이 딱 벌어졌다.

"원 저런! 무슨 짓을! 왜 그런 짓을 했지?"

"무슨 짓을 했다고?"

그렇게 말한 것은 때마침 시내에서 돌아온 엄마였다. 마님에게 이 일을 넘겨줄 수 있어서 잘됐다고 여기며 수전은 기꺼이 물러갔다.

릴러는 모든 이야기를 처음부터 끝까지 엉엉 울면서 말했다.

"릴러, 나는 모르겠구나. 어째서 케이크를 교회에 가져가는 게 부끄러운 일이라고 여겼지?"

"틸리 페이크 할머니 같다고 생각했는걸요, 엄마⋯⋯그래서 나는 엄마를 부끄럽게 만들었어요⋯⋯ 아, 엄마, 용서해 주면 나는 앞으로 다시는 이런 나쁜 짓 안 할게요. 그리고 위원들에게 엄마가 케이크를 보내려 했다는 걸 이야기하겠어요."

"그분들에 대해서는 마음 쓰지 않아도 돼, 릴러. 케이크는 남을 만큼 많았을 테니까. 늘 그렇단다. 우리가 보내지 못한 것을 아무도 몰랐을 거야. 이 일은 아무에게도 이야기하지 말기로 하자. 하지만 앞으로 잊어서는 안 돼, 버서 머릴러 블라이스. 수전도 엄마도 절대로 부끄러운 일을 네게 부탁하지 않는다는 걸 말이야."

인생은 다시금 즐거워졌다. 아버지가 문 앞에 와서 "아기고양이, 잘 자거라" 하고 말했고 수전이 살그머니 들어와 내일 점심에는 치킨파이를 주겠다고 했다.

"고깃국물을 듬뿍 적셔줘, 수전."

"듬뿍 적셔주고말고."

"그리고 아침에 갈색 달걀을 먹어도 돼, 수전? 나는 그리 좋은 아이는 아니지만—"

"갈색 달걀을 두 개 줄게. 자, 이 단풍당 롤케이크를 먹고 자거라, 릴러."

릴러는 단풍당 롤케이크를 먹었다. 그리고 잠들기 전에 침대에서 살그머니 나와 무릎을 꿇고 열심히 기도했다.

"하느님, 어떤 심부름을 시키더라도 늘 시키는 대로 하는 좋은 아이가 되도록 해주세요. 그리고 에이미 선생님과 가엾은 고아들을 모두 지켜주세요."

# 로맨스 나라

Chang. Kye

잉글사이드 아이들은 다 함께 뛰놀며 걷고 온갖 모험을 해 왔지만, 그 밖에도 저마다 자기 꿈과 공상의 생활을 가지고 있었다. 특히 낸은 처음부터 자기가 듣고 보고 읽은 온갖 것으로부터 남몰래 자기 혼자 연극을 만들어내어, 가족들이 눈치채지 않도록 불가사의한 로맨스 나라에 살고 있었다.

처음에는 도깨비 골짜기 언저리에 있을 아기도깨비 춤이며 작은 요정, 자작나무 요정 같은 것을 짜넣고 있었다. 낸과 대문 옆의 버드나무는 단둘만의 비밀을 지니고 있었으며 무지개 골짜기 위쪽 끄트머리에 있는 오래된 베일리네 빈집은 호시탐탐 유령이 나오는 탑의 폐허가 되어 있었다.

몇 주일 동안이나 낸은 바닷가 인적 없는 성 안에 갇힌 왕의 딸이 되었다……몇 달 동안이나 낸은 인도나 다른 어딘가 '머나먼' 나라의 나병환자 거리에서 간호사로 일하기도 했다. '머나먼'이란 지금까지도 여전히 낸에게는 마법 같은 말이었다—바람부는 언덕을 넘어 희미하게 들려오는 음악과도 같이.

커가면서 낸은 자기의 조그만 생활 속에서 실제로 존재하는 사람들에 대한 연극을 만들게 되었다. 특히 교회에 나온 사람들을 다루었다. 낸은 교회에 나온 사람들 보기를 좋아했다. 저마다 좋은 옷을 입고 있기 때문이다. 기적 같았다. 여느 날과 아주 달라보였다.

교회 가족자리에 조용하고도 얌전하게 앉은 사람들은 잉글사이드 자리에 있는 이 온순한 갈색 눈을 한 조그만 아가씨가 자기들에 대해 만들어내고 있는 로맨스를 알았다면 놀라기도 하고 또 얼마쯤 두려워하기도 했을 것이다.

표정이 음울하지만 상냥한 애니터 밀리슨은 아이를 납치해 산 채로 삶아 영원히 늙지 않을 약을 만든다고 낸 블라이스가 상상하는 것을 알았다면 놀라 까무러쳤을 것이다.

낸은 이런 상상을 너무나도 생생하게 그려내서 언젠가 저녁 무렵 황금빛 미나리아재비의 속삭임으로 떠들썩한 오솔길에서 애니터 밀리슨을 만났을 때 무서워서 죽을 것 같았다. 낸은 애니터의 친절한 인사에 아무래도 대답할 수 없었다. 애니터는 낸 블라이스는 참으로 오만하고 건방진 아이가 되어버려서 좋은 예절을 가르칠 필요가 있다고 생각했다.

혈색이 나쁜 로드 팔머 부인은 자기가 누군가를 독살하고 너무 후회스러워 죽어가고 있다는 건 꿈에도 생각지 못했다.

점잖빼는 얼굴의 고든 매컬리스터 장로는 자기가 태어났을 때 마녀의 저주를 받아 미소 지을 수 없게 되었다고는 생각조차 할 수 없었다.

나무랄 데 없는 생활을 하는 검은 콧수염을 기른 프레이저 팔머는 낸 블라이스가 자기 쪽을 보고 있을 때 다음과 같이 여기고 있으리라고는 조금도 알아차리지 못했다.

'저 남자는 떳떳지 못하게도 포악한 짓을 저질렀을 게 틀림없어. 뭔지 양심의 가책을 받는 무서운 비밀을 품고 있는 듯한 얼굴이야.'

아치볼드 파이프는 낸 블라이스가 자기가 오는 것을 볼 때마다 뭐라고 말을 걸었을 경우 그에 대한 대답으로 시를 짓느라 황홀하게 있는 줄은 생각지도 못했다. 아치볼드 파이프에게는 시가 아니면 말을 걸어선 안 되었기 때문이다. 아치볼드는 아이를 몹시 두려워해서 한 번도 낸에게 먼저 말을 건 일이 없었지만, 낸은 필사적으로 재빨리 시를 지어내고는 끝없이 즐기고 있었다.

나는 잘 있어요, 파이프 씨.
당신과 부인은 어떠신가요?

또는

그렇군요. 퍽 좋은 날씨예요.
마른풀 만들기에는 참 좋겠어요.

모든 커크 부인은 자기 집 입구 층계에 빨간 발자국이 있으므로 낸 블라이스가—비록 초대받는다 하더라도—결코 오지 않겠다는 말을 들으면 뭐라고 할지 알 수 없었으며, 그 시누이인 차분하고 친절하지만 데려갈 사람 없는 일리저버스 커크는 자기가 노처녀인 것은 결혼식 도중에 사랑하는 사람이 제단 앞에 쓰러져 죽어버렸기 때문인 줄은 꿈에도 알지 못했다.

이러한 공상은 아주 재미있고 흥미로웠다. 낸은 현실과 상상을 혼동하는 일이 결코 없었으나, 마침내 '신비로운 눈을 한 부인'에게 사로잡힌 뒤로는 그렇게 할 수가 없게 되고 말았다.

공상이라는 것이 어떻게 하여 성장하는지는 물어봐야 헛일이다. 낸 자신도 어떻게 해서 그렇게 됐는지 말할 수 없었을 것이다. 맨 처음 시작은 '우울한 집'에서부터였다—낸의 머리 속에는 늘 '우울한 집'이라고 굵은 글씨로 써 있었다. 낸은 사람들에 대해서뿐만 아니라

장소에 대해서도 로맨스를 만들어내는 게 좋았고 베일리 집안의 빈 집 말고 그 가까이에서 로맨스에 넣을 수 있는 것은 '우울한 집'뿐이었다.

낸은 그 '집'을 본 적은 없었다. 다만 로브리지 샛길에 있는 울창하고 어두운 가문비나무숲 뒤편에 있으며 까마득하게 오랜 옛날부터 빈집이라는 것밖에 몰랐다. 처음에 낸은 태곳적이라는 말이 어떤 것인지 몰랐지만 퍽 매력적인 낱말이어서 '우울한 집'에 잘 어울린다고 생각했다. 수전이 그렇게 말했던 것이다.

낸은 샛길로 빠져 단짝인 도러 클로를 찾아갈 때 '우울한 집'으로 이어지는 오솔길을 늘 미친 듯이 뛰어 지나갔다. 그곳은 길고 어두컴컴했으며, 수목이 아치처럼 뒤덮인 오솔길로 마차바퀴자국 사이에 풀이 빽빽이 났고, 가문비나무 아래에는 양치류가 허리 높이까지 훌쩍 자라 있었다.

황폐한 대문 가까이에는 긴 잿빛 단풍나무 가지가 낸을 껴안으려 하는 비틀린 노인의 팔처럼 쭉 뻗어 있었다. 낸은 금방이라도 그것이 좀 더 앞으로 뻗어나와 자기를 잡을지 모른다는 기분이 들었다.

어느 날, 놀랍게도 토머싱 페어가 '우울한 집'—또는 수전의 낭만적이지 않은 말에 따르면 '전의 매컬리스터 집'에 와서 살게 되었다고 했다.

엄마가 말했다.

"쓸쓸할 거예요, 외딴 곳이니까."

"그 사람은 괜찮을 거예요. 아무 데도 가지 않고 교회에도 나가지 않으니까요. 몇 해 동안이나 아무 데도 가지 않았거든요. 하기야 밤에는 뜰을 거닌대요. 정말이지 저렇게 되었구나 생각하면……그토록 예쁘고 바람기 많은 아가씨였는데 말예요. 한창 나이 때 얼마나 많은 남자를 울렸는지 몰라요! 그런데 지금은 어떻게 됐는지 보세요! 정말로 좋은 본보기예요."

누구에 대해 본보기가 되는지 수전은 말하지 않았다. 잉글사이드에서는 아무도 토머싱 페어에 대해 흥미를 가진 사람이 없었으므로 그 이상은 아무 말도 나오지 않았다.

그러나 낸은 오랜 공상생활에 조금 싫증이 나서 무언가 새로운 것이 필요했으므로 '우울한 집'의 토머싱 페어에게 달려들었다. 조금씩 조금씩 다음날도 그 다음날도, 다음날 밤도, 또 그 다음날 밤에도—밤에는 어떤 일이라도 믿게 되는 법이다—토머싱 페어에 대한 전설을 조금씩 만들어내는 동안 알지 못하는 사이에 꽃을 피워 낸이 지금까지 꾼 어느 꿈보다도 소중한 꿈이 되었다.

신비로운 눈을 한 부인의 환상처럼 매력적이고, 이처럼 현실의 것으로 여겨지는 건 처음이었다. 크고 검은 벨벳 같은 눈—'공허한' 눈—'고뇌어린' 눈—그것은 눈물을 흘리게 한 이들에 대한 후회로차 있었다. 악의있는 눈—사람을 울리고 교회에도 가지 않는 사람은 틀림없이 나쁜 사람일 것이다. 나쁜 사람들은 재미있다. 이 부인은 자기가 저지른 죄의 보상으로 세상에서 몸을 감추고 있는 것이다.

왕녀일까? 아니, 프린스 에드워드 섬에는 왕녀가 거의 없는걸. 그러나 이 부인은 키가 크고 호리호리하며 왕녀처럼 가까이할 수 없는 얼음 같은 아름다움을 지니고 있다.

흑옥(黑玉) 같은 긴 머리는 두 가닥으로 굵게 땋아 어깨에 드리워져 발까지 닿아 있었다. 단아한 상아 같은 얼굴, 엄마의 '은활을 든 아르테미스'와 같은 오똑한 그리스형 코, 희고 아름다운 손.

그 아름다운 두 손을 모아쥐고 밤에 뜰을 거닐며 괴로움에 잠긴다. 단 한 사람의 진정한 연인이 되돌아오기를 기다리고 있는 것이다. 예전에는 얕보았고, 사랑하고 있는 줄 깨달았을 때는 이미 늦어버린 연인을—이야기가 어떻게 되어나가는지 독자들은 눈치챘으리라—길고 검은 벨벳 스커트 자락을 끌고 푹신한 진디 쉬를 절으며 조용히 기다리는 것이다. 황금허리띠를 매고, 귀에는 알이 굵은 진주귀걸이를 달고, 그 연인이 찾아와 자유로운 몸으로 해줄 때까지 어두운 그림자에 몸을 숨기고 베일에 싸인 생활을 해야만 하는 것이다.

그때가 되면 부인은 옛날의 무정했던 행동을 뉘우치고 아름다운 손을 연인에게 내밀어 마침내 자존심 강한 머리를 숙여 연인에게 굴복한다. 두 사람은 분수가에 앉아—이 무렵에는 분수가 있었다— 맹세를 새로이 하고 부인은 연인의 뒤를 다소곳이 따라간다. 어느 날 밤 엄마가 읽어준 시에 나오는—아빠가 몇 해 전 엄마에게 선물한 오래된 테니슨의 책—'잠자는 공주'처럼 '언덕을 넘어 아득히 멀리 보랏빛 안개 어린 꼭대기 저편으로' 가는 것이다.

신비로운 눈을 한 부인의 연인은 비할 바 없이 아름다운 보석을 부인에게 준다.

'우울한 집'은 물론 훌륭한 가구가 갖추어져 있고 비밀의 방이며 층계가 있다. 신비로운 눈을 한 부인은 보랏빛 벨벳 천개 아래 진주조개 침대에서 잔다.

부인은 그레이하운드—한 쌍의 그레이하운드—많은 그레이하운드가 지키는 가운데—늘 귀기울여—귀기울여—멀리서 하프 소리가 들려오지나 않을까 귀기울여 듣고 있다. 그러나 나쁜 성질을 지니고 있는 한—자기 행동을 뉘우치고 연인이 돌아와 용서하지 않는 한 부인은 하프 소리를 들을 수 없는 것이다.

물론 어리석게 들린다. 공상이란 냉정하고 참혹한 말로 표현하면 아주 어리석게 들리는 법이다. 10살된 낸은 자기의 공상을 말로 표현하지 않고 아무도 모르게 그 속에서 살았다. 이 신비로운 눈을 한 성질나쁜 부인에 대한 공상은 낸의 주변에서 돌아가는 생활 못지않게 현실감을 띠어갔다.

그것은 낸을 금세 사로잡아버렸다.

2년 동안이나 낸의 일부를 이루어 왔다—이상하게도 낸은 어찌된 일인지 이 공상을 믿게 되었다. 무슨 일이 있어도 낸은 아무에게

도, 엄마에게조차 말할 생각이 없었다. 그것은 낸만의 보물이며 밝힐 수 없는 비밀로, 그것 없이는 삶이 계속 이어진다고 할 수 없었다. 낸은 무지개 골짜기에서 놀기보다 혼자 빠져나와 신비로운 눈을 한 부인에 대해 공상하는 편이 훨씬 좋았다.

앤은 낸의 이런 모습을 알아차리고 좀 불안스러워졌다. 낸에게는 이런 경향이 너무 강하다. 길버트는 낸을 애번리에 놀러가도록 하려 했지만 낸은 처음으로 보내지 말아달라고 간절히 부탁했다. 집을 떠나는 건 싫다고 가엾은 목소리로 말했다. 자기는 그 이상하고도 슬퍼 보이는 신비로운 눈을 한 아름다운 부인에게서 그토록 멀리 떨어질 바엔 죽는 편이 낫다고 생각했다.

신비로운 눈을 한 부인은 결코 아무데도 쉽게 나타나지 않았다. 그러나 언젠가는 나가는 일이 있을지 모르므로 만일 낸이 집을 비우면 신비로운 눈을 한 부인과 만나지 못한다. 한 번만이라도 볼 수 있다면 얼마나 멋질까. 신비로운 눈을 한 부인이 걸은 오솔길까지도 언제까지나 로맨틱한 것이다. 그러한 일이 일어난 날은 여느 날과 다르다. 그날이 오면 달력의 숫자 둘레에 동그라미를 그려놓으리라.

낸은 한 번이라도 좋으니 그 부인을 만나고 싶어 견딜 수 없었다. 아무리 상상해 보아도 결국 그것은 공상에 지나지 않는다는 것을 낸은 잘 알고 있었다.

그러나 토머싱 페어가 젊고 아름답고 성질이 나쁘며 매력적이라는 데는 조금도 의심을 품지 않았다—이즈음 낸은 수전이 그렇게 말했다고 굳게 믿고 있었으며, 토머싱 페어가 그런 모습을 하고 있는 한 낸은 그녀에 대해 영원히 상상을 계속할 수 있는 것이다.

어느 날 아침, 낸은 자기 귀를 믿을 수가 없었다. 수전이 다음과 같이 말했던 것이다.

"전의 매컬리스터 집에 사는 토머싱 페어에게 보내야 할 소포가 있어. 어젯밤 너희 아빠가 시내에서 가져왔지. 오늘 오후 잠깐 다녀와주지 않겠니?"

이렇듯 기쁜 일이 또 있을까! 낸은 숨을 죽였다. 다녀와주지 않겠느냐고? 공상이 이런 식으로 현실이 된 것일까? 드디어 '우울한 집'을 볼 수 있는 것이다—신비로운 눈을 한 아름다운 성질나쁜 부인을 만날 수 있는 것이다. 정말로 만나는 것이다—아마 말하는 목소리를 들을 수 있을지도 모른다—아마—아, 기쁘다!—그 부인의 가느다란 흰 손을 만지게 될지도 모른다. 그레이하운드며 분수 같은 것이 상상에 지나지 않는다는 것을 낸은 알고 있었다. 그러나 현실도 상상 못지않게 멋진 것이리라.

오전 내내 낸은 시계를 보며 시간이 천천히 아주 천천히 가까워져 오는 것을 지켜보고 있었다. 먹구름이 몰려와 불길하게 퍼지고 빗물이 뚝뚝 떨어지기 시작했을 때 낸은 눈물을 억누를 수 없었다.

낸은 대들 듯이 나직한 목소리로 말했다.

"왜 하느님이 오늘 비를 오게 하시는지 모르겠어."

그러나 소나기는 곧 지나가고 다시금 햇빛이 나왔다. 낸은 몹시 흥분해서 점심도 먹을 수 없을 정도였다.

"엄마, 그 노란 옷을 입어도 돼요?"

"이웃사람에게 가는데 왜 그렇듯 멋을 부리고 싶어하니, 낸?"

이웃사람이라니? 하지만 물론 엄마는 알 리가 없다—알 수가 없는 것이다.

"부탁이에요, 엄마."

"그래, 입으렴."

앤은 허락했다. 노란 옷은 곧 작아질 테니까 낸이 하고 싶어하는 대로 두는 게 좋다.

소중한 소포를 가지고 떠날 때 낸의 다리는 덜덜 떨릴 것만 같았다. 무지개 골짜기를 빠져 시름길을 지나 언덕을 올라가 샛길로 나왔다. 아직 빗방울이 굵은 진주알처럼 금련화 잎사귀에 살포시 올라앉아 있었다. 공기는 상쾌했다. 호박벌이 시냇물 가장자리에 핀 흰 클로 버 위를 붕붕거리며 날고 있었다. 호리호리한 풀잠자리들이 물 위를 스칠 때마다 반짝이고 있었다—악마의 바느질바늘이라고 수전은 부르고 있었다.

언덕 위 목장에서는 데이지 꽃이 낸 쪽으로 고개를 끄덕이고—하 늘하늘 살랑거리고—손을 흔들고—서늘해 보이는 금과 은의 웃음 소리를 내며 까르르 웃어 보였다. 모든 것이 아름다웠고, 그리고 낸 은 신비로운 눈을 한 고약한 부인을 만나러 가는 것이다.

그 부인은 낸에게 뭐라고 할까? 그 부인을 만나러 가는 것은 위험 하지 않을까? 지난주에 월터와 함께 읽은 이야기처럼 옆에 겨우 2, 3 분 동안 있었는데 백 년이라는 세월이 지나버린다면 어쩌지?

# 쓸쓸해 보이는 집

chang·KYe

오솔길로 들어선 낸은 등골에 야릇한 느낌이 들었다. 말라버린 단풍나무 가지가 움직인 게 아닐까? 아니다, 낸은 벗어났다—지나쳤다. 이봐요, 마술할머니, 나를 붙잡을 수는 없어요!

낸은 오솔길을 따라갔는데, 진창이며 마차바퀴자국도 기대를 어그러뜨릴 힘은 없었다. 이제 몇 걸음만 가면—'우울한 집'은 낸 앞에 보이는 저 어두컴컴한 물방울 떨어지는 나무들 속에 있는 것이다.

낸은 몸을 조금 떨었다. 그것은 꿈을 잃지나 않을까 하는 아무도 모르는 무의식적인 두려움 때문임을 낸은 알아차리지 못했다. 그것은 어린아이에게나 한창 때 젊은 사람에게나 노인에게나 늘 비극이다.

낸은 오솔길 가장자리를 뒤덮은 어린 가문비나무숲 사이사이를 헤치며 나아갔다. 눈은 감고 있었다. 용기 있게 떠볼까? 낸은 한순간 공포에 사로잡혀 하마터면 방향을 돌려 달아날 뻔했다. 결국, 그 부인은 성질이 고약하다. 내게 무슨 짓을 할지 모른다. 마녀일지도 모른다. 그 성질 나쁜 부인이 마녀일지도 모른다는 것을 어째서 이제까지 생각 못했을까?

이윽고 결연히 눈을 뜬 낸은 비참한 모습에 눈이 휘둥그레졌다. 이 것이 '우울한 집'—꿈에 그리던 어둡고 위엄 있는 망루며 작은 탑이 솟은 저택일까. 이것이!

그것은 전에는 흰색이었으나 지금은 더러워진 커다란 잿빛 집이었다. 여기저기에 전에는 초록색이었던 덧문이 떨어져나가려 삐거덕거리고 있었다. 현관 층계는 무참히 부서져 있었다. 유리를 끼운 호젓한 포치의 유리는 와장창 거의 다 깨져 있었다. 베란다를 에워싼 소용돌이무늬 장식도 망가져 있었다. 그것은 오래되어 낡아빠진 헌집에 지나지 않았다.

낸은 절망하여 주위를 둘러보았다. 분수는 없었다. 그러니 시원한 물방울도 없었다. 정말로 뜰이라고 부를 만한 것은 아무데도 없었다. 집안 빈터는 썩어 빠진 나무울타리로 둘러지고 잡초와 쐐기풀이 빼곡하게 우거져 있었다. 나무울타리 저쪽에서 여위어 앙상한 돼지가 땅을 파고 있었다. 한가운데 오솔길을 따라 우엉이 나 있었다. 그나마 훌륭한 참나리가 한 무더기 있고 닳아 빠진 층계 바로 옆에 금잔화가 싱싱하게 핀 화단이 있었다.

낸은 무거운 발걸음을 겨우 옮겨 오솔길을 따라 금잔화 화단 쪽으로 갔다. '우울한 집'은 영원히 사라져버렸다. 그러나 신비로운 눈을 한 부인은 아직 있다. 틀림없이 그것만은 진짜다. 진짜가 틀림없지 않은가? 훨씬 전에 수전이 사실은 뭐라고 했었더라?

"어머나, 깜짝 놀랐잖니!"

얼마쯤 우물거리기는 해도 친밀감이 담긴 목소리가 들렸다.

낸은 갑자기 금잔화 화단 옆에서 일어선 사람을 보았다. 누구일까? 설마, 낸은 토머싱 페어라고는 생각지 않으려 했다. 그렇다면 너무하다.

'어머나, 이 사람은, 이 사람은 할머니잖아!'

낸은 너무도 실망스러워 비탄에 잠겼다.

토머싱 페어는, 만일 이 사람이 토머싱 페어라면—이제는 토머싱 페어라는 것을 낸은 알고 있었다—확실히 노부인이었다. 그리고 뚱뚱했다! 그 모습은 수전이 늘 뚱뚱한 부인을 표현하여 말하듯 가운데를 둥글게 묶은 깃털이불 같았다.

맨발에 누렇게 빛바랜 초록색 옷을 입고 숱 없는 모랫빛 회색머리에 남자용 헌 펠트 모자를 쓰고 있었다. 주름잡힌 얼굴은 O자처럼 둥글고 불그스름했으며 들창코였다. 색이 바랜 푸른 눈 가장자리에는 크고 유쾌해 보이는 주름이 새겨져 있었다.

아, 나의 매력적인 부인, 신비로운 눈을 한 나의 아름답지만 까다로운 부인, 당신은 어디 있나요? 당신은 어떻게 되었나요? 당신은 분명 내 안에 있었는데 말예요!

토머싱 페어가 물었다.

"이거 참, 어서 와라. 착한 아가씨는 누구지?"

낸은 깍듯한 태도를 취하려고 애썼다.

"저는, 저는 낸 블라이스예요. 이걸 가져왔어요."

토머싱은 기뻐하며 소포에 달려들었다.

"어머나, 내 안경이 돌아와서 기쁘구나. 일요일에 저 달력을 보고 싶어 혼났었지. 그럼, 너는 블라이스 씨네 따님이니? 어쩌면 이렇듯 머릿결이 아름다울까. 나는 전부터 너희들을 만나고 싶었단다. 네 엄마가 과학적으로 아이를 키운다는 말을 들었거든. 마음에 드니?"

"마음에 드느냐고요? 뭐가요?"

아, 고약한 아름다운 부인이여, 당신이라면 일요일에 달력 같은걸 보지 않을 텐데. 또 '엄마'니 하는 말은 하지 않을 텐데.

"아, 과학적으로 키우는 것 말이다."

"나를 키워주는 방법은 마음에 들어요."

낸은 입꼬리를 올리며 웃으려 했지만 잘 되지 않았다.

"정말이지 네 엄마는 훌륭한 사람이야. 자기 생각이라는 것을 가지고 있으니까. 내가 처음으로 네 엄마를 본 것은 리비 테일러의 장례식 때로, 네 엄마는 아직 신부였으며 무척 행복해 보였단다. 네 엄마가 방에 들어오자 다들 마치 무슨 일이 일어나기라도 할 듯 긴장되는 것 같았지.

네 엄마는 새 유행도 만들어내더군. 우리 대부분은 그런 것을 입을 형편이 아니지만. 어쨌든 안으로 들어와 잠깐 앉거라. 누구든 만나면 반갑단다. 그러다 이따금 쓸쓸해지곤 하지. 전화를 놓을 돈도 없고 그저 꽃들이 친구란다. 이렇게 훌륭한 금잔화를 본 적 있니? 귀여운 고양이도 있단다."

낸은 땅끝까지라도 달아나고 싶었지만 집으로 들어가기 싫다고 말하여 이 할머니의 마음을 언짢게 해서는 안 된다고 생각했다.

토머싱은 스커트 밑으로 빠져나온 페티코트를 보이며 앞장서서 가운데가 움푹 파인 층계를 올라가 분명히 부엌과 거실을 겸한 방으로 안내했다. 그곳은 실로 깨끗했고 힘차게 뻗은 화분의 꽃들로 화려했다. 방에는 막 구워낸 고소한 빵 냄새가 감돌고 있었다.

"여기에 앉으렴."

토머싱은 화려하게 천조각을 이어붙여 만든 쿠션을 놓은 흔들의자를 밀고 와서 친절하게 권했다.

"저 앉은부채꽃을 방해되지 않는 곳으로 치우마. 아래 틀니를 넣을 때까지 잠깐 기다려주렴. 이것이 없으면 보기 우습지? 그래도 좀 아프단다. 자, 봐라, 이제는 말을 조금은 더 똑똑히 할 수 있어."

얼룩고양이가 온갖 묘한 소리를 내며 인사하려고 두 사람에게로 왔다. 오, 사라져버린 그레이하운드 꿈이여!

"이 날쌘 고양이는 쥐를 아주 잘 잡지. 여기는 쥐가 아주 많거든. 그래도 비바람을 막을 수 있고, 친척과 함께 사는 것은 싫어졌지 뭐냐. 자기 생각대로 할 수도 없고. 마치 먼지나 쓰레기처럼 마구 부려먹는데, 짐의 아내가 가장 심했단다.

내가 어느 날 밤 달을 보고 얼굴을 찌푸렸다고 잔소리하지 않겠니. 그래, 얼굴을 찌푸려서 어떻다는 거지? 그 때문에 달님이 기분 나빠지기라도 했다는 말이냐? 나는 말해 줬지. '나는 이제 바늘꽂이처럼 들볶이는 건 싫다'고.

해서 나는 스스로 여기에 와서 움직일 수 있는 한 여기서 살 생각이란다. 그래, 뭘 먹겠니? 양파 샌드위치를 만들어줄까?"

"아니에요. 먹고 싶지 않아요. 고맙습니다."

"감기가 들었을 때는 아주 좋단다. 나도 조금 전에 하나 먹었지. 목소리가 쉬어 있지? 그래서 잘 때 테레빈 기름과 거위기름을 바른 빨간 플란넬 천을 목에 감는단다. 이것처럼 잘 듣는 것은 없지."

빨간 플란넬에 거위기름! 테레빈 기름은 더 말할 나위도 없다!

"샌드위치를 먹고 싶지 않다면……정말로 먹고 싶지 않니? 비스킷 상자에 뭐가 있는지 어디 좀 보자."

수탉이며 오리 모양의 쿠키는 깜짝 놀랄 만큼 맛있어 입 속에서 녹아버릴 정도였다. 페어 부인은 빛바랜 동그란 눈으로 낸을 보고 미소 지어 보였다.

"그래, 내가 마음에 드니? 나는 조그만 여자아이가 좋아해 줬으면 해."

낸은 순간 숨이 턱 막혀 헐떡이며 말했다.

"좋아하도록 하겠어요."

이때의 낸은 자기의 환상을 깨뜨린 사람에 대해 느끼는 혐오감을 토머싱 페어에게 품고 있었던 것이다.

"서부에 내 손자가 몇 명 있지."

'손자라니!'

"사진을 보여줄까? 귀엽잖니. 저기 있는 그림은 남편이란다. 이 세상을 떠난 지 20년 되었지."

그것은 대머리진 둘레를 곱슬거리는 흰 머리칼이 둘러싼 콧수염을 기른 남자의 '크레용 그림'이었다.

'오, 경멸받은 연인이여!'

페어 부인은 사랑스러운 듯 말했다.

"30살에 머리가 벗겨졌지만 좋은 남편이었지. 정말이지 처녀 때 나는 꽤 많은 남자친구들이 있었단다. 지금은 나이를 먹었지만 젊었을 때는 즐거웠어.

일요일 밤의 남자친구들로 말하면! 서로 다른 사람을 앞지르려고 열심이었지. 나는 여왕님처럼 머리를 꼿꼿이 쳐들고 다녔어! 남편은 처음부터 그 가운데 있었지만 거들떠보지도 않았어. 좀 더 강하게 돌진하는 사람이 나는 좋았거든.

그 가운데 앤드루 메트카프라는 사람이 있었어—나는 그 남자와 달아나도 좋다는 생각을 하게 되었단다. 하지만 그런 짓을 해서는 나쁘다는 것을 알고 있었어. 달아나는 짓을 해서는 절대로 안 돼. 불행해지니까 누가 뭐라 해도 들으면 안 된다."

"나는—나는—그런 짓 하지 않아요."

"마지막에 나는 남편을 선택했지. 남편도 끝내는 더 이상 참을 수 없게 되어 24시간의 여유를 줄 테니 나를 택하든지 그만두든지 결정하라고 하더구나. 아버지는 나를 빨리 결혼시키고 싶어했지. 짐 휴이트가 나와 결혼하지 못한다고 물에 빠져죽어서 아버지는 걱정스러웠던 거야.

남편과 나는 서로 익숙해진 뒤부터는 아주 행복했지. 내가 그리 깊이 생각하는 성격이 아니라서 자기에게 꼭 어울린다고 남편은 말했어. 남편은 여자란 무엇을 헤아리도록 되어 있지 않으며, 생각하거나 하면 메말라서 부자연스럽게 된다고 말했단다.

남편은 구운 콩에 아주 잘 체했고, 이따금 허리신경통을 일으켰지만 늘 내 향유치료로 고치곤 했지. 시내에 있는 전문의가 남편을 깨끗이 고쳐주겠다고 했지만 남편은 그런 전문의의 손에 걸리면 다시는 놓아주지 않는다―절대로 놓아주지 않는다고 늘 말했었지.

남편에게 돼지고기를 먹이지 못하는 게 딱했었어. 정말이지 돼지고기를 좋아했단다. 나는 베이컨을 먹을 때마다 남편 생각을 하지 않을 수 없어.

남편의 맞은편 그림은 빅토리아 여왕이야. 나는 때때로 말해주지. '당신으로부터 그런 레이스니 보석 같은 걸 모조리 떼어버리면 당신도 나 정도의 얼굴이 아니겠느냐'고."

토머싱은 낸을 돌려보내기 전에 억지로 박하사탕 한 봉지와 꽃을 꽂은 핑크색 유리구두와 구즈베리 젤리를 넣은 컵을 주었다.

"그건 네 엄마에게 드리렴. 나는 전부터 구즈베리 젤리에 운이 좋단다. 언제고 잉글사이드에 들르마. 수전 베이커에게 지난봄 보내준 순무요리를 잘 먹었다고 전해다오."

'순무요리!'

"제이컵 워런의 장례식 때 수전에게 고맙다는 말을 하려고 했는데 너무 빨리 돌아가버렸더구나. 나는 장례식에 오래 있기를 좋아한단다. 지난 한 달은 장례식이 하나도 없었어. 장례식이 없으면 심심해. 로브리지에서는 언제나 장례식이 많지. 공평하지 못해.

또 찾아와주렴. 너는 참 좋은 데가 있구나. '사랑은 금이나 은보다도 좋다'고 성경에도 씌어 있지. 고맙게도 그 말이 맞다고 여겨진다."

토머싱은 낸에게 매우 유쾌한 웃음을 지었다. 확실히 아름다운 미소였다. 그 속에 옛날의 아름다웠던 토머싱의 모습이 엿보였다. 낸은 가까스로 다시 한번 샐쭉 웃어보였다. 갑자기 눈이 따갑게 아팠다. 왕 하고 울음이 터져버리기 전에 얼른 가버려야만 한다.

토머싱 페어는 창문으로 낸을 배웅하며 생각했다.

'인상 좋은 얌전한 아이야. 엄마처럼 말 잘하는 재주는 없지만 그런 것은 아무래도 좋겠지. 요즘 아이들은 대부분 건방진 말만 하면 똑똑한 줄 아니까. 저 애가 와준 덕분에 마음이 젊어진 것 같아.'

토머싱은 한숨을 쉬며 금잔화를 자르고 우엉을 파내는 일을 끝내려고 밖으로 나갔다.

토머싱은 생각했다.

'몸이 잘 움직여줘서 고맙구나.'

꿈을 잃은 낸은 한층 더 가엾은 모습으로 잉글사이드로 돌아왔다. 데이지가 얼크러져 핀 골짜기도 낸의 눈길을 끌지 못했다. 노래하는 물도 낸을 불렀지만 헛일이었다. 낸은 집으로 돌아가 아무도 모르게 살그머니 방에 틀어박히고 싶었다.

이것을 알면 다들 얼마나 웃을 것인가! 파리한 수수께끼의 여왕에 대한 덧없는 상상 속 로맨스를 그리다가 그 대신 미망인과 박하사탕을 발견한 바보 같은 낸 블라이스.

박하사탕!

낸은 울지 않으려 했다. 10살이나 된 큰 여자아이가 울거나 해서는 안 된다. 그러나 낸은 이루 말할 수 없는 쓸쓸함을 느꼈다. 어떤 소중한 아름다운 것이 사라져버렸다. 잃어버렸다. 기쁨의 비밀스러운 재산이 다시는 자기 것이 되지 않으리라 낸은 믿었다. 잉글사이드에 돌아왔을 때 향료를 넣은 맛있는 비스킷 냄새가 가득차 있었지만 낸은 수전을 조르러 부엌에 들어가지 않았다. 저녁 식사 때 수전의 눈에서 피마자 기름을 읽어내고도 식욕이 거의 나지 않았다.

앤은 낸이 옛날 매컬리스터 집에서 돌아온 뒤로 아주 조용한 것을 알아차렸다. 해 뜰 때부터 해질녘까지 완전히 저문 뒤까지도 그야말로 노래하며 사는 낸인데. 날씨가 더운데 먼 곳까지 걷게 한 것이 몸에 무리가 갔을까?

어둑어둑해진 뒤 깨끗한 수건을 가지고 쌍둥이 방으로 들어간 앤은, 낸이 다른 아이들과 무지개 골짜기에서 적도 바로 밑 밀림의 호랑이가 되어 거만스럽게 실어다니는 대신, 창가 자리에 웅크려 앉아 있는 것을 보고 대수롭지 않게 물었다.

"왜 그렇게 따분한 얼굴을 하고 있지, 낸?"

낸은 자기의 어리석음을 아무에게도 털어놓을 마음이 없었다. 그런데 어찌된 까닭인지 저절로 엄마에게 말하고 말았다.

"아, 엄마, 세상이란 실망스러운 일 뿐인가요?"

"그렇다고만 할 수는 없어, 낸. 오늘 어떤 일로 실망했는지 엄마에게 말해주고 싶지 않니?"

"아, 엄마, 토머싱 페어는 좋은 사람이에요! 게다가 코가 하늘을 보고 있어요!"

앤은 진정으로 놀랐다.

"아니, 너는 그 사람의 코가 하늘을 보고 있든 땅을 보고 있든 왜 신경 쓰는 거지?"

여기에서 모든 게 밝혀졌다. 앤은 언제나 그 진지한 얼굴로 귀기울이며 부디 웃음을 터뜨리지 않게 해달라고 기도했다.

앤은 자기가 옛날 그린게이블즈에서 어떤 아이였던가를 생각해 냈다. 도깨비숲과 자기가 만들어낸 상상에 몹시 겁먹어버린 두 조그만 여자아이의 일이 생각났다. 앤은 꿈을 잃어버리는 무서운 괴로움을 알고 있었다.

"너는 사라져버린 공상을 그렇듯 마음아파해서는 안 돼, 낸."

낸은 무척 절망하고 있었다.

"생각하지 않을 수 없어요. 다시 한번 태어나는 일이 있다 해도 나는 결코 아무것도 상상하지 않겠어요. 다시는 상상 같은 걸 안해요."

"이 바보야. 내 귀여운 바보야, 그런 말 하는 게 아니야. 상상력을 갖고 있다는 건 훌륭한 것이란다. 그러나 어떤 재능도 마찬가지지만 우리가 가지는 것이지 우리가 그것의 포로가 되어서는 안 돼. 너는 상상한 것을 조금 지나치게 중요시하고 있어.

그래, 상상한다는 것은 즐거운 일이란다. 나는 그 즐거움을 잘 알아. 하지만 너는 현실과 그렇지 않은 것 사이 경계의 이쪽편을 지키는 것을 배워야만 해.

그렇게 해서 자유자재로 자기의 아름다운 세계로 달려갈 수 있는 힘을 갖는다는 것은 세상의 괴로운 데를 지나갈 때 놀라우리만큼 도움되지. 나는 마술의 힘으로 한두 번 항해했다가 돌아오면 어려운 일들을 늘 좀 더 쉽게 해결할 수 있었어."

이 현명한 위로의 말을 듣고 있는 동안 낸은 다시 자존심을 찾을 수 있었다. 마침내 어머니는 나에 대해 그리 바보스럽게 여기지 않는 것이다. 그리고 비록 '우울한 집'에 살고 있지 않더라도 그 신비로운 눈을 한 성질나쁜 아름다운 부인은 세계 어딘가에 살고 있을 게 틀림없다.

그 집도 다시 생각해 보면 그리 싫은 장소는 아니다. 오렌지빛 금잔화가 피어 있고, 사람을 좋아하는 얼룩고양이가 있고, 제라늄이 있고, 그림도 있다. 실제로 유쾌한 곳이니까 언제고 다시 토머싱 페어를 만나러 가서 그 맛있는 비스킷을 좀 더 달래자. 낸은 이제 토머싱이 싫지 않았다.

"어머니는 어쩌면 이렇듯 좋은 사람일까!"

낸은 피난처이고, 성스러운 장소이기도 한 사랑하는 팔에 안겨서 후유 한숨을 내쉬었다.

보랏빛과 잿빛이 섞인 저녁 어스름이 언덕 위에 찾아왔다. 여름날 밤의 장막이 내려졌다. 벨벳 같은 밤하늘이 깔리고 어디선가 속삭임이 들려오는 밤이다. 큰 사과나무 위에 별이 하나 나타났다. 마셜 엘리엇 부인이 와서 어머니는 아래층으로 내려가야 했지만 낸은 다시 행복해져 있었다.

엄마는 이 방의 벽지를 아름다운 미나리아재비꽃 무늬의 노란 벽지로 바꾸고 낸과 다이가 물건을 넣어두도록 새로운 히말라야 삼목으로 만든 궤를 사주겠다고 했다. 그것은 흔한 궤짝이 아닐 것이다. 마술에 걸린 보물 궤로 어떤 이상한 문구를 외지 않으면 결코 열리지 않으리라.

싸늘하고 아름다운 흰 눈의 마녀가 꼭 한마디 속삭여줄지도 모른
다. 비탄에 잠긴 잿빛 바람이 지나가다가 또 다른 말을 가르쳐줄지도
모른다.

늦건 이르건 그 문구를 모두 알아버려 궤를 열어 보면 속에 고운
진주며 빨간 루비며 다이아몬드가 엄청나게 많이 들어 있으리라. 셀
수 없이 많다는 건 멋진 말이지 않은가?

아, 오래된 마법이 사라져버린 건 아니다. 지금도 세상에 가득 차
있는 것이다.

# 델릴라 그린

오후의 쉬는 시간이었다. 델릴라 그린이 물었다.

"올해에는 나를 너의 가장 친한 친구로 대해주겠니?"

델릴라는 아주 동그랗고 짙은 파란 눈과 매끄러운 붉은 설탕빛 곱슬머리와 앙증맞은 장밋빛 입술을 하고 있었다. 황홀하게 만드는 목소리는 조금 떨려나왔다. 다이 블라이스는 그 목소리 매력에 금방 사로잡혀 버렸다.

다이 블라이스에게 정해진 친구가 없다는 것은 온 글렌 초등학교 안에 알려져 있었다. 2년 동안 다이는 폴링 리스와 사이가 좋았는데, 때마침 폴링의 집이 이사를 해서 다이는 쓸쓸해 견딜 수 없었다.

폴링은 좋은 친구였다. 확실히 폴링에게는 지금은 거의 잊어버린 제니 페니가 지니고 있었던 듯한 신비로운 매력은 전혀 없었다. 폴링은 실제적이고 무엇이든지 재미있어 했으며 '분별'이 있었다. 이 마지막 말은 수전의 표현으로, 수전이 주는 최고의 찬사였다. 수전은 다이의 친구로서 폴링에게 아주 만족하고 있었다.

다이는 어떻게 할까 하는 듯 델릴라를 보고 다시 운동장에 있는 로러 카 쪽을 흘끗 보았다. 로러 카도 새로 온 여자아이였다. 로러와 다이는 오전 쉬는 시간을 함께 보내고 서로 마음이 잘 맞는 것을 알았던 것이다.

그러나 로러는 주근깨가 있고 모랫빛 머리를 난처해 하는 못생긴 여자아이로, 델릴라 같은 아름다움이나 매력도 전혀 가지고 있지 못했다.

델릴라는 다이의 표정을 알아차리고 실망한 마음이 얼굴에 나타났다. 푸른 눈에 금방이라도 흘러넘칠 듯한 눈물이 괴었다.

델릴라는 극적인 몸짓으로 두 팔을 벌렸다.

"네가 그 애를 좋아한다면 나도 너를 좋아할 수 없어. 어느 쪽인지 결정해줘."

그 목소리는 여느 때보다 더 황홀했다. 다이는 등골이 짜릿짜릿했다. 다이는 델릴라 손에 자기 손을 놓고 엄숙하게 얼굴을 마주보며 서로 생애를 바쳐 굳게 맺어진 기분이 되었다. 적어도 다이는 그랬다.

델릴라는 열띤 목소리로 물었다.

"너는 나를 '언제까지나' 좋아해 주겠지?"

다이가 그 못지않게 들뜬 목소리로 맹세했다.

"영원히."

델릴라는 다이의 허리에 팔을 돌리고 둘이 나란히 시냇물 쪽으로 걸어갔다. 4학년 반 다른 아이들은 그들 사이에 동맹이 맺어진 것을 알았다. 로러 카는 나직이 한숨을 쉬었다. 로러는 다이를 아주 좋아했지만 델릴라와 겨룰 수는 없다는 것을 느꼈다.

델릴라는 말했다.

"너를 좋아하도록 허락해 줘서 참으로 기뻐. 나는 애정이 아주 두터운 성격이야. 남을 좋아하지 않고는 못견뎌. 부디 내게 상냥히 대해 줘, 다이. 나는 슬픔이 많은 아이야. 내게는 태어났을 때부터 저주가 졸졸 따라다녀. 아무도—아무도 나를 사랑해 주지 않아."

델릴라는 어떻게 연구했는지 그 '아무도'라는 말 속에 무한한 쓸쓸

함과 사랑스러움을 담았다. 안쓰러운 마음에 다이는 잡고 있던 손에 힘을 주었다.

"앞으로는 결코 그런 말 하지 않아도 될 거야, 델릴라. '내'가 언제까지나 너를 좋아해 줄게."

"이 세상 끝까지?"

"이 세상 끝까지."

다이는 대답하고 둘은 교회의 의식에 임하듯 서로 키스했다.

울타리에 있던 두 남자아이가 놀려댔지만 누가 마음 쓸 것인가!

델릴라가 말했다.

"너는 나를 로러 카보다 훨씬 좋아하게 될 거야. 네가 로러를 버리고 나와 친구가 된 이상 이제까지 꿈에도 말하려 하지 않았던 일을 이야기해 줄게. 그 애는 남을 잘 속인단다. 무서운 거짓말쟁이야. 얼굴을 마주하고는 네 친구인 척하지만, 뒤에서는 너를 우습게 여기거나 아주 심술궂은 말을 하기도 해.

모브레이 내러즈에서 그 아이와 함께 학교를 다닌, 내가 아는 아이가 가르쳐줬어. 너는 하마터면 큰일날 뻔했어. 나는 그렇지 않아. 나는 믿을 수 있어, 다이."

"그렇고말고. 하지만 네가 슬픔이 많은 아이라고 한 것은 무슨 뜻이지, 델릴라?"

델릴라는 눈을 크게 떠서 끝내는 그 눈이 터무니없이 커졌다.

델릴라가 속삭였다.

"내게는 '계모'가 있어."

"계모?"

델릴라는 더욱 감동적인 목소리로 말했다.

"엄마가 죽고 아빠가 두 번째 결혼을 하면 '그 사람'이 계모야. 자, 이제 모두 알겠지, 다이. 내가 어떤 호된 꼴을 당하는지 알면 어떻게 될까? 하지만 나는 불평하지 않아. 조용히 괴로움을 참고 있어."

만일 델릴라가 정말로 말없이 괴로움을 참고 있는 것이라면, 그 뒤 몇 주일 동안 다이가 잉글사이드 사람들에게 비처럼 쏟아놓은 소식은 모두 어디서 얻었는지 이상한 일이었다.

다이는 슬픔에 짓눌리어 학대받고 있는 델릴라에 대한 열렬한 사랑과 동정으로 가슴 아파하며 귀기울이는 사람에게는 누구든 델릴라의 이야기를 하지 않고는 견딜 수 없었다.

앤이 말했다.

"이번 흥분도 그러다가 식을 거예요. 이 델릴라라는 아이는 누구죠, 수전? 나는 아이들 마음을 도도하게 만들고 싶지는 않지만—하지만 제니 페니에 대한 쓰디쓴 경험도 있으니까……"

"그린 집안은 훌륭한 사람들이에요, 마님. 로브리지에서도 유명한 집안이죠. 지난 여름 전의 헌터 저택으로 이사해 왔답니다. 그린 부인은 두 번째 아내로, 자기 아이가 둘 있어요. 나도 잘은 모르지만 여유 있고 친절하고 좀 낙천적인 사람인가봐요. 그 사람이 델릴라에게 다이가 말하는 것 같은 짓을 하리라고는 생각되지 않는데요."

앤은 다이에게 주의를 주었다.

"델릴라가 네게 하는 말을 모조리 믿어서는 안 돼. 좀 부풀려서 말하는 버릇이 있는지도 모르니까. 제니 페니 때의 일을 결코 잊어서는 안 돼."

다이는 분개했다.

"어머나, 엄마, 델릴라는 조금도 제니 페니를 닮지 않았어요. 그 애는 조금도 안 닮았어요. 그 아이는 '하나에서 열까지' 정직한 아이예요. 엄마도 그 아이를 보면 거짓말 같은 건 할 줄 모르는 착한 아이임을 알 수 있어요. 그 아이가 너무 색달라서 집에서 다들 못살게 구는 거예요. 더욱이 '그렇듯' 애정이 넘치는 성격인데요.

그 아이는 태어났을 때부터 쭉 구박을 받아왔어요. 계모가 그 아이를 '미워'하니까요. 얼마나 호된 꼴을 당하는지 듣기만 해도 가슴이 찢어질 것 같아요. 왜냐하면 엄마, 그 아이는 한 번도 음식을 배불리 먹은 일이 없대요, 정말이에요.

배가 고프지 않다는 게 어떤 것인지 그 아이는 몰라요, 엄마. 저녁밥을 먹지 못하고 자야만 하는 일이 몇 번이나 있었는지 모르고, 그 아이는 울다가 지쳐 잠든대요. 엄마는 배가 고파 운 적이 있어요?"

엄마는 고개를 끄덕이며 대답했다.

"몇 번 있었지."

다이는 눈이 동그래지며 엄마를 보았다. 다이는 애써 수사학적인 질문을 던졌는데 그만 맥이 빠지고 말았다.

"그린게이블즈에 올 때까지 나는 몇 번이나 배가 고팠단다. 고아원에서—그리고 그전에도. 그때 일을 나는 결코 말하고 싶은 마음이 들지 않아."

다이의 혼란된 머리가 다시 회복되어 왔다.

"그렇다면 델릴라 마음을 잘 알 수 있을 거예요. 델릴라는 배가 고파 견딜 수 없을 때면 앉아서 여러 가지 음식에 대해 상상한대요. 음식에 대해 상상하다니, 글쎄, 생각해 보세요!"

"그런 상상이라면 너나 낸도 곧잘 하잖니."

앤은 말했지만 다이는 귀기울이려 하지 않았다.

"그 아이 괴로움은 물질적인 것뿐만이 아니라 '정신적'인 것이기도 해요. 왜냐하면 그 아이는 선교사가 되고 싶어해요, 엄마, 하느님께 일생을 바치는 거예요. 그런데 다들 그 아이를 비웃는대요."

"아주 무정하구나."

앤은 맞장구쳤지만 그 목소리 어딘가에 다이로 하여금 수상쩍은 느낌이 들게 하는 울림이 있었다.

그것을 눈치채고 다이가 비난했다.

"엄마, '어째서' 엄마는 그렇게 의심이 많아요?"

엄마는 미소 지으며 말했다.

"다시 한번 말하겠지만 제니 페니의 일을 기억해야만 한다. 너는 제니를 너무 믿어버렸었잖니."

다이는 소중히 간직한 위엄을 보이며 항의했다.

"그때는 내가 아직 어렸었는걸요. 그래서 쉽게 속기도 했을 거예요."

다이는 델릴라에 대한 엄마가 여느 때처럼 다정하게 이해해 주는 것과는 다른 점을 느꼈다. 그런 뒤로 다이는 수전에게만 델릴라 이야기를 했다. 낸은 델릴라 이름만 들어도 코웃음쳤기 때문이었다.

다이는 슬프게 생각했다.

'샘내고 있는 거야.'

수전도 특별히 동정해 주는 것은 아니었다. 그러나 누구에게든 델릴라 이야기를 하지 않고는 못 견뎠고, 수전의 비웃음은 엄마만큼 기분 나쁘게 들리지 않았다. 수전에게 완전히 이해해 달라고 한다는 건 무리한 이야기다. 그러나 엄마는 아이였던 일이 있다. 엄마는 그토록 상냥한 마음을 지닌 사람인 것이다. 왜 가엾은 델릴라가 학대받는 이야기를 진심으로 들어주지 않는 것일까?

다이는 똑똑한 척하며 생각했다.

'틀림없이 내가 델릴라를 너무 좋아해서 엄마가 조금 샘내고 있는 거야. 엄마란 그렇게 되는 거라니까. '소유욕'의 일종이겠지.'

다이는 수전에게 말했다.

"계모가 델릴라를 어떻게 학대하는지 이야기를 듣기만 해도 피가 끓어. 그 아이는 '순교자'야, 수전. 아침 식사도 저녁 식사도 오트밀 말고는 아무것도 먹지 않았대. 오트밀 조금밖에. 그리고 오트밀에 설탕을 넣어서는 안 된다고 한대. 수전, '미안한' 생각이 드니까 나도 오트밀에 설탕을 넣지 않겠어."

"아, 그렇게 하렴. 마침, 설탕값이 1센트 올랐으니 그러는 편이 좋겠어."

다이는 이제 수전에게 델릴라 이야기를 결코 하지 않겠다고 맹세했지만, 다음날 저녁 무렵 몹시 분개하여 다시 말하지 않을 수 없게 되었다.

"수전, 델릴라 엄마가 어젯밤 새빨갛게 단 주전자를 들고 델릴라를 쫓아다녔대. 생각 좀 해봐, 수전. 물론 그런 일은 그리 자주 있는 건 아니고 엄마가 '몹시 화났을' 때만 그렇다고 델릴라는 말했지만.

여느 때는 그냥 델릴라를 컴컴한 다락방에 가두어둘 뿐이래. '유령이 나오는' 다락방이란 말이야. 그 가엾은 아이가 본 유령이란 정말, 수전! 그 아이 몸은 좋지 않을 거야. 요전번 다락방에 갇혔을 때는 너무 기분 나쁜 조그맣고 까만 동물이 물레바퀴에 앉아 '콧노래를 부르고' 있었다잖아."

수전은 정색한 척하며 물었다.

"어떤 동물이었다고?"

수전은 델릴라의 쓰라린 고생과 다이의 열렬한 말투가 재미있어져 마님과 서로 몰래 웃고 있었다.

"몰라. 그냥 동물이랬어. 그 때문에 델릴라는 하마터면 자살할 뻔했대. 앞으로도 그런 일이 일어나지 않을까 싶어 나는 정말 걱정이야. 글쎄, 수전, 델릴라네 집안에는 '두 번이나' 자살한 아저씨가 있다지 뭐야."

수전은 무정하게 말했다.

"한 번이면 충분하지 않았을까?"

다이는 발끈해서 가버렸는데 다음날 또 다른 슬픈 이야기를 가져 왔다.

"델릴라는 인형을 하나도 가져본 일이 없대, 수전. 지난 크리스마스에 부디 자기 양말 속에 하나 들어 있도록 기도했대. 그랬더니 그 대신 뭐가 들어 있었다고 생각해, 수전? '회초리였대'! 그 집 사람들은 거의 날마다 델릴라를 때린대. 가엾게도 그 예쁜 아이가 회초리로 맞는다니, 생각 좀 해봐, 수전."

"나도 어렸을 때에는 몇 번인가 회초리로 맞았는데, 지금도 나쁘다고 생각하지 않아."

이렇게 말하는 수전은 만일 누군가가 잉글사이드 아이들에게 회초리라도 들면 어떤 짓을 할지 모를 일이었다.

"우리집 크리스마스 트리 이야기를 했더니 델릴라는 울었어, 수전. 크리스마스 트리를 꾸며본 적이 한 번도 없다잖아. 하지만 올해에는 어떤 일이 있어도 꾸며보겠대. 뼈대만 남은 낡은 우산을 찾아냈으니까 그것을 양동이에다 꽂고 크리스마스 트리처럼 꾸민다지 뭐야. 가엾잖아, 수전?"

"가까이에 어린 가문비나무가 얼마든지 있잖아? 전의 헌터 집안 뒤쪽에는 요즘 가문비나무가 하나 가득 자라 있으니까. 그 아이가 델릴라가 아니라 다른 이름이었다면 좋았을 텐데. 그런 이름은 그리스도교도 아이에게 붙이는 게 아니거든!"

"하지만 성경 속에 있어, 수전. 델릴라는 자기 이름이 성경에서 따온 것을 얼마나 자랑하는데. 오늘 학교에서 말이지, 수전, 내가 내일 우리 집에서 점심에 치킨파이를 먹는다고 했더니 델릴라가, 델릴라가 뭐라고 했는지 알아, 수전?"

수전은 강한 투로 말했다.

"나는 모르겠는데. 그리고 학생들이 열심히 공부해야 할 시간에 그런 이야기를 하면 어쩌지?"

"어머나, 그런 짓은 하지 않아. 델릴라가 규칙은 모두 잘 지켜야 한다고 하는걸. 델릴라는 아주 엄격해. 우리는 서로 노트에 편지를 써서 바꿔 읽는 거야. 그런데 말이지, 델릴라가 '내게 뼈를 하나 갖다주지 않겠니, 다이?' 하는 거야.

그걸 보고 나는 눈물이 나왔어. 나는 뼈를 하나 갖다줄 참이야. 고기가 많이 붙은 것으로. 델릴라에세는 좋은 음시이 '필요'해 노예처럼 일해야만 하니까. 비참한 노예야, 수전. 집안일을 모두, 그래, 아무튼 거의 모두 해야만 해. 만일 제대로 못하면 '잔혹하게 들볶인'대. 그렇지 않으면 부엌에서 하인들과 함께 식사하도록 한다지 뭐야."

"그린 씨네에서는 조그만 프랑스 남자아이가 하나 일하고 있을 뿐이야."

"아무튼 델릴라는 그 아이와 함께 먹어야 한대. 그 남자아이는 양말과 셔츠만 입고 산대. 델릴라는 지금은 내가 사랑해 주니까 그런 것은 아무렇지도 않게 생각한다는 거야. 델릴라에게는 나 말고는 사랑해 주는 사람이 아무도 없다잖아, 수전."

"가엾기도 하지!"

수전은 엄숙한 표정을 지어보였다.

"델릴라는 만일 백만 달러를 가지고 있다면 그걸 다 내게 주겠대. 물론 나는 받지 않아. 하지만 얼마나 마음 착한 아이인지 그걸 봐도 알 수 있잖아."

"백만 달러를 주건 백 달러를 주건 자기가 가지고 있지 않으면 아무것도 아니지."

수전은 이렇게 말하는 수밖에 달리 도리가 없었다.

# 배반자

다이는 뛸 듯이 기뻐했다. 역시 엄마는 샘내고 있었던 것은 아니었다. 소유욕이 강한 것도 아니었다. 엄마는 알아준 것이다.

엄마와 아빠가 주말을 애번리에서 보내게 되었는데, 엄마는 토요일 밤 잉글사이드에서 함께 지내도록 델릴라를 불러도 좋다고 다이에게 말했다.

앤은 수전에게 말했다.

"나는 주일학교 소풍 때 델릴라를 봤는데 귀엽고 얌전한 아이였어요. 하기야 무슨 일을 부풀려 말하는 건 틀림없지만 말예요. 그 아이 계모는 어쩌면 그 아이에게 좀 무정하게 대하는지도 모르죠. 그리고 그 아이 아빠라는 분이 엄격한 사람이라나봐요. 아마 뭔가 슬픈 일이 있어서 아이는 동정을 구하려고 연극하기를 좋아하는 거예요."

수전은 좀 의심스러운 느낌이 들었다. 그녀는 곰곰이 생각했다.

'하지만 적어도 로러 그린네 집에 사는 사람은 누구나 다 깨끗할 테니까.'

이번 경우는 고개를 갸웃거리며 생각할 필요가 없을 것 같았다.

다이는 델릴라를 대접할 계획으로 들떠 있었다.

"닭요리를 해주겠지, 수전? 속에 맛있는 걸 많이 넣어줘. 그리고 파이도. 가엾게도 그 아이는 얼마나 파이를 먹어보고 싶은지 모른대. 그 집에서는 파이를 먹지 않는다지 뭐야. 계모가 너무 인색한 거야."

수전은 아주 친절하게 준비해 주었다. 젬과 낸은 애번리에 갔고 월터는 '꿈의 집'으로 케니스 포드를 찾아갔으므로 델릴라가 방문하는데 방해될 일은 아무것도 없어 확실히 보기 좋게 되어가리라 여겨졌다.

델릴라는 토요일 아침 멋진 핑크빛 모슬린 옷을 입고 왔다. 계모는 적어도 옷에 대해서는 델릴라에게 잘해주는 것 같았다. 그리고 수전은 첫눈에 알아보았는데, 귀와 손톱이 나무랄 데 없었다.

델릴라는 다이에게 엄숙히 말했다.

"오늘은 내 생애에서 특별한 날이야. 어머나, 어쩌면 이렇듯 집이 크지? 저것이 도자기 개구나! 너무 멋있어!"

모든 게 다 훌륭했다. 이 재미없는 말을 델릴라는 자꾸만 연발했다. 델릴라는 다이가 점심식탁을 준비하는 것을 도우며 분홍빛 스위트피를 가득 담은 조그만 유리바구니를 가운데에 꾸미기도 했다.

델릴라가 다이에게 말했다.

"아, 내가 얼마나 스스로 하고 싶은 일을 하기 좋아하는지 넌 모를 거야. 달리 내가 할 수 있는 일이 없을까? 부탁이야."

수전이 말했다.

"오후에 케이크를 구울 생각인데 델릴라는 호두를 까주렴."

수전도 델릴라의 아름다운 목소리 마력에 빠져들어버린 것이었다. 역시 로러 그린은 못된 사람인지도 모른다. 사람이란 남이 보는 바와 같다고는 할 수 없으니까. 델릴라의 접시에는 닭고기며 순대며 고기 수프가 수북이 쌓이고, 그런 기색도 비추지 않았는데 두 조각째 파이를 주었다.

식탁에서 일어나며 델릴라는 다이에게 말했다.

"꼭 한 번이라도 좋으니 내가 먹고 싶은 것을 다 먹을 수 있다면 어떤 기분이 들까 나는 몇 번이나 생각했었어."

둘은 오후를 즐겁게 보냈다. 수전이 캔디를 한 상자 주었으므로 다이는 그것을 델릴라와 나누었다. 델릴라가 다이의 반지 하나를 칭찬했으므로 다이는 그것을 델릴라에게 선물로 주었다. 둘은 팬지 꽃밭을 손질하고 잔디밭으로 침입해 들어온 두서너 포기의 민들레를 파냈다. 둘은 수전이 은그릇 닦는 것을 돕기도 하고 식사준비를 거들기도 했다. 델릴라가 쓸쓸히 도움도 되고 작은 손으로 정리도 잘해서 수전은 그만 항복해 버렸다.

다만 하찮은 두 가지 일이 오후를 엉망으로 만들었다. 하나는 델릴라가 옷에 잉크를 튀긴 일과 또 하나는 자기의 구슬목걸이를 잃어버린 일이었다. 그러나 잉크는 수전이 레몬 소금으로—빛깔은 조금 남았지만—깨끗이 지웠으며, 목걸이는 괜찮다고 델릴라가 말했다.

가장 좋아하는 다이와 잉글사이드에 있을 수만 있다면 '다른 것은' 아무래도 좋다.

잘 시간이 되자 다이가 수전에게 물었다.

"우리 손님용 침실에서 자도 돼? 집에서는 손님을 언제나 손님용 침실에 묵게 하잖아, 수전."

"내일 밤 다이애너 아주머니가 아빠와 엄마와 함께 오셔. 손님용 침실은 다이애너 아주머니를 위해 준비해둔 거야. 다이의 침대라면 슈림프가 들어가도 좋지만 손님용 침실은 안 돼."

둘이 침대에 들어가자 델릴라가 감탄했다.

"어머나, 너의 집 시트는 좋은 냄새가 나는구나."

"수전이 늘 연미붓꽃 뿌리로 삶거든."

델릴라는 땅이 꺼져라 한숨을 내쉬었다.

"네가 얼마나 행복한지 너는 알고 있을까. 만일 '내게' 너 같은 집이 있다면……하지만 이것이 내 운명인걸. 그냥 참을 수밖에."

자기 전에 밤마다 온집안을 한 바퀴 도는 수전이 둘의 방으로 들어와 이제 이야기는 그만하고 얼른 자도록 하라며 단풍당 롤빵을 두 개씩 주었다.

델릴라는 감격하여 떨리는 목소리로 말했다.

"잘 해주신 것을 결코 잊지 않겠어요, 미스 베이커."

수전은 이렇듯 예절바르고 사랑스러운 여자아이는 결코 본 적이 없다고 생각하며 자기 잠자리로 돌아갔다. 확실히 델릴라를 오해하고 있었다. 하지만 그때 수전은 먹을 것을 충분히 얻어먹지 못하는 아이치고는 이 델릴라의 뼈에 살이 아주 잘 붙어 있음을 알아차렸다!

다음날 오후 델릴라는 집으로 돌아가고, 밤에 아빠와 엄마 그리고 다이애너 아주머니가 도착했다.

월요일에 청천벽력이라고도 할 만한 일이 일어났다. 점심시간에 학교로 돌아간 다이가 학교 현관으로 들어섰을 때 자기 이름이 들먹거려지고 있는 것을 들었다. 교실에는 한무리의 조그만 여자아이들 한 가운데에 델릴라가 서 있었다.

"잉글사이드에서 나는 정말 실망했어. 다이가 그렇듯 자기 집 자랑을 너무 해서 큰 저택이나 되는 줄 알았지. 물론 크기는 했어. 하지만 가구 가운데에는 초라한 것도 있었지. 의자는 다시 천을 씌워야 될 '형편없는' 것들이었어."

베시 팔머가 물었다.

"도자기 개를 봤니?"

"조금도 놀랄 만한 게 아니야. 털도 나지 않았던걸. 실망했다고 나는 그 자리에서 다이에게 말해줬단다."

다이는 '땅에 뿌리가 내린' 듯 적어도 현관에 뿌리가 내린 것처럼 그 자리에 우뚝 서버리고 말았다. 남이 말을 엿들을 생각은 없었다—너무도 어처구니없어 움직일 수 없었던 것이다.

"나는 다이가 가엾어졌어. 그 집 부모들은 어이가 없을 만큼 가족을 돌보지 않아. 엄마는 놀러다니기만 하고 말야. 그 어린아이들을 나이 먹은 수전 한 사람에게 맡기고 나다니니 기막히지 뭐니.

그리고 수전도 머리가 좀 이상해. 수전 덕분에 그 사람들은 모두 가난한 사람들을 모아 도와주는 시설에 들어갈지도 몰라. 부엌에서 물건을 험하게 쓰는 것은 두 눈으로 보고도 정말 믿을 수 없을 정도였어.

그 의사부인은 화려한 것을 좋아하는데다 게으름뱅이여서 집에 있을 때도 요리 같은 것은 하지 않아. 그러니까 뭐든지 수전 맘대로지 뭐니. 수전은 우리를 부엌에서 식사하게 하려고 했어. 그래서 나는 말해줬단다.

'나는 손님인가요, 손님이 아닌가요?'라고 말야. 수전은 건방진 말을 하면 뒤 벽장에 처넣겠다지 뭐니? 그래서 나는 용감하게 '처넣을 수 있으면 넣어보라지' 했더니 그렇게 하지 않았어.

'수전 베이커, 당신은 잉글사이드 아이들이라면 처넣을 수 있겠지만 나를 처넣을 수는 없을걸요' 하고 당당히 말해 주었어. 그래, 나는 수전에게 용감하게 부딪쳐주었어.

수전이 릴러에게 진정제를 먹이려 하기에 내가 못하게 했지. '어린아이에게 그게 해롭다는 걸 모르나요?' 하고 나는 말해줬어.

그런데 식사할 때 수전은 그 분풀이를 하잖겠니. 먹을 것을 조금밖에 주지 않잖아! 닭고기도 있었지만 내게는 볼기살을 하나 주었을 뿐이고, 아무도 내게 '파이를 한 조각 더 줄까?' 하는 말을 해주지 않았어.

그래도 수전이 나를 손님용 침실에서 자게 해준다는데 다이가 도무지 말을 들어야지. 그냥 심술스러운 고약한 마음 때문이지, 뭐. 그 아이는 정말 샘이 많거든. 그래도 나는 그 아이를 가엾게 여겨. 낸이 그 아이를 '꼬집는다지' 뭐니. 그 아이 팔에 퍼렇게 멍이 들었단다.

우리는 다이 방에서 잤는데 피부병에 걸린 것 같은 더럽고 늙어빠진 암코양이가 밤새 그 아이의 침대 발치께에 있잖아. '이생적(위생적)'이 아니라고 나는 다이에게 말해줬어.

그리고 내 진주 목걸이가 '없어지지' 않았겠니. 물론 수전이 훔쳤다는 건 아니야. 수전은 '정직'하다고 나는 믿어—하지만 이상하잖아. 그리고 셜리가 나한테 잉크병을 던져서 내 옷이 엉망이 되었지만 그래도 나는 괜찮아. 엄마에게 새것을 사달라면 되니까.

아무튼 나는 그 집 잔디밭에서 민들레를 모두 캐주고 은그릇을 닦기도 했단다. 너희들에게 보여주고 싶었어. 얼마만에 닦는 것인지 알 수 없을 정도였지. 그 의사 부인이 없을 때는 수전이 태연히 놀고 있으니까.

나는 수전에게 내 눈은 속일 수 없다는 걸 보여주었어. '왜 감자냄비를 씻지 않아요, 수전?' 하고 말해줬을 때 수전의 얼굴을 보여주고 싶었어.

너희들 내 새 반지를 좀 봐. 내가 알고 있는 로브리지 남자아이가 준 거야."

페기 매컬리스터가 경멸하듯 말했다.

"어머나, 그 반지는 다이가 늘 끼고 있는 걸 보았는데."

로러 카도 말했다.

"그리고 잉글사이드에 대한 네 말을 나는 한마디도 믿지 않아, 델릴라."

몸과 입을 움직일 힘을 되찾은 다이가 델릴라가 대답하기도 전에 교실로 뛰어들어왔다.

다이는 소리쳤다.

"너는 유다야!"

나중에 그런 말은 숙녀가 입에 담을 말이 아니라고 후회했지만, 가슴까지 깊이 찔리고 흥분했을 때에는 무슨 말을 해야 할지 고르고 있을 수 없는 것이다.

"나는 유다가 아니야."

델릴라는 중얼거리며 아마도 태어나서 처음으로 얼굴이 빨개졌다.

"유다고말고! 네 이야기에는 조금도 정직한 데가 없잖아! 살아 있는 한 다시는 내게 말도 걸지 마!"

다이는 학교를 뛰쳐나와 집으로 달려갔다. 그날 오후에는 가만히 학교에 머물러 있을 수 없었다―도저히 그럴 수 없었다.

잉글사이드의 현관문이 처음으로 쾅 닫혀졌다.

깜짝 놀란 앤이 물었다.

"다이, 왜 그러니?"

앤이 수전과 부엌회의를 열고 있는 참에 다이가 울면서 들어와 어깨에 폭풍 같은 기세로 매달렸던 것이다. 다이는 눈물 속에 갈피를 잡을 수 없는 말로 처음부터 끝까지 이야기했다.

"나의 착한 마음은 모두 짓밟혔어요, 엄마. 이제 다시는 아무도 믿지 않을 거예요."

"다이, 네 친구 모두가 그렇지는 않아. 폴링은 그렇지 않았잖아."

다이는 아직 배신감과 패배감에 시달리며 씁쓰레 웃으며 말했다.

"벌써 '두 번째'예요. 세 번째는 없을 테니까 괜찮아요."

다이가 2층으로 올라가버린 뒤 앤은 원망스러운 표정을 지었다.

"다이가 사람에 대한 믿음을 잃게 되어 참 안타까워요. 이건 다이에게는 정말 비극이니까요. 확실히 친구들 일로 운 나쁜 꼴을 당했어요. 제니 페니, 이번에는 델릴라 그린. 딱하게도 다이는 늘 재미있는 이야기를 하는 여자아이에게 반해 버리잖아요. 게다가 이번에는 델릴라의 순교자 같은 태도에 끌리고 만 거예요."

수전은 자기도 델릴라의 눈과 착한 태도에 속을 뻔했으므로 더욱 원망스럽게 여기고 있었다.

"나더러 굳이 말하라면 마님, 그 그린네 딸아이는 정말 되바라지고 순진하지 못하군요. 우리 집 고양이를 피부병에 걸린 것 같아 더럽다고 하다니! 더러운 수코양이가 없다는 애기는 아니예요, 마님. 하지만 어린 여자아이가 입에 담을 말이 아니지요. 나는 고양이를 좋아하지 않지만, 슈림프도 이제는 7살이 됐으니 그래도 조금은 인정해 주어야 해요. 그리고 내 감자냄비에 대해서는—"

그러나 수전은 감자냄비에 대해서는 감정을 드러낼 수 없었다!

다이는 자기 방에서 로러 카와 '친구'가 되는데 아직 너무 늦지는 않았을지도 모른다고 생각했다. 로러는 아주 재미있다고는 할 수 없지만 적어도 '정직'하다.

다이는 한숨을 깊이 내쉬었다. 델릴라의 가엾은 운명에 대한 믿음과 더불어 인생에서 얼마쯤의 빛이 사라져버렸다.

# 안개비

동풍이 잔소리 많은 노파처럼 잉글사이드 둘레에서, 몸을 찌르듯 무섭게 소리를 지르고 있었다. 8월 끝무렵에 찾아오는 안개비가 내리는 추운 날로, 이런 날은 마음이 우울해져 모든 일들이 뜻대로 잘 되지 않았다. 애번리에서는 '요나의 날*¹'이라고 부르고 있었다.

길버트가 남자아이들을 위해 집에 데려온 새 강아지가 식당 테이블 다리를 갉아서 에나멜을 벗겨버렸다. 수전은 담요를 넣어둔 벽장에서 나방이 '로마의 휴일*²'을 즐기고 있는 것을 발견했다.

낸의 새 아기고양이가 가장 보기 좋은 양치류를 엉망으로 만들어버렸다. 젬과 버티 셰익스피어가 오후 내내 다락방에서 양철양동이를 북삼아 머리가 깨질 듯한 큰 소동을 벌이고 있었다.

앤 자신은 채색한 유리 램프 갓을 깨뜨리고 말았다. 그러나 와장창 깨지는 그 소리를 듣고 왠지 모르게 기분이 후련했다!

앤은 릴러가 귀앓이를 일으키고 셜리의 목에 이상한 모양의 발진이 생겨 걱정했는데, 길버트는 흘끗 보기만 하고 별 게 아닐 거라며

*¹ 불행을 가져오는 날의 뜻.
*² 남을 희생시키고 얻는 이익의 뜻.

건성으로 말할 뿐이었다. 물론 길버트에게는 아무것도 아닐 것이다. 기껏해야 자기 아들의 일에 지나지 않으니까.

그리고 지난주 트렌트 씨 부부를 만찬에 초대해 놓고도 그들 부부가 올 때까지 앤에게 말하는 걸 잊었던 일도 아무것도 아닌 일로 여기고 있으리라. 앤과 수전은 그날 유난히 바빠서 저녁 식사를 있는 대로 그냥 먹어치우자고 이야기하고 있었다. 게다가 트렌트 부인은 샬럿타운에서 손님 접대를 가장 잘하기로 유명하다!

위는 검고 발끝이 파란 월터의 양말은 어디 갔을까?

"월터, 한 번만이라도 물건을 제자리에 놓아둘 수 없니? 낸, '일곱 바다'가 어디 있느냐니, 나는 도저히 모르겠다. 부탁이니 여러 가지 것을 좀 묻지 말아줘! 소크라테스가 독살된 것은 마땅해. 독살했어야 했어."

월터와 낸은 눈이 휘둥그레졌다. 이런 말투로 엄마가 이야기하는 것을 지금까지 둘 다 들어보지 못했다. 월터의 표정은 더욱 앤을 조바심나게 했다.

"다이, 피아노 의자에 다리를 감아서는 안 된다고 언제까지나 주의를 주어야 하니? 셜리, 그 새 잡지를 잼으로 끈적거리게 해버렸잖아. 그리고 매다는 램프의 프리즘이 어디 가버렸는지 가르쳐줄 수 없겠니?"

아무도 가르쳐줄 수 없었다. 수전이 걸고리에서 떼어 씻으려고 들고 나갔던 것이다. 앤은 아이들의 슬퍼보이는 눈을 애써 피하기 위해 2층으로 뛰어올라 갔다.

자기 방에서 앤은 초조하게 왔다갔다했다.

나는 어찌된 것일까? 아무도 용서하지 않는 화 잘내는 사람이 되어가고 있는 것일까? 요즘 모든 일에 마음이 걷잡을 수 없이 초조하나.

이제까지 아무렇지도 않게 여겨지던 길버트의 별스럽지 않은 버롯이 신경을 건드리기 시작했다. 언제 끝날 것도 아닌 단조로운 의무가 생각할수록 싫어졌다. 가족들의 변덕스러운 요구를 들어주는 일이 넌더리날 만큼 지긋지긋해졌다. 지금은 무엇을 하려 해도 마음이 내키지 않는다. 늘 족쇄를 찬 채 누군가를 따라잡으려고 조바심을 내는 악몽 속에 있는 사람 같았다.

무엇보다도 나쁜 것은 앤에게 변화가 찾아온 것을 길버트가 조금도 알아차리지 못하는 일이었다.

길버트는 밤낮없이 바빠서 자기 일 말고는 아무것도 신경쓰지 않는 것 같았다. 오늘도 점심 때 겨자를 좀 집어달라고 했을 뿐이었다.

앤은 씁쓰레하게 생각했다.

'차라리 나는 의자나 테이블에 대고 이야기하면 되겠지, 물론. 우리는 서로가 하나의 습관처럼 되어버린 거야. 그뿐이야. 어젯밤 내가 새 옷을 입었는데도 길버트는 전혀 알아차리지 못했어. 더구나 나를 '앤 아가씨'라고 부른 게 언제였던지 잊어버렸을 만큼 오래되었어. 어떤 결혼이든 결국은 이렇게 되는 거겠지. 아마도 대부분의 여자가 이런 경험을 하게 되는 건지도 몰라. 길버트는 나를 당연한 존재로 생각하고 있어. 이제 길버트에게는 일만이 중요한 거야. 손수건은 어디로 갔을까?'

앤은 손수건을 가지고 의자에 앉아 마음껏 고민하며 울기 시작했다.

'길버트는 이제 나를 사랑하고 있지 않아. 내게 키스할 때도 그냥 건성이야. 다만 '습관적'으로. 매력은 모조리 사라져버렸어.'

둘이 웃었던 옛날 농담도 이제는 비극에 찬 기억으로 머릿속에 떠올랐다.

어째서 나는 그것을 우습게 여겼을까? 1주일에 한 번 어김없이 규칙적으로 아내에게 키스하는 먼티 터너—잊지 않도록 메모해 둔다고 한다.

'그런 키스를 바라는 아내가 있을까?'

커티스 에임스는 아내가 새 모자를 썼더니 자기 아내인 줄 몰라보았다.

클랜시 데어 부인은 말했었다.

"나는 남편에 대해 그리 마음 쓰지 않지만 곁에 없으면 쓸쓸하게 여겨진답니다."

'길버트도 내가 곁에 없으면 쓸쓸히 여기겠지! 우리도 그렇게 된 것일까?'

결혼한 지 10년이 지난 뒤 냇 엘리엇은 말했었다.

"군이 알고 싶다면 말하겠는데, 나는 결혼이 싫어졌소."

'우리는 결혼한 지 15년이 된다!'

아마도 남자란 모두 그런 것인지도 모른다. 미스 코닐리어라면 그렇게 말할 것이다. 얼마 동안이 지나면 남자란 붙잡아두기 어려워진다.

'만일 내 남편을 '붙잡고' 있어야만 한다면, 나는 붙잡고 싶은 마음 같은 건 없어.'

하지만 시어도러 클로 부인 같은 사람도 있다. 클로 부인은 '부인회'에서 자랑스럽게 말했었다.

"우리는 결혼한 지 20년이 되지만 내 남편은 신혼시절과 다름없이 나를 사랑하고 있답니다."

그러나 그녀는 착각하고 있거나 또는 '허울좋은' 말을 하고 있는 것뿐일지도 모른다. 게다가 그녀는 나이보다 더 늙어 보인다.

'나도 나이들어 보이게 되었을까?'

이때 처음으로 나이가 짐스럽게 느껴졌다. 앤은 거울 앞으로 가서 찬찬히 자신을 살펴보았다.

확실히 눈꼬리에 잔주름이 있었지만 그것은 강한 빛을 받지 않으면 보이지 않을 정도였다. 갸름한 턱선은 아직 아름다웠다. 얼굴빛은 전부터도 나빴다. 머릿결은 풍부하게 물결치며 흰머리는 조금도 없었다.

그러나 진심으로 빨강머리를 좋아하는 사람이 있을까? 오똑한 코는 지금도 눈에 띄게 모양이 좋았다. 앤은 친구처럼 자신의 코를 쓰다듬으며 이 코만을 의지하고 살아온 생애의 어느 순간을 생각했다. 그러나 지금 길버트는 이 코를 당연하게 여기고 있다. 비뚤어졌거나 들창코거나 상관없는 것이다. 틀림없이 앤에게 어여쁜 코가 '있다'는 것조차도 잊어버렸을 것이다. 데어 부인처럼 코가 없어진다면 그때서야 알아차리겠지.

앤은 쓸쓸하게 생각했다.

'자, 이만 릴러와 셜리를 돌봐주러 가야겠다. 적어도 '그 아이들'에게는 아직도 내가 필요해, 가엾게도. 어째서 그 아이들에게 그토록 화를 냈을까? 아, 그 아이들은 내가 없는 데서 '안타깝게도 엄마는 어쩌면 저렇듯 이랬다저랬다 할까?' 하고 말할 거야!'

비는 계속 오고 성난 바람이 고함치고 있었다. 다락방의 시끄러운 환상곡은 그쳤으나 그녀는 거실에서 외로운 귀뚜라미가 끝없이 찍찍대는 소리로 거의 미칠 것만 같았다.

정오에 우편으로 앤에게 편지가 두 통 왔다. 한 통은 머릴러로부터였다. 그러나 편지를 집으며 한숨을 쉬었다. 머릴러의 필적은 힘없이 떨려 있었다. 다른 한 통은 샬럿타운에 있는 배럿 파울러 부인에게서 온 것으로, 파울러 부인과는 그리 잘 아는 사이가 아니었다.

파울러 부인의 편지에는 이번 화요일 저녁 7시에 블라이스 부부가 식사하러 와주어 두 분의 옛 친구인 위니펙의 앤드루 도슨 부인, 옛이름 크리스틴 스튜어트를 만나주면 좋겠다고 씌어 있었다.

앤은 편지를 떨어뜨렸다. 한꺼번에 옛 기억이 되살아났다. 그 속의 어떤 것은 아무리 생각해도 불쾌한 것이었다. 레드먼드의 크리스틴 스튜어트, 길버트와 약혼했다고 사람들이 수군거렸던 아가씨. 전에 앤이 끔찍이도 질투했던 아가씨, 그렇다, 20년이나 지난 지금 앤은 그것을 인정했다. 나는 질투했었다. 앤은 크리스틴을 몹시 미워했었다. 앤은 몇 년이나 크리스틴 일을 생각한 일이 없었지만 그러나 분명히 그녀를 기억하고 있었다.

키가 크고 상아처럼 하얀 살갗의 소녀로 눈은 짙은 파란빛이고 진한 갈색 머리가 소담스러웠다. 그리고 기품도 있었다. 그러나 코가 길었다―확실히 길었다. 미인, 오, 크리스틴 스튜어트가 무척 미인이라는 것은 부정할 수 없었다. 몇 해 전 크리스틴이 '훌륭한 결혼'을 하여 서부로 갔다는 말을 들은 일이 생각났다.

길버트가 급히 저녁 식사를 하러 들어왔으므로―위 글렌에 홍역이 유행하고 있었다―앤은 잠자코 파울러 부인의 편지를 내보였다.

길버트는 지난 몇 주일 동안 듣지 못했던 생기 있는 목소리로 말했다.

"크리스틴 스튜어트라고? 물론 가고말고. 옛날 친했으니까 한번 그녀를 만나고 싶군. 가엾게도 그녀도 고생했어. 4년 전 남편을 잃은 걸 알고 있지?"

앤은 몰랐었다. 길버트는 어떻게 알았을까? 왜 내게 이야기해 주지 않았을까? 게다가 이번 화요일이 우리 결혼기념일임을 길버트는 잊고 있는 것일까? 그날은 누구의 초대에도 응하지 않고 둘이서 조촐하게 놀러가곤 했었다. 좋아, 생각나게 해주지 않을 테니까. 그렇게 하고 싶다면 길버트의 크리스틴을 만나러 가면 되잖아.

언젠가 레드먼드에서 어떤 소녀가 앤에게 어두운 얼굴로 털어놓았었다.

"길버트와 크리스틴 사이에는 네가 아는 것 이상의 일이 많단다, 앤."

그때 앤은 웃어버리고 말았다. 클레어 할릿은 악의가 있었으니까. 그러나 사실인 점도 있었을지 모른다.

갑자기 앤은 결혼하고 얼마 안 되어 길버트의 옛날 지갑에서 크리스틴의 조그만 사진을 발견했던 일이 생각나 섬뜩했다. 길버트는 사실 아무렇지도 않게 그 옛날 스냅사진이 어디 갔나 했었다고 말했다.

그러나—이렇게 사소한 한 가지 일이 무섭도록 중요한 뜻을 지니고 있는 건 아닐까? 설마—길버트는 크리스틴을 사랑하고 있었을까? 자기는, 이 앤은 제2의 선택에 지나지 않았던 것일까?

"설마 내가—유치하게 질투 같은 건 하지 않아."

앤은 애써 웃으려 했다. 생각해 보면 모든 것이 우스꽝스러웠다. 길버트가 옛날 레드먼드 대학 친구를 만나고 싶어 하는 것은 아주 자연스러운 일이 아닌가? 결혼하고 15년이나 지난 바쁜 남자가 때도 계절도 해도 달도 잊는 것은 당연하지 않은가?

앤은 파울러 부인에게 초대에 응하겠다는 답장을 썼다. 그리고 나서 화요일 전 사흘 동안, 위 글렌에서 누군가 화요일 오후 5시 30분쯤부터 산기가 있었으면 하고 필사적으로 바라며 지냈다.

# 결혼기념일

바라고 있던 아기는 너무도 빨리 태어났다. 길버트는 월요일 밤 9시에 불려갔다. 앤은 울며 잠들었다가 3시에 깨어났다. 여느 때라면 밤에 잠을 깨는 것은 즐거운 일이었다. 누운 채 창문으로 모든 것을 휩싸 안는 밤의 아름다움을 바라보고, 곁에서 잠든 길버트의 규칙적인 숨소리를 듣고, 복도 저쪽에 있는 아이들이며 이제부터 맞을 아름답고 새로운 날에 대해 생각하거나 한다. 그러나 지금은! 새벽이 맑은 초록색 형석(螢石)처럼 동녘 하늘을 찾아올 무렵이 되었어도 아직 앤은 잠을 이루지 못했다. 그러는 가운데 가까스로 길버트가 돌아왔다.

"쌍둥이야."

건성으로 말하자마자 길버트는 침대에 몸을 내던지고 그대로 잠들어버렸다. 쌍둥이라니, 참! 열 다섯번째 결혼기념일 새벽인데, 남편이 고작 한 말이라고는 쌍둥이라는 말뿐이다. 오늘이 결혼기념일임을 생각지도 못하는 것이다.

길버트는 11시에 아래로 내려왔을 때도 역시 기억하지 않는 듯했다. 입 밖에 내지 않은 것은 이번이 처음이다. 앤에게 선물을 주지 않은 것도 이번이 처음이었다. 좋아. 나도 길버트에게 선물을 하지 않을 테니까. 앤은 벌써 몇 주일 전부터 선물을 준비해 두었었다. 은손잡이가 달린 접는 칼로 한쪽에 날짜가 새겨지고 다른 한쪽에는 길버트의 이름 첫 글자가 새겨져 있었다.

물론 두 사람의 애정이 끊기는 일이 있어서는 안 되므로 길버트는 옛날부터 관습대로 1센트를 내고 앤에게서 그것을 사야만 한다. 그러나 길버트 쪽에서 잊고 있는 이상 자기 쪽에서도 철저하게 잊어주리라.

길버트는 하루 종일 멍한 모습이었다. 아무하고도 그리 말을 하지 않고 우울한 얼굴로 서재를 돌아다니고 있었다. '아마도 마음속으로는 이 긴 세월 동안 크리스틴을 그리워했을지도 모른다.' 앤은 이런 생각이 전혀 이치에 맞지 않는 것을 잘 알고 있었지만, 그러나 질투라는 것이 이성적이었던 적이 있을까? 차분히 철학적으로 생각하려 해도 헛일이었다. 철학은 앤의 기분에 아무런 효험도 없었다.

두 사람은 5시 기차를 타고 시내에 가기로 되어 있었다. 릴러가 물었다.

"우리도 안에 들어가 엄마가 옷입는 걸 봐도 돼요?"

앤은 말했다.

"그래, 들어오고 싶으면."

그때 소스라치게 놀랐다. 아, 내 목소리에 어쩌면 이렇듯 가시가 돋쳐 있담!

앤은 후회하며 다시 말했다.

"들어오렴."

릴러는 엄마가 옷 입는 걸 보는 것처럼 즐거운 일이 없었다. 그러나 릴러조차도 오늘 밤 엄마가 옷갈아 입는 것을 그리 기뻐하지 않고 있다는 것을 느꼈다.

앤은 어느 옷을 입고 갈까 생각했다. 무슨 옷을 입든 상관없지만, 그러면서도 앤은 알게 모르게 분하게 여겼다. 이제는 길버트가 결코 관심을 기울이지 않는다. 거울도 이제 앤의 친구가 아니었다. 얼굴빛이 핼쑥하고 지쳐서 쓸모없는 사람으로 보였다. 그러나 크리스틴 앞에서 너무 촌스럽고 시대에 뒤떨어진 모습을 해서는 안 된다.

'그 사람이 가엾이 여기게 하지는 않겠어!'

장미꽃봉오리 무늬의 슬립 위에 입는 그 새로 맞춘 파란 사과빛 그물바탕 옷으로 할까? 아니면 클루니 레이스가 달린 이튼 자켓의 크림빛 비단천으로 할까? 앤은 두 가지를 입어 보고 그물바탕 쪽으로 하기로 했다. 머리모양도 몇 가지를 해본 뒤 앞을 올려 빗는 새로운 모양이 썩 잘 어울린다고 생각했다.

릴러가 눈을 동그랗게 뜨고 감탄했다.

"아, 엄마 예쁘다!"

어린아이와 바보는 사실을 말한다고 한다. 언젠가 리베커 듀가 앤을 보고 '비교적 아름답다'고 말한 일이 있잖은가? 길버트는 어떤가 하면 옛날에는 언제나 앤을 칭찬했는데, 요 몇 달 동안은 언제 말해 주었던가? 앤은 도무지 생각나지 않았다.

길버트가 자기 옷이 있는 방으로 가려고 지나갔으나 앤의 새옷에 대해 한마디도 하지 않았다. 한순간 앤은 너무 약이 올라 가슴이 불붙는 것 같았다. 그래서 거칠게 옷을 벗어 침대 위에 내던졌다. 언제나 입는 검은 옷으로 하자. 포 윈즈의 친지들에게 아주 '멋지다'는 말을 듣지만 길버트는 그리 좋아하지 않는 옷이었다.

목에는 무엇을 걸까? 젬의 진주 목걸이는 몇 해를 소중히 아껴왔지만 벌써 옛날에 망가져버리고 말았다. 정말로 훌륭한 목걸이는 하나도 없었다. 좋아―앤은 레드먼드에서 길버트에게 받은 핑크 에나멜 하트가 들어 있는 조그만 상자를 꺼냈다. 요즘 들어서는 이것을 다는 일이 좀처럼 없었다―결국 핑크빛은 빨강머리와 어울리지 않으므로―그러나 앤은 오늘 밤 이것을 달고 갈 생각이었다.

길버트가 이것을 알아볼까? 자, 준비가 되었다. 왜 길버트는 아직 끝나지 않을까? 어째서 저렇듯 더딜까? 아, 틀림없이 공들여 수염을 깎고 있기 때문이겠지! 앤은 힘주어 문을 두들겼다.

"길버트, 빨리 하지 않으면 기차를 놓치겠어."

길버트가 나오며 말했다.

"학교선생님 같은 소리를 하는군. 당신 다리의 뼈가 어떻게 되기라도 한 거야?"

어머나, 사람을 놀리려면 놀리라지.

앤은 연미복을 입은 길버트가 어쩌면 이토록 멋있을까 하고 생각하지 않으려 했다. 결국 요즘 유행하는 남자들의 옷은 바보스럽다. 전혀 매력 같은 게 없다. '엘리자베스 여왕의 태평스러운 시대' 남자들이 흰 비단 저고리에 붉은 벨벳 외투를 입고 레이스 주름이 잡힌 칼라를 달았을 때에는 호화로워 보였으리라. 그러면서도 유약한 느낌은 없었다. 그 시대 남자는 세계에서 가장 훌륭하고 대담한 사람들이었던 것이다.

길버트는 건성으로 말했다.

"그렇게 서두른다면 어서 와."

이제 길버트가 앤에게 말할 때는 늘 건성이다. 나는 저 가구의 일부에 지나지 않아. 그래, 가구에 지나지 않는 거야! 젬이 마차로 역까지 데려다주었다. 수전과 미스 코닐리어—그녀는 교회 저녁 식사에 여느 때와 다름없이 감자냄비요리를 해줄 수 있느냐고 수전에게 부탁하러 와 있었다—는 감탄하며 두 사람을 배웅했다.

미스 코닐리어가 말했다.

"앤은 조금도 늙지 않는군요."

"정말이에요. 하기야 요즘 2, 3주일은 건강이 좀 나쁜 듯싶기도 하지만요. 여전히 예뻐요. 그리고 선생님도 옛날과 마찬가지로 멋져요."

미스 코닐리어가 말했다.

"이상적인 부부예요."

이상적인 부부는 시내로 가는 도중 특별히 이렇다 할 다정한 말도 하지 않았다. 물론 길버트는 옛날 연인을 만날 수 있다는 기대로 흥분하여 자기 아내에게 이야기할 마음 같은 건 들지 않는 것이다!

앤이 재채기를 했다. 코감기에 걸린 게 아닐까 걱정스러웠다. 앤드루 도슨 부인, 옛이름 크리스틴 스튜어트가 보는 앞에서 식사하는 동안 내내 코를 훌쩍거린다면 얼마나 속상할까! 입술에 톡 튀어나온 뾰루지가 아팠다. 아마 지독한 감기 때문일 것이다.

줄리엣은 재채기를 한 일이 있을까? 동상에 걸린 포샤를 좀 생각해 보라지! 또는 트로이의 헬렌이 딸꾹질하는 모습을! 또 티눈이 생긴 클레오파트라를!

배럿 파울러 씨네 아래층으로 들어선 앤은 현관 카펫의 곰머리에 걸려 응접실 문에서 비틀거리며 파울러 부인이 자랑하는 응접실 가구와 장식품 속을 지나 긴 의자에 털썩 주저앉았는데, 다행히 머리를 위로 하고 착륙할 수 있었다.

앤은 당황해서 크리스틴을 찾았지만 고맙게도 크리스틴은 아직 나타나지 않았다. 길버트 블라이스의 아내가 이렇듯 술주정뱅이 같은 모습으로 들어오는 것을 크리스틴이 거기에 앉아 재미있는 얼굴로 보고 있었다면 정말 견딜 수 없었을지도 모른다.

길버트는 아프지 않느냐고 물어주지도 않았다. 길버트는 어느새 파울러 의사며 처음으로 만난 머리 의사와 열심히 이야기하고 있었다. 머리 의사는 뉴브런즈윅에서 온 사람으로, 의학계에 선풍을 일으키고 있는 그 유명한 열대병에 대한 연구논문을 쓴 이였다.

그러나 앤은 헬리오트 로프 향기를 앞세우고 크리스틴이 아래로 내려왔을 때 그 연구논문이 순식간에 잊혀져버린 것을 알아차렸다. 길버트는 옆에서 보아도 알 수 있을 만큼 열심히 눈을 빛내며 일어섰다.

크리스틴은 한순간 감명을 주는 듯 문앞에 잠자코 멈춰서 있었다.

크리스틴은 곰머리에 걸리거나 하지 않았다. 크리스틴은 본디부터 자신을 돋보이게 하기 위해 문앞에서 걸음을 멈추는 버릇이 있다는 것을 앤은 생각해 냈다. 길버트에게 그가 얼마나 손해보았는지를 알게 하는 더없이 좋은 기회로 여길 게 틀림없었다.

크리스틴은 소매가 길고 부드러운, 긴 보랏빛 벨벳 옷을 입고 있었다. 황금색으로 안이 받쳐지고 물고기꼬리 모양의 치맛자락에는 황금색 레이스로 안이 대어져 있었다. 가느다란 황금색 리본이 아직도 검은 머리를 둘러싸고 있었다. 다이아몬드를 뿌려 박은 길고 가는 금사슬이 목에 드리워져 있었다.

앤은 그 자리에서 자기가 멋없고 촌스럽고 세련되지 못한 유행에 반 년이나 뒤떨어진 사람처럼 생각되었다. 이 바보스러운 에나멜 하트를 달지 않았더라면 좋았을 걸 그제야 앤은 후회했다.

크리스틴이 옛날과 다름없이 아름다운 것은 틀림없었다. 좀 지나치게 윤기가 있고 화장이 짙은 건지도 모른다. 그렇다, 전보다 퍽 살이 쪘다. 코는 조금도 짧아지지 않았고, 턱은 똑똑히 중년임을 나타내고 있다.

그렇게 문앞에 서 있노라니 다리가 굵은 것을 알 수 있었다. 그리고 그 점잖은 척하는 태도도 언제까지나 팔리지 않아 가게 한구석에 쌓아 놓은 물건 같은 기색이 좀 있잖은가? 더욱이 뺨은 여전히 상아처럼 매끄럽고 크고 짙은 파란빛 눈은 레드먼드에서 꽤 매력적이라고 여겨지던 그 이마에 평행선을 긋는 주름살 아래에서 아름답게 빛나고 있었다. 그렇다, 앤드루 도슨 부인은 아주 미인이고 앤드루 도슨의 무덤에 마음을 모조리 묻어버린 것은 아니라는 인상을 주었다.

들어선 순간 크리스틴은 온 방안을 점령해 버렸다. 앤은 자기를 서먹서먹하게 느꼈다. 그러나 앤은 똑바로 자세를 고쳐 앉았다. 크리스틴에게 조금이라도 중년의 쇠퇴함을 보여서는 안 된다. 온 힘을 다해 전투에 돌입하리라. 앤의 잿빛 눈은 또렷한 초록색으로 변하고 달걀

모양 뺨에는 희미한 핏기가 솟았다.

'코를 잊으면 안 된다!'

이제까지 앤에게 특별한 주의를 보내지 않았던 머리 의사는 블라이스는 어쩌면 이렇듯 멋진 아내를 두었을까 놀랐다. 그 곁에 선 도슨 부인은 잘난 척하고 아주 흔해빠진 진부한 여자로 보인다.

"어머나, 길버트 블라이스, 전과 다름없이 훌륭하군요. 변하지 않아서 정말 기뻐요."

크리스틴이 장난스럽게 말했다―크리스틴이 장난치며!

'크리스틴은 지금도 역시 저 잘난 척하는 느릿한 투로 이야기하는군. 저 벨벳 같은 목소리를 나는 얼마나 싫어했는지 몰라!'

길버트가 말했다.

"크리스틴을 보니 세월이라는 뜻이 전혀 없어져버리는군요. 영원한 젊음의 비밀을 크리스틴은 어디서 배웠소?"

크리스틴은 웃었다.

'저 웃음은 좀 금속처럼 차가운 게 아닐까?'

"길버트는 예전부터 듣기좋은 말을 잘했었죠."

그녀는 기교적으로 모두를 흘끗 보았다.

"블라이스 선생은 바로 어제라도 만난 것처럼 여기는 그 무렵 내 연인이었어요. 그리고 앤 셜리! 소문으로 듣던 것처럼 늙지는 않았군요. 하기야 길에서 우연히 만나도 알아보지 못하겠지만 말예요. 머리는 전보다 좀 더 진한 빛깔이 되지 않았어요? 이렇게 다시 만나다니 멋있군요! 나는 허리신경통 때문에 오지 못하는 게 아닐까 걱정하고 있었어요."

"허리신경통이라고요?"

"네, 그래요. 신경통 때문에 고생하고 있지 않나요? 나는 그런 줄로만 알았어요……"

파울러 부인이 사과했다.

"내가 틀림없이 이야기를 잘못 알았었나보군요. 부인이 아주 심한 허리신경통에 걸렸다고 누군가에게 들어서―"

앤은 쌀쌀맞게 말했다.

"그것은 로브리지의 파커 선생님 부인이에요. 나는 허리신경통에 걸린 일이 한 번도 없어요."

크리스틴이 어딘지 비웃는 듯한 목소리로 말했다.

"그렇다면 정말 다행이에요. 골치아픈 병이라니까요. 그것으로 완전히 희생된 아주머니가 있답니다."

그 태도는 앤을 그 아주머니들의 나이층으로 추방하는 것같이 보였다. 앤은 가까스로 입꼬리를 올리며 웃어 보였지만 매정한 눈은 웃고 있지 않았다. 무언가 적당한 말이 생각나면 좋으련만! 그날 밤 3시라면 앤은 기막힌 대답을 생각해 낼지도 몰랐으나 지금은 아무 소용 없다.

"아이가 일곱이라죠?"

크리스틴은 앤에게 물었지만 눈은 길버트를 보고 있었다.

"살아 있는 아이는 여섯뿐이에요."

앤은 기가 꺾였다. 지금도 조그맣고 하얀 얼굴의 조이를 생각하면 아픔을 느끼지 않을 수 없었다.

크리스틴이 말했다.

"엄청난 대가족이군요!

순식간에 대가족을 거느린다는 것은 부끄럽고 우스꽝스러운 일로 여겨졌다.

앤이 말했다.

"크리스틴은 하나도 없다고 생각하는데요."

"왜냐하면 나는 본디 아이들을 좋아하지 않잖아요?"

크리스틴은 보기드물게 아름다운 어깨를 으쓱해 보였으나 그 목소리는 딱딱했다.

"나는 모성적인 타입이 못되나봐요. 그렇지 않아도 사람이 너무 많은 이 세상에 아이를 낳는 것만이 오직 하나의 사명이라고 생각한 일은 정말 한 번도 없어요."

이윽고 다들 식당으로 갔다. 길버트는 크리스틴과, 머리 의사는 파울러 부인과, 파울러 의사는 앤과 나란히 갔다. 파울러 의사는 의사가 아니면 이야기를 주고받지 못하는 통통하게 살찐 몸집이 작은 남자였다.

앤에게는 방이 좀 답답하게 느껴졌다. 이상하게도 가슴이 메슥거리는 냄새로 가득차 있었다. 아마도 파울러 부인이 향을 피웠는지도 모른다. 요리는 좋았지만, 앤은 조금도 식욕이 나지 않아 먹는 시늉만 되풀이하며 계속 미소 짓고 있는 동안 마침내 체셔 고양이*1와 똑같아 보이지 않을까 하는 기분이 들었다.

앤은 크리스틴에게서 눈을 뗄 수가 없었다. 크리스틴은 끊임없이 길버트에게 미소를 보내고 있었다. 그녀의 가지런한 이는 아름다웠다—너무 지나치리만큼 상아처럼 하얬다. 마치 치약광고 같았다. 이야기하면서 크리스틴은 손을 매우 효과적으로 썼다. 고운 손이었다. 하기야 여자치고는 조금 크기는 했지만.

크리스틴은 길버트에게 생활 속에서 일어나는 율동적인 속력에 대해 이야기하고 있었다. 대체 무슨 말일까? 자기도 알고나 하는 말일까?

이윽고 이야기는 예수의 수난극으로 옮겨갔다.

크리스틴이 앤에게 물었다.

"오버라머가우에 가본 일 있어요?"

내가 가본 일 없다는 것을 잘 알면서! 아무것도 아닌 질문도 크리스틴이 물으면 어째서 무례하게 들릴까?

---

*1 루이스 캐럴 작 《이상한 나라의 앨리스》에 나오는 히죽히죽 웃는 고양이.

"그야 물론 가족한테 늘 매여 있겠죠. 내가 지난달 핼리팩스에 갔을 때 누구를 만났다고 여겨요? 앤의 그 조그만 친구예요……불품없는 목사와 결혼한……뭐라는 이름의 사람이었더라?"

앤이 대답했다.

"조너스 블레이크예요. 필리퍼 고든이 그 사람과 결혼했죠. 하지만 나는 그 사람이 볼품없다고 생각해본 일은 없어요."

"그래요? 하기야 다 제눈에 안경이라니까요. 아무튼 그 사람들을 만났어요. 필리퍼도 참 가엾더군요!"

크리스틴은 '가엾다'는 말을 효과적으로 썼다.

앤이 되물었다.

"왜 가엾죠? 필리퍼와 조너스는 아주 행복하게 살고 있는 줄 알았는데요."

"행복하다고요? 어머나, 그 사람들이 살고 있는 곳을 보여주고 싶군요! 초라하고 조그만 어촌인데, 돼지가 뜰에라도 들어오면 큰 사건이 되는 그런 곳이에요! 그 조너스인가 하는 남자는 킹스포트에서는 훌륭한 교회를 가지고 있었지만, 자기를 '필요'로 하는 어부들이 있는 곳으로 가는 게 자기 '의무'라고 생각했다는 거예요. 나는 그런 광신자는 싫어요. '용케도 이렇듯 교통이 불편한 외딴 시골에 와서 살 수 있군요!' 하고 필리퍼에게 말했더니 그녀가 뭐라고 했는지 알아요?"

크리스틴은 반지를 몇 개나 낀 손을 표정을 가득 담아 펼쳐보였다.

앤이 말했다.

"아마 내가 글렌 세인트 메리에 대해 말하는 것과 같겠죠. 온 세계에서 살 만한 곳은 여기밖에 없다고."

크리스틴은 미소지었다.

"앤이 그런 곳에 만족하고 있을 줄은 몰랐군요."

'저 입 속에 가득찬 이 좀 봐, 무서워라.'

"더 폭넓은 생활을 해보고 싶은 생각이 정말 없어요? 내 기억이 틀림없다면 앤은 본디 야망이 있는 사람이었잖아요? 레드먼드에 있을 때 쓸 만한 작은 이야기를 몇 개 쓰지 않았던가요? 물론 좀 환상적이고 변덕스럽기는 했지만요. 하지만……"

"그것은 아직까지도 동화에 대한 나라를 믿고 있는 사람들을 위해 썼던 거예요. 그런 사람들은 깜짝 놀랄 만큼 많으니까요. 그 사람들은 동화 나라 소식을 알고 싶어해요."

"그것을 깨끗이 그만둬버렸나요?"

앤은 젬과 그 동생들을 생각하며 말했다.

"아예 그만둔 것은 아니에요. 다만 지금은 살아 있는 사도전(使徒傳)을 쓰고 있죠."

크리스틴은 그 말뜻을 알 수 없어 멍하니 눈을 깜박거리며 크게 떴다. 앤은 무슨 말을 하고 있는 것일까? 하지만 물론 앤은 레드먼드에 있을 때부터 알 수 없는 말을 하기로 유명했으니까. 얼굴 모습은 놀랄 만큼 달라진 데가 없지만 결혼과 더불어 생각하는 일을 그만둔 여자 가운데 하나겠지. 길버트도 가여워! 길버트가 레드먼드에 오기 전 앤이 재빨리 낚아버린 것이다. 길버트에게는 앤으로부터 달아날 기회가 조금도 없었던 것이다.

쌍둥이 아먼드를 나눈 머리 의사가 물었다.

"누군가 지금도 필로피나*²를 먹는 분 계십니까?"

크리스틴이 길버트 쪽을 향했다.

"우리가 언젠가 먹은 걸 기억해요?"

'둘 사이에 의미 있는 듯한 눈초리가 오가지는 않았던가?'

길버트가 대답했다.

"내가 벌써 잊었다고 생각해요?"

두 사람은 '당신은 기억하세요?'의 홍수 속에 뛰어들었으며 한편

---

*2 核이 둘 있는 아먼드 등의 열매를 둘이 나누어 먹고, 다음에 만났을 때 먼저 '필로피나'라고 말한 사람이 상대로부터 선물을 받는 독일에서 비롯된 놀이.

앤은 옆 선반 위에 걸린 물고기와 밀밭 그림을 멍하니 바라보고 있었다.

앤은 길버트와 크리스틴이 이토록 많이 공통된 추억을 지니고 있을 줄은 생각지 못했다.

"우리가 암 섬으로 피크닉 갔던 것을 기억해요?……우리가 니그로 교회에 갔던 날 저녁 일 기억해요?

가장무도회에 갔던 날 밤 일을 기억해요?……크리스틴은 검은 벨벳 옷을 입고 레이스 망토를 걸치고 부채를 든 스페인 귀부인이 되었었지요."

길버트는 그런 자질구레한 점까지 고스란히 기억하고 있는 듯했다. 그러나 자신의 결혼기념일은 잊은 것이다!

모두 응접실로 돌아오자 크리스틴은 거무스름한 포플러 뒤로 엷은 은빛으로 보이는 동녘 하늘을 창문으로 내다보았다.

"길버트, 우리 뜰을 거닐고 와요. 나는 9월 달이 뜨는 뜻을 다시 한 번 배우고 싶어요."

'다른 달은 아무렇지도 않고 9월에 뜨는 달이 무슨 뜻이 있는 것일까? '다시 한번'이라는 것은 무슨 말일까? 전에도 배운 일 있다는 것일까—길버트와 함께?'

둘은 밖으로 나갔다. 앤은 자기가 보기 좋게 따돌림당했다는 기분이 들었다. 앤은 뜰이 내다보이는 곳 의자에 앉았다. 하기는 그 때문에 그곳을 골랐다고는 스스로도 인정하지 않았다.

크리스틴과 길버트가 오솔길을 걸어가는 모습이 보였다.

'서로 무슨 이야기를 하고 있을까?'

크리스틴 쪽이 많이 이야기하는 것 같았다.

아마도 길버트는 가슴이 벅차 말하지 못하는 거겠지. 길버트는 저 은은한 달빛을 받으며 내가 전혀 모르는 추억에 잠겨 미소 짓고 있는 것일까?

앤은 길버트와 둘이 애번리에서 달빛 흐르는 뜰을 거닐었던 몇날 밤인가를 생각해 냈다. 길버트는 까맣게 잊어버린 것일까?

크리스틴은 하늘을 올려다보고 있었다. 물론 그렇게 얼굴을 들고 있을 때 저 아름다우리만큼 보기좋게 살찐 하얀 목을 자랑해 보이려는 것을 잘 알고 있었다. 달은 이렇듯 뜸들여가며 떠오르는 것일까?

다른 손님들이 거의 한자리에 모였을 때 겨우 두 사람이 돌아왔다. 다함께 잡담을 하고 웃으며 노래를 부르기도 했다. 크리스틴도 노래를 불렀다. 썩 잘 불렀다. 크리스틴은 본디 음악적 재능이 풍부했다. 크리스틴은 길버트에게 노래했다. '돌아오지 않는 그리운 지난날들이여'. 길버트는 안락의자에 등을 기대고 전에 없이 말이 없었다.

그 그리운 지난날들을 슬프게 회상하고 있는 것일까? 만일 크리스틴과 결혼했었다면 어떤 생활을 보낼까 상상하고 있는 것일까?

'전에는 길버트가 무슨 생각을 하고 있는지 언제나 내가 알고 있었다. 빨리 이곳을 나가지 않으면 나는 머리를 뒤로 젖히고 무섭게 짖어댈 거야. 고맙게도 우리의 기차는 곧 떠난다.'

앤이 돌아갈 준비를 끝내고 아래로 내려오자 크리스틴은 길버트와 현관에 서 있었다. 크리스틴은 손을 내밀어 길버트 어깨에서 나뭇잎을 하나 집어올렸다. 그 몸짓은 마치 애무하고 있는 것 같았다.

"정말 건강해요, 길버트? 아주 피곤한 것 같아요. 무리하고 있는 게 내 눈에 훤히 보여요."

앤은 갑자기 공포에 사로잡혔다. 확실히 길버트는 피곤한 모습을 하고 있었다. 몹시 지쳐 있다. 그런데 크리스틴이 그 말을 할 때까지 알아차리지 못했다니!

이때의 부끄러움을 앤은 언제까지나 잊을 수 없을 거라고 생각했다.

'나는 길버트를 너무 당연하게 생각하고 있었고, 길버트 또한 그렇다고 여기며 그를 나무라고 있었구나.'

크리스틴은 앤을 돌아다보았다.

"다시 만날 수 있어서 정말 기뻤어요, 앤. 마치 옛날로 돌아간 것 같아요."

앤은 말했다.

"그렇군요."

"하지만 지금도 길버트에게 말했지만, 길버트는 좀 지쳐 있는 것 같아요. 좀 더 신경을 써 줘야겠어요, 앤. 당신의 남편에게 내가 죽도록 열중했던 적이 있었죠.

길버트는 내 남자친구들 가운데 가장 훌륭했다고 진정으로 생각하고 있어요. 하지만 나를 용서해 줘야만 해요. 앤으로부터 길버트를 빼앗지는 않았으니까요."

앤은 다시 쌀쌀해졌다.

"크리스틴이 뺏어주지 않아서 아마 길버트는 유감스럽게 여기고 있을지도 몰라요."

레드먼드 시절부터 크리스틴도 아는 '여왕 같은 위엄'을 가지고 앤은 대답하고 나서 파울러 의사의 마차에 훌쩍 올라타 역으로 향했다.

"이상한 사람이군!"

크리스틴은 무언가 재미있는 일이 있어 견딜 수 없는 듯한 표정을 떠올리고 아름다운 어깨를 으쓱하며 두 사람 뒤를 지켜보았다.

# 사랑의 가족

"오늘 밤 즐거웠어?"

길버트는 앤에게 손을 내밀어 기차에 오르게 하며 이제까지보다도 더 건성으로 물었다.

"응, 즐거웠어."

그러나 앤은 제인 웰슈 칼라일의 시 속에 있는 뛰어난 한 구절인 '괴로움에 시달리며 저녁을 보낸' 그대로 심정이었다.

길버트는 여전히 넋나간 듯 물었다.

"왜 머리를 그렇게 빗었지?"

"새 유행이야."

"그래? 그건 당신에게 어울리지 않아. 다른 사람 머리에는 좋을지 모르지만 당신 머리에는 어울리지 않아."

앤은 쌀쌀맞게 대답했다.

"어머나, 내 머리가 빨개서 미안해."

길버트는 위험한 화제는 그만두는 게 현명하다고 생각했다. 앤은 진부디 미리에 대헤 줌 신경질저이었으니까

'아무튼 나도 피곤해서 말할 기운도 없어.'

길버트는 등받이에 머리를 기대고 눈을 감았다. 이때 처음으로 앤은 길버트의 귀 위에 흰 머리가 언뜻 보이는 것을 깨달았다. 그러나 앤은 마음을 굳게 먹고 있었다.

두 사람은 글렌 역에서 지름길로 잉글사이드를 향해 말없이 걸었다. 공중에는 가문비나무와 강한 향기를 풍기는 양치류 내음이 가득 퍼져 있었다. 노란 달은 이슬에 젖은 목장 위에서 빛나고 있다. 전에는 불빛이 춤추던 창문이 이제는 슬프게 깨져버린 낡은 빈집 옆을 지났다.

앤은 생각했다.

'마치 내 인생 같아.'

이제는 모든 것이 다 쓸쓸한 의미를 지니고 있는 듯 느껴졌다. 잔디밭을 걷는 두 사람 옆을 날아 희미하게 떠올라보이는 흰 나방이 빛바랜 사랑의 유령 같다고 앤은 슬프게 생각했다.

이때 앤은 하마터면 크로케 게임의 작은 활 모양 문에 발이 걸려 한 무더기의 협죽도 속으로 곤두박질쳐 넘어질 뻔했다. 대체 아이들은 무엇 때문에 이런 데 이것을 놓았을까? 내일 좀 일러둬야겠다!

길버트는 오—! 하면서 한 손으로 앤을 잡았을 뿐이었다. 길버트는 크리스틴과 둘이 달이 뜨는 뜻을 풀려고 했을 때 크리스틴이 발을 헛디디면 이렇듯 냉담하게 받쳐주었을까?

두 사람이 집에 들어가자마자 길버트는 서재로 들어가버렸으므로 앤은 말없이 방으로 올라갔다.

방바닥은 조용하고 차디찬 은색 달빛을 받고 있었다. 앤은 열린 창문으로 밖을 내다보았다. 오늘 밤에는 카터 플래그네 개가 짖는 밤인 듯 개는 온 힘을 다해 길게 컹컹 짖고 있었다. 롬바르디 포플러 잎사귀는 달빛을 받아 은처럼 빛났다. 둘레에 있는 집들이 수군거리고 있는 것 같았다. 이제 앤의 친구가 아닌 듯 심술궂게 속삭이고 있었다.

앤은 기분이 나쁘고 춥고 공허한 마음이었다. 인생의 황금은 마른 잎으로 바뀌었다. 이제는 아무것도 소중한 게 없다. 모든 것이 멀리 떠나버려 현실을 벗어난 느낌이었다.

저 멀리 아래쪽에서 바닷물이 기슭과 오랜 옛날부터 밀회를 즐기고 있다. 노먼 더글러스가 자기네 가문비나무숲을 잘라버렸으므로 앤에게—조그만 '꿈의 집'이 보였다.

그곳에서 둘은 얼마나 행복했던가. 그때는 자기들의 집에서 함께 꿈을 그리고 애무하며 서로 아무 말 하지 않아도 함께 있다는 것만으로 충분히 행복했다! 두 사람 생애의 아침 햇빛을 모조리 갖추고—길버트는 앤에게만 보이는 환한 미소를 눈에 떠올리며 앤을 보았고, 날마다 새로운 표현으로 '사랑한다'고 말했으며, 웃음도 슬픔도 함께 나누었다.

그런데 지금 길버트는 내가 싫어진 것이다. 남자란 이제까지도 그랬고 앞으로도 그럴 것이다. 길버트만은 예외라고 생각했었는데 이제 변함없는 사실을 알았다. 그렇다면 나는 어떻게 자신의 생활을 거기에 순응시킬 것인가?

앤은 멍하니 생각했다.

'물론 아이들이 있다. 이 아이들을 위해 나는 견디며 살아가야만 해. 그리고 아무에게도 알려서는 안 된다……아무에게도. 남의 동정을 받거나 하지는 않을 테다.'

무엇일까? 누군가가 층계를 올라온다. 먼 옛날 길버트가 '꿈의 집'에서 했던 것처럼 한꺼번에 세 발짝……길버트는 벌써 오랫동안 그런 짓을 하지 않았다. 길버트일 리 없다—길버트다!

길버트는 방안으로 들어왔다. 조그만 꾸러미를 테이블 위에 던져놓고—앤의 허리를 잡고 온 방안을 빙글빙글 미친 듯이 초등학생처럼 춤추다가 마침내 숨을 멈추고 은색 달빛이 비치는 가운데서 동작을 멈추었다.

"내가 옳았어, 앤—고맙게도 내가 옳았어. 개로 부인이 낫는다고 해……전문의가 그렇게 말했어"

"개로 부인이? 길버트, 머리가 돌기라도 한 거야?"

"당신에게 말했잖아? 확실히 이야기했는데……그렇군, 너무 괴로운 화제여서 이야기할 마음이 없었어. 지난 2주일 동안 그 일로 나는 죽을 만큼 걱정했었어. 자나깨나 다른 일은 아무것도 생각할 수 없었어. 개로 부인은 로브리지에 살고 있는데 파커의 환자야. 파커가 나를 불러 의논했지―나는 파커와 다르게 진단을 내렸어. 둘이 하마터면 싸울 뻔하기까지 했어.

나는 틀림없이 내 생각이 옳다고 여겼어. 기회가 있다고 주장하며 개로 부인을 몬트리올로 보냈지. 개로 부인은 살아서 돌아오지 못한다고 파커는 말했고, 개로 부인의 남편은 나를 보기만 하면 당장에라도 쏘아죽일 것 같았지. 개로 부인이 가버린 뒤 나는 너무너무 괴로웠어. 아마 내가 틀렸는지도 모른다…… 알 수는 없어도 그 부인에게 쓸데없는 고생을 시키는지도 모른다고.

집으로 돌아왔을 때 내 진찰실에 편지가 놓여 있었어―나는 옳았던 거야. 결국 수술했다는군. 훌륭히 살아날 가망이 있다는 거야. 앤 아가씨, 나는 달까지라도 뛰어올 수 있을 것 같아! 나는 20년이나 젊어진 기분이야."

앤은 웃어야 할지 울어야 할지 알 수 없었다. 그래서 웃음을 터뜨렸다. 또다시 웃을 수 있다는 것은, 웃고 싶은 심정이 드는 것은 아주 좋았다. 모든 일이 갑자기 좋아졌다. 앤은 길버트를 놀렸다.

"그래서 오늘이 우리의 결혼기념일이라는 것을 잊었구나!"

길버트는 앤을 풀어주고 테이블 위에 던져둔 조그만 꾸러미로 달려갔다.

"잊지 않았어. 2주일 전 이것을 토론토에 주문했었어. 그런데 오늘 저녁까지도 오지 않았지. 당신에게 아무것도 줄 게 없어 오늘 아침은 참으로 민망스러운 생각이 들어 오늘 일에 대해 입도 뻥긋하지 않았던 거야. 당신도 잊었는가 하고 말이야. 잊었으면 좋을 텐데 했어. 진찰실에 가보니 파커의 편지와 함께 내 선물이 놓여 있었어. 마음에 드는지 어떤지 열어봐."

그것은 조그만 다이아몬드 펜던트였다. 달빛을 받아 살아 있는 생물처럼 빛났다.

"길버트—그런데 나는—"

"달아봐. 오늘 아침에 왔으면 좋았을걸—그랬으면 그 낡아빠진 에나멜 하트 대신 만찬회에 달고 갈 수 있었을 텐테. 하긴 그것이 당신 목에는 예쁘고 하얗게 파인 곳에 박힌 모습은 너무도 멋있었어, 앤. 왜 그 녹색 옷을 입고 가지 않았지? 나는 그 옷이 좋은데—그 옷은 당신이 레드먼드에서 입고 있던 장미꽃봉오리 옷을 생각나게 해."

'그렇다면 그 옷을 알아차리고 있었구나! 그렇다면 길버트가 그토록 감탄했던 그 레드먼드 시절 입었던 낡은 옷도 아직 기억하고 있는 것이다!'

앤은 풀려난 새 같은 기분이었다—앤은 다시금 날개를 펴고 있었다. 길버트는 앤을 번쩍 안았다. 달빛을 통해서 그 눈은 앤의 눈을 뚫어지게 바라보고 있었다.

"당신은 나를 사랑하지, 길버트? 나는 당신의 습관에 지나지 않는 존재가 아니겠지? 오랫동안 당신은 나를 사랑한다는 말을 하지 않았지만."

"나의 소중하고도 소중한 앤! 그런 말은 필요치 않다고 생각했어. 나는 당신없이 살 수 없어. 언제나 당신은 내게 힘을 주니까. 성경 어딘가에 당신에게 꼭 들어맞는 구절이 있었는데—'그 여인은 평생 그에게 선(善)을 행하며 악(惡)은 행하지 않으리라.'"

조금 전까지 잿빛으로 어리석게 보이던 인생이 다시금 황금빛으로, 장밋빛으로, 무지개빛으로 빛났다. 다이아몬드 펜던트는 바닥에 떨어졌지만 잠시 알아차리지 못했다. 그것은 아름답다—그러나 좀 더 아름다운 것들이 많았다―신뢰와 평화와 즐거운 일―웃음과 친절―그전처럼 흔들림없는 애정의 안도감.

"아, 이 순간을 영원히 붙잡아두고 싶어, 길버트."

"우린 좋은 시간을 가질 거야. 이제 우리는 두 번째 신혼여행을 해도 좋을 시기야. 앤, 다음해 2월 런던에서 대규모 의학회의가 열려. 거기에 가는 거야……그리고 그 뒤 유럽을 좀 보고 오도록 하자. 드디어 우리에게도 휴일이 오는 셈이야. 다시 연인으로 되돌아가는 거야. 결혼을 다시 한번 하는 거지. 당신은 오랫동안 당신 자신을 잊고 살았으니까. 당신은 지쳐 있고 과로했어. 변화가 필요해."

'그렇다면 알고 있었구나, 길버트. 당신도 그래, 길버트. 나는 정말 장님이었어.'

"의사는 아내에게 약도 먹이지 않는다는 그런 짓은 난 하지 않아. 둘 다 좀 쉬고 기운을 얻어 유머 정신을 완전히 되찾고 돌아오도록 해. 자, 펜던트를 달아봐. 그리고 우리 같이 자자. 나는 잠이 와서 죽을 것 같아. 쌍둥이 일이며 개로 부인에 대한 걱정 때문에 거의 2주일 동안 잠도 제대로 자지 못했으니까."

앤은 다이아몬드 펜던트를 달고 거울 앞을 의기양양하게 걸으며 물었다.

"오늘 밤 대체 당신과 크리스틴은 그렇듯 오랫동안 뜰에서 무슨 이야기를 했지?"

"글쎄, 모르겠어. 크리스틴이 재잘거리더군. 그러나 크리스틴으로부터 한 가지 배운 것이 있어. 벼룩은 자기 키의 2백 배나 뛰어오를 수가 있대. 그것을 알고 있었어, 앤?"

'내가 질투로 괴로워하고 있을 때 둘이서 벼룩 이야기 같은 걸 하고 있었군. 나는 어쩌면 그토록 어리석었을까?'

"어쩌다가 시시하게 벼룩 이야기 같은 걸 시작했지?"

"생각나지 않아. 아마도 도베르만 핀셔 이야기를 하다가 그랬을

거야."

"도베르만 핀셔라니, 뭐지?"

"새로운 종류의 개야. 크리스틴은 개를 감정하는 모양이야. 나는 개로 부인의 일이 머리에서 떠나지 않아 무슨 말을 하는지 제대로 듣지 못했어. 이따금 컴플렉스니 억제니 하는 단어가 귀에 들렸지만—그건 요즘 유행하는 새로운 심리학이야—그리고 미술에 대한 것—취미와 정치—개구리."

"개구리라고!"

"위니펙의 연구가가 하는 무슨 실험이라고 해. 크리스틴은 그리 재미있는 여자가 아니었는데 전보다 더 사람을 지루하게 만들었어. 그리고 어딘가 심술스럽더군! 전에는 심술스럽지 않았는데."

앤은 순진한 척하며 물었다.

"심술스럽다니, 어떤 말을 했는데?"

"깨닫지 못했어? 그래, 당신은 모를 거야. 당신에게는 전혀 그런 점이 없으니까. 그래, 아무래도 좋은 일이야. 그 웃는 모습도 좀 신경을 건드리더군. 게다가 살도 좀 찌고. 당신은 여전히 날씬해서 고마워, 앤 아가씨."

앤은 마음과는 달리 너그러운 태도를 취했다.

"어머나, 그녀는 그리 살찐 것 같지 않았어. 더욱이 그녀는 엄청 미인이야."

"그렇기는 해. 하지만 험한 표정이 되었더군. 그녀는 당신과 나이가 같은데 10년은 늙어 보였어."

"그러면서도 당신은 그녀에게 영원한 젊음이라느니 뭐니 말했잖아!"

길버트는 마음에 찔리는 듯 싱긋 웃었다.

"뭔가 그럴 듯한 듣기좋은 말을 해야잖아. 문명이란 얼마쯤 위선을 섞지 않고는 존재하지 못해. 그래, 아무튼 크리스틴은 나쁜 사람은 아니야, 요셉을 아는 사람은 못돼도. 기지가 없는 건 크리스틴 탓이 아니니까. 이건 뭐지?"

"내가 당신에게 주는 기념품. 1센트를 줘야겠어. 위험한 짓은 하고 싶지 않으니까―오늘 밤 얼마나 괴로웠는지! 나는 크리스틴에 대한 질투로 가득차 있었어."

길버트는 진심으로 놀란 모습이었다. 앤이 누구에게 질투를 느끼리라고는 생각지도 못한 일이었다.

"앤 아가씨, 당신이 질투심 같은 걸 가지고 있으리라고는 생각해본 적도 없었어."

"그렇지 않아! 왜냐하면 여러 해 전 당신이 루비 길리스와 편지를 주고받은 것을 질투해서 미칠 것만 같았던 일이 있는걸."

"내가 루비와 편지를 주고받았다고? 난 잊어버렸어. 루비도 가엾군! 그렇다면 로이 가드너와의 일은, 어쩌고? 자기 일은 제쳐놓고 남의 말만 하고 있잖아."

"로이 가드너라고? 얼마 전 필리퍼에게서 편지가 왔는데, 필리퍼가 그 사람을 만났더니 너무너무 살이 쪘더래. 길버트, 머리 선생님은 일에 있어서는 아주 훌륭할지 모르지만 너무 말랐어. 파울러 선생은 도넛 같고. 당신은 정말 멋있어 보였어⋯⋯세련되고―그 사람들과 비교하면 말야."

"아, 고마워⋯⋯고마워. 그렇게 말해주니 내 아내지. 듣기좋은 말을 해준 그 답례로, 오늘 밤 당신이 비록 그 옷을 입었지만 특별히 훌륭해 보였어. 조금 상기된 뺨과 눈이 멋졌어. 정말 멋졌지! 성경에 이런 구절도 있어―옛날 주일학교에서 배운 구절인데 평생을 두고 생각나는 게 이상하지!⋯⋯'마음 편히 누워서 잠자리라.'*1 마음 편히―잠자리라―잘 자."

길버트는 말이 채 끝나기도 전에 잠들어버렸다. 사랑하는 길버트!

---

*1 구약성서 시편 제4편 8절.

갓난아기가 태어날지도 모르지만 오늘 밤은 무슨 일이 있어도 길버트의 잠을 방해하지 않으리라. 전화벨은 언제까지고 울어대다가 멎어버리겠지.

앤은 졸리지 않았다. 너무너무 행복해서 잠이 오지 않았다. 조용히 방안을 돌아다니며 정돈하기도 하고 머리를 땋기도 하며 사랑받는 여자의 행복에 도취되어 있었다.

마침내 잠옷으로 갈아입고 홀을 가로질러 남자아이들 방으로 갔다. 월터와 젬은 자기들 침대에 들어가 있었다. 셜리는 어린이침대에 깊이 잠들어 있었다. 장난꾸러기 아기고양이 시절을 지나버린 슈림프는 가족의 습관처럼 되어 셜리의 발치에 웅크리고 있었다.

젬은 《짐 선장의 인생록》을 읽다가 잠들어버린 듯했다―책이 홀이불 위에 펼쳐진 채였다.

아니, 이불 속에 잠들어 있는 모습을 보니 젬은 어쩌면 이토록 다리가 길어 보일까! 이제 곧 어른이 되는 것이다. 어쩌면 이렇듯 늠름하고 믿음직스러운 남자아이일까!

월터는 아름다운 비밀을 알고 있는 사람처럼 자며 빙긋이 웃고 있었다. 달은 납을 입힌 창살 사이로 월터의 베개를 비추고 있어―월터의 머리 위 벽에 뚜렷이 십자가 그림자를 던지고 있었다.

오랜 세월이 지난 뒤 앤은 이 일을 떠올리고 그것이 쿠르슬레트*² 비극의 불길한 전조(前兆)가 아니었을까 생각했다―'프랑스 어딘가에' 있는 십자가를 세운 무덤의. 그러나 오늘 밤은 그것이 하나의 그림자에 지나지 않았다―그뿐이었다.

셜리의 목에서는 발진이 깨끗이 없어져 있었다. 길버트의 말대로였다. 길버트의 말은 언제나 틀림없는 것이다.

낸과 다이와 릴러가 그 옆방에 있었다. 다이는 귀여운 곱슬머리를

─────────────
*2 이윽고 월터가 가게 되는 제1차 세계대전 때 프랑스의 격전지.

베개에 가득히 펼치고 조그만 햇빛에 그을린 찬손을 뺨 밑에 넣고 있었다.

낸의 길고도 긴 부채 같은 속눈썹은 뺨에 닿을 것만 같았다. 파란 힘줄이 떠오른 눈꺼풀 속의 눈은 아버지를 닮아 갈색이었다. 릴러는 엎드려서 자고 있었다. 앤이 바로 뉘었지만 꼭감은 눈은 뜨이지 않았다.

아이들은 모두 무럭무럭 자란다. 앞으로 겨우 몇 해 뒤면 저마다 젊은이며 아가씨가 되는 것이다—발돋움하는 청춘—기대에 차서—아름답고 분방한 꿈으로 떠들썩하며—작은 배는 안전한 항구에서 낯선 나라로 떠나가는 것이다. 남자아이들은 저마다 주어진 일을 향해 갈 것이고 여자아이들은—아, 안개 같은 베일을 쓰고 아름다운 신부 차림으로 잉글사이드 오래된 층계를 사뿐사뿐 내려오는 모습을 볼 수 있을 것이다.

그러나 아직 앞으로 몇 해는 모두 내 것이다. 아이들을 사랑하고 이끌며, 많은 어머니들이 불러온 노래를 불러주는 내 것이며—길버트의 것이다.

앤은 방에서 나와 복도 창가로 갔다. 모든 의혹과 질투와 노여움은 초승달이 기우는 곳으로 가버렸다.

앤은 자신감을 느끼며 명랑하고 쾌활한 기분이 되었다.

"블라이스(쾌활한)! 나는 블라이스다!"

앤은 웃으며 이 바보스럽고 익살스러운 말을 했다.

"퍼시피크가 내게 길버트가 '회복되어 간다'고 한 그날 아침 같은 기분이야."

눈 아래에는 신비롭게 아름다운 밤의 뜰이 펼쳐져 있었다. 달빛에 둘러싸인 먼 언덕은 시 같았다. 몇 달 지나지 않아 앤은 멀리 안개 낀 스코틀랜드 언덕의—멜로즈의—황폐한 케닐워스의—셰익스피어가 잠든 에이번 강가 교회의—아마도 콜로세움의—아크로폴리스의―죽은 황제 곁을 흐르는 슬픈 듯한 강 위에 떠오른 달빛을 바라볼 것이다.

서늘한 밤이었다. 머지않아 좀 더 매섭고 차가운 가을밤이 찾아올 것이다. 이윽고 깊이 쌓인 눈이―수북이 내려쌓이는 흰 눈이―깊고 차디찬 겨울눈이 찾아와―바람과 폭풍이 미친 듯 소리를 마구 지르는 밤이 올 것이다.

그러나 누가 그런 일을 걱정할 것인가? 축복에 찬 방에는 난롯불이 마술을 부린다―얼마 전에도 길버트가 난로에 땔 사과나무를 구하겠다고 하지 않았는가? 그것은 앞으로 다가올 잿빛 날들을 밝혀줄 것이다. 사랑이 활활 타오르고 봄을 앞두고 있는데 무엇 때문에 불어오는 눈이나 찌르는 듯한 비바람을 걱정할 필요가 있겠는가? 그리고 길에는 인생의 온갖 작은 아름다움이 뿌려져 있는데.

앤은 창문에서 떠났다. 머리를 두 가닥으로 길게 땋고 흰 잠옷을 입은 모습은 그린게이블즈 시절의 앤―레드먼드 시절의 앤―'꿈의 집' 시절의 앤의 모습 그대로였다. 마음속 빛은 아직까지도 내비쳐지고 있었다.

열려 있는 창문으로 아이들의 부드러운 숨소리가 들려온다. 좀처럼 코를 골지 않는 길버트가 지금은 의심할 여지 없이 코를 골고 있었다. 사랑스러운 길버트를 바라보며 앤은 생긋 웃었다.

크리스틴이 한 말이 생각났다. 아이가 없는 가엾은 크리스틴, 비웃는 조그만 활을 쏘아대기나 하고. 앤은 의기양양한 목소리로 되풀이했다.

"정말이지 엄청난 가족이야!"

Lucy Maud Montgomery
ANNE OF GREEN GABLES
《ANNE》의 에피소드

# 섬의 네 계절, 그리고 잉글사이드

봄―긴 겨울의 끝 여기저기서 봄의 전령 사과꽃과 함께 봄의 숨결이 느껴진다. 누구나 마음이 들뜨기 시작한다. 모든 감수성으로 자연이 주는 혜택을 누리며 생기 넘치는 환희를 맛본다. 앤뿐만 아니라 언제나 현실적인 머릴러조차 몸 깊숙이 끓어오르는 원시적인 기쁨에 발걸음이 가볍다.

앤이 좋아하는 봄꽃은 메이플라워이다. 달콤한 꽃향기의 아름다운 분홍색 꽃이나 별모양을 한 흰 꽃은 앤의 말대로 '모르면 비극'인 것이다.

여름―"정말 멋진 날이네요! 오늘 같은 아름다운 날에 살아 있다는 그것만으로도 기뻐요."

앤은 어느 여름날 아침을 이런 식으로 찬양하고 있다. 금빛 햇살이 쏟아지는 여름, 어린 시절 앤은 다이애너와 냇가에서 물놀이를 하거나 잘 익은 산딸기나 구즈베리를 따곤 했다. 더위에 모두 잠깐씩 꾸벅꾸벅 조는 긴 오후가 지나면 시원한 바람이 부는 해질녘. 개똥벌레 무리가 양치류 무성한 나무 사이로 반짝이고, 꽃향기 감미롭게 감도는 여름저녁, 앤은 몽환의 세계로 우리들을 부른다.

가을―눈부시게 아름답고 선명한 빛깔의 단풍과 사과나무 향기에 빠지는 가을.

앤은 '가슴이 두근거릴 만큼 아름다운' 단풍나무 가지를 방에 장

**봄철 프린스 에드워드 섬** 어느 민가에서 사과꽃이 바닷바람에 흩날리고 있다. 봄이 되면 섬 사람들은 사과꽃 피기를 가슴 설레며 기다린다고 한다.

식하고 가을의 풍성함을 마음껏 즐긴다. 아침이슬 내린 들은 '은으로 짠 무명처럼' 반짝인다. 짜릿한 향기가 감도는 공기로 가슴 설렌 앤과 다이애너는 학교로 향한다. 부드러운 햇빛이 비치는 과수원 양지바른 곳에서 마음의 벗과 재잘거리며 보내는 오후는 영원히 빛나는 행복의 시간.

　겨울—눈은 다른 어느 계절에도 볼 수 없는 환상적인 경치를 만든다. 얼어붙은 들은 은빛으로 빛나고, 눈을 덮어쓴 전나무는 검은 그림자를 짙게 드리운다. 언덕을 달리는 썰매 방울소리는 '요정이 연주하는 종소리' 같다. 앤은 푸르스름한 서리가 반짝이는 창문 너머 새하얀 나무를 보고 '신이 자신의 즐거움을 위해 상상해서 만든 세계처럼'이라고 생각한다. 자줏빛으로 물든 해질녘, 앤은 난로 앞에서

책을 읽거나 머릴러와 이야기를 즐긴다.

《행복한 나날 Anne of Ingleside》(초판발행, 1939) 표지

앤이 길버트와 더불어 내해 연안의 작은 '꿈의 집'에서 새로운 생활을 시작한 때부터 벌써 9년이라는 시간이 지났다. 제6권 《행복한 나날 Anne of Ingleside》(1939)에서는 그동안 가족이 두 사람에서 여덟 사람으로 불어나고—아니, 수전을 합치면 아홉 사람—생활장소도 '꿈의 집'에서 글렌 세인트 메리에서는 가장 큰 '잉글사이드'로 바뀌었다.

앤은 지금 잉글사이드에서 여섯 살 난 아이의 어머니가 되어 있다. 대학 시절 친구로부터 그런 외딴 마을에 살고 있으면 지루하지 않느냐는 말을 듣고 깜짝 놀랐을 만큼, 앤의 일상은 쉴틈없이 계속 여러 가지 일이 일어난다.

프린스 에드워드 섬에서는 집을 세우는 데 쓸 수 있는 단단한 돌은 나오지 않는다. 따라서 집들은 거의 목조건물이다. 나무로 만들어 그것을 여러 가지 색깔의 페인트로 칠한다. 하얀 집이 많이 보이지만 그 밖에 노란집도 있고 파란집도 있고 분홍집도 있다. 그 가운데는 가축용 큰 축사가 빨간색으로 칠해져 있기도 하다. 건물들이 초록빛 속에 점점이 있으므로 상상만 해도 얼마나 다양한 색깔로 그려지는지 알 수 있다.

**여름철 '연인의 오솔길'** 그린게이블즈 가장 가까운 곳에 펼쳐져 있다. 자작나무, 메타스콰이어, 포플러가 무성하다.

섬에는 돌로 만든 건물도 있기는 하다. 하지만 대부분 교회·정부 건축물·기차역 등의 권위를 나타내는 공공건물이다. 돌로 만든 개인 집은 아주 드물다. 섬에서는 단단한 돌을 얻을 수 없기에 모두 다른 주에서 날라오지 않으면 안 된다. 프린스 에드워드 섬은 사방이 바다로 둘러싸여 나르는 데 엄청난 비용이 든다. 즉 웬만한 재력이 없는 한 돌을 사용해 개인주택을 세울 수 없다.

앤이 숲속에서 발견한 라벤더 루이스네 집은 돌집이었다. 이것을 볼 때 라벤더 루이스의 부모에게는 재력이 있었던 듯하다.

프린스 에드워드 섬의 집들은 거의 목조이고, 특별히 큰 부잣집이 아닌 한 모두 조그맣고 아담하다. 그러나 어느 집이든 빛이 날 만큼 잘 손질되어 있다. 아름답게 장식되고 온갖 색깔의 꽃들이 피어 있으며, 저마다 그날그날의 생활을 즐기는 분위기가 넘친다.

그러면 집 안으로 들어가 보기로 하자.

현관을 들어서면 바로 응접실이 있다. 응접실은 한 집안의 얼굴과

▲**앤의 침실**  그린게이블즈 2층에 그 이미지를 재연한 방이 갖추어져 있다. 깨진 석판, 새둥지, 다이애너에게 신호를 보내기 위한 촛대 등이 있다.

▼**부엌**  아래층 부엌에는 난로, 주방기구 등이 전시되어 있다.

▲가을숲 "처음 이곳에 이사 왔을 때 가을 단풍을 보고 정말 놀랐지."

▼설경에 묻힌 작은 집  섬에는 이런 이상적인 집들이 곳곳에 숨겨져 있다.

같으므로 여러 가지 물건으로 꾸며져 있다. 창문에 레이스 커튼을 치고 벽이며 맨틀피스에 여러 가지 것들을 꾸미고, 의자에는 수놓은 쿠션을 여러 개 놓고······ 잉글사이드 난롯가에는 두 마리의 도자기개 '고그'와 '매고그'가 나란히 놓여 있다.

무엇보다 이상한 것은 머리카락을 모아서 만든 리스가 아닌가 생각된다. 《약속》에서 앤이 프링글의 집을 방문했을 때 머리카락으로 만든 유명한 리스가 선반에

은빛 숲의 저택 거실에 있는 책장

놓여 있던 것을 기억하고 있는지? 가느다란 머리카락을 정성스럽게 모아서 마치 가는 철사 세공물처럼 꽃이나 잎으로 만든 아름다운 리스로 액자 등에 꾸민다.

이것으로 보아 죽은 사람의 머리털에 대한 사고방식은 우리와 차이가 있는 것 같다. 앤이 그린게이블즈의 아이가 되었을 무렵 머릴러의 자수정 브로치가 없어져 큰 소동이 벌어진 일이 있었는데, 그 브로치에도 머릴러 어머니의 머리카락이 한 묶음 들어 있었다.

다음은 여느 가정의 응접실에서 흔히 볼 수 있는 것으로 말총으로 짠 천을 댄 의자가 있다. 그 무렵에는 말총으로 짠 천으로 만든 것을 여러 용도로 썼다. 검고 매끌매끌하며 그 무엇보다 질겼으므로 의자에 덧댈 뿐 아니라 트렁크에 덧대기도 했다. 머릴러는 앤이 '꿈의 집'

에서 첫아기를 낳을 때 검은 말총털을 덧댄 트렁크를 안고 찾아왔다.

응접실에 이어서 식당이 있다. 여기도 응접실과 마찬가지로 꾸며져 있다. 손님을 접대하는 방으로 쓰이기 때문이다. 그릇장에는 모두에게 보이도록 고급 도자기며 흰 빛깔의 식기며 촛대 등이 가지런히 진열되어 있다. 앤이 교회 바자를 위해 미스 배리에게서 푸른 버드나무 무늬 장식이 있는 큰 접시를 빌려 왔는데, 이 그릇은 동양 취미의 그림과 더불어 그 무렵에는 중산계급을 상징하는 식기로 인기가 있었다.

다음은 2층으로 올라가 보자. 먼저 2층으로 오르는 층계에 있는 사진을 보기 바란다. 아쉽게도 천연색은 아니지만 실은 이 벽지의 색깔이 새빨갛다고 해도 좋을 만큼 붉은빛이다. 그렇다고 모든 벽지가 빨갛지는 않으나 색깔이 짙고 무늬도 복잡한 것을 썼다. 이것은 그 무렵 사람들의 취미라기보다 좀 더 실용적인 뜻이 있었다. 주변에 나무가 많으면 당연히 모기도 많기 마련인데, 오늘날처럼 살충제를 살 수 없었으므로, 벽에 앉은 모기를 손바닥으로 탁 치면 대뜸 빨간 자국이 났다. 때문에 그것이 눈에 띄지 않게 하기 위한 고안이었다.

이 층계처럼 현관에서 곧장 2층으로 올라가는 층계와 별도로 부엌 옆에 뒤쪽 층계가 있었다. 손님들 눈에 띄지 않도록 주로 아이들이나 가정부들이 쓴 것으로, 지금은 개조해 창고로 쓰는 집이 많아졌다.

이번에는 2층 침실로 들어가 본다. 하나하나 각 방은 그리 크지 않다. 캐번디시에 '앤의 집'으로 세워진 초록 맞배지붕집을 예로 들어보면 머릴러·매슈·앤 등 누구의 방도 침대·화장대·의자 하나·세면대로 가득찰 만큼의 크기이다.

그 무렵엔 아직 상수도가 없었으므로 세면대라 해도 물을 담아 두는 큰 물그릇이 세면기 대신의 큰 주발과 한 세트가 되어 세면용으로 각 방에 놓여 있었다. 물그릇도 밥그릇도 꽃무늬가 있는 도기제로 퍽 아름다운 것이 많았으며 지금은 장식품으로서 상점 등에 진열되어 있기도 한다.

김유경
숙명여자대학교 미술대학 서양화 전공(부전공 영문학) 졸업
창작미협전 「정월」 특선 목우회전 「주왕산」 입상
지은책 「조선 열두달 이야기」 옮긴책 「잉걸스·초원의 집」
「몽고메리·앤스북스」 10권

Lucy Maud Montgomery
ANNE OF GREEN GABLES

## ANNE

6
행복한 나날

루시 모드 몽고메리/김유경 옮김
1판 1쇄 발행/2002. 1. 1
2판 1쇄 발행/2004. 6. 1
3판 1쇄 발행/2014. 5. 5
3판 5쇄 발행/2022. 7. 1
발행인 고윤주
발행처 동서문화사
창업 1956. 12. 12. 등록 16-3799
서울 중구 마른내로 144(쌍림동)
☎ 546-0331~2 (FAX) 545-0331
www.dongsuhbook.com

＊

＊

사업자등록번호 211-87-75330
ISBN 978-89-497-0867-6 04840
ISBN 978-89-497-0861-4 (전10권 양장본)

한국독서대상수상

올컬러 **ANNE** 총10권

그린 게이블즈 빨강머리 앤 | 루시 모드 몽고메리 | 김유경 옮김 | 동서문화사

**1 만남** 큰 눈에 주근깨투성이 빨강머리 앤이 꿈에 그리던 따뜻한 보금자리 그린게이블즈에서 지내는 소녀시절. 아름다운 마을에서 펼쳐지는 우정, 갈등, 행복, 사랑 이야기.

**2 처녀시절** 초등학교 신임교사로서 바쁜 나날을 보내는 열여섯 살 앤의 가을부터 이야기는 시작된다. 소녀에서 한 여성으로 성장해가는 앤의 정겨운 나날이 펼쳐진다.

**3 첫사랑** 앤의 즐거운 학창시절. 하지만 괴로움으로 마음이 요동치는 밤도 있었다. 꿈에 그리던 대학에서 공부하며 진정한 사랑에 눈떠가는 과정이 아름답게 펼쳐진다.

**4 약속** 서머사이드 중학교의 교장으로 부임한 앤을 맞이하는 사람들의 적의 시선. 타고난 유머와 인내로 곤경을 헤쳐 나가는 젊은 여성의 개성 넘치는 모습을 그리고 있다.

**5 웨딩드레스** 앤과 길버트는 해변 '꿈의 집'에서 달콤한 신혼생활을 보낸다. 특별한 이웃에 둘러싸여 행복하게 살아가는 둘에게 드디어 귀여운 아이도 태어나는데…….

**6 행복한 나날** 의사인 남편 길버트를 도와 여섯 아이를 기르게 되고 친구를 맞으면서 바쁜 나날을 보내는 앤. 삶을 사랑하며 행복하게 살아가는 것은 더없이 멋진 일이다.

**7 무지개 골짜기** '무지개 골짜기'에서 황홀한 나날, 순수한 꿈과 바람은 어른들에게 천사의 목소리로 울려온다. 자연과 인간 마음을 아름답게 그려낸 주옥같은 스토리.

**8 아들들 딸들** 세계대전이 일어나 아들과 딸의 연인들이 잇따라 출정을 하게 된다. 전쟁에서 사랑하는 사람을 잃은 슬픔을 견뎌내는 어머니 앤과 막내 릴러의 의연한 모습.

**9 달이 가고 해가 가고** 15년 만에 이루어진 사랑, 말 못하는 소녀를 구원하는 젊은 교사의 헌신적 애정 등, 앤 주위 사람들이 만들어가는 마음 따뜻한 주옥같은 이야기들.

**10 언제까지나** 신시어 숙모의 고양이는 어디로? 샬럿의 옛 애인은 누구? 언뜻 평온하면서도 뜻 깊은 애번리 여러 사건들, 그리고 감동적인 크리스마스 이야기가 펼쳐진다.